# Vorbemerkung

»Dies ist nichts als ein Haufen Lügen«, sagte der Bischof von Dublin erbittert, als er »Gullivers Reisen« von Jonathan Swift gelesen hatte. Solche und ähnliche Vorwürfe erhoben etliche Hamburger Literaturwissenschaftler gegen meinen Roman »Der Campus«, widerlegten sie aber, indem sie für ihre Präsentation den Roman als Vorlage wählten: ein Zirkel. Aus dieser Erfahrung heraus möchte ich für »Der Zirkel« feststellen: Es handelt sich um ein fiktionales Werk. Auch wenn dort Schauplätze, Institutionen und Gebäude vorkommen, die so real sind wie der Big Ben bei Agatha Christie, sind Handlungen und Personen frei erfunden. Übereinstimmungen und Ähnlichkeiten mit lebenden Personen sind also zufällig und unbeabsichtigt oder treten nur dann auf, wenn diese nachträglich den Roman imitieren.

Und sind sie zwei, muß man sie sehn
Wie man zwei Zirkelschenkel sieht:
Dein Geist, als fester Fuß, bleibt stehn
Und geht doch mit dem andern mit.

Er steckt zwar fest im Zentrum drin,
Doch zieht der andre weit hinaus,
Dann neigt er sich und horcht nach ihm
Und stellt sich auf, kommt der nach Haus.

Das wirst du mir, wenn ich gestreckt
Als zweiter Fuß zieh meine Bahn.
Dein Fixpunkt macht den Kreis perfekt;
So ende ich, wo ich begann.

(John Donne, 1573-1631)

# I

»Oh mein Gott.«

Hatte sich da jemand beschwert? Oder war das nur eine Stimme in seinem Kopf? Kein Zweifel, er hatte Feinde! Einer von ihnen hatte ihm die Augen mit Zement zugeschmiert. Er bekam sie einfach nicht mehr auf. Gut, war er eben dazu verdammt, in ewiger Nacht zu leben. Die Welt interessierte ihn sowieso nicht mehr. Da gab es nichts mehr zu sehen als leere Flaschen. Aber daß ein ganzes Ärzteteam sein Hirn vom Schädel getrennt und in eine Nährlösung getaucht hatte, ging entschieden zu weit. Jetzt schwamm es frei im Hirnkasten und schwappte bei der leisesten Bewegung gegen die Schädelwand. Das ruinierte das Wohlbefinden. Es griff das Daseinsgefühl an. Es war mit einer positiven Einstellung nicht vereinbar. Denn es tat saumäßig weh. Und es zwang ihn zu absoluter Bewegungslosigkeit.

Vielleicht ließen sich so die Dämonen des Schmerzes überlisten. Sie standen bereit, das wußte er, um sich bei der geringsten Bewegung auf sein Hirn zu stürzen und es mit Gewalt gegen die Schädelwand zu quetschen. Am besten, er versteckte sich in sich selbst. Ja nicht anmerken lassen, daß es ihn gab. Und vor allem keine Bewegung! Starr werden wie ein Reptil in der Trockenzeit. Ort und Zeit waren vergessen. Ort? Er war jedenfalls in einem Bett. War es sein Bett?

Plötzlich wurde sein Hirn zum beleuchteten Theater: gespielt wurde das Stück der letzten Nacht. Es gab eine Party. Hella feierte ihr Examen. Oh Gott, Hella, das war ja seine Ex! Er erkannte sie genau. Ja, dieses ambivalente Mona-Lisa-Lächeln, das Schuldgefühle ausstreute wie Heuschreckenschwärme, es war ihm so vertraut wie einem pubertierenden Knaben seine Pickel. Aber wenn Hella seine Ex war, dann mußte er Daniel Dentzer sein. Er blickte auf seine innere Bühne. Ja, da stand er, der Typ mit den dunklen Haaren, dem jungenhaften Gesicht und dem glatten Kinn, weich wie ein Pfirsich. Umlagert von Frauen, die seinen Vorträgen lauschten. Und am Rande des Pulks Hella, die leidend lächelte.

Er hatte ein Glas in der Hand und hielt Vorträge über die Liebe. Und die Frauen lauschten mit leicht geöffneten Mündern, einer anziehender und sinnlicher als der andere; rot und feucht und lachend geöffnet. Aber wenn er Daniel Dentzer war, war das hier nicht sein Bett. Dann war dies definitiv nicht sein eigenes Bett. Vorsichtig löste er sich vom Anblick der inneren Bühne und lauschte nach draußen: keine Atemzüge in der Stille. Außerhalb seines Schädels war alles ruhig. Oder doch nicht? Hörte er da entfernte Geräusche? Weit draußen im Meer der Nacht? Geklirr und Geklapper und Schritte, die näher kamen? Er mußte die Augen aufbekommen! Aber wie? Sie waren zugemauert.

Da ging mit ohrenbetäubendem Krachen die Zellentür auf, und eine schädelspaltende weibliche Stimme rief: »Schon halb neuheun! Der Kaffee kommt!«

Verzweiflungsröcheln: »Oh, bitte, bitte, nicht so laut!«

Perlendes weibliches Lachen und ein mittleres Erdbeben im Bett. Schwer schwappte sein Hirn gegen die Schädelwand. Er stöhnte.

»Mund auf!« kam das Kommando, etwas leiser. Er gehorchte. Und dann lief der heiße Kaffee über seine Lippen. Gehorsam und immer gieriger schluckte er, Schluck um Schluck um Schluck. Wer immer seine Wohltäterin war, sie war wie eine Mutter. Langsam wich der furchtbare Druck in seinem Kopf, und sein Hirn begann sich zu klären. Die Welt weitete sich. Er war vielleicht doch nicht eingemauert und zur ewigen Nacht verdammt. Nein, er wurde jetzt gerade geboren. Heute war sein Geburtstag. Zentimeter um Zentimeter durch den Geburtskanal ins Offene. Oh Gott, war das wunderbar, wenn der Druck zurückwich. Und dort, hinter den Lidern am Ende des Tunnels, da wurde es rosa hell. Und welche Freude! Nicht lange mehr, und er würde zum ersten Mal seine Mutter sehen. Wie sie wohl aussah, die Frau, die ihn mit erlösendem Kaffee tränkte? Oh, wie würde er sie lieben! Ob er versuchen sollte, seinen Kopf an ihre Brust zu schmiegen? Vorsichtig ließ er sich in Richtung der Wärmequelle fallen, ganz langsam und vorsichtig; und richtig, er landete mit der Wange an einer unendlich weichen Wand aus Wolle. Das war sie, die Brust. Er kuschelte sich an sie. Auf seinem Haar spürte er eine sanfte Hand.

»Neihein«, hieß es da plötzlich, »nicht einschlafen.« Und sachte wurde er in die Kissen zurückgelegt. Er spürte, wie sie aufstand. »Wach auf, Daniel!«

Aha, sie hatte ihm den Namen Daniel gegeben!

»Komm, mach die Augen auf!«

Ja, ging das denn? Es ging. Ein Ruck, und da war sie wieder, diese blendende, lichtdurchflutete Welt. Er blinzelte. Und im gleißenden Licht sah er sie. Vor ihm stand, in all ihrer femininen Üppigkeit, eine Frau von fünfundzwanzig Jahren. Eine junge Frau mit weichen Zügen und einer Masse schweren, krausen Haares, das sie zu einem Zopf geflochten hatte, und sah ihn mit glänzenden dunkelbraunen Augen an.

»Ah, du bist es!« Er schloß die Augen wieder vor so viel Helligkeit.

Vergnügtes Gelächter. »Bist du überrascht? Wen hast du denn erwartet? Hast du denn alles vergessen?«

Daniel schwante Übles. Er war zu dieser Party von Hella gegangen, das wußte er noch. Auch daß er mit unguten Gefühlen gegangen war. Aber er hatte es kleinlich gefunden, ihre Einladung zu ignorieren, nur weil sie ihm privat und öffentlich zwischen fünfhundert und tausend Szenen gemacht hatte. Jetzt, da sie sich getrennt hatten, erfolgreich getrennt hatten, sollte er ihr das nicht mehr übelnehmen. Nach dem Examen würde sie auf eigenen Beinen stehen und diese würdelosen Szenen aufgeben, mit denen sie ihn für seine Unverbindlichkeit bestraft und ihm einen Vorgeschmack der Hölle beschert hatte.

Und es klappte. Es gab keine Szenen. Daniel war unendlich erleichtert. Die Schuldgefühle wichen. Er konnte wieder frei atmen. Die Welt nahm wieder Farbe an. Und so trank er sich in eine Euphorie, von der Euphorie in eine Hysterie, und von der Hysterie in eine Amnesie, aus der er gerade aufwachte.

»Hhm, err, was meinst du mit ›alles vergessen‹?«

Ernstes Gesicht.

»Nun mal ehrlich, weißt du, wer ich bin?«

Selbstgerechte Empörung Daniels. »Aber na klar. Welche Frage! Natürlich weiß ich das! Das war jetzt fast eine Beleidigung.«

»Dann sag es.«

»Das tue ich nicht. Das ist mir zu blöd.« Zeit gewinnen! »Du glaubst doch nicht, daß ich nicht weiß, wer du bist. Wir kennen uns doch nicht erst seit gestern.«

»Sag es, wer bin ich?«

Er hatte es!

»Du bist Hannah Krakauer, die AStA-Vorsitzende und die Frau meines Herzens.« Und dann trotzig, wie ein Kind das sagt: Ich weiß noch mehr! »Und ich weiß auch, wer ich bin. Ich bin Daniel Dentzer, Persönlicher Referent von Wissenschaftssenator Weiss.«

Ironischer Ausdruck. »Bravo.« Dann wieder ernst. »Dann erinnerst du dich auch an das, was gestern nacht passiert ist?«

Oh Gott, was konnte sie bloß meinen? »Err, hhmhm, gestern ist so viel passiert. Hast du da etwas Bestimmtes im Auge?«

Hannah sah feierlich zum Himmel und sprach zu den Göttern: »Er hat es vergessen!« Wieder zu Daniel: »Wir haben uns verlobt. Du hast mir einen Antrag gemacht, und ich habe ihn angenommen.« Sie sah ihn an. »Weißt du das denn nicht mehr?«

Daniel machte innerlich kehrt. Wo war der Weg zurück in den Kerker seines Schädels? Wo ging es zurück in den Geburtskanal? Die Welt war eine Falle. Vor den Frauen war man nur sicher, wenn man in ihnen wohnte. Kaum war man draußen, waren sie einem auf den Fersen. Daniel machte die Augen zu. Dann ging der Alptraum vielleicht weg. Er schlug sie wieder auf, um nachzusehen, ob der Nachtmahr verschwunden war. Aber da stand Hannah noch, in derselben Haltung wie vorher, und sah auf ihn herab. Daniel rutschte in den Kissen nach oben.

»Ja natürlich erinnere ich mich. Ich mache häufiger Anträge, zur Übung, weißt du, damit ich die Sache beherrsche, wenn es ernst wird!«

Hannah wurde noch ernster. »Du meinst, du hast deinen Antrag gar nicht ernst gemeint? Wir sind gar nicht verlobt?«

Daniel wurde jetzt zuversichtlicher. Der Schrecken begann zu verebben. Es gab nicht nur diesen einen Fluchtweg.

»Selbstverständlich nicht. Ich bin doch ein Goi und habe noch gar nicht deine Mutter gefragt. Oder wen muß ich da fragen? Vielleicht den Rabbi? Der will wahrscheinlich, daß ich Jude werde. Aber dazu muß ich mich vorbereiten.«

»Wie lange?«

»Na ja, ihr habt dafür über 2000 Jahre gebraucht ... Außerdem bin ich nicht beschnitten, wie du vielleicht bemerkt haben wirst ...«

Hannahs ernstes Gesicht löste sich im Frühlingssturm eines Gelächters.

»Mein Gott, Daniel, du würdest dich selbst aus der Hölle wieder herausreden.«

Eine Welle der Erleichterung durchflutete ihn.

»Oh, Hannah, das war ein Witz, stimmt's? Du hast einen Witz gemacht! Damit kannst du einen sensiblen Mann in meinem Zustand umbringen, weißt du das? Du hast mir einen furchtbaren Schrecken eingejagt.«

»Ich bin AStA-Vorsitzende. Da ist es meine Pflicht, die Interessen aller Studentinnen zu vertreten. Und das täte ich, wenn ich dich aus dem Verkehr zöge, damit du ihnen nicht mehr die Köpfe verdrehst.«

»Und was würde dein Freund dazu sagen?«

»Welcher Freund?«

»Na dieser Typ, der immer dein Telefon beantwortet.«

Hannah antwortete nicht.

Vorsichtig begann Daniel, aus dem Bett zu klettern. Erst jetzt bemerkte er, daß er völlig nackt war.

»Weißt du was?« Hannah betrachtete ihn prüfend. »Du bist der haarloseste Mann, den ich kenne. Glatt wie eine griechische Marmorstatue.«

Daniel fand seine Boxershorts und stieg hinein.

»Du kennst doch die Thora, wo Jakob sagt: ›Mein Bruder Esau ist ein haariger Mann. Aber ich bin ein glatter Mann.‹ Und Jakob wurde von seinem Vater Isaak gesegnet.«

Hannah reichte ihm seine Hose.

»Zitier du mir nicht die Thora, du Goi. Isaak war blind und Jakob hat sich als Schaf verkleidet, damit Isaak ihn für den haarigen Esau hielt. Es war eine glatte Verwechslung.«

Daniel zog seine haarige Hose an.

»Aber der Segen war trotzdem echt.« Er lachte. »Wenn ich mich recht erinnere, ist das Bad den Gang hinunter und rechts?«

Als er sich die Nacht und die Amnesie und den Alptraum und den Schrecken und den Schmerz vom Körper gewaschen hatte, fühlte er sich neu geboren. Ja, er war glatt. Senator Weiss hatte oft sein glattes Kinn kommentiert. Er hätte es lieber, er wäre bärtig. Auch Daniel hätte es vorgezogen, haarig zu sein wie ein ganzer Kerl. Aber Weiss hatte ihn trotzdem zu seinem Persönlichen Referenten gemacht. Und Hannah hatte ihn trotz seiner Haarlosigkeit mit in ihr Kingsize-Bett genommen. Bei anderen gehörte die Körperbehaarung zur natürlichen Ausstattung. Seine Haare auf der Brust – bei der letzten Zählung waren es 57 Haare gewesen –, seine Haare waren sein Verdienst. Es war der Unterschied zwischen Natur und Kultur. Er betrachtete seinen Oberkörper im Spiegel. Ja, er war glatt wie ein unbeschriebenes Blatt. Aber er war entschlossen, es selber zu beschreiben.

Plötzlich tauchte neben seinem Spiegelbild Hannah auf.

»Eins möchte ich wissen, Hannah.«

»Nur eins, oh Kritias?«

»Wo ich doch so glatt bin, warum hast du mir die Ehre angetan, mich in dein Kingsize-Bett mitzunehmen?«

»Ganz einfach, du bist einer der wenigen Männer in meiner Bekanntschaft, die Frauen wirklich mögen.«

»Oh, ich mag auch Männer.«

»Tatsächlich?! Wen, zum Beispiel?«

»Ich mag den Senator. Nein, ich mag ihn wirklich.«

»Was magst du an ihm?«

»Er ist mutig. Er ist engagiert. Er hat Temperament, und er ist intelligent. Weißt du, nicht wie ein normaler Prof, der seine wissenschaftliche Optik in seinem eigenen Leben völlig vergißt; er ist einer, der diesem ungeheuren Durcheinander des Lebens mit dem Verstand zu Leibe rückt. Es dabei aber nicht vereinfacht. Sein Verstand hat selbst Temperament. Das macht ihn stark, und das macht ihn gelassen. Für mich ist das eine Form der Virilität. Männlicher Sex-Appeal, weißt du.«

»Mei, mei, mei, das war ja eine richtige Liebeserklärung, jetzt verstehe ich, warum du dich für ihn so ins Zeug legst.«

»Hannah, red keinen Unsinn. So läuft das nicht bei mir. Ich mag ihn, weil ich glaube, daß er das Richtige tut. Was ich tue, tue ich nicht, weil ich ihn mag.«

## 2

»Ach du Scheiße.«

Senator Weiss hatte laut gesprochen, obwohl er ganz alleine in seinem getäfelten Dienstbüro saß. Allerdings konnte man die Körperhaltung des Senators kaum Sitzen nennen. Wer sich von der Tür her seinem riesigen Schreibtisch näherte, sah in der Mitte der Tischplatte nur die Schuhsohlen des Senators. An einer von ihnen klebte ein Kaugummi, in das er auf der Treppe der Behörde für Wissenschaft aus Versehen getreten war. Er selbst hatte die Lehne seines verstellbaren Sessels nach hinten gedrückt und war unsichtbar. Sein Körper wurde durch zwei gleich große Zwillingskästen verdeckt, die – jeder auf einer Seite des Schreibtisches – seine Schuhsohlen einrahmten. Sie waren mit grünem Samt ausgeschlagen wie zwei Schubladen für Edelgeschmeide. Aber in ihnen lagerten keine Juwelen. Vielmehr fand der Senator im rechten Kasten morgens die Post. Seine Arbeit bestand darin, die Briefe aus dem Kasten zu nehmen, sie wie ein Kartenspiel durchzublättern und dann in den linken Kasten zu legen. Seine Sekretärin, Frau Birkefeld, würde sie später sortieren: Die politische Post würde Senatsdirektor Rudinski, genannt Rudi, an sich nehmen und oben in den Trichter seiner Abteilung einfüllen, von wo sie langsam nach unten weitersickerte, sich je nach Brisanz und Gewicht auf die verschiedenen Ebenen der Wissenschaftsbehörde verteilte und dort beantwortet, abgelegt oder vergraben wurde; die Routinepost würde Frau Birkefeld ihren eigenen Untersekretärinnen zur Beantwortung geben; und die Post, die in keine der beiden Kategorien paßte, wurde dem persönlichen Referenten Doktor Daniel Dentzer – DD –zur Erledigung überlassen. Die Aufgabe des Senators Weiss bestand lediglich darin, beim Hinüberschaufeln der Post vom rechten in den linken Kasten darauf zu achten, ob Frau Birkefeld einen gelben Zettel auf einen der Briefe geklebt hatte, um ihn seiner persönlichen Aufmerksamkeit zu empfehlen.

Und just solch ein Brief hatte dem Senator diesen Ausruf entlockt, der für ihn ganz untypisch war. Zwar war er nicht das, was alte Damen einen feinen Mann genannt hätten. Im Gegenteil, seine Anzüge waren recht abgewetzt, und nur ein Neandertaler hätte sie als elegant oder schick bezeichnen können. Aber er war nicht ungehobelt, und die moderne Tendenz zum inflationären Gebrauch von Vulgarismen war ihm eigentlich zuwider. Es mußte sich also um ein außergewöhnliches Schriftstück handeln, das ihn zu dieser verbalen Entgleisung veranlaßt hatte. »Ach du Scheiße«, heulte er zum zweiten Mal auf, als er weiterlas. Hinter dem Schleier der Worte auf dem Papier sah er das Bild einer dunstigen Landschaft aufgehen. Eine Mischung aus Rauch und Nebel hing über herbstlich verschwommenen Schrebergärten in einer niederrheinischen Kleinstadt, und im fahlen Licht des Spätnachmittags war ein einsames junges Pärchen zu sehen, das eng umschlungen zwischen den Zäunen und Hecken entlangzog. Plötzlich quetschten sich beide durch eine Gartenpforte und gingen den Weg zwischen den Beeten entlang zu der Gartenhütte, wo der junge Mann sich aus der Verknotung mit seinem Mädchen löste und mit der Schulter die widerspenstige Tür aufdrückte. Und als die Flutwelle der Erinnerung ihn in der Zeit zurückspülte und er mit dem jungen Mann verschmolz, hatte der Senator aufgeheult. Denn der junge Mann war hektisch damit beschäftigt, den widerspenstigen Slip des jungen Mädchens von ihren Hüften zu streifen. Aber sie lag mit ihrem schweren und runden Hintern auf dem Gummiband, und dem jungen Mann war die ganze Oberflächenbeschaffenheit der weiblichen Mittelgebirgslandschaft völlig unvertraut. Die Hüften waren viel breiter, als er gedacht hatte, und so machte er den Fehler, den Slip nur mit einer Hand seitwärts herunterzuziehen, was dazu führte, daß er auf der gegenüberliegenden Hüfte hängenblieb, während das Gummiband sich ins Unendliche dehnte und das junge Mädchen »nicht, nicht« hauchte. Schließlich, als er den Slip fast bis zu den Knien gedehnt hatte, riß das Band, und das junge Mädchen sagte vorwurfsvoll: »Jetzt ist es kaputt. Jetzt kann ich den Schlüpfer nicht mehr anziehen.« Das Wort »Schlüpfer« verwandelte den jungen Mann wieder in den Senator. Mit einem Schock wurde ihm klar, daß er diesen Ausdruck bestimmt zwanzig Jahre lang nicht mehr gehört hatte. Er gehörte zu einer anderen Zeit. Der Zeit, aus der dieser Brief kam.

*»... als Du aufsprangst«*, stand da zu lesen, *»Deine Unterhose auszogst und sie mir als Ersatz für meinen kaputten Schlüpfer anbotst, als ›Reparation für Kriegsschäden‹, wie Du Dich ausdrücktest, war es um mich geschehen. Du standest da mit blitzenden Augen wie ein Soldat, der seine Hose, aber nicht seine Ehre verloren hatte. Und dann habe ich meine Unschuld verloren, wie man damals sagte. Und Dich gewonnen. Du warst mein Lotteriegewinn. Die Jahre mit Dir waren die glücklichste Zeit meines Lebens. Erst Deine wunderbaren Briefe und dann unsere gemeinsame Zeit in Münster und Berlin. Du warst ein Magier. Energie strömte von Dir aus. In Deiner Gesellschaft bekamen die Leute ein anderes Lebensgefühl. Du hast das gar nicht gemerkt, und ich war so stolz auf Dich und auf mich, daß ich solch einen Mann faszinieren konnte. Ich, Sonja Mittermeyer. Ich habe mich damals immer wieder nackt im Spiegel betrachtet, um herauszufinden, was es war, das Dich fesselte. Was hatte ich bloß Besonderes?«*

»Na was wohl?« knurrte der Senator und las weiter:

*»Wie lange das alles her ist! Jetzt bist Du erfolgreich und berühmt, und ich bin krank. Ich sage Dir nicht, was ich habe, aber die Ärzte geben mir noch ungefähr ein halbes Jahr. Da habe ich mir überlegt – weißt Du, wie in dem Film, den wir gesehen ha-*

*ben, in dem O. W. Fischer in Kuba zum Tode verurteilt wird und sich als letzten Wunsch ausbittet, er wolle sich einen Bart wie Castro wachsen lassen –, so möchte ich mit Dir unsere Korrespondenz wieder aufnehmen. Keinen persönlichen Kontakt, nur Briefe. Das ist mein letzter Wunsch. Ich weiß, daß Du beschäftigt bist, aber das bist Du mir schuldig. Du schuldest mir immer noch den Gegenwert eines Schlüpfers. Schreib mir, was Du tust. Schildere mir die Leute, mit denen Du umgehst. Du kannst das so gut. Immer wenn ich Deine Briefe von damals lese, bin ich fasziniert von Deinen Charakterporträts. Ich will alles von Dir wissen. Das halbe Jahr, das mir noch bleibt, will ich wieder in Deiner Gesellschaft verbringen. Und schreib mir auch, wie Du mich damals geliebt hast. Um ganz sicher zu gehen, daß Du Dich nicht drückst, möchte ich Dich an Deine Briefe vom Anfang Deiner politischen Karriere erinnern. Zum Beispiel, was Du alles über Deine politischen Freunde gesagt hast, die jetzt in hohen Ämtern sind, und was Ihr alles so gemacht habt. Ich habe mich oft gefragt, ob sich wohl eine Zeitung dafür interessiert?«*

Als der Senator so weit gelesen hatte, riß er die Füße vom Tisch, sprang aus seinem Sessel und tigerte dreimal durch das Büro. Schließlich blieb er vor dem großen Globus gegenüber dem Schreibtisch stehen, während seine Stimmung zwischen Wut und Ratlosigkeit pendelte. Ja, so war sie schon immer gewesen, Sonja Mittermeyer, eine Erpresserin. Ihre Trennung war eine Agonie gewesen. Immer, wenn er endgültig Schluß gemacht hatte, hatte sie ihn mit ihren Darstellungen von Abgründen des Schmerzes wieder zur Rückkehr erpreßt. Aber da er immer abgebrühter wurde, hatte sie die dramatische Dosierung von Mal zu Mal steigern müssen, um seine verhärtete Seele im Lösungsmittel ihrer Tränen zum Schmelzen zu bringen, bis sie schließlich dazu übergegangen war, kleine Andeutungen über Lebensmüdigkeit, Verzweiflung und Todessehnsucht auszustreuen. Am Tage nach einer dieser periodischen Trennungsszenen hatte er sie dann betäubt im Bett gefunden, auf dem Nachttisch das leere Röhrchen Schlaftabletten. Er erinnerte sich noch genau an die Wut, die ihn gepackt hatte. Das Mitleid lief aus ihm heraus wie aus einem lecken Faß. Er wurde kalt bis an die Haarspitzen, packte Sonjas schlaffen Leib wie einen Kartoffelsack, schleifte ihn ins Bad, wuchtete ihn in die Wanne, steckte ihr den Finger in den Hals und brachte sie zum Erbrechen. Damals war eine Saite in ihm gerissen, und danach machten die Melodramen keinen Eindruck mehr auf ihn. Sonja hatte durch ihre inflationäre Ausgabenpolitik seine Reserven an Mitleidskapital völlig verschleudert, und danach fühlte er sich ernüchtert wie nach einer Währungsreform.

Aber das war eine furchtbare Lehrzeit gewesen. Sein Mißtrauen gegenüber weiblichen Szenen war nie wieder ganz erloschen. Frauen erfüllten ihn mit einem latenten Inszenierungsverdacht. Er schreckte vor ihrer emotionalen Hemmungslosigkeit zurück und konnte nicht verstehen, daß manche so wenig auf seelische Contenance Wert legten. Und so war der Senator unverheiratet geblieben. Er hatte zwar eine Freundin, mit der er sich im Hamburger Stadtteil Eppendorf eine große Wohnung teilte, aber Sabine war eine Fernsehredakteurin, die die Hälfte der Zeit in London oder New York weilte. Eine eher kühle Karrierefrau, die nach hektischen Anfällen sinnlicher Exzesse wieder zur Tagesordnung des Geschäftlichen übergehen konnte und keine seelische Moralwirtschaft betrieb.

Aber Sonja! Aus dem Ozean der Zeit war sie nun wieder aufgetaucht wie eine Undine und versuchte bei ihm an Land zu kriechen. Und wieder spielte sie mit den Elementen ihrer alten Dramen: Liebe, Tod und Erpressung. Nicht auszuschließen, daß die ganze Krankheit erfunden war. Wahrscheinlich wollte sie ihm das Gefühl geben, daß die Sache einen baldigen Abschluß finden würde. Wenn sie den Wiederbeginn ihrer Beziehung als dramatisches Finale inszenierte, würde er sich vielleicht nicht sträuben. Ja, das war es. Sie wollte seine Widerstände unterlaufen, und wenn das Drama unterwegs war, würde sie wunderbarerweise genesen. »Du ahnst es nicht, Liebling, aber die Ärzte haben gesagt, ich bin geheilt. Es ist wie ein Wunder. Sie können sich das auch nicht erklären. Aber ich fühle es, nein, ich weiß es, das hast du getan. Du hast mir mein Leben zurückgegeben, und nun gehört es dir.«

»Oh nein!« jaulte der Senator auf, als ihn sein Gedankenflug so weit geführt hatte. Er mußte das unbedingt verhindern. Entschlossen drückte er auf die Interkom-Taste und bat seine Sekretärin herein.

Senator Weiss hatte Frau Birkefeld aus der Universität mitgebracht, als er den Lehrstuhl für Politische Wissenschaften gegen den Sessel des Wissenschaftsministers, der in Hamburg Senator genannt wurde, vertauschte. Kenner hatten ihm geraten, auf keinen Fall die Sekretärin seines Vorgängers zu übernehmen. Die wäre zwar sachkundig, würde aber in ihrer Loyalität gegenüber dem alten Senator die Beharrungskräfte innerhalb der Behörde so verstärken, daß sie praktisch seine gesamte neue Politik ausbremsen könnte. Und so hatte Frau Birkefeld einen beträchtlichen Gehaltssprung nach oben getan und war dem Senator dankbar. Wie alle guten Sekretärinnen ihre Chefs behandelte sie ihn mit mütterlicher Geduld und Nachsicht. Ja, sie schätzte geradezu seine Eigenheiten. Das erlaubte es ihr, gegenüber ihren Untersekretärinnen als Verwalterin seiner Ticks und Schwächen aufzutreten. Dann fühlte sie geradezu einen gewissen Besitzerstolz und schwelgte im unbestrittenen Deutungsmonopol der Stimmungen des Chefs. Deshalb lag ihr daran, daß es da was zu deuten gab. War der Senator also sorgenvoll oder düster, versetzte sie das in besonders gute Laune und brachte ihre Züge zum Strahlen. Sie wirkte dann wie ein hell erleuchteter Vollmond, denn Frau Birkefelds Gesicht war rund und hell.

Helle Haut, helle blaßgraue Augen und kurze Haare, die geradezu gelb zu nennen waren. Was aber die lunare Qualität abrundete, war die totale Abwesenheit eines Kinns. Es war einfach von der Natur vergessen worden. Statt dessen vereinigten sich die Wangen unterhalb des Mundes direkt zu einer Art mehrstufiger Hängematte aus Fleisch, die den Konturen des Gesichts die Vollkommenheit eines Kreises verlieh, den selbst Archimedes' Zirkel nicht hätte regelmäßiger zeichnen können.

»Ah, Sie haben die Post schon erledigt«, sagte Frau Birkefeld. Senator Weiss wedelte mit Sonjas Brief.

»Hier schreibt mir eine Verrückte. Behauptet, sie kennt mich von früher und will, daß ich mit ihr korrespondiere.«

Er gab ihr den Brief, und Frau Birkefeld warf einen prüfenden Blick auf die Handschrift.

»Oh, wie romantisch! Vielleicht kennen Sie sie wirklich und haben es nur vergessen.«

»Unsinn«, dem Senator war nicht nach Scherzen zumute. »Aber so Verrückte sind imstande und machen einen riesen Wirbel, wenn man ihnen nicht antwortet. Würden Sie also schreiben?«

Frau Birkefeld setzte sich auf die Ecke des Schreibtisches, zückte einen Bleistift, legte einen Notizblock auf ihren Oberschenkel und sah zu, wie der Senator sich in seinen Sessel warf und entrückt die Stuckdecke seines Büros betrachtete:

*»Sehr geehrte Frau sowieso«*, diktierte er. *»Leider muß ich Ihnen mitteilen, daß der Senator zu beschäftigt ist, um alle privaten Schreiben persönlich zu beantworten. Wir werden ihm Ihr Anliegen vortragen, bitten aber um Verständnis dafür, wenn die dienstlichen Verpflichtungen es ihm nicht erlauben, sich vor Ablauf des nächsten Monats damit zu befassen. Bis dahin möchten wir Sie bitten, von weiterer Korrespondenz abzusehen. Mit freundlichen Grüßen und so weiter.«*

Dann sprang er aus dem Sessel auf, schüttelte sich und war wieder der alte Senator: »So, nun schicken Sie mir Rudi rein.«

Während Frau Birkefeld das Büro verließ und er auf Senatsdirektor Rudinski wartete, deckte er den Brunnenschacht seiner Erinnerungen sorgfältig wieder zu. Als Rudi wie immer erst vorsichtig seinen Eichhörnchenkopf zur Tür hereinsteckte, um erst dann den ganzen Körper folgen zu lassen, war der Senator schon wieder in der Gegenwart des Tagesgeschäftes angekommen.

»Kommen Sie, kommen Sie, Rudi.« Rudi glitt wie auf Rollen zum Sessel gegenüber dem Schreibtisch und setzte sich geziert, wobei er zart an seinen Bügelfalten zupfte, um sich dann vermittels eines unmerklichen Schüttelns des Körpers die korrekte Haltung zu geben. Er streckte das Kreuz durch wie ein Musterschüler, der es genießt, die Anweisung des Lehrers durch leichte parodistische Übertreibungen zu desavouieren, ohne daß der Lehrer ihn tadeln kann, und blickte den Senator mit seinen Knopfaugen ironisch an.

»Guten Morgen, Herr Senator«, sagte er, um ihn daran zu erinnern, daß es auch in der Behörde so etwas wie gute Manieren gab. Aber für solche Subtilitäten hatte ein Politiker ja kein Ohr.

»Rudi«, begann der Senator wieder, »ich habe nachgedacht.«

»Tatsächlich?« Rudi legte in die Frage so viel Ungläubigkeit und gab seiner Miene den Ausdruck einer tiefen Überraschtheit, als würde er bis dahin bezweifelt haben, daß ein Senator überhaupt ein Organ besaß, mit dem er nachdenken konnte.

»Ja, stellen Sie sich vor, ich mußte daran denken, wie Sie den Leistungsvergleich zwischen den Universitäten damals verhindert haben …«

»Sie meinen …«

»Ich meine die Erfindung der Rechtschreibreform, ja. Damit haben Sie ja alle abgelenkt. Aber wie in aller Welt haben Sie die B-Länder dazu veranlaßt, bei einer Erfindung der A-Länder mitzumachen?«

Im Jargon der Kultusminister waren A-Länder SPD-regierte Bundesländer und B-Länder Unions-geführte Länder.

Rudi verzog seinen Mund zu einem selbstgefälligen Lächeln der Erinnerung, denn dieses Manöver war damals im Haus als sein Meisterstück gepriesen worden. Ein Leistungsvergleich der Unis hätte unweigerlich den desolaten Zustand der Hamburger Universität enthüllt. Da gebot es allein die patriotische Pflicht, sich schützend vor die eigene Blöße zu stellen. Und so hatte Rudi das große Drama erfunden, das die Aufmerksamkeit der Öffentlichkeit völlig auf sich zog. Der damalige Wissenschaftssenator Grund, der den Ruin der Universität nur noch mit Mühe kaschieren konnte, war Rudi außerordentlich dankbar gewesen. Als Gegenleistung hatte er seine Bereitschaft, nach der Wahl den Platz für Senator Weiss zu räumen, an das Versprechen des Ersten Bürgermeisters geknüpft, daß Senatsdirektor Rudinski seinen Posten behalten durfte. Das war unüblich, denn normalerweise brachte jeder Senator seinen eigenen Senatsdirektor mit, der sein Vertrauen genoß und ihm alleine seinen Posten verdankte.

»Herr Senator, welch ein Ausdruck: ›Erfindung‹. Ich habe überhaupt nichts erfunden. Das war ein Wunsch der Minister.«

Rudinski hatte die Hände in so theatralischer Pose gehoben und seinen Widerspruch in solch einem Ton ostentativer Verlogenheit vorgebracht, daß am heuchlerischen Charakter seines Dementis auch nicht der geringste Zweifel blieb.

Weiss lächelte pflichtschuldigst. »Selbstverständlich war das ein Wunsch der Minister. Aber erst nachdem Sie diesen Wunsch in ihre ahnungslose Hirne gesenkt hatten, Sie Zauberer.«

Rudi strahlte bei dem Wort »Zauberer«. Ja, so sah er sich selbst: als Magier.

»Also, wie haben Sie dieses Kunststück fertiggebracht?«

Jetzt konnte Rudi nicht länger widerstehen.

»Wie kriegt man Politiker überhaupt dazu, etwas zu tun? Indem man an ihre Paranoia appelliert. Irgend jemand – ich sage nicht, daß ich es war –, aber irgend jemand hat das Gerücht gestreut, die A-Länder würden durch eine große Reform die deutsche Sprache zu einer SPD-Domäne machen wollen. Das läge sowieso auf der Linie der Symbolpolitik, in der die SPD so groß ist. Und dabei würden dann auch die feministischen Endungen gleich mitbedient. Das hat irgend jemand Ihrem Fahrer gesteckt, der hat es dem Fahrer des Kultusministers von Baden-Württemberg erzählt, und der hat es seinem Minister erzählt. Na, und der hat es dem bayerischen Kultusminister erzählt, und die wollten die deutsche Sprache nicht den Roten überlassen. Also hat Bayern den Antrag noch eher gestellt als wir.«

Senator Weiss nickte anerkennend. »Genial, das muß ich sagen, genial. Und woher wußten Sie, daß die Ablenkung auch funktionieren würde?«

Rudinski sah den Senator an wie Sherlock Holmes, der Doktor Watson in die Elementarlehre der Kriminologie einführt. »Herr Senator, schauen Sie sich unsere politische Öffentlichkeit an. Die Leute wollen nicht komplexe Probleme, die sie quälen. Nein, sie lieben simple Gegensätze, einfache Alternativen. Der Unterschied zwischen ß und Doppel-s, das interessiert sie. Schiffahrt mit zwei oder drei f, das bringt sie in Wallung. Rechtschreibung ist etwas für ein Volk von Pedanten und Zwangsneurotikern. Und das Schöne daran war, das Problem war völlig irrelevant. Wie immer man entschied, es war völlig gleichgültig. Auf diese Weise wurde viel destruktive Energie eingefangen und unschädlich gemacht. Unser Haus kann stolz darauf sein.«

»Das sollte es auch«, bestätigte Senator Weiss. »Und jetzt, Rudi, haben wir wieder so ein vertracktes Problem.«

Der Senatsdirektor sah aus, als ob ihm das Wasser im Munde zusammenlief. »Ach ja?« sagte er bloß.

»Ja«, fuhr der Senator fort, »das Hochschulrahmengesetz.«

»Ah«, sagte Rudi.

»Wir sind natürlich dagegen.«

»Wir?« fragte Rudi.

Mit diesem simplen Wort stellte Senatsdirektor Rudinski die prekärste Frage überhaupt. Wer war hier ›wir‹? Es gab viele mögliche Antworten: die Regierung der Freien und Hansestadt Hamburg, zu der Senator Weiss gehörte? Oder die Partei der SPD, die die Abgeordneten steuerte? Oder die Fraktion in der Bürgerschaft, die die Regierung steuerte? Oder Partei und Fraktion der FDP, mit der die SPD eine Koalition eingegangen war? Denn in den Koalitionsvereinbarungen hatte die FDP sich das Wissenschaftsressort gesichert, um für die künftigen Wahlkämpfe wieder ihr klassisches Thema »Bildungsreform« zurückzuerobern, das sie in den letzten zehn Jahren praktisch preisgegeben hatte. Um hierbei besonders glaubwürdig zu wirken, hatte sie aber keinen FDP-Mann zum Wissenschaftssenator gemacht, sondern einen anerkannten unabhängigen Fachmann: Professor Gerhard Weiss. Er stand der FDP nahe, aber er war kein Parteimitglied. Das Wort ›wir‹ konnte also wahlweise übersetzt werden als: das Bundesland Hamburg, die SPD, die Fraktion der SPD, die FDP, die Fraktion der FDP, Senator Weiss oder – und das wäre Rudi am liebsten gewesen – die Wissenschaftsbehörde oder, genauer ausgedrückt, die Beamten des Hauses, oder noch präziser: Senatsdirektor Rudinski. Und deshalb wartete er gespannt darauf, wie Senator Weiss das ›Wir‹ »erläutern« würde.

»Na, wir alle sind dagegen, aber aus den verschiedensten Gründen. Die SPD ist dagegen, weil das Hochschulrahmengesetz nicht die Studiengebühren verbietet; die Regierung ist dagegen, weil die Professoren jetzt nach Leistungen belohnt werden sollen; die Fraktion der SPD ist dagegen, weil die Universitäten ihre Studenten selbst aussuchen dürfen; die Landes-FDP ist dagegen, weil sie das nur bei 20 Prozent und bei den schlechteren Studenten tun dürfen; die FDP-Fraktion in der Bürgerschaft ist dagegen, weil die Mittelzuweisungen nach der Zahl der guten Examina die Standards nach unten treiben werden; und ich bin dagegen, weil man für die Einstellung von Professoren praktisch die Habilitationen abschafft und als Zusatzqualifikation pädagogische Eignung verlangt, was unweigerlich als Abwehrzauber gegen wissenschaftliche Qualifikation eingesetzt wird; und Sie sind dagegen, weil das Gesetz Kurzstudiengänge einführt.«

Rudinski breitete wie Christus beim Abendmahl die Hände aus. »Was wollen Sie? Besser geht's doch nicht. Alle sind dagegen. Übrigens auch die Professoren, denn die wollen nicht, daß ihre Leistungen verglichen werden. Eine große Koalition der Verhinderer. Wo ist das Problem?«

Der Senator erhob sich und begann auf und ab zu gehen. »Nun ja, es ist nicht leicht zu formulieren.« Er blieb stehen und sah Rudi an. »Herr Rudinski, würden Sie sagen, ich sei ein Liberaler? Ich meine ein typischer?«

Rudi legte seine Fingerspitzen aufeinander und kniff die Augen zusammen. »Darf ich ehrlich sein? Sie sind der typische Quereinsteiger: keine Ochsentour in der Partei, unabhängiges Urteil, fachliche Kompetenz, für die Beamtenschaft eines Ministeriums eigentlich der ideale Minister.«

»Aber?«

»Aber ohne Hausmacht in der Partei. Im Gegenteil, da haben Sie nur Feinde; jedenfalls die, die sich Hoffnung auf den Posten des Senators mit allen Pfründen für ihre Seilschaften gemacht haben. Wenn Sie sich Gewicht verschaffen wollen, haben Sie nur zwei Möglichkeiten.«

»In die Partei eintreten, meinen Sie?«

»Das, oder sich einen Rückhalt in der Öffentlichkeit verschaffen. Pressepolitik, Popularitätsrummel, Fernsehauftritte und so weiter. Aber dann können Sie keine Sachpolitik mehr machen.«

»Keine attraktive Alternative.«

Rudi betrachtete plötzlich intensiv seine Fingernägel. »Natürlich gäbe es noch eine dritte Möglichkeit.«

Weiss sah ihn interessiert an. »Welche meinen Sie ...?«

Rudis Studium der Fingernägel wurde intensiver. »Wenn Sie ...« Er machte eine Pause. »Nein, das kommt nicht in Frage.«

»Rudi, spielen Sie nicht wieder dieses Spiel mit mir! Was meinen Sie mit dieser dritten Möglichkeit?«

»Im Amerikanischen gibt es diesen Ausdruck ›to twist a man's arm‹. Kennen Sie den? Wissen Sie, was er bedeutet?«

»Jemandem den Arm umdrehen? Den Ausdruck kenne ich nicht. Was soll das bedeuten?«

»Eben, das weiß ich auch nicht, Herr Senator. Ich dachte, Sie könnten mir das sagen. Es hätte mich halt interessiert.«

Beide Männer sahen sich längere Zeit schweigend an. Rudi war der erste, der dieses Blickgefecht unterbrach. »Wenn ich Sie recht verstehe, haben wir also das Problem, daß die Hamburger FDP eigentlich gegen das Hochschulrahmengesetz ist und die Bonner FDP dafür. Und daß Sie selbst auch dagegen sind, aber aus den entgegengesetzten Gründen wie die SPD. Und daß Sie bei Ihrer Ablehnung nicht mit der SPD in einen Topf geworfen werden wollen. Und daß Sie deshalb nach Wegen suchen, Ihre Ablehnungsgründe in der Öffentlichkeit gegen die der SPD zu profilieren.«

»So ungefähr.«

»Da gibt es mehrere Möglichkeiten.«

»Nennen Sie mir eine.«

»Die Falkland-Methode. So nennen wir im Ministerium den kleinen Trick mit der Rechtschreibreform. Eröffnung eines anderen Kriegsschauplatzes, Ablenkung der Aufmerksamkeit. Fällt unter die Generalüberschrift ›Problemverschiebung‹ nach dem Motto: Kannst du ein Problem nicht lösen, ersetze es durch ein neues Problem deiner Wahl, das du lösen kannst.«

»Rudi, ich danke Ihnen. Sie waren mir eine große Hilfe.«

Rudi erhob sich.

»Ich danke Ihnen, Herr Senator.«

Als Rudi schon in der Tür war, hielt ihn die Stimme des Senators noch einmal auf. »Ach, Rudi? Könnten Sie nicht in der Staatsratskonferenz unsere Stellungnahme zum HRG solange zurückstellen, bis die vollständige und umfassende Kompatibilitätsprüfung erfolgt ist?«

»Sie meinen wirklich die große Überprüfung? Abstimmung mit dem Parteiprogramm...«

»... beiden Parteiprogrammen...«

»... beiden Parteiprogrammen, dem Koalitionsvertrag, der Regierungserklärung und den vorherigen Kabinettsbeschlüssen? Das kann lange dauern.«

»Ganz recht, Rudi, so lange, bis uns etwas eingefallen ist. Denn wenn das Hochschulrahmengesetz in Kraft tritt, fallen plötzlich eine Menge Gesetzgebungskompetenzen des Bundes an Hamburg. Bis dahin muß ich die Front begradigt haben.«

»Und unter Front verstehen Sie Präsident Schacht, nicht wahr?«

»Rudi, so direkt würde ich das nicht ausdrücken. Unter Front verstehe ich jeden, der mich dazu zwingt, wie sagten Sie doch so treffend, ›to twist his arm‹. Denn eine andere Möglichkeit habe ich ja nicht.«

## 3

»Einsamer sucht Einsame zum Einsamen.« Daniel mußte laut lachen, als er das las. Die Inschrift stand in großen, der Comicästhetik nachempfundenen Lettern auf der Innenseite der Toilettentür des Anglistischen Seminars im ersten Stock des Philosophenturms der Universität Hamburg. Seitdem Daniel Persönlicher Referent von Wissenschaftssenator Weiss war, kannte er die meisten Toiletten der Universität aus eigener Anschauung. Ständig war er irgendwo auf dem Campus unterwegs, um hier an einer Besprechung teilzunehmen oder dort einen Konflikt zu schlichten. Denn Weiss hatte sich entschlossen, die Reform der Universität durch direkte Intervention vorwärtszutreiben, weil Präsident Schacht seit der Hackmann-Affäre wie gelähmt schien. Und deswegen war Daniel langsam ein Fachmann für Graffiti geworden. Jedes Seminar hatte da seinen eigenen Stil. Bei den Volkswirten waren die Inschriften von so schlichter Brutalität, daß er sich gar nicht daran erinnern konnte. Das Geistvollste, was er zu sehen bekommen hatte, war die Verwandlung von »Kentucky Fried Chicken« in den Schüttelreim »Kentucky schreit ficken«.

Die schweinischsten Graffiti hatte er aber auf der Toilette der Theologen gefunden. Er erinnerte sich noch gut daran, wie er sie nach der Fachbereichsratssitzung zum erstenmal betreten hatte. Es war abends gewesen, und die Lampen waren mal wieder kaputt. So wurden die Kabinen nur indirekt durch das diffuse Licht der Großstadt beleuchtet, das durch die Fenster von draußen hereindrang. Als er seine körperliche Schwerstarbeit hinter sich hatte, blickte er auf und fühlte sich in die Höhle von Altamira versetzt: An den Wänden prangten statt Bisonherden magisch beleuchtete Vulven und Vaginas aller Größen und Formen in den verschiedensten Zuständen präkoitaler Bereitschaft. Die Theologen hatten aus ihrer Toilette den Ort eines heimlichen Kultes gemacht. Die weiblichen Torsen mit ihren gigantischen Brüsten und die wuchernden Geschlechtsteile zwischen gespreizten Schenkeln wirkten wie heidnische Idole, denen ejakulierende Phalloi wie groteske Priester ihre Opfergaben darbrachten. Von einer Schriftkultur, die ihr Studium prägte, waren die Studenten der Theologie wieder in eine Bildkultur zurückgefallen. Sie waren zu Jüngern eines urtümlichen Matriarchats geworden, denn die weiblichen Kultbilder glichen bis aufs Haar den primitiven Venusfiguren aus archaischer Vorzeit. Und Daniel stellte sich vor, wie die Theologen nach anstrengender Exegese der hebräischen und griechischen Urtexte sich zu ihren Kultstätten zurückzogen, um Abgötterei zu treiben und den Göttinnen der Fruchtbarkeit ihre Opfer zu bringen. Schließlich hatte er selbst seinen Filzstift gezückt und auf einer freien Stelle genau gegenüber der Toilette die Inschrift angebracht: »Gott sieht alles«. Und das berühmte Auge darunter gemalt, ihm aber den Haarkranz und die doppelte Schamlippenumrandung einer Vagina verpaßt. Er hatte so hingebungsvoll an seinem Werk gearbeitet, daß die Mitglieder des Fachbereichsrats längst gegangen waren, als er endlich aus seinem Höhlenuterus an die Oberfläche gestiegen war.

Im Vergleich zur Kultstätte der Theologen war die anglistische Toilette, auf der Daniel sich gerade niedergelassen hatte, extrem literarisch. Dabei hatte eine einzige Kunstform fast alle anderen verdrängt: der Limerick. Daniel beugte sich vor und las.

A lady from Pocahontallas
Used a dynamite stick for a phallus.
They found her vagina
In North Carolina
and bits of her tits down in Dallas.

Seine Lektüre wurde durch die Ankunft zweier Mitglieder des Berufungsausschusses unterbrochen, den Daniel im Auftrag des Senators ausspionieren sollte. Es ging um die Besetzung einer Professur für Anglistik. Weiss hatte es ihm erklärt. »Das Englische Seminar«, hatte er gesagt und dabei an dem Globus in seinem Büro gedreht, »ist wie ein Modell der Universität im kleinen. Die Mehrheit der Professoren sind nicht habilitiert und nicht von außen berufen worden. Die sind hausgemacht. Als Assistenten in den 70er Jahren in einer Massentaufe zu Professoren ernannt, um die Studentenschwemme aufzufangen. Weil sie auf dem Berufungsmarkt keine Chance hatten, haben sie allen Forschungsehrgeiz verloren. Und deshalb haben sie eine Wagenburg der Mittelmäßigkeit gebildet.« Hier hatte der Senator dem Globus einen wütenden Zusatzdreh verpaßt. »Sie verteidigen sich nun verbissen gegen jeden, der auch nur von ferne den Verdacht erregt, er könne ihren trüben Schimmer durch seine Leuchtkraft verdunkeln. Und deshalb müssen Sie zu den Probevorträgen gehen, um mir zu berichten, wer von den Bewerbern wirklich gut ist.« Und das war der Auftrag, der Daniel in die Toilette der Anglisten verschlagen hatte.

Wie Daniel hatten auch sie gerade den Probevortrag der Bewerberin aus Mainz gehört und besprachen nun ihre Strategie.

»Die wollen wir nicht, oder?«

»Wir waren uns doch einig: Benke ist unser Mann.«

»Aber er hat weniger publiziert als die Zickler, und das weiß die Frauenbeauftragte auch.«

»Der Vortrag hat ihr wohl gefallen, wie?«

»Das können Sie sich doch denken. Sie hat ja alle Figuren des feministischen Eiskunstlaufs sauber hingelegt: einfacher Rittberger mit der diskurstheoretischen These von der Domestizierung des Hexensabbat in Shakespeares ›Sommernachtstraum‹ – übrigens hat sie da recht –, dann Doppelaxel mit der Lacanschen Rekonstruktion der Feerie als weibliches Glücksversprechen gegenüber dem patriarchalischen Gesetz, schließlich dreifacher Salto der Dekonstruktion bei der Verschiebung des Gegensatzes zwischen mondbeschienener Weiblichkeit und tagheller Männlichkeit zur Opposition zwischen bedrohlicher Orgie und höfischem Fest als Thema des elisabethanischen Staatstheaters. Perfekt. Die Frauenbeauftragte ist im Delirium. Sie ist für die Zickler.«

Daniel hörte, wie die Stimmen sich etwas entfernten und vom Plätschern des Wasserhahns und dem Abrollen der Papierhandtücher begleitet wurden.

»Dann müssen wir sie eben diskreditieren.«

»Wie denn?«

»Indem wir sie unterstützen. Wir, die Machos, loben sie. Wir sagen, sie sei sympathisch und hübsch. Das macht den Eindruck, daß sie den Männern gefallen möchte.«

»Sie ist auch hübsch. Na ja, jedenfalls für eine Professorin.«

Daniel hätte nur zu gerne gewußt, welchen von den Strategen aus der Kommission er da zuhörte. Holtz und Meyerhoff vielleicht? Nein, die waren sicher zu blöd, um solch eine Schnellanalyse des Vortrags zu geben. Daniel hatte zwar Soziologie und Politologie studiert, aber mit der Systemtheorie hatte er sich in die Zauberwälder der kulturellen Semantik eingearbeitet. Vorsichtig öffnete er seine Kabinentür einen Spaltbreit und spähte hindurch. Er hätte es wissen müssen: Professor Gall, der Lokalmatador der Germanistik mit seinem Freund, dem Anglisten Wolf. Daniel konnte nur einen kleinen Ausschnitt des Waschbeckens sehen, und mal tauchte der Glatzkopf von Gall davor auf und dann wieder das filzige Haupt von Wolf, so als ob sie bei einem Tanz die Plätze wechselten. Zusammen vollführten sie das Ballett der Intrige um das Waschbecken der Herrentoilette des Englischen Seminars.

»Wenn das nicht hilft, übertreiben wir Frau Zicklers Feminismus so sehr, daß die Frauenbeauftragte anfängt, sie als mögliche Konkurrentin zu sehen.« Mit affektierter Intonation lieferte Professor Gall eine kleine Kostprobe davon, wie er sich das vorstellte: »›Was für eine Wissenschaftlerin‹«, flötete er. »›Sie hat die Gender Studies auf so ein Niveau gehoben, daß sie selbst uns alte machistischen Skeptiker überzeugt. Sie könnte Sie entlasten, Frau Wagner. Wir sollten sie berufen und zu Ihrer Nachfolgerin machen.‹« Daniel hörte ein keckerndes Lachen. »Oder wir übertreiben ihre wissenschaftlichen Qualitäten bis zu dem Punkt, an dem sie beginnen, unangenehm zu wirken: ›Sie hat bereits eine solche Reputation, daß sie den ganzen Fachbereich mit neuem Glanz erfüllen wird. Alle werden wir von ihrem Ruhm zehren. Natürlich müssen wir ein bißchen aufpassen, daß sie ihre Lehrangebote nicht zu einseitig anlegt und nur die abgehobenen Theorieseminare anbietet.‹«

»Aber sie gilt als vielseitig«, gab Wolf zu bedenken.

»Dann ist sie eben zu vielseitig. Sie verzettelt sich. Ich bitte Sie, Sie kennen doch die Technik. Schließlich machen wir das nicht zum ersten Mal.«

»Sie meinen, alle schlechten Eigenschaften aufzählen und sie dann entschuldigen?«

»Genau!« Wieder intonierte Gall ein Beispiel: »›Ich finde es ungerecht, daß man ihr Sabotage der Frauenpolitik vorgeworfen hat.‹«

»Na, damit müßten wir es schaffen.«

»Wenn nicht, werden wir wirklich unfair.«

»Sie meinen, wir sollten sie direkt verleumden? Wir streuen Gerüchte über moralische Verfehlungen?«

»Im Gegenteil. Wir sagen, sie sei glücklich verheiratet.«

»Oh, Sie Teufel«, schrie Wolf entzückt. »Ich liebe Sie.«

Daniel hörte wieder das keckernde Gelächter und dann das Schlagen der Tür. Mein Gott, dachte er, während er zum Waschbecken ging und sich das Wasser über die Hände laufen ließ. Das war ja eine reguläre Lehrstunde in Intriganz. Die deutsche Universität ist doch nicht so schlecht. Selbst auf der Herrentoilette konnte man Oberseminare in Angewandter Soziologie besuchen. Und das noch privatissime.

Das Englische Seminar hatte seine kärglichen Ressourcen zusammengekratzt, um nach dem Vortrag einen kleinen Empfang zu organisieren. Er fand in einem Übungsraum neben der Herrentoilette statt, in dem ein paar vertrocknete Brötchen und Pappbecher mit Apfelsaft gereicht wurden. Daniel versuchte vergeblich, sich an Frau Zickler heranzurobben. Sie war von einer Traube von Studentinnen umgeben, die von ihrem Vortrag wie berauscht waren. Nach der weitgehend geschmacksfreien Einheitskost, die das Englische Seminar als Lehrstoff anbot, hatten sie eine Schlemmermahlzeit genossen, die ihnen erst die Augen darüber geöffnet hatte, bis zu welchen kulinarischen Höhepunkten sich die Wissenschaft aufschwingen konnte. Und so belagerten sie die Referentin mit leuchtenden Gesichtern in der freudigen Erwartung üppiger Nachschläge, wenn sie erst mal berufen war.

Die Professoren des Seminars standen in Trauben herum. Daniel erkannte die groteske Gestalt von Professor Meyerhoff, der ruckartig zu ihm herüber grüßte. Er hatte ihn in vielen Kommissionen erlebt, wo Meyerhoff sich als genialer Verhinderer einen Namen gemacht hatte. Das Ziel all seiner Tätigkeiten war die endgültige Stagnation. Beseelt von der ausgewogenen Mischung zwischen Inkompetenz und Neid, war er zu einem der größten Feinde aller Standards, Zensuren, Leistungsnachweise und Tests geworden. »Ein Totengräber der Wissenschaft«, hatte Senator Weiss von ihm gesagt, »seine Utopie ist der Wärmetod, in dem die Planierung aller Unterschiede ihn von der Wahrnehmung erlöst, daß er selbst eine wissenschaftliche Niete ist.« Und Daniel wußte, wo Meyerhoff war, war auch Graßkamp nicht weit. Und richtig, er entdeckte seine schlanke Gestalt in der nächsten Gruppe. Die beiden traten meist zusammen auf. Das Irreführende dabei war, daß Graßkamp gut aussah. Während Professor Meyerhoff das Gesicht eines Satyrs mit der Gestalt eines gravitätischen Marabus verband, nahm Graßkamp auf den ersten Blick durch ein edles Männergesicht für sich ein. Aber psychologisch war er ein Anarchist. Der begabteste Zerstörer von Sinn, den Daniel kannte. Er hatte ihn einmal in einer Lehrplankonferenz erlebt. Da warf er in einer Diskussion über die Seminare unvermittelt ein, er wolle entschieden dem Gerücht entgegentreten, daß Kollege Fischer sich weigere, mit Professor Meyerhoff zusammen zu prüfen. Und schon löste sich die Debatte in einen Wirbel aus Dementis, Nachfragen, Mißverständnissen und Verdächtigungen auf. Schließlich krönte er das Ganze mit einer Attacke gegen den Vorsitzenden wegen inkompetenter Leitung der Sitzung und verließ dann aus Protest den Raum, um sich zu einer gemütlichen Zwischenmahlzeit in die Cafeteria zu begeben. Vor Graßkamp und Meyerhoff ergriff selbst der Mutigste die Flucht. Und so schlug Daniel einen großen Bogen um sie, griff sich ein ausgetrocknetes Brötchen mit Salami und stellte sich unauffällig zu der Gruppe, in der Gall und Wolf auf die Frauenbeauftragte, Frau Wagner aus den Allgemeinen Sprachwissenschaften, einredeten.

Seitdem sie einen Hochschullehrer zu Unrecht der sexuellen Nötigung einer Studentin angeklagt hatte, war die Frauenbeauftragte vorsichtiger geworden. Nicht daß ihr Auftreten weniger energisch wirkte. Auch hatte ihre Stimme noch immer die Qualität, um sich im Tohuwabohu überkochender Versammlungen durch die schiere Präzision ihrer akustischen Konturen zu Gehör zu bringen. Aber eine gewisse Unbekümmertheit war weg. Die rechthaberische Spontaneität war einer abwartenden Haltung gewichen. Ihr Blick hatte etwas Lauerndes bekommen, und ihr Mißtrauen beschränkte sich nicht mehr nur auf Männer.

Und so konnte Daniel sehen, wie ihre strengen Züge den Ausdruck der Skepsis annahmen, als Professor Galls Lob von Frau Zickler gar nicht mehr enden wollte.

»Nein, nein, ich bin sicher, niemand in der Kommission wird etwas gegen Frau Zickler einwenden. Nicht wahr, Herr Wolf?« Wolf nickte beflissen. »Sie ist ganz augenscheinlich die Bestqualifizierte. Es ist doch bekannt, daß sie die Gender Studies erst auf das Niveau ...« Er unterbrach sich, als ob er vor Begeisterung seine Sätze nicht mehr zu Ende sprechen könnte. »Wissen Sie, daß man sie in Harvard ›Miss Gender‹ nennt?«

Frau Wagner war augenscheinlich unangenehm berührt.

»In Harvard?! Nun übertreiben Sie aber!«

Gall sah sich unschuldig nach Wolf um. »Übertreibe ich, Herr Wolf?«

Wolf holte Luft, aber Gall ließ ihn gar nicht zu Wort kommen: »Nein, wirklich, in Amerika gilt sie als deutsche Stimme der Gender Studies. ›She is the one who put gender on the map in Germany‹, sagte mir neulich noch Arlene Greenbaum im Flugzeug.«

»Nun machen Sie aber mal halblang.« Die Miene der Frauenbeauftragten hatte sich deutlich umwölkt. »Schließlich hat die Zickler die Frauenstudien nicht erfunden.« Frau Zickler blickte zu ihnen herüber, als die scharfe Diktion von Frau Wagner ihr durch den Lärm ihren Namen zutrug, und Gall winkte strahlend hinüber, als wollte er sagen: »Verlaß dich auf mich, Mädchen, ich regel das schon für dich«, und wandte sich wieder der Frauenbeauftragten zu.

»Erfunden sicher nicht, aber ganz neu begründet.« Gall konnte seinen Enthusiasmus kaum noch zügeln. »Kennen Sie ihr Buch über ›Die schöne Jüdin‹?« Frau Wagner kannte es nicht. »Ah, da haben Sie mal ein politisches Buch. Frau Zickler könnte noch der Edward Said der Frauenbewegung werden.«

Frau Wagner ging dieser literaturwissenschaftliche Insidertalk sichtlich auf die Nerven. Offenbar hatte sie noch nie etwas von Edward Said gehört. »Sie sind also dafür, daß wir sie berufen?« fragte sie.

Gall beugte sich vor und rieb sich die Hände.

»Unbedingt. Nein, nein, unbedingt«, wiederholte er. »Wenn, ja, wenn –« Er ließ den Rest vielsagend in der Luft hängen.

»Wenn was?«

»Wenn Sie einen absolut unabhängigen Geist wollen.«

»Unabhängig?« jetzt wurde die Frauenbeauftragte ernsthaft mißtrauisch.

»Ja, sie ist eine fanatische Wissenschaftlerin. Keine Politikerin. Eine Feindin aller Seilschaften und Klüngel. Ein bißchen zu unpolitisch, wenn Sie mich fragen. Auf Absprachen läßt sie sich nie ein. Oder hält sich einfach nicht daran. Manche nennen das unzuverlässig. Ich nenne das unabhängig. So jemanden könnten wir hier gut brauchen.«

Die Frauenbeauftragte stellte finster ihren Pappbecher mit Apfelsaft ab, als ihr Professor Gall den Gnadenstoß gab. »Ich sollte so etwas Sexistisches ja Ihnen gegenüber nicht sagen, aber ich zitiere nur den Kollegen Wolf.« Konspirativ beugte er sich zu Wolf hinüber. »Ich darf Sie doch zitieren, Herr Wolf?« Und ehe dieser antworten konnte, fuhr er fort. »Wissen Sie, was er über Frau Zickler gesagt hat? Er hat gesagt: ›Hübsch ist sie auch noch.‹«

Frau Wagner war jetzt definitiv auf der Flucht, aber Gall setzte nach. »Kein Wunder, daß sie so viele Verehrer unter den Professoren hat.«

Frau Wagner strebte dem Ausgang zu. Aber Gall blieb ihr auf den Fersen und flüsterte: »Dabei soll sie ja glücklich verheiratet sein.«

Im Hinausgehen zischte die Frauenbeauftragte über ihre Schulter zurück: »Sie haben sich ja umfassend informiert, Herr Gall.«

Herr Gall rieb sich zufrieden die Hände und gönnte sich zum Lohn ein ausgedörrtes Käsebrötchen.

Daniel Dentzer kämpfte sich durch die Drehtür des Philosophenturms ins Freie und stemmte sich gegen den stationären Orkan, der im Trichter zwischen Pädagogischem Institut und den efeubewachsenen Mauern der Post seinen geheimnisvollen Ursprung hatte. Als er sich in die relative Windstille vor der Front des Audimax gerettet hatte, wandte er sich um, um seine nach Osten gewehten dunklen Haare wieder so zu drapieren, daß sie seine beginnenden Geheimratsecken bedeckten. Dabei genoß er den Blick zurück auf die große Front des Philturms. Sie wirkte wie die gigantische Kulisse einer Bühne, auf der die Studenten und Professoren eine Pantomime des Sturms aufführten: Einige drückten ihre Taschen gegen die Brust, andere schützten ihre Kontaktschalen und Brillen, wieder andere wehrten sich mit wild fuchtelnden Armen gegen die Zeitungen, die wie Harpyien in der Luft herumwirbelten und sich plötzlich auf Gesichter und Körper stürzten. Der Sturm verwandelte den öden Campus mit seiner Plattenbauarchitektur in den Schauplatz eines barocken Schlachtengemäldes. Gemessene Professoren sah man in Posen höchster leiblicher Gespanntheit; Studentinnen, deren Haare im Winde strömten, wölbten ihre Körper wie im Todeskampf; junge Männer ruderten wütend mit den Armen in den Lüften, als ob sie gegen die Götter selber kämpften. »Das ist ein Symbol der Gruppenuniversität, finden Sie nicht?« hatte Senator Weiss einmal zu Daniel gesagt, als sie das Schauspiel durch die Glaswand des Audimax betrachtet hatten. Und als er ihn fragend angeblickt hatte, hatte er erläutert: »Na, sehen Sie doch. Ein ungeheurer Wirbel, aber alles dreht sich auf der Stelle. Konvulsivische Bewegungen, aber keine Richtung. Gigantische Kräfte, aber kein Ziel. Und das werden wir ändern.«

Und Daniel erinnerte sich, wie Weiss sich wieder in seinen Reformrausch geredet hatte. Reduzierung der Gremien, Gliederung der Studiengänge, Einführung von Eingangs- und Zwischenprüfungen, durchgehende Bewertung der Leistungen, Verselbständigung von Abteilungen unter verantwortlichen Chefs, Belohnung der erfolgreichen Chefs durch besseren Service usw. usw. Obwohl Daniel das schon öfter gehört hatte, konnte der Senator ihn immer wieder mit seiner Begeisterung anstecken. Das lag daran, daß dieser an seine Sache glaubte. Er war einer der ersten, der die Hochschulreform der 70er Jahre für mißlungen erklärte. Er scherte sich nicht um die Gesinnungspolizei, die mit ihren Konskriptionslisten geistige Hausdurchsuchungen nach solchen Gedanken veranstaltete. Das hatte Daniel imponiert. Die ganze Anschuldigungsindustrie mit ihren Kampagnen und Autodafés funktioniere nur so lange, wie sich die Inquisitoren auf die mangelnde Zivilcourage ihrer potentiellen Opfer verlassen könnten, hatte er Daniel erklärt. Doch er sei Politologe, analysiere die Mechanismen und handele nach dem militärischen Grundsatz: Gefahr erkannt – Gefahr gebannt. So einen Kerl hatte Daniel unter seinen Professoren noch nie getroffen. Weiss war der erste, der ihm vorführte, was intellektuelle Courage und geistige Sportlichkeit waren. Er wirkte intellektuell muskulös, und darin steckte für Daniel eine ungeheure Attraktivität.

Daniel hatte bei Winkelried in der Soziologie eine Dissertation über das Thema »Liebe und Konflikt« begonnen. Als Winkelried dann plötzlich starb, hatte Weiss ihn kommen lassen, über eine Stunde lang interviewt, ihm dann eine Liste mit dreißig Fragen zu seinen Zielen und wissenschaftlichen Überzeugungen mitgegeben, die er in Ruhe jeweils mit einem Satz zu beantworten hatte und wenige Tage, nachdem er den Fragebogen wieder abgegeben hatte, hatte er ihn einbestellt und ihm eröffnet, daß er ihn in sein Team übernähme. Dazu mußte Daniel sein bisheriges zweites Fach, die Politologie, zu seinem Hauptfach machen. Erst später hatte er erfahren, daß sich im Soziologischen Institut niemand bereitgefunden hatte, seine Dissertation zu betreuen. Der Grund lag darin, daß Daniel mit der Systemtheorie arbeitete. Winkelried war der einzige gewesen, der sie überhaupt verstanden hatte. Die anderen hatten sich die Auseinandersetzung durch den präventiven Vorbehalt erspart, die ganze Theorie sei nicht »kritisch«, sondern »affirmativ«. Und als die FDP nach dem elenden Scheitern von Wissenschaftssenator Grund überraschend den Häretiker Weiss an die Spitze der Wissenschaftsbehörde berief, hatte er Daniel als seinen Persönlichen Referenten ins Ministerium geholt. Damit hatte die aufregendste Zeit seines Lebens begonnen.

»Blow winds! And crack your cheeks!« Unmittelbar neben Daniels Ohr gellte eine schrille Stimme und riß ihn aus seiner Versunkenheit. Neben ihm war Hannah Krakauer aufgetaucht, die ihre kurvige Figur offenbar in den Dienst der Aufgabe stellte, einen wahnsinnigen König Lear im Sturm darzustellen. Daniel kannte ihren Hang zu schauspielerischen Improvisationen. Sie hatte eine Weile an der University of Massachusetts am Drama Department studiert und dann bei der Hamburger Studiobühne gespielt. »Tremble, thou wretch«, schrie sie Daniel ins Ohr, »that hast within thee undevulged crimes unwhipt of justice.« Sie lachte, als Daniel sich die Ohren zuhielt, und stutzte ihr Rollenspiel auf einen improvisierten Blankvers zurück. »Nun, vom Kater wieder ganz erholt? / Schon wieder auf der Jagd? Warum sonst / versenkt Ihr Euch so tief in diesen Anblick? / Ihr seht, wie jener Wind die Frauenleiber / aus den Kleidern modelliert, und seid entzückt.«

Daniel lachte.

»Ist dir schon aufgefallen, daß es grundsätzlich zwei Sorten von Studentinnen gibt: Die, die dem Wind den Rücken zuwenden, und die, die sich ihm entgegenstellen? Ob sich darin eine Lebenshaltung ausdrückt?«

»Arsch oder Titten«, entgegnete Hannah und wechselte das Thema. »Ich muß dich sprechen. Komm, laß uns eine Tasse Kaffee trinken.«

Sie ließen die große Glasfront des Audimax hinter sich, in der ihre Spiegelbilder immer kleiner wurden, umrundeten das leere Betonbecken des Teiches, der wie ein Mondkrater in der Mitte des Campus klaffte und es unmöglich machte, irgendeinen Ort auf dem Gelände der Universität von irgendeinem anderen Ort aus auf geradem Wege zu erreichen, schritten am gewaltigen Schlachtschiff der Wirtschaftswissenschaften vorbei und gingen auf die neue »Kommunikationsskulptur« zu. Sie sah aus, als hätte eine Bombe in ein Haus eingeschlagen und nur das

Treppenhaus stehengelassen. Auf den ins Leere ragenden Treppenabsätzen hatte der Architekt wetterfeste Sitze aus Draht angebracht. Da sollte dann wohl die Kommunikation stattfinden. Aber die Wirkung war so, daß das ganze Gebilde genausogut als Denkmal für die Gefallenen von Stalingrad durchgehen konnte. Sie waren stehengeblieben, und im selben Moment, als dieser Gedanke Daniels Hirn durchquerte, hörte er Hannah sagen: »Das wäre doch nicht schlecht als Holocaust-Denkmal, oder?«

Gleich sah Daniel es vor sich: »Würde sofort mit rechten Graffiti beschmiert werden«, sagte er.

»Wetten, daß es dann am nächsten Tag wieder gesäubert würde?«

Er lachte: »Ihr könnt es ja mal versuchen.«

Nachdem sie den Belagerungsring von Pennern durchbrochen hatten, der den Campus umgab, ließen sie sich in einem türkischen Restaurant an einem Holztisch nieder. Während Hannah sich durch die Speisekarte mit ihren tausend und einer Variation von Köfte und Börek arbeitete, betrachtete Daniel sie über den Rand seiner eigenen Speisekarte. Kein Zweifel, wenn sein Hirn nicht von Alkoholnebeln umwölkt war, mußte er zugeben, daß er sie anziehend fand. Obwohl sie, gemessen am Standardgeschmack, etwas füllig war. Aber ihr Gesicht erhielt dadurch etwas Weiches und Feminines, das durch den Reichtum an krausen, dunklen Haaren noch akzentuiert wurde. Dabei lagerte über allem ein leichter Schimmer des Exotischen, der ihm schon früher aufgefallen war. Aber bei weiterem Nachdenken hatte sich Daniel im Verdacht, daß sich in diesen Eindruck sein Wissen einmischte, daß Hannah Jüdin war. Er fühlte sich an das Klischee der schönen Orientalin mit ihrem lasziven Versprechen verschleierter Sinnlichkeit erinnert. Sollte er etwa ein Opfer von uralten Wahrnehmungsmustern sein? Doch nicht er, ein Kenner der kulturellen Semantik, vor allem in Sachen der Liebe! Hannah bestellte ein Izgara Köfte und Daniel eine Teigtasche.

»Also«, nahm Hannah das Wort, »du hast von dieser Prozeßflut gegen das Allgemeine Politische Mandat der Studentenschaft gehört?«

Daniel wühlte in seinem Hirn. Da war doch was. »Oh ja, hast du nicht gestern versucht, mir das Problem zu erklären?«

»Den Mund habe ich mir fusselig gequatscht. Aber du warst schon zu blau. Hast du irgendwas davon behalten?«

Daniel faßte sich an den Kopf. »Warte, warte, warte«, er richtete seinen Blick ins Jenseits, zurück in das Zwischenreich des alkoholischen Stupors. »Also, die Studentenschaft ist eine öffentlich-rechtliche Zwangskörperschaft –«, er zerrte die Worte mühselig aus den Fluten seines Unterbewußten, »– bei der die Mitgliedschaft Pflicht ist. Sehe ich das so richtig?« Hannah nickte. »Und laut Gesetz darf der AStA die Zwangsbeiträge der Studenten nur für unmittelbar hochschulpolitische oder kulturelle Zwecke verbraten. Richtig?«

»Eben nicht. Jaja, das steht im Gesetz, aber das ist eben nicht richtig, das ist ein Scheißgesetz. Und es wurde bis jetzt auch nie restriktiv angewandt. Machen wir uns doch nichts vor«, Hannah fuchtelte mit Messer und Gabel in der Luft herum, »die Studenten wurden doch immer so gesehen, wie Mannheim die Intellektuellen verstanden hat: Ohne gesellschaftlichen Ort nahmen sie nicht ihre eigenen partikularen, sondern die Interessen der Gesellschaft wahr. Sie waren doch immer auf seiten der Freiheit und des Fortschritts. Na ja, vielleicht nicht die NS-Studentenschaft von 1933, aber eben die Bürgerrechtler der USA, die 68er, die Friedensbewegung, die Anti-Atomkraftbewegung, was du willst. Und jetzt wollen die uns zurückstutzen auf eine Lobby wie den Verband der Verpackungsindustrie. Das ist doch unmöglich.«

»Wer sind ›die‹?«

»Irgendein rechtes Kartell aus Anwälten, geheimen Geldgebern und RCDS-Studenten. In Hessen haben zwei Studenten dagegen geklagt, daß ihre Zwangsbeiträge für politische Ziele verwendet werden, die sie ablehnen. Zum Beispiel für die Verbreitung von Infobroschüren gegen Castor-Transporte. Oder Unterstützung der PKK. Und uns droht nun ein gewisser RCDS-Student namens Heiko Uphoff mit einem Prozeß, weil wir zu einem Fest der Völkerfreundschaft nach Kuba gefahren sind.«

»Und wenn ihr verliert?«

»Dann zwiebeln die uns ein Ordnungsgeld von ein paar zigtausend Mark auf.«

»Und wieviel verwaltest du insgesamt?«

Hannah beugte sich weit über den Tisch und zwang Daniel dazu, sich ebenfalls hinüberzulehnen, bis ihre vollen Lippen fast sein Ohr berührten. »Eine Million«, flüsterte sie.

Daniel ließ sich zurückfallen.

»Mein lieber Herr Gesangverein! Eine Million! Was macht ihr mit der ganzen Knete? Einen Haufen Extremisten unterstützen?«

»Na ja, du kennst ja die AStA- Koalitionen. Multi-kulti, Frauen und Lesbierinnen, Schwule, Grüne und ein Haufen Altlinke und neue PDS-Anhänger. Das Komische ist nun, daß Präsident Schacht uns im Kampf um das Allgemeine Politische Mandat fallengelassen hat. Völlig rätselhaft. Er ist doch selbst ein alter Revoluzzer. Ohne 68 wäre der doch nie Präsident geworden. Aber jetzt zieht er den Schwanz ein. Wir stehen alleine.«

»Und da habt ihr an Weiss gedacht.«

»Ja. Und wir könnten ihm für seine Unterstützung ein Angebot machen.« Hannah lächelte kokett. Wenn sie lächelte, erhellte sich ihre Miene, als ob die Sonne aufgegangen wäre. Der plötzliche Wechsel von Gewitterstimmung zu Frühlingswetter erstaunte Daniel immer wieder. Ob er sich ein klein wenig in Hannah verliebt hatte? Aber im Grunde stellte sich Daniel dieselbe Frage fast bei jeder Frau. Seitdem er in seiner Doktorarbeit die paradoxe Struktur der Liebeskommunikation aufgespürt hatte, schwebte er in einem Zustand latenter Dauerverliebtheit. Ihm war es gegangen wie einem Chemiker, der sich bei der Analyse von Spitzenweinen betrinkt. Es war ihm klar geworden, daß Liebe aus einer optischen Selbsteinschränkung entsteht. Aus dem Nichts, praktisch von selbst. Autokatalytisch, durch Selbstentzündung, vermittels einer ungeheuren Konzentration, mit der der Liebhaber nur noch die Augen der Geliebten sieht und dabei sieht, daß sie sieht, wie er sie ansieht. Alles wird dann pure Wechselseitigkeit. Man kann nicht mehr zwischen Sehen und Beeindrucktwerden unterscheiden. In diesem Wirbel gehen die Unterschiede von Handeln und Leiden unter. Alles wird paradox. Ein süßes Martyrium. Eine freiwillige Sklaverei. Eine willkommene Krankheit. Und alles, was geschieht, können beide sowohl mit *seinen* als auch mit *ihren* Regungen begründen. Seitdem Daniel verstanden hatte, daß es diese durch nichts begründete, bodenlose, sich selbst tragende, sich selbst aufschaukelnde Wechselseitigkeit war, die die magische Grenze um die Sonderwelt des Liebespaares zog, löste fast jede Frau in ihm die Versuchung aus, auf den Knopf zu drücken. Dabei wußte er, daß er selbst das erste Opfer der Selbsthypnose war. Weil er durchschaute, wie diese Verzauberung zustande kam, sah er im Geiste schon jede Frau im Zustand der Verliebtheit. Wenn sie nur halbwegs feminin aussah, erschien sie seinem prophetischen Auge in der bengalischen Illumination der Liebe. Schön und glühend. Der Augensprache der Liebe verfallen, zugleich hellsichtig und blind. Und Daniel hatte verstanden, daß es diese Erwartung auf seiner Seite war, die in den Frauen die Regung auslöste, sie zu erfüllen. Sprangen sie erst mal auf die Magie der Wechselseitigkeit an, waren sie verloren. Dann floß der Strom, und sie leuchteten so sicher auf wie der Draht einer Glühbirne, nachdem man auf den Schalter gedrückt hatte. Und dieses Wissen versetzte Daniel in eine generelle Liebesbereitschaft, durch die jede Frau, die er traf, in ihm das Gefühl weckte, mit ihr könne er vielleicht sein Leben verbringen. Wenn er sich ordentlich hineinsteigerte, war er binnen kürzester Zeit bis über beide Ohren verknallt. Und das war es, was ihm jetzt auch bei Hannah drohte.

»Was für ein Angebot?« fragte er in einem Ton, als ob es sich um ein Angebot an ihn persönlich handele.

»Weiss hat doch neulich in der Bürgerschaft eine Notolerance-Kampagne für den Campus vorgeschlagen. Du weißt schon! Was die New Yorker Polizei gemacht hat.«

»Du meinst diesen Kampf gegen die Verwahrlosung? Keine Schmierereien, keine kaputten Lokusse, keine Penner mit ihren Biwaks, keine Drogendealer in den Grünanlagen, keine terroristischen Versammlungen in der Mensa, keine Einbrüche in die Geschäftszimmer? Dafür kriegt er nie politische Unterstützung.«

Hannah lachte wieder ihr Morgenrotlachen. »Mit unserer Hilfe vielleicht doch.«

Daniel schüttelte den Kopf. »Die Behörde gibt ihm noch nicht einmal das Geld dafür, daß die Graffiti beseitigt werden. Du hast doch die Debatte in der Bürgerschaft gehört. Da finanzieren die doch lieber ein paar Erlebnisurlaube für Serienkiller in Australien.«

»Das stimmt schon«, entgegnete Hannah und schaute ihn nachdenklich an, »aber du hast mich da mit deiner Bemerkung auf eine Idee gebracht!«

»Was für einer Bemerkung?«

»Na über die Graffiti! Wie wäre es, wenn wir sämtliche Wände auf dem Campus mit großer Graffitidichte durch Hakenkreuze oder SS-Runen oder Parolen verschönern würden wie ›Juda verrecke!‹ oder ›Judensäue auf die Rampe!‹? Was meinst du, wie schnell da die städtischen Weißwäscher auftauchen würden?«

Daniel pfiff durch die Zähne.

»Wenn ich mal Senator bin, dann mache ich dich zu meiner Persönlichen Referentin. Aber«, er hob die Hände, »ich kann doch dem Weiss nicht so ein Angebot machen. Auf so einen mephistophelischen Vorschlag kann er doch nicht eingehen.«

Hannah beruhigte ihn. »Als offizielles Programm wollten wir ihm das auch nicht vorschlagen. Wir führen es ihm vor. Wir geben ihm ein Beispiel. Und wenn es funktioniert, dann interpretierst du es ihm. Du bist unser Dolmetscher.«

»Wie meinst du das, ihr gebt ein Beispiel?«

»Kennst du den Historiker Schneider? So eine Art Bevölkerungswissenschaftler? Hält morgen im Audimax seine Antrittsvorlesung.«

»Nein.«

»Bei dem machen wir ein Go-in.«

»Warum das denn?«

»Na, das ist ein Faschist. Er redet über die Kriminalitätsrate von Ausländern und Zigeunern und erzählt, in anderen Ländern würden die sterilisiert.«

»Mein Gott.«

»Ja, der erzählt zwar immer, das ist wertfreie Wissenschaft, aber jemand von uns hat rausgekriegt, er ist in einem rechtsradikalen Verein. Neue Freiheit oder so. Er tritt also morgen im Audimax auf. Und da könnten wir deine Idee mal versuchsweise an den Wänden des Audimax ausprobieren und sehen, ob sie funktioniert.«

Daniel protestierte. »Meine Idee? Das war deine Idee, Hannah.«

»Deine Idee, meine Idee, ist doch egal, wessen Idee.

Ich bin sicher, wenn sie funktioniert, überzeugt sie auch den Senator.«

»Okay. Und was muß ich dafür tun?«

»Das ist um zehn Uhr. Morgens. Kurz vorher gibst du deinem

Freund Clemens von der *Morgenpost* und deiner Freundin Henriette vom *Abendblatt* und deinen Bekannten vom NDR einen Tip. Wenn wir das machen würden, kommen die doch niemals.«

»Okay. Mach ich.«

»Stell dir vor, der Schneider hält da seine faschistische Rede, und das ganze Audimax ist beschmiert mit ›Juda verrecke‹ und ›Deutschland erwache‹. Wenn wir da protestieren, schreiben die das doch dem Schneider und seiner Truppe zu. Wird das ein Wirbel, oder wird es das?«

»Und ob es das wird.«

Sie zahlten ihre Rechnung, und bevor sie sich trennten, blieben sie noch einen Augenblick vor der Tür stehen. Daniel sah Hannah nachdenklich an.

»Hannah, ich finde dich richtig sexy, aber heiraten könnte ich dich nie.«

»Enttäusche mich nicht.« Sie sprach in spöttischem Ernst. »Worin besteht das Ehehindernis? Wenn wir von der Rassenschande mal absehen?«

»Du liebst diese Dramen zu sehr. Und in einer langweiligen Ehe würdest du nur noch Szenen machen.«

»Darf sie eben nicht langweilig werden, mein Liebster.«

»Jede Ehe wird langweilig.«

»Nicht, wenn man hin und wieder eine Demo macht.«

»Das ist dein jüdisches Temperament«, sagte Daniel lachend. »Dem wäre mein arisches Phlegma nicht gewachsen.«

Da packte sie ihn bei seinem Schlips.

»Komm, gib mir einen Abschiedskuß, du Antisemit.«

Damit zog sie ihn zu sich heran und küßte ihn. Ihre weichen vollen Lippen schmeckten nach Izgara Köfte.

# 4

Am nächsten Morgen klopfte Daniel zag an die Bürotür von Senatsdirektor Rudinski. Als er keine Antwort hörte, wartete er und lauschte. Er hatte immer noch eine gewisse Scheu vor Rudinski. Auf eine schwer erklärbare Weise gab ihm der Senatsdirektor das Gefühl, eigentlich kein Recht zu haben, sich in den getäfelten Räumen des Ministeriums aufzuhalten. Er begegnete ihm wie ein byzantinischer Priester, der im Chorraum seiner Basilika plötzlich auf einen Westgoten im Bärenfell trifft. Mit seinen weit aufgerissenen Knopfaugen ließ er ihn wissen, daß nicht jeder Hergelaufene die Korridore der Macht profanieren dürfe. Schließlich lagerte hier ein kostbarer Schatz, das Arkanum des Herrschaftswissens, dem man sich nur nach rituellen Waschungen und schwierigen Prüfungen nähern dürfe. Mit der zeremoniellen Korrektheit seines Auftretens brachte Rudinski die priesterliche Strenge zum Ausdruck, die er für den Umgang mit dem Geheimwissen für geboten hielt. Zugleich war sie eine ständige stumme Mahnung an Daniel, seiner lockeren Unbekümmertheit den Faltenwurf der Gemessenheit überzuwerfen oder doch wenigstens einen Lendenschurz überzustreifen.

Anfangs war Daniel davon so eingeschüchtert gewesen, daß er sich völlig befangen fühlte. Dann hatte er herausgefunden, daß es half, wenn er sich Rudinski nackt vorstellte. Mitten in der allmorgendlichen Ministerrunde hatte ihn diese Vision überfallen, und er hatte mit seinem plötzlich explodierenden Gelächter, das er schnell als Hustenanfall kaschierte, die befremdeten Blicke von Rudinski und seinen Referenten auf sich gezogen. Inzwischen hatte er die Vision malerisch vervollkommnet. Dabei hatte er Paolo Veroneses Gemälde des heiligen Sebastian zugrunde gelegt, und nun stellte er sich gerade vor, wie Senatsdirektor Rudinski sich auf seinem Bürostuhl wand, während sein weißes Beamtenfleisch von kräftigen Pfeilen durchbohrt wurde. Auf diese Weise ermutigt, klopfte er kräftiger und wurde durch ein lautes »Herein!« belohnt.

Er schob sich vorsichtig durch die Tür.

»Herr Rudinski, kann ich Sie kurz sprechen?«

Ohne aufzublicken wedelte ihn Rudinski zum Besucherstuhl gegenüber seinem Schreibtisch. Daniel setzte sich.

»Nun, was gibt's?«

»Herr Rudinski, der Senator macht sich Sorgen wegen der neuen Studie. Ich meine den internationalen Vergleich der Schulleistungen.«

»Gut.«

Daniel war verblüfft.

»Sie finden das gut?«

»Es ist gut, wenn er sich Sorgen macht. Dafür sind Politiker da. Und das ist auch der Zweck solcher Studien: Damit sich Politiker öffentlich Sorgen machen können, um ihre Tatenlosigkeit zu kaschieren.« Rudinski beendete die Lektüre seines Schriftstücks und blickte auf. »Was wird denn schon drinstehen, in der Studie? Daß deutsche Schüler schlechter sind als japanische?«

»Schlimmer!«

»Als algerische?«

»Schlimmer!«

»Schlimmer? Das kann nicht sein. Wissen Sie, was wirklich schlimm wäre? Wenn nachgewiesen werden könnte, daß Hamburger Schüler schlechter sind als baden-württembergische.«

»Das sind sie doch auch.«

Senatsdirektor Rudinski legte priesterlich die Fingerspitzen zusammen, lehnte sich in seinem Drehstuhl zurück und blickte zur Stuckdecke seines Büros.

»Das schon. Aber es kann nicht nachgewiesen werden. Nicht, wenn Sie kommunikative Kompetenz miteinbeziehen«, fügte er zufrieden hinzu.

»Aber die kann man doch gar nicht messen.«

»Eben.«

Rudinski linste listig zu Daniel herüber, ohne sich zu bewegen. Wollte er ihn aufs Glatteis führen? Bei Rudinski konnte man nie wissen. Ironie und Ernst waren bei ihm schwer zu unterscheiden.

»Gerade weil man sie nicht messen kann, haben wir sie eingeführt. Eine Erfindung dieses Hauses«, sagte er mit einem selbstzufriedenen Lächeln.

Daniel fühlte, wie sich eine Welle der Empörung in ihm ausbreitete. Seine Schüchternheit war verflogen. Am liebsten hätte er diesen selbstgefälligen Mandarin der Macht am Kragen gepackt und geschüttelt.

»Wollen Sie sagen, Sie haben das eigens erfunden, um Leistungsvergleiche unmöglich zu machen?« fragte er empört.

Während er antwortete, stand Rudinski auf, ging zu einem Bücherschrank, griff sich ein Zigarillo aus einer Kiste und zündete ihn umständlich an.

»Herr Dentzer, ich nehme an, Sie sind für die Ausweitung des Bildungssystems?«

Daniel nickte.

»Gut. Bildung und Ausbildung für alle. Karrieren werden von der Herkunft abgekoppelt. Jeder ist seines Glückes Schmied. Aber Ausbildung läuft nur über Leistungsbewertung. Überall Zeugnisse, Prüfungen, Examina, Grade und Titel. Was der Mensch auch tut, alles wird plötzlich beurteilt, zensiert und benotet. Zensuren aber leben von ihrer internen Kontrastierung. Gute Leistungen werden nur sichtbar im Kontrast zu schlechten. Sie schauen nur auf die paar Nobelpreisträger. Aber was ist mit den vielen, die sich plötzlich als mittelmäßig, unbegabt, unfähig und beschränkt erfahren? Was ist mit ihnen? Wollen Sie denen sagen: ›Ihr habt euch als unwürdig erwiesen. In die Hölle mit euch‹? Nein, mein Lieber, sie brauchen Trost. Sie sind die wahren Märtyrer des Bildungssystems. Auf dem Berg ihrer Leiber erstürmen die paar Nobelpreisträger den Himmel. Sie bedürfen unserer Zuwendung und Pflege. Kommen Sie, kommen Sie.«

Er war vor einem braunen Aktenschrank stehengeblieben, der fast bis zur Decke reichte, und winkte Daniel zu sich. Dann klappte er die beiden riesigen Türen auf. Statt Akten sah Daniel an der hinteren Schrankwand eine Schautafel des Organisationsplans der Hamburger Wissenschaftsbehörde. Ganz oben stand in großen Lettern »Senator Weiss«. Der Name war von einem Kasten eingerahmt. Und dieser Kasten lag auf einer Mauer, mit vier kleineren Kästen, in denen die Inschriften »Büro des Senators, Frau Birkefeld«, »Dr. Meinhardt, Grundsatzangelegenheiten«, »Persönlicher Referent Dr. Dentzer«, »Pressereferent Dr. Grevel« zu lesen waren. Das war der persönliche Stab des Senators. Darunter ragte der gewaltige Tempel der Beamtenschaft mit fünf Säulen auf. Sie trugen einen Giebel mit der Inschrift »Senatsdirektor Dr. Rudinski«. Jede Säule war eine Abteilung mit vielen Unterabteilungen; in Abteilung 1 las Daniel die Stichworte: Verwaltung, Personal, Organisation, Haushalt, Bauten. Abteilung 2, mit der Überschrift Hochschulen, enthielt die Kästen Universität Hamburg, Technische Hochschule Harburg, Fachhochschule, Hochschule für Wirtschaft und Politik, Hochschule für Bildende Künste, Hochschule für Musik und Theater. Er war gerade in Abteilung 3, Studentische Angelegenheiten, mit den Stichworten Zulassung, Kapazität, Statistik, Vertretungsorgane, AStA angekommen, als Rudi auf die fünfte Abteilung wies. Daniel las die Stichwörter: Prüfungswesen, Akademische Grade, Magisterordnung, Diplome, Promotionsordnung, Anerkennung von Prüfungen, Habilitation, Habilitationsäquivalenz, Ausländische Prüfungen, Aberkennung von Prüfungen, Zulassung zum Studium, Lizentiatsordnung, Fernstudium, Zwischenprüfung und Latinum.

»Schauen Sie sich das an. Die größte Abteilung von allen. Ein ganzes System von Gelegenheiten zu sündigen. Dantes Hölle ist weniger komplex. Bei so einem System brauchen Sie Gnadenmittel, Ablässe, Fürbitten, Absolutionen.«

Er zog Daniel etwas nach hinten, um den ganzen Schrank ins Auge fassen zu können. Mit seinen beiden offenen Türen wirkte er wie ein Flügelaltar, vor dem der Rauch aus Rudis Zigarillo aufstieg. Auf beiden Flügeln erkannte Daniel die Organisationspläne der anderen Bundesländer, die zwar kleineren Formats, dafür aber wesentlich komplexer waren.

»Hier haben Sie die heilige Kirche der Bildung. Ihr sind alle Seelen anvertraut. Begabte und Unbegabte. Wir kümmern uns nicht nur um die Gerechten, die Asketen und Begnadeten. Wir müssen auch einen Platz für die Knallköpfe haben.«

Beim Ausdruck »Knallköpfe« lächelte Rudi verzeihend, als ob er sich gerade eine Sünde gegönnt hätte. »Und ihr Platz ist im Fegefeuer der kommunikativen Kompetenz.«

Daniel kam sich vor, als ob er einem Gottesdienst beigewohnt hätte. Rudi hatte den Kelch gehoben und ihm die Monstranz gezeigt, die Glöckchen hatten geklingelt, und im Rauch von Rudis Zigarillo war der Herr der Bildung erschienen. Nun schloß der Priester wieder den Flügelaltar und drückte seinen Zigarillo aus. Daniel mußte sich mit Gewalt von der Wirkung dieses Eindrucks losreißen.

»Aber in dem internationalen Vergleich der Schulleistungen spielt die kommunikative Kompetenz keine Rolle.«

Rudi lächelte süffisant. »Der Bundesländervergleich aber auch nicht«, wandte er ein. »Und das ist das einzige, was zählt.«

»Doch, er spielt eine Rolle.« Daniel genoß es, das zu sagen. »Sie haben Deutschland nach SPD- und CDU-Ländern aufgeschlüsselt und separat verglichen. Bei den CDU-Ländern liegen wir auf Platz sechs hinter den Niederlanden und noch vor Frankreich. Bei den SPD-Ländern auf Platz achtzehn zwischen Ägypten und Bulgarien. Insgesamt liegen wir auf Platz fünfzehn.«

Rudinski war bleich geworden. »Warum haben Sie das nicht gleich gesagt? Das muß unbedingt geheim bleiben. Wer hat die Studie gemacht? Woher haben Sie die? Rufen Sie die Schulsenatorin an. Nein, ruhig, ruhig, ich muß nachdenken. Der Senator weiß schon davon, sagen Sie? Aber was haben wir damit zu tun? Da ist allein die Schulbehörde zuständig.«

Daniel hatte Rudi selten so in Panik gesehen und freute sich schon auf die Ministerrunde.

Hannah Krakauer wehrte sich gegen die Sympathie, die sie für den Mann am Podium verspürte. Professor Wolfram Schneider war kein schlechter Redner. Seine warme, sonore Stimme hüllte die Zuhörer im Audimax in eine Wolke vertrauenserweckender Virilität ein. Doch das war es gerade, was Hannah störte. Ein Wissenschaftler hatte durch die Logik seiner Argumente zu überzeugen, nicht dadurch, daß er wie ein Schauspieler sprach. Und dazu sah Schneider noch aus wie ein Dressman. Er gab ihr das Gefühl, sich in einem Geschäft für Herrenparfüms umzusehen.

Dabei hatte alles so hoffnungsvoll begonnen. Der Direktor des Historischen Seminars, Professor Hollitschek, hatte das Vergnügen gehabt, dem Auditorium den neuberufenen Kollegen Schneider, der ja schon ein Semester hier lehrte, vorzustellen, indem er die Stationen seiner Vita und seine wichtigsten Veröffentlichungen nannte. Und er hatte das in solch einem Ton grämlicher Mißbilligung und angeödeten Ekels getan, als ob nur die Androhung schärfster Höllenstrafen ihn dazu hätte bewegen können, einen kostümierten Affen als Historiker zu präsentieren. Denn Professor Schneider war ein Demograph; er verfolgte die Geschichte der Modernisierung anhand der Bevölkerungsentwicklung, und davon hielt Professor Hollitschek nun gar nichts. Deshalb wirkte seine Präsentation auf Hannah wie die Vorwegnahme des Protests, den sie plante. Obwohl sie dafür einen ganz anderen Grund hatte, rechnete sie mit Hollitscheks Verständnis. Aber dazu mußte sie Schneider erst auftreten lassen, um ihn dann, wenn er sich in seiner ganzen Schäbigkeit präsentiert hatte, zu unterbrechen und ihn vor dem Auditorium öffentlich zu demaskieren. Mit Genugtuung hatte sie festgestellt, daß Daniel – der Schatz – sein Wort gehalten hatte: Auf einer Seite des Audimax hatte sie ein Kamerateam des NDR entdeckt. Der Saal war etwa nur zur Hälfte gefüllt, aber trotzdem hatte Hollitschek einige Mühe gehabt, die Besucher überhaupt ruhig zu kriegen; denn alle unterhielten sich aufgeregt über die furchtbaren Nazi-Parolen, die sie draußen auf den Mauern des Audimax entdeckt hatten. Hannah überlegte, wie schön es wäre, wenn sie eine Verbindung herstellen könnte zwischen diesen Parolen und dem, was Schneider sagte. Konzentriert lauschte sie seinen Ausführungen:

»... natürlich ist die Intelligenzmessung umstritten. Und noch umstrittener ist die Forschung zur Erblichkeit von Intelligenz«, sagte Schneider in einem Ton unparteiischer Urteilsenthaltung, als ob er nicht selbst zu den orthodoxesten Propagandisten der Erblichkeit gehört hätte.

»Er wirkt zu sympathisch«, flüsterte Hannah dem neben ihr sitzenden Volker vom AStA zu. »Wir müssen ihn provozieren.«

Volker nickte. »Okay.«

»... aber das ist auch verständlich, denn alle pädagogischen Utopien beruhen auf der Annahme, daß Unterschiede der Leistungsfähigkeit und der Begabung allein durch Umwelteinflüsse zustande kommen ...«

Da sprang Volker auf und schrie: »Sind Sie etwa anderer Ansicht?«

Durch das Audimax lief der dumpfe Ton eines Echos, wie wenn ein Gong angeschlagen worden wäre.

Schneiders Stimme war um einen Gang schärfer, als er sich Volker zuwandte: »Das bin ich in der Tat. Weil ich der Meinung bin, daß sich ein Wissenschaftler sein Urteil nur nach den Tatsachen, und nicht nach ideologischen Vorurteilen bilden soll.«

Das war Hannahs Stichwort. Sie sprang auf und rief: »Warum hat Sie dann die Gesellschaft für Demographie ausgeschlossen? Warum hat Sie der Vorsitzende der Deutschen Gesellschaft für Bevölkerungswissenschaften von der Jahrestagung wieder ausgeladen? Warum hat Sie der Arbeitskreis ›Historische Demographie‹ einen ›Rassisten‹ genannt?«

In wenigen Sekunden hatte die Unterbrechung das Audimax in einen Hexenkessel verwandelt. Alle schrien durcheinander. Man hörte Rufe wie: »Wer bist du?«, »Ausreden lassen!«, »Seid doch mal ruhig!«, »Das ist doch unmöglich!«, »Wir wollen die Vorlesung hören!«, »Ruhe, verdammt noch mal!«, »Rassisten raus!«, »Laßt ihn antworten!«, »Wir wollen hören, was Schneider sagt.« Die einen protestierten dagegen, daß der Redner so rüde unterbrochen wurde, die anderen fühlten sich ihrer stets sprungbereiten Empörungsbereitschaft auf die Spur eines Opfers gesetzt, und beide versuchten, einander niederzubrüllen. Das Absurde dabei war, daß diejenigen, die ständig »Ruhe« schrien, nicht unerheblich zu dem Lärm beitrugen. Inzwischen hatte Hannah an der Spitze von etwa zehn Demonstranten die Bühne erklommen. Einer von ihnen schloß schnell ein Mikrophon an. Sie selbst begab sich zum Overhead-Projektor, während die übrigen über die ganze Bühne ein Transparent entrollten, auf dem zu lesen war: »Faschistische Wissenschaft: Der Schoß ist fruchtbar noch ...« Im Auditorium erhob sich eine akustische Wolke aus Geschrei, Beifall und Pfeifkonzert. Schneider hatte das Mikrophon zu sich herangezogen und donnerte mit Gottesstimme in die Richtung von Hannah und den Demonstranten: »Mein Name ist Schneider, wer sind Sie?« Darauf hatte Hannah gewartet. Sie hatte sich inzwischen das neuangeschlossene Mikrophon geben lassen. »Mein Name ist Hannah Krakauer, und ich bin die AStA-Vorsitzende der Uni. Und das«, sie wies auf die Demonstranten, »sind Mitglieder des AStA und der Fachschaft Geschichte.« Sie machte eine kleine Pause, um die akustische Zwischenwelle mit Schreien wie »Haut ab!«, »Geht nach Hause!« abebben zu lassen, die diese Vorstellung ausgelöst hatte. Dann fuhr sie fort: »Damit das ganz klar ist, wir sind nicht hier, um Krawall zu machen. Wir sind hier, weil wir Grund haben für die Behauptung, Herr Schneider betreibt faschistische Wissenschaft. Roland, machst du den Projektor an?« rief sie nach hinten ins Audimax, wo Roland über die Glaswände geklettert war, die das elektrische Schaltpult umgaben. Auf der Leinwand über dem Transparent erschien plötzlich die riesige Projektion einer halben Druckseite aus einem Artikel mit einer unterstrichenen Passage. *»Auf dem Gebiet der ehemaligen DDR hat sich die Zahl der Zigeuner seit 1945 verzehnfacht (durch natürliche Vermehrung und Zuwanderung). Ihre Kriminalitätsrate ist achtmal höher als die der übrigen Bevölkerung. Für die Polizei verursachen sie ein Drittel der gesamten operativen Arbeit. Die Behörden haben sich deshalb vor der Wende mit Plänen beschäftigt, Prämienanreize für die Sterilisation der Zigeuner zu schaffen.« Darunter konnte man die Quelle lesen: aus: Wolfram Schneider, Kriminalität und demographische Entwicklung der Zigeunerpopulation, in: Zeitschrift für Demographie, Heft 28, März 1991, Seite 23.*

Als das Auditorium zu Ende gelesen hatte, erhob sich ein Wutgeheul. Schneider versuchte es erneut mit dem Mikrophon: »Das ist aus dem Zusammenhang gerissen ...«

»Ja, ja, das kennen wir ...«, schallte es ihm entgegen.

»Die Sterilisation sollte freiwillig sein«, schrie Schneider.

Da erhob sich im Auditorium eine Frau und stellte die Frage, die in jedermanns Hinterkopf gelagert hatte:

»Woher stammen die Parolen an den Mauern des Audimax?«

Schneiders Stimme hatte längst ihren sonoren Klang verloren. »Woher soll ich das wissen? Was habe ich damit zu tun?«

Höhnische Rufe von »Ja, ja, er hat nichts damit zu tun.«

Plötzlich sprang ein Mann auf, der mit seinem kahlgeschorenen Schädel und seinem Kampfanzug unschwer der rechten Szene zuzuordnen war, und schrie, indem er auf Hannah zeigte: »Frag doch die Fotze da vorn, wo die herkommen.«

Als wäre es ein Signal gewesen, sprangen plötzlich hinten die Türen auf, und eine Truppe von zwanzig Maskierten in Kampfanzügen mit Baseballschlägern in der Hand stürmte herein. Die eine Hälfte rannte auf den Glaskasten mit dem elektrischen Schaltpult zu, an dem Roland die Beleuchtung und den Projektor bediente, und die andere lief auf die Bühne zu. Hannah schrie: »Roland, laß den eisernen Vorhang herunter.« Da splitterte Glas, ein ohrenbetäubendes Krachen ertönte, und dann ging das Licht aus. Hannah hörte noch das Kommando »Greift euch den Prof«, und dann nichts mehr.

»Von wegen nicht zuständig!« Senator Weiss blickte erst Rudinski und dann Daniel an. »Natürlich betrifft uns das genauso wie die Schulbehörde. Die Studie weist doch nach, daß das Abitur als Zugangsberechtigung zur Universität nicht mehr zu halten ist. Ab jetzt ist es aus mit Sesam öffne dich. Da müssen wir doch reagieren. Was raten Sie mir?«

Er lächelte leicht verschwörerisch zu Daniel herüber, als wollte er sagen: »Wart's ab, du wirst schon sehen!« Senator Weiss wußte, ein bißchen behandelte er seinen Persönlichen Referenten wie einen Sohn. Das lag daran, daß er sich von ihm wie ein Vater behandelt fühlte. Schließlich hatte Daniels eigener Vater schon vor seiner Geburt das Weite gesucht. Und so hatte ihn sein Persönlicher Referent als Ersatzvater adoptiert, an dem er lernen konnte, was ein erwachsener Mann war. Doch für Weiss mischte sich in diese Väterlichkeit die narzißtische Erinnerung an sich selbst, als er jung war. Daniel löste in ihm eine rückwärtsgewandte Identifikation aus. Dabei war er selbst ganz anders gewesen: Er hatte nichts gehabt von jener unverklemmten Lockerkeit gegenüber Frauen. Im Gegenteil, er hatte sehr unter seinen Hemmungen gelitten. Daniel repräsentierte weniger sein altes Ich als sein Ich-Ideal. An ihm sah Senator Weiss, wie er selbst gern gewesen wäre. Zugleich fand er ihn politisch rührend naiv, und so neigte er dazu, ihn durch dosierte Einblicke in die machiavellistische Hexenküche der Ränke und Intrigen abzuhärten. Dadurch stilisierte er sich selbst in den Augen Daniels zu einer geheimnisvollen Figur, die aus den Quellen der diabolischen Erfahrung getrunken hat, und konfrontierte den beneideten erotischen Schmelz der Jugend mit der dunkleren Farbe der notwendigen Härte, die erst den erwachsenen Mann ausmacht.

Rudinski hatte den Glanz seiner Eichhörnchenaugen gegen einen leicht verschleierten Ausdruck getauscht.

»Nun?«

»Sie sollten die Untersuchung geheimhalten!«

»Sie meinen unterdrücken?«

Rudinski blickte empört. »Das wäre in einer freien demokratischen Gesellschaft höchst unangemessen. Nein, ich meine: nicht bekanntmachen. Der Öffentlichkeit nicht aufdrängen. Die Leute nicht damit belästigen.«

»Läuft das nicht auf dasselbe hinaus?« fragte Daniel.

Rudinski schaute ihn befremdet an. »Das ist der Unterschied zwischen einer Diktatur und einer Demokratie«, sagte er gemessen.

»Aber die Leute haben ein Recht darauf, die Ergebnisse der Studie zu erfahren.«

»Die Leute haben ein Recht darauf, nicht überlastet zu werden. Und sie mit Hiobsbotschaften über Zustände zu behelligen, die sie nicht ändern können, heißt sie überlasten.«

»Was meinen Sie mit den Zuständen, die man nicht ändern kann?«

»Na, den deutschen Bildungsföderalismus.«

Senator Weiss legte ein wenig mehr Härte auf. »Sie sagen es. Damit sind so viele Ministerien befaßt, daß sich da schon jemand finden wird, der die Studie der Presse zuspielt. Geheimhalten läßt sie sich nicht.«

»Dann muß man sie diskreditieren.«

»Wie? Die ist wasserdicht.«

Rudinski lächelte das Lächeln des Mandarins, der auf Äonen bürokratischer Erdzeitalter zurückblickt und auf die Schichten verweist, in denen sich die Erfahrungen abgelagert haben. »Keine Untersuchung ist so wasserdicht, daß die Ergebnisse nicht in ein zweifelhaftes Licht getaucht werden könnten. Ich habe schon mehr Untersuchungen diskreditiert, als ich zählen kann: Die Datenbasis ist zu eng, um so weitreichende Schlüsse zuzulassen; die Vergleichsparameter sind unklar; die Autoren der Studie sind parteipolitisch gebunden; ihr Institut wird zugleich von einem großen Medienkonzern finanziert. Die Möglichkeiten sind praktisch unbegrenzt.«

Weiss war innerlich erheitert. Rudi reagierte genauso, wie er es erwartet hatte. An seinen Reaktionen konnte er ablesen, wie seine Kollegen Kultusminister in den anderen Bundesländern reagieren würden.

»Rudi, ich möchte, daß Sie für die nächste Kultusministerkonferenz einen Vorstoß vorbereiten. Wir erkennen das Abitur nicht mehr als automatische Zugangsberechtigung an. Von nun an sollen sich die Hochschulen ihre Studenten selbst aussuchen.«

Rudi wirkte, als ob ein Asthmaanfall bevorstünde. Er atmete schwer, und seine Augen traten ihm aus dem Kopf. »Aber ... aber ... aber ...«, es fiel ihm nicht ein, wo er anfangen sollte. »Die zentrale Studienplatzvergabe«, hechelte er schließlich.

»Wird überflüssig.« Weiss fühlte sich in Jupiterlaune. Er schuf gerade das deutsche Bildungssystem neu. Man brauchte nicht einmal Mut dazu, dachte er, sondern nur Chuzpe. Diese ganzen heiligen Kühe waren nichts als Fiktionen. Ein riesiger Bluff. Nur heiße Luft. Wind, nur Wind. Ihm fiel der Orkan vor dem Philosophenturm ein. Er wütete dort schon so lange, wie das Gebäude stand. Der Olymp der Mittelmäßigkeit. Verhülle dein Haupt mit Wolkendunst... »Außerdem nehmen Sie Verbindung mit der Finanzbehörde auf. Wir werden bei der Hochschule Geld einsparen!«

Jetzt drohte Rudi völlig zu ersticken. »Sie wollen noch mehr... Sie selbst bieten... Mit Verlaub, Herr Senator, Ihre Aufgabe«, er holte Luft, »unsere Aufgabe ist es, für die Universitäten so viel Geld herauszuschlagen, wie es nur eben geht.«

Weiss spürte langsam Mitleid mit Rudi. »Wir ändern die Finanzgrundlage. Die Hochschulen werden nicht mehr nach der Zahl ihrer Studenten finanziert, sondern nach der Zahl ihrer Abschlüsse. Daniel, sagen Sie Rudinski, warum das nötig ist.«

Er sah, wie Daniel strahlte.

»Weil die Uni sich dann nur noch die Studenten aussucht, von denen sie annehmen kann, daß sie nicht vorzeitig abbrechen...«

»... also die Besten«, unterbrach Weiss. Er genoß es, wie sie zusammen Rudi in die Mangel nahmen.

»Auf diese Weise sorgen wir für Wettbewerb zwischen den Hochschulen, zwingen die Unis dazu, Ihre Studenten gut zu betreuen, und sichern uns die Unterstützung der Finanzminister gegen die Opposition der Kultusministerkonferenz.«

Weiss nickte zufrieden. Ihm gefiel es, daß Daniel von »wir« sprach. Er stellte sich auf seine Seite. Vater und Sohn. Zwei Männer konnten viel erreichen. »Und dazu müssen Sie die Studie der Presse zuspielen. Wollen Sie das übernehmen, Rudi?«

Rudinski stand auf. »Herr Senator, niemals hätte ich es für möglich gehalten, daß mein eigener Dienstherr mich zu einer illegalen Handlung auffordern würde. Die Studie ist doch geheim, oder habe ich das etwa falsch verstanden? Wollen Sie, daß ich mich eines Dienstvergehens schuldig mache?«

Weiss blickte ihm direkt von unten in die Augen: »Ja.«

Das schien Rudis Selbstbeherrschung den Rest zu geben. »Sie geben... sie dementieren... Sie geben das zu? Aber warum? Warum wollen Sie, daß ich das tue?«

Der Senator war es leid, zu Rudi aufzusehen. »Kommen Sie, setzen Sie sich wieder hin.« Rudi tat es.

»Sehen Sie, ich weiß, Sie sind gegen die Reform der Uni. Sie glauben einfach nicht daran. Aber wenn Sie jetzt die geheime Studie der Presse zuspielen, mache ich Sie zu meinem Komplizen. Dann sind wir im selben Boot. So fängt jede Revolution an. Mit gemeinsamen Verbrechen. Das schweißt zusammen. Es macht die Rebellen zur Schicksalsgemeinschaft. Durch die Verbrechen setzen sie sich gemeinsam der Rache des Gegners aus, und deshalb müssen sie von da an zusammenhalten.«

Rudi blickte zu Daniel und dann wieder zum Senator. »Und wenn ich mich weigere?«

Natürlich hatte Senator Weiss mit dieser Frage gerechnet, aber bevor er antworten konnte, betrat Frau Birkefeld das Büro.

»Es tut mir leid, Sie zu unterbrechen, aber ich finde, Sie sollten sich die Nachrichten anhören«, und damit schritt sie zu einem Fernseher, der unauffällig in einem Bücherregal stand, und schaltete ihn ein. Auf dem Bildschirm erschien ein Nachrichtensprecher:

»... der Zwischenfall ereignete sich heute morgen im Audimax der Universität. Während der Antrittsvorlesung von Professor Schneider aus dem Historischen Seminar. Der AStA der Universität hatte die Veranstaltung mit einem Go-in unterbrochen und dabei Herrn Schneider des Rassismus und der faschistischen Wissenschaft beschuldigt.« Auf dem Fernsehschirm erschien ein Bild der Bühne des Audimax, auf der Studenten ein Transparent hochhielten mit der Aufschrift: »Faschistische Wissenschaft: Der Schoß ist fruchtbar noch...« Die Kamera schwenkte auf einen Mann hinter dem Podium, der gerade ins Mikrophon schrie: »Was habe ich damit zu tun?«, und von da ins Publikum, aus dem die Rufe zu hören waren: »Ja, ja, er hat nichts damit zu tun.« Dann sah man wilde Reißschwenks quer über die Köpfe des Auditoriums, während der Nachrichtensprecher sagte: »Darauf stürmte eine Gruppe Rechtsradikaler das Auditorium, zerstörte die Lichtanlage und prügelte auf die Studenten ein.« Der Bildschirm wurde schwarz und man hörte nur noch klirrendes Glas, krachende Geräusche und den Schrei: »Greift euch den Prof!« Dann erschien wieder das Bild des Nachrichtensprechers: »In der anschließenden Dunkelheit kam es zu einer Panik, bei der über zwanzig Personen verletzt wurden.« Das Bild von Sanitätern erschien, die sich im Foyer des Audimax um die Verletzten bemühten. »Während die meisten Verletzten ambulant behandelt werden konnten, mußte die AStA-Vorsitzende Hannah Krakauer in die Eppendorfer Klinik eingeliefert werden.« Man sah, wie Sanitäter eine Bahre mit einer Frau in einen Krankenwagen schoben. Deutlich war das dunkle, dichte Haar der Frau zu sehen. »Wie wir inzwischen erfahren haben, ist die AStA-Vorsitzende lebensgefährlich verletzt. Gegenwärtig kämpfen die Ärzte um ihr Leben.« Weiss hörte, wie Daniel »Oh Gott« sagte. »Ob von den Schlägern jemand gefaßt werden konnte, sagt uns jetzt Sandra Bruckner. Sie hat den ermittelnden Beamten vor Ort befragt.« Der Fernseher zeigte jetzt eine junge Frau, die vor der Glasfront des Audimax einem verhärmt wirkenden Mann gegenüberstand und in ein Mikro, so dick wie ein Apfel, sprach: »Herr Inspektor Heil, konnten Sie die Täter identifizieren? Haben Sie schon Verhaftungen vorgenommen?« Dann schob sie das Mikro ihrem Gegenüber entgegen. Der Inspektor entgegnete gequält: »Wir haben noch keine Verhaftungen vorgenommen. Dazu müssen wir erst weiter ermitteln. Aber wir gehen von einer Aktion mit rechtsradikalem Hintergrund aus.«

Die Reporterin klappte das Mikrophon wieder zu sich, sagte: »Danke, Herr Inspektor« und drehte sich jetzt ganz in die Kamera. »Von einem rechtsradikalen Hintergrund müssen wohl alle ausgehen, die die Parolen auf den Wänden des Audimax gesehen haben.« Die Kamera zeigte jetzt Hakenkreuze und die Inschriften »Juda verrecke« und »Schluß mit der Auschwitzlüge«. Dann sah man wieder die Reporterin, die zwei Augenzeugen, eine Studentin und einen Studenten, befragte und dabei ständig das Mikro hin- und herschob.

»Sie waren dabei...«

»Ja, ej, das ging alles so schnell. Also erst war das...«

Die Studentin unterbrach ihn.

»Also ich denk noch, das kann ja heiter werden...«

»Erst war das Go-in vom AStA und...«

»Ja, da war schon sowieso ziemlicher Trubel.«

»Ich habe erst gar nicht verstanden...«

»Aber dann war da plötzlich der Krach und das Licht ging aus.«

»Ja das Licht ging aus.«

»Und ich sag noch zu Bossi: ›Bist Du noch da, Bossi?‹«

Die Reporterin wandte sich wieder voll in die Kamera.

»Das war eine erste Einschätzung hier vor Ort.«

Es erschien wieder der Sprecher. »Danke, Sandra, für diesen ersten Bericht. Wir werden Sie natürlich...«

Senator Weiss schaltete das Gerät ab und wandte sich dann an Frau Birkefeld. »Rufen Sie Präsident Schacht an.« Zu Rudi sagte er: »Sie suchen die Unterlagen für die Berufung von diesem Schneider heraus. Schließlich haben Sie ihn überprüft. Wo ist der her? Potsdam?«

Rudi nickte.

»Wann ist er berufen worden?«

»Er ist im letzten Semester gekommen, aber der Vorgang liegt schon ein Jahr zurück.«

»Okay, suchen Sie selber raus, was wir da haben. Und ich wünsche Ihnen, daß Sie da nicht einen wirklichen Nazi berufen haben, Rudi.«

Während Rudi seine Akten griff, kam Frau Birkefeld zurück und meldete: »Präsident Schacht ist noch auf seiner USA-Reise. Morgen ist er erst zurück.«

»Und wer fühlt sich da jetzt zuständig?«

»Herr Lachmann von der Pressestelle hat noch keinen Überblick.«

»Wie üblich.« Senator Weiss empfand den vertrauten Grimm, der stets den Motor seiner Tatkraft beschleunigte. »Okay, dann fahren wir jetzt ins Krankenhaus.« Zu Frau Birkefeld: »Rufen Sie meinen Dienstwagen.« Während Frau Birkefeld zum Telefon griff, um den Fahrer zu rufen, wandte er sich an Daniel. »Sie hängen sich ans Telefon und stochern in Ihrem persönlichen Info- Netzwerk herum. Finden Sie heraus, wer dieser Schneider ist, warum der AStA da ein Go-in gemacht hat und ob die etwas über die Nazi-Schmierereien wissen. Dann treffen Sie mich im Krankenhaus.« Er wandte sich an Frau Birkefeld. »Sie liegt doch in Eppendorf?« Frau Birkefeld nickte. »Gut, in einer Stunde in Eppendorf. Wenn ich da nicht mehr bin, kommen Sie zur Pressekonferenz ins Rathaus.« Und damit eilte Weiss dem Ausgang zu.

Die Anweisungen von Senator Weiss hatten Daniel etwas von seiner Benommenheit befreit, so daß er sich wieder halbwegs handlungsfähig fühlte. Doch als er aus dem Büro des Senators in das Vorzimmer ging, um von Frau Birkefelds Apparat aus zu telefonieren, schienen seine Füße auf Watte zu treten. Die Welt war wie entfärbt. Hannah, die ihn noch gestern auf den Mund geküßt hatte, konnte sterben! Er fühlte noch den Geschmack von Köfte auf seinen Lippen. Und er selbst war mitschuldig an dieser Katastrophe. Ohne seine verfluchte Bemerkung über die Graffiti wäre es wahrscheinlich gar nicht dazu gekommen. Er hätte Hannah diesen Wahnsinn ausreden müssen, statt sie auch noch zu bestärken! Ob er dem Senator etwas davon erzählen konnte? Erst mußte er herausfinden, was überhaupt passiert war.

Er setzte sich an Frau Birkefelds verwaisten Schreibtisch. Bevor er den Hörer abhob, mußte er seine Betäubung gänzlich abschütteln. Er mußte daran denken, wie verliebt er in Hannah war, ja, daß seine amouröse Offenheit gegenüber allen Frauen die Kraft hatte, sie von der Grenze des Todes zurückzuholen. Und dabei mußten andere Frauen helfen. Aber nach den Gesetzen seiner privaten Mythologie halfen sie nur, wenn er ihnen mit der gewohnten Verve gegenübertrat, die sie so belebte. Denn das persönliche Informations-Netzwerk, das Daniel in der Uni aufgebaut hatte, bestand weitgehend aus Sekretärinnen. Dabei kam ihm seine latente Dauerverliebtheit entgegen. Er flirtete mit ihnen. Unter der Wirkung dieses plötzlichen Frühlingswinds öffneten die Sekretärinnen bereitwillig die Kelche der Mitteilsamkeit und vertrauten ihm so manches an, was sie bewegte. Und sie bewegte alles Menschliche. In der künstlichen Stilisierung der akademischen Kommunikation, die den Gesetzen des Imponiergehabes gehorchte, waren die Sekretärinnen die einzigen, die weiterhin am Prinzip des Common sense festhielten. Mit der Zeit war Daniel klar geworden, daß sein Erfolg bei den Sekretärinnen die Kehrseite der Enttäuschung war, die ihnen die Professoren bereitet hatten. Sie redeten nicht normal mit ihnen. Seit der Hochschulreform der 70er Jahre war eine Sekretärin nicht mehr einem Abteilungschef zugeordnet, sondern arbeitete einer ganzen Anzahl von Wissenschaftlern zu. Damit war der ehefrauähnliche Status mit dem zugehörigen Vertrauensverhältnis durch die Mitgliedschaft bei einer untergeordneten Kaste ersetzt worden, mit der die oberen Klassen nur noch dienstlich verkehrten. Diese Proletarisierung wirkte auf die Sekretärinnen als große Desillusionierung. Wenn die einzige Wirkung der Wissenschaft in menschlicher Verarmung bestand, mußte irgend etwas faul sein, und so wurde ihnen der Kontrast zwischen wissenschaftlichen Prätentionen und menschlichen Schwächen bei den Professoren zum Daueranlaß für satirische Relativierungen, die die Erfahrung mit ihren geschiedenen Männern nur bestätigten. Denn die meisten Sekretärinnen in der Hamburger Universität waren geschiedene, alleinerziehende Mütter. Und Daniel fand, daß er in diesem, nach normaler, männlich imprägnierter Anerkennung hungernden Amazonenstamm mit seiner amourösen Freundlichkeit begrüßt wurde wie ein Bote aus der Welt der weiblichen Sehnsüchte. Mit dem Gedanken, daß er seine Flirts am Altar von Hannah niederlegte, wählte er die Nummer der Geschäftszimmersekretärin im Historischen Seminar.

»Hallo, Frau Hellinger. Hier ist Ihr unbekannter Verehrer«, säuselte er in Parodie eines schmachtenden Süßholzrasplers.

Am anderen Ende erhob sich eine Kaskade aus hellem Gelächter. »Oh, Herr Dentzer, Sie haben mir gerade noch gefehlt.«

»Ich fehle Ihnen? Frau Hellinger, Sie retten meinen Tag.«

Neue Kaskaden von Gelächter.

»Nein, hier am Seminar ist das Chaos ausgebrochen. Die Polizei war hier. Sie haben doch sicher schon von dem Vorfall im Audimax gehört?« Jetzt dämpfte sie die Stimme: »Na, und da ist unser guter Radeberg völlig durchgedreht. Angeschrien hat er mich, ich sollte mich bei Dr. Matte im Rechtsreferat erkundigen, wie er sich zu verhalten hat. Ob er der Polizei erlauben darf, hier die Leute zu verhören, und ob sie ihre Dienstgeheimnisse verraten dürfen. Er würde nicht dafür geradestehen, wenn da Porzellan zerschlagen würde. Und als ich Dr. Matte nicht finden konnte und auch sonst niemand im Rechtsreferat da war, hat er mich angeschrien. Richtig gebrüllt hat er. Da habe ich ganz ruhig zu ihm gesagt: ›Herr Radeberg‹, habe ich gesagt, ›wenn Sie den Streß nicht aushalten, sollten Sie vom Amt des Geschäftsführenden Direktors zurücktreten. Angebrülltwerden gehört nicht zu meinen Dienstpflichten.‹ Ganz ruhig habe ich das gesagt. Herr Dentzer, Sie hätten ihn sehen sollen. Ich denke, er kriegt den Schlag, so rot ist er geworden. Ich will ihm schon eine Tablette anbieten, da saust er aus dem Geschäftszimmer. Zwei Minuten später ist er wieder da. Jetzt soll ich den Präsidenten anrufen, aber der ist auch nicht da. Und dann gibt er mir die Anweisung, die Befragung von Frau Bergmann durch die Polizei mitzuprotokollieren.«

»Zur Kontrolle?«

»Ja, da hat er ausnahmsweise mal recht. Sie kennen die Bergmann doch. Sie schreibt unter anderem auch für Professor Schneider. Sie kennen sie nicht? Da haben Sie aber Glück. Die ist völlig verrückt. Glaubt an Dämonen und Geister und so was. Hat einen Riesenaufstand gemacht, als sie für den Schneider schreiben sollte. Er wäre ein Teufel, er hätte den bösen Blick. Sie behauptet, er würde sie mit seinen Blicken ausziehen.«

»Vielleicht tut er das?«

Ein schriller, langgezogener Ausruf wie der Schrei eines tropischen Vogels war die Antwort. »Da tut er sich aber nichts Gutes an. Was er da zu sehen bekommt. Die Bergmann ist ja so ausgemergelt wie ein KZ-Insasse. Sie ißt ja nur Körner, die sie bei Mondschein in einem Mörser zerstampft. Können Sie sich das vorstellen? Manchmal habe ich schon gedacht, sie hat Aids oder nimmt Drogen. Ich wollte dem GD schon empfehlen, sie zur Suchtberatung zu schicken, aber dann dreht er wieder durch.«

»Und was hat sie der Polizei über Schneider erzählt?«

»Herr Dentzer, das ist aber vertraulich.«

»Ist doch klar, Frau Hellinger. Ich revanchiere mich demnächst mit den neuesten Affären aus der Behörde.«

»Also, sie hat schon gleich gewußt, daß mit dem Schneider was nicht stimmt. Er hat das falsche Karma, weil er aus der gottlosen DDR stammt. Und jetzt ist er zu den Nazis übergelaufen. Neulich hat ständig ein Redakteur von der *Neuen Freiheit* angerufen, er wollte, daß der Schneider was über Sinti und Roma schreibt. Frau Bergmann glaubt nämlich, sie war in ihrem früheren Leben eine Sinti und Roma. So hat sie sich ausgedrückt. Ich habe es protokolliert. Aber sie kann ja wohl entweder nur eine Sinti oder eine Roma gewesen sein, oder nicht? – Jedenfalls hat sie ja diesen Hang nach Indien, und die Sinti und Roma kommen auch aus Indien. Also ist sie eigentlich Inderin, weil die Inder die Gabe der Spiritualität haben...«

»Das hat sie alles der Polizei erzählt?«

»Ja, stellen Sie sich vor. Und der Kommissar hat ihr ganz ernsthaft zugehört, als ob er jeden Tag mit wiedergeborenen Sinti und Roma zu tun hat...«

»Mit wiedergeborenen nicht, sondern mit echten«, warf Daniel ein.

»Passen Sie auf, Herr Dentzer, was Sie sagen. Sie reden ja schon wie der Schneider. Die Bergmann hat sich auf alle Fälle erkundigt, was diese *Neue Freiheit* für eine Zeitschrift ist, und hat herausgefunden, sie ist rechtsradikal. Da war für sie klar, der Schneider verfolgt Zigeuner. Seine ganze wissenschaftliche Arbeit dient dem Plan, die Zigeuner zu verfolgen. Und sie hat angefangen, einschlägige Stellen in seinen Schriften zu kopieren und an den AStA zu schicken. Na ja, und so kam dieses Go-in zustande. Haben Sie gehört, daß die AStA- Vorsitzende schwer verletzt sein soll? Kennen Sie die vielleicht?«

Im Gegenzug lieferte Daniel ihr ein idealisiertes Porträt von Hannah Krakauer. Frau Hellinger war beeindruckt.

»Herr Dentzer, Sie klingen ja richtig verliebt.«

»Verliebt bin ich erst, seit sie dem Tode so nahe ist. Da wird einem klar, welche vitale und attraktive Frau da sterben könnte.

Eine verdammte Ungerechtigkeit wäre das«, schloß er mit Inbrunst.

Frau Hellinger war durch diesen Ausbruch hörbar bewegt.

»Herr Dentzer, dafür möchte ich Ihnen am liebsten einen Kuß geben.« Dann senkte sie die Stimme zu einem Flüstern. »Stimmt es, daß sie Jüdin ist?«

Daniel spürte den Impuls, ihr eine Predigt darüber zu halten, daß Jüdin sein eine ganz normale Sache war und keinen Anlaß bot, die Stimme zu senken. Aber dann erschien ihm das wieder wie eine idiotische Anmaßung. Natürlich hatte Frau Hellinger recht, und es war noch längst keine normale Sache, und so sagte er bloß: »Ja, das stimmt. Sie ist Jüdin.«

»Au weia, da werden die Politiker aber einen Aufstand machen. Eine verletzte Jüdin und ein Nazi. Besser geht's ja nicht.«

»Wenn der Schneider was mit den Schlägern zu tun hat, werde ich der erste sein, der ihm persönlich die Schlinge um den Hals legt. Und dabei ist mir völlig schnurz und piepegal, ob die AStA-Vorsitzende Jüdin, Bayerin oder Sinti und Roma ist. Können Sie mir die Telefonnummer von der Bergmann geben?«

»Aber Sie erzählen ihr doch nichts von dem, was ich Ihnen gesagt habe?«

»Frau Hellinger, nichts von dem, was wir je beredet haben, ist irgendwann über meine Lippen gekommen. Das käme mir vor, wie der Verrat an einer guten Freundin.«

»Oh, Herr Dentzer ...«

»Das ist die reine Wahrheit.«

Frau Hellinger raschelte in ihren Papieren. »Hier ist die Nummer von Frau Bergmann. Haben Sie was zum Schreiben?«

»Warten Sie.« Daniel griff in die Ablage von Frau Birkefelds Schreibtisch nach einem Blatt. »Okay, ich höre.«

Frau Hellinger diktierte ihm die Nummer, und er schrieb sie auf. Ohne es zu bemerken, hatte er die Rückseite des Liebesbriefes von Sonja Mittermeyer an den Senator benutzt.

»Danke. Ich fahr jetzt ins Krankenhaus. Wenn es was Neues gibt, sind Sie die erste, die es erfährt. Und wenn Ihr GD Sie wieder anschreit, sagen Sie ihm, daß man das bis in die Wissenschaftsbehörde hören kann. Tschüß, Frau Hellinger.«

Er legte auf, steckte den Brief mit der Telefonnummer ein und verließ die Behörde, um draußen nach einem Taxi Ausschau zu halten.

Als Daniel die Glastür zum Vorraum der Abteilung für Innere Medizin aufstieß, kam der Chefarzt in seiner grünen Verkleidung gerade aus dem Inneren des OP und riß mit müder Geste den Mundschutz ab. Sofort erhoben sich alle, die dort düster auf die Urteilsverkündung gewartet hatten, und traten ihm entgegen. Darunter war auch Senator Weiss. Der Arzt wandte sich an eine ältere Dame, die offenbar geweint hatte. An ihren Massen von dunklen Haaren und an ihren Zügen erkannte Daniel die ältere Version von Hannah. Die Wiedererkennung versetzte ihm einen Kälteschauer. Wie grausam, daß alle Frauen wie ihre Mütter werden mußten.

»Frau Krakauer?« sagte der Arzt.

Hannahs Mutter nickte.

»Ihre Tochter hat ein Gehirntrauma. Wir müssen noch weitere Tests machen, dann können wir endgültig sagen, wie schwer es ist. Aber erst müssen wir einmal ihren Zustand stabilisieren.«

»Wird sie überleben?« Frau Krakauer sah den Arzt wie einen Scharfrichter an.

Der Arzt faßte ihre beiden Hände und zog sie sanft zu einem der Plastiksofas. Als sie sich gesetzt hatten, sagte er: »Ich will Ihnen nichts vormachen. Wir wissen das in Fällen von Hirnverletzungen nie genau. Es kann sein, daß sie nach ein paar Wochen wieder munter ist. Es kann aber auch sein, daß es Komplikationen gibt. Das hängt von den Verletzungen ab. Vielleicht müssen wir operieren.«

»Was für Komplikationen?«

Sogar ihre Stimme erinnerte an Hannah.

»Blutungen. Aber meistens haben wir die Sache im Griff. Sie müssen sich nur auf eines gefaßt machen, und dafür brauchen wir Ihre ganze Stärke.«

»Was meinen Sie?«

»Es kann sein, daß Ihre Tochter ins Koma fällt.«

Als Daniel sich das vorstellte, schossen ihm die Tränen in die Augen. Er hörte nur, wie Frau Krakauer fragte: »Kann ich sie sehen?«, und der Arzt antwortete: »Nur ganz kurz durch die Glasscheibe.« Dann führte er sie durch die Glastür zum OP.

Senator Weiss hatte eine murmelnde Unterhaltung mit einem Mann begonnen, den Daniel als den Inspektor aus den Fernsehnachrichten wiedererkannte. Als er auf die beiden zutrat, stellte Weiss ihn vor. Der Inspektor, dessen Name er als Heil oder Halt verstanden hatte, teilte ihnen mit, daß sie immer noch nicht genau wüßten, was vorgefallen war. Nach dem, was der Arzt gesagt habe, gebe es zwei Möglichkeiten. Entweder einer der Maskierten habe Frau Krakauer mit einem Baseballschläger erwischt, oder der herabsausende Schnürboden habe die Verletzungen verursacht.

Daniel war verdutzt.

»Der Schnürboden war heruntergelassen? Wer hat das denn veranlaßt?«

Statt des Inspektors antwortete eine blonde, junge Frau, die sich unbemerkt an sie herangeschoben hatte.

»Ein Student der Go-in-Truppe, der das Schaltpult im Audimax bedient hat. Roland Döbele heißt er. Als die Neonazis auf die Bühne zugestürmt sind, auf der die Demonstranten standen, hat die AStA-Vorsitzende angeblich geschrien, er solle den eisernen Vorhang herunterlassen. Vielleicht um sich vor den Schlägern zu schützen. Doch aus Versehen hat er den Schnürboden gelöst.«

»Und wer sind Sie?« wollte der Inspektor wissen.

»Entschuldigung«, sie zeigte ihm einen Ausweis. »Vanessa Steinbrück vom *Journal*. Ich habe ein paar Leute befragt, die dabei waren.« Der Inspektor nahm das zur Kenntnis und wandte sich dann an Weiss. »Herr Senator, die Sache sieht gar nicht gut aus. Wenn«, er sah sich um, dämpfte die Stimme und begann erneut, »wenn die junge Frau stirbt, müssen wir wegen Mord oder zumindest Totschlag ermitteln.« Er zog den Senator etwas weiter weg von der Journalistin, und Daniel driftete mit. »Aber eines wissen wir. Wenn wir bei Studenten ermitteln, gibt es immer politischen Ärger.«

»Was für politischen Ärger?« Weiss sah den Inspektor ironisch an.

»Wissen Sie, was Ihr AStA so alles treibt?«

Senator Weiss lachte. »Kein Mensch kann wissen, was die Studenten so alles treiben.«

»Ich sage Ihnen, was sie treiben. Sie helfen der PKK bei ihrem Kampf gegen die Türken. Damit wollen sie den Anspruch auf das Allgemeine Politische Mandat bekräftigen. Um sie zu belohnen, gibt ihnen die PKK Stoff. Der linke AStA macht damit wieder Propaganda für die Freigabe der Drogen. Wenn wir den AStA durchsuchen, garantiere ich Ihnen, daß wir da Drogen finden.«

»Und wieso ermittelt die Polizei gegen den AStA statt gegen die rechten Schläger?« Vanessa Steinbrück war heftig dazwischengefahren. »Wollen Sie etwa das Opfer diskreditieren, um die Täter zu schützen?«

Der Inspektor machte ein Gesicht, als ob er mit der nackten Hand in eine Brennessel gefaßt hätte. Zu niemandem im besonderen sagte er leise: »Wie ich die Presse hasse. Ich hasse sie wirklich. Immer bedient sie die blödesten Klischees. Man kann sich direkt darauf verlassen. Die faschistischen Bullen und ihre multikulturellen Opfer. Tag für Tag schaufeln wir die Scheiße beiseite, aber die Presse erzählt dem Volk, wir hätten sie selbst dahingeschissen.« Dann wandte er sich an die Journalistin. »Tun Sie mir einen Gefallen und verziehen Sie sich. Wenn Ihnen wirklich daran liegt, daß wir diesen Mist aufklären, wenn Sie das wirklich wollen, dann halten Sie sich raus. Glauben Sie mir, Sie werden sonst die Ermittlungen nur behindern. Ich flehe Sie an, halten Sie sich raus.«

Mit Verwunderung beobachtete Daniel, wie sich Vanessa Steinbrück unter dem Druck dieser Ansprache verfärbte. Sie trug ihre blonden Haare halblang, und ein gelber Ring in der Iris gab ihren blauen Augen unter dem Pony etwas Katzenhaftes. Auch ihr Mund mit den leicht spöttisch verzogenen Lippen hatte etwas Feminines. Aber jetzt war dieser Eindruck verflogen. Die rosa Färbung ihrer Gesichtshaut begann, sich in zwei scharf konturierte Flecken aus konzentrierter Röte in der Mitte der beiden Wangen zusammenzuziehen, die mit dem übrigen bleich gewordenen Gesicht einen lächerlichen Kontrast bildeten. Vanessa Steinbrück glich einer rotbunten Milchkuh.

»Wenn Sie mir garantieren«, zischte sie den Inspektor an, »daß Ihre Polizisten im AStA keine Drogen finden werden, weil sie von den Prügeleien ihrer rechten Kumpanen ablenken wollen, halte ich mich raus. Solange Sie mir das nicht garantieren, Herr Inspektor ›Heil Hitler‹, solange halte ich mich nicht raus!«

Daniel spürte den Impuls, Vanessa vor der Rache des Inspektors zu schützen, die unweigerlich auf diese Injurie folgen mußte, und übernahm deshalb selbst den Protest.

»Also das war jetzt unfair, Vanessa. Das weißt du selbst.« Er wandte sich an den Inspektor. »Sie möchte sich bei Ihnen entschuldigen. Ich weiß es. Hinterher tut es ihr immer leid. Das ist ein altes Familiendrama. Ihr Vater war selbst Polizist. Er ist im Dienst erschossen worden ...«

Daniel war bereit, in seiner Raserei die Familiengeschichte von Vanessa Steinbrück noch weiter auszubauen, und wollte gerade auch den Großvater als Polizisten auftreten lassen, als Frau Krakauer durch die Glastür trat. Senator Weiss ging ihr entgegen und nahm ihre beiden Hände.

»Ich bin Wissenschaftssenator Weiss«, sagte er und wies dann auf den Inspektor und Daniel. »Inspektor Heil haben Sie ja schon kennengelernt, und das ist mein Persönlicher Referent, Dr. Dentzer.«

Zu Daniels Erstaunen leuchtete Frau Krakauers Gesicht ebenso plötzlich auf wie bei ihrer Tochter, was sie viel jünger aussehen ließ. Sie kam ihm entgegen, und die Situation war so, daß er sie in die Arme nehmen mußte.

»Sie hat so viel von Ihnen erzählt«, sagte sie an seiner Schulter.

Daniel streichelte ihr volles Haar genauso, wie er es bei ihrer Tochter getan hatte, und flüsterte: »Sie wird durchkommen, das garantiere ich.« Und dem Impuls eines kleinen flüchtigen Wahnsinns folgend, murmelte er in ihr Haar: »Ich habe einen besonders guten Draht zu Gott, ich werde für sie beten.« Da spürte er, wie sich Frau Krakauer plötzlich hemmungslos an ihn krallte und anfing zu weinen.

Auf der Pressekonferenz erfuhr Daniel nicht viel Neues. Der Inspektor leierte die üblichen Formeln herunter. Ja, man gehe von einem rechtsradikalen Hintergrund aus. Nein, man wisse noch nicht, ob Herr Schneider mit dem ganzen Vorfall etwas zu tun habe. Ja, es sei noch zu früh, ein Urteil darüber zu fällen, ob die Vorwürfe des AStA zu Recht erhoben worden seien. Nein, eine Verbindung zwischen Herrn Schneider und rechtsradikalen Kreisen sei bis jetzt nicht zu sehen. Ja, er halte es für einen Zufall, daß das Opfer Jüdin sei, und im übrigen ermittle man auf Hochtouren und sei für alle Hinweise dankbar. Man hoffe auf die Kooperation der Studentenschaft, in deren Interesse es liegen müsse, solche Vorfälle künftig zu vermeiden.

Dann griff sich Senator Weiss das Mikrophon.

»Meine Damen und Herren«, sagte er. »An sich müßte hier der Präsident der Universität sitzen, aber er ist in den USA. Etwas Schreckliches ist geschehen. Eine Studentin unserer Universität ist lebensgefährlich verletzt worden. Aber es ist nicht irgendeine Studentin, sondern die AStA-Vorsitzende, also die Kommilitonin, die die Studenten zu ihrer Repräsentantin gewählt haben. Sie ist lebensgefährlich verletzt worden, weil eine Horde primitiver Schläger mit Gewalt das Audimax gestürmt hat. Als sie das taten, haben sie eine Grenze überschritten. Das ist die Grenze, die die Zivilisation von der Barbarei trennt. Bevor sie erschienen, war das Audimax auch schon ein Schlachtfeld. Aber es war ein Schlachtfeld der geistigen und politischen Auseinandersetzung. Die AStA-Vorsitzende hat mit ihren Kommilitonen das Audimax in dieses Schlachtfeld verwandelt. Sie hat das getan mit den Mitteln des Protests und der friedlichen Regelverletzung. Ob sie inhaltlich recht hatte mit diesem Protest oder nicht, steht nicht zur Debatte. Sie hatte das Recht, das zu tun, was sie tat. Um dieses Recht wahrzunehmen, wann immer sie es für richtig hielt, haben ihre Kommilitonen sie gewählt. Aber diese feigen maskierten Barbaren hatten kein Recht, deshalb auf sie einzuschlagen. Sie können niemals«, der Senator war jetzt in Fahrt gekommen, und seine Stimme hatte ihre volle Resonanz entfaltet, »niemals können sie die Erklärung für sich in Anspruch nehmen, sie hätten mit ihrem Angriff nur auf den Protest reagiert. Nein, sie haben sich nicht in den Konflikt eingeschaltet, sondern sie haben ein Attentat begangen auf die Form, in der er ausgetragen wird. Dieses Attentat gilt uns allen. Wir fühlen uns mit der AStA-Vorsitzenden verbunden, die in diesen Stunden mit dem Tode ringt. Auch auf uns ist dieses Attentat verübt worden, und wir werden uns verteidigen. Wir werden nicht zulassen, daß feige Schläger die Konflikte der politischen Auseinandersetzung als Maskierung für ihre Haßpolitik mißbrauchen. Deshalb möchte ich an die Studentenschaft appellieren, in den nächsten Tagen keine Demonstrationen abzuhalten. Sie tun damit Ihrer Kommilitonin keinen Gefallen, wohl aber den Schlägern, die neue Anlässe für Gewalttätigkeiten suchen. Wir schulden unserer Kommilitonin Respekt. Lassen Sie uns für sie so einstehen, wie sie für uns eingestanden ist. Lassen Sie uns den Respekt dadurch ausdrücken, daß wir mithelfen, die Schläger so schnell wie möglich hinter Gitter zu bringen.« Weiss wollte schon aufhören, hob aber noch einmal die Stimme: »Ah, noch etwas. Inspektor Heil hat eben gesagt: Gegen Professor Schneider liegt nicht das Geringste vor. Solange das so bleibt, ist ihm so zu begegnen, wie jedem anderen Hochschullehrer auch. Mit Freundlichkeit und Respekt. Ich werde als oberster Dienstherr dafür sorgen, daß im Historischen Seminar, wo Herr Schneider lehrt, und auch sonst überall nicht mit Berufung auf den heutigen Zwischenfall der Arbeitsfriede gestört wird. Ich danke Ihnen.«

Als Weiss geendet hatte, hörte Daniel neben sich plötzlich eine zischende Stimme: »Das war ja wohl das letzte, was Sie sich da gerade geleistet haben.« Vanessa Steinbrück kochte geradezu vor Überdruck. »Was fällt Ihnen ein, so zu tun, als ob wir miteinander Doktor gespielt hätten, und mir einen Bullen als Vater anzudichten?«

Daniel wich einen Schritt zurück wie vor einem Strahl brühheißen Dampfes. Dann, als er bemerkte, daß Vanessa sich wieder zur Milchkuh verfärbt hatte, siegte bei ihm der Kitzel, den aufgebrachte Frauen in ihm häufig erregten. Er fand eine gewisse Dosierung an weiblicher Feindseligkeit anregend. Ihre Abwehr legte den Gedanken an das Gegenteil nahe. So wie eine hübsche Nonne gleich jeden Mann an das erinnert, was ihm verweigert wird. In seiner Dissertation über die Liebeskommunikation hatte sich Daniel mit dem Problem der weiblichen Launenhaftigkeit, dem abrupten Wechsel zwischen Ermutigung und Zurückweisung, befaßt und dabei die These entwickelt, daß Frauen so die männliche Beständigkeit testeten: Nur wer dieses Wechselbad aushält, gilt ihnen als vertrauenswürdig. Aber darüber hinaus war es natürlich auch ein Stimulationsverfahren. Eine Technik der Dramatisierung; eine Art von Striptease, der auch nur dann seine volle Wirkung entfaltete, wenn die Nacktheit durch die Verhüllung zur spektakulären Enthüllung eines Geheimnisses gesteigert wurde. Dauernudismus war eher öde. Und so mußte Daniel angesichts Vanessas Wutflecken im Gesicht an das Wunder denken, das es bedeuten würde, wenn sie ihm in anderer Stimmung die rückhaltlose Zugangsberechtigung zu ihrem Körper erteilen würde. Und er betrachtete mit neuem Interesse ihre volle Brust und ihre schlanke Taille.

»Sie haben keinen Vater als Polizisten? Das tut mir leid. Ich dachte, wenn eine Frau einen älteren Mann gleich so angiftet, wie Sie das mit dem Inspektor getan haben, dann hat sie Probleme mit ihrem Vater. Tut mir leid, wenn ich Sie sozial falsch eingeordnet habe. Wahrscheinlich ist Ihr Vater Chefarzt einer großen Klinik.«

»Mein Vater ist Gärtner«, fauchte sie wütend.

»Ein sehr ehrwürdiger Beruf, meiner Treu«, Daniel war jetzt wirklich amüsiert. »Schon Adam hat sich mit Gartenbau beschäftigt, wurde aber von Eva ..., übrigens meine Mutter ist Grundschullehrerin«, er streckte ihr die Hand hin. »Ich bin ihr Sohn. Mein Name ist Daniel Dentzer.«

Sie ignorierte die Hand. »Mich interessiert nicht die Bohne, was Ihre Mutter ist.«

»Nein?« Daniel tat erstaunt. »Aber mich beschuldigen Sie der biographischen Belästigung. Nur weil ich nicht gleich beim ersten Mal den Beruf Ihres Vaters erraten habe. Finden Sie das fair? Raten Sie mal den Beruf meines Vaters.«

Daniel sah sich vergeblich nach dem Senator um. Über der Unterhaltung mit Vanessa hatte er gar nicht bemerkt, daß er zusammen mit dem Inspektor von der Pressemeute aus dem Saal gespült worden war.

Vanessas scharfkantige Wangenflecken zerflossen und gaben ihrem Gesicht seine rosa Färbung zurück. Sie hatte sich wieder gefangen.

»Spielen Sie immer den Clown, wenn Ihre Freundin mit dem Tode ringt?«

»Oho«, dachte Daniel. »Sie ist interessiert.« Aber laut sagte er: »Meine Freundin?«

»Wenn sie es nicht ist, sollte sie es doch sein, so wie Sie ihre Mutter umarmt haben. Kommen Sie, Herr Doktor Dentzer, ich habe Sie beobachtet, Sie hatten Tränen in den Augen, als der Arzt erwähnte, daß sie ins Koma fallen könnte.«

»Kannten Sie Hannah? Oh Gott«, verbesserte er sich, »was sage ich denn? Kennen Sie sie?«

Wie auf Verabredung begannen beide dem Ausgang zuzuschlendern.

»Ich habe sie gestern morgen zum ersten Mal getroffen. Ich arbeite an einer Recherche zum Allgemeinen Politischen Mandat der Studentenschaft.«

Daniel pfiff durch die Zähne. »Ach, so ist das!«

»Was wissen Sie darüber?« Vanessa richtete die beiden Iris ihrer Katzenaugen auf ihn. Er kam sich so durchsichtig vor wie ein Aquarium.

Aber er hielt ihrem Blick stand. »Und Sie, was wissen Sie darüber?«

Sie waren inzwischen beim Ausgang des Rathauses angekommen und blickten von den Stufen über die Buden auf dem Rathausmarkt. Zur Rechten verlor sich die Konsumrollbahn der Mönckebergstraße zwischen den Felsengebirgen der Kaufhäuser, in denen jeden Tag die Massen die Massenkaufkraft ablagerten wie Meereswellen den Kalk. Links dagegen sah man über den Schwanenteich der kleinen Alster auf die elegante Bogenreihe der Alsterarkaden. Dahinter begann das Zauberreich der Luxustempel. Die Juwelierläden und Delikatessengeschäfte. Die glitzernden Passagen mit Geschenkboutiquen und Parfümerien. Die Schaufensterreihen voller Geschmeide, Silber, Porzellan, Antiquitäten und alter und neuer Kunst.

Daniel umschrieb mit ausholender Geste das Panorama von rechts nach links, als wollte er Vanessa diese Welt zu Füßen legen: »Hier kaufen die zwei Nationen getrennt.«

Sie schaute ihn fragend an. »Wenn Sie die Türken meinen, die kaufen nicht hier, die haben ihre Geschäfte in Altona.«

»Rechts die Armen und links die Reichen und das Rathaus in der Mitten.«

Vanessa wedelte die Ablenkung beiseite. »Nun werden Sie nicht sentenziös, das kann ich nicht ab. Kommen Sie«, sie zeigte auf die Arkaden, »da ist ein Café, da kann man draußen sitzen.«

Sie überquerten den Rathausmarkt, setzten sich so, daß sie die Schwäne auf der kleinen Alster beobachten konnten, und bestellten. Als der Kellner zwei Espresso gebracht hatte, begann Vanessa erneut: »Haben Sie in der Behörde denn nicht mitgekriegt, was da läuft?« Daniel schüttelte den Kopf. »Na, da gibt es in Düsseldorf einen Rechtsanwalt Zumdick, der wird von der türkischen Botschaft bezahlt, damit er gegen das Allgemeine Politische Mandat der ASten klagt. Zum Schein sind die Klienten Studenten, die sich dagegen wehren, daß ihre Zwangsbeiträge für linke Politik und Schwulen- und Lesbenprojekte ausgegeben werden. Aber in Wirklichkeit will die türkische Regierung der PKK die einzige legale Plattform nehmen, die sie in Deutschland hat: die Studentenvertretungen. Da sind sie sich ganz einig mit dem BKA und den LKAs der Länderpolizei. Deshalb habe ich auch den Verdacht, daß die Bullen den Vorfall mit Ihrer Freundin nutzen wollen, um eine Durchsuchung des AStA zu beantragen und dann eine Menge Stoff zu finden.«

»Sie ist nicht meine Freundin.«

»Aber Sie kennen sie?«

Daniel nickte.

»Gut?«

»So lala. Aber ich mochte, mag sie sehr gerne...«

»Hat sie Drogen genommen? Was meinen Sie?«

»Bestimmt keine harten. Gekifft wird im AStA immer, wenn Sie das meinen.«

»Ist doch komisch, daß dieser Inspektor sofort vom AStA redet, statt nach diesen Schlägern zu fahnden. Finden Sie nicht? Und dieser Schneider scheint ihn wohl gar nicht zu interessieren. Das ist doch mehr als verdächtig.« Sie erhob sich und schulterte ihre Tasche. »Auf jeden Fall sollte Ihr Senator aufpassen, daß er nicht eine Figur in einem Spiel wird, das er gar nicht versteht.«

Daniel schaute zu ihr auf: »Ja, haben Sie denn nicht seine Rede gehört?«

»Gab es da was Besonderes außer den üblichen Klischees?«

»Ihr Beruf hat Sie wohl so abgebrüht, daß Sie gar nichts mehr beeindruckt.« Daniel war durch zündende Rhetorik leichter zu entflammen als durch fetzige Musik, und so ärgerte es ihn, daß Vanessa von Weiss' Rede nicht ebenso bewegt war wie er selbst. »Wenn Sie zugehört hätten, wäre Ihnen aufgegangen, daß Weiss ein Plädoyer für das Allgemeine Politische Mandat gehalten hat.«

Vanessa beugte sich zu ihm herunter und gab ihm eine volle Breitseite Augenblitze. »Ich war so wütend wegen Ihrer Unverschämtheit bei dem Inspektor, daß ich überhaupt nichts mitbekommen habe. Zur Wiedergutmachung dürfen Sie mir den Espresso bezahlen.« Sprach's, drehte sich um und schritt mit großen Schritten über den Rathausplatz. Daniel blickte ihr nach, wie sie bei jedem Schritt leicht in die Knie ging, wobei ihr weiter Rock auf und nieder wippte. »Wenn sie interessiert ist, dreht sie sich um«, dachte er, und als ihre Gestalt immer kleiner wurde, flehte er: »Komm, dreh dich um, Vanessa, Engel, Götterbotin.

Dreh dich bitte um.« Schließlich durchbrach er seine ultimative Schamgrenze und betete: »Lieber Gott, mach, daß sie sich umdreht.« Und da geschah es. Die Wolken rissen auf über dem Rathausplatz, die Sonne brach durch wie ein feuriger Wagen, und im Glanze des flüssigen Goldes drehte sich Vanessa um und winkte just in dem Moment, als sie auf der anderen Seite des Platzes neben dem Heine-Denkmal stand. Das hat mit ihrem Winken die Loreley getan.

## 5

Senator Weiss war sichtlich beeindruckt. Daniel saß ihm in seinem Büro gegenüber und hatte ihm alles berichtet, was er über den Zwischenfall im Audimax erfahren hatte. So nannten sie das Ereignis bereits: »Der Zwischenfall im Audimax«. Die Sache hatte gewissermaßen einen Namen bekommen, so als ob eine Akte beschriftet worden wäre. Es war, wie es im Bürodeutsch heißt, ein »Vorgang«.

In seinem Bericht hatte Daniel nur seine eigene Rolle bei der Entstehung der Graffiti ausgelassen. Das konnte der Senator nicht billigen, und deshalb durfte er es auch nicht wissen. Es hätte ihn sonst befangen gemacht. Daniels Erzählung hatte ihn ohnedies nachdenklich werden lassen.

»Das ist ein verfluchtes Szenario«, sagte er. »Das kann leicht außer Kontrolle geraten. Wenn die Medien das erst ausschlachten, versucht jeder, seine Suppe darauf zu kochen.«

»Na, Sie haben ja den Anfang gemacht mit Ihrem Plädoyer für das Allgemeine Politische Mandat.«

Weiss grinste verschwörerisch. »Wir müssen eben schneller sein als die anderen. Daniel, Sie lassen erst mal alles andere liegen und kümmern sich um diesen Schneider. Der ist unsere Achillesferse. Finden Sie heraus, was mit ihm los ist, was er geschrieben hat, und überhaupt, was er für Verbindungen hat. Wir müssen das wissen, bevor uns die Polizei damit konfrontiert, daß wir einen Faschisten berufen haben. Das wäre ein gefundenes Fressen für Schacht.«

»Wieso? Wie könnte er das gegen Sie verwenden?«

»Na, er war doch damals der Erfinder der ›Habilitationsäquivalenz‹.« Als Daniel verständnislos blickte, fuhr er fort. »Das war das Zaubermittel, das den nichthabilitierten Assistenten den Weg zu den akademischen Futtertrögen und Schacht die Straße zur ewigen Präsidentschaft eröffnete. Der Grund für den Niedergang der Universität. Eine Kommission mit den Freunden der Kandidaten setzte fest, daß die Habilitationsäquivalenz mit einer Dissertation und zwei Aufsätzen gegeben war ...«

»Was? Das hat schon gereicht?« rief Daniel. »Dann wäre ich ja schon habilitiert!«

»... und die Übergeleiteten der ersten Welle saßen in der Kommission für die Überleitung der zweiten Welle.«

»Luhmann nennt das Autopolesis.«

»Und wie stoppt man die?«

»Durch Unterbrechung der Selbstreferenz.«

»Sehen Sie! Deshalb ist unsere Wende in der Berufungspolitik der Schlüssel zur Reform.« Daniel wußte, daß er jetzt wieder mit einem Anfall von Reformrhetorik rechnen mußte. »Es zählt nur noch wissenschaftliche Qualität. Keine Hausberufungen mehr. Kontrolle durch auswärtige Gutachter. Prüfung feministischer Interventionen. Den Frauenbeauftragten ist doch die Qualität egal, solange die Berufene eine Frau ist. Deshalb haben wir doch dieser Politik der moralischen Nötigung solchen Widerstand entgegengesetzt, mit der die Frauenbeauftragten jede Berufung, die sie nicht befürworten, als Beweis der Frauenfeindlichkeit hinstellen. Ist Ihnen schon mal aufgefallen, daß das ein todsicheres Zeichen totalitärer Theorien ist?«

»Was meinen Sie?« Daniel merkte, daß Weiss im Begriff

war abzuheben. Selbst im Ministerium fiel er immer wieder in die Rolle des Professors, der die Senatorenrunden in Seminarsitzungen verwandelte. »Totalitäre Theorien haben ein Immunsystem«, dozierte er. »Sie erklären jeden Kritiker zum Anwendungsfall ihrer selbst und ziehen aus dessen Ablehnung erneute Kraft: Wer gegen den Marxismus ist, ist ein Klassenfeind. Wer die Psychoanalyse ablehnt, verdrängt seine Komplexe; wer den Feminismus kritisiert, kann nur ein sexistisches, chauvinistisches Schwein sein, das Mißbrauch treibt und kleine Mädchen vergewaltigt.«

Daniel mußte lachen. »Na, soweit wird der Schacht aber nicht gehen, Ihnen das vorzuwerfen.«

»Da wäre ich nicht so sicher«, brummte Weiss. »Aber wenn dieser Schneider ein Faschist ist, wird Schacht den Vorfall im Audimax dazu ausnutzen, unsere neue Berufungspolitik zu diskreditieren. Er wird Qualität gegen linke Gesinnung ausspielen. Er wird eine Orgie der politischen Korrektheit feiern und die Wissenschaftsbehörde als faschistischen Sumpf hinstellen. Und die Wagner wird ihm sekundieren und feststellen, daß Faschismus und Machismo eigentlich dasselbe sind, und auf unseren Widerstand gegen die feministische Berufungspolitik verweisen.«

»Dann hätten Sie ja jetzt eine Gelegenheit, das Gegenteil zu beweisen.« Und Daniel berichtete dem Senator, was er auf der Herrentoilette des Englischen Seminars aufgeschnappt hatte. »Das Kartell der Mittelmäßigen will den Benke berufen. Und deshalb wollen sie die Wagner gegen die Zickler in Stellung bringen. Sie haben ihr das Gefühl gegeben, die Zickler ist auch die kompetentere Feministin. Die Wagner hat nur so geglüht vor Konkurrenzneid. Das war die reinste Stutenbissigkeit. Sie werden sehen, sie wird sich gegen die Zickler aussprechen. Nicht obwohl, sondern weil sie Feministin ist.«

»Und Frau Zickler ist wirklich soviel besser als die anderen?«

»Ich habe ihren Vortrag gehört. Sie ist brillant!«

»Obwohl sie Feministin ist?«

»Weil sie Feministin ist.« Daniel lachte, als er den skeptischen Gesichtsausdruck des Senators sah. »Das ist möglich. Es gibt brillante Feministinnen. Das ist kein Widerspruch in sich.«

»Wissen Sie, was Sie tun sollten, wenn Sie diese Schneidergeschichte erledigt haben, Daniel? Sich mal Gedanken machen, ob wir dieses ganze umständliche Berufungsverfahren nicht irgendwie vereinfachen können. Das ist ja, wie wenn der Bundestag über das Ergebnis eines Wettlaufs bei der Olympiade abstimmen würde. Erst die Vorausscheidung durch die Kommission, dann der Probevortrag, dann der Vorschlag für Gold, Silber und Bronze, dann die Absegnung oder Anfechtung durch den Fachbereich, dann der Einspruch durch die Frauenbeauftragte, dann die Minderheitsvoten und schließlich wir – oder besser ich –, der ich aus diesem ganzen Ensemble aus mühselig überkleisterten Formelkompromissen, Lügen, Heucheleien, falschen Spuren und semantischen Nebelwänden den richtigen Kandidaten herausfinden muß.«

»Das Verfahren werden Sie nie ändern können. Ich habe da eher schon daran gedacht, einen Merkmalskatalog für die Dekodierung der Gutachterprosa zu erstellen.«

Weiss lehnte sich aufmerksam vor. »Klingt interessant. Wie meinen Sie das, Gutachterprosa?«

»Nun, sie muß sich den Anschein höchster Objektivität geben, ist aber durch und durch strategisch. Schwächen werden übertüncht, Stärken herausgestrichen, Lücken überkleistert und Fehlleistungen durch Ablenkungsmanöver in Nebel gehüllt. Und je mehr der Goldmedaillengewinner gepriesen wird, desto sicherer ist das ein Zeichen dafür, daß man einen besseren verhindern will.«

»Nicht unbedingt«, wandte Weiss ein. »Die wirklich Genialen, die man nicht unterdrücken oder verstecken kann, werden schon durch Tricks bei der Stellenausschreibung umgangen.

Hier, schauen Sie sich die letzte Ausschreibung bei den Soziologen an.« Weiss griff in seine Ablage und reichte Daniel einen Ausschreibungstext für *Die Zeit*.

Er las:

An der Universität Hamburg ist die Stelle einer Professur für Soziologie (C4) zu besetzen (mit besonderer Berücksichtigung der Stadtsoziologie).

»Sehen Sie?« fuhr Weiss fort. »Wenn die 60 Bewerbungen auf dem Tisch liegen, wird man vielleicht zwei Genies dabei haben. Man würde sie ja gerne nehmen, wird man sagen, müsse aber bedauernd feststellen, daß sie ausgerechnet im Bereich Stadtsoziologie weniger böten als Dr. Mittelmaß. Und so erhält er die Goldmedaille. Und wenn das Hochschulrahmengesetz jetzt als Zusatzqualifikation noch pädagogische Eignung verlangt, kommt überhaupt kein Genie mehr zum Zuge. Nun ja«, Weiss wischte all diese Möglichkeiten und fernen Eventualitäten beiseite und wandte sich wieder der Gegenwart zu, »unser unmittelbares Problem ist Schneider.« Er gab Daniel einen blauen Deckel mit Unterlagen. »Sehen Sie sich das an. Rudi sagt, nach der Papierform sieht er gut aus. Alle Gutachter haben ihn befürwortet. Auch die Auswärtigen. Sie haben ihn sogar einer Frau vorgezogen, die sich beworben hatte und sehr gut sein soll. Und die Wagner hat keinen Einspruch erhoben. Auch sie muß von der Qualität dieses Schneider überzeugt gewesen sein.«

»Dann haben wir also keinen Fehler gemacht?«

»Laut Rudi stehen wir vorbildlich da.«

»Ja, aber ...«

Weiss unterbrach ihn. »Sie kennen ja Rudis Talent, eigene Fehler verschwinden zu lassen. Ich möchte sichergehen. Rudi hat eine Begabung, alles unter den Teppich zu kehren. Sie haben eine Begabung, Leichen im Keller zu finden. Haben alle Systemtheoretiker, ist mir aufgefallen. Latenzschnüffler. Und wenn es Leichen gibt, will ich, daß wir sie finden und nicht jemand anders. Und Daniel...«, der Senator hatte wieder seinen väterlichen Verschwörerblick. »Keine Berichte an die Polizei oder Schacht oder sonstwen. Sie haben doch dem Inspektor nicht irgend etwas erzählt von dem, was Sie mir berichtet haben?«

Daniel schüttelte den Kopf. Weiss erhob sich und gab damit das Zeichen zum Aufbruch.

»Das mit der AStA-Vorsitzenden tut mir leid. Sie kennen sie gut, nicht wahr? Besuchen Sie sie, wenn es möglich ist. Wenn sie ein wenig in Sie verschossen ist, hält sie besser durch, glauben Sie mir. Sie möchte dann weiterleben, um Ihnen das Leben zur Hölle zu machen.« Er ließ ein bitteres Lachen hören. Und es war in jenen Momenten, in denen der Senator seine misogynen Anwandlungen bekam, daß Daniel ihn am unsympathischsten fand.

Um Mitternacht schreckte Daniel aus einem Alptraum auf. Er war in einer Kirche gewesen, die über und über mit Blumen geschmückt war. Durch die Fenster schien die Sonne; die Kirchentüren standen auf, und die festliche Gemeinde hatte sich zu einer Hochzeit versammelt. Daniel reckte den Hals, um einen Blick auf das Brautpaar zu werfen. Aber statt eines Paars warteten da vier Bräute, zwei Junge und zwei alte. Die beiden jungen waren Hannah und Vanessa, die beiden alten waren die alte Frau Krakauer aus dem Krankenhaus und seine Mutter. Als er die Bräute sah, drehten sich alle Gemeindemitglieder nach ihm um, denn plötzlich war klar: Er war der Bräutigam, der all diese Bräute zur Hochzeit gebeten hatte. Auch alle vier Bräute schauten ihn erwartungsvoll an. Aber was so schrecklich gewesen war, was sein Herz zum Jagen gebracht hatte, war, daß seine Mutter ganz fremd aussah. Sie war eine vom Tod gezeichnete, alte Frau, hager und mit riesengroßen Augen, die auf ihn gerichtet waren. Daniel hatte sich im Bett aufgesetzt und atmete schwer. Erst jetzt, als er sich langsam in die Realität zurücktastete, wie er sich als Kind aus dem finsteren Keller die Treppe nach oben getastet hatte, wurde ihm klar, wer diese todkranke Frau wirklich war: die ehemalige Jugendgeliebte von Senator Weiss.

Und jetzt flutete die Erinnerung zurück. Daniel hatte am späten Nachmittag die Sekretärin von Professor Schneider angerufen, aber sie war schon nach Hause gegangen. Als er den Zettel umdrehte, auf dem er sich die Telefonnummer notiert hatte, stellte er fest, daß er aus Versehen einen Brief an den Senator als Notizzettel mißbraucht hatte. Mit wachsender Faszination las er einen Verzweiflungsruf aus der Todeszone. Einen desperaten Liebesappell aus der Tiefe der Zeit. Aber wie kam solch ein intimer Brief in die Ablage, in die Frau Birkefeld nur die Routinepost warf, die sie selbst erledigte? Und so ging er zu Frau Birkefeld hinüber, um ihr den Brief zurückzubringen.

Im Dunkel seines Bettes erlebte Daniel die Szene erneut.

»Ach, Sie haben ihn mitgenommen. Schade.« Frau Birkefeld schien es ihm fast übel zu nehmen. Dann beugte sie ihr Mondgesicht vertraulich nach vorne und flüsterte: »Haben Sie den Brief gelesen?« Als Daniel nickte, fuhr sie fort. »Ich dachte schon, der Senator hätte ihn doch an sich genommen, um ihn selbst zu beantworten. Wissen Sie, ich hab ihm das einfach nicht abgenommen.«

Frau Birkefeld liebte diese Strategie der Informationslücke. So war Daniel gezwungen nachzufragen, was sie ihm nicht abgenommen hatte. Reflexartig blickte Frau Birkefeld zur Tür, um sich zu vergewissern, daß der Senator nicht überraschend hereinkam, obwohl er doch längst auf einer Sitzung der Bürgerschaft weilte. »Na, er hat gesagt, er kennt die Frau gar nicht. Sie ist eine Verrückte. Wissen Sie, was ich glaube? Er hat Angst vor dem Tod. Und da hat er sich gedrückt. Er hat sie verleugnet. Ich finde es richtig feige von ihm. Nichts gegen den Senator, er ist ein guter Chef, aber das finde ich richtig feige von ihm. Dabei redet er so viel von Mut. Da ist er wie die meisten Männer. Nehmen Sie's mir nicht übel.« Sie machte eine Pause und nahm den Brief in die Hand. »Armes Hascherl. Die Frau tut mir richtig leid. Hat nur noch ein halbes Jahr zu leben. Aber der Herr Senator ist zu beschäftigt. Als er ihr vor dreißig Jahren das Höschen ausgezogen hat, da hatte er noch Zeit.«

Daniel prallte zurück vor soviel Unverblümtheit. Über Höschen hatte er mit Frau Birkefeld noch nie geredet. Aber mit dem gemeinsamen Wissen dieses Briefes umgab sie eine Wolke von Intimität. Es war, als hätten zwei Fremde, die zufällig im Flugzeug nebeneinander sitzen, gemeinsam einen erotischen Film aus den sechziger Jahren gesehen, den sie nun kommentierten.

»Ich war schon drauf und dran, ihr in seinem Namen einen Liebesbrief zu schreiben. Da sehe ich, der Brief ist weg. Na fein, denke ich, er hat es sich doch überlegt. Und nun kommen Sie damit an.«

»Tut mir leid. Das war ein Versehen.« Daniel mußte sich gegen das Gefühl wehren, die richtige Lösung verhindert zu haben.

»Ich kann ihr einfach nicht diese unpersönliche Absage schicken, die er mir diktiert hat. Nein, das tue ich nicht. Da schicke ich ihr lieber ein Billetdoux. Wenn sie den Briefkopf sieht, muß sie es für echt halten.« Während Daniel unschlüssig wartete, hatte Frau Birkefeld sich zu ihrem Computer gedreht und auf den Schirm gestarrt: »Was schreibt so ein Mann nur, wenn er Süßholz raspelt?« Aber bevor Frau Birkefeld ihn als Autorität mißbrauchte, hatte Daniel sich davongeschlichen.

Und jetzt fand er Frau Birkefelds Satz in seinem Alptraum wieder: »Er hat Angst vor dem Tod. Und da hat er sich gedrückt.« Dieser Satz hatte sich wie eine Kugel in sein Hirn gebohrt und dort ein Trauma verursacht. So wie der Senator seine Geliebte hatte er Hannah vor Vanessa verleugnet. »Sie ist nicht meine Freundin.« Na ja, es stimmte ja auch, er liebte sie ein bißchen, aber seine Freundin war sie nicht. Sagte er das nur, weil er sich an Vanessa heranmachen wollte? Vielleicht war sie nicht seine Freundin, aber sie rang mit dem Tode, und da hatte er ihr Freund zu sein. In ihrem Todeskampf durfte er sie nicht alleinlassen. Nur weil er selbst Angst vor dem Tod hatte. Durch die Nachrichten hatte er erfahren, daß sie ins Koma gefallen war, wie ihr Arzt es vorausgesehen hatte. Nie hatte sie seine Hilfe so sehr gebraucht wie jetzt. Seine Pflicht war es, seine vagabundierende Liebesbereitschaft zu einem Seil zusammenzudrehen und sie damit vom Abgrund zurückzuholen. Ein Vers aus einem englischen Gedicht fiel ihm ein, der ihm bei seinen Liebeslyrikrecherchen für die Dissertation besonders gefallen hatte: »Let us roll our strength and all / our sweetness up into one ball / and tear our pleasures with rough strife / through the iron gates of life.« Das hatte zwar eine ganz andere Bedeutung, aber es drückte seine Entschlossenheit aus, Hannah mit aller Kraft an sich zu reißen, indem er seine Liebe in Muskelkraft verwandelte, mit der er sie wieder ins Leben zurückzerrte.

Und so sprang er aus dem Bett, ging zum Schreibtisch, setzte sich an seinen Computer und begann zu schreiben.

Um drei Uhr morgens hatte ihn die Nachtschwester nach langer Diskussion zu Hannah gelassen. Er hatte behauptet, er sei ihr Verlobter und habe die Erlaubnis des Chefarztes. Dieser habe ihn geradezu aufgefordert, nachts bei ihr zu sein und mit ihr zu sprechen. Es könne sein, daß Komapatienten durch ständige Ansprache wieder genesen. Ob sie es verantworten könne, ihn daran zu hindern? Sie könne ja den Chefarzt wecken und ihn um Anweisung bitten. Aber das war der Schwester dann doch zu riskant, und so hatte sie ihn widerstrebend zu Hannah geführt.

Angeschlossen an Kanülen und Schläuchen lag sie hoch aufgebahrt zwischen Flüssigkeitsbehältern und Bildschirmen, auf denen unsichtbare Hände leuchtende Linien so regelmäßig wie

Ornamente schrieben. Diese Schrift kündete von dem inneren Leben Hannahs. Sie dokumentierte das Schlagen ihres Herzens, das regelmäßige Atmen, die ordnungsgemäße Arbeit ihrer Organe, die Frequenz der Hirnströme, den Rhythmus des Stoffwechsels. Aber sie selbst war nicht da. Daniel blickte auf ihr weiches Gesicht unter den Massen dunkler Haare. Ihr langgestreckter Körper unter der Decke erschien ihm wie eine leere Wohnung, aus der der Mieter ausgezogen war und nur eine schriftliche Botschaft hinterlassen hatte: »Ich bin in eine andere Stadt gezogen. Bitte vergiß mich. Alles Liebe, Hannah.« Nein, er konnte das nicht zulassen. Er würde sie nicht vergessen. Auch er hatte eine schriftliche Botschaft. Daniel blickte auf den Brief, den er ihr in der Nacht geschrieben hatte, die vielen Zeilen kontinuierlicher Schrift. Dieser gekräuselte Faden war die Telefonleitung, die ihn mit Hannah verbinden sollte. An dieser Nabelschnur würde er sie ins Leben zurückziehen. Er mußte wieder an seine Doktorarbeit denken. Wie oft hatte er darin den Begriff »Liebeskommunikation« benutzt. Jetzt erst gewann das Wort für ihn Sinn. An dem Faden der Liebeskommunikation würde er Hannah aus dem Labyrinth ziehen, in das sie sich verirrt hatte. Sie würde ihn hören in ihrem Schattenreich. Zuerst würde sie seine Stimme nur als ein Rauschen vernehmen, aber dann würde sie ihn erkennen wie einen Ruf aus der Vergangenheit und sich umdrehen. Mit gleichmäßiger Stimme begann Daniel ihr vorzulesen, was er in der Nacht geschrieben hatte.

»Geliebte, jetzt ist nicht mehr die Zeit für Gehemmtheiten und Rücksichtnahmen. Was hast Du für ein Recht, mich mitten im Fest des Lebens stehenzulassen und in ein dunkles Zimmer zu gehen und mit dem Tod zu schlafen? Ich liebe Dich. Ich habe Dich immer geliebt. Die Liebe zu Dir hat mir erst gezeigt, was Liebe ist. Dein Blick hatte für mich stets die Kraft, die Welt um mich herum versinken zu lassen. Wenn ich Dich ansah, sah ich nur, daß Du mich ansahst und dabei sahst, daß ich Dich sah.

Ich hatte nie so etwas Intensives gespürt. Diese Wechselseitigkeit war eine Raserei. Nichts anderes zählte mehr. Sie trennte unsere Welt vom Rest der Menschen und hüllte uns ein wie ein Mantel. Von nun an hatte alles, was ich erlebte, eine doppelte Bedeutung. Je nachdem, was es für die gleichgültige Welt da draußen und was es für uns bedeutete. Du hast alles durch den Hannah Aspekt verzaubert. Du wurdest meine neue Welt. Mein anderes Amerika. Du allein stelltest für mich das Land der Feminität dar. Ich fand Dich immer unendlich begehrenswert. Du hast mich elektrisiert. Es war, als ob ein Stromkreis geschlossen worden wäre und jeder das Leben des anderen spürte. Indem ich Deine Lebendigkeit spürte, entdeckte ich mich selbst. Du hast mich zum Leben erweckt. Deshalb kannst Du mich jetzt nicht verlassen. Das ist unnatürlich. Mit dem Tod zu schlafen, ist pervers. Die höchste Form der Untreue. Ich lasse mir das nicht bieten. Ich lasse Dich einfach nicht gehen. Ich fessle Dich mit den Gewichten der unendlichen Möglichkeiten unseres ungelebten Lebens. Willst Du die Kinder im Stich lassen, die wir haben könnten? Die kleine Vanessa, nein, nicht Vanessa, Rebekka, die Deinen Hang zu Szenen geerbt hat? Und uns schon zum Frühstück mit ihren poetischen Texten nervt? Und Lorenz, den ödipalen Augapfel seiner Mutter? Und die anderen drei Töchter – willst Du auf die verzichten? Willst Du auf die Tausende von Sexorgien verzichten zu Lande, zu Wasser und in der Luft? Wach sofort auf, und gleich noch nehmen wir eine Lufthansamaschine nach Venedig und treiben es in der Businessclass auf der Toilette. Aber nein, statt dessen spielst Du die alte Frau. Fährst einfach mit dem Schnellbus der Zeit davon und steigst an der Endstation aus, während ich noch benommen an der Haltestelle stehe. Du spielst die Todgeweihte und machst den Gedanken an die Hannah, die mir noch gestern einen Kuß mit Köfte-Geschmack auf die Lippen gedrückt hat, zu einer fernen Erinnerung. Nun gut, Hannah, wie Du willst! Bist Du eben eine Erinnerung: Wir haben uns vor einer Ewigkeit geliebt, und dann bist Du abgereist und hast mich verlassen. Und ich bin erwachsen geworden, ein skeptischer und vielleicht etwas verwitterter Mann. Aber die Erinnerung an Dich ist so frisch, als ob Du mich gestern verlassen hättest. Sie ist nicht mitgealtert. Sie ist in mich eingekapselt wie ein Leitfossil. Wie eine Energiekonserve, die völlig unberührt ist. Wenn ich sie aufmache, sind die Jahre wie weggeblasen, und Du liegst vor mir, jung und schön. Komm zurück, Hannah, tauch auf aus dem Ozean der Zeit, in dem Du Dich ertränken willst, und komm zu mir zurück. Ich werde Dich wiederbeleben mit Mund-zu-Mund-Beatmung und Dich lieben und ehren, und kein Tod soll uns scheiden. Ich stehe am anderen Ufer der Zeit, und ich bin so jung, wie ich war, bevor Du auf Deine Zeitreise gingst. Nimm den Schnellbus wieder zurück. Ich stehe noch immer an derselben Haltestelle und warte auf Dich. Wenn Du aussteigst, beginnt erst das Leben. Denn das hat mir Deine Exkursion gezeigt: daß ich Dich erst verlieren mußte, um Dich wiederzugewinnen.«

Als Daniel an das Ende seines Textes gekommen war, legte er die Blätter beiseite und sprach im gleichen, murmelnden Ton weiter.

»Vielleicht war das die List der Liebe, die wir bisher ignoriert haben. Sie ist so radikal, daß sie Dich fast opfert, um sich selbst zur Geltung zu bringen. Aber stell Dir mal vor, wie es wäre, wir hätten uns verfehlt. Und am Ende des Lebens wiedergetroffen. Jeder mit der frischgebliebenen Erinnerung an die Jugend des anderen im Kopf. Das Herz krampft sich zusammen bei dem Gedanken. Wir müßten beide die Liebe besichtigen, die wir nicht gelebt haben, und die sähe dann aus wie das tote Kind im gläsernen Sarg in der Kapuzinergruft von Palermo, von dem ich Dir damals die Postkarte geschickt habe. Jetzt bist Du es, die vor mir im gläsernen Sarg liegt. Und ich starre auf die Instrumente mit ihren Nachrichten aus dem Inneren Deines Körpers.

Ich komme mir vor, als ob ich im Cockpit Deines Körpers säße und im Blindflug die Maschine landen sollte: ›Mayday, mayday. Kapitän Dentzer an Bodenstation. Die Triebwerke sind ausgefallen, starker Druckabfall, wir verlieren Öl. Macht die Landebahn frei, wir versuchen eine Notlandung. Bodenstation, bitte kommen.‹ Und während ich das Nötige tue, sage ich zu Dir: ›Ich werde Dich sicher auf die Erde bringen. Hannah, verlaß Dich auf mich.‹«

Daniel machte eine kleine Pause. Er sah, wie die Nasenflügel, die die beiden Kanülen umschlossen, leise bebten.

»Hannah, ich werde langsam wahnsinnig. Ich weiß, daß du schauspielerst. Du stellst dich bloß komatös. Hör jetzt auf mit der Vorstellung, ich ertrag es nicht mehr.«

Er fühlte sich plötzlich todmüde und ausgelaugt. Er stand auf, blickte unschlüssig auf Hannah und sagte: »Daß du mir ja nicht weggehst, während ich fort bin. Ich komme wieder«, und verließ das Zimmer.

## 6

Präsident Schacht saß in seinem Büro hinter dem Schreibtisch und kämpfte gegen die Gewichte, die seine Augenlider nach unten drückten. Wie wunderbar wäre es, ihnen einfach nachzugeben und die Augen zu schließen. Dann wäre er der Stimme seines Körpers gefolgt, der unablässig schrie: Laß mich schlafen, nichts als schlafen. Vielleicht auch träumen, träumen von einer langen Reise in ein Land, aus dem kein Mensch zurückkehrt. Doch Präsident Schacht war gerade zurückgekehrt. Vor acht Stunden war sein Flugzeug aus New York in Fuhlsbüttel gelandet, und jetzt litt er unter Jetlag. Sein Gesicht fühlte sich übernächtigt an. Obwohl er sich schon zum zweiten Mal am Waschbecken erfrischt und sein sandiges Kraushaar gekämmt hatte, kam ihm sein ganzes Dasein zerknautscht vor. In den Sehschlitzen zwischen seinen zitternden Augenlidern erkannte er die Gestalt seines persönlichen Referenten Dr. Peter Schmale.

Der Präsident entschloß sich wachzubleiben. »Ah Pit, guten Morgen. Gibt's was Neues?«

Gegenüber seinem eher hemdsärmeligen Präsidenten war Pit Schmale immer etwas auf Förmlichkeit bedacht. Er hatte mit seinem gepflegten Aussehen und seiner leicht narzißtisch wirkenden Selbstdarstellung etwas von einem Dandy, und ihm lag daran, selbst die Distanz zu seinen Mitmenschen dosieren zu können. So sagte er gemessen: »Willkommen zu Hause. Wie war die Reise?«

Die Frage weckte den Präsidenten: »Oh, ein Triumph, ein Triumph. Ich habe im großen Auditorium der Universität Harvard gesprochen. ›Studentenrevolte und Hochschulreform – ein Rückblick und eine Bilanz.‹ In Amerika interessiert das die Leute – hier will das ja keiner mehr hören. Man muß heute schon ins Ausland fahren, um wieder ein Gefühl dafür zu kriegen, was wir damals bewegt haben.«

Schmale kannte die Jammereien des Präsidenten darüber, daß er aus der Mode war.

»Und was ist bei den Verhandlungen rausgekommen?« fragte er.

»Welchen Verhandlungen?« Der Präsident hatte offenbar völlig vergessen, warum er überhaupt nach Harvard gefahren war.

»Na das Junior Year Abroad, der Studentenaustausch?«

Mühselig kämpfte sich der Präsident durch den Wolkenschleier seiner Jetlag-Amnesie: »Oh ja, natürlich, der Studentenaustausch! Ja, was war damit? Richtig, sie werden es sich überlegen.«

»Das wollten sie doch schon vor Ihrer Reise überlegen.«

Der Präsident fuhr hoch. War das etwa unverblümte Kritik daran, daß er nichts erreicht hatte, und das sogar von Schmale?

Oder war er in letzter Zeit zu empfindlich geworden? Was war los mit ihm? Hatte er nicht in den wilden Zeiten ganz anderen Widrigkeiten ins Gesicht gesehen? Oder lag das daran, daß sie damals auf der Siegerstraße schritten? Kein Zweifel, die Winde hatten sich gedreht. Die Wasser der Reform waren zurückgeflossen und hatten manche Ruine hinterlassen. Aber war nicht ihr Gesamtkonzept trotzdem richtig gewesen? War es nicht richtig gewesen, die Universität aus dem gesellschaftlichen Abseits herauszuholen und sie für die Massen zu öffnen? Wie kam es dann, daß er und seine Freunde plötzlich in die Defensive geraten waren? Wieso mußten sie plötzlich sogar den Status quo verteidigen? Kein Zweifel, irgend etwas Entscheidendes hatte sich geändert. Mitten in der Nacht, ohne daß jemand etwas bemerkt hatte, hatte sich bei einem semantischen Beben die Begründungslast verschoben. Bisher mußten die Gegner ihre Kritik begründen. Doch eines Morgens war Schacht aufgewacht und hatte das Klima verändert gefunden. Die bisherigen Selbstverständlichkeiten galten nicht mehr. Und dann war nach der neuen Regierungsbildung auch noch dieser Weiss zum Wissenschaftssenator ernannt worden. Von da ab war er das Gefühl nicht mehr losgeworden, daß der Boden unter seinen Füßen wegglitt. Die Temperatur der Nährlösung aus Freundschaftszirkeln und Verbündetenhorden, in der der Präsident herumschwamm, hatte sich plötzlich abgekühlt. Und damit war der Schleier des egalitären Hochschuldiskurses zerrissen. Begriffe wie »Partizipation«, »Kommunikation«, »Emanzipation«, die einst vor Energie vibriert hatten, waren über Nacht impotent geworden. Nach einem semantischen Orgasmus ohnegleichen hatten sie alle Magie verloren. Statt dessen kehrten Begriffe wie »Leistung«, »Anstrengung«, ja sogar »Elite« zurück, die sie schon vor langer Zeit ermordet zu haben glaubten, und zeigten eine gespenstische Lebendigkeit. Es war direkt unheimlich. Und es war diese Unheimlichkeit, die an Präsident

Schachts Nerven zerrte. Und so hatte er in letzter Zeit den Drang verspürt, unter dem Vorwand der Partnerschaftspflege mit anderen Universitäten den Campus auf längeren Dienstreisen zu verlassen, um seine Nerven in der Rhetorik der Gastlichkeit zu baden. Doch jedesmal, wenn er zurückkam, wurde der Wiedererkennungsschock um so schlimmer.

Pit Schmale wußte nicht, ob der Präsident wieder eingeschlafen war. Deshalb hüstelte er. Schacht schreckte aus seinem beginnenden Schlummer empor: »Ah Pit, guten Morgen, was gibt es Neues?«

»Dr. Matte wartet draußen und möchte Sie sprechen.«

Der Präsident riß sich zusammen. Der Leiter des Rechtsreferats Dr. Matte forderte immer seine ganze Aufmerksamkeit. Er winkte Schmale, ihn hereinzubitten.

Als Schmale die wuchtige Falstaffgestalt von Dr. Matte hereinführte, war Präsident Schachts Oberkörper auf den Tisch gesunken und die regelmäßigen Atemzüge verrieten, daß er schlief. Schmale und Matte betrachteten von oben den schlafenden Körper des Präsidenten.

»So sieht er sehr sterblich aus«, sagte Dr. Matte mit lauter Stimme.

»Sch, sch, sch, vielleicht stellt er sich nur schlafend«, flüsterte Schmale.

In diesem Moment fuhr Schacht wieder hoch und sah Schmale glasig an. »Ha Pit, erinnern Sie mich daran, daß ich mit Matte sprechen will.« Pit Schmale winkte und zeigte verstohlen auf Matte. Mühsam verschob der Präsident seinen glasigen Blick in die angedeutete Richtung, bis er fündig wurde. »Ah, Dr. Matte, ich möchte Sie sprechen.«

»Hier bin ich«, sagte dieser.

»Hier ist Präsident Schacht.«

Matte und Schmale schauten sich an. Offenbar war der Präsident in der Illusion befangen, mit Matte zu telefonieren.

»Guten Morgen«, sagte Matte.

»Guten Morgen«, sagte der Präsident. »Gibt es was Neues?« Und endlich gelang es Dr. Matte, den Präsidenten so lange wach zu halten, daß er die Nachricht vom Zwischenfall im Audimax absorbieren konnte.

## 7

Daniel war mit Professor Mareile Wallasch vom Historischen Seminar verabredet. Sie hatte ihm versprochen, für ihn die Schriften von Professor Schneider aus der Seminarbibliothek auszuleihen. Das war für sie als Mitglied des Seminars ohne weiteres möglich. Und sie durfte die Schriften für unbestimmte Zeit behalten. Dagegen durfte Daniel sie als Nichtmitglied nur übers Wochenende ausleihen. Und es war für ihn mit einem so großen Aufwand an vorgelegten Ausweisen und ausgefüllten Ausleihscheinen verbunden, daß seine unauffälligen Recherchen sofort in den Scheinwerferkegel allgemeiner Aufmerksamkeit geraten wären. Und eben das mußte er unbedingt vermeiden. Er wollte, wie es im Bürokratendeutsch hieß, weder schlafende Hunde wecken noch irgendwelche Pferde scheu machen. Niemand sollte bemerken, daß die Wissenschaftsbehörde präventiven Flankenschutz betrieb.

Daniel verdankte die Bekanntschaft mit Frau Wallasch einem Zufall. Es war im vorigen Sommer gewesen, an einem der seltenen Hamburger Sonnentage, als die Studenten und Dozenten in den Vorlesungspausen sich zwischen den Haufen von Hundekot und weggeworfenen Heroinspritzen auf den Rasenflächen des Campus niederließen – da saß Frau Wallasch auf dem Betonrand des Campusteiches, der ausnahmsweise mal voll Wasser war. Daniel war gerade auf seinem Weg zum Büro des Pressereferenten auf ihrer Höhe des Teiches angekommen, da tauchte direkt hinter Frau Wallasch aus dem Wasser prustend ein badender Penner auf – filzig wie ein Nöck, mit Haaren, die sich wie Schlingpflanzen um sein Gesicht klebten – und umklammerte mit seinen nackten Armen ihren Oberkörper von hinten. Daniel blieb wie angewurzelt stehen. Frau Wallasch wirkte wie erstarrt und rührte sich nicht. Auch der Penner rührte sich nicht. Lauernd blickte er Daniel an, wie ein Pokerspieler, der einen Royal Flush hat. Daniel sagte: »Laß die Frau los.« Der Blick des Penners wurde herausfordernder, als wollte er sagen »Zwing mich doch dazu.« Offenbar fand er die Sache unterhaltend und freute sich darauf, mit einem Studierten die Kräfte zu messen. Und dann sagte er plötzlich: »Gib mir 20 Mark, dann laß ich sie los.« Daniel überlegte. Er hatte nur einen Hundertmarkschein und etwas Münzgeld dabei. Die Vorstellung, daß der Penner hundert Mark wechseln würde, war absurd. Sollte er einen ganzen Hunderter opfern? Andererseits, wenn er das Geld verweigern würde, würde der Penner vielleicht aggressiv und zerrte die Frau ins Wasser. Er sah, wie sie ihn flehend anstarrte, während die muskulösen Arme des Penners das Dekolleté ihres Sommerkleides zusammenquetschten. Er konnte sich schon die Schlagzeile vorstellen: »Geiseldrama auf dem Campus. Vertreter der Wissenschaftsbehörde verweigert Lösegeld von 20 Mark.« Spontan sagte Daniel »Fünf Mark«. Wie aus der Pistole geschossen erwiderte der Penner »Fünfzehn Mark«. Er war offenbar ein Flohmarktveteran, und so einigten sie sich schließlich nach langem Feilschen auf 8,60 Mark, das ganze Kleingeld, über das Daniel verfügte. Als der Penner die Münzen in Empfang genommen hatte, ließ er Frau Wallasch mit der ganzen Zufriedenheit eines Händlers, der gerade ein Bombengeschäft abgeschlossen hat, los und sagte verbindlich: »So, jetzt gehört sie Ihnen.« Der Handel und der Besitz von 8,60 Mark hatten ihm das Gefühl gegeben, mitten im Arbeitsleben zu stehen und Würde gewonnen zu haben: So verkehrte er nun mit Daniel per Sie. »Schönen Tag noch wünsche ich dem Herrn.« Und während der Penner umständlich sein Lösegeld verstaute und mit zügigen Stößen den Campusteich durchschwamm, um vielleicht am gegenüberliegenden Rand noch eine weitere Geisel zu nehmen, stand Daniel etwas befangen vor Frau Wallasch, die immer noch stumm dasaß und ihn anschaute, als erwarte sie von ihm das Urteil über ihr weiteres Schicksal. Die Arme des Penners hatten das Kleid vorne so durchnäßt, daß der Stoff an ihren Brüsten klebte.

»Sie sind frei«, sagte Daniel und fühlte sich verlegen wie ein Filmheld, der statt das blonde Mädchen zu befreien, mit King Kong einen Deal gemacht hatte. Der Satz aber schien sie zu erlösen. Sie stand auf und zupfte ihr Kleid zurecht. »Danke«, sagte sie und wühlte in ihrer Tasche nach ihrem Portemonnaie.

»Ich habe gar nicht mitbekommen, wieviel Sie ihm bezahlt haben.«

Daniel hob abwehrend die Hände. »Oh, bitte nicht. Nehmen Sie mir nicht die Freude, mich als Sankt Georg zu fühlen, der die Jungfrau aus den Fängen des Drachen befreit.« In Wirklichkeit wollte er ihr nicht sagen, wie wenig er für sie bezahlt hatte, wenn sie es schon selbst nicht mitbekommen hatte. »Im Ernst«, fuhr er fort, »wann hat man schon einmal solch eine archaische Gelegenheit in der modernen Universität? Übrigens, ich heiße Daniel Dentzer und bin der Persönliche Referent des Wissenschaftssenators.«

»Mareile Wallasch. Ich lehre Neuere Geschichte.«

Sie steckte ihr Portemonnaie wieder weg und gab ihm die Hand.

»Fühlen Sie sich okay?«

»Ja danke, es geht wieder. Was wäre wohl passiert, wenn Sie nicht vorbeigekommen wären?« Sie zerrte wieder den nassen Stoff von ihrer Brust weg. »Wissen Sie was? Wenn Sie schon Ihr Lösegeld nicht zurückhaben wollen, spendiere ich Ihnen einen Kaffee, und ich kann mich ein wenig frisch machen.«

Und so waren sie zusammen in das Café neben dem Campuskino gegangen, und Daniel hatte alles über die Biographie von Frau Wallasch erfahren.

Sie hatte sich bei Koselleck in Bielefeld habilitiert und war dann zu Hayden White an das Institute for the History of Ideas in Berkeley gegangen. Nach dem Erlebnis eines amerikanischen Campus mit seiner optimistischen Atmosphäre und seiner kulturellen Betriebsamkeit hatte ihr der Wechsel nach Hamburg einen Kulturschock versetzt. Hier arbeitete die Verwaltung offenbar nach dem Prinzip von Murphys Gesetz: Was schiefgehen kann, geht irgendwann auch schief. Dann hatte sie begriffen, daß die Verwaltung nicht der Lehre und Forschung verpflichtet ist, sondern allein dem eigenen Dienstrecht. Also hatte sie begonnen, statt Ideengeschichte Verwaltungsvorschriften zu studieren. Mit bemerkenswertem Erfolg, wie sie Daniel voller Stolz berichtete. Ein Jahr lang hatte sie vergeblich versucht, ihre kaputten Büromöbel ersetzt zu bekommen, bis sie herausgefunden hatte, daß es behördlich vorgeschriebene Verfallszeiten gab. Mit einer Ausnahme: wenn es um Sicherheitsmängel ging, weil dann Schadensersatzansprüche erhoben werden konnten. Also hatte sie ihren fünften Antrag damit begründet, die Haken, Splitter und Bruchstellen an ihren Möbeln würden den Studentinnen die Kleider zerreißen und empfindliche Fleischwunden beibringen. Als Krönung hatte sie dem Antrag noch ein paar schaurige Aufnahmen aus der Gerichtsmedizin beigelegt. »Können Sie sich das vorstellen? Fotos der Gerichtsmedizin? Da mußte man sich fast übergeben. Zwei Tage später hatte ich neue Möbel. Das war mir eine Lehre. Danach bin ich praktisch in jedes Gremium gegangen. Mir war klar geworden, daß in Hamburg nicht die Stars der Forschung, sondern die Lokalmatadore der Gremien regieren. Und die fällen ihre Beschlüsse nicht nach Sachgesichtspunkten, sondern nach Gruppenzugehörigkeit und Repräsentationsverhältnissen. Wenn man seine Forschungsprojekte durchbringen will, muß man da mitmachen. Da zählt nicht, ob das Projekt gut ist, sondern ob man zur richtigen Seilschaft gehört.«

Staunend hatte Daniel damals diese kühle Analyse gehört. Denn man hörte sie selten. Wer dazugehörte, schilderte das System nie so kalt und distanziert. Er fand dafür ganz andere Namen. Er sprach nicht von Freundschaftszirkeln, von Klüngeln und Gefälligkeitskonten, sondern von Solidarität, Vertrauen, Korpsgeist, Kooperation und Verläßlichkeit. Und wer nicht dazugehörte und ein Außenseiter geblieben war, der kannte das ganze System nicht. Darin, daß Frau Wallasch sich dessen bediente und doch eine innere Distanz bewahrte, war sie eine Ausnahme. So war sie eine der ausgebufftesten Kennerinnen der akademischen Klüngelwirtschaft geworden, die ihre Gesetze nicht nur nutzen, sondern auch analysieren konnte. Und Daniel hatte sie als wertvolle Informationsquelle schätzen gelernt.

Als er ihr Büro im sechsten Stock des Philturms betrat, bot sich ihm ein bizarres Bild. Frau Wallasch hatte ein sogenanntes Dreiachserbüro, was bedeutete, daß sie eine C4-Professur bekleidete. Je höher die Gehaltsstufe, desto mehr Fenster hatte das Büro. Eins dieser Fenster hatte Frau Wallasch gerade öffnen wollen. Dabei hatte sie nicht beachtet, daß es zwischen der Kippstellung über die unteren Scharniere und der normalen Öffnung zur Seite noch einen Zustand der Unentschiedenheit gab. Aber gerade in dieser unklaren Lage hatte Frau Wallasch das Fenster geöffnet. So fiel es, nur von einer Angel gehalten, mit seinem Glas- und Eisengewicht von vier Quadratmetern, Frau Wallasch entgegen. Daniel sprang durch den Raum und fing den riesigen Rahmen auf, doch dessen Tonnengewicht zwang ihn dazu, gemeinsam mit Frau Wallasch um den einen Drehpunkt des Scharniers im Halbkreis einen Veitstanz aufzuführen, bevor sie die Balance wiedergewonnen hatten. Vorsichtig schoben sie das Fenster in den Rahmen zurück, und Daniel sperrte die Verriegelung wieder zu. Dann setzten sie sich, und Frau Wallasch zündete sich eine Zigarette an und inhalierte tief.

»Herr Dentzer, ich glaube das ist Ihre wahre Bestimmung«, Frau Wallasch stieß einen endlosen Strahl Rauch in die Luft, »bedrohten Frauen das Leben zu retten.«

Die Bemerkung versetzte Daniel einen Stich. Er empfand wieder das Gefühl der Vergeblichkeit, das ihn übermannt hatte, als Hannah auf seine nächtlichen Liebeserklärungen nicht reagiert hatte. Es war, als ob er zu einer Leiche gesprochen hätte. Frau Wallasch sah ihn besorgt an.

»Alles in Ordnung? Sie haben sich doch nicht etwa verhoben oder so etwas?«

Daniel schüttelte den Kopf. »Nur einen Schrecken gekriegt. Ich sah Sie schon erschlagen vor mir liegen. Eine schöne weibliche Leiche.«

Frau Wallasch blickte ihn prüfend an.

»Nun halten Sie mal schön Ihre sexistischen Phantasien im Zaum.«

Dann griff sie zu einem Stapel Bücher und Artikel und packte ihn vor Daniel auf den Tisch. »Hier sind die Schriften von Schneider, die Sie haben wollten.«

Daniel verscheuchte das Phantom von Hannah und konzentrierte sich auf den Haufen Sonderdrucke.

»Und? Haben Sie reingesehen? Worüber hat er gearbeitet? Ist er wirklich ein Rechtsradikaler?«

Frau Wallasch wiegte den Kopf hin und her.

»Wissen Sie, ich verstehe nicht allzuviel davon. Der Schneider ist Bevölkerungshistoriker. Arbeitet über Migration, soziale Mobilität, Genealogie und so was. Er legt Sozialstatistiken an und spielt mit Ahnen- und Stammlisten herum. Für einen berufsmäßigen Antifaschisten bedeutet das schon soviel wie die Gründung einer Zentralstelle für Rassenhygiene.«

»Aber in Wirklichkeit ist es das nicht?«

»Nein, in Wirklichkeit ist es einfach Sozialgeschichte. Aber der Schneider beschäftigt sich mit Familiengeschichte und Erblichkeit von Intelligenz. Schauen Sie, hier.« Frau Wallasch wühlte in den Schriften und zerrte aus dem Stoß den Sonderdruck eines Artikels hervor. Daniel las: »The Bell Curve of Intelligence Distribution and Family Relationships«. Darüber stand der Titel der Zeitschrift »European Journal of High Ability«.

»Was es nicht alles für Zeitschriften gibt«, wunderte er sich, »ob die nur Beiträge von Hochbegabten akzeptieren?«

Frau Wallasch ging nicht auf seine Lockerungsübungen ein.

»Das ist alles vermintes Gelände.«

Als er sie fragend anschaute, schlug sie die Hände zusammen. »Daß ich das jemand von der Wissenschaftsbehörde erklären muß! Denken Sie doch mal nach! Wenn sich herausstellt, daß Intelligenz weitgehend von Vererbung abhängig ist, fällt die ganze linke Bildungspolitik in sich zusammen.«

»Aber der Schneider kommt doch aus der DDR. Schauen Sie, hier«, er wies auf den Sonderdruck des Artikels, »das stammt vom Juni 1987, also vor der Wende.«

Frau Wallasch sah ihn immer mehr an, als ob sie es mit einem hoffnungslosen Fall von Begriffsstutzigkeit zu tun hätte.

»Ja, glauben Sie denn, in der DDR hätten sie eine linke Bildungspolitik gemacht? Die waren absolut elitär. Die haben gnadenlos Begabtenauslese betrieben. Westdeutschland kann sich freuen, daß es die Wiedervereinigung gegeben hat. Nachdem wir unser eigenes Bildungssystem ruiniert haben, erben wir die vorzüglichen Absolventen von drüben.«

»Und was hat das alles mit Rassismus zu tun?«

»Herr Dr. Dentzer, haben Sie in letzter Zeit auf dem Mond gelebt? Wer die These der Erblichkeit von Intelligenz vertritt, ist ein Rassist. Haben Sie die Kampagne gegen Jensen vergessen? Haben Sie vergessen, daß der Papst der Intelligenzforschung, wie heißt er noch gleich ... na, sagen Sie doch, wie er heißt ... den sie in Berlin damals verprügelt haben ...«

»Meinen Sie etwa den Eysenck?«

»Eysenck, genau. Der wurde doch damals als Rassist enttarnt. Da hat es ihm nicht mal was genutzt, daß er Jude war. Und erinnern Sie sich nicht an den Aufstand um die Bell – Curve von Herrnsztain und so was? Sobald Sie Korrelationen zwischen irgendwelchen Gruppen und Intelligenzverteilung herstellen, stecken Sie mitten zwischen den Schützengräben.«

»Welchen Gruppen?«

Frau Wallasch richtete jetzt ihre Augen flehend gen Himmel.

»›Welchen Gruppen?‹ fragt er! Na, allen Gruppen, Berufsgruppen, ethnischen Gruppen, religiösen Gruppen ... Stellen Sie sich mal vor, wir würden die Professoren der verschiedenen Fachbereiche einem Intelligenztest unterwerfen, und es kommt heraus, daß die Mathematiker die intelligentesten sind und die Germanisten die blödesten. Was glauben Sie wohl, was die Germanisten dann sagen?«

»Ganz einfach: Die sagen, daß, wenn Germanisten einen Intelligenztest entwerfen würden, sie selbst am besten abschneiden würden.«

Daniel war immer wieder über Frau Wallaschs Lache verblüfft. Der normale Mensch lacht, indem er die Luft stoßweise ausstößt, dabei ein bellendes Geräusch verursacht und dann in einem langen Zug die Luft wieder einsaugt. Bei Frau Wallasch war das umgekehrt: Sie sog beim Lachen die Luft stoßweise an, was ein eigenartig hechelndes Geräusch verursachte, wie bei einem Asthmatiker, der nach Luft schnappt – he, he, he, he –, und dann stieß sie die Luft in einem einzigen Strahl wieder aus. Das war aber just die Atemtechnik des Weinens, und so war Frau Wallaschs Lachen vom Schluchzen kaum zu unterscheiden, was ihr unter den Studenten den Spitznamen »die Nachtigall« eingetragen hatte.

Als sie ausgeschluchzt hatte, fragte Daniel: »Sie finden also nicht, daß irgendwas faul ist an dem Schneider?«

Frau Wallasch zündete sich wieder eine Zigarette an, bevor sie antwortete. »Das habe ich nicht gesagt.«

Daniel machte eine kapitulierende Geste: »Frau Wallasch, Sie sehen selbst, daß ich schwer von Begriff bin.

Ich gehöre sicher nicht zu der High-ability-group.« Daniel zeigte vage auf den Sonderdruck. »Am besten sagen Sie mir nicht, was Sie nicht sagen, sondern sagen mir, was Sie sagen.«

Jetzt war es an Frau Wallasch, den Überblick zu verlieren. »Was?«

»Was?«

Daniel verstand nicht, was sie nicht verstand. »Lassen Sie mich das Problem klären.« Daniel griff jetzt zu einem Verfahren, das Senatsdirektor Rudinski anwandte, wenn in der Ministerrunde niemand mehr einen blassen Schimmer hatte, worum es eigentlich ging. »Sie haben gesagt, Sie hätten nicht gesagt, daß mit dem Schneider etwas nicht stimmt. Also sage ich, Sie sagen mir besser nicht, was Sie mir nicht sagen, sondern sagen mir, was Sie sagen. Denn wenn Sie mir sagen, was Sie mir nicht sagen, weiß ich immer noch nicht, was Sie mir sagen, weil Sie es mir ja nicht sagen.« Nach einer kleinen Pause ergänzte Daniel, »was Sie mir nicht sagen.«

Frau Wallaschs grünbraune Augen schienen sich in sich langsam drehende Propeller verwandelt zu haben.

»Soll ich es noch mal zusammenfassen?« fragte Daniel sanft.

Frau Wallasch hob abwehrend beide Hände. »Vielleicht später.«

»Einfacher ausgedrückt: Was ist nun faul an diesem Schneider? Sie sagen, obwohl er Begabungsforscher und Ahnenforscher und Migrationsforscher ist, ist er vielleicht kein Faschist. Aber was ist dann faul?«

Endlich sah Frau Wallasch wieder Land.

»Ah, was ist faul, fragen Sie. Seine Berufung ist faul. Wissen Sie, wer an zweiter Stelle auf der Liste stand? Aleida Hassauer aus Konstanz.«

»Sie meinen, die mit der Theorie von der phasenverschobenen Modernisierung?«

Frau Wallasch nickte. »Nun hat die Hassauer viel mehr veröffentlicht als der Schneider. Ihre Arbeiten sind berühmt. Seine kennt kein Schwein. Aber sie setzen ihn auf Platz eins.«

»Na, was soll daran sensationell sein? Ist doch nicht zum ersten Mal, daß ein Seminar aus Angst vor einem wissenschaftlichen Star eine Niete beruft.«

»Ach was, hier geht es doch nicht um Qualität oder dergleichen. Die Hassauer ist eine Frau. Normalerweise hätte die Frauenbeauftragte protestiert, egal, wie ihre Qualifikation wäre. Die Wagner hätte in jedem Fall behauptet, sie wäre besser als ihr Mitbewerber. Jetzt ist sie mal tatsächlich besser, und die Wagner sagt keinen Ton.«

Daniel überlegte. Das war in der Tat merkwürdig. Aber warum hatte Rudinski ihn darüber nicht informiert? Er hatte doch von Weiss den Auftrag, den Vorgang intern zu prüfen, und ihm mußten sämtliche Voten, Gutachten, Stellungnahmen und Befürwortungen doch vorliegen. Er konnte sich das nur damit erklären, daß Rudi sich durch den Vorfall im Audimax akut bedroht fühlte. Sein Verhältnis zu Weiss war nicht spannungsfrei. Weiss hielt ihn für ein Reformhindernis. Einen erkalteten Lavablock, der vom letzten Vulkanausbruch in der Obstplantage der Wissenschaftsbehörde liegengeblieben war. Aber er war ein Protegé des Ersten Bürgermeisters und wahrscheinlich auch dessen Spion in der Behörde. Aber wie wenn Rudi einen spektakulären Fehler gemacht hatte, wie den zu übersehen, daß ihnen ein Faschist zur Berufung vorgeschlagen worden war! Sicher mißtraute ihm Rudi, schließlich war er das Ohr des Senators. Ja natürlich, der Senator nahm an, daß Rudi seine Spuren verwischen würde, und hatte Daniel deshalb zum Schnüffeln in die Uni geschickt. Es ging Weiss gar nicht allein um den Flankenschutz der Behörde gegen die Polizei. Er wollte auch Rudi überprüfen. Daniel war immer wieder fasziniert, wenn ihm Weissens Absichten während seiner Aufträge allmählich klar wurden. Es war ein eigenartiges Gefühl festzustellen, daß die eigene Spontanität nur Bestandteil des überlegenen Plans eines anderen war. Er kam sich dann vor wie die Figur in einem Stück, die entdeckt, daß sie von einem Autor geschrieben wurde. Dieser Gedanke irritierte und tröstete ihn zugleich. Er fühlte sich einerseits entwertet und andererseits aufgehoben in dem Wissen, daß da schon ein überlegener väterlicher Geist war, der alles durchschaute. Wenn er selbst schon keinen Sinn in dem großen Durcheinander des Wissenschaftsbetriebs entdecken konnte, fühlte er sich doch dadurch getröstet, daß Weiss ihn kannte.

»Und da ist noch etwas«, unterbrach Frau Wallasch seine Überlegungen. Daniel blickte auf. »Die Stelle war für Sozialgeschichte mit besonderer Berücksichtigung der Modernisierungstheorie ausgeschrieben.«

»Ist das ungewöhnlich?«

»Nein, aber das eigentliche Spezialgebiet der Hassauer ist Modernisierungstheorie. Der Schneider hat sich nur in seiner Dissertation damit beschäftigt.«

»Aha.«

»Ja, und die Dissertation ist nicht da.«

Daniel zeigte auf den Stapel vor ihnen auf dem Tisch.

»Sie meinen, sie ist hier gar nicht dabei?«

»Nein. Im Seminarkatalog steht sie, ist aber weder am Platz noch ausgeliehen.«

»Und in der Zentralbibliothek?«

»Wo denken Sie hin? Die haben doch keine DDR-Literatur angeschafft. Außerdem hielt die DDR viele Dissertationen geheim.«

»Woher wissen Sie das alles?«

»Weil ich in Leipzig in einer Evaluierungskommission war.«

»Und was war der Sinn dieser Geheimnistuerei?«

Frau Wallasch hob die Arme und ließ sie wieder sinken. »Fragen Sie mich was Leichteres. Was war der Sinn der ganzen DDR? Die Verbreitung der Paranoia, nehme ich an. Die ganze DDR war eine Art Verein zur Geheimhaltung seiner selbst. Bei denen war sogar die durchschnittliche jährliche Niederschlagsmenge ein Staatsgeheimnis. Wußten Sie, daß sie selbst ihre Atlanten fälschten? Da gab es dann virtuelle Gegenden, erfundene Regionen mit Phantasieorten, hinter denen sie ihre geheimen Ausbildungslager für Terroristen oder die Staatsjagden für Bonzen versteckten. Irgendwie war der ganze Staat eine einzige Inszenierung, und das mußte dann geheim bleiben.« Frau Wallasch war richtig in Fahrt gekommen. »Habe ich Ihnen noch nie von meiner Zeit in Leipzig erzählt? Grausig, kann ich Ihnen sagen. Stellen Sie sich die Universität wie unseren Philosophenturm vor, nur fünfmal so hoch. Innen alles schummrig und kafkaesk. Der Fahrstuhl hält nie in dem Stockwerk, das Sie gedrückt haben. Sie irren durch einen Kaninchenbau wie Alice im Wunderland. Merkwürdige Wesen, die Sie stumm anblicken, sausen aus Türen und verschwinden in anderen Türen. Alles scheint nach einer Verabredung zu funktionieren, von der Sie allein ausgeschlossen sind.«

Daniel ahnte, daß das eine längere Erzählung werden könnte, und wollte sie aus ihrer Erinnerung wieder herausholen. »Na ja, schließlich ist Geheimhaltung reflexiv. Wenn Sie etwas geheimhalten, müssen Sie es geheimhalten, daß Sie es geheimhalten.«

»Fangen Sie nicht schon wieder damit an«, sagte Frau Wallasch und fügte nach einer Pause hinzu: »Was haben Sie jetzt vor?«

Daniel sah auf die Tür.

»Sagen Sie, Sie haben doch einen guten Draht zur Frauenbeauftragten, so über Frauensolidarität und allgemeine Schwesterlichkeit?«

Frau Wallasch verzog das Gesicht. »Nein, Herr Dentzer, das mache ich nicht.«

»Ich habe doch noch gar nichts gesagt.«

»Das brauchen Sie auch nicht. Ich quetsch die Wagner nicht für Sie aus, warum sie sich nicht für die Hassauer eingesetzt hat. Da fühlt sie sich kontrolliert, und alles endet damit, daß man Krach kriegt. Schlagen Sie sich selber mit ihr herum.«

»Aber ich bin ein Mann. Bei mir wird sie erst recht paranoisch. Sie aber könnten die Anfrage mit besorgter Frauensolidarität begründen.«

»Und was geschieht, wenn Sie den Grund für ihr Abtauchen herausgefunden haben? Nein, mein Lieber, die Sache ist mir zu unübersichtlich.« Sie überlegte einen Augenblick und entschied sich dann. »Ich begleite Sie zu ihr. Das macht sie vielleicht weniger mißtrauisch. Aber befragen müssen Sie sie selbst.«

Als sie im elften Stock des Philosophenturms vor dem Büro der Frauenbeauftragten angekommen waren, bat sie die Sekretärin, noch etwas zu warten. Frau Professor Wagner führe noch gerade eine Doktorprüfung zu Ende. Tatsächlich klebte an der Tür ein Schild: »Achtung Prüfung. Bitte nicht stören!« Hinter der Tür war an- und abschwellendes Gemurmel zu hören. Sie ließen sich auf einer länglichen Holzbank im Korridor nieder und betrachteten einen Jüngling, der neben der Tür an der Wand lehnte und offenbar auf das Ende der Prüfung wartete. Ein mickriger Strauß Fresien deutete darauf hin, daß er auf eine Doktorandin wartete.

»Wie lange wird es noch dauern?« fragte Daniel.

Der Jüngling schaute auf seine Armbanduhr. »Eigentlich müßten sie schon fertig sein. Aber der Wassmund ist in der Kommission, und da weiß man nie...«

Den offenen Satz deutete Daniel als dunkle Wolke ominöser Möglichkeiten. Denn er hatte von Wassmund gehört. Professor Wassmund vom Romanistischen Seminar hatte sich als eine Art Wadenbeißer einen Namen gemacht, der sich damit amüsierte, in die umzäunten Gehege der politischen Korrektheit einzubrechen, um dort Unruhe zu stiften und heilige Kühe zu schlachten. Dabei hatte er es sich zur besonderen Aufgabe gemacht, den institutionalisierten Feminismus daraufhin zu kontrollieren, daß er nicht in Cousinenwirtschaft endete. Mitfühlend sah Daniel den Jüngling an. »Oh weh, der Wassmund!«

Der Jüngling grinste. »Im Gegenteil, der Wassmund ist eine Überlebensgarantie!«

Daniel war das zu hoch.

Der Jüngling beugte sich zu ihnen vor und senkte die Stimme. »Ja, sehen Sie«, flüsterte er, »wenn der Wassmund in der Prüfungskommission ist und die Kandidatin scharf angeht, provoziert er die Wagner sofort zur Verteidigung der Kandidatin. Die prüft dann gar nicht mehr, und nach einiger Zeit streiten sich sowieso nur noch der Wassmund und die Wagner. Hören Sie zu«, er unterbrach sich, und in der Stille hörten sie hinter der Tür ein lebhaftes Duett zwischen einer Frauen- und einer Männerstimme. »Und wenn sie am Ende dann feststellen, daß sie die Kandidatin nicht haben zu Wort kommen lassen, können sie es ihr nicht anlasten und sagen, es sei ein anregendes Gespräch gewesen. Das gibt immer ein ›sehr gut‹.«

Langsam ging die Tür auf, und die Kandidatin erschien. Noch benommen und gezeichnet vom Streß, wie eine Geisel, die gerade erst aus der Hand von Terroristen befreit wurde, sank sie in die Arme des Jünglings, der immer noch die schlaffen Fresien in der Hand hielt. Aber schon eine Minute später erschien ein Kopf in der Tür, der sie zur Urteilsverkündung hineinrief. Als das nächste Mal die Tür aufging, sah man nur strahlende Gesichter. Die Kandidatin sank in Glück aufgelöst dem Jüngling mit den Fresien zum zweiten Mal in die Arme und flüsterte »summa cum laude«. Darauf stieß der Jüngling ein Triumphgeheul aus, während die Kommissionsmitglieder als die zufriedenen Spender dieses Glücks eins nach dem anderen aus der Tür traten und etwas verlegen grinsten, als genierten sie sich, daß sie sich als Götter aufgespielt hatten. Selbst Wassmund lächelte holdselig.

Während Frau Wagner noch die Kandidatin auf dem Flur verabschiedete, ließen sich Frau Wallasch und Daniel auf dem Besuchersofa nieder, wo gerade noch die Mitglieder der Kommission gesessen hatten, und sogen die frische Luft ein, die durch das geöffnete Fenster hereindrang. Frau Wagner hatte offenbar die Technik der Fensteröffnung mühelos gemeistert. Vom elften Stock aus verlor sich der Blick im hohen Himmel über Hamburg. Der schäbige Campus lag weit unter ihnen. Aus dieser Höhe wirkte er wie eine niedliche Spielzeugwelt. Über das flache Juristengebäude und die Villendächer vom Rothenbaum, zwischen denen aus den Straßenschluchten die Baumkronen emporquollen, schweifte der Blick weiter zur Alster mit ihren Segelbooten, bis er auf dem gegenüberliegenden Ufer landete, wo der Bogen der Kennedybrücke in die Uferkulisse von St. Georg mit der weißen Front des Hotel Atlantic überging. Und mitten im Himmel über der blauen Alster schwamm vor ihrem Fenster groß ein hellrot leuchtender Heißluftballon mit der Aufschrift: »BILD dir deine Meinung«.

Als Frau Wagner in ihr Büro zurückkehrte, rissen sie sich nur mit Mühe von diesem Anblick los. Frau Wagner kannte offenbar die Wirkung, die von dem Panoramablick auf Hamburg ausging. »Das klärt den Kopf nach all dem Kleinkram und den Krisen«, sagte sie. »Und ich brauch das. In einem Büro da unten im ersten oder zweiten Stock – ganz unvorstellbar – ich würde da eingehen.« Sie schüttelte sich.

Die erfolgreiche Promotion hatte Frau Wagner aufgelockert.

Die übliche Strenge und das sprungbereite Mißtrauen waren einer euphorischen Aufgekratztheit gewichen. Sie wollte sich mitteilen. Einmal den Campus nicht als feindliches Terrain, sondern als Zuhause behandeln, als Heimat, in der man nur Gleichgesinnte traf, Geschwister, einig im hohen Streben nach Erkenntnis.

»Ach«, sagte sie, »ich liebe diese Doktorprüfungen. Da merkt man doch, wir sind immer noch eine wissenschaftliche Gemeinschaft. Wir machen das viel zu wenig. Immer nur streiten wir mit Kollegen in den Gremien über Organisation und Verwaltung herum. Dabei sollten wir uns viel stärker der wissenschaftlichen Verständigung widmen.«

Daniel sah ihr zu, wie sie mit entschiedenen Bewegungen die leeren Tassen wegräumte, die von der Disputation übriggeblieben waren, die vollen Aschenbecher auskippte, ein paar Stühle beiseite schob und das Fenster wieder schloß. Man konnte sie fast eine elegante Erscheinung nennen. Sie hatte nicht diese übliche feministische Kräuselfrisur, sondern trug ihr blondes Haar in einer großen, nach außen abhebenden Welle, die bei jedem ihrer Schritte wippte. Ihre gut gebaute Gestalt wurde nicht von jenem jurtenartigen weiten Gewand umhüllt, das das feministische Äquivalent der islamischen Nonnentracht war und dem Zweck diente, die Schönheiten des weiblichen Körpers vor dem sexistischen Flackern des Männerauges zu verbergen. Statt dessen trug sie ein Designerkostüm. Ihr Büro dagegen war kraß feministisch. Ein Hauptquartier der Frauenbewegung. Die Wände waren ganz der politischen Plakatkunst geweiht. Anschläge für vergangene Versammlungen und feministische Kongresse kündeten von Frauenpower, forderten Schluß mit der Herrschaft des Patriarchats, warben für weibliche Werte und zeigten, wie das feministische Symbol des umgekehrten Reichsapfels vor Hybris berstende Schwänze zermalmte. Über eine Wand lief eine Serie mit Bildern einer Mausefalle, deren Bügel jeweils eine kleine zappelnde Frau zerquetschte. Unter den Bildern sah man die Unterschriften: »Die Liebesfalle«, »Die Ehefalle«, »Die Kinderfalle«, »Die Mütterfalle«, »Die Scheidungsfalle« ... Auf wandspruchartig gerahmten querformatigen Plakaten standen Merksätze wie »Alle Macht der Quote« oder »Sexuelle Belästigung ist, was eine Frau als solche empfindet«. Eine von oben nach unten laufende Reihe mit Karten enthielt frauenfeindliche Sprüche berühmter Männer, durch deren Lektüre Frau Wagner offenbar ihre Wut wieder auffrischte, wenn sie mal zu erkalten drohte. Daniel las:

»Die ideale Frau ist ein Mann.«
*George Bernard Shaw*

»The perfect woman has a brilliant brain,
wants to make love until four in the morning
– and then turns into a pizza.«
*D. L. Roth*

»Weibliche Intuition ist das Ergebnis
von Millionen Jahren freiwilligen Verzichts
aufs Denken.«
*Robert Hughes*

Die Borde quollen über von Büchern über Gender Studies, Frauensprache, weibliche Kommunikation, das Andere des Diskurses, die Dekonstruktion der Geschlechter, den weiblichen Körper, den Logozentrismus, die Kolonisierung des Weiblichen, die Phallokratie, die symbolische Enteignung, das Verstummen der Feminität, über Christus als weiblichen Mann, über Hexen, Lesben, Dämonen, Hysterie, Feerien, weise Frauen, weibliches Gedächtnis, Memory recovery, Traumerfahrung, klitoralen Orgasmus, Menstruation, Mißbrauch und symbolische Vergewaltigung. Daniel wurde von diffusen Schuldgefühlen heimgesucht, als er die Titel sah. Der Gedanke an Hannah überfiel ihn, den er immer wieder aus seinem Tagesbewußtsein erfolgreich verdrängt hatte. Aber vielleicht konnte er mit seiner merkwürdigen Hannah-Obsession Frau Wagners Vertrauen gewinnen. Schließlich waren er und der Senator die einzigen gewesen, die sich um die AStA-Vorsitzende gekümmert hatten, und er hatte sogar die halbe Nacht an ihrem Bett verbracht. Von der Universität dagegen war niemand zu sehen gewesen. Und so begann er einfach, als die Wagner sich endlich gesetzt hatte: »Ich war heute die halbe Nacht im Krankenhaus. Die AStA-Vorsitzende liegt im Koma.«

»Diese Schweine«, sagte Frau Wagner.

»Ja, das sind sie«, bestätigte Daniel.

Und dann wußte er nicht weiter. Am liebsten hätte er mit der Frauenbeauftragten über gleichgültige Themen wie das Wetter oder den Urlaub geredet. Aus seiner Arbeit über Liebe und Konflikt wußte er, daß Liebespaare am Beginn ihrer Beziehung instinktiv alle kontroversen Themen vermeiden. Sie reden dann über vage und entfernte Gegenstände, Dinge, die mit ihrem täglichen Leben nichts zu tun haben wie den Mond oder das Waldesrauschen, den Gesang der Vögel und den Wind im Schilf. Darüber kann man sich beim besten Willen nicht streiten. Im Gegenteil, diese Themen wirken nur als Resonanzverstärker für den Gleichklang der Seelen. Auf diese Weise verschaffen sich die Liebenden das Gefühl, daß die Herzen verschmelzen. Das ganze Verfahren ist eine Art Autosuggestion mit Hilfe des anderen. Der Partner wird dann zum Komplizen der Selbsthypnose. Je besser sie gelingt, desto härter später der Schock beim ersten Konflikt. Man erkennt den anderen nicht mehr wieder. »Das kann doch nicht meine Monika sein.« Und manchmal hatte Daniel sich im Verdacht, daß seine latente Neigung zum Flirt aus der Angst vor Konflikten mit Frauen geboren war. Er fürchtete ihren Liebesentzug. Ihre Freundlichkeit erwärmte ihm die Welt. Sie wirkte wie eine gesellschaftliche Zentralheizung. Wurde sie abgedreht, bestand die Gefahr von Frostschäden, und ganz in der Ferne gar wartete der Kältetod. In seinen Anfällen von Selbstanalyse schrieb Daniel diese Furcht der Tatsache zu, daß er vaterlos aufgewachsen war. Seine Mutter hatte ihm die Welt bedeutet. Entzog sie ihm ihre Gunst, wurde es Nacht. Es war eine totalitäre Macht, die sie über ihn ausübte. Ihre Waffe war das Leiden. Wenn er Blödsinn trieb oder ungehorsam war, »tat ihr das weh«. Ihre in Tränen schwimmenden Augen wurden dann zu zwei Wunden, durch die er den Schmerz tropfen sah. Aber noch schlimmer war es, wenn sie wütend wurde. Dann schien die Erde sich aufzutun, und alles Feste wurde schwankend. Er konnte die Schrecklichkeit nicht ertragen, und so flüchtete er schnell zu anderen Frauen. Diese Möglichkeit entdeckte er als Teenager. Es war eine wundervolle Entdeckung. Die Welt war ja voller Frauen. Diese plötzliche Erkenntnis, daß er im Überfluß schwamm, daß der Nachschub an Frauen nie versiegen müsse, versetzte ihn in Ekstase. Seitdem war seine Angst vor Liebesentzug etwas beruhigt.

Aber die Frauenbeauftragte war nicht nur eine einzelne Frau. Vor ihren feministischen Plakatwänden wirkte sie wie die Generalvertreterin des ganzen Geschlechts. Es war so, als wäre ihm seine Mutter als Abgeordnete eines Streikkomitees gegenübergetreten, um ihm den kollektiven Liebesentzug anzukündigen. Das ganze Büro wirkte wie ein einziger Vorwurf. Er fühlte sich eingeschüchtert und demoralisiert. Der Gedanke an Flucht durchzuckte sein Hirn. Seine Nervenenden sagten ihm teuflische Turbulenzen voraus.

»Schön haben Sie es hier.«

Die Frauenbeauftragte lachte auf. »Daß ihr Männer auch immer lügen müßt.«

»Es ist ihnen nicht recht zu machen«, dachte Daniel, und sein leichter Grimm steigerte seinen Mut. Er blickte zu Frau Wallasch hinüber, um sich zu vergewissern, daß wenigstens sie ihm nicht grollte.

»Frau Wagner«, begann er, »dieser Vorfall im Audimax hat uns etwas beunruhigt.«

»Wen? Den Senator?«

Daniel hatte eigentlich die Gemeinschaft der zivilisierten Menschen gemeint, die auch Frau Wagner mit einschloß.

»Ja, den auch, aber… jetzt haben wir uns gefragt, wie der AStA zu diesem Vorwurf wegen faschistischer Wissenschaft kommt, und da dachten wir, Sie mußten doch bei Schneiders Berufung Ihr Okay geben. Und da haben Sie sicher auch in seine Schriften geschaut und sich ein Urteil gebildet…«

»Warum fragen Sie nicht die Berufungskommission?« Frau Wagners Stimme hatte an Schärfe zugenommen.

Daniel schaute hilfesuchend zu Frau Wallasch, und sie reagierte auf sein Flehen: »Aber Ursula! Du kennst doch diese Männermeuten. Wenn die einen Fehler gemacht haben, mauern die doch. Von denen erfährt man dann gar nichts mehr.«

Frau Wagner blickte wieder zu Daniel.

»Und Ihre Behörde? Sie haben ihn doch schließlich berufen, nicht ich.«

Daniel hob entschuldigend die Hände. »Wir verlassen uns doch auf das, was in den Gutachten steht. Wenn wir uns bei ich weiß nicht wieviel Fächern in über zwanzig Fachbereichen jedesmal fachkundig machen würden, dann…« Daniel überließ es Frau Wagner sich den Berufungsstau vorzustellen, der dann entstehen würde.

Da erhellte sich ihr Gesicht. Sie zeigte mit dem Finger auf Daniel. »Da haben Sie Ihre Antwort. Ja«, fuhr sie fort, »mir geht es doch genauso. Ich prüfe doch nur, ob da vielleicht eine qualifizierte Bewerberin übergangen wurde.«

»Ja, das weiß ich.« Daniel spürte sein Herz klopfen, weil er sie nun in die Enge treiben mußte und vielleicht einen Wutanfall provozierte. »Aber das ist ja das Problem. In diesem Fall gab es eine viel besser qualifizierte Bewerberin. Frau Hassauer aus Konstanz. Und Sie haben trotzdem nicht protestiert. Wieso nicht?«

Auf die Gewalt ihres Ausbruchs war er nicht vorbereitet. Frau Wagner sprang auf, stützte sich mit beiden Händen auf den Tisch. Ihre Stimme nahm den Ton einer Kreissäge an: »Das ist doch die Höhe. Das ist doch nicht zu fassen. Tag und Nacht muß ich mir von den Machos Vorwürfe wegen Quotenpolitik anhören und daß ich männliche Nobelpreisträger verhindere und mit meinen Einsprüchen den Betrieb blockiere, und nun halte ich mal den Mund, da ist das den Herren auch wieder nicht recht. Kommt jetzt schon die Wissenschaftsbehörde und kontrolliert, ob ich auch die Rechte der Frauen richtig vertrete? Dehnen Sie die Dienstaufsicht auch auf die Frauenpolitik aus? Sagen Sie Ihrem Chef, wenn er einen Sündenbock braucht, soll er sich woanders umsehen, ich tue ihm den Gefallen nicht.«

Daniel wartete ein paar Sekunden, bis sich der Pulverdampf verzogen hatte, und sagte dann ruhig: »Mein Chef weiß gar nicht, daß ich hier bin.« Das schien sie etwas zu beruhigen. »Und niemand macht Ihnen einen Vorwurf. Es geht gar nicht um Vorwürfe, sondern um Verständnis. Die Hassauer ist einfach besser als der Schneider. Ich kann mir nicht vorstellen, daß Sie das nicht gemerkt haben. Also müssen Sie gute Gründe gehabt haben, trotzdem nicht zu protestieren. Und diese Gründe möchte ich verstehen. Verstehen Sie?«

Während seiner Rede hatte sich Frau Wagner wieder gesetzt.

»Also gut«, sagte sie in einem überraschend wohltemperierten Ton. »Wir haben im Netzwerk der Frauenbeauftragten locker verabredet, daß wir bei Berufungen aus der Ex-DDR die Quotenregelung aussetzen, sonst haben die Ost-Männer praktisch keine Chance.«

»Das müssen Sie mir erklären.«

Frau Wagner wandte sich an Frau Wallasch. »Du kennst das doch, Mareile. Wer wirklich gut war in der DDR, durfte gar nicht veröffentlichen. Veröffentlicht haben nur die Angepaßten. Deshalb ist die Menge der Publikationen bei einem Ossi-Professor überhaupt kein Kriterium. Wenn wir da jetzt mechanisch die Quote anlegen, hat einer aus dem Osten im Westen nie eine Chance. Und die Kommission hat mir glaubhaft versichert, der Schneider ist ein Genie, jedenfalls besser als die Hassauer. Das drückt sich nur nicht in der Zahl der Publikationen aus. Es ist eine unglückliche Konkurrenz zwischen zwei Unterprivilegierten: Frau und Ossi. Und da habe ich gedacht, die Frau steckt mal zurück. Schließlich haben die Frauen eine Frauenbeauftragte, aber gibt es auch eine Ossi-Beauftragte?«

Als sie fertig war, stand Daniel auf, und auch die beiden Frauen erhoben sich. Er gab Frau Wagner die Hand. »Frau Wagner, ich möchte Ihnen sagen, daß ich das großartig finde. Wenn ich Sie geärgert haben sollte, bitte ich um Entschuldigung. Sie haben meinen Respekt und meine Bewunderung. Und Sie haben einen weiteren Fan gewonnen. Ab jetzt bin ich Ihr Mann in der Wissenschaftsbehörde. Vielen Dank für Ihre kostbare Zeit. Ich halte Sie auf dem laufenden.«

Als Daniel am späten Nachmittag ins Ministerium kam, waren die meisten Bediensteten schon nach Hause gegangen. Nur Frau Birkefeld saß noch im Vorzimmer und starrte in den Bildschirm ihres Computers.

»Ach, Herr Dentzer, gut daß Sie kommen. Sie müssen mir helfen. Ich kann das einfach nicht.«

Nach der zufriedenstellenden Begegnung mit der Frauenbeauftragten war Daniel wieder bereit, allen Frauen in Schwierigkeiten zu helfen.

»Was können Sie nicht?«

»Ich wollte doch dieser armen Frau im Namen des Senators einen Brief schreiben. Erinnern Sie sich? Dieser alten Freundin, auf deren Brief Sie sich die Telefonnummer notiert hatten.« Sie schwenkte den Brief. »Aber ich kann das einfach nicht, so einen männlichen Liebesbrief schreiben. Da muß man doch was Nettes sagen. Können Sie mir nicht etwas diktieren? Sie sind doch ein Mann.«

»Gut, schreiben Sie«, Daniel tat so, als ob er nachdächte, indem er die Hände hinter dem Rücken verschränkte und im Büro auf und ab ging. Dann blieb er plötzlich stehen und diktierte:

»Der Abschied, wie bedrängt, wie trübe!
Aus Deinen Blicken sprach Dein Herz.
In Deinen Küssen welche Liebe,
Oh welche Wonne, welcher Schmerz!
Du gingst, ich stund' und sah zur Erden,
Und sah Dir nach mit nassem Blick;
Und doch, welch Glück, geliebt zu werden,
Und lieben, Götter, welch ein Glück!«

Frau Birkefeld hatte tatsächlich die ersten Zeilen mitgeschrieben und dann, als sie merkte, worauf das Diktat hinauslief, die Hände in den Schoß gelegt und zugehört. Als Daniel endete, entrang sich ihrer Brust ein tiefer Seufzer, und Daniel wurde mit einem Mal klar, daß auch Frauen mit kreisrunden Mondgesichtern Gefühle haben, die so tief sind wie die jeder Schönheit.

»Ist das romantisch«, sagte Frau Birkefeld selig, »und Sie können es so schön aufsagen. Vom wem ist es? Goethe?«

Daniel nickte.

»Ich habe in der Schule immer Gedichte geliebt«, setzte Frau Birkefeld ihre Träumereien fort, »wir mußten eine Menge Balladen auswendig lernen. Heute gibt's das ja nicht mehr. Aber, warten Sie, wie ging das noch mal?« Und sie deklamierte:

»Es war ein alter König,
Sein Herz war schwer, sein Haupt war grau.
Der arme alte König,
Er nahm eine junge Frau.

Es war ein schöner Page,
Blond war sein Haupt, leicht war sein Sinn.
Er trug die seidene Schleppe
Der jungen Königin.

Den Rest hab ich vergessen.«

»Das ist ja eine furchtbare Geschichte, die kann nicht gut ausgehen.« Daniel war wirklich beeindruckt. »Von wem ist das?«

»Hab ich auch vergessen«, bekannte Frau Birkefeld, »aber nun müssen Sie mir wirklich etwas diktieren.«

Daniel wurde wieder ernst.

»Nein, Frau Birkefeld, das ist eine Schnapsidee. Wir können doch nicht dieser Frau irgendwelche erfundenen Liebesbriefe schreiben. Das geht einfach nicht.«

»Natürlich geht das. Sie hat nur noch kurze Zeit zu leben. Und da möchte sie wieder daran erinnert werden, wie sie mal geliebt wurde. Ich bitte Sie. Sonst nichts. Nur erinnert werden. Kein weiterer Aufwand. Nur ein paar Briefe zum Träumen. Ist das zu viel verlangt von einem Leben? Nun seien Sie nicht so spießig. Ich höre doch immer, wie Sie am Telefon mit allen möglichen Frauen Süßholz raspeln. Frau Hellinger ist schon ganz verliebt in Sie. Was würden Sie denn Ihrer Freundin schreiben, wenn Sie todkrank wäre? Nicht, daß ich ihr das wünschen würde.«

Es war diese Frage, die Daniel in seine Jackentasche greifen ließ. Er faltete den Brief auseinander, den er Hannah in der letzten Nacht vorgelesen hatte und las, erst leise, dann immer lauter:

»Geliebte, jetzt ist nicht mehr die Zeit für Gehemmtheiten und Rücksichtnahmen. Was hast Du für ein Recht, mich mitten im Fest des Lebens stehenzulassen und in ein dunkles Zimmer zu gehen und mit dem Tod zu schlafen? Ich liebe Dich. Ich habe Dich immer geliebt. Die Liebe zu Dir hat mir erst gezeigt, was Liebe ist. Dein Blick hatte für mich stets die Kraft, die Welt um mich herum versinken zu lassen ...«

Daniel hörte plötzlich das leise, klickernde Geräusch, das von Frau Birkefelds Computertasten ausging.

»Frau Birkefeld, haben Sie das etwa mitgeschrieben?«

»Das ist wunderbar, Herr Dentzer, das ist ganz wunderbar. Ich wollte, mir hätte das auch mal jemand gesagt.«

»Jetzt sage ich es Ihnen ja.«

Frau Birkefeld seufzte. »Aber Sie meinen mich ja nicht.«

»Aber die alte Frau meinen wir doch auch nicht.«

»Es ist trotzdem wunderbar«, entschied Frau Birkefeld, »kommen Sie, diktieren Sie weiter.«

Und während langsam die Dämmerung anbrach, war im Wissenschaftsministerium noch ein Büro erleuchtet, wo Daniel seine »Botschaft an Hannah in der Todeszone« Frau Birkefeld in den Computer diktierte.

## 8

Präsident Schacht trat ein paar Schritte zurück. Zusammen mit Professor Bernstorf aus dem Kunsthistorischen Seminar hatte er über dem Pseudokamin in seinem Büro ein Gemälde aufgehängt. Diese Leute sollten nicht noch mal sagen können, sein Büro sei spießig eingerichtet. So wie es neulich ein Journalist in der *Abendpost* geschrieben hatte. »Wenn man sein Büro betritt, wird man erschlagen von einer geballten Spießigkeit, mit der Präsident Schacht offenbar mit der Wandlitz-Eleganz der

DDR-Bonzen wetteifern möchte«, hatte dieser Schmierfink geschrieben. Während Schacht außer sich vor Wut war, mußte er nach außen so tun, als ließen ihn solche Angriffe kalt. Aber er hatte dann doch der Pressestelle die informelle Anweisung erteilt, diesen Schreiberling auf die schwarze Liste zu setzen: Von ihnen würde der keine Informationen mehr bekommen.

Auf dem Gemälde, das er zusammen mit Bernstorf betrachtete, war eine außerordentlich dramatische Szene zu sehen. In einem Kerker drängten sich drei Frauen in panischer Angst zusammen. Zwei von ihnen hatten den Blick flehend nach oben gerichtet, während ihre aufgelösten Haare ihnen wie Sturzbäche über die angstgeschüttelten Körper flossen. Ihnen warf sich von der anderen Seite die dritte entgegen, wobei sich ihr Leib wie im Krampf zusammenkrümmte, während ihre aufgerissenen Augen namenloses Entsetzen ausdrückten. Zwischen ihnen war ein etwa dreijähriges Kind zu sehen, das sich angstvoll an eine der Frauen drängte. Das von oben durch ein Fenster einfallende, scharf gebündelte Licht tauchte diese Figurengruppe in eine dramatische Beleuchtung, während im dunklen Hintergrund noch weitere Frauen zu sehen waren, die sich ängstlich an die Kerkerwand drückten. Im linken Bildhintergrund führte eine Treppe von oben in den Kerker hinab. Auf ihr sah man eine Schar blutrünstiger Männer in orientalischen Gewändern, die, mit Messern, Dolchen und Pistolen bewaffnet, sich offensichtlich darauf freuten, diese Frauen zu schlachten.

»Gefällt es Ihnen?« fragte Professor Bernstorf.

»Ganz außerordentlich«, entgegnete Schacht. »Eine wunderbare Komposition. Herrliche Kolorierung.« Solche Begriffe hatte er bei Versteigerungen aufgeschnappt, zu denen seine Frau ihn mitschleppte, wenn sie mal wieder ihren Exzessen der Innendekoration frönte.

»Die Szene zeigt ein historisches Ereignis. Das Massaker von Batak. Sie erinnern sich?«

»Vage.« Schacht wußte nicht, ob Bernstorf diese Frage ernst gemeint hatte oder ob er ihn nur auf den Arm nehmen wollte. Er wußte auch nicht, ob man das Massaker von Batak kennen mußte oder nicht. So wie die Schlacht bei Waterloo oder die Bartholomäusnacht? Um das zu wissen, hätte er mehr wissen müssen. Aber zum Lesen kam er ja nicht mehr! Jedenfalls nicht am Tage. Und abends, da war er nach den vielen Sitzungen und öffentlichen Auftritten einfach zu müde. Da konnte er nur noch fernsehen. Und so fühlte sich Präsident Schacht gegenüber den Wissenschaftlern seiner Universität zunehmend wie ein Hochstapler, der alle Erwartungen seiner Umwelt durch Schauspielerei erfüllte.

»Das war 1876«, ergriff Bernstorf wieder das Wort. »Bei der Unterdrückung von Aufständen der Bulgaren haben die Türken barbarische Massaker an Frauen und Kindern begangen. Unter anderem haben sie die ganze Bevölkerung von Batak abgeschlachtet.« Bernstorf verwies auf das Bild. »Und nun kommt die große Politik ins Spiel. Wer war damals Premierminister in England? Na?«

Daß diese Professoren auch jede Unterhaltung in eine Prüfung verwandeln mußten! Wen gab es denn da? Palmerston? Der war sicher viel früher. Gladstone? Könnte hinkommen.

»Gladstone«, sagte er laut.

»Eben nicht. Disraeli war Premier.« Bernstorf sah ihn triumphierend an, als hätte er gewußt, daß Schacht wieder versagen würde. »Und Disraeli wollte nicht, daß die Türkei weiter geschwächt würde. Deshalb hat er im Parlament die Massaker heruntergespielt. Und nun betritt Ihr Gladstone die Bühne. Er ist in der Opposition und will Disraelis Kaltschnäuzigkeit entlarven. Und er ist mit dem Maler Basil Hallward befreundet. Er weiß, daß er den Publikumsgeschmack trifft. Hallward ist auf orientalische Motive spezialisiert. Er malt schöne Sklavinnen, die von sadistisch blickenden Sklavenhändlern versteigert werden, wollüstige Haremsfrauen, die sich unter den Blicken des Paschas auf Teppichen rekeln, und Tataren mit der Absicht gigantischer Schändungen im Blick, die über die Frauenhäuser eroberter Dörfer herfallen.« Langsam fand Schacht die Erzählung interessant. »Diesen Hallward regt Gladstone dazu an, das Massaker von Batak zu malen, und als das Bild in der Royal Academy ausgestellt wird, ist die Londoner Öffentlichkeit tief bewegt. Tage- und wochenlang schreiben die Zeitungen von nichts anderem als den ›Bulgarian Atrocities‹. Im Auftrag der Daily News geht ein Reporterteam nach Bulgarien, das Horrorberichte zurückschickt, und die britische Öffentlichkeit ist empört darüber, daß Disraeli solche Scheußlichkeiten bagatellisieren konnte.«

Schacht empfand jetzt wirkliche Ehrfurcht.

Er zeigte zögernd auf das Bild. »Und das ist wirklich dasselbe Bild?«

»Das ist das Bild, das das Empire erzittern ließ.«

Schacht schritt ganz nahe heran und betrachtete die Signatur in der rechten unteren Ecke des Bildes. Tatsächlich, da stand es, – Basil Hallward, 1876. »Und das Ergebnis von all dem war der Berliner Kongreß«, sagte Bernstorf in seinem Rücken. »Und da sagt man immer, die Kunst hätte keine Wirkung.«

Schacht war begeistert. Es war so, als ob der Weltgeist in sein Büro eingezogen wäre. Welch eine Geschichte! Welche Zusammenhänge! Auf seinem Gesicht fühlte er den Lufthauch des Flügelschlags, den die Eule der Minerva verursachte, als sie sein Büro durchflog. Wunder bar. Er freute sich schon darauf, dem Wissenschaftssenator die Geschichte zu erzählen. Er mußte Pit Schmale darum bitten, sie ihm noch mal richtig aufzuschreiben. Da würde dieser Snob von Weiss aber mal was zu hören bekommen. Wunderbar, so ein historisches Massaker!

Er wandte sich an Bernstorf.

»Und Sie können es mir wirklich überlassen?«

»Falls Sie sich entschließen können, uns zu unterstützen.«

Ohne seinen Blick von dem Bild zu wenden, zerrte er Bernstorf zur Sitzecke, wo sie sich niederließen, um das Bild weiter zu genießen. Er war ganz verliebt in das Gemälde. Er wußte schon, daß er es nicht mehr hergeben würde, gleichgültig, was Bernstorf verlangte.

»Erklären Sie mir noch mal, was ich tun soll. Es ist mir bis jetzt etwas undeutlich geblieben.«

Bernstorf sprach vorsichtig: »Herr Präsident, Sie wissen, daß der Etat des Kunsthistorischen Seminars nicht ausreicht.«

»Sagen Sie das dem Weiss, da kann ich gar nichts tun.«

»Vielleicht doch. Es gäbe ja die Möglichkeit, unser Knowhow auf dem Kunstmarkt zu verkaufen.«

Schacht sah ihn an. »Wie denn?«

»Etwa durch Expertisen. Gutachten über Gemälde. Überprüfungen von Herkunftslegenden. Ich schildere Ihnen das mal am Beispiel dieses Bildes von Basil Hallward. Woran könnten Sie sehen, ob es echt oder eine Fälschung ist?«

Schacht bekam einen Schrecken. »Ist es etwa eine Kopie?«

»Nein, nein, es ist echt«, beruhigte ihn Bernstorf. »Aber nur der Experte weiß das. Seine Expertise bestimmt also den Kaufpreis. Doch auch ein Experte kann sich irren. In der Kunst gibt es keine letzte Sicherheit.«

»Klar«, bestätigte Schacht.

»Aber wie sagte immer mein alter Lehrer von Radtke: Auch das Irren will gelernt sein. So ist es besser, ein echtes Gemälde aus Versehen für eine Fälschung zu halten, als eine Fälschung für ein echtes. Nicht wahr?«

»Natürlich.« Schacht dachte kurz nach und sagte dann: »Wieso?«

»Na stellen Sie sich vor, jemand zahlt aufgrund Ihrer Expertise den Preis für einen echten Rembrandt. Aber dann stellt sich das Bild als Kopie heraus. Das gibt einen Mordsskandal. Sie haben dem Käufer einen Riesenschaden zugefügt. Im entgegengesetzten Falle waren Sie nur vorsichtig und das mit Recht, denn 70 Prozent aller Bilder auf dem Markt sind Fälschungen. Also ist es besser, auf Fälschung zu tippen.«

»Das sehe ich ein.«

»Stellen wir uns nun weiter vor, Sie sind nicht nur Gutachter, sondern auch Käufer. Ich meine, normalerweise geht das nicht, aber stellen wir es uns einfach mal vor.«

Schacht begriff nun. »Dann entdecken Sie nur noch Fälschungen, um billig kaufen zu können.«

Bernstorf wand sich. »So dürfen Sie das nicht ausdrücken. Sie sind dann noch vorsichtiger. Aber zuviel Vorsicht kann auch zum Irrtum führen. Weil Sie zu skeptisch sind, sehen Sie schon mal da eine Kopie, wo in Wirklichkeit ein Original ist, wie bei diesem ›Massaker von Batak‹.«

»Ah, jemand hat sich geirrt?«

Bernstorf nickte.

»Wieviel haben Sie bezahlt?«

»8000 DM. Nicht zuviel für eine gute Kopie«, fügte er hinzu.

»Und wieviel ist es wert?«

»Vielleicht 500000.«

Schacht sprang auf. »Was, eine halbe Million?«

»Wahrscheinlich mehr«, antwortete Bernstorf ruhig. »Deshalb fällt es auch nicht auf, wenn wir es offiziell als Kopie ausgeben.«

»Wieso?«

»Na, ein Gemälde, das 500000 DM wert ist, ist ein erhebliches Sicherheitsrisiko. Dann müßten Sie eine hohe Versicherungssumme zahlen. Die haben Sie gar nicht in Ihrem Präsidialetat. Also müssen Sie offiziell so tun, als ob es eine Kopie ist. Ich meine, Ihren Mitarbeitern und Freunden dürfen Sie natürlich die Wahrheit sagen«, fügte er eilig hinzu, als er Schachts enttäuschte Miene sah. »Aber offiziell, für die Inventarliste, ist es eine Kopie.«

Schacht blickte wieder auf das Gemälde. Es wirkte jetzt wie ein Vexierbild auf ihn. Mal sah er es als Original und mal als Kopie. Es gab überhaupt keinen Unterschied zwischen beiden. Und doch war es ihm jedesmal, wenn es ihm als Kopie erschien, als ob es allen Glanz verlöre. Es wirkte dann plötzlich schal und fade und war doch dasselbe Bild.

»Sie sind sicher, daß es ein Original ist?«

»Ganz sicher«, erklärte Bernstorf.

»Obwohl in der Kunst nichts sicher ist?« scherzte Schacht.

»So sicher wie man in der Kunst sein kann, ist das hier ein echter Basil Hallward. Dafür lege ich meine Hand ins Feuer. Übrigens wurde der Maler später ermordet.«

»Von Türken«, der Präsident lachte bei seinem Einfall, »als Rache für Batak?«

»Der Mörder wurde nie ermittelt, obwohl es da eine Theorie gibt.«

Aber der Präsident interessierte sich nicht für die Theorie. Er wollte lieber erfahren, was er bei der ganzen Sache tun sollte.

»Sie sollen gar nichts tun. Sie sollen nur Dr. Matte vom Rechtsreferat veranlassen, uns diesen Brief zu schreiben.« Und Bernstorf überreichte Schacht einen Brief.

Murmelnd las der Präsident: *»Hiermit wird im Wege der Rechtsauskunft bestätigt, daß im Falle der Hochschullehrer des Kunsthistorischen Seminars das Anfertigen von Expertisen für Gemälde und Kunstgegenstände aller Art nicht als antragspflichtige Nebentätigkeit zu gelten hat, sondern zum wissenschaftlichen Service der Universität gegenüber der Öffentlichkeit gehört und darüber hinaus im Dienste der Weiterbildung für den angestrebten Ausbau der kunsthistorischen Studiengänge in Richtung Praxisbezug ausgesprochen erwünscht ist.«*

Schacht legte den Brief auf den Schreibtisch. »Wenn das rechtlich unbedenklich ist, sehe ich kein Problem.«

Bernstorf nickte dankend und ging zur Tür.

»Auf Wiedersehen Herr Präsident, und viel Vergnügen mit Ihrem Hallward.«

Gerade wollte sich Schacht das Bild näher ansehen, da kam Bernstorf wieder zurück.

»Damit wir uns recht verstehen. Offiziell werde ich das Gemälde immer als Kopie ausgeben. Das ist Ihnen doch klar?«

Schacht nickte. »Selbstverständlich.« Er konnte ja nicht wissen, daß auf dem echten »Massaker von Batak« eine der Frauen eine Bibel in der Hand hielt. Als Bernstorf weg war, war Schacht endlich mit seinem Bild allein. Er sehnte sich danach, mit ihm Zwiesprache zu halten, sich in seiner Aura zu baden und sich in das Ganze zu versenken. Hier war endlich der Raum, in den er vor der Banalität der täglichen Geschäfte fliehen konnte. Und so wußte Präsident Schacht nicht, wie lange er vor dem falschen »Massaker von Batak« gestanden hatte, als die Frauenbeauftragte Frau Wagner hereinkam. Als sie das Bild sah, prallte sie zurück.

Schacht aber wollte sie an seinem Entzücken teilhaben lassen.

»Ah, Frau Wagner, kommen Sie, kommen Sie, und sehen Sie sich das an.« Triumphierend zerrte er sie in die ideale Position, von der aus der Besucher die ganze künstlerische Kraft des Bildes zu spüren bekam, und wartete auf die Wirkung. Er hätte sich nicht gewundert, wenn sie vor Begeisterung auf die Knie gesunken wäre.

»Ja, da staunen Sie. Geben Sie es ruhig zu, Sie sind überrascht. Sie hätten nicht erwartet, einen echten Hallward bei mir zu finden.«

Mit aller Angeekeltheit, deren sie fähig war, sagte die Frauenbeauftragte: »Wo haben Sie denn diese sexistische Scheußlichkeit her?«

Erst meinte der Präsident, sich verhört zu haben. Dann war er befremdet. Schließlich sah er sie lange und traurig an.

»Frau Wagner, ich habe Sie gegen Angriffe immer in Schutz genommen, das müssen Sie zugeben. Aber manchmal glaube ich, Ihre Kritiker haben nicht so ganz unrecht. Der Feminismus hat sie monoman gemacht.« Er wies auf das Bild. »Sie sehen überall nur noch Sexismus.«

»Was soll ich denn sonst sehen, wenn ich auf eine sadistische Männerphantasie blicke? Den Triumph der Partnerschaft? Eine Allegorie der Gleichberechtigung?«

Würdig sagte der Präsident: »Ein Kunstwerk, Frau Wagner, ein Kunstwerk. Das Massaker von Batak. Sie erinnern sich? In Bulgarien 1876. Und Sie werden es nicht glauben, Gladstone hat mit diesem Bild die Empörung der Öffentlichkeit gegen die Ermordung von Frauen und Kindern mobilisiert. Da sehen Sie, wie sexistisch es ist.«

»Gladstone war ein sexistisches Schwein.«

Der Präsident schüttelte resigniert den Kopf. »Also wirklich, Frau Wagner ...«

»Wissen Sie, was der Gladstone gemacht hat? Er ist nachts durch die Straßen von London gelaufen, von der Idee besessen, Prostituierte zu retten. In Wirklichkeit erregten sie ihn sexuell, und dafür hat er sich dann mit Stricken gegeißelt. Erzählen Sie mir nichts über Gladstone.«

Der Präsident sah ein, daß die Frauenbeauftragte offenbar außerstande war, seine Freude an dem Bild zu teilen und dadurch zu verstärken.

»Was führt Sie zu mir?«

»Der Vorfall im Audimax.«

Augenblicklich schloß der Präsident in seinem Hirn die Abteilung für Kunst, und seine Augen bezogen sich mit einem trüben Film.

»Ja«, sagte er vorsichtig.

»Die AStA-Vorsitzende liegt im Koma.«

»Habe ich gehört.«

»Die Uni war nicht präsent.«

»Ich war in den USA.«

»Statt dessen hat der Weiss eine Show abgezogen.«

»Hat er mir erzählt.«

»Sie haben schon mit ihm gesprochen?«

»Wir haben kurz telefoniert. Er hat mich auf den neuesten Stand gebracht.«

»Hat er Ihnen auch erzählt, daß das Audimax mit Naziparolen übersät ist?«

»Ist es nicht mehr. Die städtischen Weißwäscher waren da.«

Frau Wagner staunte. »Was? So schnell? Was ist los? Sonst werden doch die Parolen so alt, bis sie von der Sonne ausgebleicht sind.«

»Nicht, wenn sie rechts sind.«

»Ach so, natürlich. Apropos, die Polizei sucht jetzt die Verbindung von Schneider zu diesen Rechtsradikalen, habe ich gehört.«

»Hätten Sie etwas anderes erwartet?«

»Werden sie was finden?«

»Frau Wagner, woher soll ich das wissen? Wieso beschäftigen Sie sich überhaupt mit diesem Fall? Ich will Ihnen mal was sagen. Es gibt Fälle, um die man am besten einen weiten Bogen macht. Sie sind wie ansteckende Krankheiten. Jeder, der damit in Berührung kommt, wird infiziert. Am besten hält man sich da einfach raus. Dies ist so ein Fall. Nazischläger, Vorwürfe wegen Rassismus, eine halbtot geprügelte Frau ...«

»Und dazu noch Jüdin ...«

»Und dazu noch Jüdin«, bestätigte der Präsident. »Wenn Sie sich da einmischen, können Sie nur etwas falsch machen. Ich rate Ihnen, erfinden Sie ein Problem. Das können Sie doch sonst so gut. Dann wirken Sie so, als ob Sie mit etwas anderem beschäftigt sind. Wie wäre es mit einer kleinen Krise?«

»Etwa einem Fall von sexueller Belästigung?«

Der Präsident fand die Bemerkung nicht witzig. Frau Wagner spielte damit auf die Hackmann-Affäre an. Der damalige Vorsitzende des Disziplinarausschusses Bernie Weskamp und sie selbst hatten den einzigen Starsoziologen Hamburgs der Vergewaltigung einer Studentin bezichtigt und Präsident Schacht dazu verleitet, sich von der Welle der Kampagne durch die Wiederwahl tragen zu lassen. Als sich die Anklage dann als falsch herausstellte, hätte ihn das fast das Amt gekostet. Nur mit knapper Not gelang es ihm, statt dessen seinen Vizepräsidenten zu opfern. Er konnte an diese Affäre nicht denken, ohne die Zehen in den Schuhen zu krümmen. Sie war der Wendepunkt in seiner Amtszeit gewesen. Seitdem krochen die Reaktionäre wieder aus dem Gebüsch. Die Hochschulreform der siebziger Jahre wurde offen kritisiert. Professor Wassmund aus der Romanistik veröffentlichte in der Presse höhnische Artikel über den Gremienfilz. In der Hochschulzeitschrift *Lehre und Forschung* hatte ein anonymer Autor eine satirische Typologie von Gremienvirtuosen publiziert, die ständig vervielfältigt wie der Samisdat im akademischen Untergrund kursierte. In einem Kommentar zum neuen Hochschulrahmengesetz im *Unikum* war er selbst in einer Karikatur als Totengräber dargestellt worden, der einen Sarg mit der Aufschrift »Deutsche Universität« versenkte. Auf einer Karikatur in der *FAZ* war er als Bruchpilot zu sehen, der einen gigantischen, aufgeblasenen Jumbo mit der Aufschrift »Heiße Lufthansa« gegen eine Bergwand steuerte. *Der Spiegel* hatte eine Titelgeschichte über den Zustand der Hochschule gebracht und auf dem Cover eine Tür im Hauptgebäude der Hamburger Universität abgebildet, auf der man die Anweisung »Bitte ziehen« lesen konnte. Ein offenbar analphabetischer Student drückte mit ausgestreckten Armen dagegen in dem vergeblichen Versuch, die Tür aufzustoßen. Darunter stand die Unterschrift »Hamburger Begabtenförderung«. Nein, seit der Hackmann-Affäre war das Leben um einige Grade bitterer geworden.

»Sagen Sie mir, was Sie wollen, Frau Wagner.«

»Schaffen Sie mir den Bluthund von Senator Weiss vom Hals.«

Schacht fuhr herum. Es war, als ob er hinter sich einen Schuß gehört hätte. Aus dieser Richtung hatte er die Gefahr nicht vermutet.

»Also, der Dentzer war bei Ihnen? Was wollte er?«

»Er hat mich nach den Gründen gefragt, warum ich bei Schneiders Berufung nicht Einspruch erhoben hätte, obwohl doch die Hassauer soviel besser ist.«

»Und Sie haben doch hoffentlich das DDR-Argument geschwenkt?«

»Selbstverständlich.«

»Und, hat er es geschluckt?«

»Ich weiß nicht. Offiziell war er begeistert. Aber er war mir etwas zu begeistert.«

»Hat er nach der Dissertation gefragt?«

»Nein.«

»Haben Sie über Steinert gesprochen?«

»Nein. Aber natürlich weiß er, daß Steinert als Fachbereichssprecher die ganze Berufung gesteuert hat. Der Ausschußvorsitzende Brandl war ja nur seine Marionette.«

»Ich habe gehört, die haben während der Beratungen zwei Mitglieder ausgetauscht?«

»Ja.«

Der Präsident überlegte und faßte dann einen Entschluß.

»Wie ich schon sagte, Frau Wagner, vergessen Sie den Fall. Denken Sie einfach nicht mehr daran. Und vor allem, reden Sie nicht darüber. Ich werde mich darum kümmern.«

Frau Wagner genügte das nicht.

»Und wenn mich die Polizei befragt?«

Schacht wedelte ungeduldig mit der Hand. »Dann beantworten Sie die Frage nicht. Machen Sie es wie Ihre Examenskandidaten, beantworten Sie eine andere Frage. Also wirklich Frau Wagner, Sie bringen normalerweise die ganze Universität durcheinander, da schaffen Sie doch auch so einen halbgebildeten Polizeiinspektor.« Und wie, um ihren Geist durch etwas Angenehmeres abzulenken, zeigte er wieder auf Hallwards »Massaker von Batak«. »Geben Sie es zu, Frau Wagner, es hat doch was. Diese Kolorierung, diese Komposition, diese Dramatik. Finden Sie nicht, es erinnert ein wenig an Edward Patons ›Gemetzel‹? Natürlich werden Sie einwenden, daß Paton in seinen malerischen Mitteln viel brutaler ist, und Sie haben recht. Aber ich ziehe Hallward trotzdem vor. Er ist nicht so effekthascherisch. Irgendwie ehrlicher. Finden Sie nicht?«

Frau Wagner betrachtete ihn jetzt, als ob er ein merkwürdiges Insekt wäre, das in ihre Botanisiertrommel geraten war. »Sie sind wohl von der kulturalistischen Wende erfaßt worden, wie?«

Solche Ausdrücke lösten in Schacht präzise Bilder des Ungefähren aus. Kulturalistische Wende? Was bedeutete das eigentlich? Etwas Entscheidendes hatte sich geändert, soviel war klar. Er ließ den Ausdruck noch mal zum Nachschmecken auf der Zunge zergehen. Kulturalistische Wende. Er sah dann Bilder von Tausenden von Fischen vor sich, die alle in die gleiche Richtung schwammen und plötzlich, wie auf ein geheimes Kommando, kehrtmachten; Vogelschwärme, die unvermittelt die Richtung änderten, man wußte nicht warum. Der Präsident hatte sich an den vertrauten Umgang mit dem Ungefähren gewöhnt. Da er keine Bücher mehr las, nahm er am geistigen Leben osmotisch teil. Er absorbierte die intellektuellen Entwicklungen atmosphärisch. Er verstand sich auf die Aura von Schlagworten wie Postmoderne, die Zwei Kulturen, Chaostheorie, Naturale Epistemologie, Neue Historik, Dekonstruktion, Radikaler Konstruktivismus, die er bei der Eröffnung von Tagungen oder Empfängen aufschnappte. Dabei war ihm der

Kontext, in denen sie aufzutauchen pflegten, vertrauter als ihre genaue Bedeutung. Häufig wußte er schon vorher, längst bevor er wirklich erwähnt wurde, daß so ein Großbegriff nahte. Er fühlte sich dann wie ein Indianer, der schon das Vibrieren der Erde spürt, lange bevor die Bisonherde am Horizont auftaucht. Diese Gabe, das, was andere nur in Form begrifflicher Genauigkeit erfassen konnten, im Medium des Vagen wahrzunehmen, war Teil der politischen Instinktausstattung des Präsidenten. Theorien interessierten ihn nicht mehr. Begriffsgebäude ließen ihn kalt. Sein Radarsystem hatte sich auf die Ortung der Stimmungen eingestellt, die mit ihnen verbunden waren. Für ihn war ein Paradigma nicht ein wissenschaftliches Weltbild, sondern ein Denkstil, in dem sich ein geistiges Klima ausdrückte. Es war diese ideologische Wetterfühligkeit, die ihn dazu befähigt hatte, alle Rivalen um das Amt des Präsidenten immer wieder zu besiegen. Das waren stets Professoren, die bei aller politischen Gewieftheit doch letztlich an Begriffe glaubten und deshalb nicht sehen konnten, daß diese nur Kristallisationen dominanter Stimmungen waren, Abbreviaturen geteilter Überzeugungen, Formeln für die gemeinsame Laufrichtung einer Hammelherde. Und so witterte er in Frau Wagners Ausdruck »kulturalistische Wende« das atmosphärische Potential einer neuen Bewegung. Wie wäre es, wenn er sich selbst an die Spitze der kulturalistischen Wende setzte? Hatte nicht auch in Harvard jemand von »Culturalist turn« gesprochen?

»Ist was? Warum starren Sie mich so an?«

Frau Wagners Bemerkung riß den Präsidenten wieder aus seiner Entrücktheit.

»Sehe ich irgendwie komisch aus?«

Der Präsident war jetzt wieder auf der Erde gelandet. »Was sagen Sie? Nein, nein, Sie sehen blendend aus, wie immer. Setzen wir uns doch einen Augenblick, ja? Sagen Sie, Frau Wagner, was versteht man eigentlich genau unter ›kulturalistischer Wende‹?«

Er hätte niemandem Geeigneteren die Frage vorlegen können. Die Antwort darauf war die Energiequelle, die Frau Wagner in Gang hielt. Sie versorgte ihren geistigen Stoffwechsel, und so hielt sie dem Präsidenten einen kleinen feurigen Vortrag über den Perspektivenwechsel, mit dem die marxistische Analyse der gesellschaftlichen Unterdrückung durch die Untersuchung der Macht abgelöst worden sei, die die symbolischen Systeme über die Menschen ausübten. Diese Macht sei viel tiefgreifender und subtiler als die grobe Gewalt. Wer die Herrschaft über die Kategoriensysteme ausübe, beherrsche auch das Denken der Menschen, ihr Fühlen, ja ihre gesamte Realitätswahrnehmung und Erlebnisverarbeitung. Und hier liege das Verdienst der kulturalistischen Wende. Erst sie habe die Augen dafür geöffnet, daß Europa die anderen Kulturen kolonisiert und symbolisch enteignet hätte. Genauso wie die männliche Kultur den Frauen die Deutungsmuster des Patriarchats aufgezwungen und sie durch das rationalistische Denken symbolisch enteignet hätte. Denn Rationalität sei mit Herrschaft im Bunde, eine verkappte Form der Unterdrückung. Deshalb würde der neue Kampf um Symbole geführt. Ein Krieg um Selbst- und Fremdbeschreibungen und um sprachliche Verkehrsregeln zwischen Gruppen.

Als Frau Wagner geendet hatte, erhob sich der Präsident, dankte ihr für diese erhellenden Ausführungen, die sein Verständnis des Begriffs kulturalistische Wende voll bestätigt hätten, und geleitete sie zur Tür. Dann rückte er seinen Sessel so zurecht, daß er von ihm aus den besten Blick auf das Gemälde werfen konnte, ließ sich hineinfallen und versenkte sich in das »Massaker von Batak«. Als er eine Viertelstunde später wieder aufstand, hatte der Präsident die Umrisse eines Plans im Kopf. »Die kulturelle Belebung des Campus« nannte er ihn. Er würde der kulturalistischen Wende einen neuen Sinn geben. Damit würde er sofort ein Konzept parat haben, wenn die Medien ihn fragen würden, was er gegen die rechte Gewalt auf dem Campus zu tun gedenke. Aufklärung, Gegengewalt, Widerstand, das waren alles verbrauchte Vokabeln. Kultur, das klang gut. Das war ein massiges Wort, aber schön soft wie Wolle und nicht scharfkantig wie Aufklärung. Es entsprach dem Trend und war zugleich allumfassend und unverbindlich. Es schloß Multikulturalismus, Minderheitenkultur, Subkultur, Frauenkultur, Gegenkultur und Hochkultur mit ein, war pluralistisch, erlebnisorientiert und ereignishaft. Jawohl, er würde sich wieder an die Spitze einer Bewegung setzen. Und in seinem geistigen Ohr hörte er den Hufschlag von gigantischen Pferdeherden, mit ihm selbst als Leithengst vorweg.

Etwa zur gleichen Zeit hatte sich in der morgendlichen Senatorenrunde eine gespannte Stimmung aufgebaut. Um den ovalen, braunen Tisch im kleinen Konferenzzimmer hatten sich Senator Weiss, Senatsdirektor Rudinski, der Pressereferent Dr. Grevel und Daniel versammelt, während Frau Birkefeld das Protokoll führte. Das atmosphärische Magnetfeld bezog seine Energie aus den Vorwürfen, die Rudinski in höflicher, aber entschiedener Form auf dem Tisch ablud wie einen Berg Akten. Daniel war etwas zu spät gekommen. Er hatte eigentlich in der Nacht wieder in die Klinik gehen wollen, um Hannah mit der Dusche seines Liebesgeflüsters zu berieseln. Er hatte sich ausgerechnet, daß er am Tage gar nicht zu ihr gelassen und daß außerdem so viel Betrieb herrschen würde, daß er für seine Beschwörungen keine freie Bahn hätte, während die Nachtschwester ihn bereits als Verlobten akzeptiert hatte und problemlos zu Hannah lassen würde. Aber er war durch seinen vorherigen Besuch so übernächtigt gewesen, daß er eingeschlummert war, bevor er seinen Wecker stellen konnte. Und so hatte er die ganze Nacht durchgeschlafen und war außerdem noch zu spät aufgestanden. Und deshalb mußte er sich aus Rudinskis grollenden Anschuldigungen mühsam zusammenreimen, worum es eigentlich ging.

Offenbar hatte sich Weiss in der gestrigen Sitzung der Bürgerschaft den Fragen der Opposition zu dem Vorfall im Audimax gestellt. Und Rudinski schien gar nicht damit zufrieden zu sein, wie er sie beantwortet hatte. Erst dachte Daniel, Rudi wäre mit dem Inhalt der Antworten nicht einverstanden, aber dann ging ihm ein Licht auf. Rudi machte Weiss Vorwürfe, daß er die Fragen überhaupt beantwortet hatte.

»Und was hätte ich Ihrer Meinung nach tun sollen?« fragte Weiss mit jenem ironischen Unterton, den er in Auseinandersetzungen mit Rudi immer annahm. Manchmal schien es Daniel, als behandle Weiss seinen Senatsdirektor zugleich mit Respekt und Verachtung, so als ob dieser ein Genie der Beschränktheit sei. Wahrscheinlich hielt er ihn für den idealtypischen Beamten, der sich in den dunklen Korridoren seines Behördenapparats so sicher zurechtfand wie eine Eule im nächtlichen Wald, aber am Tage, wenn alle anderen sehen konnten, blind war.

»Na, diese Fragen nicht beantworten, wie es alle ordentlichen Politiker tun.« Rudis Empörung hatte sich jetzt in Entsetzen über so viel Begriffsstutzigheit verwandelt. Angeödet raffte er sich dazu auf, Weiss wieder mal einen Grundkurs in Politik zu erteilen.

»Wenn Sie eine Frage direkt beantworten, legen Sie sich für alle Zukunft fest. Dann haben Sie keinen Platz mehr zum Manövrieren. Sie fesseln sich selbst und geben Ihrem politischen Gegner einen Hammer in die Hand, mit dem er Ihre Hosenaufschläge auf dem Fußboden festnageln kann. Und dann ist es die Aufgabe der Verbindungsstelle, Sie wieder zu befreien.«

Das Wort »Verbindungsstelle« sprach Rudi so aus, wie der Papst das Wort »heiliges Officium« ausspricht. Aufgabe der Verbindungsstelle war es, die Senatssitzungen vorzubereiten, in denen Weiss mit seinen Kabinettskollegen jede Woche einmal konferierte. Spätestens in der Woche davor mußte seine »Mappe« vorliegen, in der er alle nötigen Unterlagen für die Kabinettssitzung fand: die Senatsvorlagen seiner Kollegen, die Stellungnahmen seiner eigenen Behörde, seine eigenen Senatsvorlagen und die Ergebnisse des »Mitzeichnungsverfahrens«. Dieses geheimnisvolle Verfahren stellte die größte Herausforderung an die Verbindungsstelle dar: nämlich die Kunst, für die Vorlagen des Wissenschaftssenators die Zustimmungen der anderen betroffenen Ministerien –etwa der Schulbehörde oder der Kultusbehörde – einzuholen, denn in der Regel waren sie dagegen. Vor allem die Schulbehörde blockierte alles, was die Gefahr enthielt, die Leistungsschwäche der Hamburger Schulen zu enthüllen. Und der Finanzsenator protestierte sofort gegen jede Maßnahme, die Geld kostete. Das machte jede Entscheidung unendlich mühsam, und um sie durchzusetzen, mußte die Verbindungsstelle für ihre machiavellistischen Manipulationen jeden möglichen Manövrierraum haben. Deshalb meinte Rudi mit dem Ausdruck »politische Gegner, die seine Hosenaufschläge auf dem Fußboden festnagelten« eigentlich weniger die Opposition als die eigenen Senatskollegen. Und deshalb haßte es die Verbindungsstelle, wenn der Senator sich überhaupt irgendwie festlegte.

»Sie meinen also, ich hätte einfach die Auskunft verweigern sollen?«

Rudi war empört. »Um Himmels willen, Herr Senator! Niemals würde ich Ihnen raten, bei einer parlamentarischen Anfrage die Auskunft zu verweigern. Das wäre ja undemokratisch. Aber Sie könnten den Fragen ausweichen, das Problem vernebeln, eine andere Frage beantworten.«

Senator Weiss wurde nun sarkastisch. »Und das nennen Sie dann demokratisch?«

Rudi zog die Augenbrauen hoch und machte wieder sein Eichhörnchengesicht. »Sie nicht?«

»Der Abgeordnete Bienert von der CDU hat mir die klare Frage gestellt, ob wir bei der Berufung von Professoren ihre Verbindung zu Sekten, verfassungsfeindlichen Gruppen und rechtsextremen Kreisen überprüften. Wie hätte ich solch einer Frage ausweichen können?«

Auf Rudis Gesicht war plötzlich das innere Leuchten des Virtuosen zu sehen, der eine Gelegenheit bekommt, seine Kunst vorzuführen. »Sie hätten sagen können, Sie müßten aus Sicherheitsgründen die Frage erst mit der Innenbehörde klären. Sie hätten einwenden können, über Aktivitäten des Verfassungsschutzes könnten Sie keine Auskünfte geben. Sie hätten auf den Datenschutz verweisen können. Sie hätten Herrn Bienert daran erinnern können, daß wir alle Anfragen zu laufenden Ermittlungen mit großer Zurückhaltung behandeln würden, um die Polizeiarbeit nicht zu gefährden. Oder Sie hätten Herrn Bienert bitten sollen, die Frage zu erläutern. Sie hätten fragen können: ›Was verstehen Sie unter rechtsextrem?‹ Sie hätten ihn auffordern können, den Begriff ›rechtsextrem‹ zu definieren. Sie hätten über das Wesen politischer Begriffe diskutieren können. Wirklich Herr Senator, die Möglichkeiten sind unübersehbar. Aber was tun Sie statt dessen? Sie akzeptieren einen unabhängigen Untersuchungsausschuß zum politischen Extremismus auf dem Campus!«

Jetzt war es an Weiss, Rudi eine Lektion in politischer Strategie zu erteilen. Er machte ihm klar, daß der Ausschuß zwar unabhängig arbeiten solle, daß der Vorsitzende aber von ihnen selbst bestimmt würde; daß ein Untersuchungsausschuß um so weniger vom Fleck käme, je mehr er zu untersuchen habe, und daß er deshalb nicht widersprochen habe, als die CDU die politischen Aktivitäten des AStA in den Untersuchungsauftrag miteinbezogen habe. Und er schloß mit der Bemerkung: »Ein Ausschuß ist der ideale Kompromiß zwischen Aktivität und Passivität: Der, der ihn einsetzt, erscheint äußerst tatkräftig. Der Ausschuß selbst aber arbeitet so langsam, daß er für das bloße Auge völlig regungslos wirkt.«

Während der ganzen Zeit hatte der Pressereferent Dr. Grevel

die Kontroverse mit mimischer Anteilnahme begleitet. Er war ein kleines, lebhaftes Männchen mit vollem, rötlich-blondem Haupthaar, das er mit Hilfe von Brillantine in Form brachte. Sein mit blonden Sommersprossen übersätes Gesicht war in ständiger Bewegung, wie ein Weizenfeld, durch das der Wind weht. So erweckte er den Eindruck eines nervösen Eifers und einer ständigen Einsatzbereitschaft. Entsprechend hatte er auf die Gelegenheit gelauert, dem Senator in seinem Disput mit Rudi zur Seite zu eilen.

»Wir mußten etwas tun.«

Er lenkte ihrer aller Blicke auf die Schlagzeilen der Zeitungen auf dem Tisch, die er eine nach der anderen hochhob. »Hier, sehen Sie das *Abendblatt.* – ›Rechte Gewalt auf dem Campus. AStA-Vorsitzende im Koma‹, oder die *Morgenpost:* ›Uni gegen Faschos: hilflos‹, oder die *Frankfurter Rundschau:* ›Unterwandern die Nazis den Campus?‹, und hier die *Welt:* ›Zauberlehrling AStA. Die Geister, die man rief‹, und *Bild:* – ›Sie schrien: Haß, Haß‹. Das können wir doch nicht ignorieren!«

»Wer nicht gelernt hat, die Presse zu ignorieren, sollte nicht Politiker werden«, antwortete Rudi steif. Und zu Weiss gewendet fügte er hinzu: »Warum überlassen Sie es nicht Schacht, etwas zu tun?«

Weiss hob die Augenbrauen. »Wie wir unseren guten Schacht kennen, wird er nicht etwas tun, sondern begründen, warum nichts getan werden kann.«

»Oder nur so tun, als ob er etwas tut«, ergänzte Dr. Grevel.

Daniel konnte dem Reiz nicht widerstehen, das zu übertreffen: »Oder nur so tun, als ob er versuchte, etwas zu tun.«

Alle sahen ihn befremdet an, bis in Rudi der Funken der Erkenntnis erglühte: »Oder so tun, als ob er so tut, als ob er versuchte, etwas zu tun.«

Weiss machte eine ungeduldige Handbewegung und kam wieder auf den Untersuchungsausschuß zu sprechen. Er müsse einen Vorsitzenden vorschlagen. Möglichst noch heute. Und er warte auf ihre Ratschläge. Rudi kenne doch da bestimmt jemand Geeigneten?

Rudi legte die Fingerspitzen zusammen und betonte, daß er niemand Bestimmtes im Auge habe, aber der Meinung sei, daß es unbedingt ein Theologe sein müsse. Nach den Gründen gefragt, hielt er zu ihrem Erstaunen eine Lobrede auf die Kirche.

»Schauen Sie sich unsere Gesellschaft an.« Er zeigte auf das Fenster, so als ob dahinter die Gesellschaft versammelt sei. »Was sehen Sie? Verbände, Parteien, Interessengruppen, Organisationen. Alle gegeneinander verschworen, sich möglichst viele der Fleischtöpfe Ägyptens zu sichern...«

»Wieso Ägyptens?« fragte Dr. Grevel. Rudi würdigte ihn keiner Antwort.

»Deshalb traut keiner dem anderen über den Weg. Und das Publikum mißtraut ihnen allen zusammen. Mit einer Ausnahme: Die Männer der Kirche. Im großen Getöse des gesellschaftlichen Konkurrenzkampfes gelten sie allein als neutral. Die Religion macht sie glaubwürdig. Das liegt am allgemeinen Unglauben. Er verschafft den Männern der Kirche einen Altruismusbonus: Wer sich mit Gott beschäftigt, kann nicht egoistisch sein. Mit anderen Worten: Aus der Perspektive der Interessenwahrnehmer hat er echt einen Knall.« Rudi lächelte, wenn er sich solche Konzessionen gegenüber dem Jargon des Zeitgeistes gestattete. »So jemand muß es ehrlich meinen. Man kann ihm trauen. Denken Sie an die Wende: Wem trauten die Leute am meisten? Den Pastoren und Theologen. Religion ist nicht mehr der Glaube an Gott wie früher, sondern die Währung für Vertrauenswürdigkeit. Die Kirche ist keine religiöse Institution, sondern eine Bank, die Wechsel auf gesellschaftliche Glaubwürdigkeit ausstellt.«

Daniel war fasziniert. Auch Weiss hörte aufmerksam zu.

»Sie meinen, die Kirchenleute glauben auch nicht an Gott?«

Rudi machte eine wegwerfende Bewegung. »Alle, die Theologie studieren, verlieren irgendwann ihren Glauben. Aber dann sind sie schon süchtig. Sie haben mit dem Allerhöchsten Umgang gepflegt. Und das hat ihnen ein eigenes Statusbewußtsein gegeben. Wenn ihr Gott stirbt, machen sie es wie alle Priester: Sie halten es geheim und betreiben den Kultus weiter. Warum, glauben Sie, ist der Anblick der Bundeslade verboten? Weil sie leer ist.«

Senator Weiss stand auf, ging ein paar Schritte hin und her und setzte sich dann wieder. Alle am Tische wußten, das war häufig das Vorspiel zu einem Entschluß. Dann sah er Rudi an. »Was Sie über die Neutralität der Kirche sagen, leuchtet mir ein.«

»Neben dem Beamtentum der einzige Anwalt des Gemeinwohls.«

Diese Bemerkung öffnete Daniel die Augen. Es wurde ihm klar, warum Rudi so engagiert und kenntnisreich über die Priester gesprochen hatte. Er hatte gerade sein Selbstbewußtsein als Beamter enthüllt. Er fühlte sich selbst als Priester. Nur, daß er sich noch heroischer vorkam, weil er nicht zu dem billigen Mittel griff, den Kultus eines Gottes zu simulieren, an den er selbst nicht glaubte. Daniel fing an zu begreifen, woher Rudi sein Selbstwertgefühl bezog. Er hatte die priesterliche Hingabe mit dem heroischen Atheismus des leitenden Beamten verschmolzen, der klaglos die schrecklichen Geheimnisse der Macht auf sich nimmt, damit die vulgäre Menge ruhig schlafen kann. Tatsächlich hatte Rudi aus diesem Gefühl heraus ein mitleidiges Verständnis für die Kirchen entwickelt. Dabei waren ihm die katholischen Priester sympathischer, weil sie als privilegierte Berufsbeamten die Heilsgüter nach dem katholischen Dienstrecht verwalteten. Dagegen hatten sich die protestantischen Pastoren in Intellektuelle verwandelt, die ihre Allzuständigkeit für das gesellschaftliche Allgemeine durch eine religiöse Rhetorik legitimierten. Waren die Katholiken gerne an der Regierung, waren die Protestanten am liebsten in der Opposition. Das begründete die Nähe des Kulturprotestantismus zum Milieu des Protests.

»Rudi«, begann der Senator wieder, »Sie haben doch jemand Bestimmtes im Auge? Heraus damit, wen schlagen Sie vor?«

Rudi schien zu zögern.

»Kommen Sie, Sie sind wirklich zu mißtrauisch. Ich lehne ihn doch nicht deshalb schon ab, weil Sie ihn mir vorschlagen. Was Sie gesagt haben, hat mich überzeugt.« Er wandte sich an die anderen am Tisch. »Euch hat er doch auch überzeugt?« Alle nickten. »Also, wen schlagen Sie vor?«

Rudi gab sich einen Ruck. »Professor Windisch vom Theologischen Seminar.«

»Und was können Sie mir über ihn sagen?«

»Er ist sehr aufgeschlossen.«

»Er glaubt also nicht an Gott?«

»Nicht in dem strengen Sinne, in dem das Wort ›Glaube‹ in der literalistischen Tradition des Protestantismus verstanden wurde, sondern eher im tiefenhermeneutischen Verständnis einer erkenntnistheoretisch durchreflektierten Entmythologisierung Bultmannscher Prägung, in dem der Glaube auf das Angerufensein durch eine existentiell verstandene Entscheidung für oder wider reduziert wird.«

»Was?«

»Was was?«

»Er glaubt also nicht an Gott?«

»Das habe ich doch gerade gesagt.« Rudi machte eine feinsinnige Pause, um den Unterschied zu betonen: »Aber er hat auch nichts gegen das Christentum.«

Weiss lächelte wieder sein ironisches Lächeln. »Das ist beruhigend. Kennen Sie seine Biographie? Was qualifiziert ihn für den Job besonders? »

Zu ihrer aller Erstaunen konsultierte Rudi einen Zettel, auf dem er sich Notizen gemacht hatte. »Er hat in den siebziger Jahren die Bergedorfer Gespräche zwischen Christen und Marxisten ins Leben gerufen, auf mehreren Kirchentagen das Forum für die Dritte Welt geleitet, die Bewegung ›Jugend sucht nach Wegen‹ mitinitiiert, war eine Zeitlang Mitarbeiter des *Deutschen Sonntagsblattes,* hat sich dann über das Thema ›Kerygma versus Dogma‹ habilitiert und seitdem eine Reihe von theologischen Bestsellern geschrieben. Vielleicht haben Sie die Titel schon einmal gehört: ›Jesus, Mann der Frauen‹, ›Die Schöpfung, die uns anvertraut ward‹ und ›Begegnung mit Muslimen‹. Also, er versteht auch was vom Islam.«

Weiss drohte schelmisch mit dem Finger. »Rudi, Sie haben schon wieder alles eingefädelt.«

»Ich versuche nur, Ihnen die Arbeit zu erleichtern«, sagte Rudi mit falscher Bescheidenheit.

»Mit der theologischen Glaubwürdigkeit haben Sie recht, Rudi. Außerdem kleiden diese Berufschristen alles in eine solch wolkige Betroffenheitssprache, daß jeder Konflikt unscharf wird. Der wird alles vernebeln.«

»Genau das wollte ich sagen.« Rudi faltete seinen Zettel zusammen. Aber Weiss war noch nicht zufrieden. »Was war das mit den Muslimen? Warum ist es gut, daß er was vom Islam versteht?«

Rudi spielte jetzt wieder den Unschuldigen. Aber der Senator ließ nicht locker, bis Rudi damit herausrückte, daß er vielleicht auch die AStA-Politik unter die Lupe nehmen müsse, und da könnte es ja sein, daß er auf die Kurdenpolitik und die Verbindung des AStA zur PKK stieße. Das machte Senator Weiss wirklich hellhörig. Rudi schien mehr zu wissen, als er sagen wollte. Nach langem Hin und Her schob Rudi dem Senator eine kleine Zeitungsnotiz zu, die Senatsdirektor Sonntag von der Innenbehörde ihm gestern beim gemeinsamen Feierabenddrink gezeigt hatte. Der Senator las: »Klagen gegen das Politische Mandat des AStA: Bezahlt die türkische Botschaft die Prozeßkosten?«

»Rudi«, sagte Senator Weiss, »ich glaube, es gibt mehr Dinge zwischen Himmel und Erde, als unsere Schulweisheit sich träumen läßt.«

Rudi zeigte sich der Situation mehr als gewachsen. Er stand auf, verbeugte sich wie der Marquis Posa, indem er das Knie vorstreckte, und sagte: »Professor Windisch wartet in meinem Büro. Soll ich ihn hereinbitten?«

Daniel saß in seinem Büro und starrte auf den Bildschirm seines Computers. Seine Liebespost an Hannah betrachtete er inzwischen als eine alltägliche Pflicht. Wie die Pflege einer kränkelnden Frau. Also hatte er ein schlechtes Gewissen, daß er sie in der letzten Nacht vernachlässigt hatte. Wenn er sie tatsächlich in ihrem Koma erreichte, mußte sie ihn schrecklich vermißt haben. Bei dem Gedanken, daß sie, eingeschlossen in die Eiseswüste ihrer Einsamkeit, vergeblich auf seine Stimme gewartet hatte, krampfte sich sein Herz zusammen. Er war unzuverlässig. Eine Frau konnte sich nicht auf ihn verlassen. Wenn sie ihn brauchte, war er nicht da. Das hatte seine Mutter auch immer gesagt. Und diese Unzuverlässigkeit verfolgte ihn. Sie verfolgte ihn sogar in die Phantasien, die ihn beim Schreiben heimsuchten. Als er sich an die »Liebeskommunikation« machte, die er Hannah heute nacht vorlesen würde, mischte sich in das Bild von Hannah auf dem Krankenhausbett eine Vision der alten Flamme des Senators. Es war wie eine Geistererscheinung. Er hätte sich von Frau Birkefeld nicht dazu überreden lassen sollen, ihr die Botschaft an Hannah für den falschen Liebesbrief des Senators über die Zeiten hinweg zu diktieren. Er empfand es als pervers. Während der Senatorenrunde hatte er ständig daran denken müssen, daß der Senator mal ein junger Liebhaber gewesen war, und neben ihm war das schemenhafte Bild einer alten Frau aufgetaucht. Einer Frau, die jetzt so weit weg war wie Hannah in der Todeszone. Und während er nun in seinem Büro am Schreibtisch saß und auf die tanzenden Staubkörner blickte, die wie Sterne im schräg einfallenden Sonnenlicht leuchteten, tauchte sie wieder auf. Eine alte Frau mit zerfließenden Zügen. Mal erinnerte sie ihn an Frau Krakauer, mal an seine Mutter, mal an niemanden im besonderen. Daniel empfand eine eigentümliche Schwerelosigkeit, als ob er durch interstellare Räume driftete und auf sich selbst hier am Schreibtisch wie auf das Erinnerungsbild seiner längst verflossenen Jugend zurückblickte. Und dann fühlte er sich plötzlich mit den Augen der alten Frau angeblickt, in denen er die Enttäuschung darüber lesen konnte, daß er zur emotionalen Tiefe nicht fähig war. Und er begann zu schreiben:

»Geliebte, seitdem Du vor mir davongerannt bist, kann ich erst aussprechen, was ich für Dich empfinde: Unverklemmt, gereift, souverän, Herr im Hause meiner Gefühle. Erst jetzt läßt Du mich sagen, was ich vor Unreife und Befangenheit Dir vor Deinem Ausflug ins Totenreich niemals habe sagen können: Ich habe Dich wirklich geliebt. Keine andere Frau so wie Dich. Ich könnte das immer wieder sagen, wie ein Mantra, nur um zu genießen, daß ich jetzt keine Hemmungen mehr habe. Jetzt endlich habe ich Dir gegenüber meine Sprache gefunden. Deshalb mischt sich in die Trauer auch das Gefühl einer zu Ende gebrachten Geschichte mit einem perversen Happy-End. Ich wäre jetzt imstande, das Leben zu leben, das wir vor Deinem Sturz in den Abgrund hätten beginnen sollen. Ich habe überhaupt kein Gefühl mehr für das Lächerliche dieser Konfessionen, so als ob sie nun etwas zu spät kämen. Mir ist, als ob alles gleichzeitig geschähe, als ob ich Dich zum ersten Mal träfe, und ich spüre wieder die rätselhafte Veränderung meines Körpergewichts, als ich zum ersten Mal die kleinen, pulsierenden Ringe in Deiner Iris sah...«

Als Daniel eine Pause machte und auf den Text blickte, der da Wort für Wort auf seinem Bildschirm entstand, wurde er von einer Schamwelle überspült, die ihm fast den Atem nahm. »Ach du Scheiße! »

Ohne daß er es wollte, hatte er laut geflucht. Was schrieb er hier eigentlich? Und wem schrieb er? Er hatte gerade versucht, sich Hannahs dunkelbraune Augen vorzustellen, da erschien das Erinnerungsbild der Katzenaugen von Vanessa Steinbrück. Ganz deutlich sah er den von dunklen Rändern eingefaßten, gelb leuchtenden Ring ihrer Iris. Auch dieser Anblick veränderte sein Körpergewicht. Ob er an Don Juanismus litt? Einer Art Frauensucht, der nie der Stoff ausgehen durfte? Ob er abhängig war? Das konnte teurer werden als richtiger Drogenkonsum...

Frau Birkefeld hinderte ihn schließlich daran, sich völlig in den Abgrund seines Selbstekels zu werfen, indem sie ihr Mondgesicht durch die Tür steckte: Ob er einen Moment Zeit habe? Der Senator wolle ihn sprechen.

Er nahm, wie immer, auf dem Besucherstuhl gegenüber dem Schreibtisch des Senators Platz. Dieser forderte ihn ohne weitere Vorreden auf zu berichten, was er über Schneider in Erfahrung gebracht hatte. Als Daniel bei der Schilderung von Schneiders Forschungsgebieten so weit gekommen war, auf die Zusammenhänge von Migration und Kriminalität einzugehen, unterbrach ihn Weiss: »Haben Sie etwas darüber gehört, daß der Schneider federführend an dem Bettlerpapier mitgearbeitet hat?«

»Sie meinen diesen Plan der Polizei, die Penner und Junkies und Drogendealer aus der City abzudrängen? Ich dachte, der ist geheim. Wie sollte ich da etwas von Schneiders Beteiligung gehört haben?«

Der Senator schnaubte verächtlich. »Von wegen geheim! Die Sozialbehörde hat Wind davon gekriegt. Jetzt können wir unsere Kampagne ›Sauberer Campus‹ erst mal auf Eis legen.«

Daniel verstand nicht, wieso.

»Na, weil die Sozialbehörde jetzt erst mal einen Aufschrei öffentlicher Empörung organisieren wird.«

»Hat Rudi das gesagt?«

»Das braucht Rudi mir nicht zu sagen, das sagt die politische Logik. Sehen Sie, der Laie glaubt, die Sozialbehörde möchte die Zahl der Penner, Fixer, Drogendealer, Obdachlosen, jugendlichen Straftäter und Stricher reduzieren. Nicht wahr?«

»Aber in Wirklichkeit möchte sie das nicht?« fragte Daniel als Stichwortgeber.

»Natürlich nicht. Wenn sie das täte, erhielte sie doch weniger Geld. Dann könnte sie weniger Mitarbeiter ernähren. Und dann hätte die Senatorin für Soziales weniger Macht. Sie hätte weniger Jobs zu vergeben. Und weniger Jobs hieße weniger Sozialarbeiter, Betreuer, Psychologen, Therapeuten, Bewährungshelfer, Aufsichtsbeamte, Ärzte und eine generelle Verkleinerung des riesigen Heeres von kommunalen Fürsorgehelfern, die die Außenseiter und Kriminellen seelisch umsorgen. Das ist ihre Gefolgschaft, und die Fixer, Stricher, Huren, Dealer, Obdachlosen und Straftäter sind ihre Klientel, die ihre Gefolgschaft rechtfertigen. Da wird sie doch nicht der Innenbehörde erlauben, ihr die Menge der Penner zu verkleinern. Im Gegenteil, wenn es nach Frau Schiller-Stempel ginge, würde sie am liebsten die ganze Gesellschaft in eine einzige Meute von Pennern verwandeln.«

Daniel grinste. »Wenn man sich die Innenstadt anguckt, scheint sie ja kurz vor dem Endsieg zu stehen.« Auch Weiss mußte grinsen. »Aber wieso berührt das Ihre Kampagne für einen sauberen Campus? Ach so«, unterbrach er sich, »Sie meinen, der Empörungsrummel, den die Schiller-Stempel jetzt entfacht, würde sich dann auch gegen Sie richten?«

Weiss nickte. »Wir stünden ja direkt in der Schußlinie. Wir müssen warten, bis die Moralorgie der Sozialbehörde vorbei ist.«

»Wäre wohl besser«, stimmte Daniel zu. »Und was den Schneider betrifft, habe ich jedenfalls über eine Beteiligung nichts gehört.«

»Er ist also unverdächtig?«

»Unverdächtig? Das würde ich nicht sagen.« Daniel fiel seine aberwitzige Unterhaltung mit Frau Wallasch wieder ein, und er berichtete Weiss von dem Einspruch, den die Frauenbeauftragte nicht erhoben hatte, und wie sie das mit dem DDR-Bonus begründet hatte.

Als er geendet hatte, nickte Weiss versonnen.

»Mit der schwierigen Bewertung der DDR-Professoren hat sie recht. Wir haben das auf der Kultusministerkonferenz auch schon besprochen. Da hat sich die Wagner einwandfrei verhalten.«

»Das habe ich ihr auch gesagt.«

»Also, was ist nun nicht unverdächtig?«

»Die Dissertation ist nicht auffindbar. Solange wir die nicht haben, können wir nicht wissen, ob alles in Ordnung ist.«

»A oder B?« fragte Weiss.

Als Daniel nicht verstand: »In der DDR gab es die Promotionen A und B. A entspricht unserer Promotion, B entspricht unserer Habilitation.«

»Also eine Habilitationsäquivalenz?« Als Daniel das ominöse Zauberwort der großen Massentaufe aussprach, mußten beide lachen.

»Prüfen Sie das nach.« Weiss nahm seine Befragung wieder auf. »Wer war Vorsitzender der Berufungskommission?«

»Brandl. Aber der war nur eine Handpuppe des Fachbereichssprechers Steinert.«

Bei dem Namen Steinert breitete sich auf den Zügen des Senators der Ausdruck von Respekt und Ehrerbietung aus. »Steinert«, murmelte er. »Steinert ist ein honoriger Mann. Ein großer Wissenschaftler. Und ein feiner Mensch. Gebildet. Hat eine umfassende Sammlung europäischer Reiseliteratur in den Nahen und Fernen Osten. Spricht sowohl Russisch als auch Chinesisch. Bewundernswerter Mann.«

Um wieder zum Thema zurückzukommen, griff sich der Senator seinen Terminkalender, blätterte ihn um und zeigte mit dem Bleistift auf eine Eintragung. »Schacht hat uns zu einem Meeting eingeladen. Er hat einen Geistesblitz erlitten.« Weiss legte so einen tragischen Ton in seine Stimme, als hätte er gesagt, »er hat einen Hirnschlag erlitten«.

Daniel tat ihm den Gefallen und spielte mit. »Schacht?« fragte er ungläubig.

»Schacht«, bestätigte Weiss, als gelte es, die absolute Willkür auszudrücken, mit der das Schicksal jeden, auch Schacht, in seiner erratischen Launenhaftigkeit dazu ausersehen könnte, eine Idee zu haben.

»Er möchte uns für eine Kampagne gewinnen, mit der er auf den Krawall im Audimax reagieren will. ›Kulturelle Belebung des Campus‹ nennt er sie. Übermorgen um zehn Uhr in seinem Büro. Sie gehen da hin und finden heraus, was er will.«

Daniel grinste. »Das kann ich Ihnen jetzt schon sagen: Geld will er. Er wittert die Chance, durch die Empörung über den Vorfall im Audimax seinen Krokodilsfonds aufzustocken. ›Gegen die Barbarei auf dem Campus.‹ Wenn Sie ihm das verweigern, stellt er Sie in der Presse als Steigbügelhalter der Faschisten hin. Als zweiten Hugenberg.«

»Außerdem will er mir Vorwürfe machen, daß ich das Allgemeine Politische Mandat der Studentenschaft verteidigt habe.«

Daniel hatte die Haltung des Präsidenten zum Politischen Mandat des AStA nie verstanden. Schacht stammte doch aus der Zeit der großen Revolte, als den Studenten nichts selbstverständlicher war als ihre politische Allgemeinzuständigkeit. Warum also war er jetzt dagegen?

Der Senator lächelte, bevor er die Frage beantwortete. Daniel kannte dieses Lächeln. Damit bereitete er ihn immer auf den kurzen Blick vor, den er ihn auf das Medusenhaupt des Hamburger Filzes werfen ließ. Es sollte ihn immunisieren wie eine Impfung. Denn wer sich ungeschützt dem Blick der Medusa aussetzte, der erstarrte sofort. »Der Präsident ist gegen das Allgemeine Politische Mandat, weil Parteifreund Jörder Druck macht. Und Parteifreund Jörder macht Druck, weil er Geschäftsführer der Beteiligungsgesellschaft ist, die die ganzen Hamburger Schwimmbäder und öffentlichen Toiletten verwaltet. Nun schicken aber die Eltern ihre Kinder seit einiger Zeit nicht mehr in die Schwimmbäder. Und daran ist das Allgemeine Politische Mandat schuld.«

Als Daniel völlig verständnislos blickte, drückte der Senator auf die Sprechanlage und bat Frau Birkefeld, die Akte mit den AStA-Broschüren zu bringen. Sie packte sie ihm auf den Tisch. Weiss angelte ein Heftchen heraus und schob es Daniel zu. Auf dem Titelblatt stand in fetziger Schrift: »Die Klappe«. Als er das Heft durchblätterte, sah er zu seinem Erstaunen eine große Zahl handgemalter Zeichnungen in krudem Graffitistil.

»Das ist eine AStA-Broschüre mit Informationen über Schwulentreffs in öffentlichen Schwimmbädern«, erklärte Weiss. »Seitdem sich die Eltern beschwert haben, glaubt Jörder, der Rückgang der Besucherzahlen ginge auf eine Schwuleninvasion zurück. Die Eltern haben Angst vor Päderasten und Kinderschändern. Und die Schwulen finanzieren ihre Infohefte mit den Studentengroschen des AStA. Das ist Schwulenpolitik. Politik für Minderheiten. Ein Ergebnis des Allgemeinen Politischen Mandats. Wie der Chaostheoretiker Varela immer sagt: ›Alles hängt irgendwie mit allem zusammen‹.«

Daniel war noch nicht überzeugt. »Aber der Präsident kann doch nicht öffentlich die Aufhebung des Allgemeinen Politischen Mandats fordern. Da verleugnet er doch seine eigene politische Vergangenheit«, wandte er ein.

»Richtig. Und deshalb möchte er, daß ich es für ihn tue. Er meint, es wäre die logische Konsequenz aus meinen hochschulpolitischen Überzeugungen. Ich müsse doch verlangen, daß sich die Studenten auf die Reform des Studiums konzentrierten. Wenn ich es nicht täte, machte ich mich unglaubwürdig. Er macht sich seit einiger Zeit außerordentliche Sorgen um meine politische Glaubwürdigkeit.«

»Und? Tun Sie ihm den Gefallen?«

»Ich weiß noch nicht. Einige Schlachten gewinnt man. Andere verliert man. Manchmal muß man einen Bauern opfern, um eine Dame schlagen zu können«, fügte er kryptisch hinzu.

»Haben Sie Schacht schon abgesagt? Weiß er, daß Sie mich als Ersatz schicken?«

Die Miene des Senators nahm einen pseudobetulichen Ausdruck an. »Das soll eine Überraschung sein.« Aber als Daniel seine Papiere mit den Notizen aufgesammelt hatte und schon in der Tür stand, rief der Senator: »Daniel? Geld kriegt der Schacht nicht, aber verärgern Sie ihn nicht allzusehr.«

## 9

Daniel fuhr einen roten VW Passat Kombi. Eigentlich war er ja eine Familienkutsche und für einen Single viel zu groß. Aber er stammte noch aus seiner Studienzeit, und damals hatte Daniel in einer Wohngemeinschaft mit Udo und Alex gelebt. Und das war selbst fast eine Form der Familie mit gemeinsamer Küche, gemeinsamem Geschirr, gemeinsamem Abfall und gemeinsamer Waschmaschine, wobei sich die Bevölkerungszahl durch den periodischen Zuzug von Freundinnen manchmal sogar verdoppelte. Auf schleichende Weise war dabei auch sein Passat sozialisiert worden und hatte so wieder seine Bestimmung als Familienauto gefunden.

Als er dann nach der Promotion mit Hella eine gemeinsame Wohnung in Winterhude nahm, hatte er ihn behalten, denn nun stellte er fest, daß der Kombi mit seiner Transportkapazität zu einer Begleiterscheinung seines vagabundierenden Don Juanismus geworden war: Ständig half er irgendwelchen guten Freundinnen beim Umzug. Das war vor allem dann nötig, wenn sie sich gerade vom laufenden Lebensabschnittsgefährten getrennt hatten. Er rutschte damit automatisch in die Rolle des fehlenden Mannes, der das Gas anschließt und die Nägel einschlägt. Er teilte die erste Intimität, die Frauen verströmen, wenn sie eine neue Wohnung mit ihren persönlichen Parfümnoten markieren. Allein weil er gerade vor Ort war und Kisten schleppte, wurde er für den Moment des neuen Anfangs ihr Partner im Nestbau. Damit übernahm er die Rolle des Ersatzfreundes, mit dem die Frauen, denen er half, die Einweihung der neuen Wohnung feiern konnten. Und häufig fand er nicht mehr rechtzeitig hinaus.

Als Hella daran ging, ihm diese Hilfsexpeditionen durch Tiraden, Vorhaltungen, Vorwürfe und Weinanfälle abzugewöhnen, und als sie sogar versuchte, heimlich einen Käufer für den Passat zu finden, trennten sie sich, und Daniel bezog eine Zweizimmerwohnung in einem Altbau in Eppendorf.

Bis jetzt hatte er sie immer noch nicht vollständig eingerichtet, sosehr war er mit der Einrichtung anderer Wohnungen beschäftigt. Das einzige, was er bisher komplett ausgepackt hatte, war seine Literatur über Liebeskommunikation. Er hatte sie unter den entsprechenden Stichworten geordnet und völlig durch alphabetisiert. Das lief von Augensprache, Begehren, Devotion, Ehe, Frivolität, Gefühl über Haß, Intimität, Jungfräulichkeit, Koketterie, Konflikt, Liebeskunst, Minne, Nähe, Obszönität, Passion, Romantik zu Sexualität, Täuschung, Unio mystica, Verführung, Werbung, Xanthippe, Yoni und Zweierbeziehung. Drei ganze Bücherborde füllte das amouröse ABC. Wenn Daniel schon in seine Beziehungen keine Ordnung bringen konnte, wollte er wenigstens den Überblick über die Fachliteratur behalten. Und wenn er dann auf diesem Felde scheiterte wie die meisten seiner Bekannten und Freunde, wollte er es wenigstens auf höherem theoretischen Niveau tun.

Und tatsächlich hatte ihm die Konsultation der Literatur bei Hella wenig geholfen. Im Gegenteil – das bloße Vorhandensein dieser umfangreichen Schriften hatte abwechselnd ihre Wut und ihren Hohn provoziert und meistens beides zugleich. In dieser Haltung war sie ihm in Erinnerung geblieben: Im Laufe eines ihrer Dispute hatte er zu einem einschlägigen Werk gegriffen, während sie mit ausgestrecktem Arm anklagend vor den Büchern stand und einen langgezogenen Schrei ausstieß, der wie ein Kondensstreifen eine endlose Spur der Verachtung über den Himmel zog. »Und was haben dir diese Tonnen von Scheiß-Literatur gebracht, du Arsch? Überhaupt nix! Null Einsicht! Weil du unfähig bist zu kapieren, was das ist – Liebe. Und überhaupt, wer hat denn schon davon gehört, daß sich da einer aus Büchern informiert. Liebe steckt doch nicht zwischen Buchdeckeln, du Arschloch! Die ist hier«, und mit einer Gewalt, die Daniel schmerzte, schlug sich Hella gegen die linke Brust. »Du bist doch pervers, bist du doch! » Wenn sie bei dieser Stufe angekommen war, hatte sie genug Schwung, um zur Generalanklage fortzuschreiten: »Jawohl, pervers bist du. Warum rede ich überhaupt mit dir? Für dich ist ja alles, was ich sage, nur Stoff für deine Scheiß – Diss. Liebe und Konflikt! Daß ich nicht lache.« Und sie gab eine Vorstellung davon, was sie unter bitterem Gelächter verstand. »Bei dir gibt's ja nur Konflikt. Und ich kann dann alleine die Liebe liefern. Nein danke, sage ich da, ich bin doch nicht bescheuert. Liebe ist Gegenseitigkeit«, schrie sie dann energisch, »hörst du? Gegenseitigkeit«, sie klopfte abwechselnd ihm und sich selbst gegen die Brust, »Nehmen und Geben, du Arschloch, Nehmen und Geben.«

»Konflikt auch«, wandte Daniel dann immer ein. Und hier

gabelte sich der Weg, den die weitere Diskussion einschlagen konnte. Entweder war Hella so in Fahrt, daß sie nichts mehr gelten ließ und auch diesen Einwand niederwalzte – dann wurde daraus eine Tirade von weiteren Anklagen und Bezichtigungen, die in einem großen Vernichtungsfinale endete. Oder Hella ließ sich von der plötzlich aufblitzenden Ähnlichkeit zwischen Gegensätzen verblüffen. Dann wurde daraus einer seiner kleinen oder größeren Vorträge über die erstaunliche Tatsache, daß die europäische Kultur von jeher die Liebe in den Begriffen des Krieges beschrieb: Amor schieße mit Pfeilen, die Geliebte werde belagert, unterwerfe aber ihrerseits den Angreifer, lege ihn in Ketten und fessele sein Herz. Wie in der Kriegskunst des Rokoko werden zum Zweck der Verführung Taktiken überlegt, Strategien entworfen, Angriffe geplant, Stellungen bezogen, Verhandlungen anberaumt, Übergabebedingungen verabredet und Rückzüge eingeleitet. Wo Mars und Venus aufeinandertreffen, gebe es eine gemeinsame kulturelle Ordnung für Liebe und Krieg. Wenn er soweit gekommen war, hatte sich Daniel meist in Euphorie geredet, und Hella war deprimiert. Aber der Schwung seiner Rede hatte ihn meist ihren Anlaß vergessen lassen, so daß er Hellas Melancholie als Nachdenklichkeit mißverstand. »Man hat sich immer wieder über diese Ähnlichkeit gewundert und sie sich nicht erklären können. Das sind eben Topoi, hat man gesagt. Verstehst du? Eine Verlegenheitslösung. Erst ich in meiner Diss zeige, daß es dafür Gründe in der wirklichen Kommunikation gibt.«

»Oh Gott, Kommunikation«, hatte dann Hella gestöhnt.

»Ja, interessant, nicht wahr?« hatte Daniel geantwortet. »Wie in der Liebe gibt's im Konflikt nur zwei Parteien. Sie ordnen, wie in der Liebe, ihrer Beziehung alles andere unter, schaffen so eine eigene Welt und lassen sich darüber in einen Erlebniswirbel reißen, den sie nur miteinander und mit niemandem sonst teilen. Streit ist eigentlich Intimität. Jedes Ding nimmt in der Liebe einen Doppelaspekt an, je nachdem, was es an sich und was es für den Gegner bedeutet. Bei ihm sucht man so intensiv nach Beweisen für Heimtücke wie bei der Geliebten nach Liebesbeweisen. Und wie der Konflikt wird die Liebe sofort selbstbezüglich. So wie man die Liebe liebt, haßt man den Konflikt. Denn schließlich ist der Gegner an ihm schuld. Liebe und Konflikt sind symmetrische Gegenbilder wie Tag und Nacht. Aber ihre Struktur ist dieselbe. In beiden Fällen geht es um einen Exzeß der Wechselseitigkeit, um eine Form der Eskalation und eine Art Wahnsinn der gegenseitigen Steigerung. Und das ist der Grund, liebe Hella, daß Liebe auch als Konflikt weitergeführt werden kann. Oder umgekehrt, warum Liebe häufig als Konflikt beginnt. Weißt du noch, wie wir uns kennengelernt haben? Ich saß hinter dir im Kino mit Bernd, und du hast mich angegiftet, weil ich dir angeblich durch meine ständigen Analysen des Films – wie hieß er denn noch? ach ja, ›Das Piano‹ – deinen Kinogenuß ruiniert habe. Erinnerst du dich, wo die stumme Frau ihre Gefühle nur durch das Klavierspiel ausdrücken kann und der eifersüchtige Ehemann ihr einen Finger abhackt. Und ich hab Bernd erklärt, daß das nichts anderes ist als der Mythos von Philomela. Als ihr die Zunge herausgeschnitten wird, verwandelt sie sich in eine Nachtigall, deren Schluchzen den Schmerz vollkommener ausdrückt, als Worte es können.«

Spätestens hier lief Hella heulend aus dem Zimmer und drückte in der Art, wie sie die Tür schlug, mehr Wut aus, als Worte es können.

An all das hatte Daniel denken müssen, als er in seiner Wohnung vor seinen Büchern stand und in seiner Hosentasche nach einer Münze wühlte. Denn gerade hatte er nach einem Gespräch mit Vanessa Steinbrück den Telefonhörer aufgelegt. Sie war es, die angerufen hatte. Ob er gerne Spaghetti al pesto möge. Sie habe sich etwas zuviel zubereitet, und ob er nicht schnell herüberkommen wolle. Von ihm aus brauche er mit dem Wagen bis zu ihr nur fünf Minuten, und dann hatte sie ihm eine Adresse in der Lutterothstraße gegeben. Nun stand Daniel vor dem Bücherbord mit Liebesliteratur, um ein kleines Gastgeschenk für Vanessa auszusuchen. Vielleicht das Büchlein über Engel? Aber das schien irgendwie zu platt. Schließlich hatte er die Wahl auf die Alternative zwischen Nachdrucken von Charles Jaulnays »Questions d'amour ou conversations galantes« und D'Alquiès »La science et l'école des amants« reduziert. Für die endgültige Entscheidung wollte er eine Münze werfen. Schließlich fand er den Groschen, und die unsichtbare Hand, die auch den Fall der Münzen lenkt, zögerte keinen Augenblick und entschied sich für die »Questions d'amour«.

Nachdem Vanessa ihm die Wohnungstür geöffnet und ihn mit kleinen Schreien des Entzückens über Charles Jaulnay durch den winzigen Flur mit der Garderobe am Badezimmer vorbei ins Innere der kleinen Wohnung geführt hatte, beschlich ihn ein merkwürdiges Gefühl. Nicht daß Vanessa sich selbst merkwürdig aufführte, im Gegenteil, sie wirkte vergnügt. Sie trug einen langen, bequemen Kaminrock und eine Art ärmelloser Weste, die Schulter und Dekolleté frei ließ. Und all das wirkte zusammen mit ihrem Blondhaar und dem Gelbschimmer im inneren Kreis ihrer blauen Katzenaugen sehr sommerlich. Im Wohnzimmer, von dem aus eine offene Tür zur Küche und eine geschlossene Tür zum Schlafzimmer führte, waren die Wände mit Bücherborden bedeckt, und der außerordentlich flauschige Teppichboden war mit Zeitungen übersät. In der Mitte der Zeitungen war eine papierlose Insel für einen niedrigen Tisch mit zwei Sitzkissen freigehalten worden, und auf dem Tisch dampfte zwischen zwei Gedecken eine Schüssel mit Spaghetti. Vanessa nahm ihm seine Jacke ab und steuerte ihn über einen Trampelpfad durch die Zeitungen zum Tisch. Dann gab sie Daniel eine Flasche Rotwein zum Entkorken, und während er einschenkte, praktizierte sie mit akrobatischen Anstrengungen die meterlangen Spaghetti in die Teller. Nachdem sie die ersten freundlichen Formeln aus dem Stück »Boy meets girl« ausgetauscht, die ersten Schlucke Wein getrunken und die ersten vollen Gabeln mit den aufgedrehten Spaghettiknäueln verdrückt hatten, leitete Vanessa die zweite Szene ein.

»Herr Dentzer...«

»Nennen Sie mich Daniel.«

»Gut – Daniel. Daniel? Das klingt aber pompös. Daniel, Gabriel, Hesekiel, nennt man Sie nicht Dani? Hört sich doch gut an, Dani Dentzer. Wie nennen Sie Ihre Freunde?«

Sollte er Vanessa verraten, daß seine Freunde ihn früher »Pfirsich« genannt hatten, weil sein Kinn sehr lange bartlos geblieben war und weich wie das eines Mädchens? Auch jetzt noch war sein Bartwuchs unterhalb der Norm geblieben. Und abgesehen von den 57 Haaren war seine Brust glatt wie ein Schneefeld. Nein, »Pfirsich« war einfach unmöglich. Statt dessen hätte er es immer gerne gehabt, wenn man ihn mit einer hartgesottenen Abkürzung geadelt hätte. D. D. für Daniel Dentzer, wie B. B. für Bert Brecht. Das zeugte von spartanisch akzentuierter Männlichkeit und hatte zugleich etwas gangsterhaft Amerikanisches wie J. R. in »Dallas«. Und so sagte Daniel pompös: »Meine Freunde nennen mich D. D.«

Vanessa lachte los: »Dede, das klingt ja wie diese französische Babypuderreklame: ›Tout pour le dédé...‹.« Sie goß ihm noch etwas Wein ein. »Also«, begann sie, zögerte erneut, gab sich dann einen Ruck, »ich nenne Sie doch Dani, ich kann Sie einfach nicht Dede nennen. Sie sehen einfach aus wie Dani...«

Daniel fühlte sich wider Willen irritiert. Sie spielte ja mit seiner Identität herum wie mit einem Gummiball, den man in jede beliebige Richtung treten darf.

»Und wie sieht jemand aus, der wie Dani aussieht?« fragte Daniel.

»Na, so wie Sie.«

Das mußte ja kommen. »Und wie sehe ich aus?«

Vanessa ließ sich Zeit mit der Antwort. Sie stemmte sich mit erstaunlicher Sportlichkeit aus dem Schneidersitz hoch, häufte ihm noch mehr Spaghetti auf und blieb dann ein paar Sekunden stehen, um ihn zu taxieren.

»Wie Sie aussehen? Na, das ist schwer zu beschreiben. Sie haben so etwas ... so etwas ... so etwas ... na, helfen Sie mir doch ...«

»... männlich Vertrauenerweckendes?«

»Etwas männlich Vertrauenerweckendes«, bestätigte sie, »nein, das wollte ich gar nicht sagen«, widersprach sie sich sofort, »ich wollte etwas anderes sagen, warten Sie.« Sie ließ sich wieder in den Schneidersitz sinken und fischte unter den Zeitungen einen Zettel mit Notizen hervor. »Sie sind ein typisch mittelländischer Darbietungstyp mit fälischem Einschlag.«

»Was ist denn das für eine barocke Formel? Mittelländischer Darbietungstyp! Wo ist das her?«

»Das ist die Beschreibungstypologie des Rassenkundlers Günther aus der Weimarer Republik, und solche Typologien sollen die Nazis später ihren Polizeifahndungen und Steckbriefen zugrunde gelegt haben.«

Daniel ahnte etwas. »Aha, Sie haben endlich die rassistische Connection zwischen der Polizei und Schneider entdeckt.«

Vanessa ließ ihn eine volle Ladung intensiver Augenblitze aus ihren Katzenaugen genießen, bevor sie fortfuhr. »Na, geben Sie zu, daß ich den richtigen Riecher hatte. Und wissen Sie, wer die Connection hergestellt hat? Frau Knebel-Zetelmann von der Grünen-Fraktion in der Bürgerschaft.«

»In Hamburg heißt das GAL.«

Vanessa schaute ihn verständnislos an. »Was heißt was?«

»Die Grünen. Sie heißen in Hamburg GAL. Grün-Alternative-Liste.«

»Ach so. Also diese Knebel-Zetelmann – mein Gott, wenn

ich mal heirate, bleib ich bei Steinbrück, das ist ja furchtbar mit dieser Doppelnamenmanie –, diese Gallierin hat sich also in der Bürgerschaft neulich über die Sprache der polizeilichen Fahndungsaufrufe und Steckbriefe und Ermittlungsakten beschwert. Sie sei diskriminierend und frauenfeindlich. Erstens würde bei den Täterbeschreibungen nicht immer konsequent auch von Täterinnen gesprochen ...«

»Na ja, etwa bei Vergewaltigungen wäre das doch ziemlich sinnlos«, warf Daniel ein.

»... und zweitens seien die Kategorien selber diskriminierend. So sei bei einer Fahndung der Hamburger Polizei eine Täterin als ›vollbusig‹ beschrieben worden. Das zeuge von Frauenverachtung und Sexismus bei der Polizei. Sie würde ja auch nicht den Ersten Bürgermeister dadurch kennzeichnen, daß sie ihn als ›kleinpimmelig‹ beschreibt.«

Daniel mußte lachen. »Das hat sie wirklich in der Bürgerschaft gesagt? Kleinpimmelig? Irgendwie ein unhandliches Wort. Finden Sie nicht?«

Vanessa ließ ihn wieder in den Genuß einer Extraportion Augenblitze kommen. »Ich finde es schnuckelig.«

»Aber vielleicht ist ja der Erste Bürgermeister gar nicht kleinpimmelig.«

»Nun, die Sache ist weiterhin offen. Aber immerhin war er geschockt genug, die Polizei zur Überprüfung ihrer Beschreibungskategorien zu veranlassen. Und die hat nun eine Arbeitsgruppe gebildet, in der neben einem Germanisten auch Schneider ist. Er war nämlich schon früher der Polizei zu Diensten gewesen. Mit Papieren«, sie sah wieder auf ihren Zettel und holte dann Atem, als ob sie zum Tauchen ansetzte, »zur ›Kriminalstatistik und computergestützten Merkmalskombinatorik‹. Mein Gott, sind das Wörter! Und überhaupt«, fuhr sie fort, »da arbeiten mehr Profs, als ich dachte, für die Bullen. Kerner von der Psychologie erstellt Täterprofile. Wissen Sie, was das ist?«

Tatsächlich wußte Daniel hier Bescheid. Er hatte einen Bericht des ersten US-Profilers John Douglas gelesen. »Sind das nicht Psychogramme von Serienkillern, die man aus der symbolisch verschlüsselten Dramaturgie der Tathergänge herleiten kann?«

Diesmal weiteten sich Vanessas Katzenaugen in echter Bewunderung.

»Dani-Boy, Sie sind wirklich gut. Mein Informant hat mehr als eine halbe Stunde gebraucht, mir dasselbe zu erklären, und dann war es mir immer noch nicht klar. Sie sollten zur Polizei gehen.«

»Dann verliere ich ja Ihr Wohlwollen, denn Sie mögen doch keine Bullen.« Er hatte versucht, schelmisch zu klingen, doch als er in ihren Augen sah, wie elend sie den Scherz fand, fügte er hinzu: »Ich gebe zu, die Bemerkung war etwas kleinpimmelig.« An der Art, wie sie losprustete, konnte er sehen, daß er sie wieder versöhnt hatte.

»Dann gibt es da Germanisten, die die Dialektgeographie auf den neuesten Stand bringen; Phonetiker, die die Stimmanalysen von Tonbandmitschnitten von Erpresseranrufen machen; Linguisten, die Sprachinterferenzen bei Ausländern analysieren, um so ihre Herkunft, Aufenthaltsorte und Zwischenstationen ermitteln zu können. Und irgendwie ist immer der Schneider beteiligt«, schloß sie so pointiert, als ob sie gerade mit einer unwiderleglichen Indizienkette eine Anklageerhebung begründet hätte.

»Und was schließen Sie daraus? Daß der Schneider ein Faschist ist?«

Vanessa wischte seine Bemerkung mit einer Handbewegung beiseite. »Ich schließe daraus nur, daß die Polizei Grund hat, den Schneider zu schonen, was immer er auch ist. Die klüngeln miteinander.« Sie sah ihn an. »Sie glauben mir nicht, wie?«

Daniel nahm einen Schluck Wein, bevor er antwortete. »Ich habe mir die Schriften von dem Schneider angesehen. Er ist Migrationsforscher. Er untersucht Bevölkerungsentwicklungen.

Alles, was Sie da aufgezählt haben, hat mit Wanderbewegungen von Bevölkerungsgruppen zu tun. Die Dialekte, die Merkmalsgruppen, die Statistiken, das grenzt alles an seine Spezialgebiete. Und weil er das historisch betreibt, kennt er auch die Typisierungen, aus denen die Rassisten früher ihre Beschreibungen ableiteten. Mir ist das während meines Politologiestudiums auch mal untergekommen. Da gab es schon vor der Nazizeit eine Menge biologistischer Beschreibungen, das mußte nicht einmal rassistisch sein. Phrenologen, die meinten, die Geistesverfassung von der Schädelform ableiten zu können; Kriminologen, die die typischen Verbrecherphysiognomien suchten; Psychologen, die Entsprechungen zwischen Körperbau und Charakter feststellten. Meine Mutter war Grundschullehrerin – ach ja, das wissen Sie ja schon –, und selbst die hat noch von der Pädagogischen Hochschule solche Typologien vorgesetzt bekommen – kennen Sie nicht mehr diese Typen? –, der Pykniker, der Leptosome, der Astheniker ...?«

»Klingt wie Leute, die eine gräßliche Krankheit haben.«

»Diese Sucht nach Typologien war eine Art positivistischer Seuche. Ein Erfassungswahnsinn.«

»Also doch polizeilich«, warf Vanessa ein.

»Sie haben Foucault gelesen, stimmt's? Was haben Sie eigentlich studiert? Ich wette Germanistik.«

Vanessa nickte. »Und Geschichte. Eine verdammte Zeitverschwendung. Zwölf Semester, nur um Foucault zu lesen. Das hätte ich auch einfacher haben können.«

Daniel lenkte das Gespräch wieder zum Thema zurück. »Was mich hier interessiert, ist, wo die Dissertation von dem Schneider geblieben ist.« Und er berichtete Vanessa, was er über Schneiders Berufung, die Rolle der Frauenbeauftragten und die lenkende Hand von Steinert erfahren hatte.

»Lenkende Hand von wem?« fragte Vanessa.

»Steinert ist der Fachbereichssprecher, der die ganze Berufung gedeichselt hat. Den sollten wir mal unter die Lupe nehmen. Vielleicht hat der die Diss von dem Schneider zur Seite geschafft, weil da kompromittierendes Zeugs drinsteht. Nichts Faschistisches«, fügte er schnell hinzu, als er Vanessas Augen wieder aufleuchten sah, »schlagen Sie sich diese fixe Idee aus dem Kopf. Die Dissertation ist in der DDR geschrieben worden. Aber irgend etwas, das unkoscher ist.«

»Wovon handelt die Diss?«

»Modernisierungstheorie.« Als sie ihn fragend anschaute, erläuterte er: »Was hat den Kapitalismus hervorgebracht? Woher kommt die Industrielle Revolution? Muß der Prozeß immer die gleichen Stadien durchlaufen? Wie wirkt er sich auf die politischen Systeme aus? Gibt es verschiedene Wege oder nur einen? Um solche Fragen geht es dabei.«

»Gut. Vielleicht gehe ich mal zu dem Steinert. Aber den Bullen traue ich trotzdem nicht. Warten Sie's ab, die versuchen noch, Ihrer Freundin was anzuhängen.« Sie schlug die Hand vor den Mund. »Oh Gott, ich bin auch ein kaltherziges Biest. Ich habe Sie gar nicht gefragt, wie es ihr geht. Sie waren doch bestimmt wieder in der Klinik?«

»Immer noch im Koma.«

Als Vanessa ihn aus ihren Katzenaugen forschend ansah, während hinter ihrem Gesicht das Erinnerungsbild von Hannah auftauchte, wußte Daniel plötzlich, was ihn von Anfang an so irritiert hatte. Es überfiel ihn von hinten aus der Erinnerung: Er kannte diese Wohnung gut, er hatte sie einrichten helfen. Plötzlich war ihm klar, warum diese altmodischen Steckdosen, diese zu eng an die Wand angeschraubte Heizung und die klotzige Fußleiste ihm so bekannt vorgekommen waren. Die Fußleiste hatte er selbst angeschraubt, um den ausgefransten Rand des Teppichbodens zu kaschieren. Aber er hatte Mühe, sich an die Frau zu erinnern, der er damals bei ihrem Einzug geholfen hatte. Es mußte Vanessas Vorgängerin gewesen sein. Bettina irgendwas. Blond war sie gewesen, soviel schien sicher. Mit einer eigenartigen Frisur, die aussah, als habe man einen Telefonhörer quer über ihrem Kopf abgelegt. Doch an ihre Züge konnte Daniel sich nicht mehr erinnern. In diesem Schlafzimmer hinter der Tür hatte er schon eine Nacht verbracht. Und als ihm das klar wurde, fühlte er sich plötzlich wie ein Bär, der auf seinen Wanderungen unvermutet auf die Reste seiner eigenen Jagdbeute stößt, die er inzwischen vergessen hat. Und dieses Gefühl unterminierte seine moralische Selbstsicherheit. Er verdächtigte sich wieder der grundsätzlichen Treulosigkeit, und er bekam ein schlechtes Gewissen. Da draußen, nicht weit von ihnen, wartete Hannah in der Todeszone auf ihn. Daniel leitete den Abschied ein.

»Es war ein wunderbares Essen.«

Der Ton schien Vanessa gar nicht recht zu sein. Er wolle doch wohl nicht schon gehen. Wo er denn hinwolle? Zu Hannah ins Krankenhaus? Aber die sei doch im Koma. Sie könne ihn nicht hören. Sie sei unerreichbar. Oder ob er zu den perversen Naturen gehöre, die Frauen nur dann lieben könnten, wenn sie unerreichbar seien? Dann müsse sie ihn therapieren. Und sie stand auf, setzte einen CD-Player in Gang und ließ leise Jazzmusik aus den Lautsprecherboxen tropfen. Dann schaufelte sie mit dem Fuß einen zeitungslosen Kreis auf dem Teppich frei und begann, sich langsam mit der Musik zu bewegen, während sie Daniel mit ihrem Katzenblick auf dem Boden festnagelte. Daniel räusperte sich. »Ahh, ich glaube, es ist schon spät.« Vanessa schürzte die Lippen und ließ ein beruhigendes »Schsch« hören, während eine Welle durch ihren Körper lief. Sie begann unsichtbar unter dem weiten Kaminrock, kam dann in die Höhe der Schenkel an die Oberfläche und stieg über Hüften und Bauch nach oben zur Brust. Aber bevor sie den Hals erreicht hatte, wurde sie von einer zweiten Welle verfolgt und diese von einer weiteren, bis Vanessas Körper sich so regelmäßig bewegte, als sei die Schwerkraft vom Rhythmus der Ondulationen ersetzt worden. Dabei hatte sie beide Hände flach auf ihre Schenkel gelegt. Langsam krallte sie mit den Fingern den Stoff unter den Handflächen zusammen, so daß der Saum ihres Rockes nach oben kroch, langsam und unaufhaltsam wie das Schicksal selbst, und über den Knien Zentimeter um Zentimeter den Blick auf das cremige Fleisch ihrer Schenkel freigab. Der Druck hinter den Augen gab Daniel das Gefühl, daß seine Augäpfel sich in Metallkugeln verwandelten. Wie hypnotisiert erwartete er den Moment, in dem der Saum den Rand des Slips erreichen und den Blick auf den Ursprung der Welt freigeben würde. Bevor das geschah, mußte Daniel in seinem Inneren die letzten moralischen Reserven zusammenkratzen, sonst war es zu spät.

»Ääh, also Vanessa ...«, seine Stimme war im Morast versunken. Ihre Katzenaugen hielten ihn fest auf seinem Sitzkissen. Er sehnte sich danach zu kapitulieren. Plötzlich drehte sich Vanessa um und stemmte beide Hände über dem Wulst des Rockes auf die Hinterbacken, die sie ihm groß und unwahrscheinlich rund entgegenschob. Dann stellte sie sich breitbeinig hin und beugte sich nach vorne, so daß der Kaminrock über den ganzen Oberkörper fiel und Daniel nur noch die südliche Halbkugel der Erde sah. Mit einem Zaubergriff war die geheime Symmetrie des Körpers umgestülpt worden. Was sonst verhüllt war, lag jetzt frei und beleuchtet da, und was sonst frei lag, das Gesicht, war nun im Dunkel eines Rockes begraben. Als sich Vanessa mit einer einzigen schlangenartigen Bewegung aufrichtete und umdrehte, hatte sie mit ein paar schnellen Griffen mit dem Rock zugleich ihr ärmelloses Oberteil gelöst. Dessen Träger streifte sie nun einen nach dem anderen über die Schulter, bis sie ihn zusammen mit dem schlaffen Stoff des Rockes vor ihrer Brust versammelt hatte und keusch in ihren Armen hielt. Spielerisch tauchte sie ihr Gesicht in das Faltengewirr und schaute ihn dabei an, als fordere sie ihn auf, es ihr nachzutun. Daniels Ego hatte sich inzwischen völlig gespalten; die eine Hälfte war in seine Augäpfel gewandert, und die andere hatte in seiner Erektion Posten bezogen. Den Zwischenraum füllte er mit Wein. Als Vanessa ihren Rock noch enger vor ihrer Brust zusammenquetschte, konnte er sehen, daß sie keinen BH trug. Plötzlich wirbelte der Stoff ihres Rockes auf einem rotierenden Zeigefinger einer Hand und segelte dann in den Raum, während die andere Hand weiterhin die Weste vor die Brust hielt. Dann segelte auch sie davon. Mit nichts mehr als ihrem Slip bekleidet, wölbte sie ihre Schultern nach vorn, kreuzte die Arme vor der Brust, um die unglaublich weichen und vollen Brüste vor der Profanierung seines Blicks zu schützen. Vergeblich, sie quollen immer wieder zwischen ihren Armen hervor. In komischer Verzweiflung blickte ihn Vanessa an, so als ob er ihr vielleicht dabei helfen könnte, diese beiden ungezogenen lieblichen Lümmel einzufangen, um schließlich mit einer desperaten Geste den Kampf aufzugeben, als wollte sie sagen: »Ich habe alles versucht, aber sie sind einfach zu ungebärdig, mach mit ihnen, was du willst.« Und zum ersten Mal sah Daniel an den beiden Schwerpunkten dieses Gravitationsfeldes die handtellergroßen Brustwarzen, deren schierer Umfang ihm den Atem nahm. Unterdessen waren ihre Hände zu ihrem Slip gewandert. Mit dem Daumen fuhr sie sanft unter den Rand, zog den Stoff vom weichen Fleisch ihres Bauches unter dem Nabel weg und ließ ihn wieder zurückschnellen. Dann vollführten ihre Finger nacheinander dasselbe Spiel da, wo sich der Venushügel unter dem Stoff wölbte. Schließlich massierte sie den Venushügel selbst. Dabei wurde sie immer ekstatischer, die Massagebewegungen wurden immer ausgreifender, bis sie mit einer Hand zwischen ihre Beine griff, während ihre andere Hand ihre Brust malträtierte. Schließlich krümmte sie sich konvulsivisch, ließ sich auf den Rücken fallen, rollte den Slip langsam über die erhobenen Beine, da schrillte das Telefon. Unbemerkt hatte es bisher auf dem Boden neben dem Tisch gestanden. Vanessa fror in ihrer Haltung ein. Daniel griff aus Reflex nach dem Hörer, aber dann zögerte er und fragte Vanessa pantomimisch, ob sie annehme. Mit einer unwirschen Geste löste sie sich aus ihrer Haltung, nahm den Hörer ab und kauerte sich auf den Teppich, um möglichst wenig von ihrer Nacktheit zu zeigen.

»Vanessa Steinbrück«, sagte sie unwirsch in den Hörer. Sie hörte eine Weile zu und schaute zu Daniel. »Hast du einen VW Passat Kombi?« Daniel nickte. »Der blockiert den Wagen des Arztes unten im Haus. Er muß aber jederzeit weg.«

Daniel war aufgesprungen. »Ich muß auch weg.« Mit tiefer Beschämung sah er seine gewaltige Erektion und versuchte sie heimlich mit der Hand in der Hosentasche so zu manipulieren, daß sie sich seitlich parallel zum Oberschenkel an den Körper legte. Dann griff er sich seine Jacke und eilte dem Ausgang zu. Unterwegs machte er noch einmal kehrt und sah Vanessa noch immer mit dem Telefonhörer in der Hand vor dem Apparat kauern. »Ich muß in die Klinik. Ich muß da wirklich hin. Der Arzt hat mir gesagt, sie hört vielleicht doch etwas. Eine Stimme von jemand, den sie liebt, könnte sie am Leben halten.«

Vanessa richtete ihre Katzenaugen auf ihn. »Und sie liebt dich?«

»Nein, aber ich versuche, sie in mich verliebt zu machen.«

»Während sie im Koma liegt?«

»Ja.«

»Wie?«

»Durch Süßholzraspeln.«

»Du bist pervers. Du spielst Orpheus und Eurydike.«

»Ich mache seelischen Striptease.«

Die Parallele zu Vanessa, die ihm durch diesen Ausdruck zum Bewußtsein kam, löste eine Welle des Mitgefühls mit ihr aus. Er trat ins Zimmer zurück, riß sich Jacke und Hemd vom Leib und umarmte sie entschlossen. Und während ihre beiden Körper wie tollende Hunde in den raschelnden Zeitungen auf dem Teppich herumrollten, schaffte es Daniel, sich von Hose und Unterhose zu befreien, ohne die Umarmung zu lösen, dabei ein Kondom aus der Hosentasche zu angeln und so geschickt in Stellung zu bringen, daß keine Sekunde verlorenging. Schließlich lagen sie ausgelaugt nebeneinander.

»Dein Striptease«, sagte er.

»Was ist damit?« murmelte sie.

»Du kannst damit Tote wiedererwecken. Du machst, daß die Bäche umkehren und wieder aufwärtsfließen. Hast du meine Erektion gesehen?«

»Du meinst ›gespürt‹«, murmelte sie.

»Wenn du das kannst, warum sollte ich das nicht auch versuchen? Weißt du, Männer wollen immer die nackten Körper der Frauen sehen. Frauen dagegen wollen immer die nackten Gefühle der Männer sehen. Also mache ich einen Gefühlsstriptease, so wie du, nur nicht so gekonnt.«

»Wie wäre es mit einer neuen Runde, Dani-Boy?«

Aber bevor sie soweit waren, schrillte wieder das Telefon.

»Oh Gott, mein Passat. Hoffentlich haben die ihn nicht schon abschleppen lassen.« Daniel stürzte in seine Kleider und schaffte es tatsächlich, noch rechtzeitig aus dem Haus zu kommen. In dieser Nacht war Daniels Liebesgeflüster besonders zärtlich. Denn als Hannah so vor ihm lag und er ihr volles Gesicht betrachtete, sah er wie durch einen Schleier stets die Katzenaugen Vanessas auf sich gerichtet.

Zwar war der Philosophenturm mit seinem ständigen Orkan die Heimstatt aller philologischen Seminare, aber der Fachbereichsrat der Philologen tagte im Hauptgebäude der Universität. Hier, im historischen Zentrum, war auch die Regierungszentrale des Campus. Hier residierten der Präsident und seine Stäbe, hier führten die langen Gänge zu Türen, neben denen Schilder mit

Aufschriften wie Studentensekretariat, Austauschprogramme, Auslandsamt, Gremienbetreuung, Personalangelegenheiten, Haushalt, Gebäudeverwaltung, Pressestelle, Stipendien angebracht waren. Hier herrschte eine gedämpfte Atmosphäre, ein Klima der bürokratisch erzwungenen Windstille. Und deshalb bemerkte man hier schneller als anderswo, wenn der Flügel eines Schmetterlings über den Grünflächen des Campus einen Lufthauch verursacht hatte. Und seit einiger Zeit spürten die Referatsleiter und Gremien, die hier tagten, mehr als einen Lufthauch. Man wußte nicht, wann es angefangen hatte – irgendwann in einer mondlosen Nacht –, aber sicher war, jedesmal wenn sie aus ihren Büros traten, spürten sie den gleichen, stetigen Wind.

Das hatte sie unruhig gemacht. Wind war immer beunruhigend. Es sei denn, er war so stationär wie der Orkan vor dem Philosophenturm. Dann war es nur ein Wirbel, der alles im Kreise herumschleuderte. Aber eine beständige Brise, die in die gleiche Richtung wehte, konnte etwas verändern. Der Pressereferent, Dr. Lachmann, hatte es als erster bemerkt. Er hatte es beim Essen Dr. Maiwald vom Haushaltsreferat gesagt. Dr. Maiwald hatte den feuchten Finger in die Luft gehalten und genickt. Und von da an gab es erste Hintergrundgespräche, informelle Vorbesprechungen, allererste Konsultationen, vorläufige Sondierungen zwischen den Referaten, inoffizielle erste Einschätzungen, allererste Gesprächsnotizen, vorläufige Ergebnisprotokolle erster Gesprächsrunden, informelle Rundschreiben, erste Tagesordnungspunkte, erste Verlaufsprotokolle, erste Koordinationsgespräche, Anfragen anderer Referate, Beantwortung der Anfragen, vorläufige Rundschreiben, generelle Information, erste vorläufige Koordination der Referate, erste Vorschläge für eine Reaktion und die entsprechenden Gegenvorschläge, die erste Behandlung in den Gremien, Rücklauf an die Referate, umfassende Informationen und Vorlagen von Beschlußvorlagen, erste Erstellung von Meinungsbildern, Anforderung von Rechtsgutachten und endgültige Abstimmungsvorlagen in den Gremien. Das Ergebnis dieser vielfachen Aktivitäten war der Beschluß, daß es Zeit für eine Umtaufe war. Schon einmal, in den siebziger Jahren, hatte man eine Orgie des Umtaufens gefeiert: Seitdem hieß der Rektor Präsident, die Fakultät hieß Fachbereich, der Dekan hieß Fachbereichssprecher, Germanisten hießen Literaturwissenschaftler, Literaturwissenschaftler hießen Sprachwissenschaftler und Sprachhistoriker hießen Germanisten. Die Feministinnen hatten dann in einer Nachfeier dieser Orgie die Briefköpfe und Anreden durch das Hinzufügen der weiblichen Endungen verdoppelt. Aber wie bei Liebesleuten, die sich auch nicht mehr gerne Bärchen und Häschen nennen, wenn sie kurz vor der Scheidung stehen, hatte der Wind der Veränderung das Verlangen nahegelegt, die Vergangenheit durch eine erneute Umtaufe ungeschehen zu machen. Man wollte sie symbolisch löschen. Vor allem aber schätzte man an der Umtaufe den Eindruck, daß sich alles veränderte, ohne daß etwas geschah. Man konnte so tun, als sei man längst mit dem Wind der Veränderung im Bunde. Man würde die Universität symbolisch neu erschaffen. Man brauchte nur die Türschilder auszuwechseln, und schon hatte man die Unschuld eines adamitischen Neuanfangs zurückgewonnen. Es war wie ein semantisches Lourdes. Alles wurde neu. Die Stimmung verlangte danach. Wenn die neuen Türschilder angeschraubt waren, wer weiß, vielleicht würden dann die apokalyptischen Reiter vorübertraben, ohne sie zu behelligen. Und so kam es, daß Vanessa um neun Uhr morgens zwei Arbeiter der Abteilung »Technischer Betrieb des Baureferats« dabei beobachtete, wie sie neben einer Tür mit der Aufschrift »Fachbereich Sprachwissenschaften« das Namensschild »Professor Dr. Gisbert Steinert, Fachbereichssprecher« abschraubten und durch das Schild »Professor Dr. Gisbert Steinert, Dekan« ersetzten.

Vanessa hatte sich vor dieser Tür postiert, um Steinert nach seiner Sitzung abzupassen. Und bald mußte es soweit sein, denn hinter der Tür vernahm sie gedämpftes Stühlerücken und Rumoren. Dann flog die Tür auf, und vier oder fünf Herren drängten in der leicht aufgekratzten Stimmung heraus, mit deren Hilfe sich die Mitglieder von Kommissionen am Ende von Sitzungen wieder in Stammtischbrüder verwandeln, die sich durch Scherze und Flachsereien daran erinnern, daß sie bei allen Gegensätzen durch die Bande der prinzipiellen Kameraderie verbunden sind. Vanessa hatte keine Angst vor diesem Männerhaufen. Durch die ekstatischen Leibesübungen mit Dani am Vorabend fühlte sie sich wunderbar gestählt. Sie hatte ihn mitten aus seiner nekrophilen Fixierung herausgezerrt. Mit dem Magnetismus ihres lebendigen Körpers hatte sie ihn in vollem Laufe umgelenkt, sie hatte ihn mit den Augen auf die Erde genagelt und gelähmt, dann hatte sie ihn bis zum Irrsinn erregt, und schließlich hatte sie seine geballte Energie zum Einsturz gebracht. Wie einen Mustang hatte sie ihn zahm geritten, bis er wiehernd unter ihr zusammenbrach. Mit Behagen erinnerte sie sich an ihr Triumphgefühl, als er sich zu Tode röchelte, und so stürzte sie sich mit gezücktem Mikrophon mitten in den Männerpulk, der noch durch die beiden Arbeiter neben der Tür erweitert wurde.

»Herr Professor Steinert, ich bin Vanessa Steinbrück vom *Journal.* Was sagen Sie zu den Vorwürfen, daß Professor Schneider bei seiner Berufung einer besser qualifizierten Professorin vorgezogen wurde?«

Steinert war sichtlich überrascht. Er blieb so abrupt stehen, daß sein Hintermann auf ihn auflief.

»Ich kenne solche Vorwürfe nicht.«

»Aber Sie haben als Fachbereichssprecher – ich meine als Dekan – doch die Gutachten zu bewerten.«

Inzwischen hatte Steinert seine Empörung über diesen Angriff in Energie für einen Gegenangriff umgemünzt.

»Wer sind Sie?«

»Vanessa Steinbrück vom *Journal.*«

»Über Berufungen werden grundsätzlich keine Auskünfte erteilt. Das unterliegt der Schweigepflicht.«

Da hatte Vanessa einen Geistesblitz.

»Gilt das auch, wenn andere Mitglieder aus dem Fachbereich schon Auskunft erteilt haben? Müßten Sie da nicht öffentlich Stellung beziehen?«

An Steinerts Reaktion sah Vanessa, daß sie ins Schwarze getroffen hatte. Steinert verfärbte sich und zwinkerte heftig.

»Wer hat da etwas gesagt?« zischte er.

Vanessa lächelte. Sie war Herrin der Lage. Sie hatte ihn an der Angel und zog ein bißchen an der Leine.

»Über Informanten werden grundsätzlich keine Auskünfte erteilt. Das unterliegt der journalistischen Schweigepflicht.«

Steinert riß sich los, drehte abrupt ab und folgte seinen Kollegen, die während des kurzen Intermezzos ein paar Schritte weitergedriftet waren. Als ob Steinert ein verwundeter Kamerad wäre, nahm ihn der Pulk in die Mitte, und wie eine versprengte Abteilung Soldaten, die von Heckenschützen gepeinigt werden, schritten die fünf in verstärktem Tempo den Korridor entlang, während Vanessa nebenhertrottete und rief: »Herr Steinert, Herr Steinert, hat Ihnen auch die Dissertation von Herrn Schneider vorgelegen?«

Aber Steinert starrte stur geradeaus und würdigte sie keiner Antwort.

»Kommilitoninnen und Kommilitonen, die Polizei hat heute die Räume des AStA durchsucht und massenhaft Unterlagen mitgenommen.« Ein lautes Wutgeheul tönte aus dem Auditorium maximum zurück. Über das Rednerpult beugte sich die magere Gestalt des stellvertretenden AStA-Vorsitzenden Volker – den Nachnamen hatte das Auditorium bei der Vorstellung nicht mitbekommen – und zerrte von der anderen Seite das Mikrophon so nahe an seinen Mund, daß das Publikum sämtliche kleinen Schmatz-, Lutsch- und Sauggeräusche, die beim Artikulieren automatisch entstehen, in Verstärkung hören konnte. Und bei Volker waren eine Menge solcher Geräusche zu hören. Sie waren zuweilen so aufdringlich, daß sie sich in die semantische Arbeit der bedeutungstragenden Laute einmischten und sie ernsthaft behinderten. Vor allem ein fauchender Schnalzlaut siedelte sich in dem Freiraum an, der den Unterschied zwischen ›s‹ und ›f‹ markierte, und schuf auf diese Weise eine Zone unklarer Übergänge und lautlicher Fehlzündungen: »Daf muf man fich mal vorftellen«, sagte Volker. »Da liegt die arme AFtA-Vorfitzende der Univerfität im Koma. Aber verfolgen die Bullen die Nazi-Schläger, die fie faft umgebracht haben? Neihein, von wegen, die haben ja keine Zeit, weil fie erft den AFtA durchfuchen müffen.« Wieder ertönte ein Wutgeheul aus dem Publikum. »Zur gleichen Zeit«, fuhr Volker fort, »beschlieft der Fenat einen Unterfuchungfauffchuff, der fänitliche politischen Aktivitäten auf dem Campuf unterfuchen foll. Da ift doch klar, worum ef geht. Der reaktionäre Fenat will die Kontrolle über die Politik der Ftudentenschaft.« Erneutes Wutgeheul.

Vanessa saß direkt am Mittelgang in der fünften Reihe im Publikum. Der AStA-Vorsitzende war schon auf der richtigen Fährte, fand sie. Wenn er nur etwas weiter vom Mikrophon wegginge! Sie konnte Schmatzen nicht ausstehen. Es machte sie geradezu krank. In der U-Bahn mußte sie sich regelmäßig an einen anderen Platz setzen, wenn eine Mutti neben ihr geräuschvoll ihre Milchschnitte zermalmte oder ein älterer Herr an seinem hohlen Zahn saugte. Und durch ihre Empfindlichkeit gewann sie die Überzeugung, daß die Leute immer hemmungsloser und häufiger in der Öffentlichkeit aßen, lutschten, kauten, krümelten, knatschten und schmatzten, ganz zu schweigen von den chronisch enthemmten Pennern und Trunkenbolden, die überall schlabberten, blubberten, schnieften, rotzten und rülpsten. Und so schrie sie dem fauchenden Volker zu. »Nicht so laut.« Als er nicht reagierte, wandte sie sich, wie zur Entschuldigung für diesen Ausbruch, an ihre Nachbarin: »Findest du nicht auch, daß er zu laut ist?«

»Zu laut nicht, aber schmatzen tut er. Er sollte etwas weiter vom Mikrophon weggehen.«

Vanessa hätte sie umarmen können für diese Bemerkung. Sie faßte sofort Zutrauen. Flüsternd beugte sie sich zu ihr herüber. »Hör mal, könntest du nicht gleich bei der Diskussion etwas sagen? Nämlich daß die Bullen die Durchsuchung nur dazu benutzen wollen, beim AStA Drogen einzuschmuggeln, die sie dann entdecken?«

Die Nachbarin sah sie erstaunt an. »Und warum sagst du das nicht selber?«

»Ich bin Journalistin und darf mich nicht einmischen. Aber wenn du das jetzt laut verkündest, verdirbst du den Bullen vielleicht diese Möglichkeit. Und wenn sie es gar nicht vorhatten, schadet's ja nicht.«

Die Nachbarin überlegte. Inzwischen hatte Volker verkündet, daß man über eine Protestresolution diskutieren wolle. Zur Bündelung der Gesichtspunkte hatte er die Merksätze gleich an die Tafel geschrieben und wies jetzt auf sie hin:

– Gegen den Polizeiüberfall auf den AStA.

– Gegen die Schonung von Faschisten durch die Polizei.

– Gegen die Verschleppungstaktik bei der Untersuchung des Mordversuchs an Hannah Krakauer.

– Gegen den Untersuchungsausschuß des Senats.

– Gegen die Kriminalisierung studentischer Politik.

Als Volker seine Erläuterungen abgeschlossen hatte, meldete sich Vanessas Nachbarin, stand auf und schrie: »Schreib noch dazu: Gegen den Plan der Polizei, bei der Durchsuchung des AStA Drogen einzuschmuggeln.«

Diese mit klarer Stimme vorgebrachte Einlassung konzentrierte die Aufmerksamkeit des ganzen Auditoriums auf die stehende Kommilitonin. Das klang nach wirklicher Informiertheit. Hier schien eine Fachfrau zu sprechen, die sich mit Polizeitricks auskannte. Natürlich mußte ein Drogenfund den AStA sofort diskreditieren, das sah jeder. Eine Welle flüsternder Kommentierung antwortete auf den Zwischenruf, an der man erkannte, daß der Redebeitrag tatsächlich eine kollektive Bewußtseinsänderung bewirkt hatte. Donnerwetter, das stimmt ja; wer hätte daran gedacht? So eine clevere Person, wahrscheinlich haben die das wirklich vor; eine sehr bedenkliche Sache; das sieht ihnen ähnlich, den Scheiß-Bullen, so waren sie immer schon; die Stammheimer haben sie auch so gelinkt. Jede einzelne kleine Welle trug zum großen Meeresflüstern bei, das durch das Auditorium lief. Über das Geräusch hinweg fragte Volker: »Woher weift du daf?«

Unter der Wucht ihrer eigenen Wirkung kapitulierte die Nachbarin sofort. Sie schaute einen Moment ratlos in die Runde und zeigte dann auf Vanessa: »Die hier hat's mir gesagt.« Vanessa fühlte sich verraten. Wenn sie sich exponieren würde, könnte ihr Chefredakteur sie rausschmeißen. Das war unprofessionell. Wer sich als Journalistin aktiv einmischte, verdarb ihrer Zeitung den Ruf der neutralen Objektivität und verpaßte ihr das Image des Parteiischen. Außerdem ruinierte sie ihren eigenen Kredit: Kein Informant der Gegenseite würde noch mit ihr sprechen. Sie hatte sich schon bei dem Polizeiinspektor zu sehr hinreißen lassen. Nein, sie mußte alles abstreiten. Schließlich hatte die Nachbarin durch ihren idiotischen Verrat allen Anspruch auf Solidarität verloren.

»Ich?« sagte sie unschuldig und dann zur Nachbarin gewendet: »Sag mal, spinnst du? Ich habe kein Wort gesagt.«

Ratlosigkeit im Auditorium. Ein Rätsel, dieser Widerspruch. Merkwürdig.

»Sie ist Journalistin«, sagte die Nachbarin.

Das entschied es. Nun glaubte man der Nachbarin. Eine neue, aggressivere Welle lief durch das Auditorium.

Sie weiß etwas! Raus damit! Sie soll sagen, was sie weiß! Was wird hier gespielt? Was ist das für eine Sache mit den Drogen?

Volker machte sich zum Sprachrohr der Welle.

»Woher weift du daf mit dem Ftoff? Haft du einen Informanten bei den Bullen?«

Vanessa stand auf.

»Ich muß jetzt weg«, sagte sie.

Ein Aufschrei des Protests ging durch das Audimax. Vanessa bekam einen Schrecken ob der Gewalt dieses Ausbruchs. Vorhin, vor diesem dichtgedrängten, kleinen Männerblock um Steinert hatte sie keine Angst gehabt. Aber das hier war eine Masse wie ein heulendes Tier. Jeder einzelne von ihnen durchaus mickerig, aber zusammen ein gräßliches Monster. Und dabei völlig unberechenbar. Mit hoher Reizbarkeit und heftigsten Stimmungsschwankungen. Sie mußte es beruhigen. Im Halbbewußtsein erinnerte sie sich daran, wie sie gestern Daniel gebannt hatte. Sie schürzte den Mund, legte den Finger auf die Lippen und machte beruhigend »schschsch«, während sie langsam, Schritt für Schritt, rückwärts, den Mittelgang entlang auf den Ausgang zuging. Das vielköpfige Monster schaute sie an wie gebannt, ohne sich zu rühren. Andeutungsweise legte sie provozierend die Hände auf die Schenkel und ließ die Hüften kreisen. Das Monster stöhnte auf. Dann, um es abzulenken, warf sie ihm noch einen Brocken hin. »Wieso fragt ihr Professor Steinert nicht, warum die Bullen den Schneider schonen? Er hat ihn schließlich berufen.«

Und noch ehe das Monster diesen Brocken fressen konnte, machte sie kehrt und lief aus dem Saal. Hinter sich hörte sie das Aufheulen des Monsters, das sich durch seine eigene Blödheit um seine Beute betrogen sah. Sie durchquerte die Vorhalle des

Audimax, ohne sich umzusehen, und verlor sich erleichtert im Getriebe des Campus.

## 10

Die Fernsehstudios des Norddeutschen Rundfunks befinden sich im Hamburger Stadtteil Lokstedt. Nachdem die fernseheigene Limousine mit elektronischem Leitsystem die Schranke zum Gelände passiert hat, wird der Studiogast durch ein Labyrinth von Schuppen und niedrigen Gebäuden aus Plastik und Glas zu einer Eingangsrampe gebracht, wo ihn ein freundlich lächelnder Herr in Empfang nimmt und durch ein weiteres Labyrinth von Korridoren an Studios, Schminkräumen und Gasträumen vorbei zum Aufnahmeleiter seiner Sendung geleitet. Ab einer bestimmten Vorlaufzeit vor der Ausstrahlung möchte der Sender die Kontrolle über den Gast übernehmen und ständig wissen, wo er ist. Und alle Beteiligten leiden Agonien, wenn er nicht auftaucht oder zwischendurch verlorengeht. Dies gilt jedenfalls für gewöhnliche Gäste. Aber Präsident Schacht war kein gewöhnlicher Gast. Er war so häufig geladen, daß man nicht befürchten mußte, er würde sich verirren. Er kannte sich inzwischen bestens aus. Aber er fühlte sich noch aus einem anderen Grund hier zu Hause. Ein Großteil des Servicepersonals am Empfang und bei der Gästebetreuung bestand aus jobbenden Studenten. Und so kam er sich beinahe vor wie auf dem Campus. Und seitdem Präsident Schacht vor vielen Jahren zum ersten Mal im Fernsehen aufgetreten war, hatte er sich geschworen, möglichst als erster in die Maske zu kommen. Dann gaben sich die Schminkdamen noch Mühe und versuchten, seinem sandigen Antlitz Konturen zu geben. Denn Präsident Schacht litt etwas unter dem nicht unberechtigten Gefühl, daß in seinem Gesicht die Züge zerflossen. Er hatte volles, krauses Haar, das war wahr. Aber sein Haar war von einer Farbe, daß es praktisch nicht auffiel. Es hatte nämlich genau dieselbe sandige Kolorierung wie sein Gesicht. Auch hier herrschte eine wüstenartige Monochromie: Augenbrauen und Wimpern waren genauso sandigfahl wie der Mund. Nur wenn der Präsident erregt war, nahm dieser eine dunkle, lehmfarbene Färbung an. Aus diesem Grund war auch der Haaransatz fast unsichtbar. Und wäre nicht der Unterschied der Silhouette gewesen, hätte der Präsident genausogut eine Glatze tragen können. Vor sandigen Häuserwänden wurde der Präsident praktisch unsichtbar. Um dem entgegenzuwirken, hatte Schacht sich eine besonders markante Brille mit schwarzem Gestell zugelegt, nicht bedenkend, daß vor dem Hintergrund einer lehmigen Hauswand der Effekt noch verblüffender sein mußte.

Und so saß Präsident Schacht nun in der Maske des NDR und versuchte zugleich, der mit ihm beschäftigten Dame Vorschläge zu machen, wie sie seine Züge durch schattierend aufgetragene Schminke plastisch herausmodellieren könnte, und seinem Interviewer Julian Ukena zu entlocken, welche Fragen er ihm stellen würde. Er tat dies, obwohl er wußte, daß es zu den eisernen Regeln des Interviews gehörte, die Themen der Sendung im Vorfeld zu vermeiden, damit der Gast sich nicht in einer mentalen Ejaculatio praecox schon vorher verströmt und in der Sendung selbst mit glasigem Blick versagt.

»Können wir nicht etwas über meinen neuen Plan zur kulturellen Belebung des Campus reden?« bettelte er.

»Wenn wir's schaffen«, sagte Ukena, »wir können es aber nur streifen. Denken Sie an den Titel der Sendung ›Zwischenrufe‹. Und Sie wissen ja, Herr Präsident, für den Durchschnittszuschauer ist die Uni ein langweiliges Thema – man muß das mal so sagen –, deshalb bitte keinen Insiderjargon, kein Fachchinesisch und keine unverständlichen Abkürzungen. Aber wem sage ich das? Sie sind ja ein alter Medienprofi.«

Und damit führte er ihn ins Studio. Die beiden setzten sich auf ein rechtwinklig abgeknicktes Ecksofa und ließen sich verkabeln. Präsident Schacht mußte sich erst an das gleißende Scheinwerferlicht gewöhnen. Heimlich sah er sich um, um zu prüfen, ob er auch nicht vor einem sandigen Hintergrund saß. Ein Mädchen von der Maske umkreiste ihn ein letztes Mal mit gezücktem Puder im Anschlag, um jeden Schweißesglanz, der sich auf dem Gesicht zeigen könnte, sofort zu vernichten. Und dann lief auch schon die Anmoderation, und die Kameras machten Ernst. Sie waren auf Sendung.

Obwohl er doch ein alter Routinier war, verursachte dieser Moment Präsident Schacht noch immer furchtbares Herzklopfen. Eigentlich war es wie ein Alptraum. Es hatte etwas durch und durch Verrücktes. Ihm schien es jedesmal, als ob er sich mit eingefaltetem Fallschirm ins Nichts warf, einfach über die Klippe sprang, immer wieder ein kleiner Selbstmord. Plötzlich, von einer Sekunde auf die andere, waren Millionen Augen auf ihn gerichtet. Wenn er dort in das finstere Loch der Kamera blickte, schaute er Millionen Leuten ins Gesicht. Eine hysterische Angst mischte sich mit einem fast wahnsinnigen Machtgefühl: Er, dessen Konturen vor Häuserwänden verschwammen, hatte sich mit einem Sprung in die Gehirne von Millionen gegraben. Er brauchte nur die Zunge herauszustrecken, und ein Aufschrei würde aus den Mündern von Millionen Frauen erschallen. Er könnte männlich und markig dreinblicken, geschmeidig und elegant parlieren und sonor und warmherzig sprechen, und Millionen fleischige Knie würden erzittern. Aber hinter dieser größenwahnsinnigen Vision war immer zugleich ihr symmetrisches Gegenbild sichtbar. Er verhaspelte sich, und Millionen wälzten sich unter ihren Tischen vor Lachen. Die Wohnungen bebten vom Hohngeschrei der Massen. Und dann raste sein Herz, und er wünschte sich, er wäre tatsächlich unsichtbar.

Nur wie durch einen Filter hörte er Ukenas Einleitungssätze:

»... und so ist der Campus der Universität Hamburg mal wieder ins öffentliche Interesse gerückt. Mein Gast im Studio ist heute Dr. Hartmut Schacht, Präsident der Universität Hamburg. Herr Schacht, was versprechen Sie sich von dem Untersuchungsausschuß, den der Senat eingesetzt hat?«

Der Präsident reckte das Kinn: »Nun, das müßten Sie eigentlich diejenigen fragen, die den Ausschuß eingesetzt haben.«

»Sie sind also gegen den Ausschuß?«

»Oh nein, das habe ich nicht gesagt. Im Gegenteil, ich bin froh, daß Sie diese Frage gestellt haben.«

»Und wie ist Ihre Antwort?«

»In solchen Fällen muß die Antwort gut überlegt sein. Wissen Sie, ich empfinde das sehr deutlich. Vor allem seit diesem furchtbaren Ereignis im Audimax. Wir sind alle tief betroffen. Und deshalb haben Ihre Hörer ein Recht darauf, eine vollständige Antwort zu erfahren.«

»Herr Präsident, ist eine staatliche Untersuchung zu den politischen Aktivitäten unter den Angehörigen der Universität nicht eine Vorstufe der Zensur? Wie stehen Sie selbst zum Allgemeinen Politischen Mandat der Studentenschaft?«

»Das Allgemeine Politische Mandat ist ein Privileg, das natürlich, wie alle Privilegien, nicht mißbraucht...«

»Mit Privileg meinen Sie, es ist ein Vorrecht, das andere Bürger nicht haben?«

»Was ich meine... Äh mmh äh ist, es ist ein Privileg, ein Student zu sein... und ein Bürger.«

»Haben Sie überhaupt einen Überblick über die politischen Aktivitäten der Universitätsangestellten? Werden zum Beispiel Professoren vor der Anstellung überprüft?«

»Wir sind keine Gesinnungsschnüffler, wenn Sie das meinen. Wir kümmern uns nicht um die Gesinnung. Ich meine, wenn ich sage, wir kümmern uns nicht um die Gesinnung, dann meine ich nicht, daß wir uns nicht um die Gesinnung kümmern. Natürlich kümmern wir uns um die Gesinnung, aber wir kontrollieren sie nicht. Natürlich wünschen wir uns Hochschullehrer, die ihren Studenten die richtige politische Gesinnung vermitteln.«

»Und wer nicht die richtige politische Gesinnung hat, gehört Ihrer Auffassung nach nicht an die Universität?«

»Das habe ich nicht gesagt. Wir sind eine offene Universität und machen keinen politischen Eignungstest. Bei uns sind alle willkommen. Reich und Arm, Links und Rechts, Begabte und... ich meine die Begabten sind uns natürlich etwas willkommener als die Rechten... was ich sagen wollte, wir haben ja noch gar nicht über unser neues Programm zur kulturellen Belebung des Campus gesprochen. Damit wollen wir eine neue Campuskultur...«

»Leider muß ich Sie hier unterbrechen, Herr Präsident, unsere Sendezeit ist zu Ende. Das waren ›Zwischenrufe‹ mit Julian Ukena. Gast im Studio war heute Präsident Schacht von der Universität Hamburg. Die nächsten ›Zwischenrufe‹ sehen Sie in einer Woche um dieselbe Zeit. Ich hoffe, Sie sind wieder dabei. Danke fürs Zuschauen, Wiedersehen und tschüß.«

Als es vorbei war, wunderte sich Präsident Schacht, daß Ukena nicht sofort aufsprang und aus dem Studio floh. Er mußte doch wissen, daß er ihn, den Präsidenten, vor Millionen von Leuten vorgeführt hatte wie einen Ochsen am Nasenring. Er mußte doch verstehen, daß Schacht jetzt gar nicht anders konnte, als ihm ein Messer in den Hals zu rammen. Statt dessen beugte sich Ukena leutselig zu Schacht herüber, der sich gerade von seinem Mikrophonkabel befreite, und sagte: »Gäste wie Sie hätte man immer gerne.« Sofort verwandelte sich Präsident Schachts Mordlust in Selbstmitleid. Er fühlte sich so elend, daß er jeden Trost gebrauchen konnte. Und mickrig wie eine weinende Geliebte, der ihr Liebhaber im falschen Ton versicherte, er liebe sie, sagte Schacht: »Meinen Sie das wirklich?«

Bevor Daniel sich zu seiner Besprechung mit Präsident Schacht aufmachte, war er noch mal ins Ministerium gegangen, um seine Waffen zu holen. Diese Waffen bestanden aus zwei roten Ordnern mit Unterlagen, die Rudi ihm für die Gespräche zusammengestellt hatte. Dann war er zum Empfang der letzten Instruktionen noch mal zu Senator Weiss gebeten worden. Weiss hatte gerade die Fernsehsendung mit dem Auftritt des Präsidenten gesehen, und Schachts schwankende Haltung gegenüber dem Untersuchungsausschuß hatte ihn von der Notwendigkeit überzeugt, ihn stärker einzubinden. Deshalb solle Daniel ihm einen Vorschlag machen, den er nicht ablehnen könne. Er solle der Presse gegenüber bestätigen, daß der Vorschlag, Professor Windisch mit dem Vorsitz des Untersuchungsausschusses zu betrauen, zwischen ihnen beiden, Weiss und Schacht, abgestimmt gewesen sei. Und wenn er sich weigere, habe er ja seine Ordner. Und mit einer finsteren Miene hatte Weiss auf die Aktendeckel verwiesen, die Daniel in der Hand hielt.

Das war ein definitiver Auftrag zum machiavellistischen Poker. Es war das erste Mal, daß Weiss ihn solch einen Auftrag selbständig durchführen ließ. Er ahnte, daß er ihn damit eine weitere Initiationsstufe ins Arkanum der Macht vorrücken lassen wollte. Wie ein Mafioso, der den kalten Stahl für den ersten Mordauftrag unter der Achsel fühlt, war er zugleich nervös und stolz. Deshalb reagierte er auch nicht, als ihm Frau Birkefeld beim Hinausgehen aufgeregt einen Brief zusteckte. Er schob ihn in seine Jackentasche, ohne einen Blick darauf zu werfen, und hörte nicht mehr, wie Frau Birkefeld flüsterte: »Sie hat zurückgeschrieben.«

Daniel war schon häufig in Präsident Schachts Büro zu Besprechungen gewesen. Hier hatte er Stunden um Stunden umständlicher Beratungen verbracht, bei denen man sich im Raum umsieht wie ein von Langeweile gequälter Knabe in der Kirche. Nach einer Weile kennt man dann jeden Knoten im Teppich und jeden Flecken an der Wand. Deshalb fiel ihm das neue Gemälde sofort auf.

Neben Schacht erkannte er nur Pit Schmale, den persönlichen Referenten des Präsidenten. Aber Schmale verließ die Gruppe gleich nach der Begrüßung. Die eigentlichen Teilnehmer an der Besprechungsrunde stellte Schacht ihm vor: Gesine Wohmann, Kulturreferentin des AStA, Professor Amstutz, Leiter der Studiobühne der Universität, Agnes Trommel-Knäbel, Beauftragte für Stadtteilkultur des Bezirks Eimsbüttel, zu dem die Universität gehörte, Holger Kaschunke, Leiter des Bachchores der Universität, und Patrick Theiss, Dramaturg an den Kammerspielen, die direkt neben dem Campus lagen. Sie alle saßen an dem ovalen Besprechungstisch des Präsidenten und mümmelten an den Keksen, die die Sekretärin ihnen zum Kaffee spendiert hatte. Bevor die Besprechung losging, hatten sie sich nichts zu sagen.

Nachdem Daniel sich dazugesetzt und seine Ordner auf den Tisch gepackt hatte, trat eine Pause ein. Er blickte in die Runde, dann auf den Präsidenten und wußte nicht, warum sie noch warteten. Er war aufgeregt wie ein Rennpferd am Start und wollte, daß es losging.

»Nun«, fragte der Präsident, »wie lange müssen wir noch warten?«

»Meinetwegen können wir beginnen«, sagte Daniel.

»Ich denke, es ist doch besser, wir fangen nicht ohne den Senator an.« Schachts Ironie war wie immer von der schweren Sorte. Dann fiel der Groschen. Sein verschwommenes Gesicht wurde plötzlich flach wie bei einem Pferd, das die Ohren anlegt. »Wollen Sie damit sagen, daß er gar nicht kommt? Ich trommele die große Runde zusammen, und der Senator schickt seinen Laufburschen? Das kann er doch nicht machen.«

»Ah ja«, stammelte Daniel, »das hätte ich gleich sagen sollen. Der Senator hatte einen dringenden Termin. Besuch vom türkischen Minister für Kultur. Ganz plötzlich von Bonn anberaumt. Er hatte nur die Alternative, diesen Termin heute bei Ihnen platzen zu lassen oder mich zu schicken. Und so hat er mich geschickt. Tut mir leid, aber das ist alles, was ich sagen kann.«

Der Präsident wies anklagend auf die Teilnehmer in der Runde. »Ich habe sie mit dem Versprechen eingeladen, daß heute der Senator kommt. Meinen Sie, die haben ihre Zeit gestohlen? Die haben auch was Besseres zu tun, als Ihre Frisur zu studieren.«

Daß der Präsident ihn direkt beleidigte, beruhigte Daniel. Schacht fing an, sich ins Unrecht zu setzen. Daniel wandte sich mit seinem charmantesten Lächeln an die Runde. »Das kann ich mir denken«, sagte er, »und ich möchte mich bei Ihnen allen entschuldigen. Ich werde mein Möglichstes tun, den Senator gut zu vertreten. Jedenfalls habe ich mich vorbereitet.« Er klopfte auf seine Ordner.

Die Kulturreferentin des AStA wandte sich an den Präsidenten. »Ich weiß gar nicht, warum Sie Ihre Wut an ihm auslassen. Er kann doch gar nichts dafür.«

»Wollen wir nicht lieber anfangen?« sagte Herr Theiss von den Kammerspielen.

Widerwillig begann der Präsident seinen Vortrag. Zunächst skizzierte er kurz die deutsche Universität vor der großen Erweiterung. Dann schuf er ein Kolossalgemälde des heutigen amerikanischen Campus mit seinen Fraternities und Sororities, seinen Music-Clubs und Drama-Groups, seinen Debating-Societies und Alumni Associations, seinen Filmclubs und seinen Radiosendern, seinen Footballmannschaften und college-eigenen Zeitungen, seinen Foreign Language Societies und politischen Organisationen, seinen vielfältigen Zusammenschlüssen und Gemeinschaften, in denen Professoren und Studenten sich außerhalb der Seminare gemeinsamen Interessen musischer und wissenschaftlicher Art widmeten. All das konstituiere eine reichhaltige Lebenswelt, ein fermentierendes Biotop, eine intellektuelle Stimulationsgemeinschaft, in der jeder den anderen anrege und in der es eine Lust sei zu leben und zu arbeiten. Und dann kam er auf das Gegenbild zu sprechen. Blicke man auf den deutschen Campus, welcher Kontrast! Verwahrlosung und sozialer Verfall, Melancholie und Depression, null Bock und Frust, und das bei einer Altersgruppe, bei der die Lebensfreude überkochen sollte. Schließlich sei die Jugend die Zeit der hochgestimmten Lebensversuche, der großen Gefühlsexperimente in Liebe und Freundschaft, der Erotik und des geistigen Sex-Appeals. Doch davon sei nichts zu spüren. Nichts sei mit Gaudeamus igitur. Aber woran liege es? Er sagte es ihnen: »Wir haben die kulturellen Ressourcen vernachlässigt; wir haben es zugelassen, daß der Campus verwahrlost; wir haben der Barbarisierung nicht genug Widerstand entgegengesetzt. Ergebnis: der Gewaltausbruch im Audimax.« Der Präsident sah sich um. Der Anlauf war zu Ende, jetzt kam der Absprung: »Deshalb habe ich mir gesagt: Wir müssen etwas dagegen tun. Wir haben ja die Ressourcen«, nun blickte er jeden einzelnen in der Runde der Reihe nach an, »die Musikkultur, die Stadtteilkultur, die Kammerspiele, die Studiobühne, die Filmclubs des AStA. Aber sie sind isoliert; sie sind Inseln; jeder wirtschaftet vor sich hin. Die Kammerspiele nutzen nicht das Potential der Studenten, obwohl das Theater direkt an den Campus grenzt. Niemals sehe ich hier irgendwelche Plakate; es gibt keine Info-Stände, keine Handzettel, nichts. Man arbeitet nicht mit der Studiobühne zusammen. Die Studiobühne nützt nicht das Medienzentrum, beide nutzen nicht die Theatersammlung, der Aufbaustudiengang Kulturmanagement ist völlig isoliert, und so könnte ich ewig weitermachen.« Er überprüfte, ob seine Zuhörer auch genügend deprimiert waren, um den nun folgenden Vorschlag als die große Wende zum Heil zu begrüßen: »Was ist zu tun? Mir schwebt vor, daß wir all diese Aktivitäten koordinieren: Wir vernetzen sie, provozieren synergetische Effekte, knüpfen Verbindungen, schaffen Foren für Anregungen und vervielfachen so die Wirkung.«

Daniel war enttäuscht. Nach diesem mitreißenden Beginn, nach dieser fast witzigen Zustandsbeschreibung nichts anderes als diese Luftblase aus der Windmaschine der Verwaltung. Es war wirklich ein typisch bürokratischer Vorschlag. Gab es zwei Ausschüsse, mußte ein Koordinationsausschuß her, der beide verband. Gab es drei Ausschüsse, mußte ein übergeordneter allgemeiner Ausschuß her, und schon gab es eine Hierarchie. Der Präsident war eben ein Verwaltungsprofi, und was er vorschlug, war eine Kulturverwaltung. Würde man den Vorschlag realisieren, würde es bald eine Menge neuer Einrichtungen geben. Kulturbeauftragte, Stellen für Kulturförderung, Beauftragte für kulturelle Kooperation, Zentralstellen für kulturelle Planung, Beauftragte für den Kulturkalender, Koordinationsstellen für kulturelle Veranstaltungen etc. Und es würde einen neuen Etatposten geben: den großen Kulturetat. All das würde aber nicht mehr Kultur bewirken, sondern nur mehr Bürokratie.

Nachdem die Zuhörer durch ein beeindrucktes Schweigen diesen Panoramablick ins gelobte Land der Kultur gewürdigt hatten, sagte der Dramaturg der Kammerspiele: »Klingt gut. Für uns heißt die erste Frage aber immer: Kostet das Geld? Wenn ja, ist unsere Antwort: Nein danke.«

Schacht schaute ihn mit schmerzlich bedauernder Miene an. »Alles kostet Geld. Und deshalb bin ich ja so enttäuscht, daß der Senator nicht gekommen ist. Was meint ihr denn, warum er uns bloß seinen Handlanger schickt?« Er zeigte mit wegwerfender Geste auf Daniel. »Er soll uns doch bloß erklären, warum das alles nicht finanzierbar ist.« Bitter schaute er Daniel an.

Daniel lächelte charmant zurück. »Im Gegenteil. Wir sind der Meinung, daß der Plan des Präsidenten sehr wohl finanzierbar ist.« Alle Mienen entspannten sich. »Wenn man die Prioritäten richtig setzt. Und es besteht ja wohl kein Zweifel, daß die kulturelle Belebung des Campus ganz nach oben auf die Prioritätenliste gehört. Deshalb haben wir mal zusammengestellt, was die Stadt so an einzelnen Projekten kulturell fördert. Ich nenne nur ein paar wenige, und dann können wir ja sehen, was vielleicht entbehrlich ist:

Erstens: Da wäre die Pädophilengruppe ›Männerschwarm‹, der die Stadt mit 56 000 Mark dabei hilft, sich mit ihren sexuellen Neigungen auseinanderzusetzen.

Zweitens: Die Jugend-Umwelt-Projektwerkstatt ›Jump‹ mit den Aktionen ›Anarchistischer Sommercamp‹, ›Stricken‹, ›Häkeln‹, ›Energiesparen‹ und ›Blockadetraining gegen Castor-Transporte‹ mit 296 000 Mark.

Drittens: Das Frauenkulturhaus mit den Seminaren ›Frauenkörper anschauen‹, ›Spielen mit der Indianertrommel‹, ›Frauensprache‹, ›lesbisch leben‹, ›Bauchtanz‹ und ›Frauenlachen üben‹ mit 680 000 Mark.

Viertens: Ein Drogenführer mit dem Titel ›Partydrogen – Safer-use-Info zu: Ecstasy, Speed, LSD, Kokain‹ mit 23 000 Mark.«

Der Präsident war während der Lektüre immer ungeduldiger geworden und unterbrach schließlich den Vortrag: »Das ist alles gut und schön, aber das sind Etatposten, die zur Kultur- oder Sozialbehörde gehören, die geben die niemals auf.«

Daniel amüsierte sich heimlich. Hier saßen sie, die Freunde derselben Klientel, die mit diesen irrsinnigen Projekten bedient wurden, und mußten es sich gefallen lassen, daß mit Hinweisen auf sie ihre eigenen Ansprüche zurückgewiesen wurden. Es war wunderbar.

»Aber der Senator stellt sich voll hinter Ihren Plan«, insistierte er mit fröhlichem Sadismus, »Hauptsache, wir finden für Ihre Forderungen eine Plattform, auf der ein Vergleich mit diesen anderen Posten möglich ist. Etwa eine Debatte in der Bürgerschaft – das wäre das beste.«

Daniel surfte auf Adrenalin. Er hatte jetzt seine Faust fest um die Hoden des Präsidenten geschlossen und brauchte nur zuzudrücken. Und Schachts Gesicht drückte das auch aus. Er steckte im Doublebind: Entweder er verprellte mit seiner Kampagne ›Kultur auf dem Campus‹ seine Kartell-Freunde, oder er mußte auf die Kampagne verzichten. Aber noch gab er nicht auf.

»Nein, nein, das ist doch völlig unrealistisch. Ich wundere mich über den Senator. Da begeht er politischen Selbstmord.«

»Der Senator Weiss, meinen Sie?« Daniel spielte den Unschuldigen. »Ich dachte, die Kampagne wäre allein Ihr Baby. Aber vielleicht haben Sie recht. Vielleicht ist es besser, wir finden das Geld in Ihrem eigenen Sparpotential. Wir hätten da ein paar Vorschläge.«

Langsam wirkte Schacht wie der Gekreuzigte persönlich. Er hob die Augen gen Himmel, als wollte er sagen: »Oh Herr, warum hast du mich in die Hand dieses Schächers gegeben?«

Daniel schlug jetzt den zweiten Ordner auf. Er murmelte aufreizend vor sich hin, bis er gefunden hatte, was er suchte. Dann blickte er auf und lächelte.

»Da hätten wir den Beratungsvertrag der Universität mit Frau Ferchl-Gruhle.« Als niemand etwas sagte, erläuterte er: »Das ist die Autorin des ›Handbuchs zur nicht-sexistischen Sprachverwendung in öffentlichen Texten‹. Für den Beratervertrag zur Umsetzung des Beschlusses des Akademischen Senats über sprachliche Gleichberechtigung in der Universität zahlt ihr die Hochschule 88000 Mark. Sicher könnte das doch auch eine Linguistin aus der Universität übernehmen, zu deren Dienstpflichten diese Art Forschung gehört?«

Der Präsident sah aus, als ob er an Zahnschmerzen litt.

Daniel fuhr gnadenlos fort. »Oder wie wär's mit dem Arbeitsstab der Universität zur Einrichtung einer ständigen Ausstellung ›Geschichte von unten‹. Der Arbeitsstab hat eine Projektgruppe gebildet, und die hat einen Realisierungswettbewerb für ein

Konzept ausgeschrieben, nach dem Exponate im Gesamtwert von 724 000 Mark gekauft werden sollen. Das wäre doch wohl entbehrlich, oder? Natürlich ist einiges von dem Geld schon ausgegeben worden. Merkwürdigerweise vom Kunsthistorischen Institut. Aber weil deren eigener Etat schon verbraucht war, haben die aus dem Projektetat offenbar Bilder gekauft. Und unter der Inventarnummer 1147 finde ich den Titel ›Basil Hallward, Das Massaker von Batak‹. Ich vermute, dabei handelt es sich um dieses wunderbare Kunstwerk.« Er zeigte auf das Bild an der Wand. Dieser besonders bösartige Giftpfeil stammte aus Rudis Köcher. Daniel hatte sich verpflichtet, ihm später den Gesichtsausdruck des Präsidenten zu beschreiben, wenn er ihn abschoß. Aber von Gesicht konnte man bei Schacht kaum noch sprechen. Eher von einer völlig zusammengedrückten Knautschzone, so als ob Schacht eine ganze Zitrone auf einmal gegessen hätte. Als er sich wieder gefangen hatte und bemerkte, daß alle anderen das Gemälde mit erneuertem Interesse betrachteten, wartete er, bis er wieder sprechen konnte und hauchte dann: »Es hängt hier nur aus Sicherheitsgründen.«

»Aber hier steht, es ist nur eine Kopie.« Daniel verwies auf seine Liste. »Es hat nur 8000 Mark gekostet.«

»Ja, aber ein Dieb könnte ja denken, es sei ein Original.«

»Und warum kaufen die Kunsthistoriker Kopien von zweitklassigen Malern für das Projekt ›Geschichte von unten‹?«

»Sie haben sich eben geirrt.«

»Das scheint mir auch so.« Daniel blätterte in seiner Akte. »Oder wie ist es mit folgendem Posten: Der antifaschistische Motorradclub ›Autonome Studenten‹ wird mit seinem Projekt ›Diversion und Desinformation im antifaschistischen Kampf‹ gefördert. ›Kompromittiert die Faschos in der Maske der Faschos.‹ Holla, das erinnert mich doch an etwas.«

Der Präsident schaute sich um wie ein gehetztes Tier im Gatter. Dann brach er einfach durch den Zaun.

»Ich fürchte, das wird alles etwas zu technisch.« Er stand auf. »Meine Herrschaften, ich danke Ihnen, daß Sie gekommen sind.« Die anderen erhoben sich ebenfalls. »Ich denke, die Grundidee ist klar. Ich werde jetzt mit der Wissenschaftsbehörde«, er wies vage auf Daniel, »ein finanzielles Konzept entwickeln. Sie haben ja gesehen: Wie immer steckt der Teufel im Detail. Ich lasse Sie wissen, wenn es soweit ist.« Er schaffte es nicht einmal mehr, seine Besucher zur Tür zu bringen. Als sie sich selbst hinausgebracht hatten, sank er erschöpft auf seinen Stuhl. Daniel hatte ihn fertiggemacht. Es war das erste Mal, daß er so ein politisches Schwergewicht wie den Schacht zu Boden geschickt hatte. Es war ein richtiger K.o. Er war ein Mann. Wenn auch sein Bartwuchs zu wünschen übrig ließ und seine Brust so glatt war wie ein Schneefeld, so hatte er doch, was er brauchte. Er wünschte sich, Vanessa könnte ihn jetzt sehen. Am liebsten hätte er Schacht die Ohren abgeschnitten und sie ihr als Trophäe mitgebracht. Denn irgendwie hatte sie mit diesem Sieg zu tun. Wie sie ihre ganze Kraft aufgewendet hatte, um mit ihm zu schlafen, wie sie ihre letzten Reserven mobilisiert hatte, das hatte ihm klargemacht, daß er ein Mann war.

Er setzte sich neben den erschlagenen Schacht.

»Ich will nicht sagen, das ist so«, begann er in sachlich langsamem Ton, um sicherzugehen, daß Schacht ihn auch verstand, »aber es könnte ja sein, daß die Nazischläger im Audimax verkleidete Autonome waren, die den Schneider-Fall hochpushen wollten, um gleichzeitig die Faschos zu kompromittieren.« Der Präsident stöhnte auf, und als machiavellistisches I-Tüpfelchen fügte Daniel noch hinzu: »Oder woher kommen diese Parolen am Audimax? Das sieht mir ganz nach der Handschrift von Imitatoren aus. Und wenn es so ist, haben Sie sie subventioniert.« Wieder stöhnte Schacht auf, doch war es diesmal schon fast ein Aufheulen.

»Nun, was der Senator möchte, ist folgendes. Erstens, Sie

haben Professor Windisch als Vorsitzenden des Untersuchungsausschusses mit vorgeschlagen. Einverstanden?« Der Präsident nickte.

»Zweitens, Sie geben keine Fernsehinterviews über Hochschulpolitik, ohne die Richtung vorher mit uns abzustimmen. Einverstanden? »

Wieder nickte Schacht.

»Drittens, solange die Untersuchung dauert, stochern wir nicht in dem Wespennest des Allgemeinen Politischen Mandats. Sagen Sie das auch Ihren Freunden.«

Wie ein halbtotes Insekt, das mit den Beinchen zuckt, wandte Schacht ein: »Aber dann bringt mich der Jörder um.«

»Sagen Sie ihm, die Subventionen der Schwulen durch den AStA hören auf. Das wird ihm reichen. Dem geht es doch nur um seine Familienbäder. Außerdem möchte der Senator, daß die Uni sich darauf vorbereitet, sich ihre Studenten selbst auszusuchen.«

Erschrocken entgegnete der Präsident: »Da scheren wir ja aus dem ganzen Bildungskonsens aus. Keine zentrale Zulassung mehr, Entwertung des Abiturs, Konkurrenz der Hochschulen untereinander. Das gibt einen Aufstand. Das wird nicht gehen.«

»Wie Sie gesagt haben, ich bin nur der Laufbursche. Ich bringe nur die Botschaften. Und die letzte Botschaft verstehe ich auch nicht.«

»Und wie lautet sie?«

»Ich soll Ihnen nur sagen: ›Denken Sie an den Zirkel.‹ Sind Sie in einer Art Freimaurerloge?« Aber Schacht antwortete nicht. Mit Verwunderung sah Daniel, wie die sandige Farbe sein Gesicht verließ, als wäre sie auf der Flucht vor einem Feind, und einem unnatürlich käsigen Teint Platz machte. Da tat ihm Schacht plötzlich leid.

## 11

Der Fachbereichsrat Sprachwissenschaften hatte sich unter dem Vorsitz von Dekan Steinert bis in den nichtöffentlichen Teil der Tagesordnung vorgearbeitet. Es war ein trüber Mittwochmorgen – Gremientag an der Universität –, und das fahle Sonnenlicht hatte Mühe, sich durch den Schmutz auf den großen Fensterscheiben zu kämpfen und bis zu den resopalbeschichteten Tischplatten vorzudringen, auf denen die Mitglieder des Institutsrats ihre Papiere ausgebreitet hatten. Um sich die Zeit zu vertreiben, hatte Mareile Wallasch während des gesamten öffentlichen Teils an ihrer Typologie der Gremienmitglieder gearbeitet. Über der ganzen Versammlung brütete eine Atmosphäre bleierner Müdigkeit. Frau Wallasch erschien es, als ob die Anwesenden von einer geheimnisvollen Krankheit der Verlangsamung befallen worden seien. Sie schien sich durch Ansteckung auszubreiten, denn sie brauchte sich die Gestalten bloß anzuschauen, um sich schon infiziert zu fühlen. In ihren grauen Anzügen nistete die Erinnerung an zahllose Sitzungen, die jeden frischen Aufbruch, jede frische Idee, jede lebendige Bewegung zu Staub zermahlen hatten. Das hatte ihren Geist zerstört. Sie waren zu Insassen eines Schattenreiches geworden, zu Höhlenbewohnern, in denen das Bewußtsein dafür erloschen war, daß es außerhalb noch eine Welt gab. Fünf Typen von Gremienmitgliedern hatte Frau Wallasch im Fachbereichsrat bis jetzt identifiziert. Professor Meyerhoff, ihr gegenüber, war ein typischer Chaot. Im ständigen Sog eines furchtbaren Minderwertigkeitsgefühls gab er sich alle Mühe, den Fachbereichsrat in ein schwarzes Loch zu verwandeln, in dem sich aller Sinn sofort auflöste. Ein Thema, das in das Magnetfeld von Meyerhoffs Rhetorik geriet, wurde in der Regel nie wieder gesehen. An Destruktivität wurde Meyerhoff aber bei weitem übertroffen vom Dozentenvertreter Falkenried. Er war ein Meister der logischen Wegelagerei, ein Konsenskiller. Mit einer einzigen, quer zum Common sense liegenden Frage konnte er ein Gefühl sofortiger Lähmung verbreiten. Dann ging die Sonne des Sinns blutig unter, und es breitete sich Finsternis aus. Frau Wallasch hatte immer wieder mit Faszination beobachtet, wie Falkenried diese kleinen Weltuntergänge inszenierte, und schaudernd wahrgenommen, wie fragil unsere symbolische Ordnung war.

Gegenüber diesen anarchistischen Einzelkämpfern, so hatte Frau Wallasch festgestellt, bildeten Professor Wolf und Professor Gall ein Team, das zusammenarbeitete. Dabei übernahm Gall den Part des Betroffenen. Er war der Moralist. Der Wächter der sprungbereiten Empörungsbereitschaft. Er konnte innerhalb von kürzester Zeit ganze Armeen von moralischen Prinzipien mobilisieren. Im Bedarfsfall formte er sie auch zu einem Polizei-Bataillon um, das er gegen den Fachbereichsrat selbst einsetzte. Dann wurde er zum Parasiten des Gremiengezänks. Zu Anfang der Debatte hielt er sich so lange zurück, bis sich die Argumente wiederholten und die Beleidigungen zunahmen. Dann trat er auf den Plan wie der Erzengel Gabriel nach dem Sündenfall. Er empörte sich darüber, daß Hochschullehrer nicht besser miteinander umgehen konnten. Er zeigte Wut und Trauer über das Bild, das sie den Studenten boten. Er war entsetzt über die Abgründe von Bosheit, in die er hatte blicken müssen. Und wie das Amen in der Kirche folgte hier immer der Beifall von Frau Professorin Haller-Wellersdorf, die diese Auseinandersetzungen als typisch männliche Hahnenkämpfe bezeichnete. Überhaupt erntete Galls Trick, sich quasi außerhalb der Kämpfe zu plazieren, stets den Applaus des angeödeten Publikums, dem sich beide demoralisierten Parteien mit der Implikation anschlossen, der jeweils andere sei schuld. Wenn der Zustand der völligen Demoralisierung erreicht war, trat Kollege Wolf auf den Plan. Ihn nannte Frau Wallasch den Großinquisitor. Er lenkte Galls

Wut und Trauer in die prozeduralen Bahnen der heiligen Inquisition. Wo Gall moralische Prinzipien sah, sah Wolf Ketzer; wo Gall Betroffenheit spürte, suchte Wolf nach Schuldigen. Er war der Hohepriester der Political Correctness, der mit seinen Bannflüchen und Tribunalen eine florierende Anschuldigungsindustrie betrieb. Am Fachbereichsrat schätzte er den Formalismus der Befragungsmöglichkeit, mit dem man ihn zur Inquisitionsbehörde umfunktionieren konnte. Darin traf er sich wiederum mit Professor Marquart. Auch er war ein Virtuose der Anfrage. Aber die Motivquelle dafür entsprang nicht der Verfolgungswut, sondern schlicht der Pedanterie. Für ihn war Zügigkeit der Verhandlung gleichbedeutend mit Oberflächlichkeit. Er konnte daraus einen machtbezogenen Mehrwert abzweigen, weil er ein feines Ohr für Timing besaß. Frau Wallasch hatte es oft erlebt: Erst wenn der Zug in Bewegung geraten war, gönnte sich Marquart den Genuß, eine Vollbremsung im Dienste der Genauigkeit vorzunehmen. An den quietschenden Rädern spürte er dann die Macht, die ihm die Beherrschung der Geschäftsordnung mit dem Pathos der Solidität zuspielte. Für Frau Wallasch war Marquart im Sozialen, was die Gravitation im Bereich der Materie war. Er sorgte dafür, daß der Vorsitzende nicht abhob, und wenn er zu laufen versuchte, auf jeden Fall stolperte.

Der Vorsitzende aber war Dekan Steinert. Und er hatte gerade das Publikum hinausgebeten, das beim öffentlichen Teil der Tagesordnung noch hatte anwesend sein dürfen. Jetzt aber war der nichtöffentliche Teil mit dem Punkt »Mitteilungen« dran.

»Meine Damen und Herren«, begann er, »wir haben Anlaß, einen Vorfall aufs tiefste zu beklagen, von dem Sie alle gehört haben werden: Ich meine den Überfall im Audimax. Wie man mir mitgeteilt hat, liegt die AstA-Vorsitzende noch immer schwerverletzt in der Klinik. Sie gehört unserem Fachbereich an, und ich habe mir deshalb erlaubt, in Ihrem Namen der Familie die besten Genesungswünsche zu übermitteln.« Ein leises Klopfen der Anwesenden signalisierte Zustimmung. Gall, der Betroffene, übertraf das noch durch den Vorschlag, daß Frau Schubert, die Fachbereichssekretärin, einen Blumenstrauß in die Klinik schicken solle. Und da Frau Schubert sowieso das Protokoll führte, machte sie sich gleich eine Notiz. »Im Zuge der öffentlichen Aufregung ist auch unser Kollege Schneider in die Schußlinie geraten...«, fuhr Steinert fort, wurde aber von Meyerhoff unterbrochen.

»Also, das kann uns sehr schaden. Ich verweise nur auf die Evaluationen, die ins Haus stehen. Ich habe immer davor gewarnt, die Evaluationen einfach hinzunehmen. Wieso müssen wir uns ständig den Vergleich mit anderen Universitäten gefallen lassen? Wir leisten hier auch gute Arbeit. Wollen Sie mal meine Prüfungsbelastungen sehen...?«

Mit väterlicher Miene gebot ihm Steinert Einhalt. »Ich verstehe Ihre Sorge, Herr Meyerhoff. Aber hier geht es im Augenblick um unseren Kollegen Schneider...«

»...diese Vorwürfe haben mich erschreckt.« Es war Gall, der gesprochen hatte. Und er hatte seinem Einwurf durch einen tieftragischen Ton Nachdruck verliehen. »Wir können darüber nicht zur Tagesordnung übergehen. Wir müssen uns dem stellen. Das, was in der Presse aus Schneiders Schriften zitiert wurde, ist tief beunruhigend.«

Da erhob Marquart beide Hände und signalisierte damit, daß er einen Antrag zur Geschäftsordnung stellen wollte, und dann mußte alles andere zurückstehen. »Das alles gehört ja wohl nicht in die Mitteilungen, sondern in die Anfragen.«

Hier nun witterte Falkenried seine Chance. »Möchten Sie den Kollegen Schneider etwa vernichten?«

Diese Frage riß einen Krater in den Boden. Wieso vernichten? fragte sich jeder. Aber Falkenried verweigerte jede weitere Erläuterung. Der Satz lag feucht und glänzend auf dem Tisch, und alle starrten ihn an. Es ging eine gewisse apokalyptische Faszination von ihm aus. Den Schneider vernichten? Interessant war der Gedanke jedenfalls, dachte auch Frau Wallasch. Falkenried hatte eben immer den Vorteil der Überraschung. Irgendwie war er ein Künstler. Seine Dramaturgie lebte von der Strahlkraft des Rätselhaften. Er hatte etwas von einem Zauberer. Die Beleuchtung ging aus, und Simsalabim, lag unter der beleuchteten Glasglocke der Schneider auf der Guillotine, vernichtet.

Die Vision wurde durch ein nachdrückliches Klopfen unterbrochen. Wie ein Specht hackte Marquart mit dem Bleistiftende auf den Tisch. »Wir haben einen Geschäftsordnungsantrag.«

»Ich habe keinen Antrag gehört«, wandte Falkenried ein.

»Gut, dann wiederhole ich ihn ...«

Aber Gall kam Marquart zuvor. »Das können wir doch nicht so stehen lassen.« Er wandte sich an den Vorsitzenden. »Was Herr Falkenried hier gesagt hat, ist eine Ungeheuerlichkeit. Ich verwahre mich mit allem Nachdruck ...«

»Meine Herren, meine Herren, wir wollen doch etwas Ordnung in den Ablauf bringen. Ich wollte Sie zunächst lediglich informieren, daß die polizeilichen Ermittlungen noch keinen Anhalt dafür erbracht haben, daß es einen Zusammenhang zwischen den Tätern und Herrn Schneiders Arbeiten gibt.«

»Was versteht denn die Polizei davon? Wir sollten selbst Herrn Schneider befragen.« Es war Wolf, der diesen Vorschlag machte. »Als Fachbereich sind wir für Lehre und Forschung verantwortlich. Die Vorwürfe des AStA gegen Herrn Schneider haben sich auf seine Schriften bezogen. Also müssen wir sie prüfen und niemand sonst. Die Polizei dürfte da doch wohl überfordert sein«, fügte er mit offensichtlichem Neid auf so viel inquisitorische Macht hinzu.

»Darf ich ganz bescheiden an meinen Geschäftsordnungsantrag erinnern?«

»Gleich, Herr Marquart.« Steinert wandte sich jetzt an Wolf. »Aber der Senat hat einen Untersuchungsausschuß eingesetzt.

Das ist jetzt dessen Aufgabe. Wenn wir hier eigene Untersuchungen beginnen, bekommen wir einen Kompetenzwirrwarr.«

Falkenried hob die Hand. »Ich beantrage, Schneider nicht vorzuladen.«

Dieser Antrag öffnete das Tor zum Chaos. Marquart schrie: »Zur Tagesordnung, zur Tagesordnung«, und ließ seinen Bleistift klopfen. Gall schrie: »Herr Falkenried weiß offenbar mehr als wir.« Herr Wolf schrie: »Noch hat niemand Herrn Schneider vorgeladen.« Herr Falkenried schrie: »Ruhe! Was soll denn das Durcheinander!« Herr Meyerhoff schrie: »Herr Steinert, so geht das nicht.« Frau Haller-Wellersdorf schrie: »Das ist wieder typisch!« Und Frau Wallasch kämpfte gegen einen konvulsivischen Lachanfall.

Als sich der Krach etwas gelegt hatte, übernahm Steinert wieder das Kommando. »Ich sehe, diese Frage bewegt offenbar so sehr die Gemüter, daß wir daraus vielleicht einen eigenen Tagesordnungspunkt machen sollten. Wir können gleich unter dem Tagesordnungspunkt ›Tagesordnung‹ darüber abstimmen.«

Kaum hatte er auf diese Weise Ordnung geschaffen, als das Chaos erneut hereinbrach, aber diesmal aus einer ganz unvermuteten Richtung. Die Tür flog auf, und an der Spitze einer Gruppe von etwa zehn Studenten erschien der stellvertretende AStA-Vorsitzende Volker.

Der Vorsitzende Steinert donnerte mit Gottesstimme: »Dies ist eine nichtöffentliche Sitzung.«

»Nicht mehr«, konterte Volker und suchte grinsend den Blickkontakt zum Rest der Stoßtrupps. »Wir haben jetzt die Öffentlichkeit hergestellt. Wir wollen wissen, warum Herr Schneider berufen wurde, obwohl er für die Sterilisierung von Sinti und Roma eintritt. Wir fordern Aufklärung über seine Arbeit für die Polizei. Und wir wollen wissen, warum Frau Wallasch alle Schriften Schneiders aus der Seminarbibliothek entfernt hat, so daß wir sie nicht lesen können?«

Dekan Steinert blickte Frau Wallasch an. »Das ist zwar alles höchst irregulär«, sagte er, »aber vielleicht hilft es ja, wenn Frau Wallasch gleich darauf antwortet.«

Diese Wendung der Ereignisse kam für sie überraschend. Gerade noch amüsierte Beobachterin, stand Frau Wallasch selbst plötzlich im Mittelpunkt des Dramas. Alle Augen waren auf sie gerichtet. Was sollte sie sagen? Sie konnte doch nicht zugeben, daß sie Schneiders Arbeiten für den Persönlichen Referenten des Wissenschaftssenators ausgeliehen hatte. Das verstieß gegen die Bibliotheksordnung und roch obendrein nach Klüngelei. Am besten, sie hielt einen unverständlichen Vortrag über ihr Fachgebiet. Das verwirrte die Studenten immer und stellte sie ruhig. »Nun«, begann sie in einem Ton, der schon von Beginn an klarstellte, daß es auf eine weite Reise ging, »wie Sie wissen, arbeite ich unter anderem über Probleme der Wissenschaftsgeschichte. Seit Thomas Kuhns ›Struktur der wissenschaftlichen Revolutionen‹ kennen wir ja die Unterscheidung zwischen ›normaler Wissenschaft‹, also dem herrschenden Paradigma, und ›abweichender Wissenschaft‹. Kuhn spricht in diesem Zusammenhang von background assumptions, von Hintergrundannahmen, die ein Paradigma organisieren. Nun hat Herr Schneider über Migration und Bevölkerungsentwicklung gearbeitet. Bevölkerungen kann man nur über Merkmale erfassen, also Altersgruppen, Einkommensgruppen, Statusgruppen, ethnische Gruppen und so weiter. Mich hat nun interessiert, mit welchen Kategorien da gearbeitet wird. Ob da etwas ist, das mit unseren Hintergrundannahmen nicht vereinbar ist.«

»Das würde mich auch interessieren«, warf Wolf ein. »Und? Zu welchem Ergebnis sind Sie gekommen?«

»Von Faschismus oder dergleichen kann keine Rede sein, da sind die Studenten völlig auf dem Holzweg.« Ein grummelndes Murren auf seiten Volkers und seines Stoßtrupps war die Antwort. »Allerdings«, Frau Wallasch hob die Hand, »allerdings ist die Allergie der Studenten nicht ohne Grund. Es ist ja bekanntlich Michel Foucault, der uns darauf aufmerksam gemacht hat, daß bestimmte wissenschaftliche Diskurse mit totalen Institutionen im Bunde sind. Der Diskurs der Psychiatrie, der Diskurs der Polizei, der Diskurs der Justiz, der Diskurs der Ökonomie, wo also festgelegt wird, wer ist wahnsinnig, wer ist kriminell, wer ist bedürftig und so weiter. Die Arbeiten Schneiders verlassen nicht den Boden der Wissenschaft, sondern den der politischen Korrektheit. So glaubt er zum Beispiel an den Zusammenhang von Vererbung und Intelligenz. Und weil er ein Archiv über Familienstammbäume angelegt hat, wird er offensichtlich von Flüchtlingsverbänden konsultiert. Und schon ist der Vorwurf des Revanchismus nicht weit.«

Die Runde war von diesem Vortrag sichtlich beeindruckt. Nach ihren eigenen unqualifizierten Ausbrüchen hatte Frau Wallasch gezeigt, wie unaufgeregte wissenschaftliche Rationalität aussieht. Abgesehen von dem finster brütenden Falkenried wirkten alle etwas beschämt. Und Dekan Steinert sah geradezu glücklich aus.

»Ich bin Ihnen außerordentlich dankbar, Frau Wallasch, für diese umfassende Aufklärung. Ich glaube, damit erledigt sich auch unser Disput von vorhin. Sie haben ja die verlangte Überprüfung schon durchgeführt...«

»Aber das dürfte doch wohl nicht neu sein«, warf Wolf ein, »das müßte doch alles schon in den Gutachten der Berufungskommission stehen. Warum werden die uns nicht vorgelegt?«

Steinert war sichtlich verärgert darüber, daß Wolf seinen Versuch, das Paket Schneider endlich zuzuschnüren, sofort wieder sabotierte.

»Wenn Sie wollen, können Sie die gerne einsehen. Aber sie sind vertraulich. Bevor wir sie hier erörtern, muß ich die Studenten bitten, den Sitzungssaal...«

»Einen Augenblick«, unterbrach Volker und wandte sich an

Frau Wallasch, »wir möchten Schneiders Schriften gern selber überprüfen. Wann bringen Sie sie in die Bibliothek zurück?«

Frau Wallasch überlegte. Sie konnte heute noch Dentzer anrufen, und der brauchte vielleicht einen Tag, um sie ihr zurückzubringen. »Morgen oder übermorgen.« Volker schien zufrieden, und der Trupp schickte sich an, das Feld wieder zu räumen.

»Allerdings«, sagte Frau Wallasch, und der Trupp drehte sich auf dem Weg zur Tür wieder um, »die Dissertation von Herrn Schneider ist nicht dabei. Ich habe sie nirgends finden können.« Sie wandte sich an Steinert. »Vielleicht liegt sie ja noch bei den Berufungsakten. Könnte Frau Schubert nicht schnell mal nachsehen?« Und bevor Steinert protestieren konnte, erhob sich die protokollierende Fachbereichssekretärin und ging in den Nebenraum, um die Dissertation zu suchen. »Ich wollte Sie sowieso schon fragen«, fügte sie an Steinert gewandt hinzu. Sie hatte das Gefühl, sich dafür entschuldigen zu müssen, daß sie hier das Kommando übernahm.

Nach einer Minute war Frau Schubert wieder da. »Bei den Berufungsakten ist sie auch nicht. Vielleicht hat sie ja einer von den Gutachtern mitgenommen.«

»Darf man erfahren, wer diese Gutachter waren?«

Steinert blickte verzweifelt in Richtung der Studenten.

»Würden Sie jetzt wohl so freundlich sein ...?«

Volker aber kämpfte um jeden Zentimeter, den er die Vertraulichkeitsgrenze hinausschieben konnte: »Aber wer der Gutachter war, dürfte doch wohl kein Geheimnis sein.«

Das Wort Geheimnis machte Falkenried lebendig. Geheimnisse waren sein Spezialgebiet. Und so sprach er einen Satz, der in seiner Qualität von den üblichen Rohrkrepierern abwich: »Es muß immer ein Geheimnis bleiben, was ein Geheimnis ist und was nicht, sonst bleibt es kein Geheimnis.«

Natürlich war das immer noch ein ziemlicher Absturz, aber es war kein freier Fall ins Bodenlose.

Wenn Geheimnisse die Domäne von Falkenried waren, waren Gutachter die von Meyerhoff. »Ich finde, wir übertreiben dieses Wesen um die Gutachter manchmal. Wir wissen doch, alle Bewertungen sind relativ. Wer hätte nicht schon mal ... da fällt mir ein, wurde nicht im Falle Schneider der Gutachter ausgewechselt. Gab es da nicht zuerst ein völlig ablehnendes Gutachten?«

Steinert wurde jetzt energisch. »Ich muß doch jetzt insistieren, Herr Meyerhoff, daß wir die Angelegenheit nicht weiter erörtern, solange die Vertraulichkeit nicht wiederhergestellt ist.« Und zu den Studenten gewandt: »Also, ich fordere Sie noch einmal auf ... wenn Sie der Aufforderung nicht nachkommen, breche ich die Sitzung ab.«

Das machte Volker bockig. »Also, erpressen lassen wir uns schon gar nicht. Nicht von Ihnen.«

»Bitte verlassen Sie den Raum.«

»Zwingen Sie uns doch! »

Volker und Steinert starrten sich an wie zwei Heerführer, die überlegen, ob sie einen Zweikampf oder eine Massenschlacht beginnen sollen. Dann, nach etwa zwanzig Sekunden gespannter Aufmerksamkeit sagte Steinert: »Ich breche die Sitzung wegen einer Störung durch Studenten ab.«

»Holla!« sagte der überraschte Volker.

»Frau Schubert, bitte vermerken Sie im Protokoll die Uhrzeit, 15.23 Uhr. Meine Herrschaften, die Einladung zur nächsten Sitzung geht Ihnen auf dem üblichen Wege zu.«

Und damit raffte er seine Papiere zusammen und verließ den Raum. Volker konnte man ansehen, daß diese Flucht ihm das Gefühl gab, als Sieger den Platz zu behaupten. Er konnte ja nicht wissen, daß er Steinert einen großen Dienst erwiesen hatte.

Als Daniel seinen Bericht über die Konferenz mit Schacht beendet hatte, hatte er eigentlich erwartet, daß Weiss zufrieden sein würde. Er hatte nicht mit einer langen Lobeshymne gerechnet, aber ein paar anerkennende Worte hätte er nicht deplaziert gefunden. Dabei hatte er versucht, jedweden Triumph im Tonfall zu vermeiden. Er hatte seine Geschicklichkeit, seine Kaltblütigkeit und seine Geistesgegenwart durchaus heruntergespielt. Er hatte es so wirken lassen, als sei die ganze Besprechung das automatische Ergebnis von Weissens Kalkül und der vorzüglichen Qualität von Rudis Ordnern. Und das war ja auch nicht falsch. Aber man mußte diese vorzüglichen Waffen auch handhaben können. Und indem Daniel von dieser Voraussetzung kein weiteres Aufhebens machte, gab er zu verstehen, daß er ein Profi geworden war. Er war jetzt ein vollwertiger Mitspieler. Er hatte sein Gesellenstück geliefert. Weiss konnte ihm ruhig seine eigene Pistole mit eingraviertem Namen überreichen.

Es war später Nachmittag, und vor den Fenstern von Weissens Büro dämmerte es schon. Der Senator hatte kein Licht gemacht, während er Daniels Bericht anhörte, und nun versanken sie beide in den Schatten, die von den getäfelten Wänden in die Mitte des Raumes vorrückten. Warum aber schwieg der Senator? Hatte er nicht alle Ziele erreicht? Hatte Schacht nicht in allen Belangen kapituliert? Hatte er nicht der Ernennung von Windisch als Vorsitzendem des Untersuchungsausschusses zugestimmt? Würde er nicht jeden öffentlichen Auftritt mit ihnen abstimmen? Hatte er nicht die Regelung mit dem Politischen Mandat akzeptiert, und hatte er nicht sein Programm der kulturellen Erneuerung zur Verschrottung freigegeben und statt dessen die Reform der Universität akzeptiert? War es nicht eine totale Unterwerfung? Warum war Weiss nicht zufrieden?

Der Senator sah ihn nachdenklich an, und Daniel begann sich unbehaglich zu fühlen. Dann erhob sich Weiss aus seinem Sessel und lief auf und ab. Schließlich blieb er vor seinem kleinen Seitentischchen stehen, auf dem der Cognac und der Whisky für die Besucher standen, und goß zwei Gläser Scotch ein. Er reichte Daniel ein Glas und setzte sich wieder hin. Daniel ahnte, daß Weiss ihn für einen Blick in das Herz der Finsternis vorbereitete, und so war es.

»Es gibt nichts Schwereres, als ein Mann zu sein«, begann Weiss. Was sollte man darauf sagen? Wenn er sich vorstellte, daß irgend jemand diesen Satz vor ein paar jungen Frauen äußern würde, hörte er im Geiste ihr Hohngelächter. Als hätte Weiss seine Gedanken erraten, sagte er: »Ich weiß, das sind keine Gedanken, die das Tageslicht vertragen. Aber ein Mann, was ich mir unter einem Mann vorstelle, hat keine Angst vor der Dunkelheit.« Er prostete Daniel zu, nahm einen Schluck und starrte dann in das Glas. Worauf wollte er hinaus? War es die übliche Lehrstunde politischer Philosophie mit eingestreuten Verweisen auf Machiavelli, Hobbes und seinen Lieblingsautor Gracián? Kamen jetzt wieder Maximen aus der Verhaltenslehre der Kälte? Perlen aus dem Handorakel der schwarzen Anthropologie oder ausgesuchte Kommentare von Carl Schmitt und Leo Strauss?

»Haben Sie mal Gilmour über Unterschiede zwischen Schuld- und Schamgesellschaften gelesen? Die Schamgesellschaften sind machistisch. Sie haben ein entwickeltes Konzept der Ehre. Ehre ist Männlichkeit in der Form der Magnifizenz. Sozusagen Männlichkeit als Prachtausgabe. Wie früher in der Ritterlichkeit. Die Italiener und Spanier kennen das heute noch. Ein Mann ist, wer sich auf sich selbst verlassen kann und keine Angst hat. Wer seine Ehre verliert, ist kein Mann. Sehen Sie, und das ist das Paradox. Wer ein Mann sein will, muß sich von allem losreißen. Aber dadurch wird er abhängig von seiner Ehre, von seinem Bild von sich selbst als Mann. Er bezahlt seine Unabhängigkeit mit seiner Abhängigkeit von seinem Machismo.« Er nahm wieder einen Schluck. »Deshalb haben die Feministinnen durchaus recht«, fuhr er fort. »Sie sehen den Widerspruch, wittern die Abhängigkeit und interpretieren sie als Schwäche. Der Vorteil der Frauen ist ihre Schamlosigkeit. Sie sind viel freier, weil sie kein Image verteidigen müssen. Aber sie werden auch nie gezwungen, sich von allem loszureißen, um ein Mann zu werden. Sie haben deshalb keinen Schimmer, was das ist.«

»Und gibt es einen Ausweg aus dem Dilemma?«

Weiss nahm wieder einen Schluck. »Meine Lebenserfahrung sagt: Ja, es gibt diesen Ausweg. Es ist ein Paradox. Wenn man durch diese ganzen Initiationsriten durch ist, wenn man sich von den Schürzenbändern emanzipiert hat, wenn man sich bewiesen hat, daß man es kann, wenn man dem Tod ins Auge gesehen hat, dann muß es einem egal sein, ob man wie ein Mann wirkt oder nicht. Auch vor sich selbst. Erst dann ist man wahrhaft frei. Das ist die letzte Unabhängigkeit. Erst dann ist man ein Mann.« Er machte eine Pause und dachte nach. »Es ist ein wirkliches Paradox. Ein Mann kann man nicht sein wollen, man muß es schon immer sein. Das ist nicht etwas, das man zum Ziel von Anstrengungen machen kann.« Wieder nahm Weiss einen Schluck. »Sehen Sie, ich kenne Sie, Daniel. In der Konfrontation mit Schacht, da wollten Sie ein Mann sein. Sie haben ihn fertiggemacht. Oh ja, Sie waren gut. Sie haben ihm gezeigt, was ein junger Löwe ist. Sie haben gut gebrüllt. Und Sie haben sich einen ewigen Gegner geschaffen. Wir brauchen den Schacht noch, Daniel! Sie aber haben ihn in die Enge getrieben! Sie haben ihn erniedrigt! Sie haben sich abhängig gemacht von Ihrem Image als Mann! Sie wollten sich etwas beweisen. Nicht, daß Sie mich mißverstehen. Irgendwann muß sich ein Mann beweisen, daß er es ist. Irgendwann muß er sich von der Mutter losreißen und den Vater ermorden. Aber dann muß es vorbei sein. Dann ist er angekommen. Und Sie sind jetzt angekommen, Daniel.« Er goß ihm noch einen Whisky nach und stieß mit seinem an das stehende Glas an. »Willkommen in der Eiswüste!«

Als sie ausgetrunken hatten, war Weissens Gesprächston wieder lockerer geworden. »Wissen Sie, deshalb glaube ich auch nicht, daß Frauen wirklich in der Politik Fuß fassen. Trotz aller

Emanzipation. Sie verstehen sie einfach nicht. Sie wissen nicht, was es bedeutet, ein Mann zu sein. Früher haben sie es bewundert, weil sie es nicht verstanden; aber jetzt verstehen sie es nicht, weil sie es verachten. Kein Wunder, daß diese alleinerziehenden Mütter nur verkorkste Männer großziehen.« Er sprang auf, rannte zum Bücherbord, zog ein Buch heraus und blätterte darin. »Ich habe neulich eine treffende Beschreibung der Gesellschaft gelesen, die dabei herauskommt. Warten Sie, hier ist es.« Und er las: »Gerechtigkeit wird durch Mitleid als menschliche Haupttugend ersetzt werden. Alle Furcht vor Bestrafung wird schwinden ... die neue Aristokratie wird exklusiv aus Einsiedlern, Tagedieben und Vollinvaliden bestehen. Der Grobian, die schwindsüchtige Hure, der Bandit, der gut zu seiner Mutter ist, das epileptische Mädchen, das mit Tieren umzugehen weiß, werden die Helden und Heldinnen der neuen Tragödie sein, während der General, der Staatsmann und der Philosoph längst die Zielscheibe jeder Farce und Satire bilden.« Er klappte das Buch zu. »Wir haben dieses Stadium schon erreicht.«

»Von wem ist das?«

»W. H. Auden. Hier.« Er warf das Buch auf den Tisch, damit sich Daniel selbst überzeugen konnte. Daniel ignorierte es.

»Ich bin auch der Sohn einer alleinerziehenden Mutter.«

Beide starrten sich an. »Tatsächlich?« sagte Weiss. »Aber ich hatte es vergessen, sonst hätte ich nicht diesen Lapsus begangen.« Er lachte plötzlich laut auf. »Seien Sie ein Mann, und verzeihen Sie mir.«

»Schon vergessen«, grinste Daniel, und sie prosteten sich zu. Weiss stellte sein Glas ab und wurde wieder geschäftsmäßig.

»So, jetzt wollen wir mal sehen, wie wir den Schaden wiedergutmachen, den Sie mit Ihrem High Noon angerichtet haben.« Er drückte auf die Interkom-Taste und bat Frau Birkefeld, ihm das Rechtsgutachten zum Allgemeinen Politischen Mandat zu geben.

»Sie haben ein Rechtsgutachten?« Daniel hatte noch nie davon gehört.

»Nur ein Entwurf, von Professor Berthold. Der hat die einschlägigen Kommentare zum Hochschulrecht geschrieben. Wann waren Sie zuletzt im Theater, Daniel?«

Daniel war verwirrt. Im Theater? Nun, das war schon eine Weile her.

Schacht griff in seine Jackentasche und gab ihm eine Theaterkarte. »So, dann kommen Sie morgen abend ins Audimax. Um acht Uhr. Da gibt die Studiobühne der Universität ›Viel Lärm um nichts‹. Machen Sie nicht so ein Gesicht. Etwas Kultur kann Ihnen nur guttun, nach all der Politik. Sie werden sehen, danach fühlen Sie sich weniger abgebrüht.«

Daniel war klar, daß Weiss mehr von ihm erwartete, als sich nicht abgebrüht zu fühlen.

»Schacht kommt immer zu den Premieren. Rudinski hat mir erzählt, daß Bertholds Tochter die Hauptrolle spielt. Ergo?«

»Wird Berthold auch da sein«, ergänzte Daniel.

»Ich meine, es wäre ganz ungehörig, wenn der Präsident oder der Wissenschaftssenator den Gutachter absichtlich aufsuchte, um ihm zu sagen, was für ein Gutachten er wünscht.«

»Klar, ein unabhängiger Gutachter darf nicht gezielt beeinflußt werden.«

»Aber wenn wir ihn zufällig treffen, bei einer Theateraufführung...«

»Dann kann man ja nicht von Absicht sprechen«, ergänzte Daniel.

»Ich weiß gar nicht, wo Frau Birkefeld mit dem Gutachten bleibt.« Er drückte noch einmal auf die Taste des Interkom-Geräts und verlangte das Gutachten. Sie hörten ein merkwürdiges Geräusch, und dann kam Frau Birkefeld herein. Sie bot einen erstaunlichen Anblick. Ihr Mondgesicht sah aus wie ein Aquarell, das im Regen gelegen hatte. Ihre Wimperntusche war völlig zerlaufen und hatte mehrere dunkle Spuren über die Wangen gezogen. Die Züge waren verbeult und verquollen. Erst als sie den Schreibtisch erreicht hatte, wurde Daniel klar, daß sie geweint hatte. Sie warf die Akte auf den Tisch, sah ihn an und wurde von einer neuen Tränenflut überschwemmt. Mit lautem Schluchzen lief sie aus dem Büro.

Die beiden sahen sich an. Zugleich stemmten sie sich im Sessel hoch, aber als der Senator sah, daß Daniel sich schon erhoben hatte, ließ er sich wieder fallen. »Am besten sehen Sie mal nach«, murmelte er mißmutig.

Nachdem Daniel im Vorzimmer die Tür zum Büro des Senators sorgfältig zugeschlossen hatte, drehte sich Frau Birkefeld in ihrem Bürostuhl zu ihm und blickte ihn an. »Es tut mir ja so leid. Es tut mir ja so leid, Herr Dentzer, es tut mir ja so leid.«

Daniel bekam einen Schrecken.

»Was ist denn los, Frau Birkefeld?«

Die Frage ernüchterte sie etwas.

»Ja, wissen Sie es denn noch nicht?«

Der unbestimmte Schrecken wurde stärker.

»Was denn?«

»Sie haben es vorhin im Fernsehen gemeldet. Ich würde ja noch nicht Bescheid wissen, aber da kommt Frau Böhme herein und sagt, vielleicht will der Senator wissen, was in den Sechs-Uhr-Nachrichten ist. Und da haben sie es gemeldet.« Wieder versank Frau Birkefeld in einer Flut aus Tränen.

Daniel fühlte, wie alle Wärme aus ihm herauslief und Kälte seinen Körper besetzte.

»Bitte, Frau Birkefeld, was ist passiert?«

Unter Schluchzen brachte sie in mehreren Anläufen die Fragmente der Botschaft hervor, daß Hannah Krakauer gestorben war. Sie hatte das Bewußtsein nicht wiedererlangt.

Als Daniel aus seiner Betäubung ganz langsam wieder zur Oberfläche seines Bewußtseins emporschwebte, hörte er schon lange vor seinem endgültigen Auftauchen Frau Birkefeld mit dem Senator flüstern: »...er muß furchtbar geschwächt sein. Er hat gar nicht mehr geschlafen in letzter Zeit; er hat jede Nacht an ihrem Bett verbracht; er hat sich eingebildet, daß er sie ins Leben zurückholen kann, wenn er mit ihr spricht; daß sie ihn hören könnte und zurückkäme, um ihm zu antworten. Ist das nicht traurig?« Es folgte eine Kaskade von Schluchzern. Dann die knarrende Stimme des Senators: »Er ist ein verdammter Idiot.«

»Oh, sagen Sie doch so etwas nicht!«

»Ein Idiot ist er«, insistierte der Senator. »Sie war schon längst tot. Er hätte genausogut mit ihrem Grab sprechen können. So etwas Pubertäres.«

»Oh, sehen Sie, er wacht auf.« Frau Birkefeld sprang von dem Sofa, auf das sie Daniel gebettet hatten, um den Cognac zu holen.

»So einen romantischen Wahnsinn hätte ich nicht von Ihnen erwartet, Daniel, nicht mehr in Ihrem Alter. Das ist lächerlich. Sie fallen in Ohnmacht, als ob Sie der leibhaftige Werther wären. Und für wen? Für Hekuba!«

»Sie heißt Hannah«, verbesserte Frau Birkefeld, die Daniel einen Cognac einflößte.

»Sie ist nicht erst heute gestorben. Sie war schon tot, als sie in die Klinik kam. Sie haben eine Leiche angeschmachtet.«

»Herr Senator!« protestierte Frau Birkefeld.

»War Ihre Doktorarbeit völlig zwecklos? Da müssen Sie doch gelernt haben, daß die Liebe erst richtig rasend wird, wenn sie unmöglich ist. Sie haben diese, wie heißt sie noch, nur aus dem einen Grunde angehimmelt: weil sie tot war. Sie haben Romeo gespielt, mit morte di bacio und Todeskuß und allem Drum und Dran. Wer den einzigen liebt, muß für alle anderen sterben. Sie haben den Tod dieser jungen Frau für ihre eigenen emotionalen Exaltationen ausgenutzt. Das ist dieser verfluchte Utopismus. Oh, wie ich ihn hasse! Immer das Unmögliche wollen, damit man das Mögliche nicht machen muß. Wissen Sie, wie ich so was nenne? Das ist die Trägheit des Herzens. Ekelhaft. So, und nun liegen Sie hier nicht herum wie ein dekadenter Ästhet, reißen Sie sich gefälligst zusammen. Ich erwarte Sie morgen im Theater. Ausgeschlafen.« Und damit verließ der Senator das Vorzimmer und schlug die Tür zu. Wenige Sekunden später kam er wieder zurück und warf das Gutachten auf Frau Birkefelds Schreibtisch. »Bevor Sie gehen, lesen Sie das durch.« Und dann ging er endgültig.

»Er ist ein gefühlloser Knochen«, sagte Frau Birkefeld mit Inbrunst. »Kommen Sie, nehmen Sie noch etwas Cognac, das tut Ihnen gut. Und Sie können ruhig weinen, Herr Dentzer. Vor mir brauchen Sie sich nicht zu genieren. Hier, wollen Sie ein paar Tempos? Ich habe noch mehr. Frau Böhme hat extra noch zwei Pakete geholt. Weinen Sie ruhig, das tut gut.«

Und zu Daniels Verblüffung füllten sich seine Augen mit Wasser. Er begann hektisch zu zwinkern. Frau Birkefeld nickte ihm aufmunternd zu wie ein Kindermädchen, das ein Baby dazu bringen will, ein Bäuerchen zu machen. Seine Nase kräuselte sich unter dem plötzlichen Ansturm von inneren Reizen, und zwei breite Bäche von Tränen rollten ihm über die Wangen. »Soooo«, sagte Frau Birkefeld zufrieden und reichte ihm ein Taschentuch nach dem anderen, während sie die gebrauchten wieder entsorgte. Und Daniel weinte so hemmungslos und gründlich, wie er es seit der Zeit, als er ein kleiner Junge gewesen war, nicht mehr getan hatte. Indem er sich auf das Erinnerungsbild von Hannah zwischen Kanülen und Monitoren konzentrierte, spülte er mit seiner Trauer den ganzen Kummer hinaus, der sich seit seiner Kindheit in ihm angesammelt hatte. Er konnte gar nicht mehr aufhören. Er löste sich in Flüssigkeit auf. Der Tod Hannahs hatte ein Tor in ihm aufgestoßen. Heraus kam ein endloser Leichenzug. Hinter ihrem Sarg gingen alle Verluste, die er je in seinem Leben erlitten hatte. Schließlich war selbst Frau Birkefeld so zermürbt, daß sie wieder mitweinte. So etwas Schönes hatte sie lange nicht erlebt.

Daniel saß in der sechsten Reihe des Audimax, direkt am Mittelgang, und fühlte sich zugleich ausgelaugt und entspannt. Es war, als ob er nach einer langen Fete seinen Rausch ausgeschlafen hätte. Nach seinem Weinexzeß mit Frau Birkefeld war er sofort in die Klinik gefahren, um Hannah noch mal zu sehen. Aber ihr Körper war schon in der Gerichtsmedizin. Dann hatte er den Chefarzt gesucht, um ihn zu fragen, ob komatöse Patienten tatsächlich so gut wie tot seien. Aber der war auf einem Kongreß. Schließlich hatte er Hannahs Mutter vor der Klinik getroffen, und sie waren eine Weile durch den nächtlichen Park gelaufen und hatten sich über Hannah unterhalten. Und dabei hatte Frau Krakauer beiläufig erwähnt, daß Hannahs Freund jede Nacht zu ihr in die Klinik gekommen sei und mit ihr geredet habe. Die Nachtschwester habe es ihr erzählt. Hannahs Freund? War das etwa dieser Typ, der ihr Telefon beantwortet hatte? Also hatte sie doch einen Freund? Ja, er heiße Michael Kornblum, seine Eltern stammten aus Rußland. Und sei das nicht wunderbar, wie der junge Mann jede Nacht mit ihrer Hannah geredet habe! Daß es solche Gegensätze auf der Welt gäbe! Auf der einen Seite diese Mörder, die eine junge Frau umbrachten. Und dann dieser Kornblum, der sich die Nächte um die Ohren schlage, um ihre Tochter ins Leben zurückzuholen. Manchmal verstehe sie nicht, warum der Herrgott das alles so eingerichtet habe.

Daniels erster Impuls war es gewesen, Frau Krakauer darüber aufzuklären, wer der nächtliche Besucher wirklich war. Aber dann hatte er sich eines Besseren besonnen. Statt dessen hatte er ihr geschworen herauszufinden, was eigentlich hinter diesem Unglück stecke, und er hatte ihr erklärt, daß es nicht notwendigerweise Neonazis gewesen seien, die den Überfall organisiert hätten. Die Studentenpolitik sei sehr verwirrend. Und es gebe auch Gruppierungen, die sich als Neonazis ausgäben, um ihre eigenen politischen Zwecke zu verfolgen. Und dann hatte er sich verabschiedet, war nach Hause gefahren und hatte lange und gut geschlafen.

Das Audimax hatte sich langsam gefüllt. Für Honoratioren und geladene Gäste waren in der ersten Reihe die Plätze freigehalten worden. Aber Senator Weiss hatte sich ganz hinten hingesetzt, um unauffällig während der Vorstellung verschwinden zu können. Daniels Aufgabe war es, wenn es soweit war, Schacht nach draußen zu bitten. Da wollten die beiden unauffällig abstimmen, was sie dem Gutachter Professor Berthold sagen würden, wenn sie ihn zufällig in der Pause trafen. Daniel sah sich im Auditorium um. Das Publikum war gemischt. Ein großer Teil bestand aus Studenten, Dozenten und Angehörigen der Universität. Deshalb gab es mehr Begrüßungen und mehr Wiedererkennungsjubel als in gewöhnlichen Theatern. Aber es gab auch eine Menge Stadtbürger, die gerne mal eine Inszenierung jenseits des konventionellen Milieustils der professionellen Theater besuchten. Das galt vor allem für Klassiker; die bekam man in den normalen Theatern nicht mehr in der Urfassung zu sehen. Die Regisseure benutzten die bekannten Texte nur als Hintergrund, um sich davor durch spektakuläre Abweichungen selbst zu profilieren. Das gefiel zwar nicht dem Publikum, aber der Kritik. Und Regisseure brauchten die Kritiker für die Modellierung ihrer Images, weil sich die kommunalen Kulturdezernenten bei der Berufung von Intendanten und Regisseuren ja nach irgend etwas richten mußten, aber vom Theater soviel verstanden wie ein Pferd von der Mathematik. Um ihre Unfreundlichkeit gegenüber den Texten zu rechtfertigen, hatten die Dramaturgen einen Begriff in den Vordergrund gerückt, den die Insider nur mit Ehrfurcht aussprachen: das war der Begriff des Subtextes. Hinter dem Text mußte man den Subtext finden. Und da er nirgendwo aufgeschrieben war, konnten die Regisseure immer neue Subtexte ausgraben, um derentwillen die Texte zertrümmert werden mußten; sonst wären ja die Subtexte unsichtbar geblieben. Und weil Profis nur noch Subtexte inszenierten, hatte die Studiobühne der Universität mehr und mehr davon profitiert, daß sie die wirklichen Texte spielte, und sich auf diese Weise eine große Anhängerschaft erworben.

Inzwischen hatte sich das Audimax gefüllt. Die Türen wurden geschlossen, und das Licht ging aus, der Geräuschpegel fiel in sich zusammen, und ein Spot beleuchtete auf der Bühne einen jungen Mann im normalen Straßenanzug.

»Meine Damen und Herren«, begann er, »ich begrüße Sie im Namen der Studiobühne zur heutigen Premiere von Shakespeares ›Viel Lärm um nichts‹. Daß ich hier einen Prolog spreche, den Shakespeare nicht vorgesehen hat, hat nur einen Grund. Wir hätten diese Premiere noch fast im letzten Augenblick abgesagt. Denn seit gestern trauern wir um ein ehemaliges Mitglied der Studiobühne, die AStA-Vorsitzende Hannah Krakauer. Sie ist an ihren schweren Verletzungen gestorben, ohne das Bewußtsein wiedererlangt zu haben. Wir haben deshalb lange darüber diskutiert, ob wir angesichts ihres Todes eine so leichtgewichtige Komödie nicht lieber absetzen sollten. Den Ausschlag gab folgendes Argument: Hannah hätte das nicht gewollt. Da waren wir uns alle ganz sicher. Sie hätte sich gewünscht, daß wir spielen. Alles andere hätte sie für eine Kapitulation vor den Barbaren gehalten und vor dem Tod. Hannah hat Shakespeare geliebt, weil seine Vitalität immer wieder über den Tod triumphiert. Das geschieht auch in unserer Komödie. Hannah hat mehrere Tage im Koma gelegen. Wir alle haben gehofft, daß sie wieder aufwacht. Aber wie es in ›Romeo und Julia‹ heißt: ›Der Tod ist ein Liebhaber.‹ Er hat sie umarmt und nicht mehr gehen lassen. In ›Viel Lärm um nichts‹ erleben wir dasselbe Drama noch mal als romantische Komödie. Wenn wir sie heute vor Ihnen aufführen, empfinden wir alle Hannahs Gegenwart. Sie steht wieder mit uns auf der Bühne. Sie hat hier schon in mehreren Inszenierungen auf der Bühne gestanden. Viele werden sich an ihre hinreißende Pegeen in Synges ›Ein Held der westlichen Welt‹ erinnern.«

Hier brandete plötzlich Beifall auf.

»Andere werden gerne an ihre temperamentvolle Roxane in ›Cyrano de Bergerac‹ zurückdenken, als wir uns alle in sie verliebt haben.«

Wieder rauschte Beifall durch das Audimax.

»Und hier, auf dieser Bühne, hat sie auch gestanden, als sie tödlich verletzt wurde.«

Jetzt trat tödliche Stille ein.

»Wenn wir Ihnen unser Stück heute als Erinnerungsbeschwörung anbieten, geschieht das ganz im Sinne Shakespeares. Er verstand die Bühne als Erinnerungsort, wie er im ›Hamlet‹ beschworen wird. Das Gedächtnis ist für ihn ein theatrum internum, besichtigt von the mind's eye, dem Auge des Geistes. Hannah hat diesen Vers aus ›Hamlet‹ oft zitiert, in dem vom Gedächtnis als Globe, als Kopf und als Globe-Theater die Rede ist. Sie kannte den ganzen ›Hamlet‹ im Original auswendig. Und so möchte ich Ihnen zu Beginn dieser Gedächtnisinszenierung den Vers noch mal im Original zitieren.

> ›Remember thee?
> Ay, thou poor ghost, whiles memory holds a seat
> in this distracted globe, we shall remember thee.‹
> Vielen Dank!«

Der lang anhaltende Beifall bekundete den metaphysischen Respekt, den man dem Tod zollte. Dem Tod, der nicht am Ende eines auslaufenden langen Lebens daherkam, sozusagen als Ersatz eines Lebens, das nicht mehr wollte, sondern als Unterbrechung, als wirklicher Feind und Widerpart des Lebens. Als Verkörperung eines gegnerischen Prinzips und als Herrscher über eine andere Welt.

Und dann ging die Sonne Shakespeares über Messina auf und beleuchtete die Welt von Claudio und Hero, Benedick und Beatrice und ihre tödlichen Liebesscharmützel. Daniel aber konnte sich nicht auf die Handlung konzentrieren. Die Gedächtnisrede hatte in ihm das Erinnerungsbild von Hannah als Roxane wachgerufen. Er sah sie wie ein Schemen auf dem Balkon, in jener Parodie auf Romeo und Julia, wie sie den Liebesschwüren Cyranos lauschte und dabei glaubte, es seien die Christians. Welcher Aberwitz! Und jetzt wurden seine eigenen Liebesschwüre, die sie nicht mehr hatte hören können, diesem Kornblum zugeschrieben. Und Kornblum, so entnahm er seinem Programmheft, hieß der Regisseur des Stückes, der zu Anfang die kleine Rede gehalten hatte. Das war also Hannahs Freund. Der Typ am Telefon! Warum hatte sie ihn so versteckt? Wo war er gewesen, als sie im Koma lag? Es war lächerlich. Er hatte Cyrano gespielt, ohne es zu wissen. Er hatte die Liebeskommunikation geliefert, aber die Ernte hatte Kornblum – Zornblum eingefahren. Er empfand plötzlich eine rasende Eifersucht und eine lächerliche Selbstentwertung. Er war wie dieser Benedick auf der Bühne, ein Narr der Frauen; der Senator hatte ganz recht, er war ein Idiot. Oh Gott, er hätte sich ja schon längst nach dem Senator umsehen sollen, um zu prüfen, ob die Zeit gekommen war, den Schacht nach draußen zu bitten. Als er sich vorsichtig umdrehte, schaute er geradewegs in die Katzenaugen von Vanessa. Sie saß direkt hinter ihm und flüsterte: »Ich habe dich gleich angerufen, als ich es gehört habe, aber du warst nicht da. Bist du in Ordnung?«

Daniel nickte hektisch und drehte sich abrupt um, weil ihm wieder das Wasser in die Augen schoß. Wenn das so weiterging, konnte er sich nicht mehr in der Öffentlichkeit blicken lassen. Er war ja völlig zerrüttet.

Sie beugte sich bis zu seinem Ohr vor und wisperte scharf: »Hör zu, ich war in der Gerichtsmedizin und habe die Pathologen genervt, die die Autopsie gemacht haben. Sie hatte nie eine Chance.«

Er drehte sich um und sah sie an. »Bist du sicher?«

»Können Sie nicht leise sein«, zischte Vanessas Nebenmann.

»Ihr Hirn war ganz zerstört. Überall innere Blutungen. Sie wäre nie mehr zu sich gekommen. Sie ist nicht erst gestern gestorben. Sie war schon längst tot. Du hast eine Tote geliebt.«

»Das hat der Senator auch gesagt.«

»Seien Sie doch bitte leise«, zischte der Nachbar.

»Komm, wir gehen raus.«

»Ich kann nicht, ich muß auf das Zeichen des Senators warten, den Schacht abzuschleppen. Die wollen sich heimlich treffen.«

»Dann hol du den Schacht, ich hol den Senator.«

Daniel überlegte. Wieviel Zeit hatten sie noch? Er versuchte am Text zu erkennen, in welchem Akt sie waren. Auf der Bühne sang eine Gestalt:

»Klagt, Mädchen, klagt nicht Ach und Weh,
Kein Mann bewahrt die Treue;
Am Ufer halb, halb schon zur See,
Reizt, lockt sie nur das Neue...«

Das mußte kurz vor dem dritten Akt sein. Also wurde es Zeit.

»Okay«, sagte er und schlich sich mit gebeugtem Rücken den Mittelgang hinunter zu Schacht, der in der ersten Reihe auf einem VIP-Sitz saß, und flüsterte ihm zu, der Senator wolle ihn in der Garderobe sprechen. Jetzt. Sofort. Noch während der Vorstellung.

Schacht erhob sich, und beim Hinausgehen sah Daniel, daß Vanessa den Senator gerade durch die gegenüberliegende Tür abschleppte. »Die ganze Welt ist eine Bühne«, fiel ihm ein, »und die Menschen alle Schauspieler. Sie haben ihre Auftritte und ihre Abgänge.«

Draußen in der weiten Lobby des Audimax war kein Mensch zu sehen. Während Vanessa und Daniel sich auf die Treppe setzten, zogen sich Schacht und der Senator in die Garderobe zurück. Weiss war ein lebhafter Mann, der beim Reden viel mit den Händen fuchtelte, während Schacht seine Vorhaltungen gerne damit begleitete, daß er seinen Zuhörer in seine offenen Hände blicken ließ, so als ob da die Argumente lägen, die er vortrug. Und so führten die beiden eine wechselvolle Pantomime auf. Vanessa und Daniel waren nach kürzester Zeit von dem Schauspiel völlig absorbiert und traktierten sich gegenseitig mit Deutungen. Zunächst kam eine Phase, in der Schacht heftig seine offenen Hände herumschleuderte und dabei immer wieder zu ihnen herüberschaute.

»Jetzt klagt er mich an«, sagte Daniel.

Dann setzte eine ruhigere Phase ein, in der Weiss offenbar etwas erklärte. Aber soviel er auch redete, Schacht schüttelte immer wieder den Kopf. Darauf wurde Weiss lebhafter und rückte Schacht immer weiter auf den Leib, bis dieser rückwärts an den Garderobentisch stieß. Dann wurde Schacht ganz emphatisch und schlug mehrere Male mit der flachen Hand auf den Tisch, während Weiss abwehrend die Hände hob. Schließlich sah es so aus, als ob die Verhandlungen ganz zum Erliegen gekommen seien. Beide schauten schweigend und finster. Schacht in die Luft und Weiss auf den Fußboden. Irgendwann mußte Weiss einen Witz gerissen haben, denn Schacht explodierte plötzlich und Weiss schlug ihm freundschaftlich auf den Arm. Daraufhin setzten sich beide einander gegenüber mit je einem Bein auf die Kante des Garderobentisches, so daß ihre beiden Körper einen symmetrischen Rahmen bildeten, und begannen eine längere ruhigere Verhandlung. Schließlich schienen sie zu vollstem Einverständnis gekommen zu sein, und sie schüttelten sich herzlich die Hand. Und dann barsten auch schon die beiden großen Türen zum Audimax auf, und das Publikum strömte zur Pause in die Lobby.

Um nicht hinweggeschwemmt zu werden, zog Daniel Vanessa über die Treppe zur Empore. Von dort konnten sie das gesamte Publikum aus der Vogelperspektive betrachten. Weiss und Schacht hatten sich getrennt. Schacht schritt jetzt grüßend durch das Publikum, tätschelte hier einen Oberarm, schüttelte dort eine Hand, winkte hier hinüber und neigte dorthin den Kopf, mal kameradschaftlich-freundlich, mal huldvoll-hoheitlich, der Souverän bei seinem Volk, der Präsident der Universität. Daniel war klar, der Senator hatte ihn wieder restauriert. Er hatte Daniels K.-o.-Schlag wieder rückgängig gemacht. Schacht war wieder sein altes händeschüttelndes Selbst. Er hatte das zu einer richtigen Kunst perfektioniert. Der beidhändige Griff drückte eine wärmere Beziehung aus als der einfache Schüttler. Dieser konnte wieder durch einen herzhaften Schulterklopfer ergänzt werden; bei Damen drückte Schacht durch ein blitzschnelles Einhängen mit parallelen Unterarmen und verflochtenen Fingern die Verbindung eines herzlich kollegialen Einvernehmens mit dem Kompliment physischer Attraktivität aus. Alte Freunde wurden mit kurzen, entschlossenen Umarmungen und Küßchen im Stile der Toscana-Hedonisten bedacht. Wichtige Freunde kamen in den Genuß eines Schüttlers mit gleichzeitigem, markigem Ellbogengriff von linker Hand. Und für Geistesgrößen hatte er sogar die alte Konfirmandenverbeugung im Repertoire, durch deren Seltenheit er den Umstehenden zu verstehen gab, daß er den Geist erkannte, wenn er ihn sah. Daniel war von dem Schauspiel so gefangengenommen, wie der Präsident sich grüßend eine Schneise durch die Menge bahnte, daß er zusammenzuckte, als er hinter sich die erhobene Stimme des Senators hörte.

Freudig begrüßte sie offenbar einen alten Bekannten.

»Nicht umdrehen«, zischte Daniel Vanessa zu.

»Nein, so was, Herr Berthold!« rief der Senator. »Welch ein Zufall, daß ich Sie hier treffe.«

»Herr Senator, das ist mir aber ein Vergnügen.«

»Sagen Sie, Herr Berthold, diese hinreißende Beatrice, heißt sie nur zufällig Berthold, oder sind Sie mit ihr verwandt?«

»Sie ist meine Tochter.«

»Nein, sagen Sie! Da kann man Ihnen aber gratulieren. Sie ist ja eine richtige Begabung.«

»Na, na!«

»Übrigens danke ich Ihnen für den Entwurf des Gutachtens.«

Bertholds Antwort war unverständlich.

»Nein, ich möchte mich gar nicht dazu äußern. Sie sollen ganz unbeeinflußt urteilen. Politik und Rechtsprechung müssen zwei verschiedene Sphären bleiben, nicht wahr? Das Wichtigste ist, Sie wägen die Risiken richtig gegeneinander ab.«

»Welche Risiken?«

»Das fragen Sie? Die Risiken des Allgemeinen Politischen Mandats sind doch heute eindrucksvoll vor Augen geführt worden. Gewalt, Eskalation, Ausländerpolitik, Terrorismus, PKK, Asylpolitik, Drogenpolitik, Päderastie, Kinderpornographie, Hureninitiative, Anti-Atom-Politik – na eben, womit sich der Allgemeine Studentenausschuß so beschäftigt. Ich will das nicht so ausdrücken, aber ist die junge Frau, deren wir heute gedenken, nicht ein Opfer des Allgemeinen Politischen Mandats? Und natürlich denke ich auch an die Risiken für Sie selbst.«

»Für mich selbst?« Bertholds Stimme klang jetzt ängstlich.

»Na ja, Risiko ist eigentlich nicht das richtige Wort. Schließlich werdet ihr Juristen ja für eure Fehlurteile nicht regreßpflichtig gemacht – anders als bei Ingenieuren oder Ärzten, hahaha –, aber Ihr Name wird natürlich mit dem Gutachten verbunden bleiben. Wenn es zu Gewalt auf dem Campus kommt, werden die Politiker sagen, wir würden ja gerne, aber da ist leider das Berthold-Gutachten, da sind uns leider die Hände gebunden.«

»Aber ich dachte, Sie sind für das Allgemeine Politische Mandat. Sie haben doch neulich ein Plädoyer dafür gehalten.«

»Bin ich auch, bin ich auch. Und daran sehen Sie, daß ich Sie nicht beeinflussen möchte. Wie ich schon sagte, Politik und Justiz. Aber der Präsident sieht das ganz anders als ich. Und manchmal muß man seinen Partnern irgendwie entgegenkommen, finden Sie nicht?« Da ertönte die Klingel, die das Ende der Pause anzeigte. »So, und nun sollten wir besser wieder hineingehen, sonst verpassen wir noch Ihre hinreißende Tochter.«

Erst als die Stimmen sich entfernt hatten, wagten Vanessa und Daniel sich umzudrehen. Aber statt ins Audimax zurückzukehren, gingen sie in das türkische Restaurant mit den Holztischen, in dem es so viel Börek und Köfte gab.

Sie hatten sich das falsche Lokal ausgesucht. Weil alle Tische besetzt waren, hatte sie der Wirt an einen Tisch im Hinterzimmer plaziert. Hier waren sie zunächst alleine, so daß sich Vanessa, ohne Rücksicht auf etwaige Lauscher an Nebentischen, lauthals über den Machiavellismus des Senators auslassen konnte. Daniel wunderte sich, daß sie sich so aufregte. Mit großer Emphase bekundete sie ihre Enttäuschung. Zu seinem Erstaunen erfuhr Daniel, daß Vanessa den Senator eigentlich bewunderte, ja verehrte. Aber daß diese trickreiche Manipulation des Gutachters in ihr einen grundsätzlichen Inszenierungsverdacht wecke. Wenn man den Senator beobachte, müsse man ja wieder an jenes abgedroschene Klischee glauben, daß Politik den Charakter verderbe. Ständig würde da getäuscht, simuliert, intrigiert und manipuliert, das müsse ja zu einer Gewohnheit werden, zu einer Art chronischen Krankheit, bis die Infizierten nicht mehr wüßten, was Täuschung und was Wahrheit sei. Und sie entfaltete all die moralischen Bedenken gegen die Politik, die so alt waren wie das politische Denken selbst. Und da sie beide sich in der Tradition der politischen Theorie auskannten, waren sie schnell in eine jener Grundsatzdebatten vertieft, in der beide zu gleichen Teilen recht und unrecht haben. Und beiden war dieses Muster der Debatte durchaus vertraut. Sie hätten sich auch nicht mit solcher Inbrunst diesem Ritual überantwortet, wenn es nicht in Wirklichkeit um etwas anderes gegangen wäre: Wie ein Geist stand der Gedanke an Hannahs Tod zwischen ihnen. Beide wußten nicht, wie sie ihn beim Namen nennen sollten, ohne irgend etwas furchtbar zu beschädigen: Hannahs Andenken, ihr gegenseitiges Verhältnis, ihr Vertrauen zueinander, Daniels Kredit. So tanzten sie mit ihrer Diskussion über Moral und Politik um das Problem herum, das sie wirklich beschäftigte, und jeder gab durch sein scheinbares Engagement vor, daß ihm nichts ferner lag, als das, was sie wirklich taten, nämlich die Erwähnung Hannahs krampfhaft zu vermeiden.

Über ihre Ersatzdebatte hatten sie es versäumt, nach den Getränken das Essen zu bestellen – dazu verlangte die Speisekarte mit den tausendundeins Gerichten ein mehrminütiges Studium, das jede Debatte unterbrach – und so bestellten sie erst nach einer Stunde in der ersten Erschöpfungspause. Da aber brach plötzlich die Völkerwanderung über sie herein. Mit ungebremster Wucht fiel der lärmende Haufen des Schauspielerensembles aus dem Audimax ein und besetzte das Hinterzimmer wie eine Horde betrunkener Vandalen, die eine römische Villa okkupieren. Hysterisch von der ausgestandenen Spannung und dem Premierenbeifall schrien sie alle durcheinander. Daniel und Vanessa wären am liebsten gegangen, aber da brachte der Kellner ihr Börek und Köfte. Und so lauschten sie kauend den Scherzen und Botschaften, den Zitatfetzen und Sprüchen, die wie Geschosse pausenlos durch den Raum flogen und irgendwo einschlugen und explodierten. Es war wie im Feuerhagel. Und statt der Schreie der Verwundeten hörten sie die schrillen Jubelrufe, wenn eine Granate jemanden getroffen hatte, und das Geknatter von Lachsalven. Es herrschte Witzkrieg. Zumal die beiden Schauspieler, die schon im Stück das lustig verzankte Pärchen Benedick und Beatrice gespielt hatten, es sichtlich genossen, ihre Florettübungen im Leben fortzusetzen. Sie hatten offenbar Feuer gefangen, und Daniel beobachtete wie so oft, daß die Simulation der Liebe als Zünder für die wirkliche Liebe dient. Er hatte gerade begonnen, Vanessa darüber einen gedämpften Vortrag zu halten und sich dabei gefragt, ob er das nicht als Einleitung für ein Gespräch über sich und Hannah benützen könne, als plötzlich Stille eintrat.

Der Schauspieler des »Claudio« war aufgestanden und hatte ans Glas geklopft. »Ich möchte etwas sagen …«

»Der gute, alte Schlehwein«, schrie jemand dazwischen, »er muß immer was zu schwatzen haben. Wenn das Alter eintritt, geht der Verstand zu Ende. Gott stehe mir bei.«

Ein wildes Gejohle war die Antwort. Das Zitat hatte gesessen. Aber Claudio pfefferte zurück. »Eine ganze hohe Schule von Witzknackern soll mich jetzt nicht aus meinem Humor sticheln, denn der Mensch ist ein schwindlig Geschöpf. Was dich betrifft, Borachio«, er wandte sich an den Witzbold, »so dachte ich, dir eins zu versetzen. Aber statt dessen möchte ich nur eins tun. Ich möchte in unser aller Namen Michael für seine Geduld mit uns danken.« Großes Zustimmungsgejohle und Beifall. »Ich weiß nicht, wie es euch geht, aber ich fand es bewundernswert, wie er durchgehalten hat. Ich hätte das nicht gekonnt.« Erneuter und lang anhaltender Beifall. »Und ich möchte ihm auch für seine Worte über Hannah danken. Wir alle hinter der Bühne waren richtig bewegt. Und ich glaube, das Publikum auch. Anders als Meister Holzapfel findet eben Michael immer die richtigen Worte. Auf Michael, unsere Kornblume.«

Alle hoben die Gläser und intonierten im Chor: »Auf Michael, unsere Kornblume.«

Als sich Claudio gesetzt hatte, erhob sich die Kornblume selbst. An seinem leicht flackernden Blick und seinen ansatzlosen, plötzlichen Bewegungen erkannte Daniel, daß er ziemlich einen geladen hatte.

»Freunde, Schauspieler, Landsleute, ich danke euch.« Dann schien ihm nichts mehr einzufallen. Sein vager Blick irrte im Kreise umher, bis er an der Schauspielerin der Hero hängenblieb. Alle warteten, daß er etwas sagen würde. Niemand schrie dazwischen. Alle respektierten offenbar seine Betrunkenheit.

»Annette«, er stierte immer noch die Hero-Darstellerin an, »heute abend habe ich dich geliebt (stierer Blick). Und ich habe um dich getrauert! Jawohl, getrauert habe ich. Als du bei deiner Wiedergeburt zu Claudio sagtest –weißt du am Ende, als du die Maske abnimmst, als du da sagtest: ›Als ich geliebt, war ich Euer erstes Weib / Als Ihr geliebt, wart Ihr mein erster Gatte‹ – als du das sagtest, da hast du für mich Hannah wieder zum Leben erweckt. Sie war wieder da.« Kornblums Blick irrte durch den Raum und blieb dann an Daniel hängen. »Und da sitzt der Schweinehund, der sie umgebracht hat.«

Alle schauten zu Daniel. Jeder schien verblüfft über diese plötzliche Anklage. Sie schien wie der verrückte Einfall eines Betrunkenen, die Ausgeburt einer hysterischen Atmosphäre. Aber wie bei der allmählichen Verfertigung der Gedanken beim Reden, schien Kornblum an der Idee Geschmack zu finden. Er wies mit ausgestrecktem Finger auf Daniel: »Wißt ihr, wer das ist? Das ist Dani der Dentzer. Steigbügelhalter und Fußsohlenkitzler des Senators für Allgemeinwissenschaft und angrenzende Fächer.« Leichtes Gelächter antwortete. »Und wißt ihr, was seine Aufgabe ist? Er muß für den Terminator die Temperatur des Badewassers prüfen.« Erneutes Gelächter ermunterte ihn zum Weitermachen. »Jawoll«, fuhr er fort, »er schnüffelt für ihn in der Uni herum, ob er ein paar Huren für den Generator findet, die ihm zu Willen sind.«

Als Daniel etwas erwidern wollte, griff Vanessa schnell seine Hand und drückte sie.

»Er ist ein Zuhälter, aber«, und Kornblum hob theatralisch den Arm, »kein gewöhnlicher, sondern ein politischer Zuhälter. Ein Fleischverkäufer. Und er hat es auch mit Hannah versucht. Er war es, der sich dieses irre Go-in ausgedacht hat.«

Daniel gab sich Mühe, ruhig zu bleiben: »Das ist eine verdammte Lüge, und Sie sind besoffen.« Damit wandte er sich wieder seinem Essen zu, so als ob die Sache abgeschlossen sei, weil sie zu absurd war, um weiterverfolgt zu werden. Aber er hatte nicht mit der Trägheit von Kornblums trunkenem Hirn gerechnet. Dieser wandte sich jetzt an die anderen: »Habt ihr schon mal einem politischen Zuhälter beim Essen zugesehen? Politische Zuhälter sind immer Veget-Arier. Und Veget-Arier sprechen nicht mit betrunkenen Juden, dafür sind sie zu vegetarisch.«

Jetzt schien es den anderen an der Zeit, einzuschreiten. »Michael, red keinen Quatsch und setz dich hin.« »Komm, laß diesen Blödsinn.« »Oh Michael, nicht wieder die Antisemitismuskeule.« »Ehh, laß doch den Scheiß, Michael.« Und seine Nachbarn zerrten so sehr an ihm, daß er sich plötzlich, wie vom Blitz getroffen, hinsetzte. Aber genauso schnell war er wieder oben, zeigte mit ausgestrecktem Finger auf Daniel und schrie: »Er ist der Todesbote.«

Da hielt es Daniel nicht länger aus. »Was maßen Sie sich an, Sie lächerliches Schnapsfaß? Wo waren Sie denn, als Hannah im Koma lag? Sie hatten wohl keine Zeit, weil Sie den Text für die Rolle des tragischen Liebhabers auswendig lernen mußten. Wahrscheinlich im Blankvers, Sie Arschloch.«

Kornblum schien sich über diesen Ausbruch wie über einen Treffer zu freuen. »Hört ihr das, hört ihr das?« fragte er sein Ensemble. »Er mag keine Schauspieler. Er möchte alles echt haben. Echtes Leben, echter Tod.«

Da schrie Claudio energisch: »Kornblum, halt die Schnauze und setz dich hin.« Der betrunkene Kornblum sah ihn an, als ob er sich den Vorschlag ernsthaft durch den Kopf gehen ließe. Dann hob er dramatisch die Hände, so als ob er schon kapituliere und jeder weitere Ordnungsruf überflüssig sei.

»Guut«, sagte er, »guut, ich werde den Zuhälter nicht weiter ärgern. Ich möchte ihm nur eine einzige Frage stellen.« Zu Claudio gewandt: »Du gestattest mir doch noch diese einzige Frage?« Claudio machte eine ärgerliche Geste. »Nur eine Frage an den Sohlenkitzler des Wissenschaftssenators.« Jetzt mußten einige Zuhörer lachen. Er sah Daniel an. »Sagen Sie mir bitte, warum haben Sie Hannah dazu angestiftet, die Naziparolen an die Mauern des Audimax zu schmieren?«

Daniel bekam einen Schock. Wie kam Kornblum darauf? Was hatte Hannah ihm erzählt? Wem hatte sie es außerdem noch gesagt? Hatte sie die Graffiti-Aktion tatsächlich als seine Idee ausgegeben? Immerhin, er hatte sich von ihrer Begeisterung anstecken lassen und sie auch noch bestärkt. Nun aber blieb ihm nichts anderes übrig, als strikt zu leugnen.

Er stand auf und sagte zu Kornblum: »Ich höre mir diesen Schwachsinn nicht länger an. Ich will Ihnen eins sagen, Sie Arschloch. Ich habe Hannah sehr gemocht. Und das ist der einzige Grund – das und die wunderbare Gedächtnisinszenierung heute abend –, daß ich Ihnen nicht eins auf die Schnauze gebe. Komm, Vanessa, wir hauen ab.« Als sie nach vorne zur Theke gingen, um zu zahlen, kam ihnen Beatrice nachgelaufen. Daniel erinnerte sich, das mußte die Tochter von Berthold sein: »Sie dürfen ihm das nicht übelnehmen«, flüsterte sie, »er war ihr Freund. Und Ihre Frage vorhin war sehr unfair. Als sie im Koma lag, ist er jede Nacht zu ihr gegangen und hat stundenlang mit ihr geflüstert. Das hat mir die Schwester erzählt, als ich Hannah besuchen wollte, und die wußte es von der Nachtschwester. Er muß sie sehr geliebt haben.«

Als Beatrice wieder verschwunden war, lachte Vanessa ihn aus. »Armer Dani-Boy. Da hast du dem Kornblum bei seinen Schauspielerinnen aber ein tolles Image verschafft. Die werden sich jetzt alle vor ihm auf den Rücken werfen.«

Daniel verstand das nicht. Was gefiel einer Frau daran, wenn ein Mann so sehr eine andere liebte?

»So möchte jede Frau mal geliebt werden. Nächtelanges Liebesgeflüster, wann gibt es das noch im Zeitalter der One-night-stands? Aber wie kommt dieser Typ nur darauf, daß es Hannah war, die die Naziparolen ans Audimax gesprüht hat? Das gibt doch keinen Sinn.«

»Er war eben besoffen«, sagte Daniel beiläufig. Aber er fühlte sich mehr als unbehaglich.

## 12

Der Geschäftsführer der Hanseatischen Gesellschaft für Beteiligungsverwaltung, Dietmar Jörder, hatte weder Sinn für die Kekse, die die Sekretärin des Präsidenten aufgefahren hatte, noch für die Schönheit der Kunst. So würdigte er auch das »Massaker von Batak« keines Blickes. Statt dessen starrte er anklagend den Präsidenten an, der die sogenannte Viererbande an seinen Konferenztisch geladen hatte. Dazu gehörte noch der Vorsitzende des SPD-Wahlkreises Mitte, Gernot Wandel, Inhaber einer großen Baufirma, und die Schulsenatorin Petra Rassmann.

»Was heißt, Sie haben keine Handhabe gegen den AStA? Aber sicher haben Sie die. Der AStA kassiert von den Studenten über neunhunderttausend Mark im Jahr. Das ist ziemlich viel Geld. Von jedem Studenten elf Mark Zwangsbeitrag im Semester, von jedem der vierzigtausend. Aber sie lassen nicht jeden wählen.« Er klopfte anklagend auf eine Infobroschüre zur Wahl der Studentenvertreter und las vor: »›Achtung, für Burschenschaftler, rechte Arschlöcher und Mitglieder der Popgruppe ›New Kids‹ gibt es bei uns kein Wahlrecht.‹ Das steht hier drin. Damit haben Sie eine Handhabe, Herr Präsident. Das ist definitiv rechtswidrig. Und gäbe es einen günstigeren Zeitpunkt, als nach dieser Prügelorgie im Audimax? Jetzt ist die AStA-Vorsitzende auch noch gestorben. Na wunderbar. Eine bessere Gelegenheit kriegen Sie nie, um den Weiss zu überfahren.«

Präsident Schacht bot Jörder einen Keks an. »Hier, nehmen Sie, das beruhigt die Nerven. Herr Jörder, ich kenne doch all diese Argumente. Ich verstehe ja, daß Sie beunruhigt sind wegen der Schwulenklappen in Ihren Badeanstalten. Aber bei Studenten kann man nie mit der Brechstange arbeiten. Da braucht man politische Strategien. Und gestern hat der Senator mir versprochen, die Sache durch ein entsprechendes Rechtsgutachten endgültig in unserm Sinne zu lösen.«

Das war eine Sensation. Dann mußte der Senator ja seine Meinung geändert haben. Wie Schacht das denn hinbekommen habe? Was er ihm dafür als Gegenleistung geboten habe? Ob man dem Weiss auch trauen könne?

»Er hat es mir in die Hand versprochen.«

»Und wer ist der Gutachter?«

Schacht sah sie mit starrem Blick an. »Das wollen wir doch lieber nicht an die große Glocke hängen. Wenn jemand von uns hier sich nicht zurückhalten kann und ihn beeinflußt, ist vielleicht das ganze Gutachten diskreditiert.«

»Ich will ja nur, daß endlich Ruhe im Bezirk einkehrt«, sagte Jörder. »Keine Hausbesetzungen mehr, keine Anschläge auf das Büro der Vertriebenenverbände, keine Tagungen mit dem kurdischen Exilparlament in der Mensa und vor allem keine Päderasten in den Schwimmbädern.«

Schacht tätschelte sein Knie. »Gemeinsam werden wir das hinkriegen.«

»Da bin ich mir nicht so sicher.« Es war der SPD-Vorsitzende Wandel, der das Wort ergriffen hatte. »Außerdem höre ich, die Finanzbehörde hat den Plan unserer Firma für neue Parkplätze im Bereich des Campus abgelehnt?«

»Das hat Senatsdirektor Rudinski schon bereinigt.«

»Und wie?«

»Nun«, Schacht fischte einen gelben Ordner aus seinem Aktenstapel und schlug ihn auf, »wir haben ursprünglich eine Baubedarfsnachweisung für kleinere Erweiterungsbauten aufgestellt, und das hat die Finanzbehörde abgelehnt. Im neuen Antrag stellen wir eine Baubedarfsnachweisung für Bauerhaltung aus.«

Wandel verstand sofort.

»Und das muß die Finanzbehörde nicht genehmigen?«

»Nein. Außerdem habe ich noch etwas für Sie.«

Wandels Laune verbesserte sich zusehends. Er nahm einen Keks und stippte ihn in den Kaffee. »Und was ist es?«

Und der Präsident setzte ihm auseinander, daß Weiss und er den Plan gefaßt hatten, den Campus auch optisch zu sanieren. Eine Kampagne »Sauberer Campus«, nach dem Vorbild des New Yorker »No tolerance«-Feldzuges. »Und da dachte ich daran, daß das doch für Ihre Firma ein schöner Auftrag werden könnte.«

An welche Größenordnung er denn gedacht habe? Wandels Stimme klang jetzt fast zärtlich.

Nun, eigentlich hätten sie an die Sanierung aller Fassaden gedacht. Also Hauptgebäude, Pädagogisches Institut, Rechtshaus, Philosophenturm, Mensa, Bunker der Volkswirte, Soziologisches Institut und Rechenzentrum.

Dem SPD-Vorsitzenden und Bauunternehmer lief das Wasser im Mund zusammen. Er drehte sich in seinem Stuhl um, um den Ausdruck des Hungers zu verbergen, der sich auf seinem Antlitz ausbreitete. »Hören Sie«, sagte er dann zu Schacht. »Sie haben da ein wunderbares Bild. Gefällt mir ausnehmend gut. Wie heißt es? »Massaker von Batak«. Sehr treffend. Spätes 19. Jahrhundert, habe ich recht? Von wem? Von Basil Hallward. Im Ernst? Ein echter Hallward? Der braucht aber einen würdigeren Hintergrund. Sollen wir nicht Nägel mit Köppen machen und Ihr Büro gleich mit sanieren?« Wandel war in architektonische Begeisterung verfallen. Er stand auf, ging zum Fenster und riß es auf. »Oh Gott, klemmt ja furchtbar. Wann ist das zuletzt erneuert worden? Das wissen Sie nicht? Das muß noch vor den Brüningschen Sparmaßnahmen gewesen sein. Die Fenster müssen wir unbedingt erneuern. Und dann nehmen wir die mit kleinen Fächern. Sieht doch viel besser aus.« Er drehte sich um und schaute von den Fenstern zurück ins Büro. »Und für den falschen Kamin nehmen wir richtigen Marmor. Sie müssen hier doch auch repräsentieren. Haben Sie das nicht in der Zeitung gelesen? ›Die geballte Häßlichkeit von Präsident Schachts Büro konkurriert mit der Wandlitz-Eleganz der DDR-Bonzen‹, oder so ähnlich. Das müssen Sie sich nicht sagen lassen. Ein Präsident hat auch Pflichten gegenüber seinem Status. Sauberer Campus, was? Großartige Idee. Warum sind wir da nicht selbst draufgekommen? Hat Weiss sich das ausgedacht? Sie hatten die Idee beide gleichzeitig? So muß es sein, Zusammenarbeit, das bringt uns weiter. Nicht diese ewige Konfrontation. Die ist steril, bewegt nichts. Bewegung ist alles.« Er war wieder ans Fenster getreten und wies hinaus über die Grünflächen der Moorweide auf die Grindelallee, auf der ein unaufhörlicher Strom von Autos sechsspurig an der durchsichtigen Fassade des Dammtorbahnhofes vorbeifloß, während ein Stockwerk höher, im Bahnhofsgebäude, die S-Bahnen ein- und ausfuhren. Von weitem drang ein ständiges Rauschen in das Präsidentenbüro. »Schauen Sie sich das an. Das ist unsere Stadt. Dynamik, Zirkulation. Hamburg ist eine amphibische Stadt. Immer gewesen. Wasser zirkuliert. Liquidität. Geld zirkuliert. Und eine Stadt der Medien.

Nachrichten zirkulieren. Blut zirkuliert. Verkehr zirkuliert. Alles bewegt sich. Und der Geist weht, wo er will. Sogar in der Universität«, fügte er lachend hinzu und ließ sich in den Sessel fallen. An die Adresse der Schulsenatorin Rassmann gewandt fuhr er fort: »Was ist los, Petra? Du hast ja noch gar nichts gesagt. Paßt dir etwas nicht? Heraus damit. Alles läßt sich regeln. Ich schätze diese kleinen Konferenzen beim Kollegen Schacht außerordentlich. Liebe Gewohnheit. Austausch von Gedanken. Habe immer dran geglaubt. Brainstorming. Zirkulation. Siehst du? Wieder Zirkulation. Also, was ist los? Sag es Onkel Wandel.« Und damit griff er mit der ganzen Hand in die Keksdose und schob sich eine Faust voll in den Mund, um sich endlich zum Schweigen zu bringen.

Die Schulsenatorin wirkte wirklich grämlich. »Ich weiß nicht«, sagte sie mit einer überraschend rauhen Stimme, »diese neue Harmonie zwischen dir«, sie sah dabei Schacht an, »und dem Wissenschaftssenator ist mir nicht ganz geheuer. Ihr heckt doch da etwas aus. Aufnahmeprüfung für die Uni, Entwertung des Abiturs, irgend so etwas.«

Kläglich schaute sie Schacht an, aber der war durch solche Ängste nicht zu stören. »Du weißt doch, Petra, davon redet er doch schon ewig, das ist doch nichts Neues. Wie will er das je durchsetzen? Das würde doch den ganzen Bildungsföderalismus auflösen. Und eher friert die Hölle zu, als daß das passiert.«

Aber Petra war nicht so schnell zu beruhigen. »Hast du gehört, daß er sich den UNO-Report über den Vergleich der Schulleistungen besorgt hat?«

Schacht wußte gar nicht, daß es einen solchen Report gab, aber mochte das nicht durch Nachfragen eingestehen. »Hätte er mir bestimmt gesagt«, bemerkte er obenhin.

»Kennst du den Report?«

»Ja. Sensationell, nicht?«

»Was meinst du?«

»Die Ergebnisse.«

»Du meinst den Vergleich zwischen den Bundesländern?«

»Selbstverständlich.«

»Wir müssen das unbedingt geheimhalten.«

»Wird nicht leicht sein.«

»Wer mit Schulvergleichen anfängt, hört mit den Vergleichen zwischen den Universitäten auf.«

»Oder mit Vergleichen zwischen Kostenvoranschlägen«, warf Wandel ein.

»Eine Manie, diese Vergleicherei.«

»Alles wird relativiert.«

»Qualitäten kann man nicht vergleichen«, bemerkte Jörder.

»Genau«, sagte Wandel. »Seht euch dieses Bild an«; er zeigte auf das »Massaker von Batak«. »Einfach unvergleichlich.«

»Du meinst als Massaker?«

»Massaker kann man nicht vergleichen. Jedes Massaker ist irgendwie anders. Eben unvergleichlich.«

Wandel stand auf, griff sich eine weitere Faust Kekse und steckte sie in die Jackentasche. »Viel besser als meine eigenen, diese Kekse.« Die anderen erhoben sich ebenfalls und verabschiedeten sich. »Wiedersehen, Wiedersehen, Wiedersehen. Tschüß Petra. Der Weiss kann dir gar nichts tun, und wenn, gibt es ja immer noch Rudinski.«

Als alle gegangen waren, versenkte sich Schacht wieder in die liebevolle Betrachtung des »Massakers von Batak«. Lange hatte er sich nicht mehr so wohl gefühlt. Die Freunde zufrieden, mit Weiss im reinen, zwei Programme in der Bratröhre, Kultur auf dem Campus und saubere Universität, die Initiative zurückgewonnen. Da hatte er schon fast vergessen, wie ihn dieser Laufbursche von Weiss vor den Kulturfritzen erniedrigt hatte. Aber Weiss hatte es ihm erklärt. Ein junger Heißsporn, übereifrig, wollte ihm imponieren, statt dessen hatte er sich eine Abreibung zugezogen. Irgendwie war es ja auch verständlich. Dieser Dentzer war eben noch ein junger Mann. Er war früher auch so gewesen. Man mußte ihm vielleicht verzeihen. Aber erst nachdem man ihm Manieren beigebracht hatte.

Schachts Meditationen wurden durch seine Sekretärin unterbrochen. Ein Herr warte im Vorzimmer. Nein, sie kenne ihn nicht. Der Herr Präsident erwarte ihn, habe er gesagt. Aber bei ihr war er nicht angemeldet. Auch Schacht erinnerte sich nicht, sich mit jemand verabredet zu haben. Nun gut, sie solle ihn hereinbitten.

Als ob er es erahnt hätte. Sein alter Freund. Und noch immer derselbe graue Hut und Mantel wie früher. Er bat ihn, Platz zu nehmen. Oder ob sie nicht lieber...? Lange nicht gesehen. Ja, die Zeiten ändern sich. Er sehe gut aus, gesund. Die Geschäfte gehen gut? Sehr schön, sehr schön.

Er hatte noch immer die Gewohnheit, seinen Hut auf den Tisch zu werfen. Die weichen, welligen Haare waren etwas grauer geworden seit dem letzten Mal, aber sie waren noch genauso voll. Auch trug er noch diese lupenartige Brille, durch die seine Augen eulenhaft groß wirkten. Seine Physiognomie hatte das Teigige nie verloren. Diese besondere Verschüttetheit des Ausdrucks, die vom dauernden Sitzen in ungelüfteten Büros herrührte. Es verlieh dem Gesicht etwas Maskenhaftes. Er wolle nicht lange bleiben, sagte er. Nur diese Schneider-Affäre müsse aufhören. Und er überreichte ihm einen kleinen Koffer. Die übliche Ausstattung, genauso wie früher. Es werde ihm schon was einfallen. Wenn er mehr brauche, solle er sich melden, unter der üblichen Adresse. Ja, immer noch im Buchladen, der existiere weiter wie bisher mit demselben Geschäftsführer. Er sei jetzt nur auf Esoterik spezialisiert. Ein trockenes Lachen. Welch ein Fortschritt. Ob ihm eigentlich klar sei, wie gefährlich die Schneider-Affäre sei? Das sei der erste Fall, der bekannt werden könnte. Ob er wisse, wie viele Leute betroffen wären? Zwanzigtausend! Zwanzigtausend Leute! Ganz oben mache man sich Sorgen, es stehe zuviel auf dem Spiel. Aber er kenne ja die Methode, wenn es hart auf hart gehe ...

Präsident Schacht wurde um eine Idee blasser, als der alte Freund ihn daran erinnerte. Das gefährdete Verbindungsstück wurde einfach abgeknipst. Schnipp.

»Und?« fragte er, »weiß man oben, wer für den ... Unfall der Studentin verantwortlich ist?«

»Der Unfall, wie Sie es nennen, ist gleichgültig. Bereinigen Sie die Sache mit Schneider«, er klopfte auf den Koffer. »Wir wollen in Ruhe Geschäfte machen. Wir haben etwas investiert, Know-how, Verbindungen, Klienten, ein ganzes Netzwerk. Daß das durch einen Fehler von Ihnen zerstört wird, das werden die oben nicht zulassen. Das wissen Sie doch.« Schacht nickte. »Also, lassen Sie sich was einfallen. Aber bald.«

»Und der Untersuchungsausschuß?«

Der alte Freund lächelte dünn.

»Ein Untersuchungsausschuß ist nicht dazu da, um etwas herauszufinden, ein Untersuchungsausschuß soll die öffentliche Meinung beruhigen. Er ist ein Sedativum, besonders wenn der Vorsitzende Professor Windisch heißt.«

»Gehört er zum Zirkel?«

Der alte Freund schüttelte traurig den Kopf über soviel Unverstand. »Aber mein Lieber, was für eine Frage.«

Und Schacht beeilte sich, Einsicht zu zeigen. »Ich weiß, ich weiß«, murmelte er, »tut mir leid.« Und dann wurde ihm klar, was der alte Freund gesagt hatte. »Wirklich zwanzigtausend? So viele?«

»Ich werde jetzt wieder gehen.« Der alte Freund erhob sich, und ohne zu grüßen ging er hinaus. Sein Aktenkoffer blieb auf dem Tisch zurück. Schacht schaute zur Tür, stellte ihn so, daß ein Überraschungsbesucher nicht hineinsehen konnte und hob dann ein wenig den Deckel. Er sah kurz hinein und schloß den Koffer schnell wieder.

## 13

Daniel sah den Sarg. Ein brauner Holzsarg. Sie hatte sich darin versteckt, aber er wußte genau, wie sie aussah. Es war, als wäre er bei ihr in der flackernden Dunkelheit, so wie er Nacht für Nacht im Dunkeln an ihrem Bett gesessen hatte. Und immer noch schwieg sie. Und er selbst, er war auch verstummt. Er hatte es aufgegeben, auf sie einzureden. Er sprach nicht mehr mit ihr. Sie war tot. Dead and gone, Lady. So gründlich tot wie all die anderen Toten der Geschichte. So tot wie Nebukadnezar und der letzte vergessene Pferdeknecht im Heereszug der Menschheit. Im Tod gab es keine Unterschiede. Sie dort im Sarg, deren Kuß er noch auf seinen Lippen schmeckte, war weg, verschwunden im Massengrab der Welt.

Nächtelang hatte er sie angefleht, ihm einen Wink zu geben. Er hatte gelauert, ob ihre Lippen sich bewegten oder ihre Lider flatterten. Aber sie hatte geschwiegen, wie eine Freundin, die im Streit ihre Lippen zusammenpreßt und aus dem Zimmer geht. Sie hatten sich getrennt. Sie war zu den Toten gegangen. Und er war zu den Lebenden zurückgekehrt, die jetzt um ihn herumsaßen.

Ja, er saß nicht mehr alleine am Ufer und weinte. Er hatte Gesellschaft bekommen. Die Trauergemeinde war so groß, daß die Halle am Rande des jüdischen Teils des Ohlsdorfer Friedhofs die Menschen kaum zu fassen vermochte. Von seinem Sitz, ungefähr in der Mitte der Reihen, am Mittelgang, konnte er vorne die Verwandten und Freunde der Familie sehen, die Frau Krakauer umgaben, und dahinter die Mitglieder der Jüdischen Gemeinde. Dann kamen die Vertreter der Stadt und der Universität – es war schließlich ein Tod mit öffentlichem Symbolwert, den man unter Kontrolle halten mußte –, und hinter ihm drängten sich die Studenten und Kommilitonen aus dem AStA, den Seminaren und der Studiobühne. Die Menge der Jarmulkes, aus der jeder Besucher sich im Vorraum der Halle eine herausgriff, um seinen Kopf zu bedecken, war knapp geworden. Und so hatte der Tod Hannahs sie alle in trauernde Juden verwandelt. Wäre das nicht eine Therapie? fragte er sich mit einer plötzlichen Eingebung. Sollte man doch den Neonazis eine Jarmulke verpassen. Als Strafe für einen antisemitischen Akt für drei Monate eine Jarmulke auf die Glatze getackert, und das ganze Problem wäre gelöst. Je mehr antisemitische Ausfälle, desto mehr Jarmulkes auf Glatzen.

Daniel wußte, daß Hannahs Mutter zur Gemeinde der Reformierten Juden gehörte, während sie selbst seit ihrer Teenagerzeit nicht mehr in die Synagoge gegangen war. Sie hatte mit ihm in den verschiedenen Restaurants schon sämtliche Speisevorschriften der Thora und des Talmud verletzt, aber es war ihm doch aufgefallen, daß sie eine Abneigung gegen Schweinefleisch mit einer Vorliebe für Lammfleisch verbunden und deshalb auch gerne den Türken besucht hatte. Und es war während eines Essens beim Türken, als sie ihm die Logik der Verbote erklärte: Erlaubt sei nur das Fleisch von Tieren, die sowohl Wiederkäuer als auch Paarhufer sind – etwa Kühe. Das Schwein sei zwar ein Paarhufer, aber kein Wiederkäuer, also unrein; beim Hasen sei es umgekehrt: der sei zwar ein Wiederkäuer, aber kein Paarhufer, und deshalb ebenfalls unrein. An dieser Stelle war ihre einzige jüdisch-christliche Kontroverse ausgebrochen, die sie je miteinander ausgetragen hatten; dafür hatten sie sie mit einer steigenden Verbitterung geführt, die sie beide erstaunt hatte. Daniel hatte sich nämlich völlig außerstande gesehen zu akzeptieren, daß der Hase ein Wiederkäuer sei. Er weigerte sich schlichtweg, das hinzunehmen. Alle ihre Appelle an seine Toleranz und Liberalität liefen ins Leere. Hier war er völlig dogmatisch. Ein Hase war einfach kein Wiederkäuer. Als Hannah diese ganz offensichtliche Irrlehre befremdlich fand und auf die eindeutige Aussage der Thora verwies, hatte er die Autorität von Lexika, Biologielehrbüchern und des ganzen Linnéschen Systems der Tierwelt nebst Darwins Ursprung der Arten ins Feld geführt. Und als das alles nichts fruchtete, hatte er sie eine vernagelte Orthodoxe und sie ihn einen typischen Antisemiten genannt. Erst, als er ihr Tage später ein Fax mit der Botschaft schickte, in Wirklichkeit habe er gar nichts gegen wiederkäuende Hasen, einige seiner besten Freunde seien wiederkäuende Hasen, hatte sie ihm verziehen.

Daniel wurde aus seinen Gedanken geweckt, als jemand, war das der Rabbiner?, ans Pult vortrat und einen Psalm vorlas. Dann machte er einem anderen Redner Platz, der sich als ein ehemaliger Lehrer Hannahs zu erkennen gab. Daniel war mit großem Unbehagen zur Trauerfeier gekommen. Er fürchtete die Reden. Er hatte richtig Angst vor den Beschwörungen des jüdischen Schicksals, die jetzt folgen mußten. Er haßte diese Symbolpolitik, die mit dem Holocaust getrieben wurde. Ihn ekelte die wüste Brühe des Geschwafels, die die öffentliche Rhetorik in Absud ertränkte, und wenn sie ablief, nur verfaulte Sprache übrigließ. Er hatte sie oft gehört, diese Texte. Er konnte schon vorher darauf wetten, welche Begriffe darin auftauchen würden: »Grauen, namenloses« und »Verbrechen, unvorstellbare«; »unbegreiflich« und »bewältigen«; »nie wieder« und »dunkle Schatten«; »Schicksal« und »Verhängnis«; »im deutschen Namen« und »jüdische Mitbürger«; »Verstrickung« und »Schuld auf sich geladen«; »Versöhnung« und »Aussöhnung«; »Frauen und Kinder« und »Mahnung und Verpflichtung zugleich«. Das war allerdings eher für den politischen Alltag, den gewöhnlichen Phrasendiskurs, der die Form des plattfüßigen Biedersinns annahm. Für den gehobenen Gebrauch kamen noch weitere Formeln hinzu: »Shoah« und »der Tod ist ein Meister aus Deutschland«; »Abgrund, namenloser« und »Banalität des Bösen«; »Inferno« und »Wahn«; »Schrecken« und »Grenzen (des Darstellbaren, des Sagbaren, des Vorstellbaren, des Erzählbaren)«; »Rückfall in Barbarei« und »Fratze der Vernunft«. Er hatte Hannah sogar einmal den Vorschlag gemacht, sie sollten ein Brevier mit Versatzstücken für Reden zu deutsch-jüdischen Anlässen veröffentlichen, sozusagen ein Lexikon für die Wächter vor der Bundeslade der Erinnerung. Und jetzt wurde sie selbst solch einer quarkigen Rhetorik ausgesetzt. Welche Ironie! Und so richtete sich Daniel auf eine Stunde exquisiter Qual ein.

Natürlich ging Hannahs Lehrer auch auf das jüdische Schicksal ein, aber er konzentrierte sich auf Hannahs Familiengeschichte, allerdings nur die mütterliche. Die Zuhörer erfuhren, daß Hannahs mütterliche Vorfahren portugiesische Marranen gewesen seien, die seit 1612 unter dem Namen Fontseca in Hamburg ansässig waren, daß Diego Fontseca 1619 die Hamburger Bank mitbegründet und sein Sohn João die Handelsbeziehungen zu den portugiesischen Kolonien, vor allem zu Brasilien, mit aufgebaut hatte; und daß es deshalb ein Aberwitz sei, wenn im *Abendblatt* von dem Mord an Hannah als einem fremdenfeindlichen Verbrechen die Rede sei. Hannah Krakauer sei hier zu Hause – wo denn sonst? –, so wie ihre Familie hier seit Jahrhunderten zu Hause war. Sie sei keine Fremde, sie habe hier gelebt und hier studiert. Und es folgte ein Abriß ihrer Biographie: geboren und aufgewachsen in Winterhude, Besuch des Johanneums, schon damals eine große Anregerin, Gründerin einer Theater-AG, Motor der Aktion »Schülerinnen schreiben« mit der Zeitschrift *Brigitte* , Austauschjahr in New Orleans, Beschäftigung mit der amerikanischen Bürgerrechtsbewegung, nach dem Abitur Studium der Anglistik, Geschichte und Philosophie in Hamburg, Auslandsstudium in Amherst, Massachusetts, nach ihrer Rückkehr zur AStA-Vorsitzenden gewählt. Und mit der Erzählung verschiedener Anekdoten lieferte ihr alter Lehrer Beispiele für ihre außerordentliche Quecksilbrigkeit und eine Lebhaftigkeit des Geistes, die auch ihre Lehrer manchmal überfordert habe. So habe sie ihren Mathematiklehrer zur Verzweiflung getrieben, als sie plötzlich das Dezimalsystem von 10 auf 12 umgestellt und fortan nur noch auf dieser Basis gerechnet hätte, mit der Begründung, dann sei alles viel einfacher.

Daniel konnte sehen, wie Hannahs Mutter immer wieder ihr Taschentuch gegen die Augen drückte. Ihr Vater, so hatte Hannah ihm erzählt, war schon in ihrer Kindheit bei einem Autounfall in Italien ums Leben gekommen. Und Geschwister hatte sie auch nicht. Aber es gab anscheinend eine umfangreiche mütterliche Mischpoke. Daniel konnte sehen, daß einige der Frauen – sowohl der älteren als auch der jüngeren Generation – eine auffallende Ähnlichkeit mit Frau Krakauer und damit auch mit Hannah aufwiesen. Das mußten wohl alles Tanten und Cousinen sein. Besonders eine etwa dreißigjährige Frau fesselte seine Aufmerksamkeit. Sie saß ganz links vorne, und da das Rednerpult rechts vom Sarg stand, hatte sie sich so hingesetzt, daß Daniel sie praktisch en face sehen konnte. Sie hatte dasselbe volle Gesicht wie Hannah, denselben Reichtum an dunkelbraunem schweren Haar, dieselben dunklen Augen und dieselben vollen Lippen. Als sie plötzlich in sein Blickfeld geraten war, spürte er einen kleinen Schock. Eine kleine Auferstehung? Dieselbe Hannah und doch eine andere? Ob er sie lieben könnte? Vielleicht saß dort drüben sein Schicksal, und Hannah hatte ihn zu ihr geführt. Würden sie eines Tages am Küchentisch sitzen und ihren Kindern erzählen, denkt mal, wir haben uns auf Tante Hannahs Beerdigung kennengelernt, und sie würde sagen, euer Vater hat ja eigentlich Tante Hannah geliebt, und mich hat er nur geheiratet, weil ich die Kopie von ihr war? Und er würde protestieren, nein, nein, Hannah war nur eine Annäherung, eure Mutter ist das Original. Wem sollten die Kinder dann glauben? Ob er versuchen sollte, das Kondolenzdefilee nach der Trauerfeier dazu auszunutzen, um zu ihr vorzudringen?

Er wußte gar nicht, wie so eine jüdische Trauerfeier ablief. Was er in amerikanischen Filmen gesehen hatte, hatte immer draußen auf dem Friedhof stattgefunden. Aber in New York oder Los Angeles herrschte ja meist auch besseres Wetter als in Hamburg, und sich die Reden im Nieselregen anzuhören, mußte noch deprimierender sein, als die Sache sowieso schon war. Vielleicht gingen sie alle zusammen hinaus zum Grab. Mußte man das nicht, um dort das Kaddisch zu sprechen? Irgendwo hatte er das gelesen.

Der Lehrer hatte seine Rede mit der Betrachtung beendet, daß alle, die Hannah gekannt hätten, sie nie vergessen würden, und daß ihrer aller Gedanken jetzt bei der Mutter und der trauernden Familie seien. Dann trat er vom Pult zurück und Daniel sah mit Entsetzen, wie der Senator sich erhob. Das war doch gar nicht vorgesehen! Sowohl Rudinski als auch Grevel, der Pressereferent, und natürlich auch Daniel hatten ihm heftig abgeraten, hier aufzutreten. Er hatte seine Pflicht schon auf der Pressekonferenz getan. Hier konnte er gar nicht anders, er mußte in die vorgeschriebenen Tasten greifen. Hier gab es nichts anderes als das Wörterbuch des Gutmenschen. Und an der Intensität, mit der er sich für den Senator im voraus schämte, merkte Daniel, wie sehr er sich schon mit ihm identifizierte.

Als Weiss das Pult erreicht hatte, schloß Daniel die Augen, rutschte mit dem Hintern auf der Sitzfläche des Stuhls nach vorne, um sich kleiner zu machen, und richtete sich auf die Agonie einer rhetorischen Belagerung ein. Am liebsten hätte er auch die Ohren geschlossen, die Beine hochgezogen und die Jacke über den Kopf gezogen. Jetzt kam die Holocaust-Gedenkstunde. Er machte sich darauf gefaßt, daß Weissens Rede wie saures Lab, in Milch getropft, sein Blut in Quark verwandeln würde.

»Meine Damen und Herren«, hörte er die vertraute Stimme sagen, »meine politischen Freunde haben mir nahegelegt, hier nicht zu sprechen. Sie haben mir abgeraten, mich an diesen Sarg zu stellen und das Wort zu ergreifen. Ja, sie haben es mißbilligt. Eine junge Frau, eine Studentin ist erschlagen worden. In der Mitte der Universität, im Audimax ist sie erschlagen worden, und der Senator dieser Stadt, der für die Universität verantwortlich ist, soll sich nicht neben diesen Sarg stellen. Mitten in der Universität werden Hexenjagden organisiert, und der Senator für Wissenschaft soll dazu schweigen. Sie, die in diesem Sarg liegt, stand im Licht. Und als sie erschlagen wurde, wurde es dunkel im Audimax. Es wurde auch dunkel in der Universität und in dieser Stadt, so dunkel wie in diesem Sarg. Und wenn ich mich nicht an diesen Sarg stellen soll, dann wird es auch nicht wieder hell. Dann herrscht hier wieder die alte Finsternis. Dann haben wir keine Universität. Und warum haben mir meine Freunde abgeraten? Weil diese junge Frau eine Jüdin ist. Weil sie eine Jüdin ist, die von Mördern, die sich als Neonazis kostümieren, erschlagen wurde. Und weil dieses Szenario die ganze Erinnerung an den Schrecken enthält, der jeden, der mit ihm in Berührung kommt, ins Unrecht setzt – deshalb soll ich mich nicht an diesen Sarg stellen. Weil meine Freunde glauben, eingerahmt von Neonazis und einem jüdischen Opfer würde ich mich ins Unrecht setzen, und es gebe schon die, die bloß darauf warteten. So lange das so ist, so lange wir den Mördern gestatten, in den Kostümen der Vergangenheit aufzutreten, so lange wir den selbsternannten Vergangenheitsbeauftragten erlauben, sich mit den Mördern die Verwaltung des Schreckens zu teilen, so lange haben wir keine Universität. So lange wir nicht sehen, daß in diesem Sarg hier, in diesem dunklen Sarg eine ermordete junge Frau liegt, gleichgültig ob Jüdin, Christin, Muslimin oder Atheistin, so lange haben wir keine Universität. Und so lange wir zu feige sind, uns neben diesen Sarg zu stellen, haben wir keine Universität. So lange wir zu feige sind, den Verwaltern des Schreckens entgegenzutreten und das Recht einer jungen Frau gegen die Kategorien zu verteidigen, die man ihr überstülpt, so lange haben wir keine Universität. Diese junge Frau dort im Sarg, Hannah Krakauer, sie war nicht feige. Sie hat sich hingestellt auf die Bühne und hat ihre Stimme erhoben. Sie hat sich ins Licht gestellt und zu uns allen gesprochen. Sie hat uns gezeigt, was das ist – eine Universität. Ihre Mörder, die maskiert und im Dunklen gegen ein isoliertes Opfer zuschlagen, feige und heimtückisch, und nur im Schutze des Kollektivs – das sind die Feinde der Universität. Und wenn ich mich nicht neben diesen Sarg stellte, wenn ich nicht öffentlich sagte, Hannah Krakauer, deine Feinde sind auch unsere Feinde, wenn ich das nicht sagte, dann wäre ich es nicht wert, Senator dieser Stadt zu sein. Und erst, wenn der Geist Hannah Krakauers auch unser Geist ist, dann haben wir wieder eine Universität. Ich wünschte mir, ihr Tod könnte das bewirken. Ich wünschte mir, wir würden wieder eine Universität. Dann wären wir mit dieser jungen Frau, mit Hannah Krakauer, auf immer verbunden. Dann wären wir wieder eine Universität. Dann würden die Auseinandersetzungen wieder mit den Waffen des Geistes geführt und nicht mit dem Baseballschläger. Eine Universität, in der nicht das Licht ausgemacht wird, bevor die Lynchmeute auftritt, um ihre Meuchelmorde im Schutze der Masse zu begehen, sondern in der die Dispute auf offener Bühne in voller Beleuchtung stattfinden. Dann hätten wir wieder eine Universität. Der Tod Hannah Krakauers hat uns gezeigt, wir müssen uns ändern. Wir müssen wieder etwas werden, das den Namen Universität verdient. Und Hannah Krakauer hat uns auch gezeigt: Das ist nicht allein eine Frage von Forschung und Lehre, wie wir bisher geglaubt haben. Es ist eine Frage von Mut, von Zivilcourage und eine Frage des Willens, für eine zivilisierte Gesellschaft einzutreten. So lange wir das nicht tun, so lange wir uns nicht neben den Sarg von Hannah Krakauer stellen – und da mag unsere Forschung noch so gut sein –, so lange liegt die Idee der Universität in diesem Sarg.«

Daniel hatte die Augen längst wieder geöffnet, und so konnte er sehen, wie der Senator sich vorbeugte und den Sarg Hannah Krakauers küßte. Er war einfach unschlagbar! Statt aber an seinen Platz zurückzukehren, ging er den Mittelgang herunter dem Ausgang zu. Als er auf Daniels Höhe angekommen war, winkte er ihm mitzukommen. Daniel warf noch einen letzten Blick auf Hannahs Ebenbild – Hannah selbst hatte er im Moment vergessen – und folgte Weiss nach draußen.

Als sie im Dienstwagen saßen, war Weiss wieder ganz geschäftsmäßig. In seinem Verhalten war nicht das geringste Echo des Pathos zu spüren, das er eben entfesselt hatte. Daniel war das rätselhaft. »Tolle Rede«, sagte er.

»Machen Sie keine Witze. Sie haben mir ja alle abgeraten.«

»Warum haben Sie's trotzdem getan?«

»Weil sonst der Schacht hätte reden müssen. Das hätte Ihre Freundin nun wirklich nicht verdient. Doch lassen wir das. Ich will, daß Sie den Steinert aufsuchen, den Dekan, der Schneider berufen hat. Fragen Sie, was los war. Ich kann das nicht tun. Ich will selbst entscheiden können, wieviel ich weiß.«

»Hallo.«

»Hallo.« Pause.

»Ich will nicht stören.«

»Nein, nein, du störst nicht.«

»Ich dachte nur...«

Vanessa hatte es so eingerichtet, daß sie inmitten der Menge, die nach dem Begräbnis zur U-Bahn-Station und zu den Parkplätzen zurückflutete, neben Michael Kornblum hertrottete. Sie mußte nicht zu ihm aufblicken, er war nicht viel größer als sie. Sah er jüdisch aus? Wenn sie von den Stürmer-Karikaturen, die sich ihr ins Gedächtnis geätzt hatten, einmal absah, hatte sie keine Ahnung, was das bedeuten sollte: jüdisch aussehen. Durfte man das überhaupt denken, daß jemand jüdisch aussah? Oder war man dann schon ein Rassist? Wenn sie sich vorstellte, daß der Schneider in sein computergesteuertes Polizeisuchsystem eingegeben hatte: »typisch jüdisches Aussehen – edle, vergeistigte Züge, schmale Nase, dichtes, gekräuseltes, meist dunkles Haar, ausdrucksvoller Mund«, hätte man ihm dann ein Disziplinarverfahren angehängt? Kornblum jedenfalls kam dieser Beschreibung schon ziemlich nahe. Er war feingliedrig, hatte ein gut geschnittenes Gesicht mit einer scharfen schmalen Nase, blauen Augen, einen breiten, allerdings etwas schmallippigen Mund und dichtes, welliges Haar, das man fast schwarz nennen konnte. In seinem schwarzen Anzug sah er aus wie eine Gestalt aus »Hoffmanns Erzählungen«. Obwohl ihn die Beerdigung sicher stark mitgenommen hatte, versuchte er, Konversation zu machen.

»Warst du schon mal auf einer jüdischen Beerdigung?«

»Nein, noch nie ...«

»Der erste jüdische Friedhof war in Altona.«

»Oh ja?«

»Die Hamburger haben den Juden nicht erlaubt, ihre Toten innerhalb der Stadtgrenzen zu begraben.«

»Diese Arschlöcher«, sagte Vanessa voller Inbrunst. Kornblum sah sie zum ersten Mal voll an.

»Ist Daniel Dentzer dein Freund?«

Vanessa überlegte. War er ihr Freund? Sie hatte mit ihm gevögelt. Reichte das, um ihn als Freund zu reklamieren? Konnte sie sich ihn als Freund vorstellen? Doch! Eigentlich doch! Er hatte irgendwie das Zeug zu einem Freund. Es war im Grunde alles Wichtige dran. Er schien männlich, wenn auch etwas glatt auf der Brust, er hatte Humor, er war intelligent, und er hatte so eine gewisse Qualität, so etwas Unberechenbares ... Und übrigens, wenn sie ihre Besitzerhand auf Daniel legte, wenn sie ihm ihr glühendes Brandeisen mit dem großen V für Vanessa zischend auf den Arsch drückte, würde sie dann nicht Kornblums Eifersucht beruhigen? Sie würde ein gutes Werk tun.

»Dani? Ja, sicher, wir sind schon lange zusammen.«

»Wie lange?«

Sollte sie sagen: zwei Tage? »Och, so zwei Jahre.«

»Aha.«

Pause.

»Du hast mir den Ausbruch neulich abends hoffentlich nicht übelgenommen, nach der Premiere. Ich war einfach fertig.«

»Und blau.«

»Und blau.«

Plötzlich stach Vanessa der Hafer. »Übrigens, das muß ich dir sagen, das hat mir Eindruck gemacht, was die Beatrice mir an dem Abend noch erzählt hat.«

»Was hat sie dir erzählt?«

»Daß du jede Nacht bei Hannah warst, um mit ihr zu reden.« Pause. Was würde er sagen? Vanessa wartete.

»Ach, das. Ich habe immer gehofft, sie kommt wieder zurück.«

Dieser Schaumschläger, dachte Vanessa.

»Weißt du«, fuhr Kornblum fort, »während der ganzen Zeit, als sie im Koma lag, haben wir doch dauernd für dieses Stück geprobt. Na, du hast es ja gesehen, da wird die Hero auch von ihrem Liebhaber für tot gehalten und steht dann von den Toten wieder auf. Wenn du Tag und Nacht in so einem Stück lebst, und die Sprache ist so schön, wirst du nach und nach hysterisch.« Sie waren jetzt auf dem Parkplatz angekommen, und Kornblum blieb vor einem kleinen Fiat stehen. »Kann ich dich irgendwohin bringen?«

»Mußt du denn nicht mit der Familie...?«

»Du meinst... das ist erst heute nachmittag.«

Vanessa zögerte einen Moment und gab sich dann einen Ruck. »Ich hätte eigentlich eine ganz riesige Bitte, aber ich weiß nicht... Also, es geht um folgendes: Ich suche eine neue Wohnung. Mein Vermieter hat mir gekündigt, und da fiel mir ein...

Ich weiß nicht, wie ich es sagen soll ... Wenn eine Wohnung irgendwo frei wird, geht sie doch gleich unter der Hand weg ... Weißt du, was Hannah für ihre Wohnung bezahlt hat?«

Über Kornblums Gesicht lief das Licht des Erkennens.

»Du bist aber schnell.«

»Ich weiß, das alles klingt furchtbar, aber ich dachte ...«

»Schon okay.« Er lachte trocken. »Wirtschaft, Wirtschaft, Horatio.«

»Könnten wir nicht ... Du hast doch bestimmt einen Schlüssel zu Hannahs Wohnung. Könnte ich da nicht mal schnell einen Blick hineinwerfen? Dann bin ich einen Tick schneller als die anderen Interessenten. Nur mal reingucken, ob sie mir überhaupt paßt. Sie ist doch hier in der Nähe, oder nicht?«

»Ja, am Lattenkamp, direkt am Stadtpark.« Er schloß seinen Fiat auf. »Okay, ich fahr dich hin.«

Unterwegs informierte er sie über die Wohnung: zweiter Stock, Altbau, der Besitzer Italiener, ziemlich großzügig, das ganze Haus voll Wohngemeinschaften, nachts manchmal etwas laut, auch sehr hellhörig, für Lustschreie nicht schalldicht genug, deshalb würden manche die Musik auf volle Pulle drehen, wenn sie ins Bett gingen, Abstellraum auf dem Boden, Gasheizung, etwas altmodisches Bad, aber ordentliche Küche. Tausendzweihundert Mark kalt. Hannah hatte zehntausend Mark Abstand bezahlt für Einbauschränke und Teppichboden und so Zeugs. »Wenn du dich schnell entscheidest, gibt's da bestimmt kein Problem. Und natürlich nehme ich für die Vermittlung zwei Monatsmieten Maklergebühr.« Er hatte das in einem so ernsthaften Tonfall gesagt, daß sie ihn erschrocken anblickte.

»Kommt dir das zuviel vor?«

»Nein, nein«, beeilte sie sich zu versichern.

Da lachte er los. »War nur ein Witz.«

Sie hielten vor einem wilhelminischen Altbau, und Kornblum

führte sie zwei Treppen hoch zu einer braunen Wohnungstür, an der unter der Klingel das Schild H. Krakauer angebracht war. Er schloß auf, und sie fanden sich in einem schmalen Flur wieder. Nach rechts öffnete er sich in einen großen hellen Raum mit breiter Fensterfront, durch die man auf die Grünflächen und den Wasserturm des Stadtparks blickte. Nach links lief der Flur endlos lang auf eine geschlossene Tür zu.

»Da hinten ist das Schlafzimmer«, Kornblum zeigte den Flur hinunter, »rechts und links liegen Küche und Bad. Der Grundriß ist ein bißchen komisch, so wie ein irisches Kreuz, aber sieh dir das Wohnzimmer an.«

Es sah eher wie ein Arbeitszimmer oder eine Bibliothek aus, die Wände vollständig mit weißen überquellenden Bücherborden bedeckt. Die Bücherwand rechts vom Fenster rahmte eine ebenfalls weiße Schreibtischplatte mit Rechner, Drucker, Bildschirm und Faxgerät ein. In der Ecke zur Innenwand ragte ein Berliner Kachelofen fast bis zur Decke. Daneben an der Innenwand stand ein großer Empire-Schreibtisch mit schwarzen Säulen und aufgeklappter Schreibplatte. Unterhalb der Fenster hatte Hannah die elektronische Kulisse aufgebaut: Integrierter CD-Player, Rekorder, Radio und Lautsprecherboxen neben dem Fernseher. Gegenüber auf der linken Seite des Raums vor der Fensterfront stand ein gläserner Couchtisch mit jenen als Sessel getarnten Besucherfallen, aus denen man ohne fremde Hilfe nie wieder hochkommt. Überall auf dem Fußboden, dem Schreibtisch, dem Sekretär und dem Couchtisch lagen Zeitungen und Bücher herum.

Unvermittelt ließ sich Kornblum in einen der Sessel fallen und schlug die Hand über die Augen. »Entschuldige«, brachte er mit erstickter Stimme heraus, »aber wenn man das so sieht, diese Leere ... das macht einen fertig ...« Er winkte vage mit der Hand. »Sieh dich ruhig um.«

Genau das hatte Vanessa vor. Hoffentlich fiel ihm nicht auf, daß sie sich weniger für die Wohnung als für Hannahs Papiere interessierte. Sie tat so, als ob sie von diesem und jenem Titel im Bücherbord gefesselt wäre, und schielte dabei auf die Aktenordner im unteren Teil des Bordes. Auf dem Schreibtisch selbst lag eine Auswahl von Ringheften, Folien, Aktendeckeln, Schnellheftern, Mappen und Ordnern herum. Wenn irgendwo etwas Interessantes zu finden war, mußte es hier sein. Aber sie mußte natürlich auch die anderen Räume besichtigen.

»Ich gehe mal...«

»Sieh dir alles an.«

Sie ging den Gang hinunter in die Küche, fand in einer Schublade einen Zollstock, mit dessen Hilfe sie ihre Schnüffelei durch Ausmeßarbeiten tarnen wollte, und warf dann einen Blick in das Schlafzimmer. Die Einrichtung bestand aus einer Schrankwand, einem weißen Schminktisch und einem Kingsize-Bett.

Sie setzte sich an den Schminktisch und schaute in den ovalen Spiegel. Eigentlich sah sie doch ganz gut aus. Dani-Boy konnte sich mit ihr sehen lassen. Sicher, für einen Mann war er einfach tödlich attraktiv. Es war seine unverschämte Lebendigkeit, seine hundertfünfzigprozentige Präsenz, seine Reaktionsschnelligkeit und konzentrierte Aufmerksamkeit und die blitzende Ironie in seinen Augen und seinem Lächeln. Wenn sie an all die Männer dachte, die wie totes Holz gewesen waren, bei denen die Verständigung solch eine Mühsal war, daß die Arbeit in den Steinbrüchen dagegen wie ein Kuraufenthalt wirkte... Sie betrachtete ihre Katzenaugen im Spiegel. Komisch, bis vor kurzem hatte dieses Glas täglich Hannahs Gesicht reflektiert. Und jetzt? Keine Spur mehr von ihr. An ihrer Stelle nun ihr Gesicht. Vanessa. Spekulation. Die Frauen im starren Blick der Männer. Wir sehen uns im Spiegel nur als Beobachterinnen. Jeder Blick in den Spiegel ein Striptease. Sieht er mich so, wie ich mich sehe, oder sehe ich mich so, wie er mich sieht? Habe ich seinen Blick? Gespaltenes Bild. Augen, sag ich, ihr Augen, was wollt ihr?

Um sich abzulenken, zog sie die flache Schublade des Schminktisches auf. Zwischen Salben und Fläschchen sah sie einen blauen Aktendeckel. Sie zog den Ordner heraus und las die Aufschrift: Schneider. Sie blätterte durch eine Serie Folien mit Zeitungsausschnitten, Exzerpten aus Büchern, Artikeln, Bibliographien, Notizen, Kopien von Deckblättern und Computerausdrucken. Als sie aufschaute, sah sie im Spiegel das Gesicht von Kornblum. Sie fuhr hoch und drehte sich um.

»Entschuldige, ich habe mich... du weißt ja, Frauen und Spiegel... ich habe diese...«

Kornblum schien nicht zu hören. Er stand auf der anderen Seite des Bettes, starrte sie an und zitterte. »Würdest du mich wohl umarmen...?«

Sie brauchte ein paar Sekunden, um zu verstehen, was er gesagt hatte.

Er machte einen Schritt auf sie zu. »Ich brauche Nähe.«

»Hast du einen Knall?«

Er kam noch einen Schritt näher.

»Und was ist mit Hannah?« Sie zeigte mit einer umfassenden Geste auf den Raum.

»Sie hat's hier auch getrieben.«

Plötzlich ging Vanessa ein Licht auf. Er meinte, Daniel hatte es in diesem Bett mit Hannah getrieben, und jetzt wollte er sich rächen. Er wollte sie an derselben Stelle vernaschen, an der Daniel sein Eigentum beschmutzt hatte. Sie mußte ihn ablenken.

»Hör mal, ich nehme die Wohnung.« Das hatte sie zwar nicht vorgehabt, aber als sie es gesagt hatte, schien der Gedanke ihr plötzlich ganz vernünftig. Die Wohnung war viel schöner als ihre eigene und hatte eine bessere Lage. Doch der eigentliche Grund war ihr nur sehr undeutlich bewußt: Damit würde sie endgültig den Geist Hannahs exorzieren. Wenn sie hier war, würde Daniel immer daran erinnert werden, daß Hannah weg war.

»Du glaubst doch nicht, daß ich dich hier rauslasse.«

Kornblums Zittern hatte aufgehört, und sein Gesicht hatte einen entschlossenen Ausdruck angenommen. Er würde sich doch wohl nicht zu einem Vergewaltigungsversuch hinreißen lassen? Allzu kräftig schien er nicht zu sein, aber man konnte ja nie wissen. Sie neigte eigentlich nicht zur Panik, aber ein Kerl war immer stärker als eine Frau, Gott sei's geklagt.

Er kam langsam näher. Vanessa hatte immer noch den blauen Ordner und den Zollstock in der Hand. Ob sie ihm mit dem Zollstock eins überbraten sollte, wenn er ernst machte? Er glitt an der Seite des Bettes entlang auf den Schminktisch zu. Sie floh in Richtung Fenster. Plötzlich sprang er vor, und sie konnte gerade noch quer über das Bett fliehen, um zur Tür zu kommen. Sofort lief er wieder zurück, um ihr den Weg abzuschneiden, und sie mußte wieder zurück über das Bett zum Fenster. Mit einem Griff riß sie das Fenster auf, schrie laut um Hilfe und warf den Aktenordner hinaus. Sofort war er bei ihr, preßte sie mit dem Gewicht seines Körpers auf die Fensterbank, so daß sie sich ganz hinauslehnen mußte und mit dem Gesicht drei Stockwerke hoch über dem Abgrund hing. Endlos langsam fiel ihr Zollstock in die Tiefe auf das Pflaster des Hinterhofs, wo der Ordner schon lag. Und plötzlich war sie doch da, die Panik. Wie eine heiße Welle lief sie durch sie hindurch. Ihr Oberkörper hing weit aus dem Fenster. Wenn er sie unten nicht festhielt, drohte sie zu fallen. Sie spürte, wie er ihren Rock hochrupfte und ihren Slip herunterriß. Mit hilfloser Wut mußte sie es sich gefallen lassen, wie sich sein Penis zwischen ihre Schenkel schob. Sie war völlig wehrlos. Später wußte sie nicht, wie sie darauf gekommen war, aber wie er so gewalttätig stocherte und versuchte, in sie einzudringen, hatte sie es plötzlich gewußt:

»Du hast die Naziparolen ans Audimax geschmiert!«

Ein Schlag in die Hoden hätte nicht effektiver sein können. Er taumelte zurück und fiel rückwärts aufs Bett, so daß sie sich am Fensterbrett festkrallen mußte, um nicht abzustürzen. Sie schob sich ins Zimmer zurück, zog den Slip hoch, rannte aus der Wohnung, lief mit rasendem Herzen die drei Treppen hinunter ins Parterre, nahm dort den Hinterausgang, fand den blauen Ordner und lief durch den Flur des gegenüberliegenden Hauses auf die Straße. Sie nahm ein Taxi, und als sie zu Hause in ihrer Wohnung angekommen war, ging sie unter die Dusche. Dieses Schwein! Gründlich wusch sie die inneren Seiten ihrer Schenkel. Mein Gott! Ihr erster Vergewaltigungsversuch! Gott sei dank hatte er nicht ejakuliert, dazu hatte sie es nicht kommen lassen. Als sie in die Tiefe geschaut hatte, hatte sie eine Vision gehabt. So wie er sie von hinten bearbeitete, hatte er nachts die Wände des Audimax beschmiert. Gewalttätig, voller Haß, mitgerissen von der Gewalttätigkeit der Parolen. Alles, was sie über Vergewaltigung aufgeschnappt hatte, fiel ihr wieder ein. Damals während der Hackmann-Affäre hatte ja die Universität von nichts anderem geredet. Alle Studentinnen hatten sich ihre Erfahrungen erzählt. Danach zu urteilen, mußte pausenlos vergewaltigt werden. Und fast alle hatten schon die Erfahrungen gemacht: der Selbstekel, die Erniedrigung, die Schuldgefühle. Hatte sie ihn etwa provoziert? Nichts von alledem spürte sie jetzt. Es war ein Kampf gewesen, und sie hatte gewonnen. Sie wußte, was es ausgelöst hatte: Sie hatte ihm erzählt, sie sei Daniels Freundin. Deswegen war er über sie hergefallen. Natürlich war das der Grund, aber deshalb empfand sie doch kein Schuldgefühl. Eher etwas wie Stolz. Sie hatte sich für Daniel geprügelt. Aber konnte sie ihm das erzählen? Wie würde er reagieren? Männer waren da komisch. Das einzige, was in ihr noch nachzitterte, war das Gefühl der Panik und der völligen Hilflosigkeit über dem Abgrund. Ob sie je wieder a tergo vögeln konnte? Oder würde dann wieder die Panik über sie kommen? Sie mußte es so schnell wie möglich mit Dani wieder treiben, damit sie die Erinnerung gleich wieder löschte.

Und mit diesem Vorsatz trocknete sie sich ab, zog einen Morgenmantel über und machte sich an das Studium des blauen Ordners.

## 14

»Ich weiß gar nicht, warum Sie mich damit behelligen. Der Vorsitzende der Berufungskommission war Herr Brandl.« Dekan Steinert war wirklich aufgebracht. Er war hochrot im Gesicht, und Daniel befürchtete schon, er könne einen Schlag kriegen, als er ihn über seinen Schreibtisch hinweg zornig anfunkelte.

»Im Augenblick ist mir nicht ganz klar, worüber Sie sich aufregen«, versuchte er ihn zu beruhigen, aber erzielte damit den entgegengesetzten Effekt.

»Ich will Ihnen sagen, warum ich mich aufrege. Dieser Fall wird langsam zum Ärgernis. Da erschlagen irgendwelche Neonazis die AStA-Vorsitzende und statt daß die Polizei endlich die Täter schnappt und sie hinter Gitter bringt, pflegt sie ihre gewohnte Ineffizienz. Und solange die nicht geschnappt sind, halten sich alle an Schneider, so als ob er die Täter bestellt hätte. Das legt langsam unsere Arbeit lahm. Die letzte Sitzung des Fachbereichs wurde bereits durch ein Go-in der Studenten gesprengt.«

Daniel nickte. Frau Wallasch hatte es ihm erzählt, als sie ihn bat, Schneiders Bücher wieder zurückzubringen.

»Nun ja, die Studenten haben eben den Verdacht, daß die Polizei Schneider schont, weil sie ihm das computergesteuerte Auskunftsprogramm verdankt.«

»Ja, und weil er ein Archiv mit Familienstammbäumen angelegt hat, und weil er Intelligenzforschung betreibt, und weil er ein vorzüglicher Migrationsforscher ist. Ist unser Land eigentlich verrückt geworden? Können wir nicht mehr normale Wissenschaft betreiben, ohne daß irgendwelche hergelaufenen Ignoranten uns als Faschisten verdächtigen? Wollen Sie sich auch etwa in diesen Chor einreihen? Wenn Sie das vorhaben, Herr Dentzer, werde ich mich über Sie beim Wissenschaftssenator beschweren.«

»Ich komme in seinem Auftrag.«

Das brachte Dekan Steinert aus der Fassung; damit hatte er nicht gerechnet. Er machte den Mund auf und zu wie ein Fisch auf dem trockenen. Daniel setzte nach.

»Es geht nicht um irgendwelche Faschismusvorwürfe. Niemand, der seine fünf Sinne beisammen hat, erhebt sie.«

»Die AStA-Vorsitzende hat sie erhoben.«

»Dafür muß man Verständnis haben – sie war Jüdin und hat ein Recht, empfindlich zu sein. Außerdem ist sie aus dem Historischen Seminar mit Munition beliefert worden.«

»Ah, immer dieser Neid von inkompetenten Kollegen.«

»Diesmal waren es nicht Kollegen. Eine Sekretärin, die sich einbildet, eine wiedergeborene Zigeunerin zu sein, fühlte sich von Schneider verfolgt.«

Steinert stand auf, trat ans Fenster und blickte lange hinaus. Als er zurückkam und wieder Platz nahm, sagte er mit tiefem Grimm: »Das ist keine Universität, das ist ein Irrenhaus.« Er nahm seine Brille ab und putzte sie. »Daß so etwas inzwischen als normal empfunden wird, daß so etwas niemanden mehr aufregt, das ist krank. Statt dessen erregt man sich darüber, wenn wir einen guten Wissenschaftler berufen.«

»Auch wenn ein noch besserer Wissenschaftler zur Verfügung gestanden hätte und dazu noch eine Frau... Sagen Sie, Herr Dekan, warum haben Sie das gemacht?«

Wieder stand Steinert auf, ging zum Fenster und suchte die Außenwelt nach einem Hinweis für eine Antwort ab. Es war wohl seine Ersatzhandlung für die Ausbrüche, die er sich immer wieder verkneifen mußte. Kein Wunder, daß er so apoplektisch wirkte. Schließlich hatte er sich wieder im Griff und vollendete sein Rückkehr-Hinsetz-und-Brillenputz-Ritual.

»Sie können sich gar nicht vorstellen, wie oft ich das selbst schon bedauert habe. Ja, es war ein Fehler. Ich dachte, wenn die Frauenbeauftragte einmal nicht protestiert, sollten wir das ausnutzen.«

Daniel beugte sich gespannt vor. »Und haben Sie eine Idee, warum sie diesmal stillgehalten hat?«

Steinert zögerte. Er brauchte offenbar Ermutigung.

»Es ist selbstverständlich, daß alles, was wir hier besprechen, absolut vertraulich bleibt.«

Das beruhigte ihn.

»Nun, man hat mir glaubhaft berichtet, daß Frau Wagner nicht alle Frauen gleichermaßen schätzt. Rätselhafterweise gehören zum Kreis der weniger Ästimierten gerade brillante Feministinnen. Paradox, finden Sie nicht?«

»Äußerst merkwürdig.«

Nach diesen Pläsanterien auf Kosten von Frau Wagner lief die Sonnenspur eines Lächelns über Steinerts Gesicht, und seine Laune besserte sich ein wenig.

»Na, und ich dachte, was die Universität jetzt am wenigsten braucht, ist noch eine brillante Feministin. Wir haben langsam so viele brillante Feministinnen, daß auch die Männer sich für dieses Fach interessieren.«

Auch Daniel lächelte jetzt.

»Herr Dekan, wenn Sie mir jetzt versichern, daß mit der Berufung von Schneider alles in Ordnung war, wenn Sie mir jetzt Brief und Siegel darauf geben, dann schließen wir den Fall Schneider ab. Verstehen Sie, uns geht es doch nicht darum, noch mehr Unruhe zu schüren oder Sie hier bei der Arbeit zu stören. Wahrhaftig nicht, und das wissen Sie auch. Sie wissen doch, daß der Senator ein Bewunderer von Ihnen ist.«

Steinert winkte ihm, den Schmus wegzulassen.

»Aber wir wollen eben keine Überraschungen erleben. Ein Politiker sieht doch immer dann am elendsten aus, wenn er ohne Hosen erwischt wird.« Als Daniel das gesagt hatte, mußte er plötzlich wieder an den Brief denken, den die alte Flamme des Senators an ihn geschrieben hatte. »Wenn Sie ihm versichern, es gibt keine Überraschungen, dann ist er beruhigt, und wir können den Rest der Polizei und dem Untersuchungsausschuß überlassen.«

Der Dekan rückte in seinem Sessel hin und her. Er wollte doch wohl nicht wieder seine Fensterroutine einlegen? Und tatsächlich war es nur eine Anwandlung. »Es wird keine Überraschungen geben. Es ist alles mit rechten Dingen zugegangen.«

Daniel atmete auf. »Ich danke Ihnen. Ich hoffe, ich habe Sie nicht zu lange aufgehalten. Natürlich soll ich Sie grüßen vom Senator. Ich hätte das gleich sagen sollen.«

Sie erhoben sich, und das soziale Barometer zeigte jetzt wieder auf freundlich. Nachdem sie sich die Hand gegeben hatten und Daniel schon in der Tür stand, fiel ihm noch etwas ein.

»Ach ja, das hätte ich fast vergessen. Schneiders Doktorarbeit, wissen Sie, wo die ist? Sie ist nirgends zu finden.«

Täuschte er sich, oder lief Steinert wieder rot an?

»Nein, ich habe keine Ahnung. Meine Sekretärin hat bereits im Fachbereich nachgesehen, aber sie war nicht da.«

»Aber den Gutachtern hat sie vorgelegen?«

»Ja.«

»Sie ist also bei uns verschwunden und nicht etwa gar nicht erst vorgelegt worden?«

Steinerts Gesicht verdüsterte sich wieder. »Was soll das werden, ein Verhör?«

Daniel ließ die Frage liegen, wo sie lag. »Wissen Sie, was in der Arbeit drinsteht?«

»Nun, die Gutachter müssen das doch referiert haben.«

Steinert winkte ihm, die Tür wieder zuzumachen. Er ging an

einen Aktenschrank, zog einen Ordner mit der Aufschrift »Berufungen/Gutachten« hervor und schlug sie auf. Daniel unterbrach ihn.

»Herr Dekan, wir haben Kopien der Gutachten in der Behörde. Ich habe sie gesehen. Da steht etwas über ›Auseinandersetzung mit der bürgerlichen Modernisierungstheorie. Otto Hintze, Max Weber, Barrington Moore, Immanuel Wallerstein, Norbert Elias und Robert Weintraub‹.«

»Na, mehr weiß ich auch nicht.«

»Sie haben sie nicht selbst etwa gelesen?«

»Nein, wieso? Stimmt damit etwas nicht?«

»Nun, laut Gutachten hat Schneider seine Dissertation im April 1974 bei der Pädagogischen Hochschule Potsdam eingereicht.«

»Ja, das war zwar keine Universität damals, aber sie hatte Promotionsrecht.«

»Das ist nicht der Punkt. Sie wird von Wallerstein selbst schon 1972 in seiner Bibliographie genannt. Und von Weintraub auch. Ich hab's nachgesehen.« Er holte einen Notizzettel aus der Brusttasche und zitierte: »Robert Weintraub: Modernization and the Origins of the Economic World-System, Harvard University Press 1972, S. 469. Aber in den Jahresbibliographien der DDR-Dissertationen taucht sie nirgendwo auf.« Steinert schaute ihn an, und Daniel konnte sich nicht verkneifen zu sagen: »Nicht wahr, nun sind Sie überrascht.«

## 15

»Da, schauen Sie sich das an.« Frau Birkefeld hob das *Abendblatt* hoch. »Er versteht sich auf die große Geste.«

Um 9.30 Uhr hatte Dr. Grevel Frau Birkefeld den Pressespiegel gebracht. Nun zeigte sie Senatsdirektor Rudinski und Daniel die Fotos von der gestrigen Beerdigung. Auf den meisten Bildern war die Sekunde festgehalten, in der der Senator den Sarg von Hannah Krakauer küßte. Darunter standen Bildunterschriften wie »Abschied von einer Märtyrerin« oder »Trauer um die Vorsitzende des AStA« oder »Die Universität nimmt Abschied von einer mutigen Studentin«.

»Er sieht aus, als wollte er sich übergeben«, stellte Rudi trocken fest.

Frau Birkefeld wollte eigentlich empört protestieren, war aber, wie bei einem umklappenden Vexierbild, plötzlich außerstande, in dem weit über den Sarg vorgebeugten Senator etwas anderes zu sehen als einen Kotzenden, so daß sie, von den respiratorischen Agonien unterdrückter Eruptionen geschüttelt, sich an Daniels Arm festkrallte und immer wieder das Wort »Entschuldigung« ausstieß, da sie es offenbar für ungehörig hielt, über eine Beerdigung zu lachen, auf der seine Liebste zu Grabe getragen worden war. Rudi verschärfte in seiner Bösartigkeit die Situation noch durch geheuchelte Empörung.

»Aber Frau Birkefeld, ich bin verstört. Daß Sie das Mißgeschick des Senators so lächerlich finden können.«

Das provozierte erneute Konvulsionen.

»Was hat er denn nur gegessen? Sieht mir fast nach Pommes frites aus.«

Frau Birkefeld schnappte nach Luft.

Rudi unterzog das Bild einer genaueren kritischen Prüfung.

»Ah, sieht doch eher nach Krabbensalat aus.«

Frau Birkefeld war kurz vor dem Erstickungstod.

»Hat er sich denn wieder erholt?«

Rudi hätte einen guten Folterer abgegeben, dachte Daniel. Er mußte ihn ablenken. »Unser Chef will Willys Kniefall im Warschauer Ghetto übertreffen.«

»Krakauer Ghetto«, verbesserte Rudi, merkte, daß er zu weit gegangen war, und verließ schnell den Raum.

Allmählich beruhigte sich Frau Birkefeld wieder. »Es tut mir leid, Dr. Dentzer. Es ist alles Dr. Rudinskis Schuld. Er ist einfach zu komisch.«

Erschöpft ließ sie sich auf ihren Bürostuhl sinken. Schließlich war sie wieder imstande, auf die Tagesgeschäfte einzugehen.

»Der Senator ist in der Bürgerschaft, wenn Sie ihn suchen. Vor 16 Uhr kommt er da nicht raus.«

Daniel wußte das.

»Frau Birkefeld, mir ist da etwas passiert... Sie haben mir doch gestern einen Brief gegeben, den ich lesen sollte. War der von... na, Sie wissen schon... der ehemaligen...?«

Frau Birkefeld nickte ahnungsvoll.

»Wissen Sie, was ich damit gemacht habe?«

Frau Birkefeld ahnte nichts Gutes. »Na, Sie haben ihn eingesteckt. Hier in Ihre linke Brusttasche haben Sie ihn gesteckt. Sagen Sie bloß, Sie haben ihn verloren?«

Daniel faßte sich noch einmal in alle Jackentaschen. »Ich kann ihn nicht verloren haben, ich kann ihn nur nicht mehr finden. Aber Sie haben ihn doch sicher gelesen?«

Wieder nickte Frau Birkefeld. »Ich muß doch wissen, was wir antworten sollen«, entschuldigte sie sich.

»Erinnern Sie sich, ob sie den Senator mit Namen anredet und ob die Adresse auf dem Brief steht?«

»Sie meinen, wenn Sie ihn irgendwo liegengelassen haben, ob er den Senator kompromittiert? Nein, da bin ich mir ganz sicher, sie hat einen ganz komischen Namen für ihn... Warten Sie, ich habe eine Kopie gemacht.« Und sie holte ein Blatt Papier aus der Schublade, warf einen Blick darauf und reichte es an Daniel weiter. »Genau, sie nennt ihn ›Pulcinella‹. Komischer Name, was? Aber so sind sie, die Liebesleute, geben sich immer neue Namen. Ich kannte mal einen jungen Mann, der nannte mich immer... Na ja, das gehört nicht hierher...« Sie wies wieder auf den Brief. »Unterschrieben hat sie mit... warten Sie.«

Daniel betrachtete die Unterschrift. »Colombina«, sagte er und war erleichtert, denn eine Anschrift hatte der Brief nicht, und den Umschlag hatte ihm Frau Birkefeld nicht gegeben, das wußte er genau. Und er las:

*»Liebster Pulcinella,*

*Dein wunderbarer Brief gibt mir den Mut, Dich wieder so anzureden. Als ich den Absender auf Deinem Brief las, konnte ich ihn erst nicht öffnen, so haben mir die Hände gezittert. Und dann verschwamm der Text in meinen Tränen. Ich weiß nicht, was ich gedacht, erhofft, befürchtet habe, ob Du antworten würdest, ob Du meinen Brief ignorieren würdest oder ob Du Deiner Sekretärin eine geschäftsmäßige Antwort diktieren würdest, nach der Manier: Der Senator ist zu beschäftigt... Und dann kam Dein Brief . So stürmisch und so jung, so als seist Du noch immer so vital wie vor dreißig Jahren und nur ich sei älter geworden. Und von der Gewalt Deiner Worte fühlte ich mich gespalten, verdoppelt in die junge Frau von damals und die alte Frau von heute, am Ende ihres Lebens. Ein schändlicher Widerspruch. Und Du unternimmst es einfach, mich von der Schwelle des Todes zurückholen zu wollen. Aber so warst Du immer schon. Ungestüm. Nichts, was Du Dir nicht zutrautest. Mein Arzt hat mich aufgegeben. Aber Du? Nein, Du nicht. Und doch ist Dein Brief voller Rätsel. Du schreibst, Du hättest mich geliebt, und niemanden so wie mich. Aber im Leben hast Du mich doch aufgegeben. Du wolltest nicht mit mir leben. Du konntest es nicht ertragen, daß ich mich an Dich hing und Dir nachlief, ja, daß ich Dich anbetete. Du schreibst, ich schliche mich davon, um mit dem Tod zu schlafen. Zeugt dieses eigenartige Bild davon, daß Du erst Konkurrenz brauchst, um zu lieben? Daß bei Dir Liebe immer nur mit Kampf verbunden ist? Und jetzt, in Deinem Leben als erfolgreicher Politiker, ist die Liebe vielleicht verschwunden und der Kampf alleine üb-*

*riggeblieben? Oder hast Du jemanden? Ich weiß, Du bist nicht verheiratet. Warum nicht? Etwa meinetwegen? Fragen, die mich nicht mehr in Ruhe lassen. Ich bin wie verhext. Immer muß ich an Dich denken. Und das hast Du tatsächlich geschafft; ich denke kaum mehr an den Tod. Ich denke an das Leben, das wir hätten führen können und das Du in Deinem Brief beschwörst.*

*Deshalb möchte ich Dich wie früher erpressen. Ja, ich weiß, daß Du Dich immer von mir erpreßt gefühlt hast. Schreib mir alles über Dich, was Du tust, was Du für Kämpfe zu bestehen hast, welche Personen Du triffst. Du kannst so hinreißende Charakterskizzen machen. Ich weiß, daß Du beschäftigt bist. Aber vielleicht bist Du ja auch einsam und kannst Dich niemandem anvertrauen. Wäre es dann nicht eine Erleichterung, Dir nach getaner Arbeit nachts, wenn alles still geworden ist, ein Stündchen freizunehmen und mir alles zu schreiben? Denn von mir erfährt es niemand mehr, und Du kannst rückhaltlos offen sein. Und solange Du schreibst, werde ich, das verspreche ich Dir, am Leben bleiben. Ja ja, hier ist sie, die Erpressung. Deine Briefe werden mein täglich Brot sein und mich am Leben erhalten. Aber das hast Du selber ja angekündigt. Du warst schon immer das Leben*

*Deiner Colombina«*

Während er las, hatte Daniel gespürt, daß Frau Birkefeld ihn unverwandt ansah.

»Nun, fühlen Sie sich nicht geschmeichelt? Sie hat nichts gemerkt. Sie waren stürmisch, schreibt sie das nicht? Der Senator wäre stolz auf Sie. Sie könnten sein Nachfolger werden.«

Daniel war alles andere als begeistert.

»Frau Birkefeld, Sie haben uns da ganz schön reingeritten. Was machen wir jetzt bloß?«

Frau Birkefeld fand das eine sinnlose Frage. »Das ist doch klar: Wir antworten ihr!«

»Ich nicht. Sie antworten ihr. Sie will alles über den Senator wissen. Also schicken Sie ihr den Jahresrechenschaftsbericht der Wissenschaftsbehörde. Da hat sie was zu lesen.«

»Herr Dentzer!«

»Das ist überhaupt die Idee. Wir schicken ihr Bücher. Kommen Sie, schreiben Sie.«

Als sie zögerte, wiederholte er: »Kommen Sie, werfen Sie Ihren Rechner an und los geht's.«

Und er diktierte:

»*Cara Colombina*

*Hab herzlichen Dank für Deinen Brief. Du schreibst, Du möchtest alles von mir wissen. Nun, Du wirst es nicht glauben, aber meine Person hat sich praktisch aufgelöst. Daß ich existiere, als Person noch existiere, ist eine optische Täuschung. Ich bin Wissenschaftssenator. Ein Senator ist keine Person, sondern ein Ensemble von Rollenzwängen. Diese Rollenzwänge sind in völlig widersprüchliche Sektoren aufgeteilt, je nachdem, auf welche Bezugsgruppe ich gerade reagieren muß: den Bürgermeister, die anderen Senatoren, die Öffentlichkeit, die Presse, die Präsidenten der Hochschulen, die Professorenschaft, die Studenten, die Kultusministerkonferenz, meine Mitarbeiter usw. Also handele ich nicht mehr selbst. Daß ein Senator handelt, ist ein Mythos, der für die Öffentlichkeit aufrechterhalten wird. Sie kann sich nichts anderes vorstellen, und es beruhigt sie. In Wirklichkeit verkörpert ein Senator nur das, was sowieso geschieht, damit es wie Handlung aussieht."*

»Herr Dentzer!« protestierte Frau Birkefeld, während sie weiter ihre Hände über die Tastatur huschen ließ, »was soll eine Frau denn damit anfangen?«

»Sie hat danach verlangt, nach dem Leben des Senators, also bekommt sie es. Nichts als die Wahrheit. Schreiben Sie:

*Und denken? Denken tue ich auch nicht mehr selbst. Ich denke, was ich in guten Büchern finde, dafür bin ich Wissenschaftler. Schon lange denke ich nicht mehr selbständig, und seitdem ich das nicht mehr tue, denke ich viel besser. Mein Hirn ist ein Mietshaus für die Theorien anderer, besserer Wissenschaftler geworden. Ich selbst bin da schon längst ausgezogen. Aber von diesen Theorien bin ich fasziniert. Sie geben mir jetzt die Form, in der ich mich selber denke. Wenn Du also etwas über mich erfahren willst, wenn Du wirklich wissen willst, wie es tief innen in mir aussieht, dann lies die folgenden Bücher.«*

»Herr Dentzer!« protestierte Frau Birkefeld.

»Frau Birkefeld, schreiben Sie: *Niklas Luhmann, Soziale Systeme, Frankfurt 1984; Pierre Bourdieu: La distinction, Paris 1979; Richard Sennett: The Fall of Public Man, New York 1977.*«

»Herr Dentzer, so geht das nicht, das können Sie nicht tun!«

»Das sind die Sachen, die den Senator viel stärker bewegen als alles andere, auch als irgendeine Frau. Er denkt wie Luhmann, fühlt wie Bourdieu und redet wie Sennett.«

»Quatsch!«

»Frau Birkefeld, ich sollte Ihnen nicht die Zeit stehlen, indem ich mit Ihnen über Männer und Frauen diskutiere, aber Sie haben keine Ahnung.«

Frau Birkefeld drehte sich zu ihm um. »So, und nun werde ich Ihnen mal was über Männer und Frauen erzählen, was Sie offenbar nicht wissen: Die meisten Männer und Frauen interessieren sich nur für Männer und Frauen, und sonst gar nichts. Oje, Herr Dentzer«, rief sie plötzlich, »das habe ich ja ganz vergessen. In Ihrem Büro wartet eine junge Frau auf Sie. Warten Sie, ja hier ist es, eine Journalistin vom *Journal*, Vanessa Steinbrück. Kennen Sie die?«

»Ja. Schicken Sie der Geliebten des Senators diesen Brief, oder schreiben Sie selbst einen. Einen anderen werden Sie von mir nicht kriegen.«

Und damit ging er in sein Büro.

Vanessa war wie aufgedreht.

»Da bist du ja endlich! Du mußt mich begleiten. Ich war gestern in der Wohnung von Hannah. Wie ich da reingekommen bin, erzähl ich dir später. Und da hab ich das hier gefunden.« Sie zeigte ihm einen blauen Aktenordner mit der Aufschrift »Schneider«. »Aber da waren nur Exzerpte und Kopien aus Schneiders Schriften und Mitteilungen der Demographischen Gesellschaft und so was drin. Und dann hab ich dies hier entdeckt«, und sie schob einen Zeitungsausschnitt über den Tisch. Daniel sah eine Anzeige mit der fetten Überschrift »Promotion«. Darunter stand der Text:

*Unsere guten Verbindungen zu allen Universitäten des deutschsprachigen Raums ermöglichen es uns, Hochschulabsolventen aller Fachrichtungen den Weg zum Erwerb des*

*Doktorgrades*

*zu eröffnen. Diskrete Auskunft HIF Hochschulinformation, Tel. 040/6034460, Fax 040/6034238.*

Als Daniel zu Ende gelesen hatte, fuhr Vanessa fort: »Ich habe da gestern angerufen, und da haben die mir dieses Fax geschickt.« Sie legte ein Fax neben die Anzeige:

*»Wir sind im Bereich der Promotionsberatung dahingehend tätig, daß unsere Betreuer für jeden Kunden einen individuellen Weg erarbeiten. Dabei kooperieren wir nur mit deutschsprachigen Universitäten und Hochschulen. Die Kosten unserer Dienstleistungen liegen zwischen 30000 und 80000 DM. Termine jederzeit.«*

»Ich habe mich als Agentin ausgegeben, die für Berufstätige mit wenig Zeit Möglichkeiten zur Promotion sucht, und du bist mein Kunde. Für 11 Uhr sind wir mit denen verabredet.«

»Gleich?«

»Ja.«

»Wo?«

»Wir treffen uns in der Lobby des Hotel Atlantic.«

»Du bist verrückt! Was versprichst du dir davon?«

Daniels Skepsis war nichts gegen Vanessas Begeisterung. »Ja, siehst du das denn nicht? Hannah hat irgend etwas Entscheidendes über den Schneider herausgekriegt, und deshalb wurde sie ermordet. Der Skinhead-Überfall war nur Camouflage für den Mord.«

»Komm, komm, Vanessa, das ist doch phantastisch.«

»Aber kannst du es ausschließen?«

Daniel fand es unwahrscheinlich.

»Aber kannst du es ausschließen?«

Das konnte er nicht.

»Und die einzige Methode, es herauszufinden, ist, daß wir diesen Titelhändler aufsuchen. Ich bin der Vermittler, und du erklärst ihm, was du für eine Arbeit haben willst. Komm, wir müssen uns beeilen.«

Es war nicht allzuweit zum Hotel Atlantic. Aber sie mußten am Jungfernstieg und am Ballindamm vorbei mitten durch die Innenstadt und kamen nur langsam vorwärts. Da schlug Daniel sich an den Kopf.

»Vanessa, so geht das nicht. Hast du dich schon persönlich als Agentin vorgestellt, als Vanessa Steinbrück?«

»Nein, ich habe gesagt, ich sei von der Agentur Academia Marketing. Fiel mir so spontan ein.«

»Gut, dann war das meine Mitarbeiterin, denn die Agentur Academia Marketing bin ich. Wenn der nämlich Zugang zu irgendwelchen Promotionslisten hat, findet er möglicherweise heraus, daß ich längst promoviert bin, und dann wären wir aufgeflogen. Also machen wir es andersherum. Du bist meine Kundin. Er braucht auch deinen richtigen Namen für die Urkunden. Für eine Journalistin ist es ganz normal, daß sie einen Doktortitel haben will, vor allem in Geschichte.«

Das sah Vanessa ein.

»Und du hältst dich mit Kommentaren zurück. Du verstehst ja von nichts etwas. Ich rede für dich, weil ich der Experte bin, und ich erkläre ihm, daß du eine Arbeit über Modernisierungstheorie brauchst.«

»Wie der Schneider?«

»Wie der Schneider. Vielleicht kommen wir auf diese Weise mal endlich an seine Dissertation.«

Das Taxi mußte sich durch die rauchenden und kiffenden Berufsschüler der Holzdammschule quälen, die die Straße als ihren Pausenhof betrachteten, und stoppte dann unter dem großen Vordach am Eingang des Hotel Atlantic. Sofort glitt der mit Uniform und grauem Zylinder ausgestattete Portier heran, riß die Taxitüren auf und begleitete sie, nachdem Daniel das Taxi bezahlt hatte, in die von Leder, tiefen Teppichen und blinkendem Messing beherrschte Lobby des Hotels. Zu dieser Zeit waren die abreisenden Gäste schon fort und die neuen noch nicht angekommen, so daß eine vornehme gedämpfte Stimmung über der Halle lag. Hinten links war die Bar ganz leer, auf deren Lederbank ein bekannter deutscher Schlagersänger sonst seinen Rausch ausschlief, und vorne links führte eine kleine Treppe zu einer Empore mit mehreren Sitzgruppen aus Ledersesseln. Nur zwei Gäste waren anwesend. Der eine war hinter einer Zeitung vergraben und praktisch unsichtbar, der andere saß bei einem Kaffee und ließ den Blick aufmerksam über die Hotelhalle schweifen. Das mußte er sein. Als sie die Stufen hinaufschritten, erhob er sich. Ein unauffälliger blonder Mann mit glatten, nach hinten gekämmten Haaren und blonden Wimpern und Augenbrauen. Das einzig auffällige waren die dicken Ringe an seinen Fingern.

»HIF Hochschulinformation?« fragte Daniel. Und als der Blonde nickte, stellte er sich als Dr. Dentzer, Academia Marketing, vor. Das dreifache D des Dr. Daniel Dentzer hatte er so verschliffen, daß daraus eine Art langgezogener dentaler Dauernasal mit Schwanz geworden war – DDDnnnnnzrr –, an den sich dann das klare Academia Marketing anschloß. »Meine Mitarbeiterin«, fuhr er fort, »hat bei Ihnen angerufen. Dies hier ist Frau Steinbrück, meine Klientin.« Der Blonde machte eine einladende Geste, und sie setzten sich.

»Nun«, begann Daniel, »Herr... wie war doch gleich...?«

»Dr. Feldmeyer.«

»Herr Dr. Feldmeyer, ich bin Unternehmens- und Personalberater für Führungspositionen. Aber Sie wissen ja, wie das ist. Wegen der außerordentlichen zeitlichen Belastung kommen unsere Klienten nicht dazu, sich ganz der Anfertigung einer Doktorarbeit zu widmen. Wir bräuchten also eine Art Beratung, eine gewisse Hilfestellung, und Ihr Fax schien uns da...«

Dr. Feldmeyer warf plötzlich die Hand in die Höhe und schnippte mit solcher Präzision zu einem vorübereilenden Kellner hinüber, daß Daniel den Verdacht hatte, daß er hier häufiger residierte. »Sie nehmen doch auch Kaffee?« Als sie nickten, rief er: »Noch drei«, und wandte sich ihnen wieder zu.

»Sind wir das erste Unternehmen, das Sie konsultieren, oder haben Sie sich in diesem konkreten Fall«, er blickte zu Vanessa, die noch keinen Ton gesagt hatte, »schon an einen anderen Berater gewandt?«

»Nein, Sie sind der erste.«

»Da haben Sie Glück gehabt.« Täuschte sich Daniel, oder hatte er einen leicht schweizerischen Akzent, wenn er »Glückch« sagte?

»Jawohl« – Akzent auf der ersten Silbe –, »da haben Sie

Glückch gehabt. Es gibt nämlich eine Menge unseriöse Unternehmen auf dem Markt. Sie können sie ganz einfach auseinanderhalten. Die unseriösen bieten Ihnen Titel von Phantasie-Universitäten aus dem Ausland an, die seriösen« – Akzent auf der ersten Silbe –, »so wie wir, bieten Ihnen nur Titel von deutschsprachigen Universitäten an.«

»Das ist schön«, sagte Daniel.

»Das ist mir auch lieber«, sagte Vanessa.

»Wir machen unseren Kunden immer ein gestaffeltes Angebot«, fuhr Dr. Feldmeyer fort. »Es gibt die Möglichkeit, die Arbeit selbst zu schreiben, das heißt nicht, daß Sie«, er schaute zu Vanessa, »die Arbeit selbst schreiben, sondern wir vermitteln den Doktorvater und ein Expertenteam, das die Arbeit schreibt. Das kostet etwa 50000 DM. Für Leute, die für die Anfertigung einer Doktorarbeit 100000 DM an Einkommen verlieren würden, ist das ein gerne genutztes Angebot.«

»Darf man erfahren, wer die Expertenteams sind? Ich meine nicht persönlich, sondern was sind das für Leute? Ältere Studenten, Doktoranden, Examenskandidaten, Habilitanden?«

Dr. Feldmeyer betrachtete Daniel mit deutlichem Respekt. »Sie kennen sich aber wohl gut aus, nicht wahr?«

»Nun ja, ich bin schon eine Weile im Bereich Personalberatung tätig.« So konnte man seinen Job als Persönlicher Referent des Wissenschaftssenators auch bezeichnen.

»Nun, Sie werden es nicht glauben«, sagte Feldmeyer mit solcher offensichtlichen Vorfreude auf die frohe Botschaft, die ihnen gleich zuteil werden würde, daß sein Gesicht strahlte. »Unsere Expertenteams bestehen fast ausschließlich aus Professoren, und dafür sind sie enorm preiswert.«

Daniel war schockiert. Wenn das stimmte, waren ja Dutzende von Professoren korrupt. Er hatte immer gedacht, diese Titelhändler würden von abgestürzten Doktoranden und ewigen Studenten beliefert.

»Das ist ja wunderbar. Können Sie uns das erklären? Was sind das für Professoren?«

»Nun, ich kann Ihnen garantieren, daß sie absolut echt, habilitiert, geprüft und bewährt sind.«

»Herr Dr. Feldmeyer«, Daniel intonierte das in dem tiefen Orgelton, in dem ein Insider dem anderen zu verstehen gibt, daß er ihn nicht für dumm verkaufen solle, wenn sie doch aus der gleichen Branche kommen. »Aber irgendeine Macke müssen sie doch haben.«

Sie machten eine Pause, als der Kellner den Kaffee brachte. Dann nahm Feldmeyers Miene einen verschmitzten Ausdruck an, und er dämpfte seine Stimme: »Nun, Sie haben alle in der Ex-DDR gelehrt und sind dann abgewickelt worden.« Er lehnte sich zurück.

Daniel sah Vanessa an, und Vanessa sah Daniel an. Feldmeyer sah sie beide an. »Das stört Sie doch hoffentlich nicht? Keine Angst, sie liefern keinen Marxismus mehr, die haben sich alle umgestellt. Die produzieren heute so geläufig West-Wissenschaft, als seien sie in Frankfurt am Main aufgewachsen und nicht in Greifswald oder Leipzig. Man könnte sie genausogut wieder einstellen, eigentlich eine große« – er sprach gros-se – »Verschwendung.«

»Aber für uns ein Vorteil«, grinste Daniel.

»In der Tat, in der Tat«, beeilte sich Dr. Feldmeyer zuzustimmen, »allerdings gab es bei den Abwicklungen eindeutige Schwerpunkte. Chemiker wurden kaum abgewickelt, dafür aber fast alle Philosophen und Historiker. Die waren fast alle, wie soll ich sagen, nun ja, ideologisch infiziert. Außerdem haben die meisten für die Stasi gearbeitet. In der Akademie der Wissenschaften in Berlin praktisch alle. Wir haben also einen ziemlichen Überhang bei Historikern und Philosophen. In welchem Fach möchten Sie denn gerne Ihre Promotion ablegen?« wandte er sich an Vanessa.

»In Geschichte«, antwortete Daniel, »aber Sie sprachen von einem gestaffelten Angebot.«

»Ja, wir haben auch eine ›Gesamtlösung‹, da ist die Doktorarbeit schon fertig und wird mit der mündlichen Prüfung und der Urkunde sehr viel schneller geliefert. Praktisch Expreß.«

»Das interessiert uns. Wie sind da die Preise?«

»Normale Lösung: 50000 DM, Expreß: 80000 DM.«

»Gibt es Formalitäten?«

»Ja.« Dr. Feldmeyer holte ein Formular aus der Tasche, auf dem Daniel die Liste folgender Unterlagen fand:

– Curriculum vitae
– Kopien von Zeugnissen
– 2 Paßfotos
– Polizeiliches Führungszeugnis
– Exemplare von wissenschaftlichen Arbeiten

»Wir haben nun relativ genaue Vorstellungen von dem Thema der Dissertation, die wir haben möchten.«

Dr. Feldmeyer zog die Augenbrauen hoch. »So? Das ist aber ungewöhnlich. Den meisten Kunden müssen wir erst eine Art Konzept machen. Was schwebt Ihnen denn da vor?«

»Also, wir hatten uns folgendes gedacht: Es gibt in der Geschichtswissenschaft und der historischen Soziologie eine alte Kontroverse – vielleicht machen Sie sich besser Notizen?« Dr. Feldmeyer zückte brav seinen Kugelschreiber. »Wie gesagt, eine Kontroverse, ob der Weg Europas in die moderne Gesellschaft historisch einmalig ist oder gewisse typische Phasen aufweist, die auch anderswo wiederholbar sind. Einige Theoretiker unterscheiden auch verschiedene Wege. Auf diesem Feld haben sich die meisten großen Gesellschaftstheoretiker getummelt. Wir möchten eine Dissertation über Modernisierungstheorien mit besonderer Berücksichtigung von Otto Hintze, Max Weber, Barrington Moore, Immanuel Wallerstein, Norbert Elias, John Traugott und Hans Blumenberg.«

»Also das ist ja sehr speziell«, fand Dr. Feldmeyer, als er seine Notizen beendet hatte, »ich weiß nicht, ob ich Ihnen genau diese Arbeit liefern kann.«

»Und wir möchten gerne eine Expreß-Lösung«, fuhr Daniel fort. »Ich schlage vor, daß Sie nachschauen, ob Sie etwas haben, was wenigstens in die Nähe dieses Themas kommt, das würde uns schon reichen. Und wenn Sie etwas haben, würden wir einen Vertrag machen. Wie schnell könnten Sie das herausfinden?«

Dr. Feldmeyer überlegte. »Müßte bis morgen eigentlich klappen.«

»Schön.« Daniel sah Vanessa und dann wieder Dr. Feldmeyer an. »Sollen wir uns morgen wieder hier treffen, vielleicht etwas später?«

Dr. Feldmeyer zögerte. »Das wichtigste in unserem Geschäft ist Diskretion.«

»Versteht sich«, sagte Daniel, und Vanessa nickte.

»Ich habe da ein Prinzip«, er zwinkerte mit seinen blonden Lidern, »das Prinzip heißt doppelte Sicherung. In den meisten Fällen völlig unnötig, aber in dem einen Fall lebensrettend. Nur«, und er hob die ringbesetzte rechte Hand, »man weiß nie, wann dieser eine Fall eintritt. Und deshalb mache ich die doppelte Sicherung nicht von der Einschätzung jeder einzelnen Situation abhängig, sondern halte mich grundsätzlich an sie.«

Als er geendet hatte, ergriff Daniel seine Hand und schüttelte sie. »Herr Dr. Feldmeyer, Sie sind ein Mann nach meinem Herzen.« Herr Feldmeyer war ob dieser unvermittelten Herzlichkeit leicht überrascht, aber Daniel wußte, daß niemand selbst absurden Freundlichkeiten widerstehen konnte. »Wir werden sicher gut ins Geschäft kommen. Sagen Sie, täusche ich mich, oder höre ich ein klein wenig den Zungenschlag des Eidgenossen?«

Dr. Feldmeyers blondes Gesicht blühte auf. »Sie haben aber ein ausgezeichnetes Ohr. Die meisten Menschen hören es nicht mehr, aber ganz wird man es wohl niemals los.«

»Na, meine Mutter ist Schweizerin«, log Daniel. »Aus St. Johann im Toggenburg.« Da hatte er einmal Ferien gemacht. Dr. Feldmeyer ließ jetzt alle Hemmungen fahren und schwyzerte kräftig. »Da wo derr Urli Bräkcher herchummt, der arme Mann aus Toggenburg. Das kchenne ich guet, da sind die Churfirsten und der Sentis. Ich kchomme aus Bärn, ich bin ein Städter, aber sehr langsam«, damit lachte er ein einverständig-schweizerisches Lokallachen, in das Daniel als seiner Mutter Sohn notgedrungen einfallen mußte. Es war Zeit, sich wieder aus der Gefahrenzone zurückzuziehen.

»Wir haben immer bedauert, daß meine Mutter zu Hause nie schwyzerdütsch gesprochen hat, so habe ich es nie gelernt.«

»Seien Sie froh.« Im Nu hatte Dr. Feldmeyer seine Lokalfärbung wieder abgelegt. »Sie kriegen das ganz schwer los, und jeder kann Sie sofort einordnen.« Er sprach jetzt offenbar von einem Ganoven zum anderen, die sich über ihre Geschäftserfahrungen unterhalten. »Aber da komme ich ins Schwatzen. Wir wollten ja den Treff für morgen ausmachen. Also, wegen der doppelten Sicherung«, er grinste verschmitzt, »kennen Sie den Portugiesen im Freihafen? Am Ende der Speicherstadt?

Macht die besten Fischgerichte in ganz Hamburg. Paßt es Ihnen da, sagen wir um halb drei? Gut, abgemacht. Nein, lassen Sie nur, die Rechnung geht auf mich.«

Als sie sich verabschiedeten, saß der Mann mit der Zeitung noch in derselben Haltung da.

## 16

Samstag morgen wie im Paradies.

Nach der Leidenschaft der Nacht die animalische Körperwärme eines Doppelschlummers mit ewig aufgeschobenem Aufwachen. Seliges Dahingleiten kurz unter der Wasseroberfläche des Schlafs. Halbbewußte Reflexkuscheleien mit milden Reminiszenzen an vergangene Orgien. Nur die Körper erinnern sich, nicht ihr Bewußtsein. Das hat sich in der Ununterscheidbarkeit der Körper verloren. Noch etwas Zeit bis zum Appell, bei dem es sich wieder an seinem gewohnten Stammplatz einfinden muß – im Kopf. Der aber hat noch die Läden geschlossen, heute ist Samstag. Auf dem zerwühlten Bett spielt schon seit Stunden die Sonne und kitzelt die geschlossenen Augen. Mitunter ertönt unter der Decke ein Grunzen wie aus einem Koben schlafender Schweine. Dann zucken die Glieder, doch sofort kehrt die Ruhe zurück. Und wäre da nicht das offene Fenster und das Gedudel im Hinterhof, würde es ewig so weitergehen. So aber fährt der Schrei »Rosemarie, du Ferkel, kannst du nicht aufpassen?« ins Gehör und ruft nach einem Bewußtsein, das ihn wahrnimmt. »Was?« sagt das Bewußtsein, »was ist los? Wo bin ich?« und bekommt einen Schreck. »Das Bett kenne ich doch, wer ist das, wer sind wir?« Und dann schickt es ein Lächeln zum Mund: »Ach ja, ich bin Daniel Dentzer und liege mit Vanessa im Bett.« Sein Körper preßt sich an ihren und genießt die neue Entdeckung. Das Bewußtsein taucht wieder ab – vergeblich. Die Sinnlichkeit ist miterwacht. Die Lebensgeister stehen einer nach dem anderen auf und beginnen mit geschlossenen Augen zu marschieren. Bald sind sie alle unterwegs, und es formieren sich die Armeen. Erste Kundschafterhände überschreiten die Grenze und sondieren das schlafende Gelände. Hügelkuppen und Durchmarschgebiete werden heimlich erkundet. Spähtrupps bereiten die Stellungen vor, und langsam erwacht auch der Gegner. Aber er leistet kaum Widerstand, im Gegenteil, er umarmt den Feind und hält, wie ein Christ, auch die linke Backe hin. Der Eroberer wird als Befreier begrüßt. Aus dem Überfall wird unversehens ein Wettbewerb der Unterwerfung. Der Krieg wird zum ekstatischen Fest eines langanhaltenden Feuerwerks. Oh, ah, schau mal, der da, ist das schön!

Und dann das Frühstück im Bett. Einander gegenüber im Schneidersitz und zwischen sich dieses riesige Tablett auf Beinen. Brötchen und Brombeermarmelade und Honig, ja, aber die Zeitung bleibt unbeachtet. Statt dessen der morgendliche Blick in die Katzenaugen. Und Vanessa schnurrt.

»Wir waren kein schlechtes Team gestern, wie? Du hast geredet, und ich habe keinen Ton gesagt. Fast wie ein richtiges Ehepaar.«

»Dafür hast du gut ausgesehen. Das hat ihn abgelenkt.«

Die Katzenaugen lachen. »Wie dein Namensvetter in der Löwengrube. Der war auch nie um eine Antwort verlegen. Als die Löwen ihn fressen wollten, hat er es ihnen ausgeredet.«

»Und so sind sie verhungert.« Ein Biß ins Honigbrötchen.

»Nein, sie haben einen anderen gefressen. Du gehörst zu jenen Menschen, für die immer ein anderer gefressen wird. Gib's zu, wenn du in der Schule Blödsinn gemacht hast, wurde immer ein anderer bestraft.«

»Und es hat einen besseren Menschen aus ihm gemacht.«

»Daniel«, ein Blitz aus den Katzenaugen.

»Vanessa.«

»Was würdest du davon halten, wenn ich Hannahs Wohnung übernehmen würde?«

Oh Gott, was für eine Idee. Er hatte die beiden Frauen langsam sortiert. Da war Hannah, schon im Leben ein Irrwisch, eine Art Windsbraut und danach ein Phantom, eine reine Erfindung, die seiner Liebesraserei keinen Widerstand mehr entgegensetzte. Und nun ein verblassender Schatten, ein Geist. Und hier die real existierende Frau mit ihrem warmen Körper und ihren Katzenaugen. Was hatten sie miteinander zu tun? Was würde passieren, wenn Vanessa bei Hannah einzöge? Wenn sie miteinander schlafen würden, würde Hannah dann erscheinen als Geist? Warum wollte sie das überhaupt?

»Warum würdest du das tun?«

»Na, die Wohnung ist sehr viel größer und schöner und liegt günstiger und hat einen Blick auf den Stadtpark.«

»Na, dann tu's doch.«

»Du würdest mir also zuraten?«

»Was brauchst du da einen Rat? Du sagst selbst, sie sei besser. Also ist mein Rat doch irrelevant.«

Mehrere Augenblitze der intensiven Sorte.

»Wenn du mir abrätst, tue ich es nicht.«

Leichte Spannung der mittleren Sorte.

»Warum sollte ich dir abraten, wenn du es selbst für richtig hältst?«

Fortsetzung der Augenblitze.

»Ich weiß nicht. Es könnte ja sein, daß du was dagegen hast.«

Auftritt des Geistes von Hannah. Beide Mitspieler ignorieren ihn.

»Warum in aller Welt sollte ich etwas dagegen haben?«

Hannahs Geist zeigt mit dem Finger auf sich. Daniel ignoriert es.

»Na, ich dachte ja nur.«

Der Geist gestikuliert. Vanessa winkt zurück und zeigt auf Daniel.

»Tu nicht so«, sagt sie, »du weißt genau, was ich meine.«

Der Geist winkt mit beiden Armen über dem Kopf, um Daniel auf sich aufmerksam zu machen.

»Du meinst ... wegen ... Hannah?«

Der Geist lächelt und wirkt wie erlöst.

»Kennst du die Wohnung? Warst du schon mal da?«

Der Geist nickt.

»Ich glaube, ein-, zweimal, wenn ich sie abends nach Hause gefahren habe. Ich erinnere mich kaum. Jedenfalls habe ich sie nie im Hellen gesehen.«

Umständliche Zubereitung eines Marmeladenbrötchens durch Vanessa.

»Hast du mit ihr geschlafen?«

Heftiges Nicken des Geistes. Aber hier mußte Daniel ihn enttäuschen. Hier ging es um Prinzipielles. Nie gab er vor einer Frau zu, daß er mit einer anderen geschlafen hatte. Hier forderte die Ehre zu lügen. Für ihn war jede Frau die einzige. Wie immer sie auch das Gegenteil beteuerten, es würde sie auf jeden Fall kränken, daß er in einer anderen versunken war. Das Bild würde sie ewig verfolgen. Sie hoffte geradezu, daß er log. Und doch mußte sie die Frage stellen. Hier galt es, die ganze Kunst der Lüge zur Geltung zu bringen. Schlichtes Leugnen schien deshalb zu wenig. Am besten, er deckte die Wahrheit mit der Wahrheit zu. Er tat so, als ob er sich richtig überwinden müßte. Oh Gott, jetzt kam ja eine furchtbare Lüge – aber irgendwie war es auch die Wahrheit...

»Wenn ich dir jetzt die Wahrheit sage, versprichst du mir dann, sie mir später nicht aufs Butterbrot zu schmieren, wenn du mal sauer auf mich bist? Versprichst du mir das?«

Sie nickte. Daniel wußte, jetzt hätte sie alles versprochen.

Er setzte dazu an, die furchtbare Wahrheit zu enthüllen. Ihre Katzenaugen hatten ihn fest im Blick. Auch der Geist blickte ihn gespannt an. Doch dann ließ er die Luft ab. »Nein, es ist zu pervers.«

Sie zerquetschte aus Versehen ihr Frühstücksei in der Hand.

»Komm, komm, das ist unfair. Du kannst keinen Striptease ankündigen und nachher alles anbehalten.«

Auch der Geist nickte dazu.

»Also gut.« Pause. »Ich habe es versucht.«

»Du hast versucht, mit ihr zu schlafen?«

»Ja, ich war ganz besessen von dem Gedanken, sie ins Leben zurückzuholen. Ich habe mich da hineingesteigert. Es war wie ein Kampf mit dem Tod. Ich dachte, wenn sie spürt, wenn sie irgendwie mitkriegt, da weit draußen auf dem Meer, wo sie rumschwimmt, daß jemand sie liebt, dann kehrt sie zurück. Von diesem Arschloch von Kornblum wußte ich ja nichts, sie hatte mir von dem Typen nie erzählt. Außerdem, vor dem Goin war unser Verhältnis nicht so intim; freundschaftlich ja, aber intim nein. Die Liebesraserei kam erst, als sie im Koma lag und ich mir einbildete, ich könnte sie retten. Die typische Erlöserphantasie. Haben eine Menge Männer. Hab ich dir mal erzählt, wie ich eine Professorin gerettet habe, die von einem Penner als Geisel genommen worden ist?«

»Lenk nicht ab.«

»Nein. Also, als ich sie in der Nacht an ihren Kanülen und Strippen hängen sah – weißt du, da blickst du ständig auf Monitore und Bildschirme mit pulsierenden Kurven und laufenden Lichtpunkten –, da hatte ich das Gefühl, ich gucke in ihren Körper, aber sie selbst ist nicht da. Oder sie schläft. Ich sollte auf die Klingel drücken und sie wecken. Weißt du, ich hatte schon lange auf sie eingeredet, ich war ganz ausgelaugt. Stundenlanges Süßholzraspeln ist saumäßig anstrengend. Du mußt ja ständig variieren, um immer dasselbe zu sagen. Irgendwie auch blöd. Und wenn du keine Antwort kriegst, ist das teuflisch frustrierend. Und ich sehe sie da so liegen, so passiv und reaktionslos, und da kommt mir dieser Gedanke.«

Die Katzenaugen hatten jetzt die höchste Intensität erreicht. Der Geist war ganz still.

»Ich ziehe langsam die Decke zurück und knete etwas ihre Schenkel. Ich spüre keine Reflexe, außer daß sie automatisch ihre Schenkel etwas spreizt. Da fasse ich zwischen die Schenkel und streichle, so gut es geht, ihre, du weißt schon ...«

»Ihre Vagina.«

»Ja. Dabei beobachte ich ständig die Monitore.«

»Nein.«

»Doch. Aber keine Reaktion. Inzwischen hatte ich eine Reaktion, wie Graf Bobby im Bordell.«

»Du meinst eine Erektion?«

»Das war mehr als eine simple Erektion. Das war ein Salut mit blanker Waffe. Ich schleiche mich gebeugt zur Tür, um zu kontrollieren, daß die Nachtschwester nicht erscheint, und versuche, auf das Bett zu steigen. Dazu mußte ich erst Hannahs Beine noch mehr spreizen und all die Kanülen und Schläuche aus dem Wege räumen. Dann senke ich mich ganz langsam auf sie. Ich habe furchtbare Angst, sie zu ersticken, und kontrolliere ständig die Monitore. Bei einem läuft so ein regelmäßig erscheinender Lichtpunkt über den Bildschirm. Das, denke ich, muß der Herzton sein. Dann suche ich ihre ...«

»Vagina.«

»Ihre Vagina, du hast es erfaßt. Immer noch den Blick auf die Monitore. Und dann kriege ich einen furchtbaren Schrecken.«

»Warum?«

»Eine dieser Kurven wird unregelmäßig, und ich denke, sie wacht auf.«

»Ja, und? Das wolltest du doch.«

»Ja, aber wir waren doch nur gute Bekannte. Was mußte sie denken, wenn sie aufwachte, was ich da trieb?«

Vanessa prustete los. Sie lachte gründlich und herzlich.

»Und dann? Was ist dann passiert?«

»Es ist etwas genierlich.«

»Komm, zier dich nicht! Wir haben gerade miteinander geschlafen.«

»Meine Erektion sackte in sich zusammen. Aus, weg, futsch, akuter Schwächeanfall, völlig aussichtslos.«

»Und dann bist du wieder runtergeklettert?«

»Ja. Und das ist die Geschichte, wie ich fast mit Hannah geschlafen hätte.«

Als er sie zu Ende erzählt hatte, war Hannahs Geist plötzlich verschwunden.

Sie krümelten schweigend vor sich hin und kauten Marmelade- und Honigbrötchen, sie Marmelade, er Honig.

»Dieser Kornblum…«, begann Vanessa.

»Was ist mit ihm?«

»Er hat mich doch in Hannahs Wohnung gelassen, als ich diese Akte gesucht habe.«

»Ja?«

»Und da hat er versucht, mich abzuknutschen.«

»Tatsächlich? In der Wohnung seiner Freundin, die er gerade beerdigt hat?«

»Ja. Er hat es mit seiner Trauer begründet. Er hat mir vorgespielt, wie fertig er ist, und er braucht jetzt Nähe.«

»Ekelhaft.«

»Und dann hat er versucht, mich abzuknutschen.«

»Saukerl! Aber du hast ihm eine gelangt?«

»Na klar. Aber weißt du, warum er das versucht hat?«

»Um dich als Antisemitin beschimpfen zu können, wenn du ablehnst?«

»Mach keine Witze. Nein, ich habe ihm vorher erzählt, du wärst mein Freund.«

»Warum hast du das getan?«

»Ich wollte ihm seine Eifersucht nehmen. Er dachte doch, du hattest was mit Hannah. Aber als mein Freund wärst du ja ausgeschaltet, als Rivale neutralisiert. Wieso ist dir das peinlich?«

»Vanessa! Was für eine Frage.«

»Ja, aber du antwortest nicht auf sie.«

»Wäre dir das peinlich, wenn ich dich als meine Freundin vorstellen würde?«

»Ich habe zuerst gefragt.«

»Du bist meine Klientin. Das weiß sogar Dr. Feldmeyer.«

»Weich nicht aus.«

»Auf jeden Fall sitzen wir in einem Boot.«

»Wir sitzen in einem Bett!«

»Und warum muß der Kornblum dich abknutschen, nur weil du meine Freundin bist?«

»Weil er sich rächen will. Also: Das war in diesem Schlafzimmer von Hannah, das kennst du doch.«

»Nein, tue ich nicht.«

Prüfender Katzenaugenblick.

»Also, da steht dieses Kingsize-Bett drin, und ich sitze am Schminktisch und hab in der Schublade grade diesen Ordner mit Feldmeyers Anzeige gefunden, da taucht plötzlich hinter mir Kornblum auf und zieht seine Trauernummer ab, und daß ich ihn umarmen soll. Da sag ich: ›Und Hannah?‹ Da hättest du ihn mal sehen sollen. Ganz wutverzerrt sieht er aus und zischt: ›Sie hat es hier auch getrieben‹. Und mir ist klar, er glaubt, du hast mit ihr in dem Kingsize-Bett gevögelt. Und nun will er das mit mir auch machen.«

»Weil du meine Freundin bist?«

»Weil ich deine Freundin bin.«

»Und?«

»Er jagt mich ein paarmal durchs Zimmer, ich reiß das Fenster auf und schmeiß die Akte raus. Da drängt er mich von hinten gegen die Fensterbank, daß ich fast rauskippe, reißt mir den Rock hoch und den Slip runter und rammt mir seinen Gott-sei-bei-uns zwischen die Schenkel.«

Daniel war bleich geworden.

»Und?« röchelte er.

»Da habe ich plötzlich dieses Bild vor mir, wie er mit seinem tropfenden Pinsel Naziparolen aufs Audimax schmiert, und sage ihm: ›Du warst das mit den Naziparolen!‹ Das trifft ihn wie ein Tritt in die Eier. Er taumelt zurück aufs Bett, und ich sprinte aus der Wohnung.«

Pause.

»Vanessa?«

»Ja?«

»Ich bin stolz und glücklich, daß du dich meine Freundin genannt hast.«

Dieses Bekenntnis führte zu einer längeren Unterbrechung der Unterhaltung.

Als die Unterbrechung vorbei war, war es Zeit, an die Verabredung mit Feldmeyer zu denken. Um halb drei würden sie ihn beim Portugiesen im Hafen treffen. Aber Daniel verlangte eine Änderung des Plans. Er müßte alleine gehen. Wenn sie jetzt dort zusammen auftauchten, würde Feldmeyer garantiert Verdacht schöpfen. Warum? Na, Vanessa solle doch mal nachdenken. Sie seien ein glückliches Paar. Das fiele sofort auf. Wenn sie zusammen seien, könnten sie das nicht verheimlichen. Das umgebe sie wie eine Aureole. Sie solle sich mal im Spiegel ansehen! Ein Glanz liege auf ihr. Und er selbst könne sie für mindestens zwei Stunden nicht ansehen, ohne daß sich ein blödsinniges Grinsen auf seinem Gesicht festsetze.

»Das ist die pure soziale Reflexivität. Sie sieht, daß er sie ansieht und dabei nur sieht, daß sie ihn sieht. Dadurch wird der Blick stereoskopisch.«

»Vanessa!« Ein entsetzter Aufschrei. »Du hast meine Dissertation gelesen!«

Spöttische Blitze aus Katzenaugen von mittlerer Stärke.

»Unterhaltsame Lektüre. Manchmal etwas schwergängig. Aber nachdem ich mich durchgequält hatte, habe ich mir gesagt: Den nehm ich! Der hat im Fach Liebe ein Examen abgelegt, mündlich und schriftlich mit angeschlossenen praktischen Übungen. Da kann doch nichts mehr schiefgehen. Ich habe einen staatlich geprüften Liebhaber mit der Lizenz zu lieben. Dr. Dani Strangelove.«

Auch Daniel mußte lachen. Aber weil er eben ein Liebesexperte sei, müsse sie sich auch seinen Argumenten beugen: Zusammen wirkten sie zu verknallt, und dann würde ihre Legende auffliegen. Feldmeyer würde sie durchschauen.

Und am Ende gab sie nach.

Als Daniel über die Brookstor-Brücke ging, hatte er wie immer das Gefühl, eine andere Welt zu betreten. Die Torbauten auf der Brücke wie ein Stadttor mit dem Freihafen als mittelalterlicher Stadt; ein umfriedeter Ort im Glanz kaufmännischer Privilegien. In langen Reihen lagen die Speicher mit ihren pseudomittelalterlichen Backsteinfassaden, in denen bis heute Teppiche, Textilien, Korn, Kaffee, Tee, Tabak und Gewürze gelagert wurden. Unter den vorspringenden Balken mit den Giebeldächern hing von jedem Laufrad ein Doppelseil, mit dem die Stauer die Ballen und Säcke vor die offenen Ladeluken zogen, wo ein Packer sie mit dem Haken angelte und hineinwuchtete. Die unregelmäßigen Zinnen, Geländer und Treppenhaustürme verstärkten den Eindruck einer mittelalterlichen Kaufmannsstadt, die in Jahrhunderten gewachsen war. In Wirklichkeit waren die Speicher erst in den achtziger Jahren des 19. Jahrhunderts nach einem einheitlichen Plan in wenigen Jahren hochgezogen worden. Diese Geschlossenheit und das historische Ambiente vermittelten das Gefühl des Wertbeständigen und der Solidität. Was hier gelagert wurde, war kostbar. Das machte die Speicher zu Schatzhäusern.

Daniel ging über die Gleise des Sandtorkai an den Schuppen und Kränen vorbei auf den Hafen zu. Der frische Geruch von Wasser mischte sich mit den tausendundeins Gerüchen des Orients, die aus den Ladeluken der Gewürzspeicher drangen. Man hörte die Schreie der Möwen und das Rauschen des Verkehrs aus der Stadt, hin und wieder unterbrochen durch das Hupen der Schlepper im Hafen. Aber sonst war es still. Am Samstag verirrten sich nur ein paar Touristen in den Freihafen und die Gäste des Restaurants Lusitania.

Als Daniel um die Ecke des Schuppens bog, hinter dem das Restaurant sichtbar werden mußte, blieb er stehen. Quer über den Gleisen eines Krans standen zwei Polizeiautos. Daneben hatte sich direkt an der Kaimauer eine kleine Gruppe von Zuschauern versammelt. Sie sahen zu, wie zwei Männer eines Polizeibootes mit Stangen etwas aus dem Wasser zogen. Daniel trat näher. Mit viel Mühe wuchteten die Männer die Leiche eines Mannes an Bord. Sein Anzug klebte ihm am Körper und seine blonden Haare im Gesicht. Als das Boot an die Treppe des Kais steuerte, blickte Daniel in die erloschenen Züge von Dr. Feldmeyer.

Er drehte sich um, ging an den Schuppen und Speichern vorbei zurück in Richtung Brookstor-Brücke. Plötzlich wirkte die Speicherstadt unheimlich. Seine Schritte hallten für seinen Geschmack zu laut auf dem Pflaster. Irgendwo in der Stadt lauerte ein Mensch, der sie gestern gesehen hatte. Der Mann mit der Zeitung fiel ihm ein. Wie hatte er ausgesehen? Er erinnerte sich an kein Gesicht. Er fühlte, wie eine leichte Hysterie in ihm aufkochte. Hier wurde ja tatsächlich gemordet! Sollte Vanessa etwa recht haben mit ihrer These? War auch Hannah ermordet worden? Bis jetzt hatte er immer an eine Art fahrlässiger Tötung geglaubt, an einen unglücklichen Zufall, an einen Schlag der prügelnden Neonazis im Dunkeln oder gar an einen Unfall mit dem Schnürboden. Aber jetzt?

Er fand eine Telefonzelle und schob seine Karte in den Schlitz. »Vanessa, hier Daniel. Erinnerst du dich an den Typen, der bei unserem Treff im Atlantic gestern die ganze Zeit hinter der Zeitung saß? Weißt du, wie der ausgesehen hat? Du hast ihn auch nicht gesehen? Warum? Na, du hast vielleicht recht mit dem gezielten Mord an Hannah. Ich habe gerade Feldmeyer gesehen. Er sah gar nicht gut aus. Ja, definitiv krank. Man hat ihn gerade aus dem Hafen gezogen. Ja, die Polente. Nein, ich habe nicht gesagt, daß ich den Herrn kenne. Ich habe mich still verdrückt. Ja, ich bin noch am Hafen. Mach niemandem auf, bis ich komme. Nein, ich bin nicht paranoisch, ich habe nur Verfolgungsängste.«

»Wie ich dir gesagt habe, die Polizei hat bei der Durchsuchung der AStA-Räume Drogen gefunden. Grade war es in den Nachrichten.« Automatisch zeigte Vanessa auf ihren kleinen Mini-Fernseher im Bücherbord, während sie Daniel einen Kaffee brachte. »Und jetzt kommst du mit deiner Leiche. Das zeigt doch, daß die Polente bewußt in den falschen Büschen stochert.«

Aus der sanften Vanessa war wieder die hartgesottene Reporterin geworden. Daniel war diese Verwandlung unheimlich. Kein Wort des Schreckens darüber, daß der Mensch, dem sie gestern noch eine Stunde lang gegenübergesessen hatte, nun als Wasserleiche wieder aufgetaucht war. Daß jemand, dessen lebendige Regungen sie aus nächster Nähe beobachtet hatte, Hals über Kopf in jenes Land abgereist war, aus dem kein Tourist mehr zurückkehrt. Und er erinnerte sich daran, daß sie auch auf Hannahs Unglück relativ kühl reagiert hatte. Jagte ihr der Tod keinen Schrecken ein? War sie so lebendig, daß er ihr nicht nahe kam? Empfand sie Leute, die starben, als Versager, die aus Untüchtigkeit ihr Lebenskapital verschleuderten? So wie sie ihn mit ihren goldschimmernden Augen ansah, wirkte sie auf Daniel wirklich wie eine Katze, die sieben Leben hat, und jetzt lag sie vor dem Mauseloch mit zuckender Schwanzspitze und zitternden Schnurrbarthaaren, gespannt bis in die letzte Muskelfaser.

»Verstehst du, die Bullen wollen dem AStA noch immer die PKK-Connection nachweisen.«

»Nein, verstehe ich nicht. Wo ist da der Zusammenhang?«

»Die Kurden haben den Drogennachschub in der Hand. Der AStA hat die Mensa angemietet und dann dem Exil-Parlament der Kurden für eine Tagung überlassen. Das ist der Zusammenhang.«

»Du meinst, die Polente will den Fall benutzen, um an die PKK heranzukommen?«

»Könnte doch sein. Vielleicht geht es gar nicht um den Schneider und seine Bullenfreunde. Vielleicht geht es auch um eine Zusammenarbeit mit den Türken. Denen ist doch diese Aktivität der PKK ein Dorn im Auge.«

»Und Dr. Feldmeyer? Wie paßt der in das Bild?«

»Eben gar nicht. Das ist es ja, was ich meine. Daran sieht man, daß sich Kommissar Heil Hitler gar nicht um die wirklichen Hintergründe kümmert. Das ist ja das Wunderbare.«

»Wieso ist das wunderbar?«

»Na, dann bin ich es, die die Wahrheit ans Licht bringt, ich alleine! Mit deiner Hilfe natürlich«, setzte sie mit einem schnellen Blitzstrahl aus den Katzenaugen hinzu. »Ich bin Reporterin, schon vergessen? Ich schnüffele hinter den großen Sauereien her. Und hier riecht es schon sehr danach. Wohin man die Nase auch steckt, überall stinkt es. Lassen wir doch dem Inspektor Derrick Schmerrick seine PKK. Wenn ich herauskriege, wo der Hund wirklich begraben liegt, ist das Ausmaß, in dem die Bullen versagen, das exakte Maß meines Erfolgs. Dann mache ich so einen Karrieresprung, daß ich dich fast schon ernähren könnte, wenn der Senator dich rausschmeißt.« Wieder ein Augenblitz.

Daniel mußte an seine Unterredung mit Schacht denken. Ob er Vanessa erzählen sollte, daß er Schacht mit der Vision unter Druck gesetzt hatte, der subventionierte Motorradclub habe die Nazis gespielt? Vielleicht besser nicht. Als Reporterin mußte sie ja immer moralisch empört sein, um ihre Enthüllungen als moralische Aufklärung stilisieren zu können.

»Vanessa?«

»Mein Schatz?«

»Stell dir vor, ich würde auch eine kleine Sauerei begangen haben, irgendeine böse Tat im Dienste des Guten, und du findest es heraus?«

Sie schaute ihn an, als bereite er gerade eine furchtbare Enthüllung vor.

»Nein, nein«, beeilte er sich zu sagen, »es war wirklich nur eine theoretische Frage. Würdest du mich dann ans Messer liefern?«

Sie sah ihn durchdringend an. Plötzlich leuchtete der gelbe Strahlenring in ihrer Iris auf. Daniel konnte es ganz deutlich sehen. Es war ein erstaunlicher Vorgang. Er fühlte sich an die Weltraumfotos von Sonnenwinden erinnert, die eine schwarze Scheibe wie eine Aureole umgaben.

»Das kommt darauf an«, sagte sie.

»Worauf?«

»Ob wir verheiratet sind oder nicht. Wenn du mein Mann bist, brauche ich dich nicht ans Messer zu liefern, das erlaubt sogar das Gesetz. Bist du es nicht, gehorche ich meinem Gewissen.« Sie lachte und warf sich plötzlich mit einem katzenartigen Sprung auf ihn, so daß er rückwärts mit ihr auf dem Bauch auf den Teppich kugelte. »Du bist also nur an einem Ort vor mir sicher: in meinem Bett.«

Und sie traktierte ihn mit kleinen Küßchen, die sie wie Bindestriche zwischen die Satzteile setzte: »Du bist – in einem richtigen – Double-bind – entweder ich denunziere – dich oder – ich kontrolliere dich – mein Schatz.« Und damit gab sie ihm einen langen harten Kuß, der andeuten sollte, was sie unter Kontrolle verstand. Dann wieder eine Serie kleiner Küßchen: »Das kannst – du ja alles – in deiner eigenen – Dissertation nachlesen – Intimität ist Kontrolle – genaue Beobachtung – in einer Ehe – umschleichen sich – zwei Spione – und ich mein Liebster – bin ein Profi.« Wieder ein langer Kuß. »Ich bleibe immer – hart am Ball.« Und damit griff sie ihm zwischen die Beine, daß er aufjaulte. »Also heiratest du mich?«

»Auauau jajajaja.« Als sie losließ, hielt er ihre Hand fest, um ungestraft sagen zu können: »Aber erst, wenn du mir ein Verbrechen nachweisen kannst.«

Vorsichtig wühlte er sich unter ihr hervor und ging ins Bad, um sich zu restaurieren. Automatisch hatte er dabei die Tür etwas angehoben, um sie über eine Sperre in der Angel hinweg aufzubekommen.

»Und was machen wir jetzt in Sachen Feldmeyer?« rief er durch die offene Badezimmertür.

Da stand Vanessa plötzlich hinter ihm.

»Jetzt habe ich dich erwischt!« Verblüfft registrierte er, daß sie wirklich wütend aussah.

»Womit erwischt?« fragte er ihr Spiegelbild, das über die Seitenverkehrtheit ihrem Gesicht eine subtile Fremdheit verlieh.

»Du hast die Tür sofort aufbekommen!«

Ratloser Blick von Daniel.

»Die Badezimmertür! Die bekommt niemand auf. Da ist nämlich aus Versehen so ein Haken in der Angel, der als Sperre wirkt. Man muß sie darüber wegheben.«

»Ja und?«

»Aber da ist bis jetzt niemand von selbst drauf gekommen. Man muß es wissen. Du hast sie aber sofort darüber weggehoben, ganz automatisch.«

»Intuition.«

»Unsinn.«

»Ich habe zu Hause auch so eine defekte Angel. Das heißt bei mir zu Hause, als ich klein war, hatten wir auch so eine Tür.«

»Quatsch.«

»Doch, da geht einem die Reaktion in Fleisch und Blut über.«

»Hör auf mit den Lügen. Du hast die Tür automatisch richtig aufgemacht, weil du die Wohnung kennst.«

Sie drehte ihn jetzt um, so daß er sie nicht mehr im Spiegel, sondern direkt ansah.

»Du warst schon mal hier, stimmt's?«

Er tat so, als ob er sich besinnen müßte. »Hier? In deiner Wohnung? Ja, neulich, als du mich ...«

»Lüg jetzt nicht. Du hast meine Vorgängerin gekannt?«

»Hatte die eine Frisur, die so aussah, als ob sie einen Telefonhörer auf dem Kopf liegen habe?«

Wider Willen mußte Vanessa lachen. »Also, hast du sie hier besucht?«

»Ich mag ihr beim Umziehen geholfen haben.«

»Du meinst, beim Ausziehen?«

»Nein, beim Einziehen.«

»Das sind ja Dialoge wie in einer Farce.«

»Genau, ich erinnere mich jetzt. Sie hieß Bettina irgendwas ... eine Freundin von einem Freund. Wenn irgend jemand in meinem Bekanntenkreis umzieht, besinnen sich alle auf meinen Kombi. Und dann muß ich wieder beim Ausziehen helfen, ich meine beim Anziehen. Und so könnte es sein, daß ich hier schon mal war. Ja, das könnte sein.«

Vanessa drängte ihn gegen das Waschbecken.

»Hast du mit ihr in meinem Bett geschlafen?«

Daniel tat so, als ob er die Frage nicht ganz verstünde.

»Mit wem?« fragte er.

»Mit wem wohl? Von wem reden wir denn die ganze Zeit? Mit dem Telefonhörer. Hast du mit dem Telefonhörer in meinem Bett geschlafen? Ja oder nein?«

»Damals war es noch nicht dein Bett, es gehörte dem Telefonhörer.«

Vanessa machte stumm kehrt, um ihm das Gesicht nicht zu zerkratzen, ging einmal im Wohnzimmer auf und ab und kehrte dann zurück.

»Hier, schau auf meine Lippen: Hast du dieses Bett hier entweiht, indem du deinen Samen in den Schoß dieses Telefonhörers gegossen hast?«

»Mein Gott, Vanessa, dieser Satz ist bestimmt während der ganzen Geschichte der Menschheit noch niemals gesprochen worden. Da würde ich eine Wette drauf abschließen. Stell dir vor, du findest ihn als Beispiel für Fragesätze in einem deutschen Sprachlehrbuch: ›Hast du dieses Bett hier entweiht, indem du deinen Samen in den Schoß dieses Telefonhörers gegossen hast?‹ Kannst du dir vorstellen, daß jemand sich einen Kontext dazu ausdenken könnte? Der müßte ja einen ganzen Roman erfinden. Und du kannst sagen, du hast den Satz geboren; deine Lippen haben ihn zum erstenmal geformt; du hast einen nie zuvor geäußerten Satz erfunden. Ich glaube nicht, daß ich das schon jemals fertiggebracht habe. Ich gratuliere.«

»Ich könnte dich erwürgen.«

»Laß uns lieber überlegen, was wir tun sollen. Bist du denn gar nicht geschockt von dem Mord?«

Vanessa entließ ihn aus ihrer Blockade am Waschbecken, und sie gingen zurück ins Wohnzimmer, um sich inmitten der Zeitungen auf den Teppichboden niederzulassen.

»Komm, laß uns das doch schnell hinter uns bringen. Ich kriege doch Zustände, wenn ich ins Bett gehe und muß ständig denken, genau hier hat der Telefonhörer seine feisten Schenkel gespreizt, und du hast dazwischen gelegen. Da kann ich nicht ordentlich einschlafen. Ich wälze mich herum und bin den ganzen nächsten Tag müde und geschlaucht und kann nicht hinter dem Mörder von diesem Feldmeyer herschnüffeln. Also, hast du, oder hast du nicht?«

»Ich habe nicht.«

»Ehrlich?«

»Ehrlich, Vanessa! Ich kenne die Frau kaum; das einzige, woran ich mich erinnere, ist diese Telefonhörerfrisur.«

Sie sah ihn skeptisch an.

»Na, ist nun alles okay? Was kann ich noch mehr sagen? Das sagt man doch auch, wenn es die Wahrheit ist.« In einem plötzlichen Zuwendungsimpuls wälzte er sich auf sie, küßte sie und sagte dann: »Im Ernst, Vanessa, jetzt habe ich dieses fette, vollgefressene und übergewichtige Gefühl für dich, und womit beschäftigst du dich? Mit schwindsüchtigen Phantasmen von Telefonhörern. Wenn so deine Detektivarbeit aussieht, sehe ich schwarz. Sag mir lieber, was ich jetzt tun soll, um den Mörder von Feldmeyer zu finden.«

Vanessa umschlang ihn mit ihren Beinen.

»Laß uns erst noch ein bißchen vögeln, ich kann dann besser denken.«

Und sie begann ihr Becken in leichten Rhythmen gegen das seine zu bewegen. Er konnte gar nicht anders, sein Körper mußte auf diese freundliche Anfrage mit einer bejahenden Antwort reagieren. Und schon bald wurde aus Frage und Antwort und Frage und Antwort eine Wechselrede, die sie zwang, sich die Kleider vom Leibe zu reißen, worauf der Dialog immer schneller und intensiver und heftiger wurde und der eine zu schreien begann und der andere zurückschrie, bis ihr Duett sich in einem großen Crescendo zum Finale steigerte und dann plötzlich in sich zusammenbrach.

Daniel hörte, wie irgend jemand nahe an seiner Achsel unverständliche Koseworte flüsterte. Er hatte die Augen geschlossen und betrachtete wie immer nach solchen heftigen Zwiesprachen den Tanz der farbigen Holzschnitte hinter seinen rosa Lidern. Er hatte als Kind eine Robinson-Ausgabe mit herrlich farbigen Holzschnitten besessen, die er sehr geliebt hatte. Später, als er älter wurde und in die Pubertät kam, hatte er das Buch aus den Augen verloren. Dann aber, im Alter von sechzehn Jahren, hatte er angefangen, vielen Mitschülern Nachhilfeunterricht zu erteilen, um damit sein nicht vorhandenes Taschengeld aufzubessern, denn eine alleinerziehende Grundschullehrerin konnte keine großen Sprünge machen. Dabei war ihm gar nicht aufgefallen, daß die Mitschüler in aller Regel Mitschülerinnen waren. In einem Fall handelte es sich sogar um zwei Schwestern, und sie hatten eine geschiedene Mutter, die unter der Wohnung eine Leihbibliothek betrieb. Nach dem Unterricht mit den Töchtern ging Daniel in der Regel zu einem Schwatz mit der Mutter in die

Bibliothek. Daraus waren im Laufe der Zeit längere Diskussionen über Literatur geworden, wobei Dostojewski und Balzac eine besondere Rolle spielten. Eines Tages aber waren sie auf Kierkegaards »Tagebuch des Verführers« zu sprechen gekommen, dessen Lektüre Daniel in eine Art fiebrige Hitze versetzt hatte. Und da hatte die Mutter der Töchter offenbar das Mitleid gepackt, und sie hatte das Fieber gesenkt, indem sie ihn in die Geheimnisse der Liebe einweihte. Es war mitten zwischen den Bücherborden der Leihbibliothek gewesen, und im Rausch des finalen Triumphs, als er über der Leihbibliothekarin zusammenbrach und erschöpft dem Rasen seines Herzens lauschte, waren hinter seinen geschlossenen Lidern die Holzschnitte aus dem Robinson-Buch wieder erschienen. Aber sie tanzten. Die bunten Striche, Schraffuren und Linien waren in Bewegung geraten und vollführten einen psychedelischen Tanz. Und seit jenem ersten Mal hatte Daniel diesen Tanz immer wieder erlebt. Deshalb mußte er auch immer mal wieder an die geschiedene Leihbibliothekarin denken, wenn er eigentlich an jemand anders denken sollte, die ihm näher lag. Aber seine Gedanken machten dann einfach die Tür auf und wanderten zu der Leihbibliothekarin zwischen den Bücherborden. Heute aber waren sie in ganz anderer Richtung unterwegs. Sie besuchten Dr. Feldmeyer. Sie schauten nach, wie Dr. Feldmeyer in einem Boot langsam auf Böcklins Toteninsel zuruderte. Aber in diesem Boot saß noch jemand. Er konnte sie nicht erkennen. Aber er wußte, daß es Hannah war. Und dann verschwanden die tanzenden Striche und wurden ersetzt durch das Bild von Hannah auf dem Krankenhausbett. Aber nicht so, wie sie dort wirklich gelegen hatte, sondern wie er sie in seinem Lügenmärchen gegenüber Vanessa geschildert hatte, als er ihr erzählte, er habe mit ihr zu schlafen versucht.

Und plötzlich war ihm klar, warum Vanessa unbedingt mit ihm hatte schlafen wollen: Auch sie hatte Angst vor dem Tod.

Auch sie hatte diese Leiche im Hafen in Schrecken versetzt. Da draußen lief irgendwo jemand herum, der den Tod brachte. Und auch sie hatte er schon ins Visier genommen. Ihr Liebesakt war ein Abwehrzauber, ein magisches Gegenmittel. Vanessa betrachtete seinen Samen als eine Art Impfstoff, der sie gegen den Tod immun machte. Sie impfte sich mit Leben, um ihre Abwehrkräfte zu stärken. Sie verordnete sich das Präparat der Marke Dr. Daniels Sperma. Dieses Bild löste in Daniel eine Welle von Mitgefühl für Vanessa aus. Für sie war er das Leben, so wie sie für ihn. Und er preßte sie so fest an sich, daß ihre Brust an der seinen ganz platt gequetscht wurde und sie sich schnurrend an ihm rieb.

»Wir werden die Schweine finden«, murmelte er etwas vage.

»Du mußt zu Frau Wallasch gehen«, murmelte Vanessa.

»Und was soll ich bei ihr?« kam es matt zurück.

»Sie weiß am meisten über diesen Schneider. Frag sie noch mal aus. Irgendwo muß es eine Verbindung zwischen diesem Titelhändler und dem Schneider geben. Das hat schon Hannah gewußt.« Plötzlich setzte sie sich kerzengerade auf. »Ach, ich Idiotin! Siehst du, es wirkt schon, ich kann schon besser denken. Ich weiß jetzt, warum der Feldmeyer umgebracht wurde. Hannah war schon bei ihm gewesen, und das sollte er uns nicht erzählen.«

Daniel wurde von einer Sekunde auf die andere hellwach. »Ach du Scheiße! Es könnte doch sein, daß sie glauben ...«

»Wer?«

»Wer immer es ist. Daß sie glauben, daß er uns das mit Hannah schon längst erzählt hat.«

»Das ist doch unlogisch.« Vanessa begann ihre verstreuten Kleidungsstücke aufzusammeln und begab sich ins Bad, ließ aber die Tür offen. »Wenn sie das angenommen hätten, dann hätten sie Feldmeyer ja nicht mehr ... du weißt schon. Und deshalb werde ich jetzt ins Atlantic gehen.«

Auch Daniel begann sich anzuziehen.

»Was willst du denn im Atlantic? Ach so, die Kellner nach dem Typ hinter der Zeitung befragen? Keine schlechte Idee.«

»Vielleicht haben die ja auch Überwachungskameras und speichern die Bilder für einige Zeit. Vielleicht haben wir Glück, dann wissen wir wenigstens, daß er es ist, wenn wir ihn sehen.«

»Gefahr erkannt – Gefahr gebannt.«

Bevor sie die Wohnung verließen, gab Vanessa ihm einen Schlüssel. Er küßte ihn zeremoniell und klemmte ihn dann an seinen Schlüsselring. »Kennst du das Bild: Der Bürgermeister von Breda übergibt die Schlüssel der Stadt an den Herzog von Alba?« fragte Daniel. »Du bist Breda, und ich bin Alba.«

»Du bist ein Knallkopf, und ich bin Vanessa.«

Und damit schloß sie hinter sich ab.

## 17

»Schauen Sie her, wie finden Sie das?« Frau Wallasch hob ein kleines Ölgemälde in die Höhe, auf dem zu sehen war, wie eine Zigeunerfamilie an einem Bach rastete.

»Sieht mir ganz nach Sinti und Roma aus«, murmelte Daniel grämlich. Die Tragegurte der Umhängetasche schnitten ihm schon in die Schulter. An ihnen zerrte das Gewicht eines alten Bügeleisens und eines Waffeleisens aus Großmutters Zeiten. Frau Wallasch hatte ihn dazu gezwungen, ihre frischen Erwerbungen zu tragen. Wie ein Lastesel zog er hinter ihr her durch die Menge, die sich am Sonntagmorgen auf dem Flohmarkt am Turmweg langsam durch die Buden quälte. Daniel hatte Frau Wallasch am Sonnabend nicht mehr erreicht. Als er dann früh morgens ihre heilige Sonntagsruhe durch ein Telefonat entweihte, hatte sie es zur Bedingung einer Audienz gemacht, daß er sie zum Flohmarkt begleitete und ihre Tasche trug.

»Ich will auch mal das Gefühl haben, wie es ist, wenn ein Mann einem die Sachen schleppt.« Frau Wallasch war unbemannt. Daran war nichts Rätselhaftes. Sie war weder lesbisch noch pervers noch asexuell. Ihr Äußeres war nur nicht besonders ansprechend. Sie war dabei nicht häßlich oder gar deformiert, keineswegs. Sie war auch im großen und ganzen gebaut, wie eine Frau gebaut sein sollte. Aber ihre Züge hatten durch ein Spiel der Natur einen leichten Schuß ins Grobe bekommen. Das gab ihr im Grunde ein männliches Aussehen, aber natürlich auch nicht ganz männlich. Sie hatte ein Gesicht wie jene stämmigen Männerfiguren, die auf holländischen Genrebildern Käseplatten und Bretter mit Broten schleppten. Im Grunde das ländlich gutmütige Gesicht eines Großknechts. So war trotz der grundsätzlichen Regelmäßigkeit ihrer Züge jeder weibliche Liebreiz so restlos ausgerottet, daß die Attraktivität auf das andere Geschlecht gleich mit eliminiert wurde. Und Frau Wallasch hatte sich über diesen Mangel nie Illusionen gemacht. Im Gegenteil, sie hatte sich früh daran gewöhnt und eine dazu passende Psychologie entwickelt: Sie war deftig, unsentimental und burschikos. Gegenüber Männern pflegte sie fortan ein kumpelhaftes Verhalten. Dadurch gewann sie so manche Einsicht, die femininen Frauen ein Leben lang verschlossen bleibt. Sie wurde zur teilnehmenden Beobachterin in den Macho-Milieus, weil sie nicht durch Feminität störte. Sie wurde mit in die Vertrautheit der Kameraderie aufgenommen, weil Männer bei ihr nicht, wie gegenüber anderen Frauen, ihr Verhalten in Regie nehmen mußten. Sie wurde selbst zu einer Art Mann honoris causa. Nur wenn sie aus diesem Seilschafts- und Freundschaftszirkelmilieu der Universität für die Zeit des Wochenendes ausschied und ins normale Leben zurückkehrte, erinnerte sie sich daran, daß sie eine Frau war. Der Rolle völlig entwöhnt, konnte sie dann in eine grobschlächtige Koketterie verfallen. Sie führte sich dann auf wie der in eine Frau verkleidete Mann in einer Drag-Comedy. Dann bot sie die Parodie einer Frau, die von einem breitschultrigen Kerl im Fummel gespielt wird.

Daniel schauderte deshalb, als Frau Wallasch ihn kokett fragte: »Nun raten Sie mir doch, Daniel«, sie sprach ihn schelmisch mit Vornamen an, »soll ich es kaufen oder nicht? Ich bin immer so unentschlossen.«

»Kaufen Sie es nicht.«

»Nein? Ich finde es aber so hübsch.«

»Dann kaufen Sie es.«

»Aber vielleicht paßt es nicht zu meinen anderen Bildern.«

»Kaufen Sie es nicht. Es paßt sowieso nicht mehr in meine Tasche.«

Frau Wallasch griff nach der Waffe des Holzhammercharmes. »Nicht schlappmachen, ja? Sie sind heute mein Sklave.«

Sie hatte das so laut durch die Menge geschrien, daß die Umstehenden grinsten oder Daniel mitleidig besichtigten. Sie mußten sie für ein besonders perverses SM-Pärchen halten. Plötzlich stellte Frau Wallasch das Bild wieder zurück und flatterte wie ein flugunfähiger Kasuar zum nächsten Stand, um dort mit Entzückensschreien eine schäbige Puppe hochzuhalten. »Mit so einer Puppe habe ich früher gespielt. Sie war genauso wie die hier. Ich habe sie wahrscheinlich mehr geliebt als je einen Menschen.«

»Gehen Sie deshalb so gerne auf Flohmärkte?« wollte Daniel fragen, aber er verkniff es sich. Statt dessen murmelte er nur: »Sehr reizend.« Denn er hatte bemerkt, daß der Besitzer des Standes, an dem Frau Wallasch die Puppe gefunden hatte, sie beide fixierte. Die kleinen Äuglein glitten zwischen ihnen hin und her. Da ging ein Erkennungsleuchten durch sein Gesicht.

»Das ist doch nicht wahr! Er hat sie behalten.« Dann, an seinen Mitverkäufer hinter dem Stand gewendet: »Du, Karlheinz, das glaubst du nicht! Diesem Herrn hab ich mal diese Frau verkauft, und er hat sie behalten!« Und jetzt erkannte Daniel den Penner vom Campus-Teich. Er streckte ihnen beiden die Hand entgegen wie guten alten Bekannten, und sie schüttelten sie. »Nein, so was! Aber das müssen Sie zugeben, Herr Doktor, es war ein reelles Geschäft. Sie haben was Solides gekriegt für Ihr Geld, und es funktioniert immer noch.« Homerisches Gelächter, Zwinkern in Richtung Frau Wallasch. »Nichts für ungut, war nur ein Scherz.« Plötzliche Idee, geschäftiges Suchen nach einer Tüte. »Ich sag Ihnen was, Gnädigste, das Püppchen hier schenke ich Ihnen, weil Sie's sind.« Er wickelte die Puppe in seidiges Blumenpapier und versenkte sie in der Tüte. »Da, nehmen Sie. Sie haben mir Glück gebracht. Die Masche mit der Geiselnahme hat mir ein schönes Sümmchen eingebracht. Bei Ihnen war es zum ersten Mal, eher aus Zufall, könnte man sagen, aber dann habe ich es ausgebaut. Wirkte wie so ein Scherz. Die Leute kennen's aus dem Fernsehen – Geiselnahme – gruselig –, und dann spielte ich es nach. Wichtig ist nur, daß man immer ein hübsches Mädchen nimmt. Passen Sie auf, ich mach's Ihnen mal vor.«

Er sauste hinter seinem Stand hervor, schlang seine Arme um eine hübsche Brünette, die gerade vorbeiging, und brüllte mit Donnerstimme: »Keiner rührt sich von der Stelle! Dies ist eine Geiselnahme!« Augenblicklich war ein leerer Raum um die Brünette mit ihrem Geiselnehmer. »Meine Herren, Sie dürfen ein Lösegeld für die Jungfrau bezahlen, dann gehört sie Ihnen. Einsätze erst von einer Mark aufwärts. Wer bietet mehr als eine Mark?« Allgemeines Gelächter der Erleichterung. Ein Spiel. Die jungen Männer wetteiferten sofort, die Jungfrau vor dem Drachen zu retten. »Warum so zögerlich? Das ist das schönste Mädchen auf dem Markt.« Jetzt hatte sich auch die Brünette von ihrem Schrecken erholt und genoß es sichtlich, im Mittelpunkt eines Dramoletts zu stehen. Sofort begannen die jungen Männer mit der Versteigerung. 2 Mark, 5 Mark, 10 Mark, 15 Mark –

bei 25 Mark stagnierten die Gebote, und bevor es für die Brünette zu deprimierend wurde, verkaufte der Geiselnehmer die Schöne an einen jungen Mann in Ledermontur, der nun ratlos grinsend die Brünette in Empfang nahm, um 26 Mark ärmer. Vage verkuppelt verschwanden die beiden in der Menge, und lächelnd fragten sich die Umstehenden, ob so idiotisch das Schicksal aussah: Gott in Penners Gestalt, die unsichtbare Hand. Die sichtbare Hand des Penners steckte die 26 Mark ein. »Sehen Sie, Gnädigste, so wird's gemacht. Und Sie haben mich auf die Idee gebracht.«

»Sie ist Professorin«, sagte Daniel. »Sie bringt den vernageltsten Typen noch was bei.«

Dem Penner wurde bei dieser Mitteilung sichtlich unbehaglich.

»Professorin, wie? Wirklich? Na so was, hätte ich das gewußt! Nichts für ungut, war ja nur ein Scherz. Wollen Sie noch etwas aus meiner Sammlung? Vielleicht einen schönen Stein, etwas Schmuck, eine alte Uhr? Die hier ist echt antik«, und er hielt eine Kettenuhr hoch. Offenbar verband er mit dem Titel »Professorin« die Vorstellung von unübersehbarem gesellschaftlichen Einfluß und fürchtete nun die Rache des Establishments. Bevor sie zuschlug, wollte er verduften. »Karlheinz, ich muß mal eben zu Werner rüber...« Und er legte die Uhr wieder zurück und verschwand in der Menge.

Als es Daniel endlich gelungen war, Frau Wallasch über die Rothenbaumchaussee in ein Straßencafé zu schleppen, und er erleichtert die Tragebeutel mit den Eisengewichten abgestellt hatte, hatte er Mühe, das Gespräch wieder auf Schneider zu bringen, so sehr war sie von der Episode bewegt.

»Das ist mir ja gar nicht klargewesen, daß ich zum Urbild der Jungfrau in Not geworden war. Ist das nicht entzückend?«

»Was diesen Schneider betrifft...«

»Und Sie waren mein Ritter...«

»Haben Sie vielleicht inzwischen die Dissertation aufgetrieben...?«

»Dieses junge Mädchen, das er da gefangen hatte, sah es nicht himmlisch aus...?«

»Frau Wallasch...«

»Fanden Sie sie nicht auch attraktiv? Hat Sie es nicht auch gereizt, mitzusteigern?«

»Frau Wallasch, ich habe vorgestern einen Titelhändler getroffen, den sie gestern aus dem Hafen gezogen haben.«

Endlich hatte er sie aus ihrem Jungfrauen-Szenario befreit.

»Was?«

Und er erzählte ihr in groben Zügen seine Begegnung mit Feldmeyer. »Ich vermute«, schloß er seinen Bericht, »der Feldmeyer wurde umgebracht, damit er mir nicht erzählt, daß die AStA-Vorsitzende schon bei ihm gewesen war. Was sie gewußt hat – das ist das fehlende Glied in der Kette.«

»Welcher Kette?«

»In der Verbindung zwischen Schneider und diesem Titelhändler. Und deshalb wollte ich Sie fragen, ob die Dissertation vielleicht wieder aufgetaucht ist, oder was Sie sonst gehört haben.«

Aber Frau Wallasch mußte erst verarbeiten, daß da wirklich ein Mord passiert war. Ein richtiger Mord! Und die AStA-Vorsitzende war möglicherweise auch ermordet worden. Der ganze Skinhead-Überfall nur als Camouflage des Mordes an der AStA-Vorsitzenden? Und die Polizei tappt im dunkeln, sucht bei den Kurden und Türken. Ein richtiger Mord? Frau Wallasch war Historikerin, und die Geschichte war voller Morde. Hekatomben wurden auf den Schlachtfeldern und auch außerhalb der Schlachtfelder ermordet. Aber das war Geschichte, darüber forschte man. Das war ein Schattenreich, in dem alle gleich tot waren. Der Unterschied zwischen Leben und Tod war da erloschen. Das Drama des Übertritts von einer Dimension in die andere lag hinter ihnen. Im Reich der Geschichte konnte niemand mehr sterben. Als Schatten lebten die Toten ewig. Der große Swift hatte nur einmal in seinem Leben gelacht, und zwar als dieses Prinzip außer Kraft gesetzt wurde: In einem Stück von Fielding ermordete jemand auf offener Szene ein Gespenst. Nein, die Morde, mit denen Frau Wallasch zu tun hatte, gehörten in eine versunkene Welt.

Aber Morde im gegenwärtigen Leben? Das war etwas anderes. Da mußte man ja vorsichtig sein. Bis jetzt war sie noch nie damit in Berührung gekommen. Es wurde ja wirklich ernst. Sie nippte an dem Kaffee, den der Kellner gebracht hatte.

»Also gut, Herr Dentzer.« Er war wieder etwas weiter weggerückt. »Wir schließen ein Abkommen. Lassen Sie mich ausreden. Ich erzähle Ihnen alles, was ich weiß. Dafür lassen Sie mich künftig damit in Ruhe. Das ist mir zu unheimlich. Halten Sie mich ruhig für feige, aber ich schlafe gern ruhig. Ich bin eine vorsichtige Frau, immer gewesen. Ich dosiere gerne selbst die Abstände, die ich zu Leuten halten möchte. Wahrscheinlich bin ich deshalb Historikerin geworden. Da lernen Sie Leute intimer kennen als anderswo, aber Sie können selbst die Distanz bestimmen. Wenn ich etwas Neues rauskriege, rufe ich Sie an. Das verspreche ich Ihnen. Aber Sie kontaktieren mich nicht. Wenn ich Sie nicht anrufe, habe ich nichts Neues. Don't call me, I call you, wie die Amerikaner sagen. Wenn Sie einverstanden sind, erzähle ich Ihnen etwas. Wenn nicht, nicht.«

Obwohl Daniel etwas von Erpressung murmelte, mußte er ja wohl oder übel einverstanden sein.

»Nun, also, hier ist was ich weiß – und fragen Sie mich nicht, woher, ich sag's nicht: Der ganze Berufungsausschuß von dem Schneider war ein Hexenkessel. Die Mehrheit wollte den Schneider, aber es gab eine qualifizierte Minderheit, und die bestand aus Adalbert Pfeiffer, dem qualifiziertesten von allen. Pfeiffer plädierte offenbar für die Hassauer. Zugleich deichselte er es so, daß das Gutachten für den Schneider von Grashoff geschrieben wurde. Dazu war Grashoff aber aus fachlicher Unfähigkeit nicht imstande. Und Schneider war in akuter Gefahr abzustürzen. Daraufhin wurden sämtliche Vertraulichkeitsgebote verletzt, die Seilschaften aktiviert und Grashoff aus der Kommission geschossen und durch Pralle ersetzt. Pralle schrieb sofort eine Eloge auf Schneider. Aber Pfeiffer verfaßte ein Gegengutachten, das die Eigenständigkeit der Dissertation in Zweifel zog.«

»Gibt es dieses Gutachten irgendwo?«

»Warten Sie es ab, denn jetzt tritt Dekan Steinert auf den Plan. Er erklärt kurzerhand die Kommission für nicht konsensfähig und löst sie auf. Dann läßt er eine neue Kommission wählen, und die besteht aus der alten Kommission minus Grashoff, dem Wahnsinnigen, und Pfeiffer, dem Qualifizierten. Diese zweite Kommission gelangt nun schnell zu einer Einigung und schlägt Schneider vor. In der Dokumentation der Geschichte aber taucht die erste Kommission gar nicht mehr auf. Es sieht so aus, als ob es nur die zweite Kommission gegeben hätte. Genial, nicht wahr?«

»Und das Minderheitsvotum von Pfeiffer?«

»Fällt unter den Tisch. Wird in der mangelnden Konsensfähigkeit begraben. Hat es offiziell nie gegeben. Es heißt ja jetzt nicht mehr Minderheitsvotum, sondern fehlende Konsensfähigkeit.«

»Hat der Pfeiffer denn nicht protestiert?«

»Er hat kurz danach einen Ruf erhalten und hat ihn angenommen.«

»Wie praktisch für Steinert. Er ist also gar nicht mehr in Hamburg?«

»Nein.«

»Und wissen Sie zufällig, wo er jetzt ist?«

»In Potsdam.«

»In Potsdam? Ich dachte, die hätten nur eine Pädagogische Hochschule.«

»Das war auch so. In der guten alten Zeit. Aber nach der Wende hat man die Pädagogische Hochschule und die Stasi-Hochschule für Juristen zusammengelegt und eine Uni draus gemacht.«

»Die Stasi hatte eine Hochschule?«

»Die hohe Schule der Menschenbeeinflussung.«

»Sie meinen eine Akademie für Spionage und Erpressung?«

»Das ist sehr unschön ausgedrückt. Ich meine eine Forschungsstelle für Datenerhebung und teilnehmende Beobachtung. Ein Institut für Interventionsforschung und praktische Simulation. Eine Arbeitsstelle für präventive Konflikttherapie und politische Prognostik.«

»Und da ist der Pfeiffer jetzt?«

»Da ist der Pfeiffer jetzt.«

Daniel stand auf. »Frau Wallasch, Sie nehmen es mir hoffentlich nicht übel, aber Sie müssen Ihre Eisengewichte alleine nach Hause schleppen. Ich muß weg.« Er schickte sich an zu gehen. »Vielen Dank für die Informationen.«

»Herr Dentzer, Sie können mich doch nicht hier sitzenlassen! Ich kann das Zeugs nicht tragen, es ist viel zu schwer!«

»Lassen Sie es durch die Müllabfuhr abholen. Auf Wiedersehen. Sie hören von mir.«

»Nein, ich will nichts mehr von Ihnen hören!« schrie sie hinter ihm her.

Ein Passant fragte teilnahmsvoll: »Hat der Kerl Sie belästigt?«

»Nein, er hat seine Tasche vergessen.«

»Warten Sie«, sagte der hilfsbereite Mann und nahm die Tasche mit den Eisengewichten, »ich bring sie ihm.«

Aber mit den Eisengewichten am Arm schaffte er es nicht mehr, Daniel einzuholen. Als er ins Café zurückkehrte, war Frau Wallaschs Stuhl leer.

Es war ein ernsthafter Konflikt. Ihr erster. Eine regelrechte Kollision von Interessen. Und zum ersten Mal war Daniel entschlossen, nicht nachzugeben. Es war Montagmorgen, und Senator Weiss stand ihm gegenüber, auf seinen Schreibtisch gestützt, und herrschte ihn an:

»Worauf haben Sie sich da eingelassen? Tote im Hafen! Sind Sie verrückt geworden? Sind das die Sachen, mit denen sich der Persönliche Referent des Wissenschaftssenators beschäftigt? Wollen Sie uns politisch ermorden? Wer seine Nase in solche Sachen steckt, begeht Selbstmord. Und jetzt verlangen Sie von mir einen offiziellen Auftrag? Das muß man sich mal vorstellen! Der Wissenschaftssenator verschafft Ihnen eine Tarnung, damit Sie an der Universität Potsdam herumschnüffeln können? Glauben Sie, ich bin lebensmüde? Ich werde Ihnen diesen Auftrag nicht erteilen!«

Daniel fühlte sich elend. Die geballte Mißbilligung des Senators nahm ihm den Atem. Sie riß die moralischen Stützen der Welt ein. Er fühlte sich schwindelig. Er hatte das Gefühl, in einem Wirbel unterzugehen. Er sehnte sich danach nachzugeben, dann würde der Wirbel aufhören, dann gäbe es noch ein kleines Nachwehen, ein Grollen wie bei einem abziehenden Gewitter, aber die Welt käme wieder in Ordnung. Aber da erschien das Bild von Hannah, wie sie am Tag vor ihrem Go-in zusammen mit ihm den Orkan vor dem Philosophenturm betrachtet hatte. Er sah sie vor sich, wie sie den konvulsivischen Lear im Sturm parodierte: »Blow winds! And crack your cheeks!« Er mußte es tun! Für sie mußte er es tun. Er hatte sie nicht von den Toten zurückholen können, aber er mußte herauskriegen, wer ihre Mörder waren.

»Es tut mir leid, Herr Senator, aber Sie selbst haben mir den Auftrag erteilt, nach den Hintergründen des Vorfalls im Audimax zu forschen. Es ist nicht meine Schuld, wenn ich dabei auf Leichen im Hafen stoße.«

»Quatsch, Unsinn. Sie sollten nachsehen, ob die Berufung von Schneider uns kompromittieren könnte. Ob wir da etwas übersehen haben in seinen Schriften. Sie sollten für mich eine politologische Rezension schreiben. Aber was tun Sie? Sie spielen den Detektiv. Sie beschaffen sich obskure Hinweise auf noch obskurere Verbindungen. Sie treffen sich mit windigen Gestalten, die kurz vor ihrem Exitus im Hafen stehen. Was soll denn wohl dabei herauskommen? Haben Sie sich das einmal überlegt? Warum predige ich eigentlich, daß ein Politiker sich immer seine Optionen ausmalen muß? Daß er in möglichen Szenarien denken muß? Nun erzählen Sie mir mal, was für ein Szenario Ihnen am Ende vorschwebt? Der Triumph des Daniel Dentzer? Er allein bringt die Verbrecher zur Strecke? Denken Sie doch mal nach! Entweder ist das alles irrelevant, was Sie da gefunden haben, dann verheddern Sie sich in Sachen, die Sie nichts angehen. Oder Sie haben wirklich die Schatten von irgendwelchen Totschlägern vorbeihuschen sehen. Ja meinen Sie, denen wären Sie gewachsen? Daniel allein gegen die Mafia?«

Daniel wußte, daß das alles richtig war. Er wußte aber auch, daß das alles irrelevant war. Wenn er jetzt dem Senator nachgab, wenn er jetzt aus Angst vor seiner Mißbilligung aufgab, wäre er nicht mehr länger Daniel Dentzer. Dann würde er verschwinden. Er würde vom Dunkel verschlungen werden.

»Herr Senator, ich richte mich fast immer nach Ihrem Urteil und tue, was Sie sagen. Aber manchmal hat der Mensch das Gefühl, er muß etwas tun, auch wenn es gegen die eigenen Interessen verstößt. Ich habe jetzt dieses Gefühl. Ich werde die Hintergründe des Mordes an Hannah Krakauer aufklären, mit Ihrer Hilfe oder ohne sie. Ich tue das nicht gerne oder aus Abenteuerlust. Im Gegenteil, ich kann fast vor Angst nicht mehr geradeaus sehen. Aber ich fühle, daß ich das tun muß. Ich gehe in jedem Fall nach Potsdam, ob Sie mir nun einen offiziellen Auftrag erteilen oder nicht. Betrachten Sie es bitte als entschieden. Und warum sollte ich Ihre Zeit mit der Diskussion von Dingen verschwenden, die unabänderlich sind?«

Weiss sah ihn lange Zeit an, als ob er sich nicht entscheiden könnte, ob er ihn hinauswerfen oder ihn umarmen sollte. Schließlich sagte er fast resigniert: »Ich habe es gewußt. Ich habe es gewußt. Sie sind ein verdammter Romantiker. Sie machen sich von Frauen abhängig.« Plötzlich schrie er mit erneuter Energie: »In der Politik darf man sich nicht von Frauen abhängig machen. Niemals! Dann hört man auf zu denken, dann verläßt einen die Kraft. Es ist wie bei Samson und Delila, man kann dann nicht mehr strategisch denken.«

Da sagte Daniel: »Sie nicht, aber ich doch.« Als das heraus war, hatte Daniel ein Gefühl, daß nach der totalen Mondfinsternis sich hinter der schwarzen Scheibe des Erdschattens wieder die leuchtende Sichel des Mondes hervorschob. Und plötzlich füllte sich die dunkle Welt wieder mit Licht.

»Geben Sie mir nun einen Auftrag oder nicht?«

Ganz augenscheinlich wurde Weiss von einer Welle des Ekels überrollt. »Kommen Sie, verschwinden Sie! Hauen Sie ab, ich kann Sie nicht mehr sehen!«

Daniel drehte sich um und ging zur Tür.

»Los, bohren Sie ein Loch ins Boot, tun Sie, was Sie nicht lassen können, aber verlangen Sie nicht, daß ich Ihnen dabei helfe.«

Daniel schloß die Tür hinter sich und ging an Frau Birkefeld vorbei, die mitfühlend das Gesicht verzog, in sein Büro, um Vanessa anzurufen. Als er die Tür aufmachte, schlug ihm der Geruch von Zigarillos entgegen. In seinem Besuchersessel saß Senatsdirektor Dr. Rudinski. Das war noch nie geschehen!

Rudi bedeutete ihm, Platz zu nehmen, so als ob er selbst hier zu Hause wäre und nicht etwa Daniel. Um seine Territorialhoheit anzudeuten, setzte sich Daniel auf die Ecke seines Schreibtisches.

»Ich hoffe, Sie vergeben mir, daß ich Ihre Luft mit meinem Räucherstab verpeste. Aber ich dachte, außergewöhnliche Umstände verlangen außergewöhnliche Maßnahmen.«

Und damit übergab Rudi ihm ein Schreiben mit dem Briefkopf des Senators für Wissenschaft. Daniel las:

*An den Kanzler der Universität Potsdam*
*Dr. Walter Brinkwirth*
*Universität Potsdam*
*Am Neuen Palais 10*
*14469 Potsdam*

*Lieber Walter,*

*ich wähle den schnellen Weg des Fax, um Dir mitzuteilen, daß der Persönliche Referent von Wissenschaftssenator Weiss, Dr. Daniel Dentzer, das Historische Seminar in Potsdam besucht, um Sondierungsgespräche über gemeinsame Projekte und Kooperationsmöglichkeiten zu führen. Ich greife damit eine Anregung des Bildungsministers von Brandenburg, Dr. Hinrichsen, auf, der auf der letzten KMK vorgeschlagen hat, bei Forschungsvorhaben, die die Geschichte der DDR betreffen, gemischte Ost-West-Arbeitsgruppen zu bilden. Auf diese Weise dürften die Ergebnisse durch die Optik beider Seiten vorab kontrolliert und deshalb für beide Seiten glaubhafter werden. Ich bin überzeugt, daß auf diese Weise unsere beiden Universitäten einen bedeutenden Beitrag zur inneren Einheit Deutschlands leisten können.*

*Für die Verspätung dieser Mitteilung bitte ich um Entschuldigung: die üblichen Überlastungen. Könntest Du Dein Büro veranlassen, Professor Hofmann, dem Direktor des Historischen Seminars in Potsdam, eine entsprechende Mitteilung mit Deinem Plazet zukommen zu lassen? Natürlich bezieht sich das Plazet nur auf die Gespräche, nicht auf irgendwelche Ergebnisse.*

*Bitte übermittle meine besten Grüße an Deine charmante Frau. Ich erinnere mich gerne an ihre kundige Führung durch den Cecilienhof und den Park von Sanssouci. Hoffentlich haben wir bald einmal Gelegenheit für eine Revanche in Hamburg, um über die alten Zeiten am Johanneum zu plaudern. Tempora mutantur. Et nos? Mutamur in illis? Nescio.*
*Mit herzlichen Grüßen*
*Dein Rudi*

*Senatsdirektor Dr. Hans Rudinski*

Als Daniel zu Ende gelesen hatte, lächelte Rudinski. »Nun? Ich nehme an, das ist ungefähr das, was Ihnen vorschwebt.«

Daniel konnte kaum zusammenhängend reden. »Aber woher ... wie konnten Sie wissen ... haben Sie gelauscht?«

»Never mind, wie der Brite sagt. Ich muß Sie nur darauf aufmerksam machen, daß Sie diese Gespräche auch tatsächlich führen müssen, ich meine mit Professor Hofmann vom Historischen Seminar oder wen immer Sie da vorgesetzt bekommen. Ich nehme an, Sie werden ein paar Tage wegbleiben. Ich habe Frau Birkefeld im Gästehaus der Universität anrufen lassen und Ihnen ein Zimmer reserviert. Das liegt direkt gegenüber dem Neuen Palais. Es ist das alte Gästehaus der Stasi. Sehr bequem. Sie werden sich wohl fühlen. Schauen Sie sich ein bißchen um. Genießen Sie das historische Ambiente von Sanssouci. Achten Sie beim Spazierengehen auf die Linnéschen Sichtachsen, einmalig, wie in den besten englischen Landschaftsgärten. Haben Sie mal Ashridge Park gesehen? Wunderbar, sage ich Ihnen.«

Aber er habe doch keine Ahnung, worüber er da verhandeln müsse, gab Daniel zu bedenken. Schließlich müsse er doch eine vage Vorstellung davon haben, wie die Kooperation der Historiker aussehen solle, um welche Projekte es sich dabei handele und ob es schon konkrete Vorarbeiten gebe etc.

Ungerührt zog Rudi ein weiteres Blatt aus seiner Mappe und reichte es ihm herüber. »Da finden Sie alles, was Sie brauchen.«

Daniel warf einen Blick darauf. »Aber das ist ja das Protokoll einer Senatorenrunde.«

Rudi nickte.

»Aber wir haben das Thema doch in der Senatorenrunde noch nie besprochen.«

Wieder nickte Rudi.

»Nicht in den vergangenen Senatorenrunden«, gab er zu.

»Sie meinen ...? Sagen Sie bloß, Sie schreiben die Protokolle der Sitzungen, bevor sie stattfinden?«

Rudi erhob sich.

»Herr Dentzer, die Planung der Zukunft ist nicht unsicherer als die Erinnerung an die Vergangenheit. Fragen Sie mal nach einer Sitzung die verschiedenen Mitglieder einer Kommission, was verhandelt worden sei. Sie erhalten so viele Geschichten wie Teilnehmer. Ein Protokoll bringt Ordnung in diesen Wirrwarr. Es schält den inneren Kern der Rationalität aus dem Durcheinander von Eitelkeiten, Inkonsequenzen und Trivialitäten, und dieser Kern ist auch für die Zukunft schon bestimmbar. Machen Sie sich keine Gedanken. Wenn Sie nach Potsdam fahren, wird sie so stattfinden, wie sie hier protokolliert worden ist. Sie werden sehen.«

»Herr Dr. Rudinski, warum tun Sie das für mich?«

Darauf sagte Rudi einen bemerkenswerten Satz: »Weil ich Sie mag.«

Jedenfalls bemerkenswert für Rudi.

## 18

Als Daniels alter Kombi an der Ausfahrt Leest/ Potsdam die Autobahn verließ, waren sie mit einem Schlag mitten in der deutschen Vergangenheit. Enge, von Alleebäumen gesäumte Straßen mit einem Fahrdamm, in dem alle Verwerfungen der deutschen Geschichte haften geblieben waren, durchzogen weithin das Land. Rechts und links Mohnfelder, wie Daniel sie von alten Fotos seiner Großeltern kannte. Häuser, die aussahen wie stehengebliebene Flüchtlinge, abgewetzt und ermüdet, unfähig, noch einen Schritt weiterzulaufen. Eigenartige Schilder über altertümlichen Schaufenstern mit Aufschriften wie »Kurzwaren« oder »Samenhandlung« neben Schildern an einsamen Weggabelungen, die zum »Volkseigenen Betrieb Schweinemast Grube« führten. An den Rändern des Asphaltbelages überall die Spuren von Panzerketten.

Vanessa hatte die Karte auf den Knien ausgebreitet und dirigierte sie durch die Märkische Heide. Sie rumpelten am großen Zernsee vorbei Richtung Golm. Das war offenbar eine Art Potsdamer Vorposten, den die Planer als Standort für die ehemalige Stasi-Hochschule ausgesucht hatten. Plötzlich häuften sich die Imbiß- und Mittagstischangebote am Wegesrand. Sie fuhren durch eine Bahnunterführung und befanden sich in einem jener städtebaulichen Alpträume, die zum Markenzeichen des Sozialismus geworden sind. Jene Anstrengungen am Rande der Verzweiflung, eine Anhäufung gigantischer Schließfächer aus Beton wie eine Siedlung für Menschen aussehen zu lassen. Hätte man einen Wettbewerb für den häßlichsten Stadtteil ausgeschrieben, man hätte es nicht besser machen können. Daniel fühlte wieder diese tiefe Verunsicherung, die der Anblick der DDR-Architektur immer in ihm auslöste. Solch eine teuflische Schäbigkeit zu erzielen, dürfte gar nicht so leicht gewesen sein. Es war nicht der Eindruck von Verfall und Verwahrlosung, der ihn irritierte. Sicher, das gab es auch. Aber das war nicht entscheidend. Es war das Gefühl, daß diese Trostlosigkeit das Ergebnis außerordentlicher Anstrengungen war; daß hier eine energische Perversion am Werke gewesen war, die ihren Stolz in eine Perfektionierung des Ruins gesetzt hatte. Eine

Art Anti-Kunst, eine Artistik des Mißmuts, eine Ästhetik der Depressivität. Diese Plattenbauten, Schuppen, Betonsilos und Schrottplätze hatten etwas ganz und gar Unwahrscheinliches an sich, das genauso schockierte wie das Auftreten eines Serienkillers, der nichts anderes wollte, als Entsetzen verbreiten. Ein leichter Geruch von Lager und Stacheldrahtzäunen lag über allem. Dabei bewegten sich die Menschen dazwischen, als fiele ihnen gar nichts auf. Sie schienen völlig ungerührt zu sein, und auch das jagte Daniel eine Art Schrecken ein. Das Ganze wirkte wie eine Irrenanstalt, in der die Insassen nicht wissen, wo sie sind.

Nachdem sie eine Weile über eine Schlaglochpiste gerumpelt waren, öffnete sich plötzlich der Blick auf die Universität Potsdam. Vor ihnen lag ein Parkplatz, weitläufig wie ein Flugplatz in der Steppe, gefüllt mit Westautos und Resten von Trabis. Da die Stellplatzgrößen aber noch den Trabis angepaßt waren, standen die Westautos so dicht beieinander, daß das erste Auswahlkriterium für eine Berufung nach Potsdam die Schlankheit sein mußte. Dahinter erhob sich die Front eines Kastens in gemäßigter Plattenbauweise. An ihm vorbei auf der linken Seite konnte man weitere Gebäude sehen, die sich im Hintergrund verloren. Es war ein regelrechter Campus. Das eigenartige aber war: Es gab nur einen einzigen Zugang. Vom Parkplatz aus führte eine Straße auf eine geschlossene Schranke zu, die von einem Kontrollhäuschen aus bedient wurde. Das Ganze wirkte eher wie ein militärisches Gelände. Eine Mischung aus Forschungsstation und Kaserne. Vorsichtig steuerte Daniel seinen Kombi auf den Parkplatz und bugsierte ihn Millimeter für Millimeter in eine Parklücke. Dann krochen er und Vanessa mit angehaltenem Atem aus den Türspalten.

Als sie sich der Schranke näherten, beschlich Daniel wieder dieses bekannte Schuldgefühl, das er früher bei der Grenzkontrolle immer empfunden hatte. Unbewußt erwartete er, nach Herkunft, Reiseroute, Handgepäck, elektronischen Geräten, Schmuggelware, antisozialistischen Hetzschriften und geheimen Sprengwaffen befragt zu werden. Mit präventiver Freundlichkeit winkte er dem Mann im Kontrollhäuschen zu. Dieser erblickte darin offenbar eine Gelegenheit, die Funktionslosigkeit seines Daseins mit der Reminiszenz an versunkene Zeiten zu durchbrechen. Er öffnete die Tür und rief: »Kann ick wat für Sie tun, junger Mann? Wollense vielleicht wohin?«

Sie traten näher an das Häuschen.

»Wir wollen zum Historischen Seminar. Können Sie uns sagen, wo wir das finden?«

»Wen wollense denn da sprechen?«

Sofort stellten sich Daniel die Nackenhaare auf. Was ging das diesen Politruk an, wen er sprechen wollte? Es mußte doch genügen, wenn er zum Historischen Seminar wollte.

»Zum Direktor«, sagte er kurz.

Der Pförtner hatte vor, aus dieser Begegnung das Letzte an Unterhaltung herauszupressen.

»Se kommen aus'm Westen, wa? Seh ick gleich. Wissense woran? Am Blick. Da staunense, wat? Hier, in dieser Bude da«, und er zeigte auf das Pförtnerhäuschen, »da achtense auf so wat. Un die Wessis, so wie Sie, die ham alle diesen unruhigen Blick. Det ist allet noch unjewohnt, verstehense, janz anders wie früher. Da hatten alle diesen starren Blick, stur jeradeaus, und so tun, als siehste nischt. Det war de Devise, verstehense. Wo ham Se jesagt, dat Se hinwollen?«

»Zum Historischen Seminar.«

»Historischet Seminar? Historischet Seminar? War dat früher Sektion ML?«

»Wie bitte?«

»Sektion ML«, wiederholte er, und als sie nicht verstanden, erklärte er ihnen wie zwei Begriffsstutzigen: »Sektion Marxismus Leninismus, ach nee, det is ja jetzt Philosophie. Seit der

Wende is ja hier och allet anders. Wissense wat, kommense mal eben mit rein, da hab ick en Plan von's janze Gelände. Is zwar jejen de Vorschrift, aber wen kümmert det heute noch.«

Als sie in sein Häuschen traten, sahen sie links neben dem Beobachterfenster ein verblichenes Plakat mit dem Gelöbnis der Potsdamer Lehramtsstudenten. Daniel las es mit Staunen:

*Wir geloben*

*dem kampferfüllten Leben Karl Liebknechts nachzueifern und unseren hohen gesellschaftlichen Auftrag, klassenbewußte sozialistische Lehrer zu werden, in Ehren zu erfüllen.*

*Fest verbunden mit der Arbeiterklasse, angesport und geleitet vom kämpferischen Elan und der kollektiven Weisheit der marxistisch-leninistischen Partei, werden wir die Jugend unseres Landes im Sinne der Weltanschauung und Moral der Arbeiterklasse zu hochgebildeten Staatsbürgern erziehen!*

*Das geloben wir!*

Inzwischen hatten sich Vanessa und der Pförtner in den Plan des Universitätsgeländes rechts neben dem Fenster vertieft. Darauf konnte man sehen, wie sich hinter dem Hauptgebäude eine tiefgestaffelte Serie weiterer Gebäudereihen anschloß, die wie große Zeilen über den Plan liefen. Darüber konnte man Inschriften lesen wie Mensa, Sektion Musikerziehung, Sektion Biologie, Sektion Geographie, Sektion Mathematik, Sektion ML, Filmhaus, Bibliothek, Ärztlicher Dienst, Verwaltung, Feuerwehr, Gärtnerei, Fahrbereitschaft, Betriebskampfgruppe. Daniel deutete auf den Plan: »Fahrbereitschaft?« fragte er. »Die Universität hat einen eigenen Fuhrpark mit eigenen Autos?«

»Jetz nich mehr, früher. Jetz is ja allet abgeschafft. Aber früher war det eine jroße Gemeinde, da jab et allet, eijene Läden, eijene Gärtnerei, eijene Fensterputzer und eijene Fahrbereitschaft. Heute wird det ja allet aufm freien Markt für en paar Stunden anjeheuert. Soll billjer sein, aber et fehlt det Zusammenjehörigkeitsgefühl von früher, verstehense, da jab et so ein Jefühl der Zujehörigkeit, da wurde jekümmert, wissense, da kam der Direktor zu mir – heute is er ja abjewickelt – morjens um halb acht kam der zu mir – um 7 Uhr war Dienstbeginn – und sacht, Jenosse Wernecke, sacht er, fotografier doch mal die Fensterfront. Wissense warum? Da konnte er auf einen Schlag an der Beleuchtung sehen, wer rechtzeitig zum Dienst kam.«

»Donnerwetter, das war schlau.«

»Der Barth wußte allet, so einer war det. Jekümmert hat er sich. Wartense, wo ist denn die Historische Sektion, ach so, Seminar heißt det ja jetzt. Wollense nich lieber zur Sektion Mathematik? Die is hier«, er zeigte mit dem Finger darauf.

»Nein, danke.« Daniel sah, daß auf dem Plan nur die Institute eigens bezeichnet waren, die ein eigenes Gebäude hatten. Also mußten die übrigen wie auch das Historische Seminar im Hauptgebäude liegen.

Sie bedankten sich überschwenglich und betraten den großen Kasten. Sofort schlug ihnen der Geruch des volkseigenen Desinfektionsmittels entgegen, mit dem die Republik sich früher parfümiert hatte. Auf einem Wegweiser neben dem Fahrstuhl fanden sie, daß das Historische Seminar im 3. Stock lag, und fuhren nach oben. Aufstöhnend hielt der Lift in einer kleinen Halle mit Sitzmöbeln, die, liebevoll in räumlich durchdachter Nähe zu einer wuchernden Topfpflanze choreographiert, den Charme eines Altenheims ausstrahlten. Sie folgten einem dunkler werdenden Gang, von dem links und rechts Türen mit Namensschildern abgingen, bis sie auf die Tür mit dem Schild »Sekretariat« stießen. Als sie eintraten, fanden sie eine Riege von sitzenden Damen und einem stehenden Herrn, die sich in aufgeräumter Stimmung zur Kaffeetafel versammelt hatten. Jedenfalls blickten ihnen nur lachende Gesichter entgegen, und es schien, als ob der stehende Herr gerade einen obrigkeitlichen Scherz gemacht hatte. Groß und blond stellte er seine Kaffeetasse ab und streckte ihnen die Hand entgegen.

»Und Sie müssen Dr. Dentzer sein.«

Daniel stellte Vanessa als seine Mitarbeiterin vor.

»Ah, sehr freundlich. Ich bin Professor Hofmann, der Sektionsleiter, will sagen der Seminardirektor. Kommen Sie, kommen Sie. Frau Lippert, bringen Sie noch zwei Kaffee?«

Und damit führte er sie in sein Direktorenbüro. Was als erstes ins Auge sprang, war ein großes verblichenes Viereck an der Wand, eine Art Negativschatten. Es war klar, hier hatte bis zur Wende das Porträt des Genossen Erich gehangen. Professor Hofmann folgte Daniels Blick: »Ah, Sie haben es gleich bemerkt. Ja, ich habe es absichtlich so gelassen. Jeden Morgen, wenn ich das Büro betrete, erinnert es mich daran, was mich nicht mehr quält, damit ich es nicht vergesse. Das hilft, den täglichen Ärger zu ertragen.«

Frau Lippert brachte den Kaffee.

»Ich habe leider nicht viel Zeit für Sie, aber Sie wollen ja auch mit den Spezialisten sprechen. Um ehrlich zu sein, Ihr Besuch kommt etwas überraschend. Wir sind eigentlich gar nicht auf die Gespräche vorbereitet.«

»Wir auch nicht. Aber der Senator wollte noch in den Rechenschaftsbericht des Senats hineinschreiben, daß wir Gespräche aufgenommen haben.«

Hofmann lachte. »Ach so, Politik. Dann schaun Sie sich mal Potsdam an. Sie bleiben ein paar Tage, knüpfen Kontakte? Ah, da fällt mir ein, wir haben ja einen Ex-Hamburger, Kollegen Pfeiffer, vielleicht kann er Sie etwas bekannt machen. Ich schau mal nach, ob er da ist.« Er ging zum Telefon und wählte. Daniel betete, daß er antworten würde, aber vergeblich. Hofmann wählte eine zweite Nummer. »Frau Kratschmer? Ist Herr Pfeiffer im Haus? Na, dann kann er doch nur ... hat er denn immer noch keine Wohnung? Ja, ja, das ist nicht schön auf die Dauer.«

Er legte auf und seufzte. »Der arme Kollege Pfeiffer wohnt noch immer im Gästehaus, da, wo Sie wahrscheinlich auch untergebracht sind? Am Neuen Palais. An sich ganz bequem, aber natürlich nichts auf die Dauer. Da werden Sie ihn sicher finden. Reißen Sie ihn aus seinen Forschungen. Tut ihm ganz gut, Sie ein bißchen herumzuführen.« Er stand auf und gab damit das Zeichen zum Aufbruch. »Wir sehen uns sicher noch. Wissen Sie, wo Sie uns wirklich helfen könnten? Wir bräuchten Bücher. Unsere Bibliotheken sind miserabel. Die DDR hat ja nichts angeschafft. Die eine Hälfte durfte man nicht lesen, für die andere Hälfte war kein Geld da. Westbücher mußten in Devisen bezahlt werden, das war viel zu teuer.«

»Wir könnten ja mal eine Spendenaktion organisieren in Hamburg: Wissenschaftliche Literatur für die Universität Potsdam. Wer Bücher im Wert von 100 Mark und mehr spendet, erhält eine Urkunde, in der er zum Mitglied der Freunde der Universität Potsdam ernannt wird.«

Hofmann lachte. »Soll ich Ihnen sagen, woran Sie junge Wessis mich erinnern? Die alten weniger, aber die jungen: an Amerikaner. Der Staat tut nichts? Sofort auf den Markt gehen, Reklame machen, kaufen und verkaufen, wäre doch gelacht. Diese Mentalität fehlt noch bei uns. Wollen Sie nicht nach Potsdam kommen?« Er wandte sich an Vanessa, »oder Sie? Welches Fach vertreten Sie?«

Vanessa lächelte verwirrt. »Journalistik.«

»Ist bei uns noch im Aufbau. Bewerben Sie sich auf die nächst freiwerdende Professur.«

Vanessas Verwirrung wuchs, und Daniel goß noch Öl ins Feuer.

»Das sage ich ihr auch immer.«

»Aber ich muß doch noch promovieren!«

»Welches Thema?«

Flehend schaute sie Daniel an, und er erbarmte sich.

»Die Pressepolitik der Chartistenbewegung zwischen 1832 und 1848.«

»Englische Geschichte, wie? War auch mal mein Gebiet. Der entscheidende Umschwung kam mit dem ›Thurtell-Mord‹. Finden Sie nicht?«

Vanessa sagte kläglich: »Ja.«

»Das ist die Geburtsstunde der Sensationspresse«, fuhr Hofmann unerbittlich fort.

»Ja.«

»Danach werden Politik und Verbrechen wahllos gemischt. Sensationen wegen Verschwörungen, Paranoia wegen Geheimbünden. Und wer waren die Geheimbünde? Die Gewerkschaften! Das muß man sich mal vorstellen!«

Auch Daniel war nicht mehr klar, worüber Hofmann jetzt sprach.

»Aber was rede ich da! Mich ruft die Pflicht.« Und als er sie zur Tür brachte, gab er Vanessa die Hand. »So eine anregende Wissenschaftlerin könnten wir gut gebrauchen hier.« Und damit standen sie wieder auf dem Gang.

Auf dem Weg zurück zum Parkplatz reagierte Vanessa den Rückstand an ausgestandener Agonie in heftigen Vorwürfen ab. »Das war ja furchtbar! Ich wußte gar nicht, was ich sagen sollte. Diese Dissertation war ja wohl das letzte, was du mir angehängt hast.«

»Und ich dachte, du wärst mir dankbar, daß ich dir überhaupt eine erfunden habe.«

»Ich hab mich gefühlt wie der letzte Trottel.«

»Und deshalb glaubst du, hat er dich eine anregende Wissenschaftlerin genannt?«

»Das war doch Ironie.«

»War es nicht.«

»War es doch.«

Sie wurden wieder vom Pförtner unterbrochen, der sie nun

wie ein alter Bekannter begrüßte. »Na, jefunden, die Sektion ML?«

»Ja ja, alles klar. Jetzt müssen wir zum Gästehaus der Universität. Können Sie uns sagen, wo das ist?«

»Meinense det am Neuen Palais? Kein Problem. Nächste links und dann, an den Russenkasernen vorbei, immer jradeaus. Und denn sehense schon, so ein langet Jebäude jejenüber vom Schloß. Wollense etwa zu dem Herrn Pfeiffer?«

Daniel sah Vanessa an und dann wieder den Pförtner. »Woher wissen Sie das?«

»Nix für ungut, aber in simpler Beobachtung, da sind wir euch Wessis ziemlich voraus. Na, is doch klar: der Pfeiffer hat en Hamburjer Nummernschild, und Sie hab'm en Hamburjer Nummernschild. Zufällig weeß ick, dat der Pfeiffer im Gästehaus wohnt. Er hat's mir selber erzählt. Wissense, ist schon eine Zeitlang her, da kommt er zu mir, sein Wagen ist aufjebrochen worden, ob ick nischt jesehen habe. Und nun hammse sein Laptop jeklaut, der war in seiner Tasche, aber da waren auch noch Bücher und seine Vorlesung drinne. Den Laptop gönnt er ihnen ja, aber die Vorlesung hat ihn ein Jahr Arbeit jekostet, und er ist praktisch lahmjelegt. Also, sage ich, vielleicht haben die Pollacken den Laptop ja rausjenommen und die Tasche dann wegjeschmissen. Er soll doch mal in den Gräben und Schrotthaufen rund ums Jelände nachgucken, und richtig, am nächsten Tag kommt er und bringt mir ne Flasche schottischen Whisky. Ha ick noch nie jekostet, so wat Edles, weil – er hat die Tasche jefunden, direkt da am Bahndamm hat se jelejen. Und wie ick jesagt habe, die Vorlesung is drinne, aber der Laptop is wech. Na, det war ihm ja wurscht. Und nu hält er ab und zu an und tauscht en paar Worte, der Herr Pfeiffer. Für en Wessi is er janz in Ordnung, nix für ungut. Also, wie ick jesagt habe: an den Russenkasernen vorbei und dann sehn Se schon.«

Die Straße, die an den Russenkasernen vorbeiführte, erinnerte fast an die Rollbahn von Brest-Litowsk nach Minsk. Schlaglöcher wie Granattrichter klafften in der Fahrbahndecke, und die bestand aus einem wilden Flickenteppich aus Basaltsteinen, Asphalt und Schotter. Die Autos schlingerten darauf herum wie Schiffe in schwerer See. Im Geiste sah Daniel Kolonnen von Kübelwagen vor sich, wie er sie aus alten Kriegsfilmen kannte. Von hier ab bis in die Vorstädte von Moskau war die doppelte Kriegsmaschine ineinanderverkeilt vor- und zurückgerollt und hatte dabei 20 Millionen Menschen untergepflügt. Nie ist ein größeres Monster geboren worden als hier in Potsdam. Links zog eine Kaserne nach der andern vorbei, aber nicht sowjetische Hoheitszeichen waren zu sehen, sondern die der Bundeswehr.

Und dann, nach einer endlosen Rumpelei, öffnete sich plötzlich der Blick auf die säulengeschmückte Prachtfassade des kaiserlichen Schlosses. Der Portikus mit dem klassizistischen Giebel teilte die Front in drei gleichgroße Teile, und vor den beiden äußeren schwangen sich die Bögen der Doppeltreppe zur mittleren empor. War das die Front, die Millionen Soldaten in Marsch gesetzt hatte? Bevor Daniel in die Straße einbog, die um den Park lief, fuhr er an den Straßenrand und hielt an. Rechts und links vom Schloß sah man das dunkle Grün der Gärten. Über den Bäumen brütete eine schwere Hitze. Es war still. Nur gedämpft hörte man den Verkehr, der stetig rauschte wie ein entfernter Wasserfall. Über dem Dach des Schlosses flirrte die Luft. Kein Windhauch regte sich, und die Welt schien im Koma zu liegen. Da löste sich vom First des Schlosses eine Taube mit einem Flügelklatschen wie ein Kanonenschlag. Daniel hatte das Gefühl, in das Herz der Finsternis zu blicken. Hier lag das geographische Zentrum unzähliger historischer Spekulationen. War hier der Ursprungsort der Katastrophen unseres Jahrhunderts? War hier die Stille, die das Dröhnen der Trommeln geboren hatte? Hier, in diesem Schloß hatten die anmaßenden Kommißköpfe verkehrt, die leichtfertig die Hunde des Krieges entfesselt und die Erde verwüstet hatten. Wenn Daniel hätte fluchen können, er hätte diese Erde verflucht.

Vanessa schaute ihn von der Seite an.

»Fühlst du dich nicht gut? Ist dir vielleicht zu heiß? Du siehst irgendwie seltsam aus.«

»Nein, nein, es ist nichts.« Und als sie ihn skeptisch ansah: »Es ist nur: Als Junge habe ich mich obsessiv mit der deutschen Geschichte beschäftigt, und da habe ich immer über der Frage gebrütet: Wo war die Weggabelung, die uns in die Scheiße geführt hat? Und ich kam immer zum selben Ergebnis.«

»Und, wo war die Weggabelung?«

Daniel wies auf die Kreuzung direkt vor ihnen. Auf dem linken Straßenschild stand »Maulbeerallee« und auf dem rechten »Am Palais«.

»Von hier ging der Erste Weltkrieg aus, und alles andere war nur eine Kettenreaktion. Es war hier, hier, wo wir jetzt sind, daß man auf den Zünder von Hiroshima gedrückt hat, direkt hier. Ich habe mir diesen Ort so oft vorgestellt, daß mir fast schlecht geworden ist, als ich ihn jetzt gesehen habe. Hier ist das Land des Todes.«

»Aber ein bißchen morbide klingt das schon. Komm, ich hab Durst. Laß uns diesen Pfeiffer suchen, vielleicht hat er was zu trinken.«

»Kennst du das ›Herz der Finsternis‹, diese Erzählung von Conrad?«

»Hör mal, solche Sachen solltest du mich nicht fragen. Ich bin nicht gebildet. Aber ich will es auch nicht aufs Butterbrot geschmiert kriegen, daß ich es nicht bin. Ich kenn nur Markus Conrad, und der war mal Redakteur bei den St.-Pauli-Nachrichten.«

Daniel ließ den Wagen wieder an.

»Entschuldige.«

»Und entschuldige dich nicht, du Arschloch, das macht es noch schlimmer.« Und plötzlich brach sie in Weinen aus. Wieder hielt Daniel das Auto an.

»Was ist denn jetzt los, Vanessa? Ich hab keinen Schimmer…«, und er nahm sie in den Arm und schaukelte ihren Oberkörper sanft hin und her, bis sie sich wieder beruhigt hatte. »Was war denn los?«

Als sie antworten wollte, mußte sie unter Tränen lachen.

»Ich genier mich.«

»Heraus damit! Liebende kennen keine Scham.«

Vanessa sah ihn an.

»Also liebst du mich?«

»Das ist keine Frage, die man im Auto stellen sollte. Sie führt sonst zu Auffahrunfällen.«

»Komm, weich nicht aus. Liebst du mich?«

»Vor einer Minute habe ich dich noch geliebt.«

»Und jetzt, in dieser Sekunde?«

»Ich weiß nicht. Ich bin zu beschäftigt damit, die Frage zu beantworten.«

Das genügte ihr. Sie gab ihm einen flüchtigen Kuß.

»Komm, fahr.«

»Erst mußt du mir sagen, warum du vorhin in Tränen ausgebrochen bist.«

Sie mußte wieder lachen, bevor sie antwortete. »Weil ich Angst hatte, ich wäre zu blöd für dich. So, nun fahr. Da vorne links liegt das Stasi-Heim. Siehst du den BMW mit Hamburger Nummer? Das muß Pfeiffers Wagen sein.«

Sie parkten, gingen zur Pforte, meldeten sich bei der Hausmeisterin an, die erstaunt war, zwei Zimmer belegen zu müssen, ihr war nur ein Gast gemeldet worden, gab ihnen die Zimmerschlüssel und verriet, daß Professor Pfeiffer das Zimmer 12 im 1. Stock bewohne, er sei Dauergast und habe die kleine Ein-Zimmer-Wohnung.

Das Stasi-Heim hatte den Charme einer gehobenen Jugendherberge. Ihre Zimmer waren spartanisch, aber geräumig und angenehm kühl. Die Toiletten waren separat, und es gab eine kleine Küche und eine Gemeinschaftsdusche, die nicht nach Geschlechtern getrennt war. Wahrscheinlich hatte die Stasi nie mit weiblichen Gästen gerechnet. Aber jetzt fragte sich Vanessa sorgenvoll, ob sie morgen früh nicht zusammen mit bärtigen Professoren der Vergleichenden Thermodynamik zu duschen gezwungen sei. Als sie ihr Gepäck hereingeschleppt und sich etwas erfrischt hatten, machten sie sich auf, um Nr. 12 ihre Aufwartung zu machen. Daniel zögerte etwas, als er den Gang entlangging. Wenn der Pfeiffer sich hier im Gästehaus vergrub, gehörte er vielleicht zu jenen Einsiedlertypen, die ungehalten auf etwaige Störungen reagierten. Ungestört war man jedenfalls hier. Das Haus lag weit ab von der Straße, praktisch im Wald. Als sie einparkten, hatten sie die Kaninchen wegspringen sehen, die hinter dem Haus gegrast hatten. Ob er zu einer Notlüge greifen sollte? Als er geklopft hatte, öffnete die Tür ein drahtiges graues Männchen mit scharf geschnittenem Profil, scharf zurückgekämmtem Haar und einer nach unten gebogenen langen Nase.

»Sie müssen diesen Überfall entschuldigen, Herr Professor Pfeiffer. Mein Name ist Daniel Dentzer, und das ist Frau Steinbrück. Wir kommen im Auftrag des Wissenschaftssenators Weiss aus Hamburg, um Gespräche mit Ihrem Seminar über eine Kooperation mit Hamburg zu führen. Und da Sie beide Seiten kennen, hat Herr Hofmann uns an Sie verwiesen. Er wollte Sie noch benachrichtigen, aber da waren Sie schon weg.«

Er machte eine Pause, aber Pfeiffer sagte nichts. Statt dessen schnüffelte er mit seiner langen Nase und zog sie hoch.

»Wenn es Ihnen jetzt nicht paßt, können wir jederzeit wiederkommen. Wir wollten auch nur …«

»Kommen Sie rein. Nein, bei mir ist es zu unordentlich, gehen wir lieber in die Lobby, da kann man bequem sitzen.«

Bevor sie sich in der üblichen Sitzecke niederließen, die mit ihren vier Plastiksesseln und dem Rhododendron offensichtlich der sozialistischen Norm entsprach, holte Pfeiffer drei Flaschen Budweiser aus dem Kühlschrank der Gemeinschaftsküche, und sie beide tranken dankbar das kühle Bier.

»Also, was Sie da erzählen, kommt mir höchst merkwürdig vor. Wer von meinen alten Kollegen möchte denn mit uns zusammenarbeiten?«

Daniel faselte eine Weile, indem er auf das Grundkonzept der Kooperation einging – Beschränkung auf DDR-Geschichte, wechselseitige Kritik durch Einbringen beider Perspektiven – Ost-West, größere Glaubwürdigkeit beim Publikum – Beitrag zur inneren Einheit – Aufgabe und Sendung der Historiker – Bande zur eigenen, Pfeiffers, Alma mater – große persönliche Vermittlungsaufgabe – vielleicht auch als Herausgeber –

Schließlich unterbrach ihn Pfeiffer.

»Das ist alles Tinnef. Verzeihen Sie, aber mein Spezialgebiet ist Verfassungsentwicklung und Modernisierungstheorie, 17./18. Jahrhundert, aber nicht DDR-Geschichte. Da verstehe ich überhaupt nichts von. Möchte ich auch nicht. Ein deprimierender Gegenstand, etwas für Masochisten, die sich gerne an der Niedertracht der Menschen weiden. Betriebsstoff für Misanthropen.«

»Und warum sind Sie dann hier? In Potsdam?«

Pfeiffers Nase vollführte eine Art Rüsselballett und schniefte dann gewaltig.

»Aus Naivität, Dummheit und Idealismus.«

»Meinen Sie die eigene Naivität oder die der Ureinwohner?« fragte Vanessa.

»Na, die eigene natürlich. Die Ureinwohner sind nicht naiv, die haben mich ja reingelegt.« Und er erzählte, er habe gehofft, im Osten nach der Wende in den Universitäten eine Tabula rasa zu finden, zumal ja in der Geschichtswissenschaft fast alle kompromittiert gewesen und abgewickelt worden seien. Er habe geglaubt, hier ein Institut nach seinen Vorstellungen aufbauen zu können, das keine Kopie der westlichen Fehler werden würde. Und eben das habe ihm der Kanzler auch zugesichert. Aber kaum habe er den Ruf angenommen, habe er herausgefunden, daß der Fachbereich schon einschneidende Vorentscheidungen getroffen hatte. So sei die Fachwissenschaft zugunsten der Didaktik erheblich beschnitten worden. »Das Ganze heißt Potsdamer Modell der Lehrerbildung. Dieser schöne Name dient aber nur der beruflichen Rettung einer riesigen Herde von wissenschaftlichen Mitarbeitern mit bescheidener Qualifikation, die nur deshalb nicht abgewickelt wurden, weil sie kaum publiziert hatten. Ein trübes Milieu, ein Biotop der Mittelmäßigkeit. Also genau derselbe Salat wie in Hamburg. Und das ist auch kein Wunder, denn Brandenburg wird von Nordrhein-Westfalen aus regiert, dem Land der Gesamthochschulen und Reform-Universitäten. Und so bin ich denn von dem Regen in die Traufe gekommen und hänge nun für ein Leben hier fest.«

»Aber vielleicht kriegen Sie ja wieder einen Ruf an eine andere Universität«, wollte Vanessa ihn trösten.

»Zu spät. Ich bin 53, das ist die Altersgrenze für Berufungen.«

»Ja, aber regeneriert sich nicht Potsdam trotzdem allmählich?« wandte Daniel ein. »Es gibt das Einstein-Forum ...«

»Sie verstehen das nicht. Das können Sie auch nicht. Für Westdeutsche ist es ungemein schwer, die DDR-Mentalität zu verstehen. Sehen Sie, die Universität, wie jeder andere Betrieb auch, war organisiert wie eine mittelalterliche Burg. Sie war völlig autark. Die Dienstleistungen und Produkte, die sie brauchte, kaufte sie nicht wie im Kapitalismus auf dem Markt, die produzierte sie selbst. Von der universitätseigenen Krankenstation über den universitätseigenen Lebensmittelladen bis hin zur universitätseigenen Druckerei versorgte die Uni sich selbst. Die Leute gehörten nicht nur mit einem Aspekt ihres Daseins zur

Uni, sondern ganz. Sie kauften hier ein, sie ließen sich hier verarzten, und sie beschafften sich hier ihre Baustoffe. Sie gehörten dazu. Zugehörigkeit war in der DDR das wertvollste Gut. Aber es gab ein Problem. Zugehörigkeit war nicht knapp. Jeder gehörte irgendwo dazu. Ein Wert wird aber nur durch Knappheit gesteigert, wie wir ja aus der Geldwirtschaft des Kapitalismus wissen. Also wurde die Zugehörigkeit durch latente Bedrohung künstlich verknappt. Durch symbolische Ausschlüsse. Das war die Funktion der periodisch inszenierten Dramen spektakulärer Ausschlüsse. Ausschluß aus den Jungen Pionieren, Ausschluß aus der Betriebskampfgruppe, Ausschluß aus dem Schriftstellerverband, Ausschluß aus dem Reisekader, Ausschluß aus der Partei und Ausschluß aus der Republik. Der Ausschluß der Wenigen machte den Einschluß der Vielen zum wertvollen Gut, ja zum Privileg. Und jetzt? Jetzt ist der Kapitalismus ausgebrochen, und alle fühlen sich ausgeschlossen. Das erklärt die anhaltende Depression. Sie fühlen sich bestraft. Früher wurde man so bestraft. Da regeneriert sich nichts so schnell.«

Daniel war beeindruckt. »Solch eine Analyse habe ich drüben noch nie gelesen.«

Vanessa beugte sich vor. »Das wollte ich auch grade sagen. Möchten Sie nicht mal etwas darüber schreiben? Ich bin Journalistin. Ich kenne da ein paar Chefredakteure ...«

Pfeiffer winkte ab. »Für die Massenpresse viel zu kompliziert und für die Fachzeitschriften zu impressionistisch. Da müßte ich ja empirisch ran.«

Nach ein paar Sekunden, in denen sie über die Kurzdiagnose der DDR nachdachten, begann Pfeiffer wieder: »Sie haben mir immer noch nicht gesagt, wer denn von meinen Hamburger Kollegen an der Kooperation interessiert ist. Da hat doch keiner eine Ahnung von DDR-Geschichte, außer Schneider, weil er selbst aus der DDR ist.«

Das schien das Stichwort zu sein.

»Ja, Professor Schneider, der ist außerordentlich interessiert. Sie waren doch in seiner Berufungskommission, oder nicht? Da kennen Sie doch seine fachlichen Interessen.«

Mit Schneiders Erwähnung hatte sich die Atmosphäre schlagartig verändert. Eine neue Spannung lag in der Luft. Draußen hatte es ganz allmählich zu dämmern begonnen. Sie blickten von der Lobby durch eine Glasfront direkt in den Wald. Das Laub der Bäume war dunkler geworden und die Schatten dichter.

»Woher wissen Sie das mit der Berufungskommission?«

»Haben Sie nicht von dem Go-in bei Schneider gehört, bei dem die AStA-Vorsitzende von Skinheads erschlagen wurde?«

Pfeiffer drehte sich um und sagte dann unvermittelt: »Haben Sie sich schon den Park von Sanssouci angeschaut? Nein? Dann führe ich Sie ein bißchen. Im Dämmerlicht ist er am schönsten. Da hört man nichts und sieht nichts.«

Sie wandelten eine Weile zu dritt nebeneinander über die Mittelachse des Neuen Palais am Botanischen Garten vorbei.

»Nicht wahr, Sie sind gar nicht wegen der Kooperation nach Potsdam gekommen? Sie wollen mich über Schneider aushorchen. Das ist vergebliche Liebesmüh. Ich weiß nichts über ihn. Ich habe seine Schriften gelesen: Migrationsforschung, Sozialstatistik, vielleicht manchmal ein paar deftige Merkmalsbeschreibungen bei Minderheiten, etwas brisante Intelligenzforschung, zwar nicht politisch korrekt, aber alles andere als sensationell.«

»Aber die haben ihn aus der Gesellschaft für Demographie ausgeschlossen, weil er ein Rassist ist.«

»Die nennen fast jeden einen Rassisten, der ein Wort benutzt, das mit ›R‹ anfängt. Wenn Sie Rasen sagen, sind Sie für die schon ein Rassist. Das hat nichts zu bedeuten.«

»Sie wissen, daß die AStA-Vorsitzende nicht aus Versehen von einem Prügel getroffen wurde, sondern bewußt ermordet worden ist?«

Es war Vanessa, die das gesagt hatte. Pfeiffer blieb stehen und sah sie an. »Nein, das wußte ich nicht. Und woher wissen Sie es?«

»Wir haben jemanden kontaktiert, zu dem sie Verbindung aufgenommen hatte. Und bevor er uns etwas darüber erzählen konnte, wurde er aus dem Hafen gefischt.«

Pfeiffer wurde sichtlich nervös. Obwohl weit und breit kein Spaziergänger in der Dämmerung mehr zu sehen war, schaute er sich mehrmals um.

»Hören Sie, Sie erzählen mir hier von mehreren Morden und erwarten von mir, daß ich mich an Ihren Spekulationen beteilige. Ich habe mit all dem nichts zu tun. Am besten, wir verabschieden uns jetzt.«

»Sie haben ein Gegengutachten gegen Schneider geschrieben.«

»Das ist ungültig.«

»Ja, weil Dekan Steinert die Kommission neu gegründet hat. Aber Ihrem Gegengutachten lag die Dissertation von Schneider zugrunde.«

Pfeiffer zischte: »Wer sagt das?«

»Ich sage das.« Sie waren alle drei stehengeblieben.

»Dann sage ich das Gegenteil. Die Dissertation habe ich nie gesehen.«

Darauf hatte Daniel eine Inspiration, eine jener Erleuchtungen, wie sie in gespannten Situationen manchmal auftreten. Er sagte schlicht: »Wissen Sie, wen wir kontaktiert haben? Einen Titelhändler. Er bot uns Schneiders Dissertation für 40000 DM zum Kauf an. Und er hat uns auch verraten, wo er sie herhatte.«

»Woher?« Pfeiffer konnte das Zittern in seiner Stimme nicht verbergen.

»Jemand hatte vor einiger Zeit ein Auto aufgebrochen mit dem Kennzeichen HH-KM 1987, ein BMW, stand auf dem Parkplatz in Golm. Dabei war noch ein Laptop.«

Pfeiffers Beine knickten ihm fast weg. Er schleppte sich auf eine Parkbank, und die beiden rahmten ihn ein. Vanessa nahm ein großes Ahornblatt vom Rasen und fächelte ihm etwas Kühlung zu. Nach einer Weile beruhigte er sich.

»Bitte halten Sie mich nicht für hysterisch, aber wenn Sie in Potsdam lebten, würden Sie das verstehen. Hier regieren noch die alten Seilschaften.«

»Sind wir deshalb in den Park gegangen? Ist das Gästehaus denn immer noch verwanzt?«

»Das kann man eben nicht wissen. Die Universität Potsdam hat zweifellos das verrückteste Telefonnetz der Republik. Ich bin von meinem Apparat aus schon bei den merkwürdigsten Stellen gelandet. Manchmal brauche ich bloß abzuheben, dann meldet sich schon jemand. Die Gegend ist voller Stimmen. Überall flüstert und wispert es. Gespenstisch. Da wird der Robusteste zum Paranoiker. Und nachts herrscht Bürgerkrieg. Da kommen die Morlocks aus den unterirdischen Löchern und zahlen es den Wendehälsen heim. Morgens lesen Sie dann von schweren Unfällen in der Zeitung. Ein Kollege ist mit seinem Auto von der Straße abgedrängt worden. Die alten Genossen haben alle eine Nahkampfausbildung.«

»Das ist schwer zu glauben. Hier mitten in Deutschland?«

Pfeiffer sah Vanessa groß an. »Was heißt ›hier mitten in Deutschland‹? Mitten im Herzen der Finsternis.«

Vanessa lächelte zu Daniel hinüber. »Sie spielen auf die Geschichte von Conrad an?«

»Ja, Frau Steinbrück, das tue ich. Das tue ich in der Tat.«

»Also gut, hier sitzen wir drei, mitten im Dschungel von Potsdam, aber Sie schweigen sich aus. Eine junge Frau ist in Hamburg ermordet worden. Eine Jüdin, eine vitale, hübsche und temperamentvolle Frau, eine Inspiration für ihre Umwelt, die noch eine Familie gegründet und glücklich gemacht hätte, die bestimmt ihren Weg im Berufsleben gemacht hätte …«

»Also die ist ermordet worden«, unterbrach Vanessa Daniels Tirade. »Und Sie schweigen sich aus.«

Pfeiffer nahm sich Zeit für seinen Entschluß. Dann erhob er sich von der Bank, und die drei nahmen ihren Spaziergang wieder auf.

»Kann ich mich darauf verlassen, daß Sie mich als Quelle nicht nennen? Schließlich muß ich hier leben.«

»Selbstverständlich.«

»Also gut, was wollen Sie wissen?«

Vanessa nickte Daniel zu, um ihm das Fragen zu überlassen.

»Haben Sie die Doktorarbeit von Schneider gelesen?«

»Ja.«

»Und deshalb haben Sie den Schneider in dem Gutachten abgelehnt?«

»Ja.«

»War sie so schlecht?«

»Nein.«

»Also gab es da einen Haken. Nun sagen Sie schon, was war faul?«

»Sie war von vorne bis hinten abgeschrieben.«

»Und Sie wußten natürlich von wem.«

»Ja.«

»Kommen Sie schon, Herr Pfeiffer. Sollen wir jedes Detail aus Ihnen herauskitzeln? Erzählen Sie schon, von wem hat der Schneider die Arbeit abgeschrieben?«

»Von Präsident Schacht.«

Jetzt hielt Vanessa es nicht mehr aus.

»Sie meinen, es war dieselbe Arbeit wie die von Schacht? Von oben bis unten dieselbe? Eine regelrechte wortwörtliche Kopie?«

»Bis auf den Titel. Schachts Arbeit hieß ›*Angelsächsische Wege und deutsche Sonderwege: Eine vergleichende Studie zur sozialwissenschaftlichen Selbstreflexion von Modernisierungs-*

*prozessen in Deutschland, England und Amerika*‹. Schließlich hat Schacht mal Amerikanistik studiert, vor hundert Jahren. Schneider hat daraus ›Modernisierung und Kapitalismus‹ gemacht und das Ganze in die Geschichtswissenschaft verlegt.«

»Das ist ja unglaublich!« Daniel mußte sich erst an den Gedanken gewöhnen, daß jemand die Chuzpe hatte, eine ganze Arbeit vom ersten bis zum letzten Wort einfach zu kopieren.

»Wie konnte der Schneider nur hoffen, damit durchzukommen? Das war doch völlig aussichtslos. Früher oder später wäre er doch damit aufgeflogen.«

Daniel konnte sehen, daß es in Pfeiffer arbeitete. Irgend etwas wollte an die Oberfläche, aber gleichzeitig schien dieser Drang in Pfeiffer auch einen quälenden Widerstand hervorzurufen. Es war, als ob die zu früh einsetzenden Wehen zu einem geistigen Beckenstillstand geführt hätten. Daniel überlegte. Sollte er ihm bei der Geburt etwa helfen, oder würde er damit nur den Widerstand stärken?

Schließlich konnte sich Vanessa nicht mehr zurückhalten. »Also, er konnte sicher sein, damit durchzukommen?«

Da brach es aus Pfeiffer heraus: »Ja, sicher konnte er das, solange die DDR bestand. Kein Mensch hat doch damit gerechnet, daß der ganze Laden einmal zusammenkrachen würde. Und solange die DDR bestand, bestand auch die Pädagogische Hochschule ›Karl Liebknecht‹ in Potsdam, und das ganze Hochschulsystem in der DDR. Da herrschte doppelter Geheimnisschutz. Westliche Dissertationen durften nicht gelesen werden, und die Hälfte der Ost-Dissertationen werden Sie in den Jahresbibliographien nicht finden. Die galten als geheim, auch die völlig harmlosen.«

»Warum das denn?«

»Sehen Sie, Dr. Dentzer, das habe ich mich bis vor einiger Zeit auch gefragt. Aber mir wird etwas kühl. Ich schlage vor, daß wir unsere Konferenz in den Cecilienhof verlegen. Der war schon einmal Schauplatz einer wichtigen Verhandlung. Waren Sie schon mal dort? Na, dann fahren wir doch hin.«

Sie gingen die paar Schritte zum Gästehaus zurück, und Pfeiffer schlug vor, daß jeder den eigenen Wagen nehmen solle, er müsse danach noch einen Besuch machen und fahre voraus. So stiegen sie in ihre Autos. Am Park und Schloß Sanssouci entlang, das ganz plötzlich hell erleuchtet neben ihnen erschien und wieder verschwand, fuhren sie durch das Nauener Tor und die Nauener Vorstadt an der Russischen Kolonie vorbei in den Neuen Garten. Links und rechts glitten riesige Baumschatten vorbei, und zwischen ihnen blitzte das Wasser des Heiligensees auf, bis sich unvermittelt vor ihnen die Front eines gewaltigen Landhauses im imitierten Tudor-Stil erhob. Sie parkten ihre Wagen auf dem knirschenden Kies neben Karossen, die vor Snobismus glänzten, und stiegen steifbeinig aus. Dann folgten sie den Verkehrsschildern des Luxus, den Zeichen von Diners Club und American Express ins getäfelte Innere eines Edelrestaurants.

Als sie sich durch die schwere in Leder gebundene Speisekarte gearbeitet hatten und bei ihren Bestellungen mit zahlreichen Rückfragen bombardiert worden waren – »Nehmen Sie einen Aperitif? Campari Soda? Kir? Martini mit oder ohne? Vielleicht ein Amuse gueule?« –»Ein was?« – »Einen Appetitanreger?« scherzte Professor Pfeiffer mit Blick auf die Speisekarte: »Der hat sicher bei der Potsdamer Konferenz dazu gedient, die Abschlußkommuniques würdig einzuhüllen.«

Vanessa war beeindruckt. »Sagen Sie bloß, die hat hier stattgefunden? Hier, wo ich sitze, hat der Arsch von Stalin gesessen, als er zusammen mit Churchill und Truman Deutschland geteilt hat?«

Pfeiffer lachte zum erstenmal heute abend. »Hier nicht, sondern nebenan im Konferenzsaal. Und Churchill wurde dann nach den Unterhaus-Wahlen durch Attlee ersetzt, so wie Roosevelt schon vorher durch Truman ersetzt worden war. Stalin war der einzige Regierungschef, der immer derselbe blieb. Vielleicht hat ihn das in seiner Geringschätzung des Westens bestärkt.«

»Na ja«, wandte Daniel ein, »zugleich hat er hier zum erstenmal von der Existenz der Atombombe erfahren. Da hat er ja wohl einen Schrecken vor Amerika gekriegt.«

»Vorausgesetzt, er hat die Bedeutung der Sache verstanden.«

Nachdem das Essen serviert worden war, nahm Daniel den abgerissenen Gesprächsfaden wieder auf.

»Professor Pfeiffer, Sie wollten uns erklären, warum in der DDR sogar Dissertationen geheimgehalten wurden.«

»Die hielten alles geheim, sogar den Wetterbericht. Ich habe mir das lange auch nicht erklären können, bis ich zufällig eine interessante Dissertation gelesen habe. Möchten Sie, daß ich den Titel nenne?«

»Ich bitte darum.«

»Liebe und Konflikt.«

Vanessa sagte: »Holla.«

»Eine ganz außerordentliche Arbeit, Dr. Dentzer.«

»Danke. Und da haben Sie etwas über die DDR gefunden?«

»Nein. Aber eine Menge über Geheimhaltung. Ich habe da zum Beispiel gelernt, daß Liebe die Welt zwischen Intimität und allem anderen teilt und so eine geheime Welt für die Liebenden schafft; daß die Grenze zwischen diesen beiden Welten auch alle Bedeutungen verdoppelt; so erhält alles eine offizielle und eine geheime Bedeutung, die nur für die Liebenden gilt. Jede Botschaft wird zum Kassiber und jede Schrift zur Geheimschrift. Alles Neutrale und Gleichgültige ist für die Liebenden verschlüsselt.«

»Wollen Sie damit sagen, die DDR sei ein Paradies der Liebe gewesen?« Vanessa hatte die Neigung der Reporter zu rhetorischen Fragen.

»Na ja, schließlich hat der Stasi-Chef am Ende seiner Laufbahn erklärt, ›ich liebe euch alle‹«, gab Daniel zu.

Vanessa schaute verächtlich. »Von wegen Liebe! Er war ein Spanner, oberster Chef eines Spannerstaats. Die DDR war ein Staat der Voyeure. Das oberste Staatsziel war nicht der Sozialismus, sondern der Voyeurismus, organisiert von der VED, der Voyeuristischen Einheitspartei Deutschlands.«

»Vielleicht. Aber auch die Liebenden sind Spanner. Auch sie beobachten sich gegenseitig. Sie spionieren hintereinander her, suchen süchtig nach Liebesbeweisen und noch süchtiger nach Zeichen der Untreue. Ständig wittern sie Verrat. Sie zittern, daß der andere die Geheimnisse der Liebe an die da draußen verrät. Der Sozialismus war der Versuch, den Totalitarismus des Privaten zum Prinzip gesellschaftlicher Organisation zu erheben.«

»Was herausgekommen ist, war aber richtig unsexy«, protestierte Vanessa.

»Nicht für die Intellektuellen. Für sie verzauberte der Sozialismus die Welt.«

»Aber für alle anderen war er nur trivial und trübe.«

»Um so mehr bedurfte er der Entbanalisierung. Sie halten etwas geheim, und schon ist die Welt verzaubert. Jedes Kind weiß das. Sie wollen sich interessant machen, schon ziehen sie ein anderes Kind mit in die Ecke und wispern ihm etwas ins Ohr. Das hat die DDR zum Prinzip erhoben. Das ist der Grund, warum hier jeder jeden bespitzelt hat. Wissen Sie, daß die Stasi sogar IMs aufeinander angesetzt hat? Da hat ein Spitzel den anderen bespitzelt. Und das ist auch der Grund, warum sich so viele Leute auf die Spitzelei eingelassen haben. Das macht sie zu Helden von Romanen. Da sie nicht wußten, was ihre Beobachtungen bedeuteten, konnten sie auch alles bedeuten. Die fade Welt füllte sich mit Signifikanz. Wenn sie ihren Führungsoffizieren berichteten, fühlten sie sich in Bedeutung gebadet. Und wie Liebende, die sich ›Mäuschen‹ und ›Schnuckel‹ nennen, erhielten die IMs Geheimnamen wie ›Sekretär‹ oder ›Colombina‹.«

»›Colombina‹? Wie kommen Sie auf ›Colombina‹?«

»Ich weiß nicht, es könnte auch ›Bajazzo‹ oder ›Sancho Pansa‹ sein, das ist ganz gleichgültig. Vielleicht habe ich den Namen irgendwo gelesen, schließlich war ich Mitglied in der Evaluierungskommission der Pädagogischen Hochschule Karl Liebknecht. Und da habe ich auch die Dissertation von Schneider gefunden.«

Daniel hielt seine Gabel auf dem Weg zum Munde an. »Wieso, das verstehe ich nicht. Die Arbeit war doch schon bei den Bewerbungsunterlagen von Schneider.«

Pfeiffer kaute ungerührt weiter. »War sie nicht. Ich habe sie erst da drunter geschmuggelt, damit ich sie beurteilen konnte.«

»Ja und? Sie schrieben Ihr Gutachten, und was passierte dann?«

»Ja, dann habe ich einen Fehler gemacht. Ich habe die Schriften inklusive der Dissertation mit meinem Gutachten zusammen an die Fachbereichssekretärin weitergereicht.«

»Ist denn das nicht das übliche Verfahren? Die anderen Kommissionsmitglieder mußten doch auch die Schriften einsehen können.«

»Ja, schon. Aber ich hatte ja schon vorher festgestellt, daß etwas faul war. Als ich die Hassauer favorisierte und den Schneider abzuschießen drohte, setzte eine heftige kriminelle Tätigkeit ein. Erinnern Sie sich noch an den Stunk um die Berufung von Schmitt?«

»Hans Heiner Schmidt?«

»Nein, Thaddäus Schmitt, der Soziologe, der Fall, als die Presse zum ersten Mal über die Hamburger Hausberufungen berichtete. Um den eigenen Mann durchzubringen, hat man alle Gebote der Vertraulichkeit gleich mehrfach verletzt. Es wurde ein laufender Notdienst eingerichtet, kritische Kommissionsmitglieder wurden gegen Kartellangehörige ausgetauscht, Telefonleitungen auf Dauerbetrieb gestellt und die Frauenbeauftragte zu einem Forschungsaufenthalt über die Lage der

Frau nach Spanien geschickt. Nur weil der Schmitt eindeutig schlechter war als der Pfleiderer aus Tübingen und außerdem ein Hausbewerber. Als wäre es eine Wiederholung, setzte das gleiche Spiel auch in diesem Fall ein.

Ich hätte also gewarnt sein müssen. Und dann geschah es. Ich nahm die Dissertation wieder an mich, und den Rest kennen Sie.«

»Sie wurde Ihnen aus dem Auto geklaut.«

»Ja.«

»Lassen Sie mich weitermachen«, bat Daniel, »denn jetzt tritt Steinert auf den Plan. Habe ich recht?«

Pfeiffer nickte.

»Steinert machte Ihnen klar, daß Sie eine schwere Anschuldigung erhoben hätten, die Sie ohne Dissertation nicht belegen könnten, drängte Sie, das Gutachten zurückzuziehen, erklärte die Kommission für nicht konsensfähig, löste sie auf, löschte Sie aus der Geschichte und gründete eine neue Kommission ohne Sie. Nebenbei sorgte er über seine Freunde noch dafür, daß Sie mit falschen Versprechungen nach Potsdam gelockt wurden und nun hier in der Falle sitzen.«

»Großer Gott!« rief Pfeiffer. »Sie haben ja recht. Meinen Potsdamer Ruf habe ich damit noch nie in Zusammenhang gebracht.« Er bat den Kellner, ihm einen Cognac zu bringen. »Das ist eine furchtbare Entdeckung, daß das, was man für sein Schicksal hält, in Wirklichkeit von jemand anderem geplant wurde.« Er trank den Cognac und schüttelte sich. »Man kommt sich einigermaßen gelackmeiert vor, um nicht zu sagen erniedrigt. Scheußliches Gefühl!«

»Und sonst? Stimmt meine Rekonstruktion?«

»Ja, vollständig. Aber, warum man sich soviel Mühe gegeben hat, den Schneider unbedingt zu berufen, ist mir bis heute schleierhaft. Es sei denn...«

»Es sei denn...?«

»Es sei denn, sie wollten jemanden, den sie jederzeit erpressen können.«

»Wer?«

»›Wer?‹ fragt er.« Pfeiffer hatte sich an Vanessa gewandt. »Er kommt aus Hamburg und fragt ›Wer?‹! Sie sind Journalistin. Erzählen Sie ihm etwas über den Hamburger Filz.« Er blickte wieder Daniel an. »Aber vielleicht sitzen Sie ja selber so tief drin, daß Sie ihn nicht mehr sehen. Ich meine das nicht persönlich. Nicht jeder, der in einem Netzwerk sitzt, hat es auch mitgeknüpft, aber trotzdem wird er betriebsblind. Sie fragen ›wer‹? Wer sind denn die Filzokraten der Universität? Der Präsident, Dekan Steinert, die Wagner und sämtliche Heloten und Perlöken des Verbandes Demokratischer Hochschullehrer.«

Daniel wußte, daß er sich mit der nächsten Frage auf dünnes Eis begab. »Hatten Sie jemals Kontakt zu der AStA-Vorsitzenden Hannah Krakauer?«

Pfeiffer blickte ihn an, ohne zu zucken oder mit den Augen zu flackern. »Nein, niemals.«

»Oder zu sonst jemand vom AStA, einem Typ namens Volker zum Beispiel?«

»Hören Sie, ich kenne niemanden vom AStA, weder Volker noch Frau Krakauer noch sonst jemanden.«

Daniel sah Vanessa an.

»Aber irgendwoher muß Hannah doch von dieser Dissertation erfahren haben.«

Vanessa lehnte sich zurück. »Wäre es nicht möglich«, sagte sie, »daß das alles ein verdammter Zufall ist, daß wir allein da einen Zusammenhang sehen – einen Zusammenhang zwischen Ihrem Angriff auf den Schneider und dem Kontakt zu einem Titelhändler mit DDR-Dissertationen? Und die anderen, die sie umgebracht haben, denken genau dasselbe wie wir. Sie sehen da einen Zusammenhang, sie glauben, sie hat da etwas entdeckt oder ist dabei, etwas zu entdecken. In Wirklichkeit hat sie keine Ahnung.« Sie blickte Daniel an. »Hätte sie gewußt, daß der Schneider auch noch seine Dissertation abgeschrieben hat, hätte sie das doch gegen ihn verwandt. Immerhin hielt sie ihn für einen Faschisten. Oder sie hätte es dir gegenüber zumindest erwähnt.«

»Oder so lange verschwiegen, wie sie sich noch nicht sicher war.«

»Wie dem auch sei«, fuhr Vanessa fort, »hier liegt doch wohl ein Motiv für den ... für den ...«

»Nun sag schon ... für den Mord.«

»Ja.«

Sie saßen eine Weile schweigend. Dann nahm Daniel das Gespräch wieder auf.

»Herr Pfeiffer, verzeihen Sie mir, wenn ich Ihnen eine persönliche Frage stelle ...«

»Nur zu.«

»Sie wirkten vorhin im Gästehaus und auch im Park relativ – ich will nicht sagen unruhig ...«

»Sprechen Sie es ruhig aus – ängstlich wollten Sie doch wohl sagen. Ja, ängstlich, nervös, zerrüttet, und ich leugne es nicht. Hier wird jeder nervös, jeder, der hier nicht sozialisiert wurde. Die vertrauten Signale gelten hier nicht. Die Zeichen und Gesten sind anders als bei uns. Die Leute haben über vierzig Jahre in einer Geheimsprache gesprochen, die kann man als normaler Mensch gar nicht verstehen. Es ist, als ob Sie sich in einem Asyl wiederfinden, in dem alle Verrücktheiten wie Selbstverständlichkeiten behandelt werden.«

»Wie muß man sich das vorstellen?« fragte Vanessa.

»In dieser Geheimsprache gibt es zum Beispiel kein ›nein‹. Das Wort ist abgeschafft. Statt dessen gibt es nur verschiedene Dosierungen von ›ja‹. Eine ganz schwache Dosierung bedeutet dann ›nein‹. Sag ich also zu meiner Sekretärin, ›könnten Sie bis morgen diesen Text schreiben?‹, muß ich mir ein schwaches ›ja‹

übersetzen als ›das geht auf keinen Fall‹. Nur wenn sie sagt, ›wird gemacht, Sie können sich garantiert darauf verlassen‹, bedeutet das ›Vielleicht‹ oder ›wahrscheinlich‹. Aber bis Sie das herausbekommen haben, sind Sie unendlich oft im Nebel gegen eine Wand gelaufen.«

Trotz der Erbitterung, mit der Pfeiffer gesprochen hatte, mußte Daniel lachen. »Und ich dachte, Sie meinten die alten Seilschaften.«

Unwillkürlich sah sich Pfeiffer um und dämpfte die Stimme. »Die wissen doch alle, daß ich in der Evaluierungskommission war.«

Vanessa beugte sich vor. »Haben Sie auch überprüft, wer von den Professoren für die Stasi gespitzelt hat?«

»Frau Steinbrück, die Juristische Hochschule in Golm war die Stasi selbst. Hier schlug ihr finsteres Herz.«

»Sie meinen ›ihr liebendes Herz‹«, unterbrach Vanessa.

»Ich meine ihr finster liebendes Herz. Hier schlug es. Und trotzdem wurde in Potsdam die Überprüfung laxer gehandhabt als in irgendeiner anderen ostdeutschen Hochschule.«

»Nicht trotzdem, deswegen.«

»Oder deswegen. Bis heute wurde für einige Personengruppen überhaupt keine Überprüfung bei der Gauck-Behörde durchgeführt. Da arbeiten die Stasi-Spitzel ungehindert weiter. Was glauben Sie wohl, was die gemacht haben?«

»Ja, was?«

»Die haben ihre Seilschaften privatisiert. Das sind private Condottieri geworden, freie Verbrechensunternehmer. ›Die Firma‹ haben sie sich ja schon früher genannt. Sie haben sich an den Kapitalismus angepaßt und bieten jetzt ihre Dienste auf dem freien Markt feil.«

»Welche Dienste?« wollte Vanessa wissen.

»Die bewährten Stasi-Dienste: Bespitzelung, Nachrichtenbeschaffung, Einschüchterung, Erpressung und Mord. Darüber haben die ihre Doktorarbeiten geschrieben. Insgesamt 174 gibt es davon. Anleitungen zu Erpressung, Entführung und Mord.«

Das letzte Wort hing mit einer finsteren Endgültigkeit über ihren Köpfen. Welch ein Wort, Mord! Das finale Todesurteil. Daniel stellte es sich vor: »Das Ministerium für Staatssicherheit ist zur Überzeugung gelangt, daß der operative Vorgang Meyer-Bassermann endgültig abgeschlossen werden muß. Mit tschekistischen Grüßen, Dombrowski.« Schluß, Federstrich, noch ein letztes Wort? Mord.

»Ich habe die sogenannten ›Einsatzgrundsätze‹ der Stasi gelesen«, fuhr Pfeiffer fort. »Ein Horrorkatalog, sage ich Ihnen. Da ist von tschekistischen Kampfaktionen auch für Friedenszeiten die Rede, und dazu gehört auch die Liquidierung. Die wird dann bürokratisch genau definiert als ›physische Vernichtung von Einzelpersonen und Personengruppen‹...«

»Ganze Gruppen?« wunderte sich Daniel.

»... ›durch Erschießen, Erstechen, Verbrennen, Zersprengen, Strangulieren, Erschlagen, Vergiften und Ersticken‹.«

»Mein Gott, das klingt ja wie ein Massaker«, rief Vanessa so laut, daß sich die Gäste des Restaurants nach ihnen umdrehten. Doch Pfeiffer achtete nicht mehr darauf.

»Ihre Spezialität war aber der verdeckte Mord. Mord im Krankenhaus, Mord als Arbeitsunfall, Mord als Pseudo-Selbstmord, Mord als normaler Raubmord. Darauf war das MfS besonders stolz, und über solche Methoden haben die an der juristischen Hochschule ihre Doktorarbeiten geschrieben. Die lesen sich wie Drehbücher zu Gangsterfilmen. Eine Fundgrube für Hollywood.«

»Endlich mal spannende Doktorarbeiten«, lachte Daniel, »und ausgerechnet die halten sie geheim.« Erst jetzt wurde ihm bewußt, was Pfeiffer gesagt hatte. »Was sagen Sie, verdeckter Mord war ihre Spezialität? Das trifft ja genau auf den Anschlag im Audimax zu.«

Pfeiffer nickte. »Was sagen die Kriminalisten dazu? Das ist ihre Handschrift.«

Alle drei versanken in ihren Gedanken.

Plötzlich, aus einem Impuls heraus, winkte Daniel dem Kellner und ließ ihn drei Grappa bringen. »Laßt uns auf das Gedächtnis von Hannah Krakauer trinken, dieser lebendigen Frau, die jetzt tot ist.«

Die anderen beiden zögerten, als ob es gelte, Daniel bei einem peinlichen Exzeß zu bremsen.

»Na los«, drängte Daniel. »Laßt uns auf sie trinken. Hier im Herzen der liebenden Finsternis. Schließlich wurde hier die Mine gelegt, auf die sie aus Versehen getreten ist.«

Und sie tranken.

Es war Vanessa, die die kleine Andachtspause wieder beendete. »Können Sie sich erklären, warum die Abwicklung in Potsdam so lax erfolgte?«

»Dafür liegt der Grund wieder in Düsseldorf«, antwortete Pfeiffer nach einigem Zögern. »Es ist wie bei einem Vexierbild, ein deutsch-deutsches Klappbild. In Hamburg geht eine Bombe los, aber der Zünder wurde in Potsdam ausgelegt. In Potsdam erhalten die Stasi-Seilschaften eine Gewerbeerlaubnis, aber erteilt wird sie in Düsseldorf.«

»Wieso in Düsseldorf?«

Wieder sah Pfeiffer sich um, um sich zu vergewissern, daß niemand zuhörte. »Kennen Sie die Scherzfrage aus den 50er Jahren? ›Wer regiert die Welt?‹ Antwort: ›Der Hund Fluffy.‹ Warum? Amerika regiert die Welt, Präsident Eisenhower regiert Amerika, Mammy Eisenhower regiert den Präsidenten, und Fluffy regiert Mammy. So ist das auch in diesem Fall. Wer regiert Brandenburg? Antwort: Die Stasi. Warum? Stolpe regiert Brandenburg. Nordrhein-Westfalen regiert Stolpe, die SPD regiert Nordrhein-Westfalen, und die Stasi regiert die SPD.«

Daniel protestierte. »Na kommen Sie, Herr Professor Pfeiffer! Das klingt ja nun wirklich unglaubhaft. So einen unhandlichen Apparat wie die SPD kann selbst die Stasi nicht regieren. Die regieren ja noch nicht mal sich selbst.«

»Wissen Sie, wie viele ›Inoffizielle Mitarbeiter‹ die Stasi seit 1968 in westdeutschen Universitäten beschäftigt hat? Zwanzigtausend!«

»Woher wollen Sie das wissen?«

»Aus der Gauck-Behörde. Ja, ja, Herr Dentzer, Sie brauchen gar nicht so ungläubig zu gucken, meine Quelle ist völlig verläßlich.«

Daniel war wie vor den Kopf geschlagen. Zwanzigtausend! Das war ja unglaublich.

»Das ist die konservative Berechnung. Andere gehen von dreißigtausend aus.«

»Zwanzigtausend reichen mir«, warf Daniel ein.

»Und von diesen zwanzigtausend brauchen ja nur ein paar in der Düsseldorfer Regierung zu sein, und schon können sie dazu erpreßt werden, die Stasi-Überprüfungen in Potsdam zu behindern. Das Kultusministerium Brandenburg mußte erst durch öffentlichen Druck dazu gezwungen werden, die Überprüfung nachzuholen. Erst als sich eine ›Initiativgruppe Hochschulerneuerung von innen‹ gründete, wurde der Skandal in die Öffentlichkeit getragen.«

Daniel hatte sich immer noch nicht erholt. »Zwanzigtausend«, wiederholte er ungläubig, »da müßte man ja welche kennen.« Da kam ihm eine Idee. »Das wäre doch ein Thema für ein Joint-venture zwischen Hamburg und Potsdam. Wir sollten doch Sondierungsgespräche über Ost-West-Arbeitsgruppen führen. Hier ist das Thema.«

Pfeiffer hob abwehrend die Hände. »Ohne mich! Ich will damit nichts zu tun haben!«

»Das brauchen Sie auch nicht. Wir kündigen die Arbeitsgruppe nur an. Wir lassen einen Versuchsballon steigen. Und dann schauen wir zu, wer die Arbeitsgruppe zu verhindern sucht. In Hamburg und hier in Potsdam. Und ich habe etwas, was ich von diesem Besuch mit nach Hause bringen kann. Und Sie haben etwas, mit dem Sie hier drohen können. Und wenn es nicht zustande kommt – und es wird nicht zustande kommen –, dann sind die andern schuld.«

Pfeiffer sah Daniel eine Weile skeptisch an. »Wissen Sie, was ich beobachtet habe? Diejenigen, die sich längere Zeit mit der Stasi beschäftigen, beginnen nach einiger Zeit so zu denken wie sie.«

Vanessa stieß einen spitzen satirischen Schrei aus. »Daniel, mein Genosse Führungsoffizier. Aber«, wandte sie sich an Pfeiffer, »hat nicht schon seine Dissertation gezeigt, daß er sich auf die Stasi versteht?«

»Hätte es das MfS noch gegeben, hätte man seine Arbeit dort sicher genauestens registriert.«

»So wie die Arbeit von Schacht?«

»So wie die Arbeit von Schacht.«

»Und warum hat man sie dem Schneider zum Kopieren gegeben?«

Pfeiffer schüttelte den Kopf über so viel Unverstand. »Na, warum wohl? Um ihn für ewig an die Stasi zu binden.«

Daniel überlegte. »Also ist er immer noch für die Stasi tätig. Allerdings auf privatwirtschaftlicher Ebene, wie Sie sagen. Ergo sind die, die ihn unbedingt berufen wollten, auch irgendwie mit der Stasi verknüpft. Entweder sind sie noch dabei, oder sie sind kompromittiert und werden erpreßt. Etwa Steinert. Wer also den Schneider bedrohte, wurde zur Gefahr für den ganzen Zirkel.«

»Mit zwanzigtausend Mitgliedern«, ergänzte Vanessa.

»Und was ist schon ein Menschenleben gegen einen Zirkel mit zwanzigtausend Mitgliedern!«

»Sehr viel«, entgegnete Pfeiffer. »Ein einziger kann den ganzen Zirkel auslöschen.«

»Und umgekehrt.«

»Und umgekehrt.«

## 19

»Vier von elf Professoren der Geschichte sind abgewickelt worden.« Das hatte Pfeiffer gestern abend im Cecilienhof gesagt. Es war elf Uhr morgens, und Daniel saß als Gast in der Institutsversammlung des Historischen Seminars und zählte die Professoren: sechs. Die mußten also alle aus der alten Kaderschmiede stammen. Merkwürdigerweise fehlte Pfeiffer. Er war noch nicht da. Dabei hatte er sich doch gerade mit ihm hier verabredet, um dem Institut vorzuschlagen, ein gemeinsames Baby aus der Taufe zu heben: die Hamburg-Potsdamer Arbeitsgruppe zur Erforschung der Unterwanderung westdeutscher Studenten und Hochschullehrer durch das MfS.

Sie saßen im zentralen Versammlungsraum des Instituts für Geschichte. Die Tische waren zu einem großen Oval wie für eine Konferenz arrangiert. Die Wände waren mit Industriepaneelen der gehobenen Güteklasse beschichtet. Fenster gab es nicht. Der Raum wurde ausschließlich künstlich beleuchtet. Dadurch fühlte man sich tief im Innern eines Gebäudes mit unbekannter Ausdehnung. Es hätte genausogut ein Bunker sein können. Daniel war sich darüber im klaren, wo er war: Dies war das alte Konferenzzimmer der ehemaligen juristischen Hochschule des Ministeriums für Staatssicherheit in Golm. Hier, in diesem Konferenzsaal, umgeben von Korridoren und Büros, hatte das Hirn der Stasi seinen Platz gehabt. Er war im kreisrunden Inneren des Schädels des Sozialismus angekommen. Und jetzt sollte er an der gleichen Stelle den Vorschlag machen, die Unterwanderung der westdeutschen Universitäten durch die Stasi zu untersuchen. Daniel fühlte sich befangen. Ob sich die Stasi solch eine Unverschämtheit gefallen ließ? Oder würden in dem Paneel geheime Türen aufspringen und Männer in schwarzen Ledermänteln auftauchen, um mit sächsischem Akzent zu sagen: »Nu, wollense wohl unauffällig mitkommen, oder sollen wir nachhelfen?« Aber wohin mitkommen? Er war doch schon da. Sie könnten ja nur im Kreis gehen. Im Inneren des Schädels konnte man nur im Kreis gehen. Die Unterhaltung im Cecilienhof von gestern fiel Daniel ein. Ihre Scherze über den Zirkel von zwanzigtausend Menschen. Dabei war Pfeiffer immer finsterer geworden. Er hatte Andeutungen über einen Giftschrank gemacht, ein Geheimarchiv mit den Schriften und Dissertationen, die in der DDR verboten waren. Während seiner Mitgliedschaft in der Evaluierungskommission war er durch Zufall in einer Abstellkammer des Instituts darauf gestoßen. Dort hatte er die Dissertation von Schneider gefunden. Aber dann hatte der große Vorsitzende Hofmann das Archiv verlegt. Wie Pfeiffer vermutete, um sich für seine eigene Lehre daraus zu bedienen, weil doch jetzt West-Wissenschaft geboten war, und der Genosse Vorsitzende war unter den Wendehälsen der schnellsten einer. Die Mauer war noch nicht ganz unten gewesen, da war er schon mit seinem Trabi bei Pfeiffer in Hamburg aufgetaucht, um Kontakte zu knüpfen, um schon zwei Tage nach der Wende auf eine lange zweitägige Vorgeschichte der Kooperation mit West-Wissenschaftlern zurückblicken zu können. Und so kam er nach Potsdam zurück wie der Igel, der zu Hause erzählen kann, er wäre schon immer dagewesen.

Diesen Giftschrank wollte er Daniel zeigen. Aber dazu mußte er noch einen Besuch machen. Und bevor sie sich gestern abend vor dem Cecilienhof trennten, hatten sie sich für heute morgen verabredet. Während Vanessa sich Potsdam ansehen sollte, wollten sich Daniel und Pfeiffer hier treffen, um danach den

Giftschrank zu besichtigen. So waren sie ohne Pfeiffer zurück ins Gästehaus der Stasi gefahren.

Derweil redete im Konferenzsaal der Stasi der Vorsitzende Hofmann über die Dienstgeschäfte. Aus dem weltmännischen Plauderer von gestern war wieder ein Funktionär geworden. Auf seinem Gesicht lag wieder jene physiognomische Verschüttetheit, die überall in der sozialistischen Welt die mittleren Kader ausgezeichnet hatte, jene grundsätzliche Maskiertheit, die im Zusammenspiel einer teigigen Materialfülle der Züge mit einer verlangsamten Motorik des Mienenspiels das Kunstwerk einer unwahrscheinlichen Ausdrucksleere zustande brachte.

Der Vorsitzende sprach über den Bericht der Hochschulstrukturkommission, die Evaluierung der Forschung, die Bedarfsberechnung von Mittelbau- und Funktionsstellen und die neuen Strukturen. Er redete pausenlos und gnadenlos und monoton. Niemand machte einen Einwurf, keiner stellte eine Frage. Die Anwesenden saßen da wie zum Tode Verurteilte. Daniel verstand wenig von dem, was er hörte. Nur hier und da schossen einige Sinnelemente vorbei und blitzten auf wie Möwen im Sturm. Je länger er zuhörte, desto mehr hatte er den Eindruck von Doublespeak. Wie ein stetiges gedämpftes Rauschen war der Dauerton eines unterirdischen Bedeutungsflusses hörbar, ein Ton des latenten Vorwurfs und des inneren Grolls. Er bezog sich auf ein Schreiben des Gründungsrektors Dr. Maltzan an den Staatssekretär Weber im Wissenschaftsministerium von Brandenburg. Darin werde darauf verwiesen, sagte der Vorsitzende, daß die Universität ihre Anfragen über belastete Hochschulangehörige bei der Gauck-Behörde schon vor neun Monaten an das Ministerium geschickt, daß sie aber bis jetzt in keinem einzigen Fall eine Antwort erhalten habe und daß deshalb die Universität Potsdam in den Verdacht gerate, die eingefrorenen Machtstrukturen aus der SED-Zeit fortsetzen zu wollen.

Unter den Zuhörern machte sich unterdrückte Empörung

Luft. »Unsinn!« »Unverschämtheit!« »Unterstellungen!« konnte man hören. Der Vorsitzende hob die Hand. »Kollegen«, sagte er, »lassen Sie mich Ihnen die entscheidende Passage des Schreibens des Verbandes ›Freiheit der Wissenschaft‹ vorlesen, die Rektor Maltzan als Beleg anführt: ›Die Potsdamer Evaluierung ohne Überprüfung beim Sonderbeauftragten der Bundesregierung weicht derart stark von den anderen in den neuen Ländern praktizierten Verfahren ab, daß wir vorschlagen, eine Bundesentscheidung anzurufen. Wissenschaftler in anderen DDR-Universitäten müssen die Potsdamer Weißwäscherei als Mißachtung ihrer aufrechten Mitarbeiter verstehen, die vier Jahrzehnte lang dem SED-Regime getrotzt haben, jetzt aber wegen mangelnden Bedarfs arbeitslos werden, während in Potsdam ehemalige Stasi-Spitzel zu Professoren übergeleitet werden.‹«

Jetzt war die bleierne Atmosphäre einer schweren Empörung gewichen. Überall grollte es. Aus dem kalten Vulkan quoll wieder Rauch. »Unerhört!« »Das müssen wir uns nicht bieten lassen!« »Freiheit der Wissenschaft? Daß ich nicht lache! Das sind die schlimmsten Reaktionäre!« Ein Kader mittleren Alters meldete sich, der sein volles braunes Haar der Disziplin eines breitzinkigen Kammes unterworfen hatte, so daß seine straffen Strähnen so parallel lagen wie die Saatreihen auf der Luftaufnahme einer LPG. »Ich bin der Meinung, wir sollten gegenüber solchen Angriffen nicht defensiv werden und das auch dem Rektor klarmachen. Das Ministerium hat da schon ganz richtig gehandelt und den Arbeitsfrieden in Potsdam erhalten. Ich kann euch sagen, Genossen, will sagen Kollegen, wie das in Leipzig war: jeden Tag tauchten da zweitklassige Professoren aus dem Westen auf, die meinten, sie könnten bei uns in den Kolonien den Herren spielen. Ich kann das ja mal sagen, wo Kollege Pfeiffer nicht da ist.«

»Nichts gegen Kollegen Pfeiffer, er hat das sehr behutsam gemacht.«

Allgemeines Zustimmungsgemurmel.

»Sag ich ja«, sagte der Sprecher. »Aber in Leipzig wurde evaluiert, wie ein Ei in die Pfanne geschlagen wird. Ratzfatz, Federstrich, und weg war ein ganzes Berufsleben. Das wollen wir hier nicht.«

Als er sich gesetzt hatte, trommelten die anderen minutenlang zustimmend auf den Tisch.

Der Genosse Vorsitzende stellte fest, daß das Meinungsbild einheitlich sei und daß er in diesem Sinne dem Rektor Maltzan antworten würde. Im übrigen sei die Bedarfsfeststellung sicher eher abgeschlossen, als die Auskünfte über Stasi-Mitarbeiter aus der Gauck-Behörde eintreffen würden. Und dann kämen sie für die Einstellungen zu spät. Außerdem habe er noch einen anderen Vorschlag zu machen. Er richtete seine blonden Augen auf Daniel, und langsam wurde aus dem finsteren Funktionär wieder ein moderner lachender Vertreter der Angestelltenkultur.

»Sie haben sich sicher gefragt, Kollegen, warum ich Ihnen zu Anfang der Sitzung Dr. Dentzer aus Hamburg vorgestellt habe. Nun, er hat uns im Auftrag des Hamburger Senators für Wissenschaft einen Vorschlag zu machen – er hat sich schon gestern mit Kollege Pfeiffer beraten, ich weiß gar nicht, wo Kollege Pfeiffer bleibt, er sollte eigentlich bei der Beratung des Vorschlags dabeisein –, aber vielleicht, Herr Dentzer, erläutern Sie der Institutsversammlung, was Sie mit Kollege Pfeiffer besprochen haben.«

Daniel knipste sein charmantestes Lächeln an, dankte dem Vorsitzenden und allen Anwesenden, daß sie es ihm erlaubten, ihnen ihre kostbare Zeit zu stehlen, versicherte sie seines Mitgefühls dafür, daß sie unter so schweren Bedingungen so gute Arbeit leisteten, und gab der Meinung Ausdruck, daß in der Wiedervereinigung so manches falsch laufe. »Senator Weiss jedenfalls – und da stimme ich völlig mit ihm überein – ist nicht der Meinung, daß das westdeutsche Hochschulsystem als Vorbild für die neuen Bundesländer dienen sollte.«

Er sah, wie sich die Gesichter in Zustimmung öffneten. Gott sei Dank war keine Presse anwesend, denn öffentlich würde Weiss das niemals zugeben.

»Es ist selbst mehr als reformbedürftig. Wir hätten die Vereinigung zum Anlaß nehmen sollen, um auch unsere verkrusteten Strukturen zu reformieren. Ich will hier nicht die Forschung bewerten, das ist ein zu weites Feld. Aber in der Lehre sind Sie den westdeutschen Hochschulen sicher weit überlegen.«

Jetzt brandete Beifall auf, und zwar nicht das akademische Prügeln von Holz, sondern richtiges Theaterklatschen.

»Deshalb hat der Senator sich gedacht, es fehlt hier an Symmetrie. Vielleicht können Sie von uns lernen – obwohl ich nicht wüßte, was –, aber wir können sicher von Ihnen lernen. Deutsch-deutsche Symmetrie. Wir Westdeutschen müssen vor allem lernen zu lernen.«

Jetzt hatte er sie. Der Beifall wollte gar nicht mehr enden. In dieser Stimmung hätte er ihnen glatt eine neue Verpflichtungserklärung für das MfS abfordern können.

»Und deshalb sagt sich der Senator: Warum kehren wir nicht den Spieß um? Auch in westdeutschen Universitäten gab es Inoffizielle Mitarbeiter der Staatssicherheit. Nach ersten Schätzungen waren es zwanzigtausend. Das wäre doch ein lohnendes Thema für eine gemischte Historikerkommission. Und warum soll die nicht aus Wissenschaftlern aus Potsdam und Hamburg bestehen? Und wenn sich nachher herausstellt, daß darunter jemand ist, der Erfahrungen aus erster Hand besitzt: Wäre das ein Fehler? Wäre er nicht im Verbund mit kritischen Kollegen aus Ost und West, denen er sich nicht aus persönlichen, sondern aus wissenschaftlichen Gründen offenbaren müßte? Wäre das nicht ein echter Beitrag zur inneren Vereinigung? Ich kann mir sogar einen Namen für den Forschungsauftrag denken – im Kapitalismus muß ja alles eine Art Reklameetikett haben: Die West-Connection. Das ist es, was ich Ihnen vortragen wollte.

Selbstverständlich erwarte ich jetzt keine direkte Reaktion. Sie werden das erst unter sich besprechen wollen. Aber der Senator dachte, das ist nicht etwas, was man brieflich mitteilen sollte. Deshalb bin ich persönlich zu Ihnen gekommen. Sie sollen sehen, daß wir es ernst meinen. In Zeiten des Umbruchs, wenn die Routine zusammenbricht, steigen persönliche Beziehungen wieder im Wert. Und das kann vielleicht ein Gewinn für uns sein.«

Als er geendet hatte, wurde er geliebt. Er sah es an den Gesichtern. Hier waren Verhungerte, nach Zuwendung Dürstende, nach Liebe Süchtige, und er hatte sie mit seiner Verlogenheit freigebig gespendet. Aber das war am Anfang seines kleinen Vortrags gewesen. Als er bemerkte, wie gierig sie das Manna seiner Worte verschlangen, schlich sich immer mehr Überzeugung in seine Worte. Innerhalb von wenigen Minuten war Daniel zum überzeugten Propheten geworden. Mein Gott, fuhr es ihm durch das Herz, war er in seinen politischen Überzeugungen genauso wankelmütig wie in seinen erotischen Beziehungen? Brauchte er nur die Wirkung seiner eigenen Ausstrahlung zu sehen, und schon war er ein Überzeugungstäter? Irgendwie mußte er porös sein, seine Ich-Grenzen waren nicht in Ordnung, er stand in osmotischem Gefühlsaustausch mit seiner sozialen Umgebung.

Und die gegenwärtige soziale Umgebung war begeistert. Nachdem der Vorsitzende die Sitzung beendet hatte, drängten sich die Mitglieder um Daniel. Jeder wollte an seinem Charisma teilhaben. Jeder wollte ein Wort mit ihm wechseln und ihm einmal auf die Schultern klopfen. »Bravo, Kollege!« »Das hätte schon lange mal gesagt werden müssen.« »Vorzüglich formuliert!« »Wenn doch alle aus dem Westen soviel Verständnis hätten!« »Wollen Sie heute abend zu mir kommen? Ich wohne ganz nahe am Holländischen Viertel.« »Kennen Sie Professor Merkel aus Hamburg? Grüßen Sie ihn von mir.« »Würden Sie mich schon mal in die Liste für die Kommission aufnehmen? Ich bin zwar Wirtschaftshistoriker, aber ich hätte Interesse.«

Als sie langsam aus dem Saal nach draußen in die Vorhalle drifteten und Daniel sich die Komplimente des großen Vorsitzenden anhörte, sah er plötzlich unter den Anwesenden das Gesicht von Vanessa. Er wollte grade auf sie zueilen, da bemerkte er neben ihr zwei verdächtig unverdächtige Herren in billigen Anzügen. Einer von ihnen ging ihnen ein paar Schritte entgegen und zückte einen Ausweis. »Kriminalpolizei Potsdam, Inspektor Buchholz. Das ist Kriminalassistent Lauterbach. Sind Sie Professor Hofmann, Direktor des Historischen Seminars?«

Hofmann nickte beklommen. »Ja, der bin ich. Was gibt's?«

»Arbeitet bei Ihnen ein gewisser Professor Pfeiffer? Besitzt einen BMW mit Hamburger Kennzeichen?«

»Ja.«

Der Inspektor nahm eine amtliche Miene an, holte Luft und nahm einen Anlauf. »Ich muß Ihnen leider eine betrübliche Mitteilung machen. Ihr Kollege Professor Pfeiffer ist tot.«

Hofmann verstand nicht. Daniel verstand nicht. Niemand verstand etwas. Was sollte das heißen: tot? Gestern war er doch noch lebendig.

»Er ist heute nacht hinter Töplitz von der Brücke über den Großen Zernsee abgekommen und mit seinem Auto in den See gestürzt. Offenbar ist der Wagen zu schnell versunken, als daß er noch hätte aussteigen können. Oder er war schon vorher ohnmächtig, schließlich hatte er die Mauer der Brücke durchbrochen.«

»War ein anderes Auto beteiligt?« fragte Daniel.

»Komisch, das hat sie mich auch gefragt.« Der Inspektor zeigte auf Vanessa. Erst jetzt bemerkte sie auch der Vorsitzende und schüttelte ihr die Hand.

»Wer sind Sie?« fuhr der Inspektor an Daniel gewandt fort. »Kannten Sie den Toten?«

Hofmann stellte ihn vor und bat sie dann alle vier in sein Büro.

Sie setzten sich. Der Inspektor konsultierte sein Notizbuch. Er blickte dann Vanessa an. »Ist das also der Herr, von dem Sie erzählt haben? Dr. Daniel Dentzer?«

Sie nickte.

Zu Hofmann und Daniel gewandt: »Sie haben doch nichts dagegen, wenn ich Ihre Angaben mit denen von«, er blickte in seine Notizen, »von Frau Steinbrück vergleiche?« Beide signalisierten ihre Zustimmung.

Er wandte sich Daniel zu: »Wann haben Sie Professor Pfeiffer zum ersten Mal gesehen?«

»Gestern im Gästehaus der Universität.«

»Erinnern Sie sich an die Uhrzeit?«

»Es könnte so gegen sechs, halb sieben gewesen sein.«

»Haben Sie sich zufällig getroffen?«

»Ich habe Dr. Dentzer dorthin geschickt«, warf Hofmann ein, bevor der Inspektor ihn stoppen konnte.

»Was war der Zweck Ihrer Begegnung?«

»Wir wollten die Gründung einer gemeinsamen Arbeitsgruppe aus Hamburger und Potsdamer Historikern besprechen.«

»Sie waren also dienstlich hier in Potsdam?«

»Ja.«

»Und Frau Steinbrück begleitet Sie?«

»Ja, als meine Assistentin.«

»Uns hat sie gesagt, daß sie hin und wieder in der Pressestelle des Senats arbeitet.«

»Das ist richtig. Sehen Sie, die Historikerkommission würde große publizistische Aufmerksamkeit auf sich ziehen, und da wollten wir von vornherein die Presseabteilung beteiligen.«

Der Polizist sah ihn skeptisch an. Daniel fragte sich, was er wohl mit diesem Schwachsinn anfing. Hoffentlich mußte er das nicht eines Tages vor dem Senator rechtfertigen.

»Wo haben Sie mit Professor Pfeiffer gesprochen?«

»Kurz im Gästehaus, dann auf einem Spaziergang im Sanssouci-Park, und schließlich, so ab 20 Uhr, im Cecilienhof.«

»Wie lange sind Sie da geblieben?«

»Bis gegen elf.«

»Sie waren die ganze Zeit über zu dritt?«

»Ja.«

»Worüber haben Sie gesprochen?«

»Über die Arbeitsgruppe, die wir gründen wollten, die Hochschulpolitik, die Notwendigkeit von Reformen.«

»Auch über persönliche Dinge?«

»Was meinen Sie damit?«

»Nun, persönliche Dinge eben, Gefühle, Enttäuschungen, Eheprobleme, frustrierten Ehrgeiz, so was.«

»Nein.«

»Vielleicht erinnern Sie sich nur nicht. Viele Wessis kommen hierher mit großen Erwartungen. Oder sie gehen von zu Hause fort, um einer ungeliebten Ehefrau zu entkommen und sich hier eine Geliebte zu nehmen, oder einfach um aus ihrer Situation auszubrechen. Und wenn sie dann enttäuscht sind, verlieren sie den Halt.«

»Sie denken an Selbstmord?«

»Hatte Pfeiffer über so etwas geredet?«

»Nein.«

»Sie haben also Ihrem Gespräch nichts entnehmen können, was auf so einen persönlichen Hintergrund deutet?«

»Nein.«

»Sie fanden ihn völlig normal? Ich meine seine Gemütsverfassung?«

»Ja.«

»Warum sind Sie mit zwei Autos zum Cecilienhof gefahren? Wäre es nicht natürlicher gewesen, daß Herr Pfeiffer Sie mitgenommen hätte, zumal Sie den Weg zum Cecilienhof doch nicht kannten, oder?«

»Das ist richtig. Aber Herr Pfeiffer wollte nach unserem Essen noch jemanden besuchen.«

»Um elf Uhr nachts? Fanden Sie das nicht eigentümlich?«

»Eigentlich nicht. Viele Professoren arbeiten nachts. Wenn der eine das vom anderen weiß, ist es nichts Ungewöhnliches, daß man sich noch zu so später Stunde besucht.«

»Sie haben also angenommen, er besucht noch einen Kollegen?«

»Ja, aber eher unbewußt. Genaugenommen habe ich mir gar nichts dabei gedacht. Aber ich muß es wohl über diese Annahme normalisiert haben.«

»Sie haben nicht geglaubt, er besucht eine Geliebte?«

»Nein.«

»Warum nicht? Wäre das nicht naheliegend?«

»Vielleicht. Aber bei Pfeiffer fiel einem das nicht ein. Er wirkte einfach nicht... nicht besonders romantisch.«

»Und Sie haben nicht über Liebe gesprochen?«

»Nein.«

»Wie kommt es dann, daß der Kellner ständig das Wort ›Liebe‹ aus Ihrer Konversation aufgeschnappt hat?«

Daniel sah Vanessa an. Sie schraubte die Augenbrauen nach oben. So ein Kellner war das also, noch immer im Dienst. Ein Lauscher und Horcher. Vielleicht hatte er sie deshalb ständig mit Rückfragen belästigt.

»Wahrscheinlich hat er sich verhört. Vielleicht hat er ›Liebe‹ mit ›Hiebe‹ verwechselt.«

»Haben Sie denn über Hiebe gesprochen?«

»Eigentlich nicht. Aber es könnte auch ›Diebe, Triebe, Siebe‹ gewesen sein, da gibt es viele Möglichkeiten für Mißverständnisse.«

Er sah, daß der Inspektor ihm nicht glaubte.

»Herr Inspektor, wir haben Herrn Pfeiffer gestern erst kennengelernt. Da spricht man nicht über Liebe. Und wenn wir das getan hätten, welchen Grund sollten wir haben, Ihnen das zu verheimlichen?«

»Tja...«, sagte der Inspektor mit dem Unterton »das möchte ich auch gerne wissen«. »Sie haben Herrn Pfeiffer dann nicht mehr gesehen?«

»Nein.«

»Auch nicht heute morgen? Sie waren doch mit ihm für die Sitzung verabredet. Wäre es da nicht natürlich gewesen, zusammen zu fahren?«

»Nein. Wir wollten Herrn Pfeiffer nicht dazu nötigen, uns seine Frühstücksvorräte zu opfern. Deshalb habe ich mit Frau Steinbrück zusammen in der Stadt gefrühstückt. Frau Steinbrück hat sich dann die Stadt angesehen, und ich hab mir ein Taxi genommen und bin zur Sitzung gefahren.«

Der Inspektor schaute von seinen Notizen auf.

»Das wäre erst mal alles.« Er blickte zu seinem Kollegen hinüber, ob er noch eine Frage hätte, aber der schüttelte leicht den Kopf. »Meine restlichen Fragen richten sich an Herrn Professor Hofmann.« Sie erhoben sich, um sich zu verabschieden. Hofmann wollte wegen der Historikerkommission wieder Kontakt aufnehmen. Er dankte Daniel für die verständnisvollen Worte, die er für seine Kollegen gefunden habe und die ja nun leider durch dieses traurige Ereignis überschattet worden seien, und er schüttelte ihm herzlich zum Abschied die Hand. Als sie schon in der Tür waren, wurden sie von der Stimme des Inspektors aufgehalten.

»Eine Frage habe ich doch noch: Warum sind Sie beide auf die Idee gekommen, daß noch ein anderes Auto im Spiel gewesen sein könnte?«

»Ist das nicht ganz natürlich? Wenn jemand von der Straße abkommt, liegt das doch häufig daran, daß er jemand anderem ausweichen muß. Gibt es denn keine Spuren?«

»Wir ermitteln noch.«

Daniel machte die Tür wieder zu. »Ich kann mir von dem Hergang überhaupt kein Bild machen. Was ist denn das für eine Brücke, von der er abgekommen ist?«

»Eine schmale Steinbrücke über das Verbindungsstück zwischen Großem Zernsee und Trebelsee. Sie ist seitlich durch Mauern begrenzt. Durch eine der Mauern ist der BMW durchgebrochen und in den See gestürzt. Da war kein anderer Wagen, die Brücke ist viel zu schmal. Und jetzt werden Sie mich entschuldigen. Ich muß noch das ganze Seminar befragen. Ihnen wünsche ich eine gute Fahrt nach Hamburg. Wenn ich Sie noch etwas fragen will, hat Professor Hofmann ja Ihre Telefonnummer, nehme ich an.« Und damit standen sie wieder im Flur des Hauptgebäudes der ehemaligen juristischen Hochschule des Ministeriums für Staatssicherheit in Potsdam-Golm.

Als sie draußen waren, brach bei Daniel die Panik durch, die er während der ganzen Zeit zurückgehalten hatte. Er faßte Vanessa bei der Hand und zerrte sie in Richtung Fahrstuhl. Er wußte, daß das sinnlos war, aber er konnte sich nicht mehr steuern. Er genierte sich sogar vor Vanessa, weil er ihr das Bild eines kopflosen Feiglings bot. Aber er hatte das Gefühl, daß sie in der Falle saßen, daß sie aus diesem Herzen der Finsternis nie wieder hinausfinden würden, und wünschte nichts sehnlicher, als wieder im Westen zu sein, jenseits der alten Grenze, wo die Verzweiflung keine Macht über sie hatte.

Als sie in den Fahrstuhl stiegen, um mit ein paar Mitreisenden nach unten zu fahren, zerrte Vanessa ihre Hand von ihm los. Draußen vor dem Eingang des Hauptgebäudes blieb Daniel eine Sekunde stehen und ging dann statt nach rechts, in Richtung Pförtnerhäuschen, nach links, um im weiten Bogen an verschiedenen Autowracks vorbei von der entgegengesetzten Seite zum Parkplatz und zu ihrem Auto zu gelangen. Von hier aus gesehen wirkten der weitläufige Parkplatz wie das Rollfeld eines

Flugplatzes und die Universitätsgebäude wie Hangars. Vanessa schimpfte und zeterte, weil sich ihr Rock in Stacheldrähten verhakte, über die sie kletterten, und weil ihre nackten Beine von Brennesseln verbrannt wurden.

Als sie sich ins Auto gewürgt hatten und an die Bahnunterführung gelangten, fuhr Daniel, statt in Richtung Autobahnauffahrt abzubiegen, auf die Rollbahn von Potsdam nach Brest-Litowsk und Minsk.

Vanessa protestierte. »Halt, halt, das ist die falsche Richtung, du mußt durch die Unterführung.«

Daniel fuhr weiter geradeaus. »Willst du, daß uns auf der Autobahn ein Unfall zustößt? Wir fahren jetzt zur Freien Universität nach Dahlem, da kenne ich mich aus. Wenn uns jemand folgt, schütteln wir ihn da ab.«

Offenbar bemerkte Vanessa, daß er dazu fest entschlossen war, denn sie widersprach nicht mehr. Schweigend rumpelten sie eine Weile über die Rollbahn, wieder an den Kasernen vorbei Richtung Sanssouci; wieder sahen sie plötzlich den Park mit dem Neuen Palais vor sich liegen, in dem sie gestern noch mit Pfeiffer im Dunkeln spazierengegangen waren. Aus diesem Dunkel war er nicht mehr aufgetaucht. Er hatte den Tag nicht mehr erlebt. Vor dem Gästehaus der Stasi parkte ein Polizeiauto. Gott sei Dank hatte Vanessa ihr Gepäck schon ins Auto gepackt, so daß sie nicht mehr anhalten mußten. Sie griff sich den Stadtplan von Berlin und Potsdam, um Daniel durch die Innenstadt zu lotsen und auf den Weg zur Glienicker Brücke zu bringen.

»Jetzt links, ach so, geht nicht, dann nimm die nächste, müßte die Charlottenstraße sein, Ja, das ist sie, und nun auf den Kirchturm zu. Ist das die Garnisonskirche, wo Hitler...? Ach, die gibt's nicht mehr? Das sieht ja aus wie der Arc de Triomphe wie heißt das hier? Communication? Bieg da ein – eigenartiger Name für eine Straße. Und jetzt mußt du auf die Berliner Straße. Oh, hast du das gesehen? Da war ein Schild ›Brandenburgisches

Wissenschaftsministerium‹. Schade, daß wir nicht am Holländischen Viertel vorbeikommen, ich habe es mir angesehen, sehr niedlich, überhaupt hat mir Potsdam gut gefallen.«

Säulenfronten, Obelisken, Straßenzüge aus dem 18. Jahrhundert glitten vorbei, aber Daniel hatte kein Auge für sie. Nur hin zur Glienicker Brücke. Sie fuhren jetzt über die Bundesstraße 1 durch die Berliner Vorstadt. Nur noch ein, zwei Kilometer, und sie waren wieder im Westen. Kein Spion, der aus der Kälte kam, konnte sich intensiver nach der Glienicker Brücke gesehnt haben, als es Daniel tat. Und da war sie, diese aus vielen Spionagefilmen bekannte Schleuse zwischen Ost und West, jetzt nur zwei unscheinbare niedrige Brückenbögen zwischen Jungfernsee und Havel. Und schon hatten sie die Grenze zwischen zwei Welten passiert.

Daniel fühlte sich erleichtert wie ein Flüchtling, der es grade noch geschafft hat. Seine Stimmung stieg rapide. Ja, er fühlte sich geradezu euphorisch. Es hätte nicht viel gefehlt, und er hätte zu singen begonnen. Sie fuhren jetzt flott geradeaus über die schnurgerade Königsstraße durch den Berliner Forst.

»Daniel?«

»Ich höre.«

»Statt hier Räuber und Gendarme zu spielen, sollten wir zum Berliner *Tagesspiegel* fahren. Da kenne ich einen Redakteur, der läßt mich bestimmt schnell einen Artikel in seinen Computer hacken, den faxe ich an meine Redaktion im *Journal* und schon ist die Sache öffentlich. Dann brauchen wir einen Unfall nicht mehr zu befürchten.«

»Das kann ich nicht machen.«

»Warum nicht?«

»Da ließe ich ja den Senator im Regen stehen. Schließlich hat er mich beauftragt, die Minenfelder zu erkunden, bevor sie hochgehen.«

»Der Senator, der Senator! Findest du nicht, daß du deine

Loyalität etwas übertreibst? Da passieren drei Morde, und du willst das immer noch unter dem Deckel halten? Wir wissen jetzt, was los ist, und du willst damit hinter dem Berg halten? Das geht nicht mehr, Daniel. Außerdem ist es viel zu gefährlich.«

»Wir wissen, was los ist? Alles, was wir wissen, ist, daß die Stasi die Morde begangen hat, um ihre Kreise zu schützen. Aber wer in Hamburg dazugehört, das wissen wir nicht.«

»Und was wäre, wenn der Senator selbst dazugehört?«

Daniel bremste scharf, und hinter ihm ertönte ein Hupkonzert. Erbitterte Autofahrer überholten ihn, die ihm vom Inneren ihrer Gefährte mit haßverzerrten Gesichtern und weit aufgerissenen Mündern tonlos Injurien entgegenschleuderten oder ihren Zeigefinger in die Stirn bohrten, als wollten sie ihn durch die Schädelwand stoßen.

»Was sagst du da?«

»Es wäre doch denkbar. Vielleicht hat er dich deshalb beauftragt herumzuschnüffeln, um rechtzeitig Bescheid zu wissen.«

Langsam fuhr Daniel wieder an. »Mein Gott, welch ein Gedanke! Weißt du, daß er mir den offiziösen Verhandlungsauftrag für Potsdam verweigert hat? Ich habe ihn von Rudinski.«

»Na, wenn das nicht verdächtig ist.«

»Andererseits, ich kann mir das einfach nicht vorstellen. Nicht bei Weiss. Wenn ich mir angucke, wofür er steht, wie er als Seiteneinsteiger in die Politik ständig gegen diese Parteiklüngel zu kämpfen hat. Das paßt einfach nicht zu ihm. Verstehst du, er ist doch der typische Quereinsteiger, den man wegen seiner fachlichen Autorität geholt hat. Der FDP-Chef sieht, daß er die alte Bildungspolitik einfach nicht weitermachen kann und daß er nach diesen Exzessen des Egalitarismus das Ruder herumreißen muß, wenn das Bildungssystem nicht völlig verkommen soll; dafür findet er aber in der eigenen Partei keinen geeigneten Mann...«

»Oder Frau.«

»Oder Frau. Also holt er sich den parteilosen Weiss. Der soll die Drecksarbeit machen und die notwendigen Grausamkeiten begehen, damit er sie notfalls dem Koalitionspartner in die Schuhe schieben kann. Er dient ihm zugleich als Ausputzer und als Sündenbock. Nein, der Weiss ist schon von seiner Position her ein Feind aller Seilschaften und Klüngel. Im Ministerium bei den Fachbeamten kommt er prima an, gerade weil er fachlich was drauf hat und nicht ständig parteipolitisch korrekten Blödsinn macht. Aber die Funktionäre hassen ihn. Was meinst du, wie viele es gibt, die sich da neue Posten versprochen hatten. Ich merke es doch auch. Selbst mir nehmen die Leute den Stallgeruch übel, den ich nicht habe. Nein, Vanessa, ich muß dem Weiss helfen. Erst kriegen wir raus, wer in Hamburg zur ehrenwerten Gesellschaft gehört, und dann gehen wir an die Öffentlichkeit.«

Inzwischen hatten sie die Thielallee passiert, und Daniel bog nach links in die Habelschwerdter Allee ein. Unter den Passanten nahm der Anteil von Studenten jetzt zu. Sie näherten sich der Freien Universität. Gegenüber der gigantischen Rostlaube des Gebäudes der Geisteswissenschaften bog Daniel in die Schwendener Straße ein und hielt dann auf einem Behinderten-Parkplatz.

»So, Vanessa, hier trennen wir uns. Du gehst jetzt in die Rostlaube, läufst durch die Gänge, bis du selbst nicht mehr weißt, wo du bist, und gehst dann zum Ausgang B1. Da steht dann das Auto. Ich lasse die Tür auf und lege den Schlüssel in den Kofferraum. Du fährst zum Bahnhof Zoo und wartest am Nordausgang auf mich. Die Züge nach Hamburg fahren immer 18 nach voll. Um 20 nach bin ich dann bei dir. Komm, laß uns jetzt nicht diskutieren, wir müssen diese Typen irgendwie abschütteln. Vergiß nicht: Ausgang B1 und am Zoo der Nordausgang. Bis dann.«

Widerwillig stieg Vanessa aus und verschwand im Hauptgebäude der Universität. Daniel fuhr in die Fabeckstraße und bugsierte den Wagen im Slalom zum Lieferanteneingang. Er parkte ihn und öffnete die Heckklappe, so als ob er gerade etwas ausgeladen hätte und in einer Minute zurück wäre. Gleichzeitig war dadurch das Nummernschild nicht mehr zu sehen. Er schaute sich um, legte schnell den Schlüssel unter die Kofferraumabdeckung und ging ins Gebäude. Sofort verschluckte ihn das Gefühl, einen Ozeanriesen betreten zu haben. Das Hauptgebäude der Freien Universität war aus Stahlblech gebaut wie ein Schiff, und die Böden der Korridore und Gänge waren mit einem genoppten Gummibelag ausgelegt. Unter den Tritten der hin- und hereilenden Studenten erklang deshalb ständig ein hohles Dröhnen, wie auf den Zwischendecks eines Schiffs. Und überall hörte man das unendlich gebrochene, von weit herkommende, abgeschwächte und resonanzverstärkte Trappeln der Füße. In diesem Sound-Labyrinth ging sofort alle akustische Orientierung verloren. Aber optisch war es nicht besser. Einen Außenkontakt gab es nicht. Die Gänge hatten keine Fenster. Statt dessen waren sie in verschiedenen Farben gestrichen, je nachdem auf welcher Ebene man sich befand, und zusammen bildeten sie ein rechtwinkliges Straßennetz in mehreren Stockwerken wie in New York mit Nummern statt Straßennahmen. Hier verirrten sich selbst Einheimische. Daniel hatte hier einmal einen Vortrag bei den Soziologen über sein Dissertationsthema gehalten, und eine Sekretärin hatte es unternommen, ihn zu seinem Hörsaal zu bringen. Nach endlosen Irrwegen waren sie schließlich bei einer Tür gelandet, und als seine Führerin sie aufsperrte, standen sie auf dem Dach. Das Gebäude war ein Bau für arithmetische Kaninchen, ein Labyrinth für Zwangsneurotiker und Fanatiker des rechten Winkels. Aber sich zurechtzufinden, war ungeheuer schwer. Das lag daran, daß alle rechten Winkel gleich waren und man sich, nachdem man fünfmal rechts und links abgebogen war, beim besten Willen nicht mehr an die Reihenfolge erinnern konnte. Das Ganze funktionierte wie bei verkehrsberuhigten Städten. Der Verkehr war doppelt so stark, weil jeder in dieser Wirrnis doppelt so lange unterwegs war. Daniel wechselte mehrmals die Stockwerke, durchquerte Toiletten, ging einmal rechts in einen vollbesetzten Hörsaal und links wieder hinaus und fand zurück zum Hinterausgang B1, stellte fest, daß Vanessa den Wagen gefunden hatte, durchquerte die überfüllte Cafeteria, trat aus dem Seitenausgang an der Klebitzstraße, lief ein paar Schritte zur U-Bahn-Station am Thielplatz, überquerte die Plattform, verließ sie wieder auf der anderen Seite und winkte ein Taxi heran. Durch Wilmersdorf und Charlottenburg chauffierte ihn das Taxi zum Bahnhof Zoo. Nachdem er bezahlt hatte, arbeitete er sich durch den Belagerungsring von vietnamesischen Zigarettenverkäufern, von Drogendealern, Strichern, Junkies und Huren, die den Bahnhof einfaßten wie ein Haufen Marketender Wallensteins Lager, und ging zum Fahrkartenschalter.

»Einmal Hamburg-Altona«, sagte er laut. »Kriege ich den noch um 15.18 Uhr? Okay, danke, Bahnsteig 4.«

Er hastete die Treppe hinauf, stieg in den Zug, öffnete die gegenüberliegende Tür nach außen, stellte sicher, daß kein Zug kam, und stieg auf der anderen Seite wieder aus. Unter den Augen erstaunt blickender Reisender auf dem gegenüberliegenden Bahnsteig kletterte er über die Gleise, sprang auf den Bahnsteig und lief zum Hinterausgang. Gott sei Dank, mitten zwischen Taxis parkte Vanessa. Er sah sich um, stieg ein, und Vanessa fuhr los.

»Mein Gott, deine Gangschaltung geht aber schwer! Wo fahren wir hin?«

»Du liegst schon richtig. Richtung Siegessäule und dann links. Dann sind wir beim Autobahnzubringer. Nein, *links*, links habe ich doch gesagt!«

»Du hast Richtung Siegessäule gesagt, und die ist rechts.«

»Oh, das war ja schon der Ernst-Reuter-Platz, ich habe gedacht, wir sind in der Budapester Straße, da hätten wir links zur Siegessäule gemußt. Du mußt umdrehen.«

»Das geht nicht, das siehst du doch.«

»Aber sieh doch, wir fahren auf das Brandenburger Tor zu. Das ist die falsche Richtung! Du fährst nach Osten, wir wollen nach Westen. Hamburg liegt im Westen!«

»Ich weiß, daß Hamburg im Westen liegt, du Arschloch!«

»Aber weißt du auch, wo Westen ist? Das ist da, wo die Sonne untergeht.«

Plötzlich machte Vanessa mit quietschenden Bremsen eine solche scharfe Kehrtwende, daß Daniel gegen die Tür gedrückt wurde. Ein Hupkonzert explodierte um sie herum, Bremsen kreischten, Autos schlidderten, und sie fuhren auf der Straße des 17. Juni in die Sonne Richtung Autobahnauffahrt.

## 20

Weiss hatte erstaunlich milde reagiert. Daniel hatte mit Wutausbrüchen, Vorhaltungen, Predigten und Politik- und Strategievorträgen gerechnet. Statt dessen hatte Weiss nur still dagesessen und sich von Daniel berichten lassen, was er in Potsdam herausgefunden hatte. Als er zu der Episode mit der gemischten Historikerkommission gekommen war, hatte er sogar gelächelt. Und dann hatte er ihn zu Steinert geschickt, um ihn zur Rede zu stellen. Nun saß Daniel in Steinerts Büro, dem Dekan gegenüber, und hatte ihm eine stilisierte Version desselben Berichts gegeben. Er wartete auf Steinerts Reaktion. Aber es kam keine Reaktion. Steinert starrte ins Leere. Er sah aus, als ob er ins Jenseits blickte. Hatte er überhaupt verstanden, worum es ging? Vielleicht sollte er die Pointe noch einmal wiederholen.

»Also, es sieht so aus, als ob Schneider seine Arbeit vom ersten bis zum letzten Wort von Schacht abgeschrieben hat.«

Mühsam zog Steinert seine Augen aus dem Jenseits zurück und stellte den visionären Blick langsam wieder auf Daniel ein.

»Ich habe schon verstanden, Herr Dentzer.« Er stand auf und ging hinter seinem Schreibtisch auf und ab. »Und ich kann Ihnen gar nicht sagen, wie sehr ich es bereue, daß wir den Schneider berufen haben.« Er straffte sich, als ob er einen Entschluß gefaßt hätte. »Sie begehen einen Fehler, einen einzigen, einmal, und schon sind Sie im falschen Fahrwasser und sind gezwungen, die falsche Strecke zu rudern. Morgen tagt der Untersuchungsausschuß, da werde ich aussagen. Und dann ...« Er blickte auf die Uhr. »Ich muß noch einige Unterlagen vorbereiten. Wenn Sie mich jetzt entschuldigen.«

Daniel zögerte. Steinert könnte ja auch einige Unterlagen vorbereiten, um damit zu verschwinden. Da hörte er draußen vor der Tür Stimmen.

»Sie können da jetzt nicht hinein! Der Herr Dekan ist beschäftigt.« Und schon sprang die Tür auf und Inspektor Heil kam hereingestürmt, begleitet von Vanessa und einer protestierenden Sekretärin.

»Wie können Sie sich unterstehen ...«

Heil zeigte seinen Ausweis. »Kriminalpolizei.« Das Wort hatte eine Wirkung wie »Geschäftsordnungsantrag«. Alles andere wurde zweitrangig. Es mußte Heil ein außerordentliches Selbstgefühl vermitteln.

Steinert bedeutete seiner Sekretärin, es sei alles in Ordnung, sie könne sie allein lassen, und zögernd zog sie sich zurück.

»Darf ich fragen ...«

»Das ist Frau Steinbrück vom *Journal.* Ah, Sie kennen sich bereits? Nun, ich mache es so verständlich wie möglich. Wir haben den Rädelsführer der Skinheads gefunden, die den Überfall während des Go-in bei Schneider begangen haben. Wir wissen jetzt, wer es war, aber wir kennen noch nicht sein Motiv. Der Kerl paßt nämlich nicht ins Bild, ganz und gar nicht. Frau Steinbrück hier erstaunt das aber überhaupt nicht. Sie behauptet nämlich, sie kennt sein Motiv. Und so machen wir einen Handel: Sie verrät mir das Motiv, und ich verrate ihr den Namen des Täters. Ist das soweit verständlich?«

Steinert nickte, aber bevor er etwas sagen konnte, herrschte der Inspektor sie alle an: »Setzen Sie sich.« Alle setzten sich brav. Der Inspektor fuhr fort: »Also, Frau Steinbrück sagt, Sie« – er zeigte mit ausgestreckter Hand auf Steinert – »kennen das Motiv. Und hier bin ich. Ich höre.«

»Ich habe gerade zu Herrn Dentzer gesagt, ich werde morgen vor dem Untersuchungsausschuß des Senats aussagen.«

Der Inspektor setzte eine scheußlich-süße Miene auf und flötete: »Das sollen Sie auch, da sollen Sie aussagen, soviel Sie wollen. Aber vorher müssen Sie bei mir aussagen. Das hier ist eine polizeiliche Ermittlung und kein Untersuchungsausschuß mit dem politischen Auftrag, alles unter den Teppich zu kehren.«

Steinert hüllte sich in Schweigen.

»Wenn Sie nicht reden, dann lege ich Ihnen Handschellen an und ziehe mit Ihnen so lange kreuz und quer über den Campus, bis Frau Steinbrück hier sämtliche Freunde von der Presse zusammengetrommelt hat. Na, wie würde Ihnen das gefallen? Ein kleiner Triumphzug über den Campus, begleitet von einer Wolke von Paparazzi? In einer halben Stunde ist das über die Agenturen gelaufen, und dann wissen auch Ihre Kollegen in Zürich und Harvard Bescheid.«

Steinert tat Daniel leid. Offenbar stand er leicht unter Schock. Er mußte sich wohl erst darüber klarwerden, daß sein öffentliches Leben zu Ende war. Er konnte ganz offensichtlich nicht mehr klar denken. Er mußte es ihm abnehmen.

»Herr Steinert weiß, daß Professor Schneider seine Doktorarbeit von vorne bis hinten von der Dissertation von Präsident Schacht abgeschrieben hat. Er hat es von Anfang an gewußt und hat es verschwiegen. Er hat dafür gesorgt, daß das Dissertationsexemplar von Schneider, mit dem man das hätte beweisen können, verschwand. Entweder weil er selbst von Enthüllungen bedroht war, wenn Schneider entlarvt wurde, oder weil er erpreßt wurde. Das ist es, was Herr Steinert Ihnen sagen möchte, denn mir gegenüber hat er es so gut wie zugegeben.«

Der Inspektor hatte die ganze Zeit, in der Daniel sprach, nicht ihn, sondern Steinert angesehen.

»Ist das wahr? Stimmt das, was Herr Dentzer sagt?«

Steinert preßte seine Kiefer aufeinander, bis die Muskeln hervortraten.

»Stimmt das so?« wiederholte der Inspektor.

Darauf erhob Steinert seine grauen Augen zu ihm und sagte: »Nein.«

Daniel wollte protestieren, wurde aber vom Inspektor gestoppt.

»Dann erzählen Sie mir doch, wie es wirklich war.«

Pause.

»Soll ich die andern hinausschicken? Nur wir zwei. Fällt es Ihnen dann leichter?«

Steinert winkte ab.

»Es ist nicht meinetwegen«, begann er endlich. »Es ist das Ansehen der Universität.«

»Klar. Das Ansehen der Universität«, sagte der Inspektor und suchte nach Schmutz unter seinen Fingernägeln, als ob dort das Ansehen der Universität verborgen läge.

»Ja, Ihnen mag das nichts bedeuten, aber ich habe dafür gelebt. Ich habe dafür gelebt, ihr das Ansehen wieder zurückzugeben, das ich ihr heimlich entwendet habe. Ich habe bezahlt. Und jetzt soll das alles umsonst sein.« Er machte eine Pause. »Hören Sie, Inspektor, kann ich Ihnen eine Frage stellen?«

»Wenn sie denn der Wahrheitsfindung dient.« Der Satz troff vor Sarkasmus.

»Gibt es für Sie kein höheres Gut als die Aufklärung eines Verbrechens? Etwa wenn durch diese Aufklärung, ein noch größeres Gut gefährdet wird?«

»Wenn Sie auf einen moralischen Deal hinauswollen, um etwas unter den Teppich zu kehren, vergessen Sie es. Das ist ja wie bei der Vergangenheitsbewältigung von früher: Der deutsche Name darf nicht beschmutzt werden, also verschleiern wir die Sauereien. Meinen Sie so etwas in der Art?«

Offenbar hatte der Inspektor den Nagel auf den Kopf getroffen, denn zu seiner Verwunderung sah Daniel, wie Steinert rot wurde. Der Inspektor sah auf die Uhr. »Also, ewig Zeit habe ich nicht. Was war nun mit der Dissertation von Schneider? Er hat sie also nicht von Schacht abgeschrieben? Ist es das, was Sie sagen wollen?«

»Ja.«

»Ja, er hat abgeschrieben, oder nein, er hat nicht abgeschrieben?«

»Es war andersherum.«

»Wie bitte? Was war andersherum?«

»Schacht hat von Schneider abgeschrieben.«

Vanessa und Daniel sahen sich an, und beide sahen den Inspektor an. Der Inspektor knipste unauffällig einen Minirecorder an, den er auf den Tisch gelegt hatte.

»Noch mal langsam. Sie sagen, Präsident Schacht hat seine Doktorarbeit von der von Professor Schneider abgeschrieben?«

Steinert nickte.

Der Inspektor beugte sich vor und schob dabei unauffällig den Minirecorder näher an Steinert heran.

»Ich glaube, es ist für uns alle einfacher zu verstehen, wenn Sie mal im Zusammenhang erzählen, Herr Steinert.«

Steinert schloß die Augen und nickte.

»Schacht und ich waren seit unserem dritten Semester befreundet. Wir hatten uns an der Universität in Freiburg kennengelernt, im Sommer 1966. Da hatte Georg Picht gerade sein Buch ›Die deutsche Bildungskatastrophe‹ geschrieben. Er unterrichtete damals am Birklehof-Internat in Hinterzarten bei Freiburg. Und der AStA-Vorsitzende – wie hieß er noch gleich, Ignaz irgendwie –machte daraus eine generalstabsmäßige Aktion. Er organisierte studentische Trupps, die schwärmten in die Kleinstädte und Dörfer in Baden aus und riefen in Gemeindesälen und Scheunen die Arbeiter und Bauern auf, ihre Kinder auf weiterführende Schulen zu schicken. Denn das war die Botschaft von Picht: Das verfluchte Klassensystem hindert Deutschland daran, seine Begabungsreserven bei nichtakademischen Schichten auszuschöpfen. Das Ergebnis unserer Kampagne war überwältigend: bis zu 40 Prozent mehr Anmeldungen beim nächsten Termin. Die Gymnasien platzten aus den Nähten.«

»Aber das war doch phantastisch«, warf Vanessa ein.

»Unterbrechen Sie gefälligst nicht«, wies der Inspektor sie zurecht.

»Also, in dieser Aktion haben Schacht und ich zusammengearbeitet. Dabei sind wir Freunde geworden. Er plante die Einsätze der Propagandisten und koordinierte ihre Aktionen, ich war Chefredakteur der Studentenzeitung und sorgte für den publizistischen Begleitrummel. Das Ganze nannten wir ›Student aufs Land‹. Und dann wurden wir, die Führungsfiguren der Bewegung, als fortschrittliche Elemente der Bundesrepublik in die DDR eingeladen. Als Gäste der Regierung und der Gewerkschaft Erziehung und Wissenschaft, um uns den polytechnischen Unterricht in der DDR anzuschauen. Den führten die grade ein, damals. Wir waren ungefähr zu fünft oder sechst, ein Mädchen war auch dabei, sonst alles Studenten. Ja, und da trafen wir zum ersten Mal auch zwei Herren der Staatssicherheit, das heißt, uns wurden sie als Professoren vorgestellt. Sehr angenehm wirkende

Leute, relativ jung, dynamisch und für Professoren äußerst burschikos. Sie duzten sich sogar, das hat uns ungemein gefallen. Sie haben den byzantinistischen Stil nicht mehr kennengelernt, der vor '68 in westdeutschen Universitäten üblich war. Das kann sich heute keiner mehr vorstellen. Aber es herrschte ein hieratisches Zeremoniell wie am Hofe der Pharaonen. Ein Ordinarius war damals ein höheres Wesen.« Er lachte kurz und trocken. »Phantastische Vorstellung, wie? Aber so war das damals. Und nun diese Professoren der DDR. Hemdsärmelig, kameradschaftlich, unkompliziert, mit einer positiven Vision. Volkserziehung. Irgendwie wirkten die wie aus einem Stück von Brecht. Pädagogisch und volkstümlich zugleich. Wie Azdak aus dem ›kaukasischen Kreidekreis‹. Und dann nahmen sie uns mit auf eine große Parteifeier in Leipzig. Man feierte gerade den 20. Jahrestag der Vereinigung von KPD und SPD zur SED. Die vereinigte Linke. Riesige Hallen voll Parteisoldaten und jungen Pionieren. Und dann Lieder von Ernst Busch aus dem Spanischen Bürgerkrieg: ›Das waren Tage der Brigade 11 und ihrer Freiheitsfahne / brigada internacional war stets ein Ehrenname‹. Kennen Sie das? Geht furchtbar unter die Haut... Kurz und gut, wir haben mit den beiden Professoren verabredet, wir wollten nach unserer Rückkehr in Kontakt bleiben, trotz des Kalten Kriegs. Wir haben furchtbar auf die jeweiligen kalten Krieger im eigenen Lager geschimpft. Wir waren für Verständigung durch Annäherung, unser Mann war Willy Brandt. Das galt auch für unsere beiden Gesprächspartner. Die fortschrittlichsten Kräfte beider Seiten sollten sich gegenseitig stärken. Also mußten wir Techniken verabreden, wie wir die Kontrollen der Bundesrepublik unterlaufen würden. Wir würden kontaktiert werden. Es gebe da bestimmte freundliche Buchhandlungen, auf jeden Fall sollten wir uns wechselseitig informieren und über unser politisches Umfeld berichten. Und so fing eben unsere Arbeit für die Stasi an.«

Steinert machte eine Pause.

»Wissen Sie, was ein Perspektivspion ist? Nein? Nun, wir waren, ohne es zu wissen, als Perspektivspione ausgesucht worden. Perspektivspione sind junge Leute, deren bisherige Biographien vermuten lassen, daß sie beruflich bis in Führungspositionen vorrücken werden. Sie werden angefüttert, so wie wir, bis sie soviel berichtet haben, daß sie an der Angel hängen. Dann kommt die Unterschrift unter die Verpflichtungserklärung. Dann nimmt man ihre berufliche Laufbahn selbst in Regie. Man hilft ihnen weiter, man beseitigt Rivalen, man ebnet Wege, und so machte man es auch mit uns. Als die Studentenrevolte ausbrach und sich abzeichnete, wo die Hochburgen sein würden, wurden wir nach Hamburg beordert. Natürlich waren wir inzwischen im SDS. Wir kriegten Anweisung, dauernde Verbindung zu den SDS-Führern zu halten, Schulungskurse zu besuchen, Veranstaltungen zu organisieren und Referenten zu gewinnen. Und immer wieder zu berichten. Dann gab es den gescheiterten Versuch, eine neue Sozialistische Partei in Westdeutschland zu gründen, um die APO unter die Kontrolle der Stasi zu bringen. Kurz vor dem internationalen Vietnamkongreß in Berlin 1968 wurde die Politik dann geändert. Jetzt setzte die Stasi auf Spaltung der APO. Wir kriegten Geld für einen ›Solidaritätsfonds für Freunde der außerparlamentarischen Opposition‹. Inzwischen waren wir beide Verwalter wissenschaftlicher Assistentenstellen geworden, Schacht in der Amerikanistik, ich in der Vergleichenden Sprachwissenschaft. Da mußte man innerhalb von zwei Jahren promovieren, sonst war man draußen. Aber wir kamen nicht dazu, wegen unserer vielfältigen politischen Arbeit. Mittlerweile war es 1971 geworden. Ich hatte wenigstens ein Manuskript, aber Schacht hatte gar nichts. Aber er war bereits Sprecher der Assistentenversammlung, eine mächtige Gruppe in der Universität. Inzwischen wurden fast alle Gremien drittelparitätisch gewählt, und für die Spitzenpositionen hatten die Assistenten fast immer die besten Chancen, weil sie von beiden Seiten, den Professoren und Studenten, wählbar waren. Als der Hamburger Senat ein neues Hochschulgesetz erließ und die Gruppenuniversität und die Präsidialverfassung einführte, lief die Präsidentschaft auf Schacht zu. Aber er hatte immer noch keine Dissertation. Da kriegte ich die Anweisung, sie ihm zu schreiben. Ich war inzwischen wesentlich weniger wichtig geworden. Meine Dienste bestanden darin, für Schacht den Steigbügelhalter zu spielen.«

»Und, haben Sie ihm eine Arbeit geschrieben?«

»Ich habe es versucht. Sein Thema war ›Die Selbstinterpretation der Moderne in Deutschland, England und Amerika‹. Später nannte er es: ›Angelsächsische Wege und deutsche Sonderwege‹. Also Modernisierungstheorie und historische Sonderwegsdebatte und so etwas, eigentlich ein Thema der Vergleichenden Kulturgeschichte. Ich hatte von der Sache keine Ahnung, also verbrauchte ich nur Zeit. Die Sache wurde immer dringlicher. Schachts alter Doktorvater war eine Seele von Mensch, zurückgekehrter Emigrant mit linken Sympathien, der dem Schacht seine politischen Aktivitäten nachsah. Aber auch er konnte nicht dauernd die Verlängerung von Schachts Assistentenvertrag empfehlen, ohne eine Seite Manuskript gesehen zu haben. Inzwischen saß der Schacht schon über drei Jahre auf der Stelle. Und da bot die Stasi Hilfe an: eine Arbeit aus der DDR, die hier niemals gelesen werden würde und selbst in der DDR geheim wäre. Dasselbe Thema, ganz frisch hergestellt. Man brauchte nur den Titel, die Bibliographie und ein paar DDR-Spracheigentümlichkeiten zu ändern, denn sozialistisch und antikapitalistisch war man ja inzwischen auch in der BRD. Zur Ehrenrettung von Schacht muß ich sagen, daß er zunächst ablehnte. Er schlug vor, für einige Zeit aus der politischen Arbeit auszusteigen, um zu promovieren. Er würde es schon schaffen. Aber dann las er die Arbeit selbst, und ihm wurde klar, sie war wirklich gut, sie war richtig genial. So etwas würde er nie alleine zustande bringen. Und danach schien ihm alles, was er selbst zusammenschreiben konnte, banal und fade. Er war wie gelähmt. Er hatte etwas Vorzügliches gesehen und konnte nicht mehr unter dieses Niveau zurück. Und er übernahm die Arbeit. Er promovierte summa cum laude – alle waren erstaunt, wie er das nebenbei geschafft hatte – und wurde festangestellter Assistent, danach zum Sprecher der Bundesassistentenkonferenz gewählt und zwei Jahre später zum Präsidenten der Universität Hamburg.«

Als Steinert eine Pause machte, brauchten alle drei eine Zeitlang, um die Bedeutung dieser Mitteilung zu verdauen. Ganz langsam wurde es Daniel klar, daß die ganze Hochschulpolitik in Hamburg seit den 70er Jahren – die Überleitung der Professoren, der Verfall der Standards, die Organisation der Gruppenuniversität, die Bürgerkriege innerhalb der Hochschule – von der Stasi mitgesteuert worden war.

»Wurde Schneider also berufen, weil er mit Enthüllungen gedroht hat?« nahm der Inspektor die Befragung wieder auf.

»Er hat nicht gedroht, aber in Potsdam stand er kurz vor der Abwicklung. Man hätte ihn hinausgeworfen, und dann wäre er unberechenbar geworden. Wir mußten ihm diesen Ruf geben, wir hatten keine Wahl.«

Daniel meldete sich. »Darf ich eine Frage stellen?«

Der Inspektor erlaubte es ihm.

»Haben Sie dafür gesorgt, daß Herr Pfeiffer in Potsdam einen Ruf erhielt?«

Steinert sah ihn vielsagend an. »Das wurde ohne uns erledigt.«

»Daß man Pfeiffers Auto aufbrach und die Dissertation von Schneider daraus stahl – wurde das auch für Sie erledigt?«

»Hat Pfeiffer das erzählt?« fragte der Inspektor schnell.

Daniel nickte. Er mußte ja nicht wissen, daß er es zuerst vom Pförtner in Potsdam erfahren hatte.

»Wo ist die Dissertation jetzt? Haben Sie sie?«

Steinert schüttelte den Kopf. »Das ist ja das Rätsel. Wir hatten sie, aber dann ist sie wieder verschwunden. Allerdings sind unsere Büros alles andere als sicher. Schon allein die Putzkolonnen sind unkontrollierbar. Morgens habe ich schon manchen vergessenen Asylantrag auf meinem Kopierer gefunden.«

Daniel mußte daran denken, wie er beim letzten Mal hier in seinem Büro mit Steinert gesprochen hatte und wie sein Urteil damals durch die überaus positive Meinung des Senators über Steinert getrübt worden war. Er hatte ihn sogar darauf aufmerksam gemacht, daß der Titel von Schneiders Dissertation schon in anderen Bibliographien auftauchte, bevor sie angeblich eingereicht worden war, ohne selbst daraus die naheliegenden Schlüsse zu ziehen.

»Laut Gutachten hat Schneider seine Arbeit 1974 eingereicht«, sagte er. »Aber Schacht ist mit seiner Kopie schon Anfang 1973 fertig gewesen. Heißt das, die Kommission hat bewußt falsche Angaben gemacht, um die Entdeckung von Schachts Plagiat zu verhindern?«

Steinerts Augen wurden dunkel. »Das war ein Versehen.«

Daniel sah den Inspektor an. Der Inspektor betrachtete Steinert. Steinert blickte finster und undurchdringlich zurück.

»Wessen Versehen?« fragte Inspektor Heil.

»Des Kommissionsvorsitzenden Brandl.«

Daniel wußte, daß alle wußten, daß alle wußten, daß Steinert log; und daß sie ein paar Minuten brauchten, um durch alle Schleifen dieser reflexiven Achterbahn zu fahren, um einzusehen, daß er durch Dick und Dünn bei dieser Lüge bleiben mußte. Und obwohl er das alles sah, konnte Daniel der Versuchung nicht widerstehen. »Aber ich habe Sie doch schon bei unserem letzten Gespräch darauf aufmerksam gemacht, daß der Titel von Schneiders Dissertation in einer Bibliographie von 1972 auftaucht. Erstens war sie ja dann doch nicht so geheim...«

»Aber Sie wissen doch, wie das ist: Schneider hatte Wallerstein und Weintraub auf einem Kongreß getroffen. Und wenn es um ihre Bibliographien geht, sind diese Amerikaner Jäger und Sammler ...«

»... und zweitens frage ich mich, warum Sie mich nicht schon damals auf das ›Versehen‹ des Vorsitzenden Brandl hingewiesen haben. Lag das vielleicht daran, daß Sie sich mit Brandl noch nicht auf die Sprachregelung ›Versehen‹ geeinigt hatten?«

Aber da griff der Inspektor ein. »Wir sollten die Aussage von Herrn Steinert erst einmal so stehen lassen«, bemerkte er. Er hatte offenbar gleich gesehen, daß hier eine Sackgasse lag. Daniels Respekt vor ihm stieg.

»Ich habe noch eine andere Frage.« Der Inspektor bedeutete ihm fortzufahren. Er wandte sich wieder an Steinert. »Was ist aus den vielen Mitstreitern der Bewegung wie hieß sie noch? – ›Student aufs Land‹?« Steinert nickte. »Was ist aus denen geworden?«

Steinert lächelte jetzt. »Einer wurde Staatssekretär im Bildungsministerium eines Bundeslandes, ein anderer Kanzler einer Universität, der dritte Kultusminister in einem weiteren Bundesland, und das Mädchen wurde Ministerialdirigentin im Bundesforschungsministerium.«

»Also, ein Großteil der Bildungspolitik unseres Landes wird nach wie vor von der Stasi gelenkt?«

»Wundert Sie das, so ruinös wie sie aussieht?«

»Bevor wir uns auf dieses Feld begeben«, nahm der Inspektor wieder das Wort, »was wissen Sie über das Go-in und den Skinhead-Überfall?«

Steinert hob abwehrend die Hände. »Darüber weiß ich gar nichts. Glauben Sie mir, damit habe ich nun wirklich nichts zu tun. Natürlich war ich beunruhigt, daß der Schneider plötzlich so angegriffen wurde. Damit hatte ja niemand gerechnet.«

»Und Präsident Schacht, war der nicht auch beunruhigt?«

»Der war in Amerika. Er hat erst nach seiner Rückkehr davon erfahren.«

Der Inspektor wandte sich an Daniel. »Herr Dentzer, Sie waren mit Frau Krakauer befreundet. Wissen Sie, wie lange vorher das Go-in schon geplant war?«

Daniel hatte erst am Vortag davon erfahren, aber am besten verschwieg er auch das. Er mußte ja dem Verdacht vorbeugen, etwas mit den Graffiti zu tun zu haben. Diese wilden Behauptungen von Kornblum hatten ihm einen richtigen Schrecken versetzt. Er schüttelte den Kopf. »Ich habe überhaupt nicht gewußt, daß sie etwas planten.«

»Warum haben Sie dann ein NDR-Kamerateam bestellt?«

Oh Gott, er hatte einen Fehler gemacht. Das hatte er ja ganz vergessen. Dieser Inspektor war offenbar scharfsinniger, als er aussah. Aber lag darin nicht die Gefährlichkeit dieser Befragungsexperten, daß man sie unterschätzte? Plötzlich fühlte er wieder Mitleid mit Steinert. »Ach so, Sie haben ja recht. Also, Frau Krakauer hat mich darum gebeten.«

»Und sie hat Ihnen nicht erzählt, was die dort aufnehmen sollten?«

»Nein.«

»Und Sie haben sie nicht gefragt?«

»Doch. Aber sie hat mir wohl nicht getraut. Sie muß geglaubt haben, daß ich es vorher verraten würde. Sie wußte, ich war gegen diese Hexenjagden und Demonstrationen der politischen Korrektheit.«

Der Inspektor gab sich offenbar zufrieden und wandte sich wieder dem Dekan zu.

»Herr Steinert, bleibt es dabei, Sie sagen morgen vor dem Untersuchungsausschuß aus?«

»Ja.«

»Wieweit kann man sich darauf verlassen, daß das, was da gesagt wird, vertraulich bleibt?«

»Ein paar Tage, dann sickert es durch.«

»Herr Dentzer?«

»Das würde ich auch schätzen.«

»Gut. Dann muß ich Sie bitten, alles, was Sie mir bisher erzählt haben, noch mindestens ein paar Tage vertraulich zu behandeln. Vor allem möchte ich nicht, daß Sie Schacht informieren, das könnte die Ermittlungen empfindlich stören. Ihre umfassende Erzählung, Herr Steinert, wird Ihnen in einem etwaigen Prozeß gegen Sie sicher sehr positiv angerechnet werden. Wenn Sie jetzt Schacht informieren, verscherzen Sie sich den Bonus wieder. Haben Sie verstanden? Und ich bitte Sie, jetzt keine Kurzschlußhandlungen. Moralisch mag das alles zweifelhaft sein, was Sie getan haben, und Ihrer Reputation an der Hochschule haben Sie auch keinen Gefallen getan. Aber juristisch ist vieles verjährt und anderes nicht ohne weiteres nachweisbar, oder einfach nicht inkriminierbar. Die Klüngelei in der Berufungssache grenzt an Korruption, aber ob sie strafbar ist, weiß ich nicht. Also, so viel haben Sie nicht zu befürchten. Und wenn Sie unser Kronzeuge gegen Schacht werden, noch weniger. Ich hoffe, wir haben uns verstanden.« Mit einer geschickten Handbewegung steckte er seinen Minirecorder in die Tasche und stellte ihn dabei aus. Dann erhob er sich und forderte Daniel und Vanessa auf, mit ihm zu kommen. Schließlich wollte er seinen Teil des Handels einlösen.

Auf der Fahrt ins Kommissariat in der Oberstraße war er einsilbig. Er wollte nicht sagen, was sie über das Go-in herausbekommen hatten, sie sollten es sich selbst anhören. Das sei zwar gegen die Dienstvorschrift, aber wenn es die Ermittlungen weiterbringe, würden die Vorgesetzten ein Auge zudrücken.

In der Oberstraße führte sie der Inspektor an verschiedenen Büros vorbei zu einer jener Vernehmungszellen, die wie eine Mischung aus Rundfunkstudio und Aquarium gebaut sind: In einem hell erleuchteten Raum saß an einem Tisch ein junger Mann mit extrem kurzgeschnittenen Haaren, der von dem Kriminalassistenten Sigrist vernommen wurde. Sie selbst konnten in einem getrennten Raum durch eine einseitig durchsichtige Scheibe alles sehen und über eine Sprechanlage mithören.

»Der Typ da war bei dem Überfall dabei. Wir haben ihn eindeutig identifiziert. Und dabei hat uns der Schneider geholfen. Wir arbeiten doch schon seit einiger Zeit mit ihm und anderen Profs zusammen. Und da hat er uns auf die Idee gebracht, den Film des NDR-Teams auf identifizierbare Stimmprofile hin zu untersuchen. Wir haben das Professor Faber vom Phonetischen Institut vorgelegt, und richtig, auf dem Film ist über dem ganzen Geschrei eindeutig das Kommando ›Greift euch den Prof‹ zu hören. Durch ich weiß nicht welche Analysen kriegt der Faber raus, daß es sich um einen zirka 25jährigen Mann handelt, der wahrscheinlich filterlose Zigaretten raucht, starkem Alkoholkonsum frönt, in Lörrach aufgewachsen ist und schon einige Zeit in Hamburg lebt. Und tatsächlich, so einen hatten wir in der Kartei. Auffällig geworden bei zahllosen Demos, zeitweiliger Bewohner der Hafenstraße. Und wissen Sie, was er uns erzählt? Er gehört zu einer Art Wohngemeinschaft oder Kollektiv, das sich als Prügeltruppe für Demos anheuern läßt. Davon leben sie. Sie haben schon für alle möglichen Auftraggeber geprügelt. Meistens geht es darum, irgendwelche feindlichen Demonstranten zu zerstreuen, oder durch Exzesse, die sie in deren Namen begehen, zu diskreditieren. Die Auftraggeber sind häufig ausländische Botschaften oder Konsulate, die keine eigenen Truppen im Land haben. Libyen, der Irak, der Iran, manchmal wurden sie von den Türken gegen die Kurden angesetzt, und manchmal von den Kurden gegen die Türken. Allerdings, als Neonazis waren sie noch nie angeheuert worden. Die prügeln sonst immer selbst. Aber diesmal sollten ja Neonazis gemimt werden. Und für solche Auftritte wurden sie vorher geschult. Und jetzt hören wir mal in die Befragung rein, dann werden Sie erfahren, wer die Schulungen durchgeführt hat.«

Er drückte auf einen Knopf im Pult vor dem Fenster, und über ein Mikrophon hörten sie die kratzenden Stimmen des Skinheads und des Kriminalassistenten Sigrist.

Sigrist: War dir das denn völlig egal, den Schädel zu rasieren? Die Leute mußten dich doch für einen Nazi halten. Hat dir das nichts ausgemacht?

Skin: Nöö (lacht), da habbe die Leute Reschpekt vor einem ghabt (sein Lörrachisch war wirklich gut durchzuhören). Außerdem wachst's ja widder.

Sigrist: Und du sagst, das Rollenspiel hat euch Spaß gemacht?

Skin: Seitdem wir das richtig trainiert habbe, hat's noch mal soviel Freud gmacht. Da hab ich mich gfragt, ob ich nit Schauspieler werden könnt.

Sigrist: Bei deinem Dialekt?

Skin (hochdeutsch): Ich habe ja auch Sprechtraining gemacht. Jetzt hören Sie nichts mehr, odder?

Sigrist: Was? Ihr habt alle Sprechtraining gemacht, nur um in einer Demo echt zu wirken?

Skin: Die anderen nicht, nur ich. Ich habe dann auch bei der Inszenierung geholfen, Kulissen gemalt, Plakate verteilt, so was. Und vielleicht hätte er mich nächstes Mal mitspielen lassen.

Sigrist: Du meinst Kornblum?

Wie aus einem Munde riefen Vanessa und Daniel: »Was? Kornblum?« Aber der Inspektor gebot ihnen zu schweigen.

Skin: Ja, er war doch der Regisseur, und er kann wirklich was. Er konnte die Leute verwandeln, er kann auch sich selbst verwandeln.

Sigrist: Wer war euer Auftraggeber bei dem AstA-Goin?

Skin: Das weiß ich nicht, das macht der Manni.

Sigrist: Manfred Berger?

Skin: Entweder kriegt er ein Telefonat, oder er trifft jemanden.

Sigrist: Aber diesmal wollte Kornblum selbst mitmachen. Kam euch das nicht komisch vor?

Skin: Nöö, wieso? Wir haben alle gedacht, er wollte mal das echte Gefühl haben, sehen wie das ist. Er wußte ja, das törnt richtig an. Gewalt ist 'ne Droge, verschtehsch. Der wollte das mal versuchen.

Sigrist: Aber ein Jude einen Neonazi spielen? Findest du nicht, daß das ein bißchen weit geht?

Skin: Der und Jude? Weil er Kornblum heißt? Der hat den Juden doch nur gespielt. Der hat sich damit wichtig gemacht. Das hat er mir selbst erzählt, und ich habe es auch gesehen. Der ist kein Jude.

Sigrist: Was hast du gesehen?

Skin: Na, seinen Pimmel! Völlig unbeschnitten, volle Vorhaut, rein arisch. Er sagt ›prolet-arisch‹ (lacht). Dauernd macht er diese Wortwitze. ›Veget-arisch‹, ›kulin-arisch‹, so was.

Sigrist: Aber nachher hast du gemerkt, warum er wirklich dabeisein wollte?

Skin: Ja, er hatte es auf die Frau abgesehen, verschtehsch. Wir wollten doch nur Spektakel machen, den AStA kompromittieren und den Prof einschüchtern.

Sigrist: Du hast bei dem Go-in geschrien: ›Greift euch den Prof!‹ Wieso wolltet ihr den greifen, was wolltet ihr mit dem machen?

Skin: Verhindern, daß er abhaut. Wir hatten doch den Auftrag, ihn kurz in die Mangel zu nehmen. Er sollte die Schnauze halten, sonst würde er kaltgemacht. Das sollte ich ihm sagen. Und daß er die Doktorarbeit verschwinden lassen soll.

Sigrist: Welche Doktorarbeit?

Skin: Keine Ahnung, aber das sollte ich ihm sagen.

Sigrist: Und, hast du's ihm gesagt?

Skin: Ja, ich hab ihn von hinten mit einem doppelten Nelson gepackt und es ihm geflüstert.

Sigrist: Weißt du, daß das ein Fehler war? Er hat dich am Dialekt wiedererkannt. Und wir hatten dein Geschrei auf dem Film. Du brauchst also noch mehr Sprachtraining von Kornblum.

Skin: Scheiß-Dialekt, muß ich mir abgewöhnen.

Sigrist: Wo war Kornblum während des Überfalls?

Skin: Weiß ich nicht genau, aber er hat sich wohl um die AStA-Frau gekümmert.

Sigrist: Du meinst, er hat ihr eins verpaßt?

Skin: Sieht so aus.

Sigrist: Und warum hat er das getan?

Skin: Er war eben stinkig auf sie.

Sigrist: Warum?

Skin: Warum, warum ...? Warum ist ein Kerl stinkig auf 'ne Braut? Weil sie ihn nicht rangelassen hat. Er war eben nicht beschnitten.

Sigrist: Hat er das gesagt?

Skin: So ungefähr. Jedenfalls hat er auf sie gestanden. Er war ganz verrückt nach ihr. Das war schon 'ne richtige Krankheit, war das. ›Es gibt auch noch andere Bräute‹, hab ich ihm gesagt. Aber davon wollte er nichts hören, er wollte nur sie. Und nachher, als sie im Koma war, ist er jede Nacht hin und hat mit ihr geredet.

Sigrist: Woher weißt du das?

Skin: Hat er mir selbst erzählt.

»So ein Schwein!« sagte Daniel.

Der Inspektor schaltete das Mikrophon aus und wandte sich den beiden wieder zu.

»Na, was halten Sie davon? Ist er glaubwürdig? Kennen Sie diesen Kornblum?«

»Wir haben ihn beide am Abend der Premiere von ›Viel Lärm um nichts‹ zum ersten Mal gesehen. Er ist der Regisseur der Studiobühne. Und zufällig sind wir in der Kneipe gelandet, in der die Truppe ihre Premierenfeier abgehalten hat.« Und Daniel dachte mit Ekel an Kornblums Auftritt.

»Ich habe ihn dann noch mal auf Hannahs Beerdigung gesehen. Danach habe ich ihn gebeten, mir Hannahs Wohnung zu zeigen – ich suche nämlich eine neue Wohnung und tatsächlich hatte er einen Schlüssel. Er hat sie mir dann gezeigt. Erst schien er von der Erinnerung und der Trauer überwältigt, und dann hat er versucht, mich zu vergewaltigen.«

Der Inspektor wurde plötzlich sehr aufmerksam.

»Er hat ... Aber er hat es nicht geschafft, hoffe ich ...«

»Nicht ganz.«

»Würden Sie das vor Gericht beschwören?«

»Ja.«

»Na, wunderbar. Dann kriegen wir ihn erst mal wegen versuchter Vergewaltigung dran. Da schicken ihn mir die Richter nicht so schnell auf Erlebnisurlaub, und wir können ihn wegen der anderen Sache grillen.« Er wandte sich an Vanessa und zögerte. »Hatten Sie vielleicht während der Vergewaltigung Gelegenheit ... ich meine, stimmt das, was unser Freund da sagt«, er wies mit dem Kinn auf den Skinhead, »was er da über den arischen Stammbaum von Kornblum sagt ...?«

Vanessa begriff offenbar nichts. Daniel kam dem Inspektor zu Hilfe. »Ob du seinen unbeschnittenen Penis gesehen hast, möchte der Inspektor wissen.«

»Oh, das, nein, habe ich nicht. Er hat es ... also, er hat mich von hinten gegen das Fenster gedrückt ...«

»Und wie sind Sie ihn losgeworden?«

»Ich habe plötzlich eine Vision gehabt. Wie er mich so gegen die Wand gedrückt hat, so mit gezücktem Instrument, da habe ich ihn vor mir gesehen, wie er mit tropfendem Pinsel nachts die Graffiti an das Audimax malte, und da habe ich ihm gesagt: ›Du warst das mit den Graffiti‹. Das traf ihn wie ein Tritt. Er taumelte zurück, und ich sprintete aus der Wohnung.«

Der Inspektor hatte unauffällig seinen Recorder wieder in Betrieb gesetzt. »Das ist ja wunderbar. Er hat also die ganze Sache vorher geplant. Langsam nimmt der Fall Konturen an. Wenn ich recht sehe, ist die AStA-Vorsitzende einem unglücklichen Zusammentreffen zum Opfer gefallen. Die Stasi gibt den Überfall in Auftrag, erstens um den AStA zu diskreditieren und zweitens um den Schneider zu warnen. Und zufällig dient der erfolglose Verehrer der AStA-Vorsitzenden als Schauspiellehrer der Überfalltruppe und nutzt das für seine Rache aus. Sehen Sie das auch so?«

Beide zögerten.

»Also, Sie sehen das nicht so. Dann sagen Sie mir, was ich noch nicht weiß.«

Vanessa rückte auf ihrem Stuhl hin und her. »Also gut«, begann sie. »In der Wohnung von Hannah, vor der versuchten Vergewaltigung, habe ich die Anzeige eines Titelhändlers gefunden. ›Biete Hilfe bei Promotion‹, oder so ähnlich. Ich habe ihn angerufen, es meldet sich ein Dr. Feldmeyer, ich treff mich mit ihm im Atlantic und geb mich als Personalberaterin aus. Er erzählt mir dies und das, am nächsten Tag wird er aus dem Hafen gefischt.«

»Und das haben Sie nicht der Polizei gemeldet?«

»Was sollte ich denn melden? Über die Stasi-Connection wußte ich doch noch gar nichts. Erst später ist mir klargeworden, daß die AStA-Vorsitzende auch schon bei dem Titelhändler war und daß man ihn daran hindern wollte, mir das zu erzählen. Also hat die Stasi ihn umgebracht. Aber wenn das stimmt, muß sie geglaubt haben, auch die AStA-Vorsitzende wäre der Sache mit der Doktorarbeit auf der Spur, und dann hätte die Stasi sie umgelegt und nicht dieser Kornblum.«

Der Inspektor überlegte. »Tja, da könnten Sie recht haben. Diesen Feldmeyer-Fall bearbeitet ein Kollege, mit dem muß ich mich erst in Verbindung setzen.«

Er machte die Tür auf, und Daniel warf noch einen letzten Blick auf den Verhörraum, wo der Kriminalassistent und der Skin noch immer ihre Gesprächspantomime aufführten. Dann gingen sie nach draußen.

»Sie haben jetzt Kenntnis von polizeilichen Ermittlungen. Die müssen Sie vertraulich behandeln. Tun Sie das nicht, machen Sie sich strafbar. Und ich werde suspendiert. Ich sage das nur, damit es keine Mißverständnisse gibt, nicht weil ich Ihnen nicht traue. Das mag ja am Anfang so gewesen sein«, er lächelte sein dünnes Lächeln zu Vanessa herüber, »aber das ist jetzt durch eine sehr gute Zusammenarbeit abgelöst worden.«

Vanessa lachte. »Geben Sie jetzt zu, daß Ihre Spur mit der PKK und den Türken und den Drogen Mumpitz war?«

»Nein, gebe ich nicht zu. Das alles stimmt, und wir haben wirklich Drogen im AStA gefunden. Aber es hatte nichts mit dem Go-in zu tun, soweit wir jetzt wissen. Aber Sie könnten zugeben, daß Ihr Verdacht, wir würden nur unseren Freund Schneider weißwaschen wollen, unbegründet war.«

»Haben Sie ihn denn vernommen?«

»Ja sicher, zum ganzen Komplex Rechtsradikalismus. Er hat bereitwillig Auskunft gegeben, und wir haben alles gecheckt. Da ist nichts. Alles nur Denunziationen der üblichen Wohlfahrtsausschüsse.«

## 21

Die Dämmerung war herabgesunken, und Präsident Schacht betrachtete das »Massaker von Batak«.

»Ein schönes Bild«, sagte der alte Freund.

Sein kleines Päckchen hatte er auf dem Tischchen inmitten der Sitzgruppe abgelegt. Daneben stand die Flasche Wein, die noch in Papier eingewickelt war.

»Ich habe Ihnen einen Pomerol mitgebracht, Jahrgang '68. Wir haben ihn für diese Gelegenheit extra aufbewahrt. Ich bin sicher, Sie werden ihn mögen.«

»Es war eine lange Zeit.«

»Fast eine Generation.«

»Und war es das wert?«

»Das kann man vorher nie sagen. In einem hatte der alte Hegel recht: Mit Blick in die Zukunft ist alles Zufall, Offenheit, Planung, Streben, Versuch, Anstrengung. Im Blick zurück erscheint alles notwendig. Erst ist es für sich, dann ist es an sich, an und für sich.«

Sie schwiegen eine Weile.

»Und, war es nicht doch eine grandiose optische Täuschung?« Schacht wies auf das »Massaker von Batak«. »Einfach ein Gemälde, das faszinierte, oder eine große Erzählung, die die alte Theodizee ersetzt? Verstehen Sie? Da sich die Frage, wie ein gütiger Gott soviel Böses in der Welt zulassen kann, nicht beantworten läßt, wird Gott als Autor der Weltgeschichte gestrichen, um als Resultat der Geschichte am anderen Ende wieder aufzutauchen. Wir haben einfach die alte Story umgedreht. Das Paradies lag nicht am Anfang, sondern sollte am Ende der Geschichte liegen. Aber der Eintrittspreis ins Paradies war die Wiedergeburt des Bösen. Im Reich der Freiheit konnte es für alles, was daneben ging, als Grund nur böse Absichten geben. Das ist der wahre Teufelskreis. Ein welthistorischer bösartiger Zirkel.« Er lachte laut auf. »Vielleicht habt ihr ihn deshalb in euer Staatswappen übernommen. Eine Ahnung von der Zirkularität, spiegelverkehrte Geschichte, zwei invertierte Geschichtsbilder, die sich wie Spione umschleichen. Unser Land war zu Recht geteilt, die beiden Hälften des Kreises.«

Der alte Freund hielt schweigend den starren Blick auf das »Massaker von Batak« gerichtet, dessen Farben durch die künstliche Beleuchtung einen Zug ins Glühende angenommen hatten. Schließlich sagte er: »Höre ich etwa die Eule der Minerva?«

»Die Eule der Minerva hört man nicht. Sie beginnt leise ihren Flug.«

»So ist es. Irgendwann beginnt für uns alle der Flug in die Nacht. Haben Sie mal dieses Buch von Saint-Exupéry gelesen, ›Nachtflug‹? Nachtflug über den Anden? Das war für mich mehr als Hegel oder metaphysische Spekulationen. Wissen Sie, was da steht? Ich habe es mir immer wieder gesagt in den letzten fünfundzwanzig Jahren. ›Obwohl das Menschenleben unbezahlbar ist, handeln wir immer wieder so, als ob es etwas gäbe, das es an Wert übertrifft.‹ Wir handeln so als ob. Erst dadurch gewinnen wir Statur. Die Eule der Minerva ist ein Dreck dagegen. Wir fliegen immer in der Nacht, nicht erst am Ende. Und wir haben nichts als unsere Instrumente. Wonach sollten wir uns sonst richten? Wir machen Pläne, testen Routen, wir sind Pioniere, notgedrungen, und immer in der Nacht. Denken Sie daran, morgen, wenn Sie den Wein trinken. Sie fliegen nur weiter.«

Er stand auf.

»Ich wünsche einen guten Flug.«

Und grußlos wie immer verließ er das Büro des Präsidenten. Schacht hatte ihn noch nie so emotional erlebt, und nachdenklich versank er wieder in der Betrachtung der glühenden Farben des »Massakers von Batak«.

Am nächsten Morgen ließ Senator Weiss den Teilnehmern der Ministerrunde durch Frau Birkefeld ausrichten, das Treffen wäre um eine Stunde verschoben. Statt dessen hatte er sich mit Daniel zu einem vertraulichen Gespräch zurückgezogen. Langsam reichte er Daniel ein Schreiben über den niedrigen Tisch in der Besucherecke, auf dem dieser sofort den Briefkopf erkannte: Der Präsident der Universität Hamburg.

*Sehr geehrter Herr Senator,*

*ich möchte Ihnen mitteilen, daß ich mit Wirkung des heutigen Datums von meinem Amt als Präsident der Universität Hamburg zurücktrete. Mir ist bewußt, daß dieser Schritt für Sie und alle Beteiligten überraschend kommt. Aber mein Arzt hat mir erst jetzt mitgeteilt, daß ich den Belastungen meines Amtes, die in der unmittelbaren Zukunft noch erheblich zunehmen dürften, gesundheitlich nicht mehr gewachsen bin.*

*Insofern wir in der Vergangenheit nicht immer der gleichen Meinung waren, bin ich Ihnen um so dankbarer für eine gute und faire Zusammenarbeit. Gestatten Sie mir, in dieser Stunde des Abschieds zu sagen, daß ich Sie, verehrter Herr Senator, außerordentlich schätzen gelernt habe und daß ich Ihre Integrität und Ihren Mut bewundere.*

*Mit freundlichen Grüßen*
*Ihr*
*Hartmut Schacht*

Daniel ließ den Brief sinken. Weiss sah ihn mit weit aufgerissenen Augen an.

»Was sagen Sie dazu?«

»Sie fragen gar nicht, warum er zurücktritt?«

»Ich weiß, warum er zurücktritt. Er hat die Doktorarbeit von Schneider abgeschrieben. Steinert hat es mir gestern abend erzählt.«

»Aber er hat doch dem Inspektor versprochen ...«

»Mein lieber Daniel, er wußte doch, daß Sie es mir auch erzählen würden. Oder hätten Sie es mir verschwiegen?«

Daniel mußte zugeben, daß er ihm gerade von der Sitzung bei Steinert berichten wollte.

»Sehen Sie. Da wollte er es mir lieber selbst erklären. Heute sagt Steinert vor dem Untersuchungsausschuß aus, und da ist es sowieso bald draußen. So ein Ausschuß leckt wie ein Sieb. Das ist unsere einmalige Chance für eine grundlegende Reform der Universität. Sobald Steinert ausgesagt hat, gehe ich in die Bürgerschaft, und da gebe ich bekannt, daß ich die Grundordnung der Universität außer Kraft setze, und dann ernenne ich einen kommissarischen Präsidenten.«

»Einen kommissarischen Präsidenten? Aber mit welcher Begründung?«

»Das fragen Sie noch? Ich kann doch nicht das alte Konzil einen neuen Präsidenten wählen lassen. Die könnten ja ebenfalls alle im Dienst der Stasi stehen. Schließlich sind die meisten Mitglieder unter dem alten Präsidenten zu Professoren übergeleitet worden. Schon ihre Bestellung von Schacht war rechtswidrig.«

»Wieso? Er hat zwar der Stasi gedient, aber seine Wahl war rechtens.«

»War sie nicht. Laut § 81 Abs. 3 Hamburger Hochschulgesetz muß der Präsident ein abgeschlossenes Hochschulstudium haben. Das hatte Schacht nicht. Er war lediglich mit einer Arbeit promoviert worden, die er nicht geschrieben hat. Ein anderes Examen hatte er nicht. Seine Präsidentschaft war rechtswidrig, weil seine Promotion rechtswidrig war. Er war ein Hochstapler. Wer weiß, wie viele Hochstapler noch im Konzil sitzen. Jetzt zeigt sich, wie vorausschauend es war, daß ich Sie in dieser Mission nach Potsdam geschickt habe.«

»Aber das war Rudi.«

»Rudi oder ich, das tut nichts zur Sache. Jetzt tritt nämlich Ihre gemischte Historikerkommission in Aktion. Rudi hat schon mit Professor Hofmann telefoniert. Sie haben dort übrigens einen sehr guten Eindruck gemacht, hat mir Rudi berichtet. Sehr einfühlsam und verständnisvoll. Man war begeistert von Ihnen. Und wir fangen gleich mit der Arbeit an. Rudi bereitet die Unterlagen für eine generelle Überprüfung unserer Hochschullehrer bei der Gauck-Behörde vor. Alle, die zwischen 1968 und 1989 eingestellt wurden. Das wird dauern. Und in der Zwischenzeit ernenne ich einen Übergangspräsidenten, der die Uni kommissarisch leitet. Wir regieren sie dann direkt. Und wir werden die Arbeit des Herkules verrichten und den Augiasstall ausmisten.«

»Und, haben Sie jemand Geeigneten, der Ihnen den Präsidenten spielt?«

»Na ja, er muß natürlich verschiedene Voraussetzungen mitbringen.« Weiss zählte sie an den Fingern auf. »Er muß energisch sein, aber absolut loyal; er muß fachlich etwas von Bildungspolitik verstehen und strategisch denken können; er muß die große Kunst der Menschenbehandlung beherrschen, aber nicht selbst von Seilschaften und Klüngeln abhängig sein; er muß das Milieu kennen, ohne ihre Vorurteile und Laster zu teilen; er muß Konflikte und Anfeindungen durchstehen, ohne sie seinen Gegnern ewig übelzunehmen; er muß Menschen überzeugen können, ohne daß sie sich überfahren fühlen; und er muß meine Überzeugungen über die Notwendigkeit der Bildungsreform teilen.«

Daniel lachte. »So jemanden gibt es nicht.«

»Doch, den gibt es. Ich habe ihn schon gefunden.«

Daniel war wirklich neugierig, wen Weiss da meinen könnte.

Weiss lächelte ihn an. »Er sitzt mir gegenüber«, sagte er.

Daniel fuhr hoch und warf dabei beinahe seinen Sessel um. »Sie meinen ... Sie meinen, ich sollte.« Er schaute entsetzt. »Sie meinen tatsächlich mich?«

»Nun kriegen Sie sich mal wieder ein.« Langsam ließ sich Daniel in den Sessel zurückgleiten. »Ja, ich meine tatsächlich Sie. Sie werden kommissarischer Präsident, und wir reformieren zusammen diesen Saustall.«

»Das geht nicht.«

»Und warum nicht?«

»Ich bin zu jung.«

»Wie alt sind Sie, dreißig?«

»Einunddreißig.«

»Was, einunddreißig? Mit dreißig hat Alexander die Welt erobert, mit dreißig hing Christus am Kreuz, mit dreißig war Napoleon schon Erster Konsul! Und wie alt war Shakespeare, als er den ›Hamlet‹ schrieb? Bestimmt nicht viel älter als dreißig. Sie sind in der Blüte des Lebens, auf der Höhe ihrer Kraft! Sie versuchen schon das Unmögliche und wollen tote Frauen zum Leben erwecken. Das ist ein untrügliches Symptom, Daniel. Wie lange wollen Sie denn noch warten?«

»Aber Präsidenten sind irgendwie ältere Herren.«

»Nur in normalen Zeiten, nicht in den Zeiten des Umbruchs. Kommen Sie, Daniel, das ist Ihr 18. Brumaire. Lassen Sie mich jetzt bloß nicht im Stich.«

Daniel erhob sich und ging auf und ab. Er mußte wieder an den Tag denken, als er Schacht im Auftrag des Senators zu Boden gestreckt hatte. Er erinnerte sich an sein Triumphgefühl, wie der starke Schacht in die Knie gegangen war wie ein alter Stier. Und wie er sich später geniert hatte. Und jetzt sollte er sein Nachfolger werden! Ein Nachfolger, der mit sehr viel mehr Vollmachten ausgestattet war, der nicht abhängig war von Mehrheiten im Senat, von umständlichen und gespreizt auftretenden Altherrenriegen, unglaublich eitlen und dämlichen Professoren und einer Schar feministischer Hühner, die nichts anderes taten, als den ganzen Tag gackern. Welch ein Laden! Er brauchte dann keine Rücksichten mehr zu nehmen auf diese Seilschaften und Kartelle, diese Freundschaftszirkel und Gefälligkeitsgemeinschaften, dieses unheimlich verfilzte Unterholz, das in der Ära Schacht zu einem undurchdringlichen Dickicht gewachsen war. Er war der Prinz, der mit seinem Schwert eine Bresche in den Filz schlug und die Wissenschaft wachküßte. Und während er an Frau Wallasch und Frau Wagner und all die Sekretärinnen dachte, denen er nun ganz anders gegenübertreten mußte, wanderte er auf und ab. Der Senator folgte ihm mit den Augen. Jedesmal, wenn er auf seiner Höhe angekommen war, gab ihm Weiss einen weiteren Motivationssatz auf die Wanderschaft. »Das ist die Gelegenheit Ihres Lebens – Wenn Sie sich nicht dazu entschließen, versündigen Sie sich an der Bildungsreform – Sie würden sich das später nie mehr verzeihen – Denken Sie dran, was Bismarck über den Mantel der Geschichte sagte – Hier ist Ihr Rubikon.« Schließlich blieb Daniel vor Weiss stehen. »Sie erinnern sich an die Geschichte von Thomas Becket?«

»Ja, ja, ich erinnere mich. Das Risiko ist immer da. Ich nehme es in Kauf. Wahrscheinlich haben Sie sogar recht. Wir werden uns darüber persönlich entfremden. Wir werden in Streit miteinander geraten. Sie werden sich emanzipieren, ach was, Sie sind schon emanzipiert, so wie Sie sich bei Ihrer Potsdam-Exkursion durchgesetzt haben. Aber dafür sind wir Männer. Wir sind ein wenig wie Vater und Sohn, Daniel. Aber wir sind auch Waffengefährten und Freunde und politische Verbündete. Da können wir es uns auch leisten, zwischendurch mal Feinde zu sein. Wir ertragen das, Daniel, weil wir keine Frauen sind, sondern Männer. Und wenn Sie sich einen ordentlichen Rasierapparat kaufen, kriegen Sie auch einen Bart wie ein Mann.«

»Und wenn ich Sie enttäusche?«

»Ach, ist es das, was Ihnen Sorge bereitet? Sie haben Angst zu versagen? Daran dürfen Sie gar nicht erst denken, Daniel. Ihr Image muß Ihnen egal sein. Sie schielen nicht darauf, wie Sie wirken. Sie sind ein Überzeugungstäter, von der Notwendigkeit der Sache gepackt. Soll ich Ihnen sagen, was den fähigen Mann von dem unfähigen unterscheidet? Der fähige ist völlig selbstvergessen. Er hat die Sache im Blick und nicht sich selbst. Er tut das Nächstliegende und schaut nicht zurück. Der unfähige ist genau spiegelverkehrt. Die Sache dient ihm nur dazu, sich selbst in Szene zu setzen. Geht etwas schief, sagt er nur, ›oh, hätten wir doch‹ und ›ich habe ja gleich gesagt ...‹. Und dann sucht er nach Sündenböcken. Der unfähige Mann hat ständig Angst vor dem Urteil der anderen, der fähige kümmert sich nur um sein eigenes Urteil. Es ist ganz klar, Daniel, Sie brauchen Schlachterfahrung, damit Sie ein Gefühl für die eigene Stärke kriegen. Im Augenblick sind Sie unterfordert. Sie merken nicht einmal Ihre eigenen Siege.«

»Welche Siege?«

»Sehen Sie, das ist es, was ich meine. Sie haben den Schacht aufs Kreuz gelegt. Sie haben die Potsdamer aus dem Stand für diese gemischte Kommission gewonnen. Sie haben die Hintergründe dieser Schneider-Affäre geklärt, und das auch noch gegen meinen Widerstand. Sie haben die Frauenbeauftragte in Panik versetzt – und das gelingt nicht einmal mir –, und Sie haben den Berufungsvorschlag der Anglisten richtig vorhergesagt ...«

»Was? Haben die die Zickler an die zweite Stelle gesetzt?«

»An die dritte.«

»Und die Wagner stimmt zu? Aber Sie werden doch die Zickler berufen, nicht wahr?«

»Ja, weil Sie mich überzeugt haben. Sehen Sie, das haben Sie auch schon fertiggebracht. Und neben all diesen ziemlich zeitraubenden Tätigkeiten haben Sie Nacht für Nacht versucht, eine Tote zum Leben zu erwecken.«

»Da hatte ich aber keinen Erfolg.«

»Was bilden Sie sich ein, wer Sie sind? Gottes Sohn? Dann geben Sie es doch endlich zu: Der Präsidentenposten ist Ihnen nicht gut genug!« Weiss hatte das in einem so ernsten Ton gesagt, daß Daniel und er sich einige Sekunden böse anstarrten. Dann brachen sie gleichzeitig in Gelächter aus.

»Ich brauche zwei Tage Bedenkzeit«, sagte Daniel.

»Sie kriegen einen Tag. Sobald das raus ist mit Schacht, muß ich die Verwirrung ausnutzen. Was meinen Sie, wie das in der Öffentlichkeit wirkt? Der Präsident der Uni Hamburg ein Knecht der Stasi! Derselbe Verdacht trifft dann auch all seine Kreaturen und seine Spezis in der Partei – den Parteivorsitzenden Wandel mit seiner Baufirma und den Chef der Beteiligungsgesellschaft Jörder, und den ganzen verdammten Filz. Das dauert nur ein paar Tage, bis die sich erholt haben. Doch das Interim gehört mir. Während dieser Zeit muß ich meine Truppen schon in Stellung gebracht haben und losmarschieren. Deshalb brauche ich Ihre Entscheidung bis morgen abend.«

Daniel überlegte.

»Einverstanden. Aber dann brauche ich Ihre Erlaubnis, heute die Senatorenrunde zu schwänzen.«

»Ungern. Aber gut, wenn Sie das einer positiven Entscheidung näher bringt.«

Unterwegs zur Tür hielt ihn die Stimme des Senators noch einmal auf. »Aber Daniel, bedenken Sie, auch eine negative Entscheidung birgt ein großes Risiko. Das Boot läuft nur bei Flut aus, verpaßt man sie, kann das ganze Leben zur Ebbe werden. Ich habe Hunderte versanden sehen.«

Daniel nickte. Im Vorzimmer von Frau Birkefeld machte er vorsichtig die Tür hinter sich zu.

»Ich kann heute nicht zur Senatorenrunde kommen. Der Senator weiß Bescheid.«

Frau Birkefeld schien ihn gar nicht zu hören. Statt dessen umrundete sie ihren Schreibtisch und starrte entsetzt auf etwas in ihrer Hand. Es war ein Umschlag, der schon aufgeschlitzt war. Sie hielt ihn weit vom Körper entfernt, so als ob sie ein giftiges Reptil daran hindern müßte, ihr in den Körper zu beißen. Mit einer ruckartigen Bewegung gab sie ihm den Brief und zog dann ihre Hand schnell zurück.

»Da, nehmen Sie. Ich will damit nichts mehr zu tun haben.«

Daniel sah sie fragend an.

»Lesen Sie, lesen Sie, und dann tun Sie etwas. Oh Gott, was haben wir da bloß angerichtet?«

Daniel sah auf den Absender: Sonja Mittermeyer.

»Ist das nicht...«

Frau Birkefeld nickte heftig. »Lesen Sie, lesen Sie, und dann gehen Sie zu ihr. Sie müssen dem ein Ende machen. Wer konnte denn auch ahnen, was daraus werden würde! Oh Gott, er darf das niemals erfahren.«

»Sagen Sie bloß, Sie haben meinen letzten Brief tatsächlich abgeschickt? Den mit der Literaturliste?«

Wieder nickte Frau Birkefeld heftig.

»Aber das war doch ein Witz!«

»Was sollte ich denn tun? Wenn ich ihr selbst geantwortet hätte, wäre das doch sofort aufgefallen.«

Daniel zeigte auf den Brief in seiner Hand. »Was steht denn drin?«

»Weiß ich nicht. Versteh ich nicht. Lesen Sie selbst. Gehen Sie zu ihr. Das muß ein Ende haben. Diesen Brief hier habe ich nie gesehen. Hören Sie, ich habe ihn nie gesehen. Und nun gehen Sie zu ihr und reden mit ihr.«

Präsident Schacht stammte aus einer nördlichen Vorstadt von Dortmund. Da hatten zu seiner Zeit die Arbeiter aus Oberschlesien gewohnt. Damals breiteten sich über endlose Flächen nach allen Seiten Kokereien, Hüttenwerke, Raffinerien und Zechen aus, die ihre Abraumhalden weit zwischen die Siedlungen der Bergleute und Hüttenarbeiter vorgeschoben hatten. In dieser Zeit, als er ein kleiner Junge gewesen war, war die ganze Gegend in ein einheitliches Grauschwarz gekleidet. Alles hatte die gleiche Farbe. Häuser, Straßen, Industrieanlagen, Schulen, Bäume, einfach alles. Jetzt dagegen war sein Viertel in bunten Farben erblüht. Der grauschwarze Aschenbelag auf der Straße des Geschäftszentrums war einer Fliesenpflasterung gewichen, wie sie überall in Deutschland die Fußgängerzonen kennzeichnete, um entfernt an die Heimeligkeit von Küchenfußböden zu erinnern. Sofern er die Häuser seiner Kindheit überhaupt noch wiedererkennen konnte, waren die schwarzgrauen Putzfassaden durch bunte Keramik- oder Klinker-Fronten ersetzt worden. Die gesamte Stadtlandschaft seiner Jugend hatte sich einem Lifting unterzogen. Er ging die Straßen der Erinnerung entlang wie unter Wasser. Dort, längs des Bahndamms, war er täglich mit dem Fahrrad zur Schule gefahren. Unter der Weide hinter dem Kriegerdenkmal hatte er mit Annemarie Kusczinski zum ersten Mal geknutscht. Er wanderte durch sein Atlantis und sah in allem, was er erblickte, das fahle Erinnerungsbild seiner Kindheit mit.

Er war mit dem Zug gekommen, hatte vom Hauptbahnhof den Bus genommen und war dann bei der Post ausgestiegen. Sofort packte ihn die gespenstische Vertrautheit der Unvertrautheit. Das Postgebäude hatte in seiner Jugend noch die faschistische Imponierfassade mit heroischen Gestalten im Megalithstil getragen. Jetzt war sie im Geiste der politischen Korrektheit renoviert und durch eine schlichte Schieferverkleidung ersetzt worden. Von hier aus führte der Weg am Rathaus und am alten Markt vorbei zum Hotel »Zum Zollverein«. Er hatte es sich eigens ausgesucht. Es war ein vergleichsweise luxuriöses, großes Hotel für Geschäftsleute und gehobene Vertreter, in dem man anonym bleiben konnte.

Er betrat die geräumige Vorhalle, trug sich an der Rezeption ein, nahm die Plastikkarte mit der Nummer 317 entgegen und fuhr nach oben. Sein Zimmer war eine regelrechte Suite mit einem Durchgang zwischen Aufenthaltsraum und Schlafzimmer. Im Aufenthaltsraum stand eine kleine Bar mit drei Barhockern.

Hierhin konnten die Gäste ihre Geschäftsfreunde zu Besprechungen einladen, ohne ihnen zuzumuten, in das ungemachte Bett ihrer Verhandlungspartner blicken zu müssen. Schacht legte seinen Koffer auf das Sofa und besichtigte das Bad. Dann zog er Mantel und Jacke aus und hängte sie in die Garderobe. Er ging zum Koffer, klappte den Deckel auf und holte das Päckchen des alten Freundes, die Flasche Pomerol '68 sowie ein Band mit Shakespeares »Maß für Maß« heraus. Dann ließ er das Bad ein, und während das Wasser lief, nahm er das Päckchen und die Flasche und setzte sich an die Bar. Er korkte die Flasche auf und goß sich ein Glas ein. Im dunkelroten Wein spiegelten sich die zahlreichen Wandlampen.

Dann nahm er aus dem Päckchen vier Schachteln mit Döschen und Röhrchen in vier verschiedenen Größen und Farben. Auf ihnen standen Namen wie »Zyklobarbital«, »Peracin«, »Diphenhydramin« und »Pyrithyldion«. Im Zug hatte er eine kleine Broschüre studiert, die die genaue Dosierung angab. So schüttete er zunächst eine Anzahl von Pyrithyldion in den Wein und begann zu trinken. Der Wein schmeckte wirklich wunderbar samten. Er nahm ein paar weitere Schlucke und bemerkte, wie sich in seinem Körper eine selige Ruhe ausbreitete. Er schaute aus dem Fenster weit über die Dächer der Stadt. Hier war er aufgewachsen. Nicht weit von hier hatte ihre Siedlungsdoppelhaushälfte gestanden, mitten in der »Gartenkolonie«, wie man damals sagte. Sein Vater war als Elektriker tödlich verunglückt, als er noch klein war. Seitdem lebte seine Mutter mit ihm von einer Werksrente und arbeitete als Buchhändlerin in der Buchhandlung Wirth. Weil er hier immer auf sie warten mußte, um Aufträge für Besorgungen oder Einkaufszettel entgegenzunehmen, war er ans Lesen geraten und hatte sich nach und nach durch die ganze klassische Literatur gearbeitet. Keine Frage, daß der Junge das Gymnasium bis zum Abitur besuchen mußte. Als viele seiner Freunde nach der »mittleren Reife« die Schule verließen, um zu arbeiten, hatte er sie mit einem Mitleid verabschiedet, als ob sie den Rest ihres Lebens in den Steinbrüchen verbringen müßten. Er war tief überzeugt von der Notwendigkeit der Bildung für alle. Und das hatte ihn auch in die Bewegung »Student aufs Land« geführt, die sein Schicksal bestimmt hatte.

Er leerte sein Glas und goß sich erneut ein. Dann schluckte er vier Tabletten Diphenhydramin und spülte sie mit einem Schluck Wein herunter. Er ging zur Badewanne, prüfte die Wassertemperatur und stellte den Hahn ab. Er nahm einen Hocker, stellte ihn neben die Badewanne, holte den Wein, das Peracin und Zyklobarbital und den kleinen Band mit Shakespeares »Maß für Maß« und arrangierte alles in Reichweite der Badewanne auf dem Hocker. Dann zog er sich bis auf seine Boxershorts aus und bestieg die Wanne. Aufseufzend ließ er sich in das etwas zu heiße Badewasser gleiten.

Er goß sich erneut ein, und mit einiger Willenskraft zählte er die Tabletten aus den restlichen Döschen in den Wein; erst die Zyklobarbital, dann die starken Peracin. Danach sank er erschöpft in das Wasser zurück. Er war jetzt völlig entspannt. Er griff nach dem Shakespeare und schlug die Stelle auf, die seit gestern abend den Entschluß, die Vorbereitung und dann die Durchführung seiner Zugreise in seine Kindheit wie das Rattern der Räder begleitet hatte. Noch das Pflaster des Weges von der Post bis zum Hotel war ausgelegt mit dem Silbenstakkato von Shakespeares Versen über den Tod. Aber statt Shakespeare zu lesen, faltete er mit nassen spitzen Fingern das Blatt Papier auseinander, das er an dieser Stelle in den Band gelegt hatte, und las seine Aufzeichnungen noch mal durch.

*»Eine Fußnote zur Zeitgeschichte*

*Auf der 27. Delegiertenkonferenz des SDS im Sept. 1967 entschied sich der Aufstieg von Rudi Dutschke zum Studentenführer. Denn dort siegte das Konzept ›Bewegung‹ über das Konzept ›Organisation‹ oder ›Partei‹. Das war eine Entscheidung gegen den Realsozialismus, die ich für falsch hielt. Sie kam mir chiliastisch, irrational und latent faschistisch vor, weil ›Bewegungen‹*

*an charismatische Führer gebunden sind. Doch das ist hier nebensächlich. Entscheidend für die DDR-Führung war, daß damit das Ministerium für Staatssicherheit die Kontrolle über die westdeutsche Linke verlor. Das war um so bedrohlicher, als die Protestform der zivilen Regelverletzung die Bürgerrechtsbewegungen und Dissidenten im Osten ermutigte (s. Prager Frühling). In dieser Situation entwickelte die Hochschule des MfS in Potsdam-Golm eine Gruppen-Soziologie, die zur Basis eines neuen Einsatzkonzepts wurde: Agenten und Spitzel wurden in der Umgebung von Studentenführern plaziert, um latente Konflikte zu schüren und Rivalitätskämpfe auszulösen. Dabei spielte vor allem der Einsatz von Frauen eine Rolle, die die politischen Differenzen in den Morast von Eifersucht, Liebe und Sexualneid zurückführen sollten. Wenn das allerdings nicht ausreichte, um das Charisma des Führers zu zerstören, sollte er liquidiert werden.*

*Vor dem Vietnamkongreß im Februar 1968 ermöglichte es die Stasi Rudi Dutschke, seine Familie in Luckenwalde in der DDR zu besuchen. Als mir das Vorhaben bekannt wurde, habe ich meinem Führungsoffizier gemeldet, daß Hans-Jürgen Krahl und andere Studentenführer über die Mordpläne der Stasi Bescheid wüßten. Dies war eine freie Erfindung von mir. Ich hatte Angst, daß die Stasi diesen Besuch zur Liquidation von Rudi Dutschke ausnutzen könnte. Ich wollte sie mit dieser Meldung verhindern. Ich weiß nicht, ob ich sie damit verhindert habe. Aber ich gebe das zu Protokoll, um meine moralische Bilanz in den Augen der Nachwelt in etwas milderem Licht erscheinen zu lassen.*

*Wie viele andere war ich ein Überzeugungstäter. Daß wir mit Hilfe der Frankfurter Schule die westliche Demokratie als Teil des faschistiscben Verhängnisses des Kapitalismus gesehen haben, war unser Irrtum – und unsere Schuld. Das hat mich dazu verführt, meine Dissertation von jemandem abzuschreiben, der diese Überzeugung von mir besser ausdrückte, als ich selbst es konnte. Ich will das nicht nachträglich beschönigen. Aber trotz-*

*dem war das Plagiat symbolisch – symbolisch für die ganze Bewegung: Wir machten nicht unsere eigenen Erfahrungen, wir kopierten die Ideen anderer. Es war – wie immer – der falsche Weg.*

*Rudi Dutschke wurde schließlich doch noch liquidiert. Daß hinter dem Attentäter die Stasi steckte, dürften bis heute viele bezweifeln. Auch mir wurde das erst sehr viel später klar, als mein Führungsoffizier mal beiläufig von der tschekistischen Handschrift der verdeckten Liquidierung sprach. Von diesem Zeitpunkt an habe ich mich vom MfS innerlich abgewandt. Da ich dem Teufelskreis nicht mehr entkommen konnte, habe ich versucht, ihn umzudrehen: Ich spannte die Stasi vor den Karren meiner eigenen Karriereplanung. Ich war die Ratte, die sich einbildete, sie hätte den Versuchsleiter dazu konditioniert, ihr jedesmal dann Futter zu geben, wenn sie selbst auf die Taste drückte. Aber bis heute sitzt die Stasi am längeren Hebel.*

*Ich bitte niemanden um Verzeihung. Ich habe mein Bestes gegeben und das Beste gewollt. Erst jetzt sehe ich, daß das der eigentliche Fehler war ...«*

Die Buchstaben auf dem Papier lösten sich in Erinnerungsbilder seiner letzten Reise auf. Er wollte das Blatt über den Rand der Wanne auf den Hocker legen, aber es fiel daneben auf die Fliesen. Er dachte an einen Herbstabend, an dem seine Mutter mit ihm ein Kartoffelfeuer im Garten angezündet hatte und ihn bis tief in die Nacht Kartoffeln in Silberpapier braten ließ. Dann hörte er plötzlich den Jagdhund den Mond anheulen, der damals ihrem Nachbarn zugelaufen war und den sie neben seinem Fenster im Garten angekettet hatten. Von weitem verspürte er wieder das angenehme Gruseln, das nächtliche Geräusche in ihm immer wieder erregten. Er fühlte sich wohlig zu Hause, wenn er die Loren auf dem Werksgelände in den Weichen knirschen hörte oder die Sirenen den Beginn der Nachtschicht anzeigten. Er sah wieder den alten Rademacher vor sich, wie er ihm heimlich kommunistische Propagandaschriften zusteckte, die wegen des KPD-Verbots mit falschen Einbänden versehen waren. Er war wieder in seiner Jugend angekommen. Tief unter Wasser. Er spürte den Ozean der Zeit um sich herum und das Flattern der Wellen.

Da tauchte aus dem Nebel plötzlich eine Gestalt auf, die da nicht hingehörte. Vor ihm, in der Gegenwart, auf dem Rand der Badewanne, saß ein Herr im Anzug mit Hut, den er noch nie gesehen hatte. Mit aller Kraft ruderte Schacht vom Meeresboden nach oben und tauchte wieder an der Oberfläche auf.

»Wer sind Sie, was wollen Sie?« Er hörte seine eigene Stimme wie von fern.

»Ich habe einen Auftrag. Aber es sieht so aus, als ob du ihn mir weggenommen hast.«

»Lassen Sie mich in Ruhe.« Die Worte kosteten ihn enorme Anstrengung.

»Ich würde ja gern. Aber wer bezahlt mir dann den Auftrag? Sie?« Er lachte. Dann griff er nach dem Büchlein auf dem Hocker und schlug es auf. »Shakespeare, wie? Das schafft aber auch nur ein Professor, mit Wein und Edellektüre die Mücke zu machen. Fehlt nur noch das Streichquartett.« Er lachte und blätterte. Plötzlich hielt er bei einer Textstelle an.

»Oh, hier ist was für dich«, und er zitierte:

> »Sterben? Gehn, wer weiß wohin,
> Daliegen, kalt, eng eingesperrt und faulen;
> Dies lebenswarme, fühlende Bewegen
> Verschrumpft zum Kloß. Der schwerelose Geist
> Getaucht in Feuerfluten oder schaudernd
> Umstarrt von Wüsten dicker Eisesmassen,
> Gekerkert sein in unsichtbare Stürme,
> Mit rastloser Wut gejagt rings um die Erde…

Hör mal, das ist ja echt stark, das gefällt mir. Dieser Shakespeare hatte wohl richtig den Durchblick. Hey, daß du mir hier nicht absackst! Bevor du den Löffel abgibst, muß ich dir nämlich einen verpassen. Halt – warte mal, eigentlich reicht's ja auch, wenn ich dir nachher einen verpasse. Na, dann mach mal, ich hab nicht ewig Zeit, ich muß noch den 5-Uhr-Zug nach Hannover kriegen. Warte, das könnte noch klappen ...«

Aber Schacht hörte ihn nur noch ganz schwach. Langsam sank er wieder unter die Wasseroberfläche, er sank und sank und sank, bis er auf dem Straßenpflaster seines Atlantis leicht aufschlug und in seiner Heimat angekommen war.

## 22

»Hast du nicht verstanden? Der Weiss will mich zum kommissarischen Präsidenten der Uni machen.«

»Ja, ja, das habe ich schon verstanden. Aber was erwartest du von mir? Daß ich dir um den Hals falle? Wenn du Präsident wirst, wirst du keine Sekunde Zeit mehr für mich haben.«

Daniel stand vom Teppichboden in Vanessas Wohnung auf, da, wo schon langsam sein Stammplatz war, ging ein paar Schritte und setzte sich wieder.

»Oh, die nicht zu überbietende, absolut verläßliche, emotionale Egozentrik der Frauen! Sonst fällt dir nichts dazu ein? Ein Begeisterungsruf etwa: Das ist ja großartig, Daniel! Welcher Erfolg! Welch Riesenchance für eine Bildungsreform!«

»Bildest du dir das wirklich ein? Ihr beiden allein könntet eine Universitätsreform durchziehen? Zwei gegen die Welt? Das ist größenwahnsinnig! Solche Entwicklungen laufen nicht so. Das sind immer Gezeiten, Stimmungsumschwünge, Massenbewegungen. Wenn diese Erdrutsche in Gang kommen, dann hat der einzelne eine Chance, indem er aufspringt und steuert. Vorher nicht. Im Ernst, Daniel, du leidest an akutem Größenwahn. Und der Weiss, mit seinem Vaterkomplex, nutzt das aus.«

Unter Vanessas dürrer Vernunft schrumpelte Daniels Begeisterung zusammen wie ein Löschblatt auf der Herdplatte. Er konnte sich immer wieder neu wundern, daß Frauen nicht vor Begeisterung aufjubelten, wenn er ihnen seine Großtaten zu Füßen legte. Auf diesem Gebiet war er einfach nicht lernfähig. Hier steckte er in einem festgefügten Drama uralter Prägung, in dem ein Mann große Taten begeht und sie wie ein fahrender Ritter auf der Spitze seines Schwertes seiner Dame widmet, die ihn dafür mit ihrer ewigen Gunst belohnt. Und so fand er Vanessas Benehmen äußerst ernüchternd.

Andererseits hatte sie mit ein paar Sätzen genau ins Schwarze getroffen. Tatsächlich hatte Weiss an seinen Größenwahn appelliert. Wen hatte er da nicht alles zitiert: Alexander und Napoleon, Christus und Shakespeare ... Lächerlich! Der Mann übte einen zu großen Einfluß auf ihn aus. Und hatte nicht sogar Weiss ihn des Größenwahns geziehen? Er hatte den Sohn Gottes gespielt, wollte Tote zum Leben erwecken. Und mit einer Blutwelle, die durch seinen Kopf rollte, fiel ihm der Brief im Inneren seiner Jackentasche wieder ein.

Stockend und von Anfällen der Scham unterbrochen, beichtete er Vanessa die ganze vertrackte Geschichte: Wie Frau Birkefeld ihm den emotionalen Bettelbrief der alten Liebe des Senators gezeigt hatte; wie empörend sie es fand, daß der Senator ihr nicht antworten wollte; wie sie Daniel dazu überredet hatte, statt dessen im Namen des Senators zu antworten; wie er irgendwie eine Parallele zu seinem Versuch empfunden hatte, Hannah wieder zum Leben zu erwecken; wie er Liebesbriefe verfaßte, die er Hannah am Krankenhausbett vorgelesen hatte; wie Frau Birkefeld diese Liebesbriefe kopiert und im Namen des Senators an die alte Flamme geschickt und wie begeistert sie geantwortet hatte.

Vanessa hörte mit wachsendem Entsetzen zu. Als er geendet hatte, konnte sie ihren Ekel kaum zügeln.

»Das ist wirklich abstoßend! So etwas Abstoßendes habe ich selten gehört. Du bist ja eine richtige emotionale Hure! Hast du denn überhaupt kein Schamgefühl? Die arme Frau! Welcher Betrug! Du bist ein Hochstapler der Liebe, ein romantischer Parasit, ein Blutegel des Gefühls. Sag mal, schämst du dich denn eigentlich nicht? Genausogut könntest du als Strichjunge ältere Damen vögeln. Gegen dich ist ein Strichjunge direkt ein Ehrenmann. Zeig mir mal den Brief.«

Gehorsam übergab ihr Daniel den Brief

»Hast du ihn schon gelesen?«

Daniel schüttelte den Kopf.

Sie zog den Brief aus dem Umschlag und begann ihn laut vorzulesen.

*»Liebster Pulcinella«*, begann sie und unterbrach sich sofort wieder. »Pulcinella? Soll das der Senator sein? Ist das nicht eine Figur aus der Commedia dell'arte?«

Daniel nickte, und Vanessa fuhr fort zu lesen:

*»Ich habe Dich schon verstanden. So deutlich brauchtest Du Deine Verachtung nicht auszudrücken. Da war er wieder, der Ton der hochnäsigen Unpersönlichkeit, mit dem Du Dich mir ein Leben lang entzogen hast. Unverschämter konnte man eine Ablehnung nicht ausdrücken. Statt mir Deine Gedanken mitzuteilen, eine Bibliographie zu schicken!«*

Wieder blickte Vanessa auf. »Du hast ihr in einem Liebesbrief eine Bibliographie geschickt?«

Daniel nickte kläglich. »Sie schrieb, sie wolle alles über mich wissen – das heißt über Weiss. Die Birkefeld nervte mich, ich sollte ihr etwas diktieren, und irgendwie wollte ich das Ganze ad absurdum führen; die Birkefeld wollte endlos romantische Texte aus mir melken, und da habe ich ihr im Namen von Weiss diktiert, ich sei keine Person mehr, sondern nur noch eine öffentliche Rolle, und denken würde ich nur, was in Büchern steht. Und dann habe ich ihr eine kleine Bibliographie diktiert, Bourdieu und Sennett und Luhmann. Kulturtheorie halt, weil der Weiss doch auch irgendwie Kultusminister ist.«

»Na, da wird sie aber begeistert gewesen sein. Mal sehen, was sie schreibt. Wo war ich? Ach hier, eine besonders leserliche Schrift hat die auch nicht.« Und sie las:

*»Ich sehe also, Du hast mich durchschaut. Hast Du es erst bemerkt, weil ich so direkt gefragt habe? Hat es Dich mißtrauisch gemacht, daß ich alles über Dich wissen wollte? Aber nein, Geliebter, Du mußt es schon immer gewußt haben. Das allein erklärt beides – Deine jetzigen Liebesschwüre und die eiserne Konsequenz, mit der Du Dich mir entzogen hast. Erst jetzt habe ich den Widerspruch verstanden. Damals hat er mein Leben vergiftet. Aber Liebster, warum hast Du mir nicht ein einziges Mal angedeutet, daß Du alles wußtest? Ich habe doch nur aus Verzweiflung gehandelt. Erst als Du mich verlassen hattest, habe ich mich einverstanden erklärt, Dich zu beobachten.«*

Vanessa sah auf. »Ihn zu beobachten? Was meint sie damit?«

»Lies weiter.« Daniel hörte jetzt aufmerksam zu.

*»Ich brauchte eine äußere Rechtfertigung für das, was ich sowieso wollte. Ich konnte Dich nicht aufgeben, ich konnte es einfach nicht. Als Du dann in Berlin den Republikanischen Club mitbegründet hast, habe ich Rüdiger beim Aufbau des Extradienstes geholfen. Ich habe damals geglaubt, daß Du mich gar nicht mehr wahrgenommen hast. Erst heute begreife ich, daß Du schon immer gewußt hast, daß der Extradienst für die Stasi*

*gearbeitet hat. Damals war ich einfach glücklich, als Lodemann mir den Kontakt zur Stasi verschaffte, um über Dich zu berichten. Auf diese Weise konnte ich Teil Deines Lebens bleiben. Du warst mein einziges Thema. Ich weiß nicht, ob das jemals irgend jemand gelesen hat. Wahrscheinlich war es viel zu emotional. Ich habe geschrieben und geschrieben und geschrieben. Meinen Decknamen kannst Du Dir ja denken, natürlich ›Colombina‹. Ich hatte ja keine Ahnung, daß Du alles gewußt haben mußt. Ich wußte nicht, daß ich in Wirklichkeit in einem Teufelskreis steckte: je mehr ich Dich verfolgte, desto mehr mußtest Du mich fürchten. Warum hast Du mir damals nicht geschrieben, was Du mir erst jetzt gestanden hast: Daß ich Deine große Liebe war. Ich könnte heulen vor Verzweiflung, wenn ich daran denke, was ich verpaßt habe. Und warum ist das alles passiert? Weil ich Dich zu sehr liebte, so sehr, daß ich Dich ständig beobachten mußte und mir schließlich einen Auftrag von der Stasi dafür holte. Du mußt mich verachtet haben. Aber hattest Du denn keine Ahnung, warum ich es tat? Konntest Du denn beides tun, mich lieben und mich verachten? Wie paßt das zusammen? Oder hat das eine mit dem anderen nichts zu tun? Warum hast Du mir erst jetzt geschrieben, was Du wirklich für mich empfunden hast? Du bist unverheiratet geblieben, war das meinetwegen? Vielleicht hast Du Dich deshalb so sehr der Politik in die Arme geworfen. Statt Liebe Politik? War es das?*

*Nun, Politik ist auch der Anlaß dafür, daß ich Dir heute schreibe. Ich möchte, daß Du mich besuchst. Ich möchte Dir nämlich etwas übergeben, das ich Dir nicht schicken kann, nämlich Deine Akte. Die alten Berichte aus den 70er Jahren wurden ›archiviert‹, als ich aufhörte, und dann wieder ausgegraben. Du bist auch danach noch beobachtet worden. Nicht von mir, sondern von jemand anderem, den ich nicht kenne. Irgend jemand aus der Universität oder dem Ministerium. Aber er ist ausgeschieden – oder sie –, aber ich glaube, es war ein Er. Und danach* hat man sich wieder auf mich besonnen. Plötzlich stand mein Führungsoffizier Grimme wieder bei mir in der Tür. Er hat mir Geld geboten und mich gebeten, mit Dir wieder Kontakt aufzunehmen. Du würdest vielen alten Freunden gefährlich. Dem ganzen alten Zirkel, und auch mir. Und dadurch brächtest Du Dich selbst in Gefahr. Ich sollte Dein Schutzengel sein. Und er hat mir Deine Akte gegeben, damit ich wieder auf dem laufenden bin. Ehrlich gesagt, ich weiß nicht, warum ich wieder dazu bereit war. Neugier, Verbitterung, alte Rechnungen? Ich glaube, es war der Versuch, mit uns beiden ins reine zu kommen. Herauszufinden, warum wir unser Leben nicht gelebt haben. Und dann kamen Deine Briefe. Sie haben all die Jahre einfach hinweggefegt, weil ich Dich daran wiedererkannte, Dein eigentliches Selbst wiedererkannte, so wie Du mich damals geliebt hast: ungestüm und einfach unwiderstehlich. Ich war wie aufgelöst. Und da wurde mir endlich klar, warum Du mich zurückgestoßen hast: Du hast alles gewußt. Ich selbst, mit meinem verfluchten Zwang, Dich zu beobachten, zu kontrollieren, war schuld. Ich selbst habe mir meine Liebe verdorben. Da habe ich ständig nur Dich beobachtet, aber mich selbst völlig aus den Augen verloren. Ich konnte einfach nicht sehen, daß Du auf mich reagiertest, daß ich es selbst war, die Deinen Rückzug bewirkte. Ich, die ich mir damals auf meine Beobachtungsgabe so viel einbildete, ich war völlig blind. Ich konnte mich selbst nicht sehen. Erst Deine Briefe haben mir die Augen geöffnet. Erst diese entfesselten Liebesgeständnisse und dann diese eisige Kälte Deines letzten Briefes: Das war wie ein Abbild meines Widerspruchs, unseres Widerspruchs. Und dann fiel es mir wieder in die Hände, das Gedicht, das Du mir damals zum Abschied rund um den Rand eines Bierdeckels geschrieben hast. Erinnerst Du Dich noch?

Und sind sie zwei, muß man sie sehn
Wie man zwei Zirkelschenkel sieht:

*Dein Geist, als fester Fuß, bleibt stehn*
*Und geht doch mit dem andern mit.*

*Er steckt zwar fest im Zentrum drin*
*Doch zieht der andre weit hinaus,*
*Dann neigt er sich und horcht nach ihm*
*Und stellt sich auf, kommt der nach Haus.*

*Das wirst du mir, wenn ich gestreckt*
*Als zweiter Fuß zieh meine Bahn.*
*Dein Fixpunkt macht den Kreis perfekt;*
*So ende ich, wo ich begann.*

*Oh, hätte ich es doch damals richtig verstanden! Sicher, Du hast geglaubt, Du hättest mir unmißverständlich mitgeteilt, daß Du von meiner Spitzeltätigkeit wußtest. ›Doch zieht der andre weit hinaus, / Dann neigt er sich und horcht nach ihm ...‹, das ist ja auch eindeutig. Aber Du wirst es nicht glauben: Damals habe ich es nicht verstanden. Ich muß unglaublich blind gewesen sein. Und es war Deine Blindheit, Geliebter, daß Du nicht gesehen hast, wie blind ich war. Die Tränen kommen mir, wenn ich daran denke. Ich muß weinen, wenn ich das Gedicht lese. Komm, besuch mich ein letztes Mal und hol Dir Deine Akte. Laß uns endlich in unserem Leben aufräumen. Lies Deine Akte, dann weißt Du, was man über Dich weiß, und dann wirf sie fort.*

*Ich erwarte täglich, stündlich Deinen Besuch*
*Deine Colombina*

*PS: Du mußt kräftig klingeln. Manchmal bin ich im Garten, und dann höre ich die Klingel nicht so gut.*

Vanessa ließ den Brief sinken und sagte: »Wow.«

Daniel sagte: »Welch ein Durcheinander.«

Dann versanken beide in Nachdenken.

»Jetzt wartet sie auf ihn«, sagte Vanessa.

»Was mache ich jetzt bloß?« sagte Daniel.

Dann dachten beide wieder nach.

Schließlich sah Vanessa ihn aus schmalgewordenen Katzenaugen an, als ob sie eine Maus im Visier hätte: »Ich hab's! Du gehst zu ihr und holst die Akte ab.« Daniel wollte protestieren, aber sie überrollte ihn. »Du gibst dich als sein unehelicher Sohn aus. Sei still, ihr spielt doch sowieso schon immer Vater und Sohn. Das wird sie neugierig machen. Seinen unehelichen Sohn möchte sie bestimmt kennenlernen. Sei still, davon verstehst du nichts. Du bist keine Frau. Sie wird dich bestimmt nach deiner Mutter ausfragen, also denk dir etwas aus über ihr Verhältnis zu Weiss.« Sie schob ein Interimslachen dazwischen. »Du bist doch sonst ein großer Erfinder von Familiengeschichten. Mir hast du bei unserer ersten Begegnung auch einen Vater angedichtet, erinnerst du dich? Einen Polizisten. Und jetzt besorge dir auch einen Papa. Hast du ein Foto von dir und Weiss?«

Daniel griff in seine Brieftasche, und tatsächlich fand er ein Bild von ihnen beiden, das die Pressestelle des Senats bei einem Fototermin gemacht hatte. Daniel stand groß in der Bildmitte, und Weiss versuchte, väterlich den Arm um ihn zu legen. Da er aber um einiges kleiner war als Daniel, sah die ganze Pose gekünstelt und verunglückt aus.

Vanessa studierte das Foto lange und gründlich, dann gab sie es zurück. »Furchtbar! Irgendwie seht ihr beide bescheuert aus. Aber als Ausweis eurer Verwandtschaft ist es prima. Damit wird sie dir glauben. Jedenfalls ist das deine einzige Chance, die Sache zu Ende zu bringen, ohne daß Weiss davon erfährt. Du mußt es eben hinkriegen, sonst ade Präsidentschaft.«

»Und die Akte? Was mache ich damit?«

»Das ist deine Sache. Entweder vernichtest du sie, oder du gibst sie ihm zurück. Kommt drauf an, was drinsteht.«

»Und wie erkläre ich ihm, wie ich drangekommen bin?«

»Du denkst dir ein Märchen aus, wie immer. Wo wohnt sie denn? Ach, hier ist der Absender, in Wellingsbüttel. Na, dann nimmst du besser den Wagen.«

»Soll ich sie nicht vorher anrufen?«

»Um Gottes willen, nein. Am Telefon wimmelt sie dich ab. Sie muß dich leibhaftig vor sich sehen, sein junges Selbst. Der mutterlose Sohn, Fleisch von seinem Fleisch. Wenn sie dich sieht, hat sie sofort eine Vision davon, daß du ihr eigener Sohn wärst. Nein, nein, du mußt ihr wahrhaftig erscheinen. Leg deinen ganzen Charme auf und bring sie zum Schmelzen. Das hast du ja schon mit deinen Briefen getan.«

»Ja, aber da dachte sie, sie stammten von Weiss.«

»Und jetzt denkt sie, du wärst sein Sohn. Der wiedergeborene Weiss, wie er jung war und ihr die Unschuld geraubt hat.«

»Er hat ihr dabei ihren Schlüpfer zerrissen.«

Vanessa sah ihn groß an. »Sag bloß, das hat er dir erzählt!«

»Nein, es stand in ihrem ersten Brief.«

»Dann kauf ihr einen neuen.«

»Kannst du mir einen von dir geben?«

»Raus!«

Auf dem Weg zu seinem Auto kaufte Daniel in einem Kiosk das *Abendblatt*. Die Schlagzeile versetzte ihm einen Schock.

»Uni-Präsident Schacht tot aufgefunden«. Darunter: »War es Selbstmord oder Mord? Ermittlungen noch nicht abgeschlossen.

Dortmund/Hamburg: Als gestern abend um 18 Uhr 30 das Zimmermädchen Aysun B. das Zimmer 317 im Dortmunder Hotel ›Zum Zollverein‹ betrat, um die Minibar aufzufüllen, fand sie die unbekleidete Leiche eines Mannes in der Badewanne. Die Polizei identifizierte den Toten als Dr. Hartmut Schacht, Präsident der Universität Hamburg. Ob Dr. Schacht ermordet wurde oder Selbstmord beging, läßt sich nach Auskunft von Oberinspektor Uppenkamp von der Dortmunder Kriminalpolizei noch nicht eindeutig feststellen. Endgültige Klarheit würde erst eine Obduktion erbringen, sagte Uppenkamp auf einer Pressekonferenz gestern abend. In Hamburg steht die Universitätsleitung unter Schock. Über Hintergründe wollte die Pressestelle der Hochschule nicht spekulieren. Motive für einen Selbstmord sind nicht erkennbar, sagte Pressesprecher Grevel von der Wissenschaftsbehörde. Eingeweihten Kreisen zufolge steht der Tod von Präsident Schacht im Zusammenhang mit Ermittlungen des Untersuchungsausschusses über den politischen Hintergrund bei den gewalttätigen Auseinandersetzungen im Audimax am 14. Mai, die zum Tod der AStA-Vorsitzenden geführt haben. Der Ausschußvorsitzende, Professor Windisch, wollte dazu keine näheren Angaben machen. Weitere Berichte auf Seite 12.«

Daniel ging zu einer Telefonzelle und rief Vanessa an. »Vanessa, halt dich fest…«

»Ich weiß, ich habe es gerade in den Nachrichten gehört. Ich fahre jetzt in die Redaktion. Fahr schnell zu der Mittermeyer und besorg dir die Akte, bevor sie es sich anders überlegt. Wahrscheinlich hat sie noch nichts mitbekommen. Beeil dich. Wir treffen uns bei mir im Büro.« Und sie hängte auf.

Benommen schwamm Daniel mit dem Verkehr über die Alsterkrugchaussee, bog in den Maienweg ein und fuhr am Ohlsdorfer Friedhof vorbei Richtung Wellingsbüttel. Schacht war tot. Sicher hatte er Selbstmord begangen. Aber was machte er in Dortmund? Hatte nicht Weiss erzählt, daß er dort aufgewachsen war? Wollte er wieder nach Hause zurückkehren? Na klar, in Hamburg konnte er sich kein Hotelzimmer für die letzte Stunde nehmen, da hätte ihn jeder erkannt. Oder hatte er sich mit Leuten aus dem alten Zirkel getroffen? Vielleicht mit seinem alten Führungsoffizier? Und der hatte ihm zusammen mit den tschekistischen Grüßen des Genossen Obersten auch die finale Botschaft vom Ende der Zeiten überbracht, das persönliche Weltende? War er also doch ermordet worden, damit der Zirkel mit den zwanzigtausend Mitgliedern nicht aufflog? Gab es also zwanzigtausend Verdächtige?

Inzwischen war er an der S-Bahn-Station Wellingsbüttel vorbeigefahren. Langsam mußte er seinen Stadtplan konsultieren, um die Zeilhofstraße zu finden. Zweite rechts nach der Rolfinckstraße, eine kleine baumbestandene Wohnstraße, verkehrsberuhigt und so mit Blumenkübeln zugestellt, daß man ständig Slalom fahren und dramatische Bremsungen und fliegende Starts vollführen mußte, um vorwärtszukommen. Daniel konnte sich nie genug wundern über den ideologischen Irrsinn der Kommunalpolitiker, die mit dem erzwungenen Stop-and-go-Verkehr den Schadstoffausstoß verdoppelten. Offenbar kümmerte sie die Realität nicht, und Rudis Motto fiel ihm wieder ein: Wer nicht gelernt hat, die Realität zu ignorieren, hat in der Politik nichts zu suchen.

Vor einem Bungalow, der völlig mit Glyzinien, Clematis, Wein und Schlingknöterich zugewachsen war, hielt er an. Er hatte Mühe, unter dem Laub die Klingel zu finden. Richtig, ein Schild mit dem Namen S. Mittermeyer. Was hatte sie geschrieben, kräftig klingeln? Er drückte mit Macht auf den Knopf. Innen schrillte es heftig, aber nichts weiter rührte sich. Gerade wollte er wieder auf den Knopf drücken, als eine auffallend hohe Stimme sagte: »Wir kaufen nichts an der Tür, junger Mann.« Er fuhr herum, und an der Ecke des Hauses stand eine zierliche Dame mit einer Blumenschere in der Hand. Sie trug Hosen und eine Bluse. An einer Kette um den Hals baumelte eine Brille. Ihr silbern glänzendes Haar war straff an den Kopf gelegt und hinten in einem Zopf gebündelt, den sie hochgesteckt hatte. Sie hatte feine Züge, große blaue Augen, eine schmale Nase und einen recht schmallippigen, aber wohlgeformten Mund, den ein leichtes ironisches Lächeln umspielte.

Sie sah noch immer gut aus. Sie hatte sich eine schlanke, gute Figur bewahrt, die sie fast mädchenhaft wirken ließ, und neben dem wuchernden Rankenwerk hatte ihre plötzliche Erscheinung etwas von einem vorstädtischen Puck.

»Ich möchte nichts verkaufen. Mein Name ist Daniel Dentzer, und ich komme im Auftrag von Senator Weiss. Ich muß mich natürlich für diesen ungehörigen Überfall entschuldigen, und ich hoffe nur, daß Sie mir fünf Minuten Ihrer Zeit gönnen.«

»Er kommt nicht selbst?« Die Enttäuschung war ihrer Stimme deutlich anzuhören.

»Ich bin sein Sohn.«

Ihre Augen wurden rund und groß. Sie fischte mit fahrigen Händen ihre Brille vom Busen, setzte sie auf und trat näher an ihn heran, um ihn ungeniert zu besichtigen. Sofort erhellten sich ihre Züge. »Du hast dieselben Augen«, beschloß sie. Dann trat sie einen Schritt zurück und ließ die Brille wieder vor die Brust fallen. »Ein Sohn!« rief sie, »ein richtiger großer Sohn. Oh, er war immer gut für eine Überraschung.« Aber plötzlich stürzte ihre Miene ab. »Aber er war doch nie verheiratet. Das hätte ich gewußt.«

»Ich bin unehelich.«

»Er hat deine Mutter sitzenlassen?« Ihre Frage klang schon fast wieder wie Jubel.

Daniel nickte tragisch.

Unvermittelt faßte sie ihn bei der Hand und zog ihn am Haus vorbei in den Garten. Nach hinten öffnete sich der Bungalow zu einem Wintergarten, der eine Art Blumenschleuse zwischen Haus und Rasen bildete. Auf dem Gras stand ein weißer Gartentisch mit drei Stühlen. Über dem Tisch entfaltete ein Ginkgobaum seine Äste mit unzähligen fremdländisch wirkenden Blättern, die so aussahen, als stammte jedes einzelne von ihnen aus einer Bleistiftzeichnung. Frau Mittermeyer drängelte Daniel in einen der Stühle, so daß er fast hineinplumpste, hielt unverwandt den Blick auf ihn gerichtet und ließ sich ihm gegenüber nieder. Sie setzte wieder ihre Brille auf, betrachtete ihn und nickte. »Ja, seine Augen. Es sind seine Augen. Und auch dieses Lachen in den Mundwinkeln. Schau mal da rüber zur Hecke.«

Daniel zeigte sein Profil.

»Und dieselbe Bewegung«, jubelte sie. »Wie heißt du? Daniel? Ich darf doch du zu dir sagen? Ich hätte leicht deine Mutter sein können.« Ein kleines aufflackerndes Gelächter.

Daniel nickte träumerisch. »Ich weiß. Papa...« Oh Gott, welch ein Wort! »Papa hat ständig von Ihnen gesprochen.«

Sie rutschte auf dem Stuhl nach vorn.

»Daß Sie... daß Sie...«

»Nun?«

»Daß Sie seine große Liebe waren; und daß er sich dafür verflucht hat, Sie gehen gelassen zu haben; daß er zerrissen worden wäre zwischen der Liebe zu Ihnen und Ihrem Verrat; daß er Ihretwegen nie...« Daniel unterbrach sich, als sie ganz plötzlich die Miene verzog, die Hand an den Mund preßte, schnell aufstand und ein paar Schritte von ihm weg in den Garten lief. Nach einer Minute drehte sie sich wieder um und zwinkerte heftig mit den Augen. Langsam ging sie zu ihrem Stuhl zurück und setzte sich vorsichtig, so als ob sie nicht noch mal aus dem Hinterhalt überrascht werden wollte.

»Warum ist er nicht selbst gekommen?«

»Er wird kommen, das soll ich Ihnen ausrichten...«

»Sag Sonja zu mir.« Wieder ergriff sie seine Hände. »Du bist ein hübscher Junge. Ich würde mein Herz hergeben, auch so einen Sohn zu haben...« Aber da mußte sie wieder ihren schnellen Gang in den Garten machen.

»Entschuldige, mein Junge, es ist etwas viel auf einmal. Aber du sagst trotzdem Sonja zu mir, ja.«

»Gerne, Sonja.«

»Warte, ich muß dir etwas zeigen...« Sie lief schnell wie eine

Bachstelze ins Haus und kam ebenso schnell mit einem dicken Fotoalbum im Arm zurück.

Sie schlug es auf, und Daniel erblickte ein Schwarzweißfoto, auf dem ein absurd jungenhafter Senator Weiss verzückt vor einer reizend aussehenden, mädchenhaften Sonja kniete, die ihn mit theatralischer Pose von einem Korbstuhl aus mit Erdbeeren fütterte. »Da waren wir noch Schüler«, sagte sie sachlich.

Dann blätterte sie weiter. Weiss als Student mit seinem ersten Motorrad; sie beide vor der Lambertikirche in Münster; vor dem Schloß in Münster; sie auf einer Sommerwiese vor dem Aasee, er auf derselben Sommerwiese vor dem Aasee. »Du siehst ihm wirklich ähnlich«, bemerkte sie. Weiss bei einer politischen Diskussion am Podium. »Das hat ein Reporter gemacht.« Sie lesend in ihrer Studentenbude; sie beide gemeinsam auf einem Bett sitzend mit dem idiotischen Ausdruck, der bei Aufnahmen mit dem Selbstauslöser zustande kommt...

Über die Gartenhecke rief eine Nachbarin: »Frau Mittermeyer, hier habe ich die Anzeige für Sie.« Sie stand auf, und da packte Daniel ein Impuls. Er holte schnell das Foto mit Weiss und ihm selbst aus seiner Innentasche und schob es zwischen die Blätter des Albums. Als Sonja mit einem Zeitungsausriß erschien – »die Anzeige von einem Gärtner«, erklärte sie –, betrachtete er intensiv ein Bild, wie sie mit Weiss lachend auf einem Tandem saß. »Das war schon in Berlin 1968.« Und so blätterten sie durch die Weiss/Mittermeyerschen Jahre des Honigs, die Jahre der Euphorie, der Revolution und des Aufbruchs, und da plötzlich, da lag es. Sie nahm das Foto auf und führte es nahe an die Brille. Eine Art Entsetzen ergriff sie. »Das bist ja du! Wie kommt das denn hierher?

Hat er es mir geschickt? Wie alt mag das sein?«

»Noch nicht so alt. Das war bei einem Pressetermin. Ich arbeite für ihn in der Behörde. Und jetzt, wo ihr wieder korrespondiert habt, wird er es dir sicher geschickt haben, Sonja.«

»Was weißt du über unsere Korrespondenz? Habt ihr darüber gesprochen?«

»Nur daß sie stattfindet. Aber ich habe schon gesehen, was mit ihm passiert ist. Das war auch nicht schwer. Jeder im Amt hat es gesehen.«

»Was? Was ist mit ihm passiert?«

»Er ist fast auseinandergefallen. Er ist plötzlich ganz weich geworden, so wie wir ihn gar nicht kannten. Er hat mich plötzlich gefragt, ob ich eine Freundin habe und ob ich sie gut behandle. So etwas hätte er früher nie gefragt. Und wenn es die richtige wäre, sollte ich ihr das sagen und sie nicht wieder weglaufen lassen. Es gäbe nur eine einzige Frau für einen Mann in seinem Leben. Und wenn er die verpasse, wäre das, als ob ein Schiff beim Auslaufen die Flut verpaßt, das ganze Leben würde zur Ebbe, und er hätte schon Hunderte stranden sehen.«

»Und warum ist er nicht selbst gekommen?«

»Er hat natürlich gewußt, daß du mich das fragen würdest. Und als Antwort sollte ich dir folgende Zeilen aus einem Gedicht sagen. Warte, es ist eigentlich ein englisches Gedicht, du würdest dann schon Bescheid wissen. Ach ja, ich hab's.

> Und sind sie zwei, muß man sie sehn
> Wie man zwei Zirkelschenkel sieht:
> Dein Geist, als fester Fuß, bleibt stehn
> Und geht doch mit dem andern mit.
>
> Er steckt zwar fest im Zentrum drin,
> Doch zieht der andre weit hinaus,
> Dann neigt er sich und horcht nach ihm...

Ja, ich glaub, so war's. Aber was es zu bedeuten hat, kann ich dir nicht sagen. Du wüßtest es schon. Und dann würdest du mir ein Paket geben. Und wenn er das Paket hätte, dann würde er kommen, weil nichts mehr zwischen euch stünde. Frag mich nicht, was das alles bedeuten soll, ich bin nur der Bote.«

Sie sah ihn eine Weile schweigend an. Dann kniff sie ihn in den Arm und sagte: »Du hübscher knackiger Junge, du«, und flitzte wieder wie eine Bachstelze ins Haus. Nach einigen Minuten kam sie mit einem flachen, in Packpapier gewickelten Paket zurück, das so dicht und gründlich mit Paketklebeband verklebt war, daß jede Mücke, die aus Versehen hineingeraten war, unweigerlich ersticken mußte. Darauf hatte sie mit Filzstift geschrieben: »An Senator Gerhard Weiss, persönlich, durch Boten.«

Sie gab ihm das Paket. »Garantierst du mir, daß er es von dir persönlich erhält?«

Daniel stand auf. In einer Art Parodie eines militärischen Grußes legte er die Hand an die imaginäre Mütze. »Hiermit verspreche ich, daß er dieses Paket nur von mir persönlich erhält oder gar nicht«, und schlug die Hacken zusammen und grüßte zackig.

Sonja klatschte in die Hände.

»Genauso hat er dagestanden, als er mir mal mein Höschen zerrissen hatte. Er hat mir seine eigene Unterhose als Ersatz angeboten, militärisch gegrüßt und gesagt: ›Als Reparation für Kriegsschäden‹.« Dann zeigte sie auf das Paket. »Das ist auch eine Art Reparation für Kriegsschäden.«

»Aber das ist hoffentlich nicht seine Unterhose.«

»Du bist wirklich sein Sohn«, sagte sie und küßte ihn auf den Mund. »Oh Gott, du schmeckst ja auch so wie er.«

In einem Eppendorfer Café riß Daniel das Päckchen auf und öffnete den Aktendeckel mit dem Konvolut. Obenauf lag ein Blatt, das mit einer altertümlichen Schreibmaschine beschrieben war.

*Berlin, den 12.7.72*

*Bericht*
*über die durchgeführte Werbung der Studentin*
*Sonja Mittermeyer*

*Am 15.6.72 fand in der Zeit von 13.00-16.00 Uhr eine Aussprache mit der Genannten in Berlin statt. Diese Aussprache wurde zur Werbung der Genannten als IM des MfS genutzt.*

*Anknüpfend an die Ergebnisse der bisherigen Aussprachen wurde ihr die Notwendigkeit der inoffiziellen Unterstützung unseres Organs nochmals dargelegt. Anhand der Einschätzung der Reaktion des Imperialismus auf die Studentenbewegung in der BRD und den anti-imperialistischen Befreiungskampf wurde festgestellt, daß zur Gewährleistung der Sicherheit des sozialistischen Lagers Aufklärungsarbeit in den sozialen Bewegungen der BRD erforderlich ist.*

*Die Genannte erklärte sich bereit, unser Organ inoffiziell zu unterstützen und Aufträge im Bereich Personenbeobachtung zu übernehmen. Mit der schriftlichen Verpflichtung zur Zusammenarbeit mit dem MfS erklärt sie sich einverstanden. Sie wählte sich den Decknamen*

*»Colombina«*

*Nach der Verpflichtung wurden ihr die Prinzipien der Zusammenarbeit eingehend erläutert. So wurde besonders auf die Treffdisziplin, die Auftragserfüllung und die Eigeninitiative eingegangen. Schwerpunkt wurde weiterhin auf die unbedingte Einhaltung der Regeln der Konspiration gelegt. Bei der Erörterung dieser Fragen zeigte die Genannte Aufmerksamkeit und entwickelte eigene Vorstellungen.*

*Aufgrund dieser Vorstellungen erhielt sie folgenden operativen Auftrag vom MfS entsprechend der vorher erarbeiteten Einsatzkonzeption »Weiss«:*

*Zwischen IM und dem Studentenführer Weiss besteht seit Jahren eine intim-freundschaftliche Beziehung. Damit ist folgende operative Zielsetzung verbunden:*

- *Ausbau der intim-freundschaftlichen Beziehung zwischen IM und Weiss*
- *Entwicklung von Weiss als »Stützpunkt« des IM im Sinne der Informationsgewinnung durch Abschöpfung mittels postalischen und persönlich-intimen Kontaktes.*

*Darüber hinaus sind solche Informationen zu erarbeiten, die*

- *das bisher bekannte Persönlichkeitsbild von Weiss vervollständigen und*
- *Aufschluß über den Bekanntenkreis von Weiss, seine politischen Verbindungen und Pläne geben (evtl. operativ nutzbar, weil Verbindungen zu anderen IM).*

| | |
|---|---|
| *Unterschrift* | *Bestätigt:* |
| *Grimme* | *Schleicher* |
| *Oberleutnant* | *Major* |

Mit wachsender Faszination vertiefte sich Daniel in die Ablagerungen jahrelanger Spitzelarbeit. Da war von »negativen Studentengruppen« die Rede, von »Komplexaufträgen«, von der »gezielten Bearbeitung negativer Personen unter den Studenten und dem Lehrkörper«, von der »Fähigkeit des IM, im Sinne der aufzuklärenden Person aufzutreten«, von »der Zuneigung des IM zum Zielobjekt im Sinne der operativen Hauptzielstellung der weiteren Bearbeitung«. Die Aufträge an Sonja waren voller unverständlicher Kürzel. Das häufigste Wort war »operativ«.

Daniel riß sich zusammen. Er durfte sich nicht in diesen Schächten der Zeit aus den 70er Jahren verlieren. Ihn interessierte die unmittelbare Vergangenheit. Er blätterte die Akte weiter durch. Tatsächlich gab es große Lücken. Hier hatte Sonja wohl ausgesetzt. Und dann setzte es wieder ein. Man merkte es daran, daß die Papierqualität sich plötzlich änderte. Nicht mehr dieses alte gelb-bräunliche DDR-Papier, sondern weißes und strahlendes Papier, beschrieben von einem Laserdrucker: Sie waren in der Bundesrepublik angekommen, und die Stasi hatte sich in ein Wirtschaftsunternehmen verwandelt.

Und dann fand Daniel, was er suchte. Er zahlte, packte das Konvolut zusammen und ging zu seinem Kombi. Dann fuhr er zur Bücherhalle und ließ sich das *Abendblatt* vom 23. April heraussuchen. Er blätterte die Anzeigen durch und fotokopierte eine Seite. Dann fuhr er zum Kriminalkommissariat in der Oberstraße. Auf der Suche nach Kommissar Heil fand er Kriminalassistenten Sigrist, und dieser führte ihn durch den langen Korridor zum Vernehmungsraum, den er schon kannte. Unterwegs tauschten sie Bekundungen der Betroffenheit über Präsident Schachts plötzliches Ableben aus. Als sie in dem Zuschauerraum ankamen, sahen sie durch die Scheibe Inspektor Heil bei der Vernehmung von Kornblum.

»Bis jetzt streitet er alles ab«, bemerkte Sigrist, »die Beteiligung an dem Überfall, den Anschlag auf die AStA-Vorsitzende, die Vergewaltigung, alles.«

»Kann man den Inspektor jetzt unterbrechen?«

»Mitten in der Vernehmung ist das nicht so gut.«

»Okay. Vielleicht könnten auch Sie mir ja weiterhelfen.« Daniel holte ein Foto aus seinem Paket. »Sehen Sie da, die Armbanduhr am Handgelenk des Mannes? Könnten Sie den Ausschnitt so vergrößern, daß man die Datumsanzeige lesen kann?«

Sigrist blickte skeptisch auf das Bild. »Hängt von der Bildschärfe ab. Müßte man versuchen. Sie wollen es gleich haben, wie? Gut, ich bringe es mal eben zum Labor, vielleicht haben wir ja Glück. Warten Sie, ich schalte Ihnen den Lautsprecher an, dann können Sie inzwischen der Vernehmung lauschen.«

Er drückte auf einen Knopf und ging. Daniel hörte die Stimme des Inspektors:

Inspektor: Und warum sollte Ihr Freund Bammi das alles behaupten, wenn es nicht stimmt?

Kornblum: Um sich selbst zu entlasten. Oder andere. Wenn ich es war, kann es niemand von ihnen gewesen sein. Das ist doch eine Clique, die entlasten sich alle gegenseitig. Also wirklich, Herr Inspektor, das ist nun so naheliegend, daß selbst Sie darauf kommen müßten.

Inspektor: Also Bammi lügt?

Kornblum: Natürlich lügt er.

Inspektor: Und Frau Steinbrück lügt auch?

Kornblum: Na, das eine hat nun aber auch gar nichts mit dem anderen zu tun. Frau Steinbrück fleht mich an, sie in Hannahs Wohnung zu bringen. Dort geht sie sofort ins Schlafzimmer. Ich denke, sie will die Wohnung besichtigen, aber sie setzt sich vor meinen Augen an den Schminktisch, posiert vor dem Spiegel in aufreizender Haltung, kurz und gut, sie macht mir eindeutige Avancen, und als ich darauf eingehe, stößt sie mich plötzlich zurück. Sie hat mich nur benutzt, weil sie etwas gesucht hat.

Inspektor: Und was?

Kornblum: Keine Ahnung, aber sie hat es aus dem Fenster geworfen. Eine Akte oder dergleichen. Sie ist Journalistin. Ihr ist das Schnüffeln zur zweiten Natur geworden, fast wie bei der Polente.

Inspektor: Also, sie lügt?

Kornblum: Ja.

Inspektor: Und die Studenten Ihrer Theatertruppe lügen auch, wenn sie sagen, Sie hätten sich als Jude ausgegeben?

Kornblum: Ich habe nie behauptet, daß ich Jude bin.

Inspektor: Sich aber benommen, als ob Sie einer wären.

Kornblum: Ist das etwa verboten, sich wie ein Jude zu benehmen? Sind Sie vielleicht ein Antisemit?

Inspektor: Werden Sie nicht unverschämt.

Kornblum: Wieso? Jetzt verwirren Sie mich aber wirklich,

Herr Inspektor. Machen Sie mir etwa keine Vorhaltungen, daß ich mich als Jude aufgeführt habe? Was werfen Sie mir eigentlich vor? Daß ich kein Jude bin oder daß ich mich wie einer benehme? Kommen Sie, Sie müssen sich schon entscheiden.

Inspektor: Ich werfe Ihnen gar nichts vor. Ich konfrontiere Sie nur mit dem Widerspruch, daß Sie kein Jude sind, aber den Eindruck erwecken, Sie seien einer. Und ich frage Sie, warum tun Sie das?

Kornblum: Um zu trainieren. Um mich einzufühlen.

Inspektor: Was meinen Sie damit, trainieren?

Kornblum: Wenn ich mal verfolgt werden sollte, etwa von der Polizei. Dann bin ich seelisch vorbereitet (grinst herausfordernd).

Inspektor: Sie sind ja ein ekelhaftes Früchtchen.

Kornblum: Passen Sie auf, Herr Inspektor. Wenn Sie mich weiterhin beleidigen, bin ich vielleicht doch noch ein Jude (lacht). Gell, jetzt habe ich Ihnen aber einen Schrecken eingejagt.

Inspektor: Bammi sagt, Sie wären sauer auf Frau Krakauer gewesen, weil Sie bei ihr nicht landen konnten.

Kornblum: Unsinn!

Inspektor: Sie wären scharf auf sie gewesen, aber sie hätte nur einen Juden akzeptiert. Haben Sie vielleicht deshalb den Juden gespielt?

Kornblum: Herr Inspektor, das ist doch nun wirklich unlogisch. Wenn sie geglaubt hat, ich sei ein Jude, wieso hätte sie mich dann ablehnen sollen, so daß ich sauer auf sie gewesen wäre?

Inspektor: Sie haben den Test nicht bestanden. In der Stunde der Wahrheit hat sie gesehen, daß Sie nur ein jämmerlicher Goi sind. Und das hat Sie gekränkt.

Kornblum: Quatsch!

Inspektor: Vielleicht war es ja nicht eine Frage von Goi oder

Nicht-Goi, vielleicht war es ja nur schlichter Sexualneid. Sie haben geglaubt, ein beschnittener Schwanz könnte es besser.

Kornblum: Hören Sie, Inspektor, was Sie da so alles zusammenfaseln, könnte Sie Kopf und Kragen kosten. Das sind ja die letzten antisemitischen Vorurteile, die Sie da äußern. Ich möchte gern Ihren Vorgesetzten sprechen.

Inspektor: Ist zu beschäftigt. Warum haben Sie verbreitet, Sie hätten Nacht für Nacht an Frau Krakauers Bett gewacht, wo doch alle wußten, daß es Herr Dentzer war, der das getan hat? Wollten Sie auch Dr. Dentzer verkörpern?

Daniel wartete gespannt, aber Kornblum schwieg.

Inspektor: Oder wollten Sie nachträglich so tun, als hätten Sie Frau Krakauer so sehr geliebt, daß Sie sie unmöglich umgebracht haben könnten? Oder verkörpern Sie einfach alle Figuren, die Sie für erotisch erfolgreich halten?

Kornblum schwieg.

Inspektor: Kommen Sie, Kornblum, Sie haben da ein Problem. Frau Steinbrück wird vor Gericht beschwören, daß Sie versucht haben, sie zu vergewaltigen. Bei Ihrer notorischen Glaubwürdigkeit kommen Sie mit Ihrem Leugnen nicht weit. Was, meinen Sie, wird das Gericht von einem Goi halten, der sich als Jude ausgibt? Sie haben nur eine Wahl: Entweder Sie helfen bei der Aufklärung des Go-in, oder ich kriege Sie wegen Vergewaltigung und fahrlässiger Tötung dran. Und wenn Sie besonders renitent sind, steigere ich das mit Hilfe von Bammi zu einer Mordanklage. Na, wie gefällt Ihnen die Aussicht?

Als Sigrist zurückkam, stand Daniel auf und ging ihm entgegen. Sigrist gab ihm drei verschiedene Vergrößerungen. »Es ist der 6. Mai. Hier, auf dieser Vergrößerung, sieht man es am besten. Da, sehen Sie, ganz deutlich, der 6. Mai.«

Daniel nahm die Fotos, bedankte sich herzlich bei Sigrist, versprach, sich bei ihnen zu melden, und fuhr ins Ministerium.

Er fand den Senator mit Rudi im Konklave.

»Daniel, gut daß Sie da sind. Frau Birkefeld hat schon überall nach Ihnen herumtelefoniert. Sie haben's gehört, nicht wahr? Tragisch. Sicher eine Kurzschlußhandlung ...«

Daniel unterbrach ihn. »Ich muß Sie sprechen.«

»Sie haben sich schon entschieden? Wunderbar. Rudi und ich haben grade das ganze Szenario ...«

»Allein.«

»Wie bitte?«

»Ich muß Sie allein sprechen.«

Rudis Körpersprache deutete an, daß er sie zwar allein lassen könnte, wenn er wollte, daß er es aber vorzöge zu bleiben.

Der Senator tat so, als sei das ein Ausrutscher, den man übersehen müsse.

»Gut, wir sind hier gleich fertig. Wenn Sie in der Zwischenzeit ...«

»Jetzt. Ich muß Sie jetzt sprechen.«

Das war ein Bruch der Etikette, der den Senator merklich abkühlte. Er nickte Rudi zu. »Nun, Dr. Rudinski, da unser junger Freund sich anders nicht zufriedenstellen läßt, müssen wir ihm wohl den Gefallen tun.«

Rudi sprach in der Parodie übertriebener Beflissenheit. »Selbstverständlich. Das ist die Wirkung eines neuen Amtes. In seine neue Amtsgewalt gekleidet, spielt jeder Mensch erst mal den zornigen Affen.«

Und damit ging er gemessenen Schrittes hinaus.

»Nun? Sie haben sicher einen guten Grund ...«

Daniel legte ihm ein Foto vor, auf dem der Senator mit Hannah im Gespräch zu sehen war.

Weiss nahm es auf und warf einen Blick drauf. »Die AStA-

Vorsitzende Krakauer und ich... Was soll das? Woher haben Sie das?«

»Wissen Sie, wo Sie da sitzen?«

»Am Rande irgendeiner Veranstaltung in der Uni, nehme ich an. Soll das ein Verhör sein?«

»Können Sie mir sagen, was wir heute für ein Datum haben?«

Der Senator sah unwillkürlich auf die Uhr. »Den 22., warum? Würden Sie mir bitte erklären, warum wir dieses absurde Drama hier aufführen?«

»Auf dem Foto treffen Sie Frau Krakauer nicht zufällig bei irgendeinem Uni-Ereignis. Sie haben sich bewußt verabredet. Dabei haben Sie ihr die Anzeige mit dem Titelhändler gegeben. Sie haben mit Ihr einen Deal gemacht: Sie unterstützen das Allgemeine Politische Mandat des AStA, dafür übernimmt Hannah es für Sie, an den Giftschrank mit den DDR-Dissertationen heranzukommen. Sie konnten sich den persönlichen Kontakt mit Figuren wie Feldmeyer nicht leisten. Also gaben Sie Hannah die Anzeige. Das ist auf dem Foto direkt zu sehen.«

Weiss zog süffisant die Augenbrauen hoch. »So? Ich sehe nichts dergleichen.«

»Schauen Sie«, er legte Weiss eine der Vergrößerungen seines Handgelenks mit der Uhr vor, »Ihr Datumsanzeiger sagt, es ist der 6. Mai. Aber jetzt schauen Sie auf die Ausgabe des *Abendblatts*, die Sie in der Hand halten: der 23. April. Wer schleppt denn am 6. Mai ein *Abendblatt* vom 23. April mit herum? Aber just in der Ausgabe vom 23. April hat Dr. Feldmeyer seine Anzeige aufgegeben. Sie haben Hannah zu diesem Feldmeyer geschickt, und dann, als sie tot war, durch Ihre Schuld umgebracht wurde, haben Sie plötzlich Ihr Engagement für das Allgemeine Politische Mandat des AStA vergessen. Da war ja auch Ihr Deal mit Hannah gestorben. Ihre Reden nach Hannahs Tod dienten nur noch dazu, den Preis hochzutreiben, für den Sie sich das Politische Mandat von Schacht abkaufen lassen wollten.«

Weiss blickte eine Weile schweigend auf das Foto. Dann stand er auf, ging zum Tischchen mit dem Whisky und goß sich einen ein. »Auch einen?« Daniel winkte ab. »Sie glauben, Sie hätten mich mit einem Foto überführt?«

Daniel unterbrach ihn. »Ich habe draußen noch mehr Fotos. Zum Beispiel ein Foto, wie Sie mit Kultusminister Hinrichsen von Brandenburg im Cecilienhof sitzen und tafeln.«

»Seit wann ist das strafbar?«

»Das wird dadurch bestraft, daß man vom Kellner mit einem Mikrophon abgehört wird. Ich habe es selber probiert. Und jetzt habe ich die Mitschrift Ihres Gesprächs mit dem brandenburgischen Kultusminister gelesen. Sie haben den Pfeiffer aus dem Weg geschafft, Sie haben dafür gesorgt, daß er nach Potsdam berufen wurde, denn Sie wollten, daß der Schneider hierher nach Hamburg berufen würde. Sie wußten, daß Schacht seine Arbeit abgeschrieben hatte. Und Sie haben gewußt, daß der Kommissionsvorsitzende Brandl durch ›ein Versehen‹ den Zeitpunkt von Schneiders Promotion auf 1974 verlegt hatte. Vielleicht haben Sie es sogar veranlaßt. Jetzt brauchten Sie nur noch die Dissertation, und Sie hatten Schacht vollständig in der Hand.«

Weiss hatte schweigend zugehört. Er nahm jetzt einen kleinen Schluck Whisky und schmeckte ihn umständlich ab.

»Sie sagen, Sie haben die Mitschrift meines Gesprächs mit Kultusminister Hinrichsen?«

»Ja. Zusammen mit vielen anderen Dokumenten, die belegen, daß Sie durch Schneider Schacht in die Hand bekommen wollten. Sie wollten ja nicht, daß er stürzte. Sie wollten ihn erpressen können.«

»Was ist das für Zeugs?«

»Fotos, Berichte von IMs, Denunziationen, Sachen, die im Auftrag der Stasi über Sie zusammengetragen wurden. In Westdeutschland gab es nach konservativen Schätzungen allein an den Hochschulen zwanzigtausend Stasi-Spitzel, gar nicht zu reden von den alten Kameraden in der DDR. Die sind jetzt als freie Unternehmer tätig und verkaufen ihre Kenntnisse auf dem Markt. Meinen Sie, die ließen einen Einzelkämpfer wie Sie ihre Kreise stören, ohne sich zu wehren?«

Jetzt mußte sich der Senator doch wieder setzen. Der Bericht schien ihn erschüttert zu haben. Zum ersten Mal wußte Daniel mehr als er. Auf seinem ureigensten Terrain, dem finsteren Machiavellismus, wirkte er plötzlich wie ein Anfänger. Er mußte sich von seinem Schüler belehren lassen. Er mußte Fragen stellen. Er konnte keine Antworten mehr geben. Das tat jetzt Daniel. Der Senator mußte um Informationen betteln.

»Wer hat mich bespitzelt?«

Daniel hatte sich die Antwort überlegt. Dies war die Stunde der Wahrheit. Der Senator stand ohne Hosen da. Mit der frischen Enthüllung seiner Beteiligung an dem Audimax-Desaster war er moralisch schwach und konnte sich nur gemäßigt aufregen über die Art, wie Frau Birkefeld und Daniel in seinem Privatleben herumgewirtschaftet hatten.

»Nun sagen Sie schon, wer hat mich bespitzelt? Irgend jemand aus dem Amt?« Er dämpfte die Stimme. »Doch nicht etwa Rudi?«

»Nein.«

»Gott sei Dank. Wer also dann?«

»Ihre ehemalige Geliebte Sonja Mittermeyer.«

Und Daniel gab ihm einen geglätteten Bericht über Frau Birkefelds und seine heimliche Korrespondenz mit Sonja. Die himmelschreiende Lüge, mit der er an die Akte gekommen war, ließ er weg. Als er geendet hatte, brüllte Weiss wie ein Stier:

»Das ist ja eine unglaubliche Anmaßung! Sie haben sich in mein Leben eingemischt!«

»Und Sie?« brüllte Daniel zurück. »Haben Sie sich etwa nicht in mein Leben eingemischt? Haben Sie das nicht ständig und andauernd und ohne Skrupel getan? Haben Sie sich nicht in

Schneiders und Schachts und Hannahs und Pfeiffers Leben eingemischt? Und drei davon sind jetzt tot. Und Sie werfen mir vor, daß ich mich in Ihr Leben eingemischt habe? Statt froh und dankbar dafür zu sein, daß ich Ihre Geliebte dazu gebracht habe, Ihre Akte herauszurücken! Wenn ich diese Korrespondenz nicht mit ihr geführt hätte, hätte sie Sie ja weiter bespitzelt. Das mindeste, was Sie tun könnten, wäre, die Rolle weiterzuspielen, die ich für Sie aufgebaut habe.« Beide starrten sich böse an. »Ich habe mich übrigens als Ihr unehelicher Sohn ausgegeben. Sonst hätte sie mir die Akte nie gegeben. Sie fand, ich sei Ihnen sehr ähnlich.«

Als er das gesagt hatte, mußte der Senator lachen. Das Gelächter brach in kleinen Spurts aus ihm hervor und brach dann wieder ab wie der Verkehr in verkehrsberuhigten Zonen, bis diese Spurts immer heftiger und länger wurden und der Senator sich den Wonnen eines erleichternden, spannungsbeseitigenden, homerischen Gelächters überließ. Er lachte so gründlich, wie wenn man wegen des verschütteten Korns den Speicher ausfegt und den ganzen Dreck der letzten Woche gleich mit erwischt. Endlich mußte er aus Schwäche aufhören.

»Mein Sohn« , japste er, »so, so, mein unehelicher Sohn. Bestimmt hat sie sich gleich vorgestellt, sie sei Ihre Mutter. Beim nächsten Mal wird sie behaupten, Sie seien auch ihr ähnlich. Und ein paar Wochen später glaubt sie fest daran, sie sei Ihre Mutter. Sie wissen nicht, was Sie sich da angetan haben. Aber Sie müssen zugeben, was Sie getan haben, war eine Ungeheuerlichkeit! Eine geradezu unglaubliche Frechheit! Also, ich kann es immer noch nicht fassen, in meinem Namen mit meiner alten Freundin Süßholz zu raspeln! Mich schaudert, daß Sie so etwas tun konnten. Das ist doch nicht normal!«

»Aber daß durch Ihre Manipulationen drei Leute tot sind, die sonst noch leben würden, was sage ich, vier!, ich hatte Dr. Feldmeyer vergessen, dabei schaudert Ihnen nicht?«

Weiss wurde wieder nüchtern. »Kommen Sie, Daniel, so können Sie im Ernst nicht rechnen. So ein Kalkül ist in der komplexen Welt unmöglich. Schon nach wenigen Gabelungen und Kreuzungen von Alternativen lassen sich Handlungen nicht mehr eindeutig zurechnen. Der Titelhändler würde auch noch leben, wenn Sie sich nicht eingemischt hätten. Also haben Sie ihn auf dem Gewissen? Oder die, die ihn umgebracht haben? Oder er sich selbst, weil er betrügerische Geschäfte mit der Stasi machte? Aus diesem Salat kann sich kein Mensch heraushalten. So leid es mir tut, aber die Toten belasten nicht mein Gewissen. Sie tun mir leid, ja. Und den Deal mit Frau Krakauer hätte ich nicht machen sollen. Aber nicht ich habe sie umgebracht, sondern diese Skins im Verein mit der Stasi. Falls das stimmt, was Sie erzählt haben. Nein, ich habe diese verdammte Welt nicht erfunden, die Welt der Schachts und der Schneiders. Ich habe sie vorgefunden und gebe mir verdammte Mühe, sie zu reformieren. Und da muß ich mit den Scheiß-Materialien arbeiten, die ich leider mal vorfinde. Wer unschuldig bleiben und gut dastehen möchte, sollte lieber die Finger davonlassen.«

Es war deutlich: Weiss hatte sich wieder gefangen. Die eigene Rhetorik hatte ihn wieder aus dem Sumpf gezogen. Wie immer. Und nun war er wieder der praktische Techniker der Macht.

»Hat diese Akte jemand gesehen?«

Daniel schüttelte den Kopf. »Kriminalassistent Sigrist hat das Foto gesehen.« Er zeigte auf das Bild von Hannah und Weiss. »Natürlich hat er keine Ahnung, was es bedeutet.«

»Gut. Sie haben die Akte an sich gebracht, indem Sie vorgegeben haben, Sie seien mein unehelicher Sohn. Das war eindeutig rechtswidrig. Die Akte gehört mir. Holen Sie sie und geben Sie sie mir.«

»Nein.«

»Wie bitte?«

»Das tue ich nicht. Ich werde Ihnen sagen, was ich tue: Ich

werde jetzt zu meiner Freundin gehen und mich mit ihr beraten.« Weiss wollte unterbrechen, aber Daniel überrollte ihn. »Und halten Sie mir jetzt keinen von Ihren Männer-Frauen-und-Politik-Vorträgen. Sie mögen ja etwas von Politik verstehen, aber von Frauen verstehen Sie nichts. Das ist mir klargeworden, als ich mich mit Frau, mit Sonja«, er mußte laut auflachen, als er das sagte, »unterhalten habe. Das ist vielleicht nicht Ihre Schuld. Das war Ihre ganze verklemmte Generation. Schließlich sind Sie noch vor der großen Revolte in der Pubertät gewesen. Da war nichts anderes zu erwarten. Also, ich gehe jetzt zu meiner Freundin und werde mich mit ihr beraten. Und wenn sie zustimmt, mache ich Ihnen ein Angebot, das Sie nicht ablehnen können.«

»Und wie lautet es?«

»Sie machen mich zum kommissarischen Präsidenten der Universität, aber ich behalte Ihre Akte. Denken Sie darüber nach.«

Und er sammelte seine Fotos wieder ein und ließ den Senator mit seinen Gedanken allein.

Als er in der Redaktion des *Journal* anrief, teilte man ihm mit, Vanessa sei schon nach Hause gegangen. Bei ihr zu Hause an der Wohnungstür klebte ein gelber Zettel mit der Botschaft: »Komm in Hannahs Wohnung, Lattenkamp 8, Du weißt ja wo.« Mißmutig murmelte er etwas von »Schnitzeljagd« und fuhr zum Lattenkamp. Unterwegs fiel ihm ein, daß sie vielleicht eine Flasche Wein vertragen könnten, und er kaufte einen Rotwein.

In Hannahs Wohnung begrüßte ihn eine euphorische Vanessa. »Stell dir vor, ich war gerade bei Frau Krakauer, und sie hat mir Hannahs Wohnung übertragen. Wir haben schon mit dem Vermieter gesprochen, ein reizender Italiener. Ich zahle Frau Krakauer einen ordentlichen Abstand für all die Einbauten, und ich behalte Hannahs Möbel. Sie gefallen mir. Oh, wie ahnungsvoll von dir, du hast Wein gekauft. Ich habe nämlich auch eine Flasche. Komm, stell sie hier hin.« Und sie zerrte ihn ins Wohnzimmer und zeigte ihm die Aussicht auf den Stadtpark mit dem Wasserturm. »Ist das nicht wunderbar? Etwas anderes als der Blick in den Hinterhof wie in meiner Bude. Nun komm, und sieh dir das Schlafzimmer an. Ist das nicht schnuckelig, so ein Kingsize-Bett?« Und sie ließ sich federnd auf das Bett fallen, schaukelte provokativ auf und nieder, um die elastische Qualität des Federkerns zu demonstrieren, und rekelte sich so wollüstig auf der Matratze herum, daß Daniel ein Holzklotz hätte sein müssen, wenn er darin nicht ein Angebot erkannt hätte, das ein Gentleman nicht ablehnen konnte.

Als sie sich nach einem heftigen Gipfelsturm der animalischen Wohligkeit postkoitalen Gekuschels überließen, bei denen beiden langsam das Gefühl abhanden kam, welcher Körperteil wem gehörte, erzählte ihr Daniel murmelnd, wie Sonja tatsächlich sofort die Ähnlichkeit zwischen dem Senator und ihm entdeckt hatte. Und während er erzählte, spürte er an Vanessas hüpfender Brust ihr Gekicher. Schließlich kam er zum Bericht über die Konfrontation mit dem Senator und ließ dabei nur das Angebot weg, das er dem Senator gemacht hatte. Als er fertig war, stützte er sich auf den Ellenbogen und fragte: »Was rätst du mir? Was soll ich tun?«

Vanessa rührte sich nicht. Er blickte auf ihre geschlossenen Lider und wartete. Schließlich öffnete sie blinzelnd die Katzenaugen, so daß er wieder das Strahlen der Iris sehen konnte, und sagte: »Nimm den Posten des Präsidenten und behalt die Akte.«

Als sie das gesagt hatte, geschah ein kleines Wunder. Aus dem Stand heraus, von einer Sekunde auf die andere, bekam Daniel eine Erektion. Vorsichtig schob er Vanessas Schenkel auseinander und massierte sämtliche Provinzen in der Nähe des Mittelpunkts der Welt samt aller direkt angrenzenden Zonen. Leicht und stetig in konzentrischen immer enger werdenden Kreisen massierte er sie, bis er es wagte, mit sanften Fingerspitzen jene salatblättrige Einfassung zu berühren, die den Ort aller Sehnsüchte umschließt. Sofort lief ein Zittern durch die Tektonik, gefolgt von regelmäßigen Erdbebenwellen, während Daniels Hand wie der Griff aus den Wolken das vegetative Wunder betastete. Und ganz sanft spannte Daniel seinen Rücken wie einen Regenbogen über dem geöffneten Gelände und senkte mit unendlicher Zustimmung den straffen Wohnsitz seiner Seele in das sanft aufstöhnende Nest zwischen Vanessas Schenkeln. Und sie faßte seinen Hintern, drückte ihn an sich und murmelte. »Du hilfst mir doch beim Umzug?« Und er sagte: »JA«, »JA« und wiederholte es noch mal »JA«, und zur Sicherheit noch mal »JA«, und einmal mehr zur Emphase »JA«, und damit es ganz klar war »JA«, und falls sie es vergäße »JA«, und gegen Mißverständnisse »JA«, und weil sie es sei »JA«, und überhaupt »JA«, und weil er das gerne täte »JA«, und es mache »JA« Spaß »JA«, und er habe »JA« Übung »JA«, und es sei »JA« das Schönste, »JA«, und er täte »JA« alles für sie »JA«, und »JA JA« und nochmals »JAAAAAA«.

## 23

Ungefähr ein Jahr später kehrte Vanessa Steinbrück nach einem Tag in der Redaktion des *Journal* erschöpft in ihre schöne neue Wohnung am Lattenkamp zurück. Nachdem sie die Haustür aufgedrückt hatte, leerte sie ihren überquellenden Postkasten. Sie tat das mit einem gewissen Ekel, denn sie wußte schon, was die Post enthalten würde: Denunziationen von Universitätsangehörigen gegen beneidete Kollegen oder Anschwärzungen irgendwelcher Mitarbeiter der Behörde durch andere Mitarbeiter. Fast alle ihrer Journalistenfreunde erhielten ähnliche Post, denn die Denunzianten wollten, daß ihre Denunziationen in der

Presse gedruckt würden. Vanessa raffte die Post mit einem Arm zusammen und stieg die Treppe hinauf. Anfangs hatte sie noch gehofft, durch die Denunziationspost irgendwelche Hinweise auf die Hintergründe der Schneider-Affäre zu erhalten, denn wie immer waren die polizeilichen Ermittlungen im Sande verlaufen. Zwar waren die Schläger aus dem Audimax wegen Körperverletzung und öffentlicher Ruhestörung zu geringfügigen Bewährungsstrafen verurteilt worden, aber das betraf nur Bammi den Skin, den Anführer Manfred Berger und Kornblum. Aber eine Beteiligung an der Tötung Hannahs konnte niemandem von ihnen nachgewiesen werden. Alle anderen, die Bammi noch angegeben hatte, erwiesen sich als minderjährig und wurden nur zu Jugendstrafen verurteilt, und das hieß: wieder auf freien Fuß gesetzt. Keine der Denunziationen enthielt einen Hinweis auf die Täter. Der Tod Hannahs, die früher in dieser Wohnung gewohnt hatte, blieb ungesühnt.

Vanessa schloß die Wohnungstür auf, ging ins Wohnzimmer und streute die Post neben den Sessel. Dann warf sie ihre Tasche in die Ecke, schleuderte ihre Schuhe von sich und ging ins Bad, um sich den Staub der Straße vom Gesicht und von den Händen zu waschen. Sie zog ihre Bluse und ihren Rock aus und wechselte in Jeans und einen bequemen Pullover. Dann kehrte sie in das Wohnzimmer zurück, nahm die Post und ließ sich in den Sessel fallen, um von ihm aus den Blick auf den Stadtpark und den Wasserturm zu genießen. Es dämmerte leicht. Langsam krochen aus den Büschen die Schatten, die sich auf Wege und Rasenflächen legten und auch schon den Fuß des Turms erreicht hatten, während seine obere Hälfte von der untergehenden Sonne so erleuchtet wurde, daß seine Klinkersteine blutrot glänzten. Der Himmel darüber war eine wolkenlose Unendlichkeit flüssigen Lichts, die von zwei schnurgeraden Kondensstreifen zerteilt wurde. Über den Büschen die Baumkronen des Parks glühten wie lodernde Feuer, und nur die Dunkelheit auf der Erde wurde stetig stumpfer und begann, die Konturen der Parkbänke, der Wege und der vereinzelten Menschen zu verschlucken.

Vanessa hielt die Post noch ungeöffnet in der Hand. Sie sperrte sich dagegen, sie aufzumachen. In der letzten Zeit hatte sie einen zunehmenden Ekel gegen ihren Beruf verspürt. Ständig im Schmutz zu wühlen, begann sie anzuöden. Die Geschichten wiederholten sich. Begierig aufs bunte Leben war sie damals in den Journalismus eingestiegen, aber die menschliche Niedertracht war voller Wiederholungen. Diese Denunziationen: immer dieselben Hexenjagden, geboren aus der Kombination von Inkompetenz und Neid. Ihr Chefredakteur sprach vom »I+N-Faktor«. Und immer dieselbe öde Dramaturgie. Oder die Schneider-Affäre! Eine idiotische Story. Der Mörder von Pfeiffer in Potsdam blieb unbekannt, denn offiziell war es ein Unfall. Angeblich gab es keinen Anhaltspunkt für »Fremdeinwirkung«. Auch der Mörder von Dr. Feldmeyer blieb so anonym wie der Leichnam im Grab des Unbekannten Soldaten. Schneider selbst wurde nicht belangt – wieso auch? – und lehrte weiter an der Universität. Dekan Steinert war zurückgetreten und hatte sich aus Gesundheitsgründen vorzeitig pensionieren lassen. Nur der Selbstmord von Schacht gab weiterhin Rätsel auf. Monatelang hatten sich die Medien mit den Widersprüchen beschäftigt: Bei der Autopsie hatte man genug Gift in seinem Blut gefunden, um einen Ochsen einzuschläfern. Aber wo waren die Tablettenschachteln geblieben? Und auch eine Flasche hatte man nicht gefunden, die den Wein erklärte, der sich in seinem Magen befand. War doch jemand in seinem Zimmer gewesen? Außerdem fand sich am Kopf oberhalb der Hutkrempenlinie ein Bluterguß, den sich Schacht kaum durch einen Sturz zugezogen haben konnte. Der Tod war durch Ertrinken eingetreten, und die Lungen waren voller Wasser. Aber wenn ein Mörder ihm einen Schlag versetzt hatte, wozu gab es dann die Tabletten? Oder waren sie nach der Betäubung gewaltsam eingeflößt worden?

Natürlich war die Aussage Steinerts vor dem Untersuchungsausschuß sofort bekanntgeworden, und das erklärte schließlich Schachts Selbstmord. Damals war die Hysterie groß gewesen. Über Wochen kochte die Universität. Jeder, der von Schacht eingestellt, protegiert oder gefördert worden war, wurde verdächtigt, ein Stasi-Spitzel gewesen zu sein. Viele, die sich durch die Vertreter des linken Meinungsterrors unterdrückt gefühlt hatten, rächten sich jetzt. Da war so manche alte Rechnung zu begleichen. Es gab Kettenreaktionen von Rücktritten, Kaskaden von Demissionen. Es war fast wie bei einer Revolution: eine totale Demoralisierung der bisherigen Regierung. Der Präsident eine Kreatur der Stasi! Das entwertete eine ganze Epoche. Eine Epoche des Niedergangs und der Degeneration, in der durch die große Massentaufe fast alle Professoren der Uni angestellt worden waren. Der Begriff »Perspektivspion« wurde plötzlich geläufig. Und Senator Weiss nutzte die Demoralisierung des herrschenden Filzes rücksichtslos aus. Er hielt in der Bürgerschaft eine große »Jetzt-gilt-es-den-Schaden-zu-begrenzen«-Rede«. Er schmeichelte den Demoralisierten durch die große »Unschuldsvermutung«. Und er beruhigte sie durch die Parole »Rettung-des-Baumes-durch-Abschneiden-der-faulen-Äste«. Damit holte er sich die Unterstützung der Bürgerschaft für die Einsetzung eines kommissarischen Präsidenten. Und so wurde Daniel wirklich Präsident der Universität Hamburg. Seine größte Sehnsucht war wahr geworden: Man nannte ihn nun überall nur noch DD. Und stolz hatte er Vanessa gezeigt, daß ihm auf der Brust neue Haare wuchsen.

Aber o weh, was war mit ihnen beiden? Daniel warf sich mit wachsender Energie in die Hochschulreform. Aber Vanessa bemerkte an sich beunruhigende Symptome. Etwa die Unwilligkeit, ihre Post aufzumachen. Diese Konvolute von heißen Stories interessierten sie immer weniger. Statt dessen hörte sie plötzlich Kolleginnen zu, die über Kinder und biologische Uhren redeten. Sie sah die Alternative auf sich zukommen, sich für oder gegen eine Familie entscheiden zu müssen. Und sie haßte diese Entscheidung. Sie fand sie unfair. Männer brauchten sie nicht zu treffen. Und Daniel, dieser Klotz, schien gar nichts zu bemerken. Wenn sie doch nur die gleiche Selbstvergessenheit und Hingabe für ihren Job aufbringen könnte wie er! Als sie ihn kennengelernt hatte, waren sie sich darin noch gleich. Aber jetzt? Hatte er das bewirkt, oder hatte das damit zu tun, daß sie demnächst 34 Jahre alt würde? Er war auch noch etwas jünger, verdammt! Sie stellte sich vor, daß sie 60 wäre und er 57. Würde er dann immer noch begehrlich nach ihren Brüsten greifen? Wäre das überhaupt vorstellbar?

Der Tag vor ihrem Fenster versank jetzt endgültig in den Schatten, die aus der Erde stiegen. Die Sonne war bei ihrer Wanderung immer schneller geworden und fiel jetzt senkrecht in die Dunkelheit. Nur ganz oben im Zenit des Himmels leuchtete inmitten des flüssigen Äthers ein Passagierflugzeug. Vanessa setzte sich ein Zeitlimit: Solange sie das Flugzeug noch sehen konnte, solange durfte sie noch wohlig ihren Gedanken folgen. Wenn es hinter den Baumkronen verschwand, mußte sie die Post aufmachen.

Während sie dem Düsenklipper nachschaute, erschienen vor ihr flüchtige Schattenbilder aus ihrem künftigen Leben: Vanessa als gealterte Reporterin, zynisch und burschikos, eine Art von weiblichem Kerl; Vanessa als Ehefrau und Mutter, unterwegs zwischen Kindergarten, Schule und Elterngruppe, im faden Sud eines Clubs von nachbarschaftlichen Freundinnen aus der gleichen vorstädtischen Einkommensgruppe ohne männliche Gesellschaft, abgesehen vom abwesenden Ehemann in der Form eines tödlich ermüdeten Gastes und schnarchenden Untermieters ihres Bettes; Vanessa als Society Queen an der Seite eines bedeutenden Ehemanns, Heldin der Konversation, berühmt für ihren Witz und ihren Geschmack (»War früher mal Journalistin, hätten Sie das gedacht?«). O Gott, das Flugzeug war weg, also her mit der Post.

Gott sei Dank, es war ja alles Reklame. Sie warf einen Umschlag nach dem anderen in den Papierkorb, bis sie schließlich nur noch eine Mahnung der Staatsbibliothek und einen fetten Umschlag aus feinstem Papier in der Hand behielt. Er trug den Absender »Der Präsident der Universität Hamburg, Edmund-Siemers-Allee 1, 20146 Hamburg«. Was hatte das zu bedeuten? Sie sah ihn doch jeden Tag! Vielleicht eine offizielle Einladung zu einem Empfang an seiner Seite? Ja, das mußte es sein. Er mußte irgendwo mit Gattin auftreten, und dazu wurde sie gebraucht. Als Schauspielerin, als Gattindarstellerin. Sie wußte nicht, ob sie sich freuen oder ärgern sollte. Fest entschlossen, sich zu ärgern, riß sie den Umschlag auf und las:

*Geliebte Vanessa,* (oho, das fing ja gut an)

*bei internationalen Verträgen finden die eigentlichen Verhandlungen statt, bevor die Öffentlichkeit etwas davon erfährt; denn sie sollen ja scheitern können, ohne daß die Beteiligten ihr Gesicht verlieren, sonst könnten sie nicht frei entscheiden. Erst wenn die Verhandlungen erfolgreich abgeschlossen sind, werden sie für die Öffentlichkeit noch mal in einer zeremoniellen Zweitfassung wiederholt.*

*In meinem Fall würde die zeremonielle Zweitfassung folgendermaßen aussehen: Ich lade dich beispielsweise am Sonntag zu einem gepflegten Outing ins Elysee ein, wir tafeln bei gedämpfter Kandelaberbeleuchtung, die Kerzenflammen schwanken leicht in der Zugluft, die da vom Campus immer hereinweht, Anatol hat schon den vierten Digestif gebracht, wir reden über gleichgültiges Zeugs – etwa wie Weiss und ich die Widerstände der SPD-Professorenschaft gegen die Hochschulreform umgehen können –, Du ahnst, es liegt etwas in der Luft, da falle ich plötzlich auf die Knie, genaugenommen auf ein Knie, er-*

*greife Deine Hand und stottere etwa folgenden Text: Geliebte Vanessa, vom ersten Tag an, als ich Dich zum ersten Mal sah, habe ich Dich mehr geliebt als jede Frau, die ich seitdem gesehen habe. Und seitdem bist Du die einzige Frau für mich. Du bist mein einziger Zugang zum Land der Feminität. Und ohne Weiblichkeit kann ich nicht leben. Konnte ich noch nie. Aber irgendwie hast Du es geschafft, das, was feminin ist, zu monopolisieren. Durch einen Zaubertrick ist es Dir gelungen, alle Feminität der Welt auf Dich zu konzentrieren. Und konzentriert wirkt sie viel stärker, als wenn sie auf viele Personen verteilt ist. Um ehrlich zu sein, sie wirkt dann wie eine Droge. Seitdem bin ich süchtig. Ich weiß, daß ich nie mehr davon loskommen werde, daß ich nie mehr von Dir loskommen werde. Also, um es in den unsterblichen Worten zu sagen, die Jack Lemmon zu Shirley MacLaine sprach: Ich liebe Dich. Willst Du meine Frau werden? Und Du würdest sagen: Ja, Danz-Boy, das will ich. Und ich würde mich erheben, und wir würden uns küssen, und dann würden die übrigen Gäste, die dem vorherigen Dialog lächelnd gelauscht hatten, enthusiastisch Beifall klatschen.*

*Das wäre die offizielle Zeremonie. Aber die eigentliche Verhandlung, bei der Du noch nein sagen kannst und bei der die Vorbedingungen geklärt werden, die wird vorher geführt. Und deshalb schreibe ich Dir einen Brief, statt Dir direkt gegenüberzutreten, damit Du, wenn Du ihn liest, Zeit zum Nachdenken hast; damit Du in der Einsamkeit der Lektüre nicht zugleich Deine Reaktionen mir gegenüber in Regie nehmen und die Glückliche spielen mußt.*

*Also, hol Dir einen Drink, lehn Dich zurück und mach's Dir bequem.*

Vanessa zählte die Seiten, die noch kamen. Es war noch eine beachtliche Anzahl. Besser sie tat, was ihr Dani-Boy empfahl. Sie arbeitete sich aus dem Sessel heraus und ging in die Küche. Sie brauchte sowieso etwas zur Beruhigung. Immerhin war der Inhalt einigermaßen aufregend. Ein Antrag! Ein richtiger Antrag! So viele Anträge hatte sie noch nicht bekommen. Heute machten Männer keine Anträge mehr. Das war altmodisch. Gehörte zu einer vergangenen Zeit. Großvätersitte. Statt dessen drifteten die Pärchen langsam in einem unwahrnehmbaren Prozeß wechselseitiger Einverständnisunterstellung in einen eheähnlichen Zustand, und irgendwann, wenn es Steuerprobleme oder Schwierigkeiten mit der Wohnung gab, machte jemand den lustlosen Vorschlag zu heiraten. Und mit einem gewissen angeödeten Mißmut trommelte man ein paar Trauzeugen zusammen und brachte die Sache hinter sich. Aber ein richtiger Antrag! Sie machte den Kühlschrank auf und suchte nach einem stärkenden Getränk. Schließlich füllte sie ein großes Wasserglas zur Hälfte mit Gin und zur Hälfte mit Schweppes und kehrte zu ihrem Lager im Sessel zurück. Ein wenig schlug ihr das Herz. In diesen vielen Blättern, die noch folgten, was könnte da noch kommen? Ob sie schon mal gleich das Ende lesen sollte? Aber dagegen sträubte sich ihr Journalistinneninstinkt. Man betrog einen Text und sich selber, wenn man ihn nicht so las, wie ihn der Autor gemeint hatte. Wünschte sie sich, daß er ihr einen Antrag machte? Sollte sie ihn annehmen? Der Gedanke war irgendwie erschreckend. So endgültig. Aber ihn ablehnen, das ging auch nicht. Dann könnte er ja weglaufen. Das war völlig unmöglich. Aufgeben konnte sie ihn nicht. Er gehörte ihr, sie hatte ihm ihr Brandzeichen auf den Hintern gepreßt. Da prangte das große V. V für Victory und Vanessa. Und sie brauchte ihn. Wenn er sie verließ, würde sich der Kosmos für sie in einen großen Fremden verwandeln. Nein, sie konnte ihn nicht abweisen. Vielleicht konnte sie ihn hinhalten. Sie goß sich den ganzen Gin zur Stärkung ein und begann erneut zu lesen.

*Dann trinke den Drink in einem Zug aus –*

Na ja, das hatte sie ja gerade getan.

*und lasse folgenden Satz auf Dich wirken: Ich liebe Dich. Ich habe gedacht, ich wüßte, was das ist, aber es hat mich plötzlich hinterrücks überfallen. Erst Du hast mir gezeigt, was Liebe ist. Dabei habe ich es doch immer gewußt. Ich habe schließlich darüber promoviert.*

Vanessa mußte lachen. Sie fühlte sich jetzt entspannter. Der Gin begann, seine wohltuende Wirkung in ihrem Körper zu verbreiten. Ja, sie hatte die Dissertation gelesen. Die Lektüre hatte einen furchtbar zwiespältigen Eindruck hinterlassen. Vieles war überhaupt schwer verständlich. Anderes von verblüffender Hellsichtigkeit. Aber der allgemeine Eindruck war der einer bis ins Mark gehenden Kälte. Die heiligsten Gefühle wurden wie Käfer für die Beobachtung präpariert und mit völliger Ungerührtheit beschrieben. Nicht verfälscht, o nein, sondern hellsichtig beschrieben. Aber das war ja das Verstörende. Mit geradezu klirrender Kälte wurde die ganze Dramaturgie der Liebe so rekonstruiert, als ob die Beteiligten besinnungslose Erfüllungsgehilfen einer übergeordneten Funktionslogik wären. Was der Mensch als sein eigenstes zu sehen gewohnt war, erwies sich als subjektloser Prozeß. Was er als Kern seiner Authentizität erlebte, enthüllte sich dem kalten Blick als ein gegen die Beteiligten verselbständigter Automatismus. Und jetzt machte Dani selber Konfessionen! Würde er sich selber zitieren? Würde er sich dafür entschuldigen, daß er jetzt nicht mehr als distanzierter Analytiker auftrat, sondern als Mitspieler? Welch ein Abstieg, vom Regisseur zum Darsteller, vom Autor zur Figur! Sie begann wieder zu lesen. Wo war sie? Ach ja, hier: Er hat promoviert.

*Doch dann hast Du plötzlich alles verwandelt. Was hat diese Metamorphose bewirkt? Es ist Deine seelische Intensität, Deine*

*Autarkie, Deine innere Freiheit, Deine Fähigkeit, die äußere Welt in ironischer Reflexion zum Schweben zu bringen, diese monadenhafte Abgeschlossenheit, die auf Kommunikation zur Not verzichtet, kurzum: die prismatische Brechung der Welt in Deiner subjektiven Unendlichkeit.*

Was sollte denn das nur alles bedeuten? Im Grunde konnte sie mit dieser Charakterisierung nichts anfangen. Manchmal kam ihr Dani vor wie einer dieser hysterischen Idealisten, die aus einer Frau ein Phantom ihrer eigenen Phantasie machten und sie dann verklagten, wenn sie ihm nicht entsprach. Das klang ja alles ziemlich exaltiert. Und später mußte sie auch noch so tun, als ob sie es verstanden hätte. Furchtbar. Sie las weiter.

*Für Dich ist das alles selbstverständlich, und deshalb wirst Du mich gar nicht verstehen.*

Vielleicht hatte er ja recht, und das, was sie für selbstverständlich hielt, war ganz ungewöhnlich. Ja, bei genauerem Hinsehen war sie eigentlich eine ungewöhnliche Frau. Dani hatte immer die Fähigkeit besessen, ihr dieses Gefühl zu vermitteln. Wie hatte er die Liebe genannt? Eine Enttrivialisierungsmaschine. Ja, trivial war er nicht! Nicht wie einige Holzklötze, die sie kannte. Nei-hein. Ihre Seele weitete sich mit Hilfe des Gins und flog ihm entgegen. In einer spontanen Anwandlung küßte sie den Brief.

*Ich habe mich ja bis jetzt selbst nicht verstanden, denn ich habe mich nicht gekannt. Bis jetzt nämlich war ich ohne Subjekt. Ein Herdentier und ein Rumtreiber, ein Rollenspieler und Schwadroneur, ein Politikaster und Kommunikator, eine Durchgangsstation für Worte, ein Markt, eine Börse und ein Theater, aber kein Selbst.*

Nein, da tust du dir aber unrecht, murmelte sie, und überlegte sich, ob sie ihn anrufen sollte, um ihn zu trösten. – Sie kämpfte sich mühselig aus ihrem Sessel, aber als sie stand, hatte sie vergessen, was sie hatte tun wollen. Richtig, da fiel es ihr wieder ein, sie wollte sich ein neues Wasserglas voll Gin-Tonic holen. HIPPS, sie wäre ja fast über die verdammten Schuhe gestolpert. Eigenartig war, daß der Flur plötzlich etwas bergauf ging, das hatte sie ja noch nie gemerkt, es war richtig mühselig, gegen die Steigung anzukämpfen. Aber dafür ging es nach der Badezimmertür auch wieder hinunter, und Vanessa geriet richtig ins Laufen, so daß sie mit dem Schwung an der Küchentür vorbeisauste. Kichernd zog sie sich am Türrahmen zurück, schaffte es durch die Küchentür und rollte ohne ihr Zutun zum Kühlschrank. Als sie sich zurücklehnte, hatte sie die Tür in der Hand, aber der Eigenschwung der Tür zog ihren Arm im Kreise nach rechts, so daß sie mit dem Peitscheneffekt fast in den Kühlschrank hineingeschleudert wurde. Sie mußte wieder kichern, griff mit einer Hand beide Flaschen aus der offenen Tür und trug sie zum Tisch. Hilflos sah sie den leeren Küchentisch an: Irgend jemand hatte das Glas gestohlen, das sie da gerade hingestellt hatte. Oder nein, das Glas stand noch neben ihrem Sessel. Sie griff die Flaschen, in der einen Hand den Gin und in der anderen Hand das Tonic, und lief jetzt den Abhang des Flurs hinunter in einem Rutsch zum Sessel und fiel hinein. Uff, das war geschafft. Das war ganz leicht gewesen, kinderleicht. Sie goß sich erneut eine halbe-halbe Mischung ein und nahm einen tiefen Schluck. Und jetzt zurück zu diesem köstlichen Brief. Völlig unverständlich, aber so sinnlich …

*Ich habe mich gar nicht von der Welt draußen unterschieden. Erst seitdem ich in Dein Magnetfeld geriet; trenne ich zwischen drinnen und draußen. Wenn ich sehe, wie Du mich anblickst, sehe ich plötzlich mich selbst im Spiegel. Zum ersten Mal. Das ist für mich eine Entdeckung. Vielleicht die Entdeckung, die ich als Kind versäumt habe – Ödipus sei's geklagt. Du hast mich an einer unberührten Stelle berührt, und ich habe reagiert.*

Vanessa begann langsam, die Schenkel aneinander zu reiben. Sie wollte, Dani-Boy wäre hier. Aber auch seine Briefe waren sexy. Ob es wohl so sexy weiterging? Noch einen kleinen Schluck, und sie fand dies alles so schön, daß sie weinen mußte. Wo war sie stehen geblieben?

*Unter Deinem Blick empfinde ich mich selbst. Ich habe das Gefühl, aufzuleuchten wie eine Lampe, die Du anknipst. Bisher habe ich geglaubt, Liebe sei Kommunikation, unwahrscheinliche zwar und Kommunikation zu zweit, aber doch Kommunikation. Und das ist sie ja auch. Poetische und religiöse Kommunikation, Anbetung, Beschwörung und Exorzismus. Deshalb dieser verzweifelte Versuch mit Hannah. Aber Du hast mir gezeigt, was ich bisher nicht wußte: Sie ist reine Subjektivität, verdoppelt zwar, der eine im anderen gedoubelt, aber doch Subjektivität. Das ist es, was in meiner Dissertation fehlt. Weiss hat es damals schon gesagt, aber ich habe es nicht verstanden. Erst seitdem ich Dich kenne, verspüre ich diese vibrierende Resonanz, dieses Erkennen des einen im anderen, eine verlorene Selbstliebe, die ich nun in einem Taumel wiedergefunden habe, als hätte ich ständig danach gesucht.*

Komm her, Dani-Boy, hier findest du alles, was du brauchst. Noch einen Schluck.

*Und ich habe danach gesucht. Mein Leben war bisher von einem ständigen Gefühl der Vorläufigkeit begleitet. Erst jetzt verstehe ich, warum. Erst jetzt verstehe ich, daß das für die arme Hella und die anderen eine furchtbare Tortur gewesen sein muß.*

*Ich habe wohl meinen Freundinnen- naja, so viele waren es ja nicht – das Gefühl vermittelt, daß ich noch weiterreise, die unterschwellige Botschaft, daß ich eigentlich woanders hin muß, daß ich noch etwas vorhabe, daß ich noch nicht den Mantel ausziehen und ablegen kann, weil es noch etwas zu erledigen gibt, diese permanente Unruhe und Suche nach irgend jemand. Das warst Du, die Verwalterin und Treuhänderin meines Selbst. Bis ich Dir begegnete, träumte ich von einer unklaren Erinnerung. Stets spürte ich ein gewisses Verlustgefühl, eine Rest-Unruhe, die niemals wich, einen Phantomschmerz und eine Art Seelenhunger, die Sehnsucht nach einer mythischen Erzählung von einem verlorenen Paradies mit einem Engel. Und nun, da ich Dich gefunden habe, wird mir mein bisheriges Leben verständlich. Das, was ich für mich hätte sein können, meine Subjektivität, hattest Du. Meine innere Form, den Bauplan, die Gestalt meiner Selbstbezüglichkeit, den Bildschirm meiner Selbstwahrnehmung, all das hattest Du. Du warst ich. Was ich sonst noch war, das Leben, das ich lebte, den Lärm, den ich verursachte, die Rollen, die ich spielte, das war mein Doppelgänger in der Form der sozialen Existenz. Erst in der Intimität mit Dir habe ich das wieder gefunden, was ich ein Selbst nennen könnte. Du hast mich in mich selbst verwandelt. Und nun kann ich mich festlegen für übermorgen und die nächsten hundert Jahre. Denn ich kann Dich nicht mehr aufgeben. Selbst wenn ich wollte, ich kann nicht. Denn der Weltgeist, die Evolution, das Schicksal, der Kosmos und unsere sämtlichen Privatgötter haben uns füreinander bestimmt.*

Hier mußte Vanessa ein paar Tränen verdrücken.

*Aber! Aber? Kommt ein Aber? Was kann da noch für ein Aber kommen? Trotz allem, Du hast es ja gelesen. Meine Dissertation. Liebe ist auch Kommunikation. Und seit Amor mit Pfeilen schießt, seit die Geliebte belagert wird, seit sie das Herz des Angreifers verwundet und ihn als ihren Sklaven in Ketten legt, wird diese Kommunikation in den Begriffen des Krieges beschrieben. Die Liebenden sind voneinander ergriffen, aber doch werden Strategien entworfen, Angriffe geplant, Verhandlungen anberaumt und Rückzüge eingeleitet. Lebhafte Attacke und vorsichtige Retraite. Se donner avec passion et se reprendre avec prudence. Warum ist das so? Weil Liebe und Konflikt, ja, hier ist es wieder, das Thema, weil sie beide eine symmetrische Struktur haben. Du und ich, niemand sonst, nur wir beide. Zwei Parteien, und völlig aufeinander fixiert. Das reißt uns in einen Erlebniswirbel, den wir nur miteinander und mit niemand sonst teilen. Jeder von uns macht immer den andern für sein Handeln verantwortlich. Beide glauben wir, nur zu reagieren. Deshalb fühlen wir uns beide unverantwortlich, und nichts bremst mehr den Exzeß. Wir kreisen im Zirkel, die reinste Wechselseitigkeit. Das läßt uns schweben zwischen Freiheit und Zwang. Willkommene Knechtschaft, süße Sklaverei, freiwillige Gefangenschaft. In der Wechselseitigkeit des Blicks können wir zwischen aktivem Sehen und passivem Beeindrucktwerden nicht mehr unterscheiden. Das macht die Liebe blind. Auch unsere Liebe. Sie kann stolpern. Wenn sie es tut, wenn sie wirklich fällt, kann sie direkt als Konflikt weiterlaufen. Statt nach Liebesbeweisen werden wir dann plötzlich nach Zeichen der Niedertracht suchen. Wir werden wieder neu verwandelt sein. Wir werden einander nicht mehr erkennen. Das soll mein Daniel sein? wirst Du sagen. Beide werden wir uns anklagen, die gemeinsame Liebe verraten zu haben. So wie wir die Liebe geliebt haben, so werden wir den Konflikt hassen. Für ihn wird jeder den anderen verantwortlich machen. Je größer jetzt unsere Liebe, desto schärfer später der Konflikt. Je schwerer es ist, die Balance der Liebe zu halten, desto leichter wird daraus ein Krieg.*

An dieser Stelle spürte Vanessa plötzlich ihre Blase. Wieder arbeitete sie sich aus dem Sessel heraus und balancierte vorsichtig und mit ganzer Aufmerksamkeit zur Toilette. Als sich die Oberflächenspannung ihrer Blase wohltuend gesenkt hatte, wäre sie fast auf der Toilette eingenickt. Aber das ging doch nicht! Im Wohnzimmer wartete noch ein ungelesener Brief von Daniel. Ein tiefer Brief, ein Brief über Liebe und Sex usw. Nein, halt, er hatte ihr ja einen Antrag gemacht, oder nicht? Sie mußte noch mal nachlesen. Sie zog ihr Höschen hoch und ging zum Waschbecken und ließ sich kaltes Wasser über die Arme laufen. Dann machte sie Hals und Gesicht naß, dann wieder Wasser über die Arme, und dann noch einen Schluck Wasser. So, das klärte den Verstand. Restauriert ging sie in die Küche zum Kühlschrank und trank einen halben Liter Milch. Mit neuer Tatkraft kehrte sie zum Sessel mit dem Brief zurück.

*Deshalb hier also mein Vorschlag: Laß uns, ehe wir heiraten, einen Ehevertrag machen. In ihm werden die Bedingungen festgelegt, unter denen unser etwaiger Konflikt ablaufen würde. Der unschätzbare Vorteil ist: Wir würden die Eskalation eines Konflikts dann nicht mehr dem anderen anlasten können. Der Vertrag legt ja schon alles fest. Nicht wir sind dann verantwortlich für alles, was geschieht, sondern der Vertrag. Erinnerst Du Dich noch, was Du mir geraten hast, als ich Senator Weiss mit seinem Dossier von Sonja konfrontiert habe: Laß dich zum Präsidenten ernennen, aber behalte die Akte. Und weißt Du, was der Senator gesagt hat, als ich ihn fragte, ob ich Dich heiraten sollte? Machen Sie ihr einen Antrag, aber bestehen Sie auf einem Ehevertrag. Und hier sind meine Vorschläge in zehn Punkten:*

*1. Niemand ist dem anderen Rechenschaft über seine Kontakte, seinen Umgang, seine Beziehungen, seine Freundschaften schuldig. Ausgeschlossen bleiben nur sexuelle Beziehungen.*

*2. Umgekehrt ist niemand berechtigt, dem andern seine Freunde und Verwandten aufzudrängen und zu erwarten, daß er mit ihnen Umgang pflegt, wenn er sie nicht ausstehen kann.*

*3. Alles Geld wird gedrittelt in unser Geld, Dein Geld und mein Geld, unabhängig davon, wer es verdient. Übertragungen von einem in den andern Posten erfolgen freiwillig und einverständig. Die Finanzierung der Kinder erfolgt aus unserm Geld.*

*4. Eheliche Pflichten sind freiwillig. Niemand muß Rückzüge, Auszeiten, Erholungsphasen von der Intimität begründen. Jeder hat das Recht auf Privatsphäre im eigenen Haus. Territoriale Hoheitsrechte werden nach Billigkeit und den Prinzipien der Gleichberechtigung gewährt und dürfen nicht verletzt werden,*

*5. In der Öffentlichkeit gelten dieselben Höflichkeitsstandards wie unter zivilisierten Fremden. Keiner von beiden ist berechtigt, den anderen öffentlich durch die Bezeichnung als Häschen, Bärchen, Schatzi und dergleichen lächerlich zu machen.*

*6. Wendet sich der eine Partner vom andern ab, gilt er nicht automatisch als schuldig. Es kann ja sein, daß der andere sich hat gehenlassen und launisch und unliebenswürdig geworden ist.*

*7. Sofort nach der Eheschließung wird ein Anwalt oder ein juristisch ausgebildeter Freund des Hauses bestimmt, der bei Konflikten ernsterer Art als Schiedsrichter fungiert. Es genügt, wenn einer der Partner den Schiedsrichter anruft.*

*8. Eine Scheidung kann erst angebahnt werden, wenn vorher Einvernehmen über das Sorgerecht für die Kinder und die Unterhaltsregelung erzielt oder der Spruch des Schiedsrichters akzeptiert wurde.*

*9. Keiner der beiden darf Informationen, die ihm nur aufgrund der Intimität über den anderen bekannt geworden sind, im Konfliktfalle gegen ihn verwenden. Keiner darf sich anma-*

*ßen, dem andern die Maßstäbe für Glück, Geschmack und das richtige Leben vorzuschreiben.*

*10. In allen übrigen Fällen gelten die Menschenrechte sinngemäß: Redefreiheit, Versammlungsfreiheit, Meinungsfreiheit, Freiheit von Verfolgung, Rechtsschutz etc. nach Artikel 1 Nr. 3, 55 der Allgemeinen Erklärung der Menschenrechte der Vereinten Nationen.*

*Das ist die freiheitlich demokratische Grundordnung unserer Gesellschaft zu zweit. Natürlich ist das nur ein Entwurf. Wir müssen sie noch im parlamentarischen Rat unserer Ehe beraten. Aber, tun wir das nicht, überlassen wir uns dem Freilauf der Liebe, wird die Ehe garantiert totalitär. Dann hast Du eines Tages Zweifel, ob ich noch dem hohen Standard unserer Liebe entspreche. Du wirst mißtrauisch, und plötzlich beginnst Du, mir nachzuspionieren. Du fängst an, meine Taschen zu überprüfen, und endest damit, meinen Tageslauf zu kontrollieren. Wenn das geschieht, entdecken wir plötzlich, daß wir gefangen sind. Von der Liebe bleibt nur noch die Knechtschaft. Und so werden wir der eine des andern Gefangenenwärter, beide in einem totalitären Regime. Also, ein Grundgesetz. Das ist meine einzige Bitte. Um genau zu sein, meine einzige Bedingung. Denn sonst hätte ich – trotz aller Liebe – nein, wegen aller Liebe, einfach zu viel Angst. Unter diesen Prämissen: Willst Du meine Frau werden?*

*Nicht daß ich Dich beeinflussen möchte. Du sollst in aller Freiheit entscheiden. Aber ich bete Dich an und verehre Dich mit meinem Körper. Also, sag ja. Ja?*

*Ich hoffe, daß dieser Brief diesmal auch wirklich seine Adressatin erreicht, an die die Frage gerichtet ist. Nicht auszudenken die Katastrophe, wenn eine ganz andere Person darauf reagierte, als ich gedacht hätte. Sei geküßt und umarmt von Deinem*

*DD*

Als Vanessa bis hierher gekommen war, war sie fast wieder nüchtern. Um ihr das vorzuschlagen, hatte er diesen ganzen metaphysischen Quark geredet? Er war ein gefährlicher Bursche. Man durfte sich von ihm nicht einseifen lassen. Er war fähig, das Blaue vom Himmel zu erzählen, und hatte dabei ganz handfeste Ziele im Auge. Ob sie ihm gewachsen war?

Plötzlich schrillte das Telefon.

»Hallo.«

»Frau Steinbrück?« Die Stimme von Frau Birkefeld. »Augenblick, ich verbinde Sie mit dem Senator.«

Der Senator? Was wollte der von ihr?

»Guten Tag, Frau Steinbrück. Entschuldigen Sie den Überfall, aber ich mache mir Sorgen wegen Daniel. Er ist praktisch arbeitsunfähig.«

Vanessa bekam einen Schrecken.

»Ist etwas passiert? Ein Unfall? Ist er krank?«

»Nein, nein, nichts dergleichen. Aber, äh ... er hat Ihnen offenbar einen Antrag gemacht – und so lange er keine Antwort hat, kann er nicht mehr arbeiten. Wir haben aber heute eine Sitzung.«

»Oh Gott. Kann ich ihn sprechen?«

»Das wird nicht gehen. Im Augenblick hat er sich auf der Toilette eingeschlossen. Aber wenn Sie mir vielleicht sagen, ob Sie sich schon entschieden haben ...«

»Ja, ja, ja, ich nehme ihn, natürlich nehme ich ihn, der arme Junge.«

»Mehr wollte ich nicht wissen. Vielen Dank, Frau Steinbrück, und auf Wiedersehen.«

»Kann ich nicht doch ...« Aber der Senator hatte aufgelegt.

Als Daniel später abends bei Vanessa klingelte, hatte sie alles für ein kleines Fest zu zweit vorbereitet. Ein paar leckere Tapas vom Spanier nebenan, eine Flasche französischen Landwein aus dem Languedoc und das weiche Dämmerlicht der Kerzen. Doch auf ihre zärtliche Begrüßung reagierte er merkwürdig verhalten.

Dann schien er sich einen Ruck zu geben. Er nahm ihre Hände und sagte ernst: »Vanessa, ich bin Herr im Hause meiner Gefühle. Ich liebe Dich wirklich.«

»Ich weiß, Liebster.«

»Hör zu. Dieser lange Brief mit dem Antrag, hast du den verstanden? Diese Charakterisierung, wer bist du, wer bin ich?«

Vanessa zögerte. »Nun, irgendwie schon, aber vielleicht nicht ganz. Du bist so was wie ein Ensemble von Rollen, und ich eine Art Monade. Habe ich das so richtig kapiert? Aber in meiner Gesellschaft fühlst du dich zum ersten Mal als du selbst, oder so ähnlich. Da wirst du authentisch. Verzeih mir, Liebster, wenn ich das banalisiere, ich bin eben etwas doof.«

Daniel schraubte die Augen in die Höhe und fluchte. »Oh, dieser Saukerl, dieser abgefeimte Schurke. Er ist wirklich ein Schwein!«

»Wer? Von wem redest du?«

»Der Senator. Er hat dir diesen Brief geschrieben.«

Vanessa hatte Mühe zu verstehen.

»Ja, *er* hat diesen Brief geschrieben, Weiss, in meinem Namen. Er wollte sich an uns rächen, vor allem an mir. Er hat mir nicht verziehen, daß ich einen Blick in sein Intimleben geworfen habe. Da fühlt er sich schwach. Er redet immer von der maskulinen Mystik, von Ehre und Männlichkeit und Politik. Aber ich habe ihn ohne Unterhosen gesehen, und das verzeiht er mir nicht. Oder erst dann, wenn er sich gerächt hat. Und das hat er mit diesem Brief getan. Er hat ihn in meinem Namen geschrieben und dich reingelegt.«

Vanessa hatte immer noch Schwierigkeiten, sich umzustellen. Sie war in ihrer Reaktion zurückgeblieben. »Weiss hat den Brief geschrieben? Das heißt, du hast mir gar keinen Antrag gemacht?«

»Nein. Doch. Verstehst du denn nicht? Das ist seine Rache. Er wollte mir mit dem Antrag zuvorkommen. Dadurch verdammt er mich zur Imitation. Er hat meine Doktorarbeit ausgeräubert, um echt zu klingen. Schließlich hat er sie betreut. Diese ausschließliche Konzentration auf Kommunikation hat er damals schon kritisiert. Dann hat er unser Verhältnis so stilisiert, als ob du seine Kritik bestätigst. Erst durch dich hätte ich erfahren, daß er recht hat. Dieses Schwein!«

»Woher weißt du das? Hast du den Brief gelesen?«

»Ja. Nachdem er dich angerufen hatte, hat er mir eine Kopie gezeigt. Er hat das Ganze offen als Rückzahlung für meine Einmischung in sein Privatleben gerechtfertigt. Er war bester Stimmung. Er fragte mich sogar ganz sportlich, ob er als ›ich‹ nicht ganz echt gewirkt habe? Ob ich mich wiedererkenne?«

»Und? Erkennst du dich wieder?«

Daniel nickte verzweifelt. »Das ist ja das Teuflische. Er schildert mich fast so, wie ich es selbst getan haben könnte. Doch irgendwie wirkt alles wie eine Parodie. Er hat es verdorben. Jetzt kann ich es dir nicht mehr sagen. Er war mit seinen breiten Galoschen schon da und hat hier rumgetrampelt. Stell dir vor, ich mache dir einen Antrag! Das wirkt wie eine Nachahmung. Es ist, als ob er das Jus primae noctis wahrgenommen hätte, das Schwein!«

»Aber du wolltest doch keinen Antrag machen, oder? Erst Weiss hat dich doch auf diese Idee gebracht?«

»Siehst du, es wirkt schon. Jetzt nimmst du mir nichts mehr ab. Alles wirkt wie ein Abklatsch. Genau das wollte er ja erreichen. Er wollte mir zeigen, wer hier der Meister ist.«

Vanessa stand auf. »Weißt du was? Die Feministinnen haben recht: Ihr Machos seid mit nichts anderem beschäftigt als eurer Scheiß-Konkurrenz. Du bist genau wie der Weiss. Und der Weiss ist wie der Kornblum. Kindisch! Dauernd müßt ihr euch vergleichen. Dauernd habt ihr den Verdacht, nicht authentisch zu sein.

Na zu recht. Ihr seid es auch nicht, ihr imitiert ja immer einen Scheiß-Rivalen. Warum könnt ihr nicht begreifen: Eine Frau, eine normale Frau findet das langweilig. Und ich bin eine normale Frau. Geh, Daniel, geh zu Weiss und mach dem einen Antrag. Der liebt dich. Heirate ihn, der eifersüchtige Knochen, der verdammte.«

Als er sich nicht rührte, schrie sie: »Hau ab, hau endlich ab!«

Daniel stand auf. »Ich wußte ja, daß der Saukerl alles ruinieren würde.« Plötzlich überzog ein breites Grinsen sein Gesicht. Vanessa sah es mit Staunen. »Ich habe eine Idee. Wir könnten Weiss doch noch ein Schnippchen schlagen. Nicht, um ihn als Rivalen zu übertreffen«, fügte er schnell hinzu, »sondern um seinen giftigen Einfluß loszuwerden, um ihn abzuhängen, um ihn zwischen uns wegzuräumen.«

Vanessa sah ihn an. »Und, was wäre das für eine Idee?«

Daniel strahlte noch mehr. »Mach du mir einen Antrag.«

Sie sah ihn groß an. »Ich dir? Das ist unmöglich.«

»Warum?«

»Ich weiß nicht, wie man das macht.«

»Ich zeig's dir, paß auf. Du läßt dich erst auf ein Knie nieder, so«, er tat es, »dann legst du deine linke Hand aufs Herz und hebst die rechte...«

»Hör auf, das ist albern.«

»Aber im Ernst. Du könntest mich doch fragen, ob ich bereit bin, dein Mann zu werden.«

»Und, bist du bereit?«

»War das schon die Frage?«

»Selbstverständlich! Was soll ich denn noch fragen?«

»Hast du dir das auch gut überlegt? Die Frage kann nämlich nur gestellt werden, wenn du selbst auch dazu bereit bist. Wenn ich jetzt hauche, ›Ja, Vanessa, ich bin bereit‹, dann wäre es sehr unüblich, wenn du sagen würdest, ›ich aber nicht‹. Ist dir das klar?«

»Natürlich ist mir das klar. Mein Gott, bist du umständlich. Also: Bist du bereit, mein Mann zu werden?«

»Noch eine Frage...«

»Also, Daniel, jetzt ist es aber langsam genug.«

»Ich weiß, ich weiß, aber das ist wichtig. Was hältst du von diesem Ehevertrag? Das ist doch eine vernünftige Idee. Die hat Weiss nicht gepachtet. Genaugenommen hat er alles aus meiner Dissertation geklaut. Wärst du mit so einem Vertrag einverstanden?«

»Ja, ja, wär ich. Ich will, daß du endlich meine Frage beantwortest. Möchtest du mein Mann werden und dein Leben mit mir teilen, an guten wie an schlechten Tagen, mich lieben und ehren und so leben, daß wir sind wie ein Fleisch? Möchtest du das?«

»Ja, das möchte ich.«

»Mein Gott, war das schwierig. Du darfst jetzt die Braut küssen.«

Er küßte sie und ergriff dann ihre Hand und schüttelte sie. »Herzlichen Glückwunsch«, sagte er.

»Und wo ist der Ring?« fragte sie.

»Oh mein Gott!«

# Danksagung

Ich habe vielen Menschen für Anregungen und Unterstützung zu danken. Das gilt für die zahlreichen Leser, die mir zu »Der Campus« geschrieben und ihre eigenen Erfahrungen beigesteuert haben. Aus diesen Briefen habe ich mehr Anregungen für »Der Zirkel« bezogen, als ich sagen kann. Besonders zu danken habe ich Prof. Dr. Volkmar Weiss, Leipzig; René Schneider, Münster; Frank R. Halt, Potsdam; Major a.D. Berndt L., MfS. Natürlich sind sie nicht für die Art verantwortlich, in der ich diese Anregungen abgewandelt und verarbeitet habe. Besonderen Dank schulde ich Frau Angela Denzel, Heidelberg, für eine inspirierende Korrespondenz über Schul- und Bildungspolitik – ohne sie würde es »Der Zirkel« in der vorliegenden Form nicht geben. Sodann möchte ich den Studenten meines Hamburger »Theatre Workshop« danken. Sie haben mir mit ihrem intellektuellen Sex-Appeal, ihrer Lebendigkeit und menschlichen Attraktivität das unersetzliche Erlebnis eines langjährigen stimulierenden »Flow« verschafft, ohne das weder »Der Campus« noch »Der Zirkel« das Licht der Welt erblickt hätten. Stellvertretend für sehr viel mehr nenne ich Tina Schoen, Martina Hütter, Mark Lyndon, Patrick Li, Peter Theiss, Susanne Maiwald und Gaby Bartram. Dasselbe gilt für die »Systemtheoretiker« und Ko-Autoren gemeinsamer Publikationen wie Claudia Benthien, Maria Theisung, Christian Schuldt, Helga Schwalm, Stefan Mussil, Roland Weidle, Fred Manthei, Alexander Koslowski, Christiane Zschirnt u.v.a. Und last but not least möchte ich Sönke Wortmann für eine Zusammenarbeit danken, bei der ich so viel über Drehbücher, Filme und die Logik von Storys gelernt habe, daß die Nachwirkungen deutlich in »Der Zirkel« zu spüren sind. Ihnen allen ist »Der Zirkel« gewidmet.